근대계몽기 단형 서사문학 연구

A Study on the Short Narratives in the Modern Enlightenment Period

김영민　연세대 국문학과 교수
구장률　연세대 강사
김종훈　한경대 강사
김찬기　고려대 강사
김 향　연세대 강사
문한별　고려대 박사과정
배현자　연세대 강사
서은경　연세대 강사
양세라　연세대 강사
이근화　고려대 박사과정
이유미　연세대 강사
정가람　연세대 강사
함돈균　고려대 박사과정
함태영　연세대 강사
황정현　고려대 박사과정

근대계몽기 단형 서사문학 연구

1판 1쇄 인쇄 2005년　2월　20일
1판 1쇄 발행 2005년　2월　25일

지은이 / 연세대 근대한국학연구소
펴낸이 / 박성모
펴낸곳 / 소명출판
출판고문 / 김호영
등록 / 제13-522호
주소 / 137-878 서울시 서초구 서초동 1621-18 (란빌딩 1층)
대표전화 / (02) 585-7840
팩시밀리 / (02) 585-7848
somyong@korea.com / www.somyong.com

ⓒ 2005, 연세대 근대한국학연구소

값　20,000원

ISBN 89-5626-149-0 93810

근대계몽기 단형 서사문학 연구

A Study on the Short Narratives in the Modern Enlightenment Period

연세대 근대한국학연구소

소명출판

책머리에

　이 책은 근대계몽기 신문에 게재된 단형 서사물에 관한 종합적 연구서이다. 근대계몽기의 텍스트를 보며 한국 문학에 대한 인식의 지평을 넓히는 방법은 여러 가지가 있다. 그 가운데, 지금까지의 문학사 연구에서 배제되었던 새로운 자료들을 찾아 그곳에서 들리는 웅성거림의 의미에 귀를 기울이는 일이 우선 시급한 과제가 될 수 있다.

　한국의 근대 '문학' 개념은 특수한 역사적 문맥 속에서 형성되었다. 전통적인 글쓰기 방식과 새로운 글쓰기에 대한 모색은 한동안 서로 경쟁했다. 그 과정에서 점차 주도권을 잡아 간 것은 서구어의 번역으로 이해되는 문학(literature)이라는 개념이었다. 번역어로서의 문학 개념은 나름대로 당대의 사정을 반영한다고 볼 수 있다. 하지만 한국문학이 가야할 길을 서구의 근대 문학 개념을 통해 이해하는 패러다임이 제도화됨으로써, 한국문학에 대한 인식의 지평이 빈약해진 것 또한 부인할 수 없는 사실이다.

그런 점에서 이전과는 다른 방식으로 근대계몽기에 접근하려는 시도가 최근 활발히 일어나고 있음은 반가운 일이다. 근대계몽기는 오늘을 살아가는 우리에게도 여전히 유효하게 작동하는 근대적 관념과 제도·습속 등이 구성되기 시작한 기원적 시공간이다. 근대계몽기는 역사적으로 응고되지 못했던 여러 가지 가능성들의 흔적들을 담고 있기에, 우리 문학의 실상을 이해하고 반성하기 위해서 거쳐가지 않을 수 없는 시기이다.

단형 서사물은 근대계몽기 신문에 실린 짧은 이야기들을 가리킨다. 근대문학이 자리를 잡기 위해서는 전통적 글쓰기 관습의 일대 재편이 필요했다. 단형 서사물은 그러한 글쓰기 장(場)의 변화를 여러 가지 방향에서 살필 수 있도록 도와준다. 우리는 단형 서사물을 통해 이전의 글쓰기 방식들이 어떻게 소멸되거나 자기갱신을 하면서 근대적 글쓰기에 영향을 미치는지 확인할 수 있다. 새로운 미래를 기획하려던 열망 속에서 소설이나, 희곡과 같은 '문학' 갈래들이 분화되는 지점 또한 읽어낼 수 있다. 이 책에 실린 논문들은 그와 같은 변화가 구체적으로 어떤 상황에서 벌어지고 있으며, 그 의미가 무엇인지에 관해 접근하고자 했다.

대량복제가 가능한 인쇄기술이 유입되면서 근대계몽기에 접어들어 신문·잡지·교과서와 같은 새로운 미디어가 등장한다. 인간과 세계에 대한 관념이나 감각 등은 보통 미디어를 통해 만들어지고 형식화된다. 근대에 등장한 새로운 미디어의 중요성은 익히 알려져 있거니와, 근대계몽기에 국한하자면 신문의 영향력은 잡지나 교과서에 비해 지배적이었다고 할 수 있다. 그런 맥락에서 이 연구서는 근대계몽기 신문에 게재된 단형 서사물을 연구 대상으로 삼았다. 근대계몽기에 새로운 매체를 통해서 저자와 독자의 관계, 문자의식, 글쓰기 등이 어떻게 바뀌었는지 살피는 일 역시 본 연구서의 주요 관심사 가운데 하나이다.

이 책의 필자들은 대부분 고려대학교와 연세대학교에서 강의를 하고 있는 젊은 연구자들이다. 두 학교의 연구자들이 연세대학교 근대한국학 총서 간행 작업에 함께 참여하게 된 것을 기쁘게 생각한다.

책을 꾸며준 소명출판에 감사드린다.

2005년 1월
연세대학교 근대한국학연구소

근대계몽기 단형 서사문학 연구

차례

책머리에 · 3

근대계몽기 단형 서사문학 개관

김영민

1. 머리말

근대계몽기 단형(短型) 서사문학 자료에 대한 연구는 크게 두 가지 목적과 의미를 지니게 된다. 하나는 자료 자체의 존재 양상을 정리해내는 일이고, 다른 하나는 그러한 자료들이 지니는 특질과 문학사적 의미를 연구해 밝히는 일이다.

여기에서 정리와 연구의 대상으로 삼고 있는 근대계몽기 단형 서사문학 자료에는, 서사적논설을 비롯한 짧은 양식의 모든 이야기 문학 자료들이 포함된다. 이들 작품은 주로 근대계몽기 신문의 논설란이나 잡보란, 혹은 여러 협회의 기관지 등을 통해 발표되었다. 최근 들어 우리 근대문학 출발 과정에 대한 관심이 높아지면서 이러한 작품들은 '토론체 단형 소설', '개화기 단형 서사체', '개화기 단편 서사물' 등으로 불리며 주목받기 시작했다.

본 연구에서는 먼저 근대계몽기에 출간된 자료들을 최대한 수집 확보하여 그들 지면에 수록된 원고 내용을 확인하고 분류하는 절차를 밟았다. 이를 바탕으로 여기서는 이 시기에 존재했던 단형 서사문학 자료의 존재 양상에 대해 정리하고 그 양식적 특질과 문학사적 의의를 밝히고자 한다.[1]

근대계몽기 단형 서사자료는 크게 보아 '논설'류와 '소설'류로 나눌 수 있다. 본 논문에서 다루는 근대계몽기 '논설'들은 일단 서사성을 띠고 있는 것들만을 연구 대상으로 하기 때문에 이른바 서사적논설이 그 정리와 분석의 대상이 된다. '소설'류 자료들 가운데는 신소설이나 역사 · 전기소설 등에 비해 상대적으로 길이가 짧은 단형 소설들을 연구 대상으로 한다.

2. 논설류 자료 연구

서사적논설이란 근대계몽기 신문에 실린 논설들 가운데 서사성을 띠고 있는 글들을 말한다. 지금까지 발굴 정리한 자료를 바탕으로 서사적논설의 발생과 전개 과정을 설명하면 다음과 같다.

서사적논설은 1897년 5월경부터 등장하기 시작하여 1898년경 활성화

---

1) 근대계몽기 단형 서사문학에 대한 연구가 활성화되지 못한 가장 큰 이유는, 원문이 수록된 자료가 여러 곳에 흩어져 있어 그것을 모두 구해 읽고 연구하는 일 자체가 쉽지 않다는 사실 때문이다. 본 연구자는 이 연구를 수행하는 과정에서 근대계몽기 신문에 발표된 단형 서사문학 자료들의 총목록을 작성하고, 그것들의 원문을 모아 집대성한 자료집을 만들어 공개한 바 있다. 이 자료집이 김영민 · 구장률 · 이유미 편, 『근대계몽기 단형 서사문학 자료전집』(소명출판, 2003)이다.

되기 시작했으며, 1900년대 초반까지 매우 빈번하게 등장한 단형 서사양식이다. 가장 앞서는 서사적논설의 예로는 1897년 5월 7일 『그리스도신문』에 수록된 「코기리와 원숭이의 니야기」가 있다. 1897년 5월 26일 『죠션크리스도인회보』에 실린 「묘와문답」 역시 초기 서사적논설 가운데 하나이다. 『그리스도신문』의 경우는 「코기리와 원숭이의 니야기」를 수록한 이후 1901년 12월 19일 「로인의 부부지락」 등 여타 서사적논설을 실었다. 『죠션크리스도인회보』 역시 1897년 6월 23일 「와언론」 등의 서사적논설을 계속 실었다.

서사적논설의 활성화는 『독립신문』과 『뎨국신문』·『미일신문』 및 『대한미일신보』를 통해 이루어진다. 『독립신문』은 1898년 1월 8일 「일젼에 엇더훈 대한 신ᄉ ᄒ나이―」를 수록한 이후, 1899년 11월 27일 「셔울 북촌 사ᄂᆞᆫ 엇던 친구 ᄒ나이―」에 이르기까지 약 30편에 이르는 서사적논설을 수록한다. 『뎨국신문』은 1898년 9월 30일 「이젼 파사국에―」를 수록한 이후 1900년 5월 7일 「어느 친구 훈 분이―」에 이르기까지 약 40편에 이르는 서사적논설을 수록한다. 『미일신문』은 1898년 4월 20일 「동도 산협 중에―」를 수록한 이후 1899년 3월 28일 「녯적에 졔나라 사름이―」에 이르기까지 약 30편의 서사적논설을 수록한다. 『대한미일신보』는 1907년 12월 12일 「벼슬 구ᄒᆞᄂᆞᆫ 쟈여」를 수록한 이후 1910년 3월 9일 「지난 겨울 밍렬훈 바롬에―」에 이르기까지 약 30편의 글을 수록한다.

서사적논설의 중요한 양식적 특질 가운데 하나는 그것이 주로 논설란에 실린 글이면서 글의 일부 또는 전부를 서사로 채우고 있다는 점이다. 이러한 서사적논설은 대체로 '편집자 주(註)' 또는 해설을 포함한다. 편집자 주나 해설이 붙는 방식은 다음과 같이 다양하다.

첫째, 서사문의 앞에만 붙는 경우가 있다.

둘째, 서사문의 앞과 뒤에 붙는 경우가 있다.

셋째, 서사문의 뒤에만 붙는 경우가 있다.

서사문의 앞에 붙는 글은 대체로 이야기를 전해들은 경위 등을 밝히는 편집자 주가 많다. "엇던 유지각흔 친구에 글을 좌에 긔지하노라"(『독립신문』, 1898.2.5), "어졔 밤에 본샤 탐보원이 셔촌 흔 친구의 집에 갓더니 ᄆᆞ츰 유지각흔 四五인이 안져셔 공동회 일결노 슈작이 란만흔 것을 듯고 그 죵요흔 것을 쏩아서 좌에 긔지ᄒᆞ노라"(『독립신문』, 1898.12.28), "셔울 힝셰군과 시골 구사ᄒᆞᄂᆞᆫ 사름의 문답흔 것을 좌에 긔지ᄒᆞ노라"(『독립신문』, 1899.1.23), "북촌 사는 사름 ᄒᆞᄂᆞᆫ이 완고당 흔 분을 만나 문답흔 말이 가히 들엄직ᄒᆞ기로 좌에 긔지ᄒᆞ노라"(『ᄆᆡ일신문』, 1898.9.20), "봄바람이 긱챵을 부니 나그네 ᄉᆞ미 쟈죠 놀나ᄂᆞᆫ지라 외로온 등잔을 쟉지어 고셔를 보다가 우연히 감동ᄒᆞᄂᆞᆫ 비 잇셔 긔지ᄒᆞ노라"(『ᄆᆡ일신문』, 1899.3.20), "엇던 유지흔 친구가 ᄌᆞ위 김포과긱 무명씨라 ᄒᆞ고 본샤에 투셔ᄒᆞ엿기로 좌에 긔지ᄒᆞ노라"(『뎨국신문』, 1900.6.11), "셔울 친구 ᄒᆞ나이 어느 시골 사름으로 더브러 슈작흔 말을 누가 본샤에 와셔 젼ᄒᆞᄂᆞᆫ디 두 사름의 언어가 비록 셔로 반디는 되엿시나 ᄯᅩ흔 각기 경황을 변론홈인 고로 좌에 긔지ᄒᆞ노라"(『뎨국신문』, 1901.3.22) 등이 이러한 예에 해당한다. 이러한 편집자 주는 특별한 의미를 담고 있기보다는 서사문의 시작을 알리는 형식적 역할을 담당하는 경우가 대부분이다.

서사문의 뒤에 붙는 글은 대체로 중심 서사문의 창작의도에 대한 해설이 되는 경우가 많다. 예를 들면 "이 이약이가 미오 쟈미 잇기에 긔지ᄒᆞ니 우리 신문 보는 이는 그 대한 사름의 쳐디를 다ᄒᆞ셔 엇덧케 쟉뎡홀 는지를 요량들 ᄒᆞ여 보시오"(『독립신문』, 1898.1.8), "렴냥이 업는 고기도 의 죡지심을 발ᄒᆞ여 분개홈을 못 익이여 목숨을 도라 보지 아니ᄒᆞ고 원슈를 갑고 동죡을 무마ᄒᆞ여 안보홈을 누리엿다 ᄒᆞᄂᆞᆫ디 홈을며 사름이 이런 째를 당ᄒᆞ여 밥이나 먹고 옷이나 입고 지뎨 쟈랑이나 ᄒᆞ고 밤낫 업시 시긔 싸홈이나 ᄒᆞ여 동포 형뎨 ᄭᅵ리 셔로 잡아 먹으려 ᄒᆞ니 엇지 붓그럽지 아니ᄒᆞ리요 째가 되엿스니 꿈을 ᄭᅵ시오 뎌긔 빅로 왓소 이 방츅에는 게도 업나 하도 답답ᄒᆞ기로 두어ᄌᆞ 긔록ᄒᆞ여 보니니 긔지ᄒᆞ여 셰상에 혹시 분긔 잇는 사름이 잇는지 알고져 ᄒᆞ노라"(『독립신문』, 1898.2.5) "간신이 지물을 탐호고 나라는 도라보지 아니 홈이 고금에 이 갓흐니 엇지 슯히지 아니 흐리오"(『뎨국신문』, 1900.3.30) "일노 좃차보건더 그 농부가 은을 탐내지 아님으로 텬디신명이 도으샤 그 죽는 아들을 구원케 흐셧시니 보응이 분명 눈 압희 잇는 거슬 ᄀ히 알지라 우리 신문을 보시는 쳠군ᄌ들은 됴흔 일 흐시기를 ᄇ라오"(『뎨국신문』, 1901.2.6) 등이 이러한 예에 해당한다. 창작의도에 대한 해설은 편집자 주에 비해 그 분량이 두 배 혹은 세 배 이상 길어진다. 편집자 주가 단순히 형식적 도입부의 역할을 맡아 한 것에 반해, 이 해설은 실질적인 마무리의 역할을 맡아했기 때문이다. 즉 편집자 주의 경우는 내용과 큰 관련이 없이 상투적으로 붙일 수도 있으나, 이 해설은 언제나 서사문의 내용과 직결되는 내용을 담고 있다. 마무리 해설은 독자들을 향한 글쓴이의 계몽 의도를 직설적으로 드러내는 경우가 대부분이다.

서사적논설은 기본적으로 서사성을 띠고 있는 글이지만, 그 서사성을 드러내는 방식은 매우 다양하다. 이는 크게 다음과 같은 세 가지 유형으로 나눌 수 있다.

첫째, 서술체 방식. 등장인물들과 관련된 일화를 중심으로 이야기를 끌어가는 방식이다. 여기서는 대체로 작가가 전지적 서술자 혹은 관찰자적 서술자 및 해설자의 역할을 담당한다. 이는 『믹일신문』에서 가장 흔하게 발견할 수 있는 형식이다. 『믹일신문』 최초의 서사적논설인 1898년 4월 20일의 「동도 산협 듕에一」를 비롯해, 1898년 7월 21일 「이젼에 흔 노인이一」, 1898년 7월 27일 「양주 짜혜 흔 사롬이一」, 1898년 8월 31일 「동쵼 락산 밋희一」 등 대부분의 논설이 이러한 형식을 취하고 있다.

둘째, 문답체 방식. 두 사람 사이의 대화가 서사의 중심을 이룬다는 점에서 대화체로도 부를 수도 있다. 대부분 등장인물들의 대화 속에서 교훈이 직설적으로 드러난다. 『독립신문』 최초의 서사적논설인 1898년 1월 8일자 논설은 문답체로 되어 있다. 이 글에서는 '대한신사' 한 사람과 '외국정치가'가 만나 한국의 정세에 대한 의견을 교환하고, 외국정치가가 대한사람에게 현실에 대한 충고를 전달한다.

특별히 『독립신문』은 이 글 이외에도 여러 곳에서 문답의 방식을 채용하고 있다. 『독립신문』이 가장 주력한 서사적논설의 방식이 문답체라고 해도 좋을 만큼 이 신문에는 문답체가 많다. 1898년 10월 28일부터 29일까지 연재된 「시스문답」, 1898년 12월 2일의 「상목지 문답」, 1899년 1월 11일의 「청국형편 문답」, 1899년 1월 23일의 「힝셰 문답」, 1899년 1월 31일의 「외국사롬과 문답」, 1899년 3월 10일의 「신구 문답」, 1899년 4월 15일부터 17일까지 연재한 「즈미잇는 문답」, 1899년 5월 10일의 「경향 문답」, 1899년 6월 20일 「즈미잇는 문답」, 1899년 7월 6일 「량인 문답」, 1898년 10월 16일 「대한에 유디한 션비 흐나이ㅡ」, 1899년 10월 26일 「대한 엇던 관인이ㅡ」, 1899년 11월 2일 「어느 시골 친구 흐나이ㅡ」 등이 모두 여기에 속한다.

『대한민일신보』 1908년 9월 18일자 논설 「한국의 쟝리」는 집필자 자신을 주인공으로 하면서, 주인공이 자신을 찾아온 손님을 맞아 문답하는 방식으로 되어 있다. 여기에서는 '긱이 굴ㅇ디ㅡ'와 '내가 굴ㅇ디ㅡ'를 반복해 가면서 두 사람 사이의 대화를 진행한다. 주인과 손님은 한국의 현실에 대한 의견을 교환하고, 어려운 현실을 어떻게 이겨나갈 것인가 하는 방안을 찾는다.

셋째, 토론체 방식. 이는 셋 이상의 등장인물이 나와 대화나 토론을 이끌어가는 방식을 일컫는다. 대화체와 마찬가지로, 등장인물들의 대화 속에서 작가의 집필의도가 직설적으로 드러나는 경우가 대부분이다. 『뎨국신문』 1898년 12월 22일자 논설 「향일에 엇더훈 션비ㅡ」는 대표적인 토론체 서사적논설이다. 이 작품에서는 여러명의 선비가 모여 시국에 관한 자신의 견해를 제시한다.

『독립신문』 1898년 11월 23일자 「병뎡의리」 역시 여러명의 병정들이 모여 자신들의 견해를 내세우며 정부대신들을 비판한다는 점에서 토론체 방식의 작품이다. 『독립신문』 1898년 12월 28일자 「공동회에 디한 문답」처럼 문답체와 토론체가 절충되어 나타나는 경우도 있다. 「공동회에 디한 문답」은 외형상으로는 단순히 질문과 답변을 주고받는 문답의 형식으로 기록되어 있지만, 내용상 그 문답을 주고받은 인물이 '유지각한 4, 5인'이라는 점에서 일반 문답체와는 차이가 있다.

신문의 논설은 비록 그 집필자가 한 개인일지라도 대체로 그 신문을 편집하고 발행하는 집단의 입장을 드러낸다. 따라서, 논설에는 그 집필자의 이름을 기록하지 않는 것이 관례이고, 서사적논설에는 대부분 집필자의 서명이 없다. 하지만 모든 서사적논설이 무기명으로만 발표된 것은 아니다. 『대한미일신보』에 발표된 「몽중ㅅ」와 「한국의 쟝리」 등은 집필자의 서명이 있다. 1908년 3월 8일에 발표된 「몽중ㅅ」는 지은이가 '듁ㅅ싱'이며, 1908년 9월 18일 발표된 「한국의 쟝리」는 지은이가 '산운ㅈ'이다. 이렇게 지은이가 밝혀진 서사적논설은 논설로 표기되지 않고 '긔셔'라고 표기되어 있다는 점이 특기할 만하다.

「한국의 쟝리」의 경우는 통상적인 서사적논설과 그 내용이나 형식에서 큰 차이가 없다. 하지만 「몽중ㅅ」의 경우는 조금 특이한 형식을 취하고 있다. 「몽중ㅅ」의 형식적 특질을 구명하기 위해 일부를 인용한다.

㉮ ᄒ로는 친구를 모화 세상 소문으로 셜왕셜리 ᄒ다가 슐이 취ᄒ야 안셕을 의지ᄒ여 누엇다가 우연히 잠이 들엇더니 ㉯별안간에 웬 하인 셋이 옥황샹데의 죠칙을 밧들고 와셔 급히 부르거늘 황겁히 의관을 졍졔히 ᄒ고 그 하인을 ᄯᆞ라 ᄒᆞᆫ 곳에 니르니 궁궐이 굉장ᄒ고 시위가 엄슉ᄒ야 황공부복ᄒᆞᆷ을 ᄭᅢ닷지 못ᄒ겟ᄂᆞᆫ 디 샹뎨ᄢᅴ셔 면샹에 림어ᄒ시고 죄를 론칙ᄒ야 굴ᄋ샤디 종ㅅ의 존망은 비록 필부라도 칙임이 잇ᄂᆞ니 너도 ᄯᅩᄒᆞᆫ 션비의 몸이 되여 이러ᄒᆞᆫ 경졍 시디에 기예를 발명ᄒ고 학문을 연구ᄒ야 인민으로 ᄒ야곰 우미ᄒᆞᆷ을 변ᄒ야 기명케 ᄒ며 국셰로 ᄒ야곰 미약ᄒᆞᆷ을 변ᄒ야 강셩케 ᄒ지 못ᄒ고 쓸 디업ᄂᆞᆫ 녯글만 닑으며 부질업시 시ㅅ나 평론ᄒ니 셰샹에 션비잇는 보롬이 무엇인고 졍치 법도ᄂᆞᆫ 비록 긔혁ᄒᆞᆫ다 ᄒ나 외교권을 임의 내여 주고 ᄒ힝졍권ᄭᅡ지 일혓ᄉᆞ미 외국에 왕리ᄒᆞᄂᆞᆫ ᄉᆞ신은 죠ㅅ나라의 린샹여와 ᄀᆞᆺᄒᆞᆫ 사ᄅᆞᆷ이 업고 각부 쟝관은

남편 고을 좌슈와 곳치 수연은 보지 안코 도장만 쩍어 주어 흔 가지 령갑이라
도 두셔도 업고 실효도 업셔 딜셔만 문란케 ᄒ며 민심만 의혹케 ᄒ니 이러ᄒ고
야 유신홀 긔망이 엇지 잇스리오 (…중략…) ㉰ 죠칙을 다 들은 후에 홀연히 ᄭ
여보니 곳 남가일몽이라 ㉱ 이것이 비록 ᄭᆷ일만뎡 사름의 션불션과 나라의 셩
패존망이 다 ᄌᆞ긔의게 잇ᄂᆫ 것이오 텬운에 잇지 아니흔 것을 가히 알지니 나의
흔 ᄭᆷ이 족히 젼국 동포의 깁흔 ᄭᆷ을 ᄭᆡ칠만 ᄒ기에 신보샤로 쵸ᄒ여 보내여
광포ᄒ노라

　여기서 ㉱를 제외하고 ㉮㉯㉰만을 살핀다면 이는 거의 완벽한 단형
소설이라 할 수 있다. 이른바 액자소설적 구조를 지닌 단형 소설이 되는
것이다. 여기서 ㉮는 지은이가 꿈속으로 들어가는 과정을 보이는 도입
액자 부분이다. ㉯는 중심서사 부분이다. ㉰는 꿈에서 현실로 돌아오는
마무리 액자 부분이다. 이 작품을 단형 소설로 본다면 이는 단형 소설
가운데도 특히 시사 해설적 성격이 강한 소설들인「소경과 안즘방이 문
답」이나「거부오해」 등을 연상시킨다. 하지만, 이 글을 단형 소설로 보지
않고 서사적논설로 분류하게 되는 것은 ㉱ 부분이 연결되어 있기 때문이
다. ㉱는 서사가 아니라 해설이다. ㉱는 작가의 목소리라는 외형을 취하
고 있다. 그런데 "이것이 비록 ᄭᆷ일만뎡 사름의 션불션과 나라의 셩패존
망이 다 ᄌᆞ긔의게 잇ᄂᆫ 것이오 텬운에 잇지 아니흔 것을 가히 알지니"라
는 부분은 서사적논설의 전형적인 편집자 해설에 해당한다. "나의 흔 ᄭᆷ
이 족히 젼국 동포의 깁흔 ᄭᆷ을 ᄭᆡ칠만 ᄒ기에 신보샤로 쵸ᄒ여 보내여
광포ᄒ노라"라는 부분 역시 일반적인 서사적논설에서 흔히 볼 수 있는
것이다. 이는 편집자 주에 가깝다. 이렇게 본다면「몽중ᄉ」는 거의 완벽
한 단형 소설에 작가 해설과 편집자 주가 붙은 서사적논설이라 할 수 있
다.「몽중ᄉ」를 이 시기 서사적논설의 또 하나의 유형으로 주목하게 되
는 것은 서사적논설이 무기명 편집자의 해설뿐만 아니라, 기명 작가의
해설을 붙이기도 했다는 사실 때문이다.

3. 소설류 자료 연구

1) 小說 / 소설 / 쇼설

근대계몽기 단형 서사문학 자료 가운데에는 원전에 '小說 / 소셜 / 쇼셜'이라는 양식 표기가 되어 있는 작품들이 있다.

『대한민일신보』 1906년 2월 20일에서 3월 7일 사이에 걸쳐 연재 발표된 작품 「거부오해」에는 '小說'이라는 양식 표기가 되어 있다. 1909년 7월 15일부터 8월 10일에 걸쳐 연재된 「디구셩 미리몽」에는 '쇼셜'이라는 양식 표기가 되어 있다.

이 중 「거부오해」는 근대계몽기에 발표된 논설적서사의 중요한 예가 되는 작품이다. 논설적서사는 잡보란 등에 실려 있고 '小說'을 표방하고 있지만, 실제로는 논설과 거의 구별되기 어려운 작품이다. 따라서 이들 논설적서사는 단형 소설들 가운데서도 특히 시사해설적 성격이 강한 작품들이라고 정의 내릴 수 있다.

「거부오해」는 『대한민일신보』 1905년 11월 17일부터 12월 13일에 걸쳐 발표된 「소경과 안즘방이 문답」, 1905년 12월 21일부터 1906년 2월 2일에 걸쳐 발표된 「향로 방문 의싱이라」, 1906년 3월 8일부터 4월 12일까지 연재되는 「시사문답」 등과 거의 동일한 구성법을 취하고 있으며, 내용상으로도 서로 연결되는 부분이 적지 않다. 이들 작품은 그 형식이나 내용으로 미루어 볼 때, 연작 형태의 작품으로도 이해할 수 있다.

논설적서사는 외형상 소설을 표방하고 있지만 실제로는 논설을 지향하던 창작물이었다. 이들 『대한민일신보』에 실린 논설적서사들은 거의 동일한 인물 혹은 동일한 집단에 의한 창작물일 것으로 추정된다. 동일한 인물에 의한 창작일 경우라도 그것이 완전히 개인적인 발상과 작품 구상 과정에 의해 탄생한 것이라기보다는 집단의 기획이나 토론을 거친

결과물을 개인이 작품화시킨 것이라고 판단된다. 작품이 다루고 있는 현실 정세의 분석의 예리함이나 그에 대한 비판의 강도 등에서 그러한 추정이 가능하다. 이들 작품이 지닌 현실 비판의 강도는 한 개인 집필자가 감당할 수 있는 정도의 수준이 아니다. 「시일야방성대곡」이라는 한 편의 논설로 인해 『황성신문』이 폐간 당하던 당시의 현실로 미루어 볼 때, 이들 일련의 논설적서사는 『대한민일신보』의 운명을 좌우할 수도 있는 것이었다. 이런 점들을 참고할 때 『대한민일신보』에 수록된 '小說' 「거부오해」는 외부 집필자의 투고가 아닌 신문사 내부 논객에 의한 집단 창작물일 가능성이 높다.

그런데 『대한민일신보』에 실린 이들 여러 편의 논설적서사 가운데 유독 「거부오해」에만 '小說'이라는 양식 명칭이 표기되어 있다. 하지만, 그런 양식 명이 표기되어 있다고 해서 「거부오해」가 특별히 서사성이 강한 것은 아니다. 다른 작품들에 비추어볼 때, '논설'과 '서사'의 결합 정도에 별다른 차이가 없는 것이다. 『대한민일신보』는 강한 논설적 성격을 지니고 있는 독립된 서사물들인 「소경과 안즘방이 문답」·「향로 방문 의싱이라」·「거부오해」 등을 일단 잡보란에 발표함으로써, 『황성신문』 등이 겪었던 항일 논설 시비를 벗어나려 했던 것으로 생각된다. 아울러 이들의 연속물 가운데 하나인 「거부오해」를 발표하면서는 '소설(小說)'이라는 양식 표기를 함으로써 이것이 논설이 아닌 창작 소설임을 애써 강조하려 했던 것으로 보인다. 하지만, 실제 『대한민일신보』의 편집진이나 발행인에게 중요한 것은 이러한 글들의 양식(樣式)이 아니었다. 즉 집필의 의도만 잘 살릴 수 있다면 그것이 소설로 분류되건 논설로 분류되건 크게 상관이 없는 일이었다. 그들은 꾸며낸 이야기로서의 소설을 표방했지만 실제로는 소설이라는 양식에 크게 관심 갖지 않았고, 따라서 그에 대한 양식 표기마저 일관되게 하지 않았던 것이다.

「디구셩 미러몽」 역시 그 내용으로 보면 강한 현실성을 띠고 있다는 점에서, 「거부오해」 등 일련의 논설적서사와 동일한 맥락 위에 있는 작품이다. 이른바 '논설'이라는 동일한 창작 의도 아래 집필된 작품인 것이다. 하지만 「디구셩 미리몽」은 「거부오해」 등에 비해 월등하게 서사적 성격이 강한 작품이다. 강한 논설성과 함께 전에 볼 수 없던 서사성을 함께 지니고 있는 것이다. 「디구셩 미리몽」에 서사성이 강화된 것은 소설사의 자연스러운 흐름에 따른 결과라 할 수 있다. 이 작품이 발표되던 1909년 7월은 이미 이른바 신소설 등 서사성이 강한 작품들이 대중적 인기를 얻던 때였다.

이인직 등 신소설 작가들은 대부분 친일적 창작의도를 지니고 있었다. 따라서, 당시 『대한민일신보』의 편집·집필진들은 이인직 등 새롭게 등장한 작가들의 신소설에 대해 비판적으로 이해했을 가능성이 크다.[2] 대중의 현실비판의식을 마비시키는 마취제로서의 신소설의 부정적 역할에 주목했을 것이다. 그런 점에서 신소설 작가의 창작의도는 항일적 민족주의적 성향을 지니고 있었던 논설적서사 작가들의 창작의도와 적대적 관계에 놓여 있었다는 해석도 가능하다. 하지만, 그럼에도 불구하고 「디구셩 미리몽」의 작가는 이 '소설'을 발표하면서 신소설의 존재를 의식하지 않을 수는 없었을 것이다. 신소설의 대중적 인기에 대응하기 위해서라도 『대한민일신보』는 '소설'에 새로운 의미를 부여하지 않을 수 없었다. 이른바 서사성을 강화시키지 않을 수 없었던 것이다. 논설적서사의 핵심인 현실비판의 정신을 살리면서도 거기에 서사적 요소를 강화시킨 작품이

---

2) 이 시기에 신소설이란 용어는 문학 양식을 지칭하는 것으로는 사용되지 않았다. 따라서 이들이 신소설을 비판적으로 바라보았다고 할 때, 여기서 말하는 신소설이란 이인직의 「혈의루」 등 속칭 신소설로 분류할 수 있는 개별 작품들을 말한다. 이들 신소설은 대부분 연재를 거쳐 단행본으로 출간되었다. 신소설은 단형 소설에 비해 우선 길이가 길다. 「혈의루」의 경우 대략 200자 원고지 250매 정도의 분량이 된다. 극적 구성이 강화된 것도 단형 소설과의 중요한 차이점이다. 신소설이 문학사적 용어로 굳어진 것은 1930년대 말에서 1940년대 초에 걸친 김태준과 임화의 문학사 연구 작업을 통해서이다. 김태준은 신소설의 특질을 '갑오경장 당시의 조선사회를 보여준다. 사실적이다. 어문일치(語文一致)의 신문체를 보여준다'고 정리했다. 임화 역시 '언문일치, 소재와 제재의 현대성, 인물과 사건의 실재성' 등으로 정리했다.

「디구셩 미리몽」이다. 그런 점에서 「디구셩 미리몽」은 논설적서사가 신소설과 경쟁하며 공존하던 시기의 작품이라 할 수 있다.[3]

창작의도의 적대적 관계가 곧 소설 양식들 사이의 적대적 관계를 의미하는 것은 아니다. 즉 창작의도의 상치가 곧 문학 양식사(樣式史)의 단절과 상치까지를 의미하는 것은 아니라는 뜻이다. 양식사의 측면에서 본다면 신소설은 논설적서사와 상호 영향 관계에 있었다고 보아야 한다. 특히 신소설 가운데서도 「금수회의록」·「경세종」 등 논설을 중심으로 한 작품의 경우는 논설적서사와의 영향 관계가 두드러져 보인다. 이들은 서사적논설 및 논설적서사에서 적지 않은 영향을 받은 것이다.[4]

『뎨국신문』의 경우는 1906년 9월 18일 이후 여러 편의 '小說(소설)'을 발표한다. 『뎨국신문』은 1900년대 초반 서사적논설을 통해 현실을 강하게 비판하던 신문이었으나, '小說(소설)'란이 생겨난 1906년 이후에는 단 한 편의 서사적논설도 수록하지 않는다. 아울러 이들 '小說(소설)'도 현실과 관련이 있는 작품은 한 편도 없고, 모두가 고전 야담이나 일화 류의 작품들이다.

먼저 1906년 9월 18일, 9월 19일부터 21일, 그리고 9월 22일부터 10월 3일까지 걸쳐 연재된 세 편의 작품들에는 제목이 붙어 있지 않고 단순히 '小說'이라는 양식 표기만 되어 있다. 그러다가 1909년 10월 9일 이후는 '小說'이라는 양식표기와 함께 제목이 나타난다. 이후 나타난 제목들은

---

3) 송민호는 「디구셩 미리몽」이 구소설과 신소설의 요소를 모두 지니고 있지만, 그 가운데 신소설적 요소가 더욱 짙은 작품으로 본다. 그 이유로는 첫째, 문답식 대화체. 둘째, 상징적 수법. 셋째, 주제의 현실성. 넷째, 수사적 기교 등을 든다(송민호, 『한국 개화기소설의 사적 연구』, 일지사, 1975, 128~131면 참조).
4) 근대계몽기 한국 단형 서사문학의 독특한 특질을 드러내는 논설적서사가 더 오래 지속되지 못한 가장 큰 이유는 1910년 한일합방으로 인한 검열 강화와 출판금지라는 문학 외적 이유에 있다. 1909년 정도까지는 논설적서사로 분류할 수 있는 작품들이 계속 등장하는데, 『신한민보』 1909년 7월 7일자에 실린 론돈 이항우의 「동우인유공가화원(同友人遊公家花園)」이나, 대시생(大視生)의 「등하회화(燈下會話)」 등을 그 예로 들 수 있다.

모두 한문으로 된 제목이라는 공통점을 지니고 있다. 이들 작품은 대부분 그 소재를 과거에서 취하고 있으며, 작품 속에 삽입된 일화들을 통해 교훈을 전하려는 목적으로 집필한 것이 대부분이다. 이들이 전하는 교훈 역시 현실과 연관된 것이라기보다는 전통적 가치관 혹은 인간의 도리를 지킬 것을 권고하는 것이 대부분이다.

『뎨국신문』에 수록된 이러한 '소셜'들은 문학사적으로는 특별히 중요한 의미를 지니지 못한다. 독자들을 위한 흥밋거리 이상의 역할을 했다고 보기 어려운 것이다.

『경향신문』의 경우는 고정적인 '쇼셜'란을 두고 지속적으로 작품을 발표했다는 점에서 특별히 주목해 볼 필요가 있다. 『경향신문』은 1906년 11월 30일에 연재 발표되기 시작한 「정소의 불긴」으로부터, 1910년 12월 30일 「게와 원숭이」에 이르기까지 대략 50편에 이르는 작품을 발표한다. 이들 '쇼셜'은 모두 제목이 붙어 있다. 그러나, 길이 여하를 막론하고 작가명이 표기된 경우는 단 한 편도 없다.

『경향신문』에 수록된 단형 소설의 가장 큰 특징은 그것이 '쇼셜'란에 실려 서사문학을 표방하고 있으면서도, '논설'과 분리되어 있지 않다는 점이다. 『경향신문』의 '쇼셜'은 상당수가 그 내용과 형식에서 논설과 분리되어 있지 않다. 이를 확인하기 위해『경향신문』에 수록된 첫 번째 '쇼셜' 「정소의 불긴」의 일부를 인용하면 다음과 같다.

㉮넷적에 두 고양이 잇서 서로 화목ᄒᆞ야 잘 지내더니 어디셔 두부 ᄒᆞᆫ 덩이롤 엇어다 노코 마치 사름이 큰 지물을 엇음과 ᄀᆞᆺ치 됴화ᄒᆞ고 뎌희들이 말ᄒᆞ기롤 이거슬 누가 더 먹어도 못 쓰고 덜 먹어도 못 쓸 거시니 ᄒᆞᆫ 반을 고로게 ᄂᆞᆫ화야 쓰겟다 ᄒᆞ고 이 고양이가 칼을 들고 반을 버히려 ᄒᆞᆫ 즉 뎌 고양이 말이 그러케 버혀셔는 공평치 못ᄒᆞ니 내가 ᄂᆞᆫ호리라 ᄒᆞ고 칼을 쎄아셔 버히랴 홀 즈음에 뎌 고양이가 ᄯᅩ 말ᄒᆞ기롤 그러케 ᄒᆞ여도 공평치 못ᄒᆞ다 ᄒᆞ야 두 고양이가 셔로 ᄒᆞᆫ 나졀을 힐란ᄒᆞ다가 인ᄒᆞ야 결단치 못ᄒᆞ니 대뎌 처음 도적질 홀 때에는 화목ᄒᆞ더니 ᄂᆞᆫ홀 때에는 서로 밋지 못ᄒᆞᄂᆞᆫ ᄆᆞ음을 두고 힐란ᄒᆞ니 가히 우슙도

다 두 고양이가 서로 두부만 노리고 보다가 흔 고양이가 흐는 말이 우리 둘히 이러케 힐란만 흐면 두부룰 는호지도 못흐고 놈 보기에도 됴치 못흔 모양이니 우리 이러케 흐지 말고 아조 공평흐게 는호기로 지판소에 가셔 셔챵ᄃ려 우리 스긔을 즈셰히 말흐고 공평이 는화달나 흐쟈 흐고 즉시 두부룰 가지고 지판소에 거리흔 즉 지판관 잔나븨가 듯고 속으로 엉큼흔 ᄆ음을 품고 곳 불너 드려 무론 즉 고양이들이 알외는 말이 (…중략…)

ᄂ그 산 쥬인 잉무ᄉ가 보고 우는 고졀을 무릐셔 두 고양의 말을 즈셰히 듯고 졔가 본 딘 말을 능히 잘 흐기로 사룸ᄃ려 이런 말을 젼흐야 이제ᄭ자 밋쳣는 지라

ᄃ이 리약이룰 ᄀᄅ치기는 므릇 숑ᄉ라는 거슨 놈의 직물 쎼앗기로 위흐야 흐던지 빗 준거술 밧기로 위흐야 흐던지 무슴 물건을 겸양지심을 가지고 흐던지 도모지 의론치 말고 셰샹 숑졍에셔는 반ᄃ시 협잡흐는 사룸이 잇셔셔 필경에 숑ᄉ룰 그릇치게 흐는 이도 잇고 혹 사룸으로 흐여곰 화목을 일케 흐야 ᄆ음을 샹해 오는 이도 잇ᄂ니 원컨디 우리 벗들은 이룰 보고 믁샹흐야 셰샹 숑졍에 들기룰 힘써 피흐고 맛당이 힝션 피악흐는 공부룰 브즈런이 홀지니라

「졍소의 불긴」에는 '고담(古談)'이라는 표식이 붙어 있어 이것이 옛날 이야기임을 내세운다. 그러나, 이 이야기가 고담이 아니라 현실에 근거를 둔 이야기임을 아는 것은 그리 어렵지 않다. 이 작품에 등장하는 '지판소'나 '만국공법' 그리고 '외국 사룸' 등의 용어는 그것이 지극히 당시대의 현실을 경계하는 이야기임을 알게 해준다.

이 작품의 중심 서사는 두부 한 덩이를 놓고 싸우는 두 고양이와, 그 고양이들을 속여먹은 잔나비의 행위이다. ㉮ 부분이 거기에 해당한다. 글 ㉮만으로 이 작품은 '쇼셜'이 될 수 있는 것이다. 그러나 이 작품은 중심 서사인 ㉮만으로 끝나지 않는다. ㉯와 ㉰라는 부분이 첨가되어 있다. 앵무새가 이야기를 들어 전했다는 ㉯ 부분은 흔히 서사적논설의 도입 구절로 많이 사용되던 것이다. 이는 '내가 얼마 전 전해들은 이야기가 하도 신기하기에 여기에 기록하노라'라는 구절의 변형인 것이다. 서사적논설에서는 집필자 자신이 이야기 전달자로 나선 것에 반해, 여기에서는 또

다른 등장인물이라 할 수 있는 앵무새가 이야기 전달자로 나서는 것이 다를 뿐이다. ㉰ 부분은 서사적논설의 편집자 해설과 완전히 일치한다. '이 이야기를 가르치기는—'이라는 구절로 중심서사의 의미를 풀이해 주고, '원컨대 우리 벗들은 이를 보고 묵상하여 세상 송정에 들기를 힘써 피하고 마땅히 행선 피악하는 공부를 부지런히 할지니라'라는 구절로 교훈과 경계를 삼는 것이 그러하다.

『경향신문』에는 이렇게 중심서사에 이어 편집자 주 혹은 편집자 해설이 붙어 있는 작품이 매우 많다. 『경향신문』 '쇼셜'에 이렇게 편집자 해설이 붙은 작품이 많다는 것은 곧 논설과 서사의 미분리가 당 시기 서사문학의 중요한 특징임을 다시 한 번 확인시켜 주는 것이다.

『만세보』에도 두 편의 단형 소설이 실려 있다. 한 편은 1906년 7월 3일과 4일 이틀 동안 '小說'란에 실린 '短篇'이다. 이 작품은 지은이가 국초(菊初)로 명기되어 있어, 그것이 이인직의 작품임을 알 수 있다. '小說'과 '短篇'은 모두 양식을 가르치는 용어로 사용된 것이므로 이 작품에는 제목이 없는 셈이다. 1907년 1월 1일 발표된 「백옥신년(白屋新年)」에는 '短篇小說'이라는 양식 표기가 되어 있는데, 이 작품의 경우는 저자를 알 수 없다. 이인직의 '단편'은 미완성 소설이다.[5] 이 작품의 발표된 줄거리를 보면 아직은 도입에 불과할 뿐 본격적인 중심서사에는 들어가지 않은 상태이다.

이인직의 '단편'에는 이른바 '옥관자짜리'라고 불리우는 주인공과 그의 첩이 등장한다. 주인공은 과거 당상수령(堂上守令)을 지내며, 백성의 돈도 적지 않게 긁어먹던 인물이다. 주인공은 그렇게 긁어모은 돈으로 첩을 들여 한때 호강을 시킨다. 그러나 세도 높은 재상에게 바친 돈이 별 효험을 보지 못하여 좋은 벼슬에 나아가지 못하게 된 주인공은 결국 어려운 지경에 처하게 된다. 하루는 주인공이 첩의 집을 찾는데, 마침 그

---

5) 『만세보』 1906년 7월 5일자는 발행은 되었지만 현재 유실된 상태이다. 따라서 이인직의 '단편'이 그곳에 실려 있을 가능성도 없지는 않다.

날은 첩이 주인공을 기다려 무언가 담판을 지으려고 작정하던 중이었다.

이 '단편'은 주인공과 첩 사이에 조성된 긴장과 갈등이 폭발하기 직전 장면에서 중단된다. 이인직의 이 '단편'은 그가 뒤이어 발표하게 되는 신소설 「혈의루」와 같은 문체를 사용하고 있다. 이른바 부속국문체라는 특이한 문장을 사용하고 있는 것이다.[6)]

이 '단편'의 도입부 구성은 이인직의 「귀의성」 등 신소설의 도입부와 크게 다르지 않다. 밀도 있는 구성의 단편소설을 위한 절제된 도입부가 아닌 것이다. 이 '단편'은 그 스토리 전개로 미루어 볼 때, 작가가 그것을 어떻게 전개시키는가에 따라 장편이 될 수도 있고 또 단편으로 끝날 수도 있다. 이런 점들로 미루어 보면, 근대계몽기 단형 소설 가운데 『만세보』에 실린 '단편'들은 문체나 그 구성 방식에서 신소설과 별다른 차이를 보이지 않았음을 알 수 있다.

2) 인물기사

근대계몽기에 존재했던 독특한 단형 서사문학 자료 가운데 하나로 인물기사를 들 수 있다. 인물기사란 신문에 실린 창작 기사 가운데 한 인물의 일대기 혹은 한 인물과 관련된 일화를 기록한 것을 말한다. 인물기사는 기사체 창작물의 하나로서 이 역시 양식 분류상 단형 소설 속에 넣어 다룰 수 있다.

인물기사를 소설의 일종으로 다룰 수 있는 근거는 『경향신문』의 '쇼셜'란에서도 발견된다. 『경향신문』 1909년 6월 18일자 '쇼셜'란에 실려

---

6) 『만세보』는 창간 초기부터 일정 기간에 걸쳐 소설과 기사 등에 이러한 문체를 사용했다. 『만세보』가 이러한 문장을 선택한 것은 한글 독자층과 한문 독자층을 모두 끌어들이기 위한 것이었다. 즉 한글신문과 국한문 혼용신문으로 나뉘던 출판계의 관례를 깨고, 한꺼번에 두 층을 모두 흡수하기 위해 이러한 문체를 선택했던 것이다.

있는 글은 전형적인 인물기사로, 임경업 장군의 일화를 다룬 것이다. 이 작품은 중심서사 부분과 해설 부분으로 이루어져 있다. 중심서사는 임경업의 비범함을 보여준다. 해설에서는 그러한 비범함이 옛날 초패왕에 버금가는 것이고, 그 비범함을 바탕으로 임경업이 병자호란 중 청나라 군사를 물리쳐 나라를 지켰다는 사실을 강조한다. 이 작품의 지은이가 궁극적으로 강조하고 싶은 것은 해설 부분이다. 이는 인물기사의 창작 목적이 서사적논설이나 논설적서사와 크게 다르지 않다는 것을 보여준다. 과거 인물의 행적을 빌어 오늘날 현실에 대한 경계를 삼고자 했던 것이 바로 이러한 인물기사의 창작 목적이었던 것이다.

인물기사는 『죠선크리스도인회보』에서 처음 발견된다. 1897년 11월 10일 발표된 「고륨포」가 그것이다. 1898년 2월 22일 『독립신문』에도 인물기사가 등장한다. 『독립신문』은 워싱턴의 탄생일을 맞아 그의 일대기를 게재한다. 이 글에 등장하는 워싱턴은 영국에 저항하여 미국의 독립을 성취한 인물이다. 워싱턴은 행실이 점잖고 장부 같았을 뿐만 아니라, 지도력이 있어 백성들을 모아 조련하고 연설하며 영국의 압제를 물리쳐 자주독립하도록 권면하였다. 『독립신문』은 외형상으로는 '오늘이 이 유명한 성인의 탄일인 고로 대강 그 사적을 기록하노라'라는 논지를 편다. 하지만, 실제 편집진의 의도는 세계 열강의 침략으로부터 우리나라를 지켜낼 지도자가 필요하다는 생각을 드러내는 것이었다. 『독립신문』은 이밖에도 1899년 8월 11일에 「모긔쟝군의 스젹」이라는 작품을 수록하고, 1899년 10월 31일에는 독일의 재상 비스마르크의 행적을 소개하는 글을 게재한다.

인물기사를 수록한 또다른 신문으로는 『그리스도신문』을 들 수 있다. 『그리스도신문』은 1901년 5월 16일 「알푸레드님군」으로 시작해, 8월 22일 「을지문덕」, 8월 29일 「원텬셕」, 9월 5일 「길지(吉再)」 등의 인물기사를 수록한다. 1902년 5월 8일에 발표된 「그루소의 흑인을 엇어 동모홈」 등도 부분적으로 인물기사와 유사한 측면을 지니고 있는 단형 소설이라 할 수 있다.

『대한미일신보』에도 인물기사가 적지 않게 실려 있다. 특히 1905년 12월 14일부터 21일 사이 7회에 걸쳐 연재된 「의티리국아마치전」은 논설적 서사와 인물기사 및 역사·전기소설의 상호 연관성을 파악하는 데 매우 중요한 자료이다. 비록 짧은 글이기는 하나, 1907년 9월 27일 발표된 「혹룡강의 녀장군」의 경우도 인물기사에 해당한다. 1907년 10월 18일과 19일 그리고 23일자 신문에는 '학문의 필요'라는 지면을 마련해 각각 비근(베이컨), 밍덕스구(몽테스키외), 루소의 생애와 업적을 요약 소개한다.

인물기사는 그 소재를 현재와 과거, 그리고 국내와 국외를 가리지 않고 다양하게 선택했다. 하지만, 이들 인물기사는 그 소재를 어디에서 취하건 상관없이 모두가 현재 한국의 문제를 다루려는 의도 아래 창작된 것들이다. 그런 점에서 인물기사는 근대계몽기 단형 소설 가운데 특히 현실비판을 목적으로 창작된 논설적서사와 유사한 면이 많다. 인물기사는 이러한 속성으로 인하여 한일합방이 이루어지는 1910년 이전까지만 주로 발표된다. 이 시기를 지나면서부터는 거의 발표가 어려워지는 것이다.[7]

4. 문학사적 의의

본 연구의 진행 과정에서 확인한바, 이 시기에 존재했던 단형 서사문

---

7) 예외적으로 1910년 이후에도 계속 인물기사를 실은 신문으로 『신한민보』를 들 수 있다. 『신한민보』에는 1909년 4월 7일, 「량의사합뎐」이 발표된 이후, 1913년 8월 1일 대시싱이 쓴 「김공약사서후(金公略史書後)」, 1914년 3월 19일 권업보죠 등이 쓴 「황진소전(黃進小傳)」, 1916년 11월 6일과 30일의 「대구셔로인」 등 여러 편의 인물기사가 발표된다. 이 신문은 1913년 8월 15일과 22일, 지란이(之蘭李)의 「퉁드란」과 같은 번역 인물기사도 수록한다. 다른 신문들과 달리 『신한민보』가 1910년 이후에도 인물기사를 실을 수 있었던 것은 이 신문이 국내에서 발행되지 않고 미국에서 발행되었기 때문이다.

학 자료들은 수백 편에 이른다. 이는 그 동안 이 시기에 출간된 서사문학 자료가 없다는 것을 구실 삼아, 이 시기를 이른바 소설사적 공백기 혹은 단절기로 보아 온 것에 대한 구체적 반론의 증거로서 의미가 있다.

이 시기 서사문학의 작가들은 그들이 표면적으로 '논설'을 내세우건, '소설'을 내세우건 그와 큰 관계없이 대부분 논설 지향의 창작 의도를 드러내었다. 단형 서사문학 작가들은, 그들이 비록 양식상 '소설'을 표방할 경우라도 그 '소설'에 편집자 해설 등의 시사해설을 첨가했다. 특히 『대한민일신보』에 실린 논설적서사들이나 『경향신문』에 실린 '쇼설'들에서 이러한 현상이 두드러져 보였다. 이러한 형태를 띤 많은 자료들에 대한 확인 과정은 이 시기의 문학이 '논설'과 '서사'가 분리되지 않고 결합되어 있는 단계의 문학이라는 것을 분명히 확인시켜 주는 것이다. 한국 근대문학사 초기에 이러한 현상이 두드러진 것은 이 시기가 역사적으로 매우 어려운 격동기였기 때문이다. 예외가 없는 것은 아니지만, 단형 서사문학의 작가들은 대부분 이른바 양심적 지식인 집단에 속하던 사람들이었다. 그들이 여러 가지 형태로 시국과 관련된 논설을 담아내려는 의지가 이러한 현상을 가져오게 된 것이다. 이는 한국 근대문학이 시대와 환경을 적극적으로 반영하며 성장한 문학임을 보여주는 것이기도 하다.

이 시기 단형 서사문학 자료들은 일반 서술체를 비롯해 토론체, 문답체 등 다양한 구성과 서술의 방식을 보여준다. 이러한 다양한 구성과 서술의 방식은 곧바로 다음 단계의 문학 작품들로 이어진다. 이 점에서 보더라도, 근대계몽기 단형 서사문학의 창작 체험은 본격적인 한국 근대문학의 성장에 적지 않은 기여를 했음을 알 수 있다. 서사적논설이나 단형소설은 신소설 및 역사·전기소설에 앞서 출현해, 일정 기간 동안은 이들과 공존한다.

근대계몽기의 단형 서사문학 자료에서 인물기사가 중요한 이유는 이것이 당시대의 중요한 서사문학의 한 유형인 역사·전기소설과 관련이 있기 때문이다. 역사·전기소설의 형성 과정에는 근대계몽기 당시에 성행했던 외국 서적의 번역 및 번안과 함께, 인물기사의 창작 체험이 중요한 요소로 작용했다. 역사·전기소설은 한국의 전래적 문학 양식인 전(傳)류 문학에 토대를 두고 인물기사 등을 거치면서 단행본 길이의 소설로 정착된 문학 양식이다.

신소설 역시 단형 소설의 연장선상에서 이해할 수 있는 측면이 적지 않다. 신문에 연재 발표될 당시에는 신소설과 단형 소설은 모두 '소설'에 속하는 것으로 차이가 없었다. '소설' 혹은 '쇼셜'란 속에서 신소설과 단형 소설이 공존했던 것이다. 한 예로 『경향신문』은 '쇼셜'란에 여러 편의 단형 소설과 함께 「히외고학(海外苦學)」과 같은 신소설류의 작품을 발표한다.

『경향신문』의 편집자들은 「지물이 근심거리」 등의 수많은 단형 소설과, 「히외고학」 등의 신소설류 작품을 서로 다른 양식으로 생각하지 않았다. 이들 작품에는 모두가 같은 '쇼셜'이라는 양식 표기가 되어 있다. 「파션밀스」가 발표되던 1908년 7월 3일부터 1909년 1월 1일까지, 그리고 「히외고학」이 발표되던 1910년 3월 25일부터 10월 21일까지는 다른 단형 소설이 발표되지 않는다. 이 기간은 결코 짧은 기간이 아니다. 그럼에도 불구하고 이 기간 동안 『경향신문』은 단형 소설을 단 한 편도 수록하지 않았다. 이는 『경향신문』 편집진들이 이러한 작품들을 다른 단형 소설과 구별짓지 않고 같은 유형의 작품 즉 '쇼셜'로 취급하고 있었기 때문이다.

모든 단형 소설의 연장을 곧 신소설이라고 보고, 일 대 일의 직선적 관계로 이해하려는 것은 무리가 있다. 하지만, 신소설의 원형 가운데 한 부분을 근대계몽기 단형 소설에서 찾는 것은 크게 문제가 되지 않는다. 다양한 면모를 지닌 단형 소설이라는 양식의 확산이 역시 다양한 면모를 지닌 신소설의 일면을 채우고 있다는 사실에 대해서는 의심의 여지가 없는 것이다.

5. 마무리

지금까지 이 글에서는 근대계몽기 단형 서사문학 자료를 '논설'류와 '소설'류로 나눈 후, 그 자료들의 존재 양상을 확인하고 특질에 대해 논의한 후 이들이 지니는 문학사적 가치에 대해 정리했다.

근대계몽기 신문에 발표된 논설들 가운데 서사적 성격을 띤 글들인 서사적논설은 1890년대 후반부터 발표되기 시작해 1900년대 말까지 매우 다양한 매체를 통해 퍼져나갔다. 이는 초기에는 『그리스도신문』 등 기독교 신문을 통해 모습을 드러냈지만, 점차 『독립신문』·『데국신문』·『미일신문』·『대한미일신보』 등을 통해 활성화되었다. 서사적논설에는 편집자 주나 해설이 붙었는데, 그 방식과 기능 역시 매우 다양했다. 서사문의 앞에 붙는 글은 이야기를 수록하게 되는 경위를 밝히는 편집자 주가 대부분이다. 서사문의 뒤에 붙는 글은 작가의 계몽적 창작의도를 직접 드러내는 경우가 많다. 서사성을 드러내는 방식도 다양했는데, 일반 서술체·문답체·토론체 등이 그것이다. 대부분의 서사적논설은 무기명으로 발표되었지만, 경우에 따라 집필자의 이름이 드러난 것도 있다.

이 시기의 단형 소설들은 '小說, 소셜, 쇼셜' 등 다양한 양식 명칭 아래 발표되었다. 단형 소설 가운데 특별히 시사성이 강한 작품들인 논설적서사는 스스로 소설임을 표방하고 소설란에 발표되었지만, 실제로 그들이 지향한 것은 논설이었다. 이들은 주로 『대한미일신보』를 통해 발표되었다. 『경향신문』은 오랜 기간 동안 '쇼셜'란을 두고 많은 작품을 발표했다. 이들 『경향신문』에 발표된 소설들 역시 성격상 논설과 크게 구별되는 것이 아니었다.

한국소설사에서 1890년대에서 1900년대 자료들이 보여주는 가장 중요한 특징은 '소설'과 '논설'이 아직 명확히 분리되지 않았다는 점이다. '논설'란에서도 소설이 발견되고 '소설'란에서도 논설이 발견되는 것은 그러한 이유 때문이다. 이 시기에는 소설이 꾸며낸 이야기이기도 하면서, 작가의 계몽 의도를 드러내는 논설이기도 했던 것이다.

근대계몽기 단형(短型) 서사문학의 창작 체험은 이어서 장형(長型) 서사문학의 탄생으로 이어진다. 근대 단형 서사문학 작품들은 신소설이나 역사·전기소설 등의 탄생과 일정한 연관성을 지니고 있다. 단형 서사문학 작품에 대한 창작은 신소설이나 역사·전기소설 등의 장형 서사문학이 출현한 이후에도 당분간 지속된다. 따라서 1900년대 중반 이후 얼마 동안 이들은 공존의 시간을 갖게 되는 것이다.

『독립신문』 소재 단형 서사문학 연구

문답체 서사를 중심으로

문한별

1. 서론

『독립신문』은 1896년 4월 7일 서재필에 의해 창간되어 1899년 12월 4일 폐간된 우리나라 최초의 민간 신문이다. 이 『독립신문』의 '논설'과 '잡보'란에는 근대 문학의 형성 과정 가운데, 근대적 개념의 소설로 전개되기 이전의 상태인 서사성이 가미된 논설 30여 편이 실려 있다. 이 논설들은 일반적으로 '단형 서사'라 일컬어진다.[1)]

『독립신문』에 실린 '단형 서사'는 다른 신문들의 그것과 구별되는 일

[1)] 이 글에서 언급되는 '단형 서사'는 근대 전환기 무렵, '근대적 매체인 신문과 잡지에 실린 매우 짧은 분량의 서사성 있는 이야기들'을 의미한다. '단형 서사'라는 명칭은 그 분량에 있어서 근대 소설의 일반적인 길이에 비하여 짧다는 의미를 지닌다. 그런 의미에서 본격적인 근대 소설 양식을 '장형 서사'라고 부를 수 있다.

정한 특징을 보여준다. 그것은 다른 신문들에 실린 '단형 서사'가 서사성
이 강조된 '단형 소설'의 단계에 접근한 것이 다수 보이는 것에 비하여,
『독립신문』의 경우는 '서사성'에 초점이 맞추어져 있다기보다는 '문답
체2)'를 통한 논설적 성격이 두드러진다는 점이다. 전체 30편의 '단형 서
사' 가운데, 이와 같은 '문답체'의 성격이 두드러진 글은 총 16편으로, 과
반수 이상이 '문답체'의 형식을 지니고 있는 것이다. 그러나 기실 겉으로
드러나는 '문답체'의 형식은 아닐지라도, 서사의 구동이 '문답'의 형식을
지니고 있는 글까지 포함시키면 그 수는 더욱 늘어난다. 우화적 성격, 즉
서사성이 보다 두드러진 글들 가운데에서도 서사 중간 중간에 '문답체'
의 형식을 보여주는 글까지 포함하면 22편의 글이 '문답체'의 형식을
직·간접적으로 활용하고 있는 것이다.

　그렇다면 '문답체'의 형식이라는 것은 무엇을 의미하는 것인가. 우리
는 논의 시작에 앞서서 몇 가지 문제의식을 가질 필요가 있다. 그 첫 번
째는 다른 신문들에 실린 서사성이 짙은 글들보다 '문답체'의 형식을 활
용한 글이 근대적 개념의 소설 양식에서 멀리 떨어져 있는 것인가의 문
제이다. 이는 다시 말하자면, '문답체' 형식의 활용이라는 것이 서사성을
구현하는 데에 있어서 어떠한 역할을 하고 있는가의 문제에 대한 것이
다.3) 두 번째 문제는 '문답체'의 활용을 통해 '단형 서사'의 주제가 어떻

---

　2) '문답체' 형식은 일반적으로 '대화체'의 한 양상에 해당된다. '서사'란 이야기가 있는
　　모든 글이라고 할 수 있는데, '대화'는 이야기를 이끌어 나가는 주된 방식 가운데 한
　　가지가 될 수 있다. 그런 의미에서 '대화체'는 서사의 기본적 요소에 해당된다. 이 서
　　사를 이끌어 나가는 방식 속에 '대화체'가 포함되고, '문답체'는 '대화체'에 포함되는
　　한 양상이라고 말할 수 있다. '문답체' 형식의 두드러진 특징은 오고가는 대화의 양상
　　에서 '발화자'의 위치가 항상 정보나 교훈을 전달하는 입장에 놓인다는 점이다. 그렇
　　기 때문에 '문답체'의 형식에서는 질문에 답하는 사람의 이야기에 서사의 중심이 세워
　　지고, 이는 곧 주제 의식으로 곧바로 연결될 수 있다.
　3) '문답체 단형 서사'를 문학의 한 양식으로 볼 것인가의 문제는 근대 전환기 신문 논
　　설을 문학으로 볼 것인가, 논설로 포함시킬 것인가에 대한 논의로 귀결된다. 이는 또
　　한 논설에 서사성이 포함된 것을 문학으로 볼 것인가 아닌가의 문제로 연결된다. 여기
　　서 분명한 것은 '서사'라는 말이 지닌 개념 인식이다. 즉 서사(이야기)를 근대적 소설

게 구현되고 있는가이다. 이는 곧 『독립신문』의 절대 다수를 차지하고 있는 '문답체' 형식의 '단형 서사'의 주제적 특질을 밝혀내는 것이고, 이를 통하여 『독립신문』 논설의 전체적인 성격을 파악하는 단초가 될 수 있는 것이다.

2. 문답체 서사의 효과

『독립신문』에 실린 '단형 서사'의 특질이 '문답체'라는 것은 어떠한 형태를 뜻하는 것인지 먼저 살펴볼 필요가 있다. 1899년 1월 31일 신문에 실린 「외국 사롬과 문답」의 경우를 살펴보기로 한다.

외국 (귀국에셔 외국 사롬 위호기를 본국 사롬보다 더호오 어졔 밤에 남대문으로 들어오는디 나도 들어왓쇼 일본 인력거군도 들어왓쇼 청국 보찜쟝스도 들어왓쇼 대한 사롬으 벼슬 호는 사롬도 못 들어왓쇼 졍동 다니던 외국 사롬 다 관계치 안쇼 대한 사롬은 표지 업스면 병뎡이 막쇼 기 외에 여러 규칙 잇쇼 됴약 잇쇼 대한 사롬믄 괴롭쇼 외국 사롬의 죠흔 일 호오 이것이 무슴 예의오

대한 (대한이 예의를 승샹호는 고로 손님 대졉을 후이 호고 쏘 아모죠록 외국 사롬들이 와셔 젼국에 퍼져셔 인구를 느리랴고 본국 사롬의게 히가 되여도 외국 사롬을 위호는 것이오)[4]

양식에서 통용되는 허구적인 것만으로 의미 축소할 것인가의 문제인 것이다. 필자는 이 점에서 비록 『독립신문』의 '단형 서사'의 속성이 허구와 사실을 구분하지 않은 채 사용되었지만 '서사'는 논설적 요소가 아닌 문학적 요소라는 점에서 이 양식을 문학의 특별한 한 양식으로 보아야 한다고 생각한다. 그러므로 '문답체' 형식이 포함된 '단형 서사' 역시 문학의 양식이라고 볼 수 있다.

4) 『독립신문』, 1899.1.31. 이하 인용된 논설들은 본문에 날짜만 표기한다.

『독립신문』의 '단형 서사' 중 '문답체'의 형식이 드러나는 글은 크게 두 가지로 구분할 수 있다. 위의 예문에 보이는 것처럼 대화 앞에 '외국'과 '대한'으로 구별하여 누구의 말인지를 구별하는 경우와 완전히 문장 안에 녹아들어 일반 서사문학과 동일한 방식으로 대화를 이끌어 나가는 경우이다. 그렇다면 '대화체'와 '문답체'는 어떠한 차이를 지니고 있는 것인가? 이는 곧 '문답체'의 형식을 먼저 생각해 보면 구별이 가능해진다. 그것은 곧 '문답체'의 경우 화자와 청자의 역할이 완전히 구별되어 있다는 점이다. 즉, '질문을 던지고-청자'와 '질문에 대한 답을 하는-화자'의 역할과 위치가 선명하게 나뉘어 있는 것이다.[5] 질문에 대한 답을 하는 화자의 경우, 청자에 비하여 보다 많은 지식과 견문을 갖추어야 함은 당연한 조건이다. 특히 '단형 서사'의 주제가 주로 현실 비판과 계몽, 서구 문물에 대한 소개와 교육의 필요성 등에 초점이 맞추어져 있기 때문에, 화자의 역할은 '가르치는 사람'의 역할, 즉 개화와 계몽의 필요성에 대하여 역설(力說)하는 개화 지식인의 성격을 지니고 있는 것이다. 이에 비하여 청자의 경우는 그 반대이다. 주로 시골에서 올라온 무지몽매한 농민이거나, 아직 개화에 눈을 뜨지 못한 전근대적 완고형 인물이 그 역할을 담당한다. 이와 같이 분명하게 화자와 청자가 구별된 '문답체' 형식의 경우, 글이 전달하고자 하는 주제는 당연히 질문에 대답하는 '화자'의 말 속에 담겨 있을 수밖에 없다. 즉 논설적인 목소리가 한쪽에 강하게 담겨 있음으로써 현실에 대한 비판과 개화의 필요성에 대하여 효과적으로 전달할 수 있는 것이다.

문답의 주·객체가 문면으로 구별되어 드러난 위의 예문과 달리, 문장 속에 녹아 들어가 있는 경우 또한 이와 '문답'의 형식적인 측면에서는

---

5) 이 글에서 사용하는 '화자'와 '청자' 개념은 일반적인 '발화자'와 '수신자'의 개념과는 다르다. 이 글에서는 텍스트의 성격이 논설적 성격이 강하다는 것과 '문답체'라는 형식의 특수성을 고려하여, '질문을 던지는 사람'을 편의상 '청자'로, 그에 '답을 하는 사람'을 '화자'로 칭하기로 한다.

크게 다르지 않다. 다만 겉으로는 그 둘이 구별되어 있는 것에 비하면 보다 서사성이 강조되어 있다는 정도의 차이가 보일 뿐이다. 그러나 같은 '문답체'의 경우라도 문장 사이에 일반 서사문처럼 대화가 녹아들어간 경우, '대답하는 사람-화자'의 역할이 더욱 또렷하게 구별된다. 즉, 질문에 답하는 화자의 어조가 글 전체의 어조와 일치되고 있어서 논평적 역할까지 함께 겸하고 있는 것이다. 기실 서사문에 있어서 화자의 '논평'이라는 것은 대화가 아닌 서사에 해당되는 것이다. 그럼에도 '단형 서사'의 작가가 질문에 대답하는 '화자'의 이야기에 힘을 실어주고, 그것이 허구적 서사 속의 '화자'의 목소리라기보다는 서술자의 태도나 목적에 맞추어져 있을 때, 그 글의 논지와 설득력은 보다 강하게 드러날 수 있는 것이다.

그러면 『독립신문』의 '단형 서사'의 경우는 어떠한가. 먼저 '문답체'의 형식 가운데, 문면에 '화자'와 '청자'가 구별되어 있는 경우는 6편이다. 「공동회에 대한 문답」·「청국 형편 문답」·「힝셰 문답」·「외국 사롭과 문답」·「신구 문답」·「어느 시골 구친 ᄒ나이」 등은 '화자'와 '청자'가 문면상에 구별되어 서사를 이끌어 나가는 형태를 지니고 있다. 이에 비하여 '문답체'로 되어 있는 글 22편 가운데 나머지 16편의 글은 이 둘이 구별되지 않고 이야기 속에 녹아 들어간 형태를 지니고 있는 차이점이 보인다. 이와 같이 『독립신문』에 실린 '문답체'의 '단형 서사'는 위에서 제시한 것과 같이 두 부류로 나뉘어진다. 그렇다면 이 두 부류의 '단형 서사' 속에서 공통된 주제 의식은 어떠한 것이고, 형식적인 차이 때문에 생겨나는 주제 의식의 전달 방식은 어떻게 드러나는가. 이것이 다음 장에서 살펴보려는 주안점이다.

3. 문답체 서사의 주제별 갈래

앞서서 언급한 바와 같이 '문답체' 서사는 화자(혹은 서술자)가 전달하려는 주제 의식을 보다 선명하게 전달할 수 있다는 특징을 지니고 있다. 『독립신문』에 실린 '단형 서사'는 주제적 측면에서 두 갈래로 나뉘어 지는데, 그 첫 번째는 당대 현실에 대해 비판적인 내용을 담고 있는 경우이고, 두 번째는 계몽과 개화, 교육의 필요성에 대해서 당위적으로 언급하는 경우이다. 이 장에서는 이 두 가지 주제를 가지고 『독립신문』에 실린 '단형 서사'를 분류하여 그 내용은 무엇이고, 서술자가 전달하려 하였던 주제의식은 무엇인지를 살펴보도록 한다.

〈표〉 독립신문 단형 서사의 내용별 분류

제목 날짜	내용	현실 비판	계 몽
일견에 엇더훈 대한 신스 훈나이	1898.1.8	정치 비판	
엇던 유지각훈 친구가	1898.2.5	외세 비판	
시스문답	1898.10.28~29	정치 비판	
병명의리	1898.11.23	정치 비판	
엇던 친구의 편지	1898.11.24		풍속 교정, 교육 장려
상목지 문답	1898.12.2		교육 장려
공동회에 디한 문답	1898.12.28	정치 비판	
청국 형편 문답	1899.1.11	국제 정세 비판	
힝세 문답	1899.1.23	정치 비판	
외국 사름과 문답	1899.1.31	정치 비판	풍속 교정
신구 문답	1899.3.10		교육 장려
지미잇는 문답	1899.4.15~17		교육 장려
경향 문답	1899.5.10		신문물 장려
외양 죠흔 은궤	1899.6.9	정치 개혁	신문물 장려
지미잇는 문답	1899.6.20		풍속 교정, 교육 장려
량인 문답	1899.7.6	정치 개혁	
일장 춘몽	1899.7.7		외국 풍물 소개
외국 학문에 고명훈 선비 훈나이	1899.10.12	정치 비판	
대한에 유디훈 선비 훈나이	1899.10.16		신문물 장려, 교육장려
대한 엇던 관인이	1899.10.26	정치 비판	
어느 시골 구친 훈나이	1899.11.2		풍속 교정
셔울 북촌 사논 엇던 친구 훈나이	1899.11.27		신문물 장려

1) 당대 현실의 비판

이제 옆의 표를 기준으로 『독립신문』에 실린 '문답체 단형 서사' 가운데 당대 현실에 대해 비판하고 있는 글은 무엇인지 먼저 추출해 보기로 한다. 옆의 표를 살펴보면 22편의 글 가운데 당대 현실에 비판적 내용을 담고 있는 것은 12편이다. 그렇다면 이 글들은 무엇을 주된 비판의 대상으로 삼았는가. 아래의 예문을 살펴보자.

> 님군씌 아시도록 아니 ᄒᆞᄂᆞ뇨 빅셩이 되야가지고 나라를 돕지는 아니ᄒᆞ고 다 믄 안져 밋지 아니ᄒᆞᆫ다믄 홀 디경이면 그것이 빅셩의 직무ᄒᆞᄂᆞᆫ 것이 아니요 ᄯᅩ 당신이 말ᄒᆞ기를 당신 나라 정부를 놉게는 안다면셔 그 정부 일을 그 정부 관인들과 의론 아니ᄒᆞ고 외국 공 령ᄉᆞ관으로 다니면셔 외국 관인의 뜻을 밧아 가면셔 대한 일을 ᄒᆞ니 대한 정부를 놉히는 뜻이 어터 잇나뇨 도모지 대한 인민이 당쟝 내 몸에 죠고마ᄒᆞᆫ 리 잇ᄂᆞᆫ 것을 취ᄒᆞ야 죽긔 직무도 아니 ᄒᆞ고 다니며 당신 나라에들 ᄌᆞ쥬독립ᄒᆞᄂᆞᆫ 권리를 남에게 주지 못ᄒᆞ여 익들을 쓰ᄂᆞᆫ 모양ᄀᆞᆺ ᄒᆞ니 (…후략…) (1898.1.8)

위에 제시한 인용문은 1898년 1월 8일자 논설인 「일젼에 엇더ᄒᆞᆫ 대한 신ᄉᆞ ᄒᆞ나이」라는 글의 일부이다. 대한 신사 한 명이 어느 외국 정치가와 만나 나눈 대화로 이루어진 이 글은 나라의 현실에 대한 강한 비판을 담고 있다. 외국 정치가의 입을 빌어서 비판하고 있는 조선의 현실은 "인민이 당쟝 내 몸에 죠고마ᄒᆞᆫ 리 잇ᄂᆞᆫ 것을 취"하는 이기심만이 난무하고 있는 상황이다. 이런 현실에서 외국 정치가는 먼저 '빅셩의 직무'를 다하기를 종용한다. 이는 곧 조선 사람 먼저 국민으로서의 책무를 다해야 하고 냉정하게 현실을 바라보아야 한다는 것을 강조하고 있는 것이다. 외국 정치가는 조선의 현실이 개인의 자잘한 이익만을 취하고 있느라고 나라가 외세에게 넘어가는 것조차 알지 못한다고 일갈한다. "ᄌᆞ쥬독립ᄒᆞᄂᆞᆫ 권리를 남에게 주지 못ᄒᆞ여 익"를 쓴다는 지적은 1897년 아관

파천 이후 우리 정부가 이미 자주 독립의 권한을 외세에게 거의 빼앗기고 말았다는 현실을 지적해 준다.

이 글에서 '문답' 가운데 대답을 하는 '화자'의 역할은 가상의 외국 정치가에게 부여되어 있다. '청자'로 설정된 조선의 신사는 외국 정치가의 비판에 대하여 일언의 반박도 하지 못한다. 기실 안하고 있다고 보아도 무방하다. 왜냐하면 이 글 속의 외국 정치가는 다름 아닌 『독립신문』의 논설 편집자일 것이고, 등장인물인 '외국 정치가'라는 비록 가상 속의 존재이지만 객관적 거리를 둘 수 있는 사람으로 등장되어 이야기를 보다 설득력 있게 끌어 나가고 있기 때문이다.

이와 비슷한 현실 비판적 내용을 다루고 있는 '단형 서사'로 1898년 11월 23일자 신문에 실린 「병뎡의리」라는 글이 있다. 이 글에서는 두 명의 인물이 등장하는데, 그들은 모두 신식 군대의 군인들이다. 그들은 봉급도 받지 못하고 있는 신식군대의 현실을 비판하면서, 비판의 대상을 당대의 정치 · 외교 상황으로 확대시켜 나간다.

> 오날놀 그 부상들의 모양 보니 나라나 빅셩의게 미우 유조ᄒ겟든고 긔가 탁 막혀 말이 아니 나오네 대뎌 말이거니와 외부에서 부산 졀영도를 외국에 팔아 먹는 것을 뎌 빅셩들이 도로 ᄎᆽᄋᆻ지 제 졍부에서 ᄌᆻ나 탁지부 직졍을 외국 지무관이 몌 슈중에 넛코 환롱질 ᄒᆞ랴는 것을 뎌 빅셩들이 써들고 나셔 그 외국 사롬을 도로 보냇지 졍부에셔 누가 의ᄉᆞ나 냇다던가 (1898.11.23)

글의 처음에서 두 병사는 신식 군대만 만들어 놓고 봉급도 제대로 주지 못하는 정부와 자신들이 처한 현실에 대하여 한탄하고 비판한다. 그러다가 두 사람은 점차 그 비판의 대상과 수위를 높여 가는데, 그 대상은 다름 아닌 조선의 부패한 관료들이고 무능력한 정부이다. 외세에 빌붙어서 눈치만 보는 정부의 실정을 꼬집고 개혁해 가려 하는 사람들은 정부가 아닌 백성들이다. 이 글에서 정부가 "부산 졀영도를 외국에 팔아 먹는" 것을 막은 이는 백성들이다. 그들은 "탁지부 직졍"을 마음대로 전횡하려는 외국 재무관을 몰아내기도 하는 등 적극적으로 외세에 저항하려는 의지를 드러낸다. 그러나 두 병사의 입을 통해 전해지는 조선의 현실은 매우 암담하고 비참하다. 백성들의 저항과 개혁 의지 정부는 외면하고, 각 대신들은 자신들의 잇속만을 챙기려 한다. 이 글은 앞에 제시된 글 속의 '외국 정치가'의 목소리처럼 일방적으로 현실을 지적하고 비판하는 목소리는 들리지 않는다. 그러나 두 명의 병사는 너나 할 것 없이 당대의 현실에 대하여 냉정하면서도 격앙된 목소리로 비판한다. 이글의 결말 부분에서 이 두 인물의 대화는 어느새 서술자의 목소리와 동화되어 드러난다. 결국 서술자의 논평적인 태도와 인물의 비판적 목소리가 하나가 되는 것이다.

또 다른 논설인 1899년 10월 26일자 「대한 엇던 관인이」라는 글은 우리나라 관리 한 명이 외국 선교사와 나누었다는 이야기에 대한 내용이다. 이 글에서 서술자의 목소리를 대신하는 인물은 외국 선교사이고, 그의 목소리를 통해 당대 현실을 비판한다.

> 대한의 크게 걱정되는 일은 화폐 졍수이라 이전에 남미국에서 원위화 금젼은 ᄒᆞ나도 짓지 아니ᄒᆞ고 다만 지젼을 몬드러 힝용홀 시 신 호 켤네에 지젼을 二百원식 주고 금젼이 잇는 북미국에는 신 호 켤네에 이삼원식 ᄒᆞ엿스니 이것은 다름 아니라 빅셩이 원위화 업슴을 본즉 보죠화를 밋지 아니ᄒᆞ는 ᄭᅡᆰ이라 녯 말에 닐넛스되 호 사람이 빈궁홈을 한탄ᄒᆞ더니 쯧밧게 독갑이 ᄒᆞ나를 맛나 셔로 친ᄒᆞ매 (…후략…) (1899.10.26)

이 글은 앞선 두 편의 글과 마찬가지로 '문답체'의 형식을 지니고 있다. 이 글에서 특징적인 점은 외국 선교사의 입을 통해 전달되는 현실 비판적 내용 가운데 우화의 형식이 가미되었다는 점이다. 외국 선교사는 조선의 문제점을 지적하면서 화폐 개혁과 재정 문제를 이야기함에 있어서 비유적인 우화 하나를 소개한다. 옛날에 어떤 사람이 두꺼비의 도움을 받아 황금 알을 낳는 기러기를 얻었는데, 그 사람이 차츰 욕심이 마음속에 일어나 기러기에게 두 알 낳기를 강요하다가 결국 기러기마저 잃게 되었다는 내용의 우화이다. 이 우화를 통하여 화자는 황금 알을 낳을 수 있는 기러기가 다름 아닌 조선의 백성들임을 강조한다. 또한 우매하고 욕심 많은 주인으로 조선의 관리들을 지적한다. 즉 조선의 관리들이 정치와 행정을 잘 못하여 황금 알을 낳을 수 있는 기러기인 백성들을 알아보지 못하고 실정을 계속한다는 것이다. 이 글은 다른 '문답체 단형 서사'와는 다르게 우화가 접목되어 설득력을 높이고 있다는 점에서 주목된다. 이야기 속에 또 다른 이야기가 들어가 있는 겹이야기의 구조를 지니고 있는 것이다. 이 겹이야기 구조는 물론 당대 현실에 대한 비판을 보다 효과적으로 독자들에게 전달하려는 서술자의 의도가 들어간 것이지만, 서술 기법에 있어서 완전한 허구적 서사를 논설 속에 접목시켰다는 점에서 의미가 있다.

이와 비슷한 내용을 지닌 나머지 글들 속에도 당대 현실에 대한 비판은 이어진다. 당대 현실을 비판하는 목소리는 서술자의 것이다. 서술자는 전근대적 시선이 아닌 근대 지향적 관점에서 당대의 현실을 바라보고 있다. 이는 서술자가 지닌 주제 의식이 아직 개화되지 못한 완고형 독자들 혹은 사회를 향해 집중되어 있다는 것을 말해주는 것이다. 이를 위해서 서술자는 허구적 인물(개화한 지식인 혹은 개화한 나라의 외국인)의 목소리를 등장시켜 비판적 시선을 들이대는 것이다. 이는 단순히 논설의 일반적 속성만을 동원하여 주장을 개진하는 것에 비하여 독자들에게 당대 현실의 모순을 지적하고 비판하는 데에 보다 설득력을 높일 수 있었다. 또한 이 가운데에는 독자에게 전달력을 보다 높이기 위하여 논평의 방법 이외에 우화의 형식을 빌린 형태도 등장하였다. 이는 근대적 문학 전개 과정 가운데 '단형 서사'가 지닌 허구적 서사로의 발전 가능성을 보여주는 점이다. 또한 '문답체'의 형식을 전개하면서 주로 서울 사람과 관리, 외국인 선교사나 정치인 등을 전면에 등장 시켜서 이야기를 이끌어감으로써 이야기의 무게 중심이 개화파 지식인의 목소리 쪽에 집중되도록 하였다. 이는 '화자—비판하는 사람'과 '청자—몽매한 사람'의 선명한 대립 구조를 형성하여 주제 전달을 효과적으로 할 수 있게 만든 요인이었다.

2) 계몽과 교육의 강조

『독립신문』에 실린 '문답체 단형 서사' 22편 가운데 현실에 대한 비판적 시각보다는 개화의 당위성이나 계몽과 교육의 문제에 초점이 맞추어져 있는 작품은 10편 정도이다. 이 글들의 주제는 앞 부류의 글들이 정치와 외교 문제 등의 몇 가지에 한정된 것에 비하면 비교적 다양하다. 주된 주제는 주로 '신문물의 소개'와 '풍속 교정', '신문물 장려', '구습 타파' 등이다.

1898년 11월 24일자 신문에 실린 「엇던 친구의 편지」는 만민공동회에 신식 복장과 머리를 한 여인들이 참석하였다는 이야기를 전하고 있다.

> 져번에 종로에서 만민이 공동회를 ᄒᆞᄂᆞᆫᄃᆡ 유지ᄒᆞᆫ 부인 二十여 분이 분면과 록발을 드러ᄂᆡ고 만인 중에 앙연이 참셕ᄒᆞ엿기로 셰샹 사름이 말ᄒᆞ기를 녀부인네가 슈千 년 고막된 풍쇽을 졋쳐름 확연이 폐지ᄒᆞ고 만인 조좌ᄒᆞᆫ 춍즁에 참회를 ᄒᆞ엿스니 졍부 졔공네도 응당 五百년 고막된 구습을 해지ᄒᆞ고 동셔양 통용ᄒᆞᄂᆞᆫ 신식을 실시ᄒᆞᆯ 것이니 우리 대한 졍치 풍쇽이 날노 변ᄒᆞ여 문명 진보를 슈년에 볼 ᄲᅮᆫ더러 (…중략…) 오늘늘 보건ᄃᆡ ᄂᆡ외법 폐지ᄒᆞ던 것이 ᄒᆞ로이 못가셔 구습을 도로 힝ᄒᆞ여슨즉 녀학교ᄂᆞᆫ 셜시ᄒᆞᆫ 후에 폐지ᄒᆞ지나 아닐ᄂᆞᆫ지 (1898.11.24)

이 글의 주된 내용은 중국과 우리나라에 대대손손 내려오는 오래된 풍속의 문제점과 그 혁파에 대한 것이다. 만민공동회를 계기로 선각자 몇이 구습을 타파하고 새로운 것을 받아들였으나 하루가 채 지나지 않아 다시 그것이 전과 같은 상태로 되돌아가고 말았다는 것이다. '상목ᄌᆞ'

와 '셩이싱' 두 사람의 문답 형식으로 된 이 글에서 '셩이싱'은 두루 세상을 구경하고 온 인물이다. 두 사람은 세상 풍습에 대해 이야기하면서 우리의 머리 기르는 습관 가운데에는 많은 허상이 들어가 있음을 지적한다. 즉 "실상은 슝상치 안코 외양만 슝상ᄒᆞ는 나라"라고 비판하고 있다. 단발을 하는 경우 그 머리카락의 많고 적음의 문제, 즉 실제의 합리적이고 현실적인 것에 대한 호오의 문제가 아니라, 머리카락을 자르면 정신마저도 잘린다고 생각하는 구태의연한 생각이 배어 있다는 지적인 것이다. 이 글에서는 이와 같은 생각을 지닌 사람들의 습관을 "고막된 풍속"이라 하여 강하게 비판한다. 즉 막된 풍속을 따르는 것은 세상일을 실상에 따라서 판단하지 않고, 그저 외양만을 슝상하는 허례의 행위로 보고 있는 것이다. 이와 같은 지적을 통하여 결국 서술자는 '실상'을 중시하는 서구의 합리적인 태도가 우리에게 필요한 것임을 역설한다. 또한 비록 몇몇 생각 있는 여인들의 일회성 행사에 지나지 않았으나 그것이 이어져 나가 '녀학교'를 만들고 풍속을 개선해 나가는 조직적이고 전체적인 문제로 확대되어야함을 지적한다. 곧 풍속의 교정과 구습의 타파를 위해서는 무엇보다도 근대식 교육이 절실하게 필요하다는 것을 강조하는 것이다.

이와 같은 방식으로 교육의 필요성을 강조한 '문답체 단형 서사'의 경우가 1899년 3월 10일자 신문에 실린 「신구 문답」이다. 이 글에서는 두 명의 인물이 등장한다. 한 명은 '신씨'로 새로운 학문을 배운 개화 지식인이요, 다른 한 명은 전근대의 학문을 슝상하는 '구씨'이다. 두 인물의 이름 명명에서도 드러나지만, '신씨'로 대표되는 개화 지식인은 합리적인 근대적 과학을 슝상하는 인물을 상징하고, '구씨'로 대표되는 인물은 전근대적인 학문을 슝상하는 사람들을 상징한다. 서술자는 이 둘의 대화를 통하여 전근대적인 학문의 한계를 하나하나 지적하고 논박한다.

구씨) 왈 그디의 말이 따이 둥글다 ᄒᆞ니 그럴진더 바닷물이 쏘다지지 안코 사롬이 격구로 셔지 안나뇨.

　신씨) 왈 두레박에 물을 너허 가지고 줄을 길게 미셔 너여 두르면 그 물이 쏘
다지겟나뇨 아니 쏘다지겟나뇨 엇지 그리 갑갑흐뇨 (1899.3.10)

　지동설을 설명하는 '신씨'는 근대의 합리적 과학에 근거하여 '구씨'의
관념적인 구학문의 세계를 비판한다. '구씨'의 논박으로 대변되는 세계
는 다름 아닌 조선 시대의 지배 원리인 성리학적 세계이다. 이 글에서
'신씨'는 노골적으로 구학문인 성리학의 세계를 언급하지는 않는다. 다
만 근대 천문학의 과학적 근거를 가지고 '구씨'의 세계를 비판하고 있을
뿐이다. 그러나 그 논박의 가운데에서 가장 첨예한 것은 만물의 생성 원
리에 대한 '구씨'와 '신씨'의 이야기이다. 성리학의 가장 근원적인 추동
요소를 비판함으로써, 구학문의 허황됨에 대하여 날카로운 비판을 가하
고 있는 것이다. 이 의미를 확대해 본다면 곧, 계몽과 개화로 대변되는
근대 문명의 우수성에 대한 신념과 전근대적인 세계관이 대립하는 것임
을 알 수 있다. 또한 그 근거를 과학적 근거에 의해 논박함으로써 '구씨'
의 세계관이 잘못된 것임을 지적하는 것이다.

　이와 같은 대화를 통하여 일차적으로는 '신씨'로 대변되는 개화 지식
인의 입을 통하여 서술자는 일차적으로 근대 문명의 우수성과 합리성을
부각시킨다. 전근대적인 사고방식의 허구성을 논박하려는 의도가 담겨
있는 것이다. 또한 문면에는 드러나 있지 않으나, '신씨'의 태도에 서술
자의 무게 중심이 옮겨감으로써 '신씨'가 합리적인 사고방식을 가질 수
있었던 요소인 근대적 교육의 필요성과 당위성에 대해서도 부차적으로
드러내고 있는 것이다.

　이 이외에도 계몽과 교육의 필요성에 대하여 언급하고 있는 글 가운
데에는 1898년 6월 20일자 신문에 실린 「ᄌᆞ미잇는 문답」이 있다. 이 글
은 서양에서 근대 학문을 많이 배워 귀국하여 옛 친구를 만나 이야기하
는 형식으로 되어 있다.

대한 풍속에는 데일 악습이 잇스니 주녀간에 十여세만 되면 의례히 혼인홀
줄 알어서 당쟈는 안힉가 무엇인지 남편이 무엇인지 모로는 것을 억지로 음양
을 비합흔즉 얼골에 점점 혈식이 업고 그 중에 위싱홀 줄을 도모지 몰나서 거
쳐가 비습흠이 몸에 잔병이 쩌날 적이 업스니 그 속에서 나오는 주식이 엇지
잔역ᄒ지 아니ᄒ며 쏘흔 룽히 쟝슈ᄒ리요 (1898.6.20)

　　서양에서 공부하고 온 사람이 지적하는 우리의 잘못된 풍습에는 '조
혼'이 가장 두드러진다. 조혼의 폐해는 당대 현실에서도 시급하게 고쳐
야 할 문제적 구습 가운데 하나였다. 십여 세도 채 지나지 않은 사람들
을 결혼시켜서 사랑과 가정의 진정한 의미도 알지 못하게 할 뿐이라는
것이다. 이에 덧붙여서 언급되는 것이 '위싱'에 대한 문제이다. 이는 곧
전근대적인 생활 방식에 대한 비판이다. 이와 같은 조혼의 폐습과 위생
의 불결함이 맞물려 자식 대에도 전해진다는 것이다. 결국 이와 같은 풍
습과 생활양식에 대한 비판을 통하여 서술자가 말하려는 것은 근대적인
사고방식과 생활방식이 모두 함께 이루어져야 한다는 것이다. 성리학적
구질서의 타파와 낡고 잘못된 풍습의 혁파는 결국 계몽의 문제와 직결
될 수밖에 없다. 사람들을 계몽시키는 데에 가장 중요한 것은 일차적으
로 근대적 교육 실시의 당위성임은 말할 필요도 없다. 그렇기에 『독립신
문』에 실린 '단형 서사'의 주된 내용 가운데 하나는 교육의 필요성에 대
한 언급이다. 이 이외에 이들 '단형 서사' 가운데 또 하나 두드러진 주제
는 신문에 대한 언급들이다. 특히 신문의 필요성에 대한 언급이 많은 글
을 통하여 언급되고 있다. 신문은 근대적 문물을 아울러 상징하는 대표
적인 도구이자 매체이다. 결국 교육의 중요성과 함께 언급되는 신문에
대한 강조는 당대 신문의 역할이 독자를 계몽시키고 교육시키는 역할까
지 담당하고 있음을 보여준다. 논설이나 잡보의 형식으로 실린 이 글들
속에는 정보 전달이라는 일차적인 신문의 역할 이외에도 독자―일반
민중―를 계몽하고 교육하려는 의도가 담겨져 있는 것이다.

4. 문답체 서사와 우화의 결합

『독립신문』의 '문답체 단형 서사' 가운데에는 문면으로도 완전한 허구를 표방하고 있는 글들이 있다. 1898년 3월 29일 신문에 실린 「엇던 유지각ㅎ 친구가」라는 글이 대표적이다. 글의 첫머리에서 "엇던 유지각ㅎ 친구가 이 글을 지여 신문사에 보내엿기에 좌에 지긔ㅎ노라"라고 언급된 이 글은 비록 글을 투고한 사람의 이름이 나와 있지는 않지만, "글을 지여" 보냈다는 허구적 창작물의 근거가 제시되어 있기 때문에 주목된다. 꿈속에서 일어났던 일을 기록하고 있는 이 작품은 비록 그 형식이 전대의 양식인 몽유록의 그것과 닮아있기는 하지만, 우화적인 요소가 가미되어 완전한 서사물로서의 요소를 모두 갖추고 있다.

> 그 나무 보호ㅎ는 쳘남싱이라 ㅎ는 풀들을 더 무서워 ㅎ노라 ㅎ며 말ㅎ되 그 나무 이웃에 잇는 쳘남싱이라 ㅎ는 형용이 엇더ㅎ고 ㅎ니 쑤리는 둥글고 줄긔는 아롱지고 닙은 부드럽고 령믜는 불근 것이 솔방울 굿치 되여 보기는 황홀ㅎ나 사롬의 살에 다으면 살이 부르트고 부스럼이 되어 견딜 슈 업는 그런 독ㅎ 긔운들을 가진 고로 무서워 ㅎ노라 그런 고로 몬져 그 쳘남싱이들을 업셰고 둘지는 그 ㅅ물목들을 업셰는 것이 미우 죠흘 터이기로 (···후략···) (1898.3.29)

'ㅅ물목'과 '쳘남싱'으로 대표되는 것은 우리 강산의 식물들을 고사시키는 존재이다. 우리 강산의 식물에게 해를 끼치는 식물로 언급된 두 식물은 본래 우리나라에서 자생하는 존재들이 아니라 외국에서 유입된 것이다. 이는 곧 두 식물이 '외세'를 상징하고 있는 것임을 알 수 있게 해준다. 즉, 외세가 침략하여 우리나라를 좀먹고 백성들을 고사시킨다는 것을 우회적으로 언급하고 있는 것이다. 그 두 식물은 겉으로 보기에는 "황홀ㅎ나 사롬의 살에 다으면 살이 부르트는" "독ㅎ 긔운"을 가진 존재들이다. 외래종으로 언급되는 식물의 해악성을 언급하면서 외세의 제국주의적 행태들을 경계하고 있는 것이다. 그렇기에 화자와 대화하는 "솔나무"들은 그것들을 "업세"야 한다고 말한다. 제국주의의 폐해를 일찌감치 주목하고 있는 것이다.

이 글은 이와 같은 분명한 '반외세-반제국'의 주제의식뿐만 아니라, 그 형식의 독특함에서도 주목된다. 즉, 알레고리의 기법으로 조선의 현실을 근심어린 눈으로 바라보고 있는 것이다. 알레고리의 기법은 현실의 민감한 문제를 언급할 때, 노골적이지 않게 빗대어 주제 의식을 드러내는 데에 매우 효과적일 수 있다. 특히 반제국-반외세에 대한 언급은 당대 사회에서도 매우 첨예한 문제가 아닐 수 없었을 것이다.

또 하나 주목되는 것은 이 글이 앞서서 잠시 언급한 것처럼 완전한 허구적 창작물로 보인다는 점이다. 이는 곧 '단형 서사'의 속성 가운데 논설적 요소가 문면 안으로 녹아들어 서사성이 짙게 띄게 되는 것을 의미한다. 허구적 창작물이고 서사성이 두드러진다는 점은 이 글이 근대 문학으로 발전해 가는 과정에서 매우 중요한 위치를 차지하고 있음을 보여준다. 다른 '단형 서사'가 지나치게 논설 위주로 전개되어 서사성이 떨어지는 것에 비한다면, 이 글은 보다 서사성에 초점이 맞추어져서 그 이야기를 하나의 완결된 서사물로 볼 수 있다는 것을 말해주는 것이다. 뿐만 아니라, 그 서사의 전개에 있어서도 논설적 요소들이 충분히 살아있어서 서사성과 논설성이 잘 조화되고 있는 것이다.

이와 같이 『독립신문』에 실린 '단형 서사' 가운데, 서사적 요소가 강조된 다른 작품으로 1899년 11월 1일자 논설란에 실린 「사롬이 허훈즉 꿈이 만코」라는 글이 있다. 이 글이 주목되는 것은 앞서서 제시한 글과 비슷하게 내용 전개에 있어서 서사성이 두드러진다는 점이다. 사람들이 모여 꿈 이야기를 하다가 나온 한 소년의 이야기를 다룬 이 글은 그 서사성과 아울러 이야기에 서사의 요소인 인물과 사건이 분명하게 제시된다는 점에서 주목된다. 이 글에 나오는 주인공인 소년은 집안이 부유하고 활달한 기질을 가진 인물이다. 그는 젊은 혈기로 이것저것 향락을 즐기다가 대대로 내려오던 가산을 탕진하고 만다. 그나마 얼마 남지 않은 재산도 그의 주변에서 맴도는 한 문객에 의해서 잃고 만다. 그러던 어느 날 소년은 우연히 잠이 들어 꿈을 꾼다. 꿈속에서 소년은 구덩이에 빠졌는데 줄을 타고 올라가다가 줄에 매달린 보화에 눈이 멀어 쥐가 줄을 갉아먹는 것도 모르다가 그만 지옥으로 떨어지고 말았다는 것이다. 꿈에서 깨어난 소년은 그 꿈의 내용을 기억하고 깨달아서 다시 성실해지게 되었다는 이야기이다.

이 글이 전달하고자 하는 것이 비록 다른 글의 주제 의식에 비하여 현실적인 문제에 대한 것은 아니지만, 글의 서사성에 있어서는 완전한 형태의 이야기로 되어 있다는 점, 사건과 인물이 분명하게 드러나고 있다는 점에서 주목된다. 이는 곧 이 글이 주제 의식 전달 측면에서는 비록 논설적 요소가 약하기는 하지만, 서사적 요소는 그에 비하여 매우 잘 드러난다는 것을 보여준다. 특히 소년의 고난의 과정이 드러나 있다는 점과 그 극복 과정이 자세하게 제시되어 있다는 점은 이 글의 중요한 특징이다. 또한 이 글에서 등장하는 소년의 성격이 다른 글의 등장인물의 비실명적 요소나 무성격적 요소에서 벗어나 일정한 정형성을 지니고 있다는 것은 매우 중요하다. 다른 글들이 '문답체'의 형식에 치중하여 인물이 '신-구', '개화-수구', '근대-전근대'의 대립적 성격만을 드러내는 것에 비하여, 이 글은 '문답'의 형식은 대화의 형식으로 문장 안에 녹아 들어가 있고, 소년과 소년의 재산을 빼앗으려는 문객의 성격도 일정하게 형상화되어 있는 것이다.

이는 앞에서 언급한 것과 같이 이와 같은 서사성 짙은 '단형 서사'가 근대 소설이라는 형식으로 전개될 수 있는 것을 보여주는 요소이다. 비록 그 분량은 매우 짧지만, 한 이야기가 축약적으로 모두 제시되어 있다는 점은, 이 글이 한 편의 완결된 '단형 소설'의 단계에 와 있다는 것을 보여준다.

5. 결론

『독립신문』에 실린 '단형 서사'의 두드러진 성격은 앞서서 살펴본 바와 같이 '문답체'의 형식이 다수를 차지하고 있다는 것이다. 특히 '문답체'의 형식은 대립적 두 가치관을 전개시키고 한 가치관의 우위를 이야기하는 데에 있어서 매우 효과적이었음을 알 수 있었다. 그 가치관은 다름 아닌 '개화의 필요성'과 '계몽과 교육의 당위성'이었고, 다른 한쪽으로는 '현실 정치에 대한 냉정한 비판'이었다.

특히 '문답체 단형 서사' 가운데에는 글의 논제를 독자들에게 보다 설득력 있게 전달하기 위하여 서술자의 목소리와 등장인물의 목소리(화자-질문에 답하는 사람)가 일치되고 섞이는 경우도 있음을 알 수 있었다. 뿐만 아니라, 논제의 전달 방식에 있어서 서사성을 짙게 드러내는 글도 있었다. 서사성의 접목은 논제의 전달에 있어서 보다 부드럽고 우회적인 방식이지만, 그 속에 들어있는 서사성은 하나의 완결된 이야기를 지향하고 있다는 점에서 중요한 지점이다.

1800년대 후반에 잠시 발행되었다가 사라진 『독립신문』에서 이와 같은 서사성 있는 글들이 발견된다는 것은 결국 '단형 서사'에서 신소설, 근대 소설로의 전개 과정을 증명해주는 중요한 요소일 것이다. 토론체 신소설에서 보이는 '문답체'와 '우화' 형식은 이들 '단형 서사'가 다른 양식으로 발전해 나갔다는 증거가 될 수 있다. 이 점은 후속 연구에서 보다 자세하게 주목해보기로 한다.

근대계몽기 단형 서사에 나타난 서사전략 연구

기독교 계열 신문과 『독립신문』을 중심으로

함돈균

1. 들어가며

근대문학의 본질을 해명하는 데에 있어서 가장 중요한 테마 중 하나는 '소설(novel)'의 출현과 관련된다. 그동안 한국 근대문학사에서 가장 첨예한 논쟁거리가 되어왔던 것 중 하나도 바로 우리 문학사에서 근대적인 의미의 '소설'의 출현 시기를 언제로 볼 것인가 하는 문제였다. 우리 문학사에서 이 근대적인 의미의 소설이란 구체적으로는 '신소설(新小說)'의 출현과 관련된다. 특히, 이 문제는 궁극적으로는 우리의 근대를 전통적인 것과의 단절─서구적인 것의 이식으로 볼 것인가 아니면 자율적인 내재적 발전의 차원에서 이해할 것인가 하는 사회발전사적 질문과 연계되어 더욱 예민한 성격을 띠게 되었다.

우리 문학사에서 흔히 전통단절론─이식문학론의 대표적인 주장으로 가장 큰 영향력을 미쳐왔던 것은 임화의 『신문학사(新文學史)』였다. 그에 의하면 우리의 근대문학은 구한말 이후 한동안의 단절기를 거쳐 이인직이 「혈의루」를 발표한 1900년대 중반 이후에나 '시작'된다. 이때 이인직류의 '신소설'은 우리의 전통적 서사형식과는 관계가 없는 것이었다.[1] 임화의 이러한 주장은 오랫동안 우리 문학사에서 부정하기 힘든 하나의 '질곡'으로 자리잡다가, 1970년대 초 김현·김윤식의 『한국문학사』가 등장하면서 깨지는 듯 하였다. 『한국문학사』는 당대 한국사학계의 연구 분위기를 반영하여 근대에 대한 이른바 '내재적(자율적) 성장론'을 국문학에 끌어들였고, 이를 바탕으로 한국사의 내재적 성장론자들이 근대의 단초로 주장하였던 18세기 영·정조기를 국문학에 있어서도 근대문학의 출발로 규정하였다. 그러나 이 논의는 우리 문학사에서 구체적인 형태의 '근대소설'에 해당할 만한 작품을 근거로 제시하지 못함으로써 논증에는 실패한 것으로 현재 평가되고 있다. 특히 이 책에서 실제로 이루어지는 작품분석에서는 이인직의 소설을 출발로 하여 근대소설에 대한 논의를 시작하고 있을 뿐만 아니라, 이인직의 소설이 일본 '사소설(私小說)'의 결정적인 영향 하에 출현하였다는 논의를 폄으로써, 실증의 차원에서는 오히려 임화의 『신문학사』가 주장하였던 이식문학론과 동일한 입장에 서게 되는 논의의 모순성을 보여주었다.[2] 이후 많은 문학사가들이 이식문학론을 벗어나 우리의 문학을 내재적 발전론에 입각하여 해석하였지만, 그 근거의 추상성이 여전히 문제가 됨으로써 이 문제의 해결은 답보상태를 면치 못하였다. 이 문제의 연구에 있어 결정적으로 해석의 틀을 바꾸어 놓은 것은 90년대 후반 김영민의 『한국 근대소설사』였다. 김영민의 이 연구

---

1) "창가에 비하여 신소설에는 어째서 이러한 특수한 발전형식이 생겼는가 하면 일률로 역사상의 한 우연 즉 천재의 출현으로 돌릴 수도 있으나, 다른 한편으로는 신소설이 출현하기 전에 이미 수입된 정치소설과 번역문학이 신소설 출현의 토대를 닦았기 때문이라고 생각할 수도 있다." 임화, 「신문학사」, 『조선일보』, 1940.2.3. 이 글의 인용문은 임규찬·한진일 편 『林和 新文學史』(한길사, 1993, 157~158면)에서 재인용하였다.
2) 김현·김윤식, 『韓國文學史』, 민음사, 1973.

는 천편일률적으로 이인직의 「혈의루」로부터 시작해 왔던 기존의 근대소설사를 비판하고, 구한말에 발행된 신문들의 논설을 주목함으로써 우리 근대소설사의 출발점이 이러한 신문논설들이 즐겨 구사하던 우화적 · 담화적 서사기법 속에서 발전한 것이라는 점을 구체적으로 논증하였다. 김영민의 연구는 시대의식과 그의 표출로서의 서사적 욕망, 그리고 전달 매체의 특성이 문학의 장르화(형식화) 과정과 맺는 긴밀한 관계에 대해 심도 있는 고찰을 보여줌으로써 한국 근대소설사의 형성 · 전개과정을 밝혀내는 데에 중요한 계기를 마련한 것으로 평가된다.[3] 김영민의 연구 이후 그의 시각을 수용하거나 이와 비슷한 입장을 취한 한국 근대소설사 연구 작업들이 이어졌는데, 정선태와 한기형의 연구는 대표적인 것으로 꼽힐 수 있다. 정선태는 『개화기 신문 논설의 서사 수용 양상』에서 개화기 담

---

3) 김영민, 『한국 근대소설사』, 솔, 1997. 김영민은 이 책에서 근대계몽기 신문 논설들의 서사적 특질들이 조선 후기 사회상의 변화를 담아내던 야담이나 서사를 통해 교훈을 전달하는 한문 단편의 정신과 표현법을 취함으로써, 조선 후기 야담 · 한문단편 소설들의 연장선상에서 파악될 수 있다는 가능성을 제기하였다. 그에 의하면 전통적인 서사장르의 글쓰기를 바탕으로 새로운 세계의 정신과 표현법을 새로운 매체에 맞추어 변형시킨 것이 한국 근대 서사문학의 출발점이 되는 신문 논설란의 '서사적논설'이라는 것이다.
    김영민의 이 연구는 최소한 세 가지 차원에서 중대한 의미를 갖는다. 첫째 그의 연구는 문학사에서 이야기되는 소설의 개념이란 서구의 것과 우리의 것이 같은 것일 수 없음을 논증하고, 근대적 '보편 서사장르'로서의 '소설(novel)'의 개념 역시 서로 다른 역사적 환경 속에서 다른 방식의 내포를 띠며 발전해 왔다는 점을 밝혔다. 둘째 이 연구는 국문학사에서 기계적이고 '이데올로기적'인 방식으로 진행되어 왔던 전통단절론―이식문학론과 내재적 발전론 모두를 자료에 의거하여 실증적인 방식으로 '극복'하였다는 함의를 지닌다. 이 연구에 의하면 문학사도 하나의 역사이며, 역사는 과거에 대한 기계적인 단절이나 연속적인 계승만으로 이루어지는 것일 수 없다. 셋째 이 연구의 성과가 이후의 근대문학사 연구방법론에 미친 영향관계를 주목할 필요가 있다. 김영민의 연구는 기존의 문학사가들에 의해 '문학텍스트'라고 규정되었던 한정된 자료의 테두리를 과감히 벗어나, 구한말과 식민지시기에 발간되던 신문들 거의 모두를 가상의 텍스트로 설정함으로써, 그동안 문학사가들이 좀처럼 벗어나지 못했던 전통적인 문학적 인식의 틀을 해체 · 재구성하는 연구방법론을 보여주었다. 특히 이 연구는 문학텍스트의 생산과정이 매체, 작가의식, 정치·사회적 상황과 맺게 되는 긴밀한 연관성을 구체적으로 논증하였는데, 이러한 연구방법론은 이후 한국 근대문학사 연구방법론의 큰 조류를 형성하게 되었다.

론 생산의 가장 중요한 물적 토대를 당대의 저널리즘으로 이해하고, 이의 핵심에 신문 논설란이 있었다고 본다. 그리고 여기에서 필자들은 자신의 견해를 효과적으로 전달하기 위하여 다양한 이야기들을 개발하거나 전래의 이야기들을 재조직함으로써 서사적 성격의 글들을 선보이고 있는데, 이것을 제도적 근대로서의 소설이 자리잡기 전, 다양한 형식의 문학적 글쓰기가 착종·경쟁하는 모습이라고 해석한다.[4] 이러한 입장은 한기형에게서도 마찬가지인데, 그는 이인직의 「혈의 루」가 등장하기 이전이자 근대적 출판물이 본격적으로 등장한 1890년대 후반부터 약 10여 년 간을 소설사의 근대적 전환을 위한 자기 조정기간으로 이해하고, 이러한 조정기간 동안 이인직 류의 '신소설'에 선행하여 소설사의 근대적 진전을 위한 맹아 역할을 맡았던 서사양식이 신문 논설란의 '단편서사물'이라고 해석하고 있다.[5] 이 글은 1990년대 후반부터 진행되어 온 일군의 한국 근대소설사 연구자들의 연구 성과들을 적극적으로 수용하여, 한국 근대소설사의 형성과정에서 나타난 한 양상을 통해 소설의 형식과 내용이 맺는 관계에 대한 하나의 해석을 시도해 본 논의이다.

한국 근대소설사의 형성·전개과정에 있어 '계몽의식'이라는 시대정신과 이를 표출하는 수단으로서의 신매체였던 신문이 했던 역할의 중대성에 대한 논의는 이제 이 분야 연구자들에게 있어서는 '통설'이 되어가고 있다. 1896년 최초의 한글신문인 『독립신문』이 등장하면서부터 신문들은 논설란을 이용하여 당시대적 '모랄'이었던 계몽의 욕구를 전면적으로 드러내기 시작하였다. 당시의 신문 편집인들은 그 계몽성의 효과를 극대화하는 방편으로 대중적 흥미를 끌 수 있는 이야기들을 논설에 삽입했는데, 1890년대 신문들의 논설란에 이러한 '서사적논설'들이 실린

---

4) 정선태, 『개화기 신문 논설의 서사 수용 양상』, 소명출판, 1999.
5) 한기형, 『한국 근대소설사의 시각』, 소명출판, 1999. 이러한 시각은 기본적인 차원에서 김윤규(『개화기 단형 서사문학의 이해』, 국학자료원, 2000)의 연구나 가장 근래의 연구 성과인 김찬기(「근대계몽기 전(傳)에 관한 연구」, 고려대 박사논문, 2003)의 것에서도 공유되고 있다.

이후부터 이인직 류의 '신소설'이 등장한 1900년대까지의 문체는 개인의 문체가 시대적 문체의 한계를 넘어설 수 없었던 것으로 이해된다.[6] 개인의 문체가 시대적 문체의 한계를 좀처럼 벗어나기 힘들었던 1890년대 후반부터 이인직 류의 '신소설'이 등장하기 시작한 1900년대 중반까지의 이 기간은 '신소설'이 구체적인 모습을 드러내기 위한 사전 준비과정이자 소설사의 근대적 전환을 위한 자기 조정기간이라고 할 수 있다.[7] 이때 신문의 논설란을 통해 나타난 이른바 '단형 서사'[8]가 근대계몽기의 시대적 문체의 특징인 계몽의 욕망을 전형적으로 보여주고 있다는 점은 이미 많은 한국 근대문학 연구자들의 연구에 의해 논증된 바 있다.

이 논문의 텍스트인 『죠션크리스도인회보』[9]와 『그리스도신문』은 이 시기를 대표하는 기독교 계열 신문이다. 이들 신문이 지닌 특이성이란 신문을 통한 종교의 전파라고 하는 종교신문 본연의 목적과 더불어 이들 신문도 '신문'인 이상 '개명진보(開明進步)'라고 하는 구호가 시대의 절대적 모랄이 되던 당대의 가치를 피해가기 어려웠다는 점이다. 이 신문들의 논설들 속에 나타나는 단형 서사들은 선교의 목적뿐만 아니라, 당대적 모랄의 전파라는 계몽의 욕망에도 침전되어 있는 모습을 보여줌으로써, 이 시기 신문들의 일반적인 특징을 대체로 공유하고 있는 것으로 보인다. 그러나 좀 더 구체적인 분석을 해보면 이 신문들의 단형 서사들 중 적지 않은 일부 텍스트가 구사하는 서사전략은 이 시기 다른 신문들

---

6) 김영민, 「한국 소설의 문체와 근대성의 발현」, 『梅芝論叢』 16집, 연세대학 매지학술 연구소, 1999, 4~5면.

7) 한기형, 「신소설 형성의 양식적 기반」, 『한국 근대소설사의 시각』, 소명출판, 1999, 18면.

8) 김영민은 『한국 근대소설사』에서 이 논설들을 '서사적논설' / '논설적서사'로 불렀고, 정선태 역시 '서사적논설'('서사-문학적 논설'), 한기형은 '단편서사'로, 김윤규는 '단형 서사'로 부르고 있다. 최근의 논의에서 김영민은 '서사적논설' / '논설적서사'로 부르던 것을 '단형 서사'라는 용어로도 부르고 있다. 이 글에서는 김윤규와 최근의 김영민의 논의를 수용하여 '단형 서사'라는 용어로 이 논설들을 부르기로 한다.

9) 이후 이 신문은 『대한크리스도인회보』라는 이름으로 바뀐다.

속의 단형 서사가 보여주는 서사전략과는 미세하지만 의미있는 차이점을 나타내고 있다는 사실을 알게 된다. 이 글은 이 시기의 기독교 계열 신문을 대표하는 『죠션크리스도인회보』와 『그리스도신문』 속의 단형 서사문학에 나타난 서사 양상이 다른 신문들과 비교하여 나타내는 차이점을 드러내고, 이러한 전략이 서사 혹은 담론의 전략 차원에서 어떠한 의미를 지니는지, 이후의 연구를 위한 가설적 차원의 문제를 제기해 봄을 목적으로 한다. 따라서 이 작업은 비교대상으로서 또 다른 신문의 서사전략 분석을 필수적으로 요구하고 있는데, 여기에서는 이 시기를 대표하는 가장 중요한 신문 중 하나라고 할 수 있는 『독립신문』을 선택하기로 하였다. 비교대상으로서 『독립신문』이 선택된 이유는 이 신문은 본 연구의 대상이 된 신문들과 가장 비슷한 시기에 발행되었을 뿐만 아니라, 본 논문의 텍스트로 선정된 신문들이 본래 종교적 목적을 위해 발행된 신문인 데 비해, 『독립신문』은 당대의 정치·사회적 문제의식―근대적 계몽의식을 가장 첨예하게 표출하고 있는 신문이므로, 단형 서사에 나타나는 담론의 구사전략도 차이가 날 수 있다는 점에 착안하였다.[10]

2. 『죠션크리스도인회보』와 『그리스도신문』의 서사 양상 분류

『죠션크리스도인회보』와 『그리스도신문』에 나타난 단형 서사들은 총

---

10) 이 글과 비슷한 연구방식으로 형식과 내용이 맺는 서사전략의 특성에 주목한 것이 정선태의 『개화기 신문 논설의 서사 수용 양상』(소명출판, 1999)이다. 정선태는 이 연구에서 『미일신문』, 『뎨국신문』, 『독립신문』의 세 신문의 서사전개 방식의 특징을 분류한 바 있다. 그러나, 정선태의 연구가 단형 서사들을 '일화―문답―토론' 등으로 분류한 분류법과는 달리, 본 연구는 '일화'의 형식을 다시 세부적으로 구분하여 그 중 '우화' 형식의 서사논법에 주목하고자 한다.

30여 개이다. 『죠션크리스도인회보』의 경우 1897년 3월 31일에 「콘으라드가 환가혼 일」에서 시작하여, 『대한그리스도인회보』로 이름을 바꾸어 1899년 11월 23일에 「부즈문답」을 실은 것까지 모두 20개의 단형 서사가 실렸으며, 『그리스도신문』의 경우 1897년 5월 7일 '론셜'란에 「코기리와 원승이의 니야기」가 실린 이후, 「모되거져가 그 쥬인의게 복종함」이라는 서사적논설이 1902년 5월 15일에 실린 것까지 15편의 단형 서사가 실렸다. 이 신문들에 실린 단형 서사의 서사유형을 분석해 보면, 크게 이솝우화처럼 동식물의 이야기를 현실의 직접적인 알레고리로 차용한 우화(寓話)형식(2편의 문답형식의 우화를 포함)이 7편, '인물기사'가 7편, 일반적인 일화가 21편이다. 이러한 분류는 그러나 편의적인 차원에서 임의적으로 설정한 것이며, 실제로는 서사의 양상이 엄밀하게 구분되지 않을뿐더러, 이 단형 서사들의 상당수가 서사를 통하여 논설적 목적, 즉 계몽의 욕망을 실현하기 위한 일종의 '도구'로서 우의성(寓意性)을 띠고 있다는 점에서 본질적인 차원에서는 대부분 '우화'에 해당한다고 볼 수 있다.

편의적인 방식으로 나누어진 이 분류를 좀 더 구체적으로 보면, 「됴와 문답」(1897.5.26), 「악한 나무에 됴한 가지롤 졉븟치는 비유라」(1897.6.16), 「거미 니야기라」(1897.6.23), 「부즈문답」(1898.3.30), 「눔을 참소하는 이눈 제몸이 몬져 망홈」(1898.5.18), 「부즈문답」(1899.11.23)—이상 『죠션크리스도인회보』, 「코기리와 원승이의 니야기」(1897.5.7)—『대한크리스도인회보』 등은 동식물 이야기를 직접 비유로 차용한 우화형식에 해당한다. 「무듸 스격」(1901.3.28~4.4), 「알푸레드 님군」(1901.5.16), 「라파륜 스격」(1901.5.16~30), 「을지문덕」(1901.8.22), 「원텬석」(1901.8.29), 「길지」(1901.9.5), 「김유신」(1901.10.31~11.7)—이상 『그리스도신문』 등은 한 인물의 일대기를 비교적 길게 서사적으로 서술하고 있는 '인물기사'에 해당한다. 나머지는 일화 중심으로 서술하고 있는 부류들이다. 그러나 이 나머지의 경우에도 직·간접적으로 우화적 알레고리를 이용하는 논설들이 많이 존재한다.

이때 본 연구는 이 신문들에서 동식물을 직접적인 방식으로 삶의 알레고리로 차용한 것들—우화형식의 서사형식과 담론 전개양상이 맺는 관계에 주목하였다.[11] 절대적인 차원에서 보면 이 신문들의 단형 서사 전체 중에 20% 정도를 차지하는 이 알레고리 형식의 서사들은 그러나 『독립신문』의 단형 서사 30개중에 이와 같은 방식의 서사는 3개밖에 존재하지 않는다는 점을 비교해 본다면 상대적으로 많은 양에 해당하는 것이기 때문이다. 또 앞서 언급한 대로 직접적인 방식으로 우화 형식을 전면에 내걸지는 않았지만 내적인 서사전개 과정에서 사실상 알레고리적 기법을 차용한 논설들은 실제로는 훨씬 더 많다. 이 연구는 다른 신문의 논설란에 나타난 서사형식에 비해 이 신문들에 나타난 우화형식의 서사들이 지향하는 담론들의 상대적 특이성에 주목하였다. 이제 우선 분석해 보게 될 이 우화적 단형 서사들이 구사하는 담론전략의 특징은 특히 『독립신문』과 같은 정치·사회적 계몽성이 강한 신문들의 단형 서사와는 뚜렷한 차이점을 보여주고 있다는 점에서 '문제적'이다.

3. 보편도덕과 전통적 가치—교훈성을 투사하는 우화의 서사전략

우리의 기독교가 서학(천주교)이든 개신교이든 종교라기보다는 서양 '문명'의 하나로 전래되던 구한말의 상황을 상기해 볼 때, 이 시기 기독교 계열 신문들에서 우리가 확인하게 될 것이라고 상식적으로 기대하게 되는 것은 '문명개화'라는 서구적 계몽의 목소리들일 것이다. 그러나 정작

---

11) 서사형식의 하나로서 '우화(寓話)'라는 것의 정의를 내리는 데에는 논란의 여지가 있을 줄 안다. 그러나 이 연구에서는 '우화' 형식의 교과서적 정의를 둘러싼 논의는 불필요한 것으로 생각되어, 논란을 피해가고자 동식물을 직접적으로 삶의 알레고리로 차용한 것들만을 한정하여 '우화' 형식의 텍스트로 삼고자 한다.

이 신문들의 논설란 등을 통해 나타나는 단형 서사들은 선교를 목적으로 하는 글들을 제외한다면 개과천선(改過遷善) / 보은(報恩) / 권선징악 / 수신 / 면학 / 정직 / 협동 / 우애(화합) 등 보편적인 정신가치 혹은 전통적 가치 덕목에 해당하는 것들을 옹호하는 글들이 대부분이어서 흥미롭다. 특히 이러한 내용들을 전달할 때에 이 신문들이 사용한 논설전략들이 우화적 서사 방식을 적극적으로 활용하고 있음은 주목할 대목이다. 그 내용들을 구체적으로 제시해 보면 다음과 같다.

「됴와문답」(『죠선그리스도인회보』, 1897.5.26)은 '우물 안의 개구리'라는 잘 알려진 우화를 이용해서 편견의 타파라고 하는 전통적 교훈과 '개명진보(開明進步)'라고 하는 시대적 과제를 동시에 각성시키고자 하는 논설이다. 하늘을 날며 "거산대천에 두루 다니"던 물새는 우물 안의 개구리를 보고서 그의 "문견의 고루함"을 일깨워주기 위해 "텬디의 광활홈과 일월의 명랑홈과 산쳔의 수려홈과 화초의 번셩홈을 력력히 구경홀" 것을 권유한다. 그러나 개구리는 "ㅈㅈ손손이 이곳에 싱쟝ㅎ여 션조의 긔업과 명현의 률법을 직히여 문견도 넉넉ㅎ고 힝락이 ㅈ족ㅎ"다면서 물새의 말을 듣지 않고서, 오히려 "오랑케", "원수"로 몰아 그를 내쫓는다. "지극히 어리석은 거슨 옴길 수 업고 미련훈 고집은 통홀 수 업는지라" 라는 개탄의 논평이 붙은 이 논설은, 완고한 고집을 버리지 못하고 좁은 식견을 타파하지 못하는 개구리의 어리석음을 비판하고 있다는 점에서 전통적 교훈성을 담고 있다. 그러나 동시에 문명개화(文明開化)라고 하는 당대적 과제에 적극적이지 못한 조선의 현실을 암시적으로 비판하고 있다는 점에서는 시의성 있는 알레고리를 제공하고 있다고도 할 수 있다.

하지만 이 신문들에 실린 우화형식의 논설들은 이러한 이중의 주제의식을 전달하거나 혹은 당대 현실에 있어서 절실했던 시의성 있는 문제의식들을 제기하기보다는 전통적 가치체계에 대한 옹호나 잃어버린 정신질서에 대한 회복 욕구 등을 강하게 드러낸 경우가 대부분이다. 다음에 살펴 볼 우화형식의 논설들은 모두 이러한 예에 속한다.

「약혼 나무에 됴혼 가지롤 졉붓치는 비유라」(1897.6.16)는 산에 올라가서 한 나무의 성장과정을 바라보며 부자가 문답하면서 아들이 교훈을 배우는 내용이다. 애초에 "근본은 됴치 아닌" 나무 한 그루를 심은 아버지를 보고서 아들은 별로 좋지도 않은 나무에 너무 공을 들이지 말라고 충고한다. 그러나 아버지는 그 나무에 좋은 나무의 가지를 졉붙이고 쉼없이 다듬고 공을 들여서 마침내 수년 후에는 실한 열매를 맺은 훌륭한 나무를 만들어낸다. 아버지는 아들에게 이 나무의 성장과정을 보여주며, 이 나무를 사람됨에 대한 비유로 삼아 교훈적 설교를 한다. 본래 튼실하지 못한 나무도 공을 들이고, 좋은 나무와 접을 붙이면 실한 나무가 될 수 있듯이, "악혼 사람이라도 만약 허물을 곳치면 가히 착혼 군즈가 될 거시니" "사롬의 변혼는 거시 쏘한 이와 又흐니 삼가 히기하야 부모와 션싱의 교훈을 어기지 말"라는 것이다. 결국 이 나무 이야기는 '악한 사람'도 자신의 허물을 고치려는 노력을 통해 '착한 사람'이 될 수 있다는 '개과천선(改過遷善)'의 교훈을 전달하고 있다고 할 수 있다. 이러한 교훈은 특정 시대와 사회에 해당되는 시의성을 띠고 있는 교훈이라기보다는 고래를 가릴 것 없이 적용될 수 있는 보편적인 교훈에 가깝다. 이러한 교훈의 보편성은 어떤 면에서 근대적인 가치라기보다는 전통적인 덕목에 가깝다는 말과도 통한다. 부실한 나무에 실한 나무의 접을 붙인다는 고전소설에서는 볼 수 없었던 '새로운' 수사에도 불구하고, 이 비유의 주제의식인 개과천선의 교훈성이란 '권선징악(勸善懲惡)', '인과응보(因果應報)'라고 하는 고전소설의 일반적 주제의식과 맞닿아 있는 문제일 뿐만 아니라 '수신(修身)'이라는 전통적 실천윤리와도 직결되는 문제이기 때문이다.

「거미 니야기라」는 한 아이가 아버지를 따라 화원에 놀러갔다가 아이가 거미줄에 걸린 꿀벌을 구해주며 아버지와 문답하는 이야기이다. 왜 거미줄에 걸린 꿀벌을 구해주었느냐는 아버지의 물음에 아이는 "거믜가 비록 공교흐나 전혀 놈을 히롭게 흐고 벌은 꿀을 쳐서 사롬을 공양흐니 손익이 又지 아니혼 고로 거믜를 히롭게 흐고 벌은 구원흐엿느이다" 하고 답한다. 여기에서 아버지는 아이의 답변을 칭찬하며 거미를 “사ᄅᆞᆷ이 ᄌᆡ됴만 잇고 덕힝이 업셔 ᄌᆞ긔만 위ᄒᆞ고 남을 위ᄒᆞᆯ 줄 모르ᄂᆞᆫ 쟈”의 비유로 설명하고, “이 일을 증계ᄒᆞ여 다른 사ᄅᆞᆷ을 ᄒᆡ롭게 ᄒᆞ여 몸만 유익ᄒᆞᆯ 생각을 두지 말나고” 충고한다. 거미와 꿀을 통해 이루어지는 인간됨에 대한 이러한 비유 역시 근대적 삶에 적용될 수 있는 새로운 윤리 덕목에 대한 각성을 요구한 것이라기보다는 전통적으로 강조되어 왔던 덕성을 환기시킨 것이다. 이러한 전통적 덕성에 가까운 정신적 자세 · 태도에 대한 강조는 우화를 선교의 목적으로 사용할 때에도 비슷하게 나타난다.

「부ᄌᆞ문답」(1898.3.30)은 궁극적으로 하느님의 존재를 깨달아야 한다는 선교의 목적을 드러내는 이야기이지만, 이 이야기에서 사용되는 우화의 수사방식은 자식이 부모의 은혜를 잊어서는 안 된다는 ‘부모보은(父母報恩)’의 유교적 덕목을 강조하는 방식으로 나타난다. 이 이야기에서 한 농부는 자기의 아들을 데리고 들에 가서 어미와 즐겁게 뛰놀고 있는 어린 양을 보여준다. 아들은 “양의 식기가 그 어미를 좃난 거시 어린 ᄋᆞᄒᆡ가 모친을 좃침과 ᄀᆞᆺ”다고 생각하고, 새끼양의 아비는 어디에 있느냐고 물어본다. 아버지는 “양이 그 어미ᄂᆞᆫ 알고 그 아비ᄂᆞᆫ 알지 못ᄒᆞᄂᆞ니라”고 대답하면서 “양이 졋을 먹을 ᄶᅢᄂᆞᆫ 어미를 좃다가 풀을 먹을 줄 안 후에ᄂᆞᆫ 그 어미도 이져ᄇᆞ리”고 만다는 사실까지 알려준다. 그리고 아버지는 아들에게 이 양의 이야기를 인간됨에 대한 비유로 전환하여 교훈적 설명을 해준다. 사람은 동물과는 달리 처음에 어미의 얼굴을 알아보고, 이후 아비의 얼굴을 알아보고 반가워 하니, 자신을 키워준 부모의 은덕을 깨닫고 짐승과는 다르게 살 줄 알아야 한다는 것이다. 그리고 이 교훈적 설명은 부모의 은덕을 알고 살아야 하는 것처럼 “뎐디만물에 대쥬지ᄭᅴ셔 ᄉᆡᆼ명의 근원이 되시ᄂᆞᆫ 줄ᄭᆞ지” 깨달아야 한다는 기독교 선교논리로 이어진다. 이 논설의 특징은 동물을 이용한 우화적 서사가 부모보은이라는 전통적 유교덕목, 즉 ‘효(孝)’ 이념에 대한 알레고리로 이용되고 있으며, 이러한 우리의 전통적 이념체계에 서구적 종교사상인 기독교 선교논리가 결부되어 있다는 점이다. 우화를 기독교 사상을 전파하는 알레고리로 사용하는 것은 성경에서도 흔히 목격할 수 있는 일이지만, 이것이 부모보은-효라고 하는 전통적 가치체계를 상기시키는 방식으로 나타나고 있다는 점은 흥미로운 일이다. 이것은 강력한 가부장제 이데올로기로서 상명하복의 수직적 인간관계의 이념적 토대였던 유교이념이 역시 가부장적 절대권위에 기초하고 있다고 해석할 수 있는 유일신 사상으로서의 기독교 이념 자체의 내적 특성과 맺을 수 있는 동질적 서사전략의 가능성 때문인 것으로 해석된다.

「늄을 춤소하는 이는 제 몸이 몬져 망홈」(1898.5.18)은 우화를 이용하여 위기를 넘기는 지혜와 권선징악, 그리고 수신(修身)이라는 덕목을 강조한 논설이다. 사자왕이 병이 들어 누워 있는 때에 모든 동물들이 문병을 갔으나 여우만 문병을 오지 않고 있었다. 평소 여우를 미워하던 시랑이는 이때를 틈타 여우를 사자왕에게 참소한다. 어느 날 찾아온 여우를 보고 사자왕은 시랑이의 말을 듣고서 벌을 주려하나, 시랑이의 참소에 빠졌음을 안 여우는 계교를 통해서 위기를 벗어나고 오히려 자신을 모함한 시랑이를 사자왕의 밥이 되게 함으로써 복수한다. 이 이야기는 꾀를 통해 위기를 넘긴 여우의 지혜와 시랑이의 죄에 대한 권선징악을 강조하는 교훈을 가르침으로써 우화를 통해 보편도덕을 설교하고 있다. 또 이 논설의 해설에 해당하는 부분이 "몸을 닥고 힝실을 가다듬어 다른 사룸을 참소ᄒ지 말고 각기 겸양ᄒ기를 힘쓸지어다"라고 하는 대목은 전통적 수신(修身)의 논리를 연상하게도 한다.

「부ᄌ문답」(1899.11.23)은 '면학(勉學)'이라는 주제를 담은 논설이다. 한 아버지가 아이를 학교에 보내고자 하나 아이가 "나는 글을 아지 못ᄒ오니 학교에 가기는 실코 아버지와 홈끠 지게 지고 나무나 부ᄌ런이 ᄒ겟습ᄂ이다" 하고 대답하니, 아버지는 이에 대해 나무와 관련된 비유를 든다. "어제 큰 나무를 엇더케 버혀 뉘엿ᄂ냐"라는 아버지의 질문에 아이는 "그 나무를 독기로 흔 번 찍고 두 번 찍고 세 번 찍고 찍고 찍어서 필경에 너머지게쯘지 흐녓느이다" 하고 답한다. 아버지는 "학교에 가셔 공부흐는 거시 그와 꼭 곳흐니 흔 자 비호고 두 조 비호고 세 조 비호고 작고 비호면" 훌륭한 "학소" "션싱" "도져한 문쟝"이 되리라고 말한다. 결국 이 이야기는 아버지가 아이에게 열심히 공부하라는 내용을 담고 있다. 면학의 문제는 근대계몽기 '교육 열풍'이 불던 시대에 중요하게 다루어졌던 주제 중 하나였으나, 유교적 전통사회에서도 많이 강조되던 덕목이었다. 특히 이 논설에서 열심히 행한 공부의 결과가 취하려는 궁극의 목적이 '식산흥업(殖産興業)'과 '문명진보(文明進步)'가 아니라 "도져한 문쟝"이 되는 것이라는 점은 위의 논설이 근대적 가치를 지향하는 '신교육'에 초점을 맞춘 것이라기보다는 전통적 의미에서의 면학을 강조하고 있는 논설이라는 해석을 가능하게 한다. 즉 이 논설의 알레고리는 맹자(孟子)의 한 대목이나 퇴계의 한 대목을 우화적인 방식으로 변형시킨 것일 수 있는 것이다.

『그리스도신문』에 실린 「코기리와 원숭이의 니야기」(1897.5.7)는 "흔 코기리와 흔 원숭이가 극히 친흔 벗이 되여 각각 제 능흠을 자랑"하면서 다투는 것으로 시작된다. 이때 코끼리와 원숭이는 자신들의 재주의 우위를 판단해 줄 판관의 역할을 부엉새에게 맡기게 되는데, 이때 부엉새는 "하슈를 건너 큰 나무 실과를 짜다가 나를 주면 그 일을 붉이 판단하여 주겟노라"는 제안을 하게 된다. 이 과정에서 강을 건널 재주가 없었던 원숭이는 코끼리에 의지하고, 과일을 딸 재주가 없었던 코끼리는 원숭이에 의지하여 문제를 해결한다. 부엉새는 이와 같은 제안을 통해 두 동물 모두가 각각 좋은 재주를 지니고 있다는 사실을 지적하며, 자신의 제안을 둘이서 해결했던 방식을 상기해 봄으로써 교훈을 얻을 것을 권유한다. 쉽게 알 수 있는 것처럼 이 우화는 코끼리와 원숭이를 등장시켜서 사람들 각각은 나름의 능력과 장점을 가지고 있다는 것을 상기시키고, 서로의 장점을 이용하여 협동함으로써 더 큰 힘을 발휘할 수 있는 능력을 갖게 된다는 점을 가르치고 있다. 특히 이 논설은 자신의 타고난 재능에 대한 존중보다 더욱 중요한 것은 우애와 협동이라는 덕목이라는 점을 강조하고 있는 것으로 보인다. 이 논설에서 나타나는 협동과 화합, 우애라는 덕목의 강조는 이 논문의 텍스트가 되고 있는 이 시기 기독교신문에 광범위하게 나타나는 것으로서, 이 덕목이 개인의 윤리라기보다는 공동체적 보편도덕이라는 점에서 이 텍스트들의 일차적인 관심이 '개인의 발견'이라는 '근대적'인 것에 있다기보다는 전통적 서사들이 다루었던 주제의식에 더 가까이 있다는 해석에 힘을 실어주는 것으로 보인다.

지금까지 살펴 본 두 개의 기독교 신문에 게재된 우화형식의 서사적 논설들은 몇 가지 점에서 우리에게 중요한 문제의식의 단초를 제기하고 있다고 생각된다. 우선 이 신문들의 논설란에 실린 단형 서사들은 당대의 다른 신문들의 논설란에 실린 단형 서사들과 비교해 볼 때, 우리의 선입견과는 달리 뚜렷한 차이점을 드러내고 있다는 사실이다. 무엇보다도 이 신문들에 실린 단형 서사들이 보여주는 '계몽성'은 근대적인 것이라기보다는 우리가 살펴본 바와 같이 전통적인 것이거나 보편도덕으로서의 성격에 더 가까운 것이라는 점이다. 개과천선(改過遷善) / 보은(報恩) / 권선징악(勸善懲惡) / 수신(修身) / 면학(勉學) / 협동(協同) / 우애(友愛)라는 덕목은 이러한 예가 될 수 있는데, 이러한 덕목을 근대적인 형태의 '새로운' 계몽적 가치라고 이야기하기는 힘들어 보인다. 더욱이 이를 근대적 형태의 '소설(novel)'의 발전과정과 관련하여 생각해 본다면 이는 '넌센스'가 될 만한 주제의식이라고 할 수 있다. 이러한 보편도덕이나 전통적 가치들은 그것이 공동체적 모랄을 전제로 하고 있는 것이라는 점에서, 공동체로부터 독립한 '개인의 발견'을 주요한 주제의식으로 삼는 근대적 의미의 '소설'의 발전과정과는 거꾸로 진행되는 주제의식을 담고 있는 것이기 때문이다.

이 기독교 신문들의 주제의식이 보편도덕이나 전통적 가치를 반영한다는 사실은 이러한 주제의식이 변화하는 역사적 현실 즉, 물질적 현실

에 토대한 변증법적 삶의 시의성−구체성을 담고 있다기보다는 공동체
윤리에 기반한 정신질서의 회복을 통해 보편적 전통질서로의 회귀를 꿈
꾸고 있음을 암시한다. 이러한 점에서 이 논설들이 꿈꾸는 무의식에는
'계몽(啓蒙)'의 욕망이 투사되고 있다기보다는 '교훈'의 욕망이 투사되고
있다고 해석하는 편이 나을 것이다.12) 여기에서 이러한 '교훈의 욕망'을
투사하는 데에 중요한 서사전략으로 채택된 것이 '우화의 수사학'이라는
점은 이제 한국 근대소설사의 형성·전개과정과 관련하여 해석적 논쟁
을 제기할 만한 것이라고 생각된다. 우리는 지금까지 살펴본 이 기독교
신문들의 단형 서사가 전달하고자 하는 주제의식과 이 단형 서사들이
지닌 우화라는 형식 사이에 긴밀한 연관성이 존재할 수 있음을 문제적
으로 제기해 보고자 한다. 계몽의 욕망이 나 아닌 타자까지 내부로 포섭
하려는 동질적 환원·지배, 외부 확장의 영토화 논리를 지닌 직선적 운
동이라면, 교훈의 욕망이란 '애초부터' 존재하는 공동의 윤리를 확인하
고 원초적 질서를 회복하려는 원환적 자기 운동이라고 할 수 있다. 물질
적 삶에 토대한 변증법적 시의성·구체적 현실성을 담보하는 계몽의 수
사학이 지닌 '공격성'에 비해, 정신적 삶의 질서를 회복하려는 교훈의 수
사학은 정적이고 '방어적'일 수밖에 없다. 이러한 교훈의 서사전략은 인
물들 간의 직설적 대화나 행동을 통해 현실적 갈등관계를 첨예하게 드
러내는 서사방식을 채택하기보다는 우화나 알레고리와 같은 우회적인
방식의 서사전략을 통해 자기의 서사적 욕망을 전개하는 것이 유리할
것으로 보인다.13)

---

12) 보편도덕 혹은 전통적 가치를 강조하는 이러한 주제의식은 이 신문들이 근대적 계
   몽의식의 각성을 촉구하고자 제작된 당대의 다른 신문들과는 달리 기독교 포교를 목
   적으로 제작된 종교신문이라는 속성과 긴밀한 연관이 있을 것으로 해석된다. 종교의
   본질적 속성상 정신적 삶에 대한 강조나, 절대적 보편윤리의 가능성에 대한 확신 등은
   이들 신문에 가장 주요한 근간이 되는 주제의식일 수밖에 없었을 것이기 때문이다.
13) 동물 우화형식을 차용하였으나, 직설적인 발언을 통해 현실에 대한 비판적 계몽의식
   을 드러내고 있는 작품으로 안국선의 「금수회의록」이 있다. 그러나 이 작품은 등장인
   물을 동물로 설정하였을 뿐, 실제 서사형식은 우화적 형식의 서사가 아니라, 현실에

서사의 내용과 형식이 맺는 이러한 관계에 대한 해석은 더 많은 자료
들을 검토해 봐야 하는 문제이며, 그러한 경우에도 해석적 논쟁의 여지
는 여전히 존재할 수 있다. 그러나 한국 근대소설의 형성과정에서 나타
난 이 시기 단형 서사가 보여주던 이러한 우화적 서술방식이 소설사가
형성·전개되어 가면서 갈수록 쇠퇴하고 그에 따라 주제의식에 있어 정
신적 교훈성의 강조가 쇠퇴하며, 여기에 반비례하여 구체적인 역사적 현
실성을 뚜렷하게 반영하는 근대적 계몽의 서사가 인물들 간의 직설적
문답이나 대화(토론) 형식을 통해 알레고리 없는 서사형식으로 전개된다
는 점은 우리 근대소설사의 탄생·전개과정과 관련하여 중요한 문제의
식을 제기하는 것으로 보인다. 이 문제의식을 좀 더 설득력 있게 진전시
키기 위해 편의상 상대적으로 우화적 서사형식이 많지 않고, 직설적 문
답(대화)형식이 대부분을 차지하고 있는 『독립신문』의 단형 서사들이 어
떠한 주제의식을 담고 있는지 간략히 살펴보도록 하겠다.

대한 직설적 연설이 주를 이룸으로써 이른바 '시사토론체 단편'('시사토론체 단편'의
개념에 대해서는 한기형, 『한국 근대소설사의 시각』, 소명출판, 1999, 21~30면 참조)의
서사형식을 띠고 있다고 보는 것이 낫다. 한기형은 『한국 근대소설사의 시각』에서 안
국선의 이 소설을 이른바 '우의체(寓意體) 단편'으로 분류하고, "민족적 위기가 격화되
면서 계몽적 교훈이나 충고의 수준에서 벗어나 일층 공격적이고 예리한 현실 비판의
수단으로 변화"되는 과정에서 "개인의 현실 비판의 의도가 전면화"되어 나타나는 '우
의체 단편' 내에서의 형식적 특질의 변화로 해석하였다. 한기형의 이 해석은 틀린 해
석이라고 할 수는 없지만 서사형식과 내용이 맺는 관계에 대해 좀 더 주목하게 된다
면, 이는 내용(이 작품에서는 현실을 직접적으로 드러내는 시의성 있는 주제의식)을
변화시키기 위해 '우의체 단편' 내에서 이루어진 형식의 변화라기보다는, 직설적 문답
과 연설·토론을 주된 서사형식으로 차용하는 이 시기 '시사토론체 단편'의 서사형식
자체가 지니는 내적 속성이라고 보는 것이 옳다고 본다.

4. 역사적 현실성—근대적 계몽성을 투사하는 직설적 문답의 서사전략

근대계몽기의 정치·사회적 시의성을 가장 뚜렷이 드러낸 신문 중 하나는 『독립신문』이다. 『독립신문』에는 1898년 1월 8일에 「일전에 엇더호 대한 신스 ᄒ나이」가 실린 이후 1899년 11월 27일에 「셔울 북촌 사는 엇던 친구 ᄒ나이가」까지 30편의 단형 서사가 실려 있다. 여기에서 동식물의 비유를 직접적으로 현실의 알레고리로 차용한 우화형식의 단형 서사는 단 3편에 불과하고, 3편의 인물기사를 제외한 대부분이 직설적인 문답형식의 서사를 사용하고 있다. 이런 직설적 문답형식의 서사는 대부분 정부의 부패상과 무능을 폭로·규탄하거나 인민의 단합, 나라에 대한 충의(忠義) 강조, 군대의 강화와 교육의 역설, 문명의 개화 등을 강조한 글로서 매우 구체적이며 정치·사회적 시의성이 짙은 글들이라 하겠다. 이때 문답의 주체가 조선인이거나 외국인이거나 상관없이 모두 외국문명에 대해 상당한 지식을 가지고 있는 사람들이라는 점은 『독립신문』의 서사적논설이 지향하는 계몽의 방향성을 이미 잘 암시해 주고 있다고 하겠다. 『독립신문』에 실린 대표적인 직설적 문답형식의 서사적논설들 몇가지를 예로 들면 다음과 같다.

「일전에 엇더호 대한 신스 하나이」(1898.1.8)라는 논설에서 문답의 주체는 조선인(신사)과 외국 정치가이다. 격동하는 구한말 조선의 현실을 걱정하는 조선 신사에게 외국 정치가는 정부와 인민이 서로 불신하는 조선의 정치·사회 현실을 지적하며 "님군과 우리 동포 형톄를 위ᄒ야 죽어볼 ᄆ음"의 자세를 갖기를 권유한다. '샹목지'라는 이름의 사람이 등장하는 몇 편의 논설(「시스문답」(1898.10.28~29) / 「엇던 친구의 편지」(1898.11.24) / 「샹목지 문답」(1898.12.2)은 『독립신문』의 서사적논설의 특징을 가장 잘 반영하는 논설들이다. 이 논설들은 근대계몽기 최초의 시민결사라고 할 수 있는 독립협회와 그의 주도로 이루어진 만민공동회를 "불학무지호 년쇼

샹한비"로 바라보는 시정의 분위기를 반영하고 있다. 그러나 이 논설에
서 독립협회는 "무비 년쇼훈 샹쳔이오나 져의 목적인즉 분명훈 츙군 익
국"임을 설명하고, 정부의 무능과 부패, 외국인들에 의해 장악되는 군대
현실에 대한 반대, 구습의 폐지와 근대적 교육의 실시, 정부 법률의 일관
된 시행과 같은 근대적인 형태의 정치·사회적 개혁에 대한 포부를 밝히
고 있다. 정치·사회적 현실에 대한 이러한 논의들은 앞서 우리가 살펴
본 기독교 계통 신문들의 우화적 형식의 서사적논설의 주제의식과 비교
해 볼 때, 그 시의성과 구체성의 측면에서 뚜렷한 차이를 드러내고 있는
데, 이러한 논의의 시의성·구체성은 우회적인 서사형식을 통해서는 좀
처럼 드러내기 어려운 것으로서 이 논설이 등장인물들 간의 직설적인
문답형식을 취하고 있었기 때문에 가능했던 것으로 해석할 수 있다.

「청국 형편 문답」(1899.1.11)에서도 등장인물 간의 대화 형식의 서사 전개
를 통해 당시 청제국 현실의 총체적 난맥상이 매우 구체적으로 지적되고
있다.[14] 서울 사람과 시골 사람의 대화형식을 빈 「힝셰 문답」(1899.1.23)은
"셰 잇스면 츙신이오 무셰ᄒ면 역젹"인 대한제국 하의 세태에 대한 풍자
를 담고 있으며, 「외국 사름과 문답」(1899.1.31), 「량인문답」(1899.7.6) 역시 기
만과 부패로 얼룩진 구한말의 상황을 비판하고 있다. 「신구 문답」(1899.3.10)
과 「외국 학문에 고명훈 션비 ᄒ나이」(1899.10.12)는 동양의 전통적 자연세
계 인식 중 하나인 '천원지방(天圓地方)'과 '풍수지리(風水地理)' 사상을 외국
학문에 밝은 사람이 비판하고 있는 논설이다. 이것은 전통적 세계관에 대

---

14) "도젹이 ᄉ면에 이러나셔 빅셩을 괴롭게 ᄒ되 관원들이 금ᄒ지 못하고 군ᄉᄂᆫ 만히
길으되 본국 사롬의게ᄂᆫ 호랑이ᄀᆺ치 무셔오나 외국 대젹의게ᄂᆫ 돈견ᄀᆺ치 단모를 밧아
일쳥 교젼에 히류군이 픽망무여ᄒ고 빅셩의 직물은 피가 나도록 글그되 북경 국고ᄂᆫ
탕굴하야 항샹 외국에 차관을 힘입으며 글 닑ᄂᆫ 션비들은 문구만 숭샹하야 심쟝젹귀
ᄒᄂᆫ 디 셰월을 보니고 법관들은 흣ᄌ 뇌물과 ᄉ졍을 즁히 넉이여 누구던지 돈과 셰력
만 잇스면 비리 호숑도 만만ᄒ면 지판도 업시 고셩을 무쌍히 ᄒ며 벼슬하ᄂᆫ 디ᄂᆫ 공로
도 쓸 디 업고 지식도 헛것이요 어느 친왕의 식구던지 어느 환관의 긴 긱이던지 혹 샹
쇼를 잘 ᄒ거나 고변에 숙달하면 부귀영록이 슈중에 잇스니 ᄂᆡ졍이 이ᄀᆺ치 문란ᄒ고
야 엇지 외인의 능욕을 밧지 아니ᄒ리요." 『독립신문』, 1898.1.11.

한 근대적 비판이라고 할 수도 있지만 동시에 동양적인 것에 대한 서구적 우월의식을 전면에 드러낸 것이기도 하다. 「즈미잇는 문답」(1899.4.15~17)과 「경향문답」(1899.5.10)은 근대적 사회제도의 하나로서 신문이 지닌 중요성과 필요성을 대화형식으로 역설한 논설이다. 「어느 시골 구친 ᄒ나이」(1899.11.2)는 서울 사람과 시골 사람 사이의 문답을 통해 교육, 법률, 철도, 도로, 경찰, 전기("쟝명등")가 들어 온 서울의 "기화"된 풍경과 "사름 다니는 길을 수츅ᄒ기는 고샤하고 동리마다 인구가 점점 희쇼ᄒ야 묵은 짜이 만히 잇고 나려 오는 관찰ᄉ와 군슈들은 공평훈 신자졍은 소민 속에 졉어 넛코 무명 잡세 독봉ᄒ여 무죄한 부민들을 셩화ᄀᆞ치 착거ᄒ야 즁민 고틱 일삼"는 시골의 풍경을 대조하면서 개화를 둘러싸고 서울과 시골 사이에 벌어지는 환경의 격차와 심리적 위화감, 그리고 신식제도와 문물이 늘어가는 데 비해 그 내실에 있어서는 여전히 부패와 무능으로 얼룩진 당대 개화의 난맥상과 허상을 비판하고 있다.

대략 살펴 본 바와 같이 우리가 『독립신문』의 사설란에 실린 문답형식의 단형 서사를 통해 확인하게 되는 사실은 『죠션크리스도인회보』나 『그리스도신문』같은 종교신문에 비해 이 단형 서사들이 매우 구체적인 현실상을 담고 있으며, 근대 사회를 향한 뚜렷한 정치·사회적 계몽성을 드러내고 있다는 점이다. 특히 이 신문들의 단형 서사에 나타나는 개화의식이나 정치·사회적 계몽의지는 전통적(동양적) 자연관에 대한 과학적(서구적) 비판, 정부의 부패와 무능상에 대한 고발과 폭로, 외국에 의해 장악되는 조선군대나 침탈당하는 광산들에 대한 우려, 근대적 사회제도나 문물로서의 법률(신쟝졍)의 제정, 신문의 발행, 신식학교의 설립, 경찰제도의 설립, 도로·철도·전기의 설치 등 주제의식을 뒷받침하는 내용들이 구체적이고 직설적일 뿐만 아니라 광범위하다. 이러한 내용은 단지 '관념적' 의미의 계몽이나 정신적 차원의 삶의 에토스의 문제를 제기하고 있는 것이 아니라, 물질적 현실조건의 변화에 의해 당대의 역사적 삶이 직면하고 있는 현실적 모순과 이에 대한 비판의식을 구체적으로 드러내고 있기 때문에 절실한 시의성을 지닌다. 『독립신문』의 단형 서사들이 지향하는 이러한 주제의식을 확인하게 될 때, 앞서 우리가 살펴 본 기독교신문들의 단형 서사가 지닌 주제의식의 '관념성'은 뚜렷하게 대조되어 드러난다. 그리고 이 '관념성'은 이러한 주제의식이 현실적 삶의 내용을 담보하고 있기보다는 전통적 가치나 보편도덕에 가까운 성질의 것임을 입증해 주는 것이기도 하다. 우리는 '계몽의 욕망'에 의해 추동되는 『독립신문』의 단형 서사와 달리, 기독교신문들의 단형 서사를 추동시키는 내적 욕망을 '교훈의 욕망'이라고 해석한 바 있다.

앞서 간략히 언급했던 바와 같이 우리는 이렇게 서로 다른 서사적 욕망을 펼쳐내는 두 신문의 단형 서사들이 채택한 서사전략에 주목하고자 한다. 우리는 근대적 계몽의식이 펼쳐내는 서사적 욕망이 동적(動的) 운동의 논리를 가지고 있다면, 교훈성을 투사하는 담론의 욕망은 그에 비해 상대적으로 정적(靜的)이라는 것을 직관할 수 있다. 계몽의 욕망이 타자를 무화시키는 동질적 환원과 지배, 외부 확장의 영토화 논리를 지닌 직선적인 운동이라면, 교훈성의 담론은 '이미' 존재하는 삶의 에토스를 회복하려는 자기 원환적 회귀의 욕망일 수밖에 없기 때문이다. 우리는 여기에서 물질적 현실조건의 변화상에 근거해서 역사적 삶의 구체성을 담보하고 이를 정치·사회적 현실 속에서 전면화하려는 기획인 근대적 계몽의 욕망이 우화의 형식보다는 직설적인 문답이나 대화의 형식을 자신의 서사전략으로 채택하기 쉬우며[15], 이에 비해 정적이고 방어적이며 자기 원환적인 보편질서 혹은 전통의 담론을 재구성하려는 교훈성의 욕

---

15) 정선태는 독립신문에 나타난 문답형식의 단형 서사(서사적논설)들을 정보의 제공과 서술자의 태도와 관련하여 해석하였다. 문답형식의 단형 서사에서 서술자는 새로운 지식과 정보를 소개하는 답변자의 입장에 기울어져 그를 적극적으로 옹호하는 반면, 질문자에 대해서는 훈계하거나 간접적으로 질타하는 태도를 보여준다는 것이다. "즉 새로운 지식과 정보를 독자들에게 효과적으로 전달하기 위하여 문답식의 글쓰기를 수용했고, 이 방법을 빌어 우월한 입장에서 독자들을 계몽하고자 했던 것이다." 정선태, 『개화기 신문 논설의 서사 수용 양상』, 소명출판, 1999, 76면.

망이 우화적인 서사형식을 선호할 수 있을 것이라는 해석을 해보게 된다. 우리는 위의 구한말 기독교신문의 단형 서사에서 우화를 직접적인 알레고리로 차용한 서사형식 외에도 어떤 방식으로든 우화적 문법을 차용한 다수의 우의적 형태의 글들을 확인하게 된다. 이들 중에서 보편도덕이나 전통적 가치에 대한 옹호를 담고 있지 않은 그 외의 단형 서사들은 대개 선교의 목적으로 쓰여졌는데, 이때에도 직·간접적으로 사용된 우화적 알레고리는 상당한 유용성을 드러낸다. 종교의 포교란 여하튼 정신적 질서의 강조와 무관할 수 없으며, 보편도덕의 가능성을 전제하고 있기 때문이다.

5. 나오며

지금까지 우리는 근대계몽기 기독교 계열 신문인 『죠션크리스도인회보』와 『그리스도신문』의 논설란에 실린 단형 서사의 담론전개 방식의 특질을 이 단형 서사들이 보여주는 서사형식의 특성과 관련하여 살펴보았다. 이때 우리는 이 신문 논설란에 실린 단형 서사의 서사적 특질을 보다 분명히 살펴보기 위해, 이들 종교신문들보다 좀 더 뚜렷이 근대 계몽의식을 표출하고 있는 『독립신문』 논설란의 단형 서사들을 상호 비교해 보는 방법을 택했다. 이러한 비교는 서로 성격이 다른 주제의식을 내포하고 있는 단형 서사들이 자신의 담론을 전개하는 서사형식에 있어서도 서로 다른 차이점을 보여주고 있다는 점에 주목한 것이다.

우리는 이러한 검토를 통해 이 시기 기독교신문 논설란에 나타난 단형 서사들의 서사형식들 중 적지 않은 수가 우화적 알레고리를 취하고 있는 데 반해, 『독립신문』 논설란의 단형 서사들이 대부분 직설적 문답

형식을 취하고 있음을 확인할 수 있었다. 그리고 여기에 비례하여 기독교 계열 신문 논설란의 우화적 알레고리 형식의 단형 서사들이 주로 전통적 정신질서와 보편도덕을 강조하는 '교훈성'을 내포하고 있는 데 반해, 독립신문은 직설적 문답·대화형식의 서사형식을 통해 매우 구체적으로 현실적 시의성을 드러내면서 근대적 계몽의식을 첨예하게 표출하고 있음을 알게 되었다. 한국 근대소설사의 형성·전개과정이 근대적 세계를 향한 계몽의 욕망과 이를 표출하는 글쓰기 형식—서사전략에 대한 고민, 그리고 이 글들을 발표했던 매체의 특성과 밀접한 관련을 맺고 있었다는 최근 한국 근대문학사 연구들의 성과들을 수용한다면, 이러한 검토를 통해 확인하게 된 이 단형 서사들의 주제—형식 간의 관계성을 단지 우연한 현상으로 간과해 버리기는 힘들어 보인다.

우리는 이 논문에서 전통적 가치—보편도덕을 강조하는 담론의 내용적 특성을 '교훈성'으로 규정하고, 이에 반하여 구한말 당대의 물질적 현실조건의 변화상을 구체적으로 반영하여 이를 정치·사회적 현실 속에 전면화하려는 기획의 하나로 채택된 서사적 욕망을 '계몽성'으로 규정하였다. 우리의 해석으로는 이 시기 기독교신문들의 논설란에 나타난 단형 서사들의 형식적 특징 중 하나로 보이는 우화형식의 서사담론들이 '교훈성'의 서사 내적 특질들을 취하는 데 비해, 독립신문의 서사담론들이 직설적 문답·대화형식을 취하면서 '계몽성'을 첨예하게 드러내고 있다는 사실은 우연한 일이 아닌 것으로 보인다. 이는 '교훈성'의 담론적 특질이 '이미' 존재하는 삶의 에토스를 회복하려는 자기 원환적 회귀성을 지님으로써 우회적인 형태의 '소극적·방어적' 형식의 서사전략을 채택할 수밖에 없음에 반해, '계몽성'의 담론적 특질은 보다 '공격적'인 형태의 서사전략을 택할 수밖에 없기 때문이다. 구한말의 시대적 상황이 식민지화되는 방향으로 급박히 이행되면서, 정치·사회적 각성을 보다 직설적인 방식으로 촉구할 수밖에 없었던 당대 신문논설란의 분위기 속에서 우화적 형태의 서사방식은 알레고리가 지닌 특유의 관념성으로 인해 시대적 욕망을 충실히 반영하기에는 많은 한계가 있었을 것으로 보인다. 이후 이인직 류의 '신소설(新小說)'[16]의 출현 시기에 이르러서 우화적 알레고리 형식을 차용한 서사담론이 거의 사라지게 된 점은 이러한 해석을 뒷받침하는 중요한 근거가 될 수 있다고 생각된다. 이러한 해석을 통해 본다면 우리 근대소설사의 형성·전개과정에 있어 초기의 단형 서사들에서 집중적으로 나타났던 우화형식, 더 나아가서 우의적 서사형식들은 조선 후기에 나타난 한문단편·야담 형식들의 한 전통을 계승하고 있음에도 불구하고, 시대적 요구에 부응할 수 없는 담론형식의 특성으로 말미암아 급격히 쇠퇴하였다고 해석할 수 있다. 근대계몽기 신문논설란에 실린 단형 서사들을 이인직 류의 '신소설'로 가는 한 과정으로 해석하는 최근 근대문학사 연구자들의 견해[17]를 수용하게 될 때, 결국 '신소설'의 서사 형식적 특성은 단지 우연의 소산이 아니며, 근대적 상황에 맞는 새로운 담론형식을 모색하는 과정에서 '발견한' '전략적' 산물이라고 해석할 수 있는 것이다.

---

16) 김영민에 의하면 근대계몽기에 쓰인 '신소설(新小說)'의 개념은 단지 '새로운 (요즘) 소설'이라는 개념으로 쓰여지고 있었다. 한국 현대문학사가들에 의해 문학 장르의 일종으로서 오해되어 왔던 이 '신소설'의 개념을 현재처럼 문학사적 차원의 장르 개념으로 사용한 것은 임화의 「신문학사」 이후부터이다. 여기에서의 '신소설' 개념은 문학사적 의미의 장르 개념으로 쓰인 '신소설' 즉, 이인직 류의 소설들을 의미한다. 김영민, 『한국 근대소설사』, 솔, 1997, 123~146면 참조.
17) 이 논문에서 주석을 통해 언급한 모든 연구자들의 시각이 여기에 해당한다.

『조선(대한)크리스토인회보』 소재 단형 서사 연구

함태영

1. 서론

근대문학 그 중에서도 특히 한국 근대소설의 기점을 신소설에서 찾으려는 시도는 이제 그 효력을 잃은 듯하다. 1990년대 후반부터 본격화 된 근대계몽기 문학연구는, 한국 근대소설의 출발이 신소설이 아닌 신소설 이전의 다양한 이야기 양식들의 존재에서 비롯되고 있음을 밝혀주었다.[1] 소설과 매체, 특히 한국 근대소설의 시작과 신문이라는 새로운 매체와의 상관성을 논하는 것은 이제 진부한 것이 되어버렸다. 이 시기의 '서사적 논설'·'논설적서사'·'신소설' 등 다양한 서사양식들이 신문에 발표되면

---

1) 대표적인 연구업적으로는 다음과 같다. 김영민, 『한국 근대소설사』, 솔, 1997; 정선태, 『개화기 신문 논설의 서사 수용 양상』, 소명출판, 1999; 한기형, 『한국 근대소설사의 시각』, 소명출판, 1999.

서 근대소설로 정착해 가기 때문이다.2)

이 논문의 목적은 근대계몽기에3) 발행된 『조선(대한)크리스토인회보』에 실린 단형 서사의 실체를 확인하고 그 특질을 분석하여 드러내는 것이다. 1890년대에서 신소설이 등장하는 1906년 사이, 신문에는 '서사적논설'을 비롯한 다양한 짧은 이야기(서사) 양식들이 존재한다. 그런데 '단형 서사'라는 명칭에서 알 수 있듯이 이 시기에 존재하는 서사양식은 쉽게 유형화를 허락하지 않는다. 표기문체를 비롯해 다양한 형식 및 내용들이 실험되고 모색되는 중층적인 모습을 보이기 때문이다.4) 단지 '짧은' 이야기라는 명칭으로 아우를 수밖에 없는 것이 현실이다. 이러한 형식적 중층성과 함께 이 시기 서사양식에 접근하기 어려운 이유 중 하나는 그 내용에 있어서도 너무 편폭이 크고 다양하다는 점이다. 이는 발표 매체가 신문이라는 특성과 관련된 것인데, 각 신문의 발행 주체와 목적에 따라 그 논조가 결정되기 때문이다. 따라서 매체(발행주체)별 단형 서사를 연구하는 것이 하나의 방법이 될 수 있다고 판단된다.

동일한 대상을 두고 이러한 다양한 논의들이 나오는 것은 근대계몽기 단형 서사 연구의 필요성을 강조하는 것이다. 그 동안의 연구가 문학사적 계보 및 의의 모색이라는 '수직적' 차원의 연구였다면 이제는 단형 서사 자체만을 꼼꼼히 고찰하는 '수평적' 차원의 연구가 필요하다고 판단된다.5) 그 동안의 연구성과를 부정하자는 것은 물론 아니다. 이 글은

---

2) 근대계몽기 소설과 신문의 관계양상에 대한 논의는 다음을 참조할 것. 임규찬·한진일 편, 『임화 신문학사』, 한길사, 1993, 72~81면; 김영민, 『한국 근대소설사』, 솔, 1997, 179~186면; 김영민, 「서구문화의 수용과 한국 근대문학」, 『서구문화의 수용과 근대화의 모색』, 연세대 국학연구원, 2003, 193~215면; 김영민, 「근대계몽기 신문의 문체와 한글 소설의 정착과정」, 『현대문학의 연구』 22, 한국문학연구학회, 2004, 47~82면.
3) 이 논문에서 말하는 근대계몽기는 이 글의 분석 대상인 『조선(대한)크리스토인회보』가 발행되었던 1897년부터 1900년까지로 한정한다.
4) 쉽게 유형화를 허락하지 않는 대표적인 예로는 양식명칭을 둘러싼 김영민과 한기형의 논의를 들 수 있다. 김영민은 신소설 이전의 다양한 단형 서사를 '서사적논설' '논설적서사'로 정리한다. 이에 반해 한기형은 〈시사토론체 단편〉, 〈우의체 단편〉, 〈기사체 단편〉, 〈풍자 단편〉으로 정리한다.

앞선 연구자들의 성과를 토대로 한다. 양식사·소설사적 계보를 잇는 '수직적' 작업과 함께 단형 서사 자체에 대한 보다 세분화되고 전문화된 '수평적' 논의도 같이 이루어질 때 온전한 한국 근대소설사가 구성될 수 있기 때문이다.

따라서 이 글은 당시의 여러 신문 중 『조선(대한)크리스토인회보』를 중심 대상으로 하여 살펴보려 한다. 격동기였던 근대계몽기라는 현실을 고려했을 때 이 신문과 신문에 실린 단형 서사는 다른 신문들의 그것에 비해 뚜렷한 변별점을 가지고 있기 때문이다.

2. 『조선(대한)크리스토인회보』와 단형 서사

1) 『조선(대한)크리스토인회보』의 서지와 성격

1876년 동양 3국 중 가장 늦게 문호를 연 조선은 1882년 미국과의 수교 이후 서양 열강들과 외교관계를 맺으면서 제국주의적·자본주의적 세계 질서에 편입되었다. 경국대전적 세계인식에서 만국공법적 세계인식으로의 전환이었던 것이다. 문호개방 이후 조선은 개화파와 수구파와의 갈등, 탐관오리의 가렴주구로 인한 민심의 혼란, 제국주의 열강들의 이권침탈과 주도권 다툼 등으로 인해 역사적으로 매우 어려웠던 격동기를 겪게 된다. 이러한 격동적 시기에 서구문물의 전래와 함께 개신교 선교

---

5) 이 점에서 구장률의 연구는 선구적이라고 할 수 있다. 『제국신문』은 이 글에서 분석하려고 하는 『조선(대한)크리스토인회보』와 동시기의 신문이다. 구장률은 『제국신문』 소재 '서사적논설'에 주목하여 작가와 그 사유 기반, 수사적 특성을 해명했다. 『제국신문』 소재 '단형 서사'의 변별적 특성을 드러낸 것이다. 구장률, 「『제국신문』의 '서사적 논설' 연구」, 『현대문학의 연구』 22, 한국문학연구학회, 2004, 89~123면.

사가 파송되어 조선에도 기독교 문화가 뿌리를 내리기 시작한다.

한국의 기독교 선교는 문서선교가 큰 비중을 차지했으며, 선교 초기부터 문서 출판운동에 많은 노력을 기울였다. 그것은 처음에 순전히 선교의 한 방편으로 시작했지만, 차츰 계몽성을 보강하면서 한국인들에게 지적 정보의 충족과 서구문물 전달의 매개체가 되었다. 또한 개신교의 문서 출판운동은 아직 양적 질적인 면에서 근대적 인쇄출판 문화에 한참 뒤떨어져 있던 한국에 큰 자극을 주어 인쇄 출판문화의 발전과 그를 통한 개화 계몽운동에도 적지 않은 영향을 주었다.[6]

선교 초기 기독교의 문서사업은 크게 한국인들을 상대하는 것, 현지 선교사들을 위한 것, 선교사 파송국 교회를 위한 것 등 세 부문으로 나눌 수 있다고 한다.[7] 이 글에서 살펴보려고 하는 『조선(대한)크리스토인회보』는 이러한 기독교의 문서출판 운동의 일환으로 발간된 것으로, 첫 번째 유형에 해당하는 것이다.

한글로 된 한국 기독교 신문의 효시인 『조선(대한)크리스토인회보』는 건양 2년(1897) 2월 2일 창간되었다. 발행인은 아펜젤러(亞扁薛羅, Henry Gerhart Appenzeller, 1858~1902),[8] 발행소는 서울 정동 아펜젤러 집, 감리교 발행 신문이다. 간기는 주간이며 순한글을 사용했다. 영문 이름은 『The Korean Christian Advocate』이다. 크기는 국배판, 각면 2단 조판(창간 당시), 주로 4호 활자를 사용했으며, 삼문출판사에서 인쇄하였다. 구독료는 창간 후 첫달은 무료였으며 그 다음부터는 엽 4푼을 받았다. 1899년 현재 600부,[9]

6) 근대계몽기 개신교의 문서 출판운동과 그것이 당시 사회에 끼친 영향에 대해서는 윤병조, 「개화기 한국 기독교 출판문화 사업이 일반사회에 미친 영향에 관한 연구」, 연세대 석사논문, 1998 참조.
7) 백낙준, 『한국개신교사』, 연세대 출판부, 1973, 150면. 첫 번째는 한글, 두 번째와 세 번째는 선교사들의 본국 언어(주로 영어)로 되어 있다.
8) 감리교 선교 보고서에 의하면 1901년까지는 아펜젤러가 발행인으로 되어 있다. *Official Minutes of the Sixteenth Annual Meeting*, Korea Mission Methodist Episcopal Church, 1900, p.24. 원문은 다음과 같다. "Editor of the Tai Han Christian Advocate and Manager of Chong-no Book-store, H. G. Appenzeller."

1900년 5월 현재 총 810부가 발행되고 있다.[10] 윤춘병과 정진석에 의하면 1905년 6월 24일까지 발간하고 폐간되었다고 하는데,[11] 현재 접할 수 있는 자료는 1900년 8월 29일 제4권 제35호(통권 제186호)까지이다.[12] 그러나 『조선(대한)크리스토인회보』의 발행시기는 1897년~1900년이 틀림없다. 이는 감리교 선교보고서에서 명확히 확인할 수 있다.

The "Hoipo" now sleeps, and the "Wolpo" brings us help, and is very welcome in our midst.[13] (강조는 인용자)

그는 『대한그리스도회보(Koreans Christian Advocate)』라고 불리는 감리교 선교부의 교회 주간지를 4년 동안 편집 제작하여 그의 다른 많은 일 가운데서도 성공적으로 이끌었다.[14] (강조는 인용자)

첫째 인용은 1901년 5월 감리교 정기 선교 연회에서 미감리회 조선 선

---

9) "REPORT XI-THE KOREAN CHRISTIAN ADVOCATE", *Journal of The Fifteenth Annual Meeting of the Korea Mission of the Methodist Episcopal Church*, 1899, p.44. 원문은 다음과 같다. "The edition printed at present is nearly 600."

10) 『대한그리스도인회보』와 종로서점 관리」, 『아펜젤러』, 연세대 출판부, 1985, 419~420면. 아펜젤러의 보고서를 이만열이 번역한 것이다.

11) 윤춘병, 『한국기독교 신문·잡지 백년사』, 대한기독교 출판사, 1984, 85~87면. 정진석은 감리교의 『조선(대한)크리스토인회보』와 장로교의 『그리스도 신문』이 1905년 6월 24일 각각 폐간호를 내고 통합하여 7월 1일부터 『그리스도 신문(The Christian News)』으로 이어졌다고 한다. 정진석, 『한국언론사』, 나남, 1992, 171~172면 참조.

12) 이후 개신교측의 신문 발간은 다음과 같다. 1905년 7월 1일부터 1907년 12월 3일까지는 감리교와 장로교의 신문이 통합하여 『그리스도 신문』으로 발행하다 1907년 12월 10일 『예수교신보』로 개재하여 1910년 2월 21일까지 발행했다. 그 후 장로교측에서는 『예수교회보』를, 감리교측에서는 『그리스도회보』를 각각 발행하다 1915년 12월 8일부터 1937년까지는 장로교 감리교 합동으로 『긔독신보』라는 이름으로 발행하였다. 송길섭, 「<그리스도인회보> 해제」, 『죠션 그리스도회보』, 한국감리교회사학회, 1986; 윤춘병, 「<긔독신보> 해제」, 『긔독신보』, 한국기독교사연구회, 1988 참조.

13) "LITERATURE", *Official Minutes of the Seventeenth Annual Meeting*, Korea Mission, Methodist Episcopal Church, Seoul, Korea, 1901, p.24.

14) Wilbur C. Swearer, 「아펜젤러 목사를 추도함」, 『자유와 빛을 주소서-H. G. 아펜젤러의 일기(1886~1902년)』, 대한기독교서회, 1988, 272면.

교 주관자(superintendent) 스크랜튼(施蘭敦, William Benton Scranton, 1856~1922)이 보고한 것이다.15) 1901년 5월 현재『조선(대한)크리스토인회보』는 발행되고 있지 않았던 것이다. 두 번째는 동료 선교사였던 Swearer가 1902년 6월 29일 정동교회에서 열린 아펜젤러 장례식에서 읽은 추모사의 일부이다. Swearer의 말을 통해 이미 1900년에 이 신문이 폐간되었음을 알 수 있다. 인용에서 알 수 있듯이 최초의 기독교 신문인『조선(대한)크리스토인회보』는 1900년에 폐간되었으며,16) 그 역할을 "Wolpo", 즉『신학월보』에 물려주었던 것이다.17) 이로써 그동안 잘못 알려져 왔던『조선(대한)크리스토인회보』의 발행시기의 오류를 지적하고 바로잡는다.

신문의 제호는『죠션크리스토인회보』에서 1897년 12월 8일 제1권 제45호부터는『대한크리스토인회보』로 1900년 1월 3일 제4권 제1호부터는『대한그리스도인회보』로 변경된다. 1897년 성탄절을 맞아 제1권 제47~48호는 8면을 발행했고, 1898년 1월 12일부터는 6면을 발행했다.18) 각 면의 조판도 1900년 1월 3일부터 2단에서 3단 조판으로 바뀐다.

이 신문 발행의 궁극적 목적은 기독교의 소개와 선교에 있었다.

사룸을 교육ᄒ지 안코 문견의 고루홈을 칙망ᄒ면 이거슨 비컨더 굴지 아니ᄒ
옥셕을 더ᄒ야 빗치 업슴을 칙망ᄒ고 닥지 아니ᄒ 거울을 더ᄒ여 붉지 못홈을
칙망홈과 무어시 다르리오 이럼으로 셔국 교ᄉ들과 죠션 교우들이 륙쥬 셰계
롤 동포로 보고 젼국 인민을 일실노 넉여 **진리대도**의 근원과 당시 소문의 긔이

---

15) 그 동안 감리교 선교 연회에서『조선(대한)크리스토인회보』에 대한 보고는 발행인 아펜젤러가 했다. 하지만 아펜젤러는 1900년 9월에서 1901년 9월까지 안식년을 맞아 본국 미국에 체류하고 있었다.

16) 현재 정확한 폐간 날짜는 확인할 수 없다.

17)『신학월보』에 대한 서지와 성격에 대해서는 윤춘병,『한국 기독교 신문·잡지 백년사』, 대한기독교, 1984, 89~91면 참조.

18) 이 신문이 계속해서 6면을 발행하는 것은 아니다. 1899년 7월 5일 제3권 제27호부터 1899년 8월 9일 제3권 제32호까지는 4면을 발행하다 이후 다시 6면이 된다. 지면을 줄이는 이유에 대해 "여름 동안에 일기가 미우 더운고로 회보를 주려 스폭으로 간츌ᄒ 는디"라고 한다.『대한 크리스토인 회보』, 1899.7.5(이후 기사 제목과 날짜만 적는다).

혼 것술 긔록ᄒᆞ여 일홈을 죠선 크리스도인 회보라 ᄒᆞ노니 이 ᄯᅳᆺᄉᆞ 죠선에 잇ᄂᆞᆫ 교회에셔 긴요ᄒᆞᆫ ᄉᆞ젹과 특이ᄒᆞᆫ 소문을 각인의게 젼ᄒᆞᆫ다ᄂᆞᆫ 말이라 (⋯중략⋯) 우리 회보롤 보시면 셰계샹에 유익ᄒᆞᆫ 소문과 각국에 ᄌᆞ미잇ᄂᆞᆫ ᄉᆞ젹을 ᄌᆞ연이 통달ᄒᆞᆯ 거시니 우리가 이 회보롤 ᄑᆞᄂᆞᆫ 것시 지리롤 취ᄒᆞᆷ이 아니오 사람의 혼암ᄒᆞᆫ ᄆᆞᄋᆞᆷ을 광명케ᄒᆞᆷ이니 누구던지 긔명에 진보코ᄌᆞ ᄒᆞ거든 이 회보롤 ᄎᆞ례로 사셔 보시기롤 ᄇᆞ라오[19] (강조는 인용자)

창간호의 1면 논설이다. 언뜻 보면 백성을 교육하고 서구 신지식을 고취하는 개화 계몽이 목적인 것처럼 보인다.[20] 하지만 실제 이 신문 전발행 시기를 관통하는 내용은 위 인용에서 강조한 부분 즉 '진리대도의 근원'-하나님의 말씀과 '교회에서 긴요한 사적'-교회 내 공지사항과 통신이다. 당시 조선 사람들에게 서양 선교사와 기독교는 매우 이질적이고 낯선 문화적 충격이었다. 초기 기독교는 '무부무군의 교'라 하여 많은 비판과 배척을 받았다. 이러한 이질감과 문화적 충격을 최소화하고 보다 효과적으로 선교를 진행하기 위해 개화 계몽을 내세웠던 것이다. 이 글에서 분석하려고 하는 단형 서사도 궁극적인 목적은 기독교 복음전파 즉 선교에 있다. 이 신문이 이야기하고 있는 계몽도 당시의 시대분위기와 동시기 다른 신문의 계몽과는 질적으로 차원을 달리한다. 이에 대해서는 뒤에 상세히 언급할 것이다.

이 신문의 근본 발행목적이 선교라는 데에는 그 지면구성을 통해서도 알 수 있다.

    1면 죠선 회보라 ᄒᆞᆫ 뜻슬 발명ᄒᆞᆷ이라, 셔국 부인이 셰샹을 리별ᄒᆞᆫ 일이라
    2면 사울노 이스라엘 쳣지님군, 주셕-이스라엘의 쳣지 님군

19) 「죠션 회보라 ᄒᆞᆫ 뜻슬 발명ᄒᆞᆷ이라」, 1897.2.2.
20) 실제 주위에선 이 신문의 창간에 대해 상당한 관심과 기대를 가졌던 듯하다. 『The Independent』에서는 이 신문의 창간에 대해 당시로선 새로운 지면구성을 선보인 점, 조선에서 가장 충군애국적이고 각성된 기독교인들이 내는 신문이라는 점, 한글신문의 개척자라는 점을 들면서 상당한 기대를 표명하고 있다. The Independent, 1897.2.9.

3면 뭇는 말
4면 회중신문, 고빅

— 제1권 제1호 1897년 2월 2일

1면 샤셜, 신약을 번역홈
2면 례비례식
3면 례비일 공과, 년됴 디명, 주셕
4면 뭇는 말
5면 의복에 단초롤 닥는 비유
6면 니보, 외보, 협성회 광고, 본회 고빅, 종로 대동셔시 광고

— 제2권 제50호 1898년 1월 12일

위의 지면구성에서도 알 수 있듯이 전체 신문의 2 / 3 이상이 기독교에 관련된 내용으로 채워져 있다. 기독교적 색채가 비교적 덜한 것이 '니보'와 '외보'이다. '니보'와 '외보'는 4면 발행일 때는 아예 없다가 6면으로 증면되면서 나타난다. 호를 거듭할수록 '니보'와 '외보'의 양이 많아지긴 하지만 전체의 1/6이 넘은 적이 없다. 즉 기독교 복음 전파, 교리 소개와 학습, 교회통신이 이 신문의 주된 목적이었던 것이다. 다음의 인용은 이 신문의 발행목적이 궁극적으로 지향한 점을 단적으로 드러내 준다.

밧게 사룸이 흔이 말ᄒ기를 대한회보에는 셰샹 소문도 만치 안코 졍치득실도 의론치 안코 다만 **셩경 공부와 교중 이야기**만 잇스매 보기에 조미 젹다 ᄒ느니 셰계 형편만 알고져 ᄒ는 사룸은 그럴듯ᄒ나 춤 리치의 붉은 거슬 알냐ᄒ면 우리 회보의 말숨이 춤 조미가 잇슬지라 셰샹의 헛된 일만 싱각지 말고 하ᄂ님 나라의 **오묘호 리치**를 조미드려 보시오[21] (강조는 인용자)

---

21) 「조미잇는 말」, 1900.2.21.

2) 『조선(대한)크리스토인회보』소재 단형 서사의 존재 양상

최근 이 신문 소재 단형 서사의 일부가 소개되었다.[22] 하지만 필자가 확인한 바로는 1면 논설(사설)란에 있는 '서사적논설' 12편을 포함해 모두 57개의 단형 서사가 존재하고 있다. 단형 서사가 실린 면도 1면을 포함해 다양하게 분포되어 있다. 서사가 존재하는 고정된 코너가 있었던 것이 아니다. 신문의 편집진은 의도한 목적을 달성하기 위해 서사가 필요하다고 판단될 경우, 특별한 란을 가리지 않았던 것이다. 이 자료들에 대한 정리 및 분석은 이 글에서 처음 시도되는 것이다. 이는 이 신문 자체가 종교계통의 신문이라 하여 언론사에서도 등한시되었다는 점과 국문학계에서도 이 시기를 근대 서사문학 자료라고 할 만한 것들이 존재하지 않는다고 하여 문학사적 공백기로 치부했다는 데에서 기인하는 것이다.

1890년대에서 1910년 사이에 존재하는 서사양식들이 보여주는 가장 큰 특징은 논설과 서사가 미분화된 모습이라는 점이다. 신문이든 잡지든 단행본이든 본격적으로 '소설'이 등장하는 것은 1900년대이다. 『조선(대한)크리스토인회보』가 발행되었던 시기는 이러한 '소설' 개념이 등장하기 이전으로 논설이 소설 즉 서사를 포함하고 있던 때였다.[23] 논설이 서사를 포함하는 이유는 논설의 의도를 보다 효과적으로 달성하기 위해서이다. 논설의 의도는 매체의 성격에 따라 달라지게 마련인데, 이 글의 분석 대상인 『조선(대한)크리스토인회보』는 보다 효과적인 기독교 복음의 전파, 즉 '선교'에 있다. 서구에서 들어온 당시로선 매우 낯선 종교였던 기독교를 전파하기 위해 다양한 방법으로 이야기 즉 서사를 활용했던 것이다.

---

22) 김영민 · 구장률 · 이유미 편, 『근대계몽기 단형 서사문학 자료전집』상 · 하, 소명출판, 2003. 이 자료집에는 『조선(대한)크리스토인회보』소재 단형 서사가 모두 20편이 소개되어 있다.

23) 조남현은 이에 대해 논설을 '집', 소설(서사)을 '방'에 비유하여, 논설 속에 소설(서사)이 들어간 것이라고 한다. 조남현, 「개화기소설의 형성과 전개」, 『소설과 사상』, 1995년 봄, 302~317면 참조.

이는 이 신문의 편집진이 서사의 효용성을 자각했기에 가능했으며, 그들의 선교를 향한 진지한 고민의 결과였다.

『조선(대한)크리스토인회보』 소재 57개의 단형 서사는 내용적으로 기독교 선교에 대한 것과 개화 계몽에 대한 것 등 크게 둘로 나눌 수 있다. 여기서 개화 계몽에 대한 것은 당시 한국인들의 의식 속에 자리잡고 있는 유교의 허례허식과 반봉건 의식을 깨우치는 내용으로 채워져 있다. 당시 서양인 선교사와 기독교는 한국인들에게 상당한 문화충격이었을 것이다. 이 문화충격을 최소화하고 기독교와 기독교적 세계관을 전파하기 위해 직접적으로 그것을 논파하지 않고 거부감을 갖지 않도록 익숙한 소재와 이야기를 활용하여 개화 계몽을 설파한 것이다. 기독교 선교에 관한 내용도 마찬가지이다. 기독교라는 낯선 종교를 포교하기 위해 익숙한 형식과 내용의 서사를 활용한다는 사실 자체도 거부감과 문화충격을 최소화하는 조심스런 전략이었던 것이다.

이러한 내용과 이를 효과적으로 전달하기 위해 다양한 형식이 동원되며, 이 신문 소재 57개의 단형 서사에서 그 모습을 고스란히 확인할 수 있다. 전통적 이야기 양식인 동물우화[24]나 몽유록,[25] 대화·문답체 형식,[26] 인물전기[27] 등이 등장하며, 한가지 교훈을 전달하기 위해 여러 개의 서사가 동원되는 모습[28]도 볼 수 있다. 교훈 전달이 충분치 않다고 판단될 경우에는 1회로 완결짓지 않고 길이를 늘려 연재를 하기도 했으며,[29] 하루에 2개의 단형 서사를 싣기도 했다.[30] 또한 전에 한번 활용했

---

24) 「늠을 참소ᄒᆞ난 이ᄂᆞᆫ 졔몸이 먼져 망흠」, 1898.5.18.
25) 「ᄭᅮᆷ에 젼도ᄒᆞᆫ 일」, 1898.7.13.
26) 「삼인문답」, 1900.3.21~28.
27) 「고륜포」, 1897.11.10.
28) 「ᄎᆞᆷᄂᆞᆫ 거시 복되는 것」, 1898.3.16. 여기엔 인내심을 가질 것을 강조하기 위해 3개의 서사가 동원되고 있다.
29) 「촌음을 잇김이라」, 1897.9.29~10.6, 2회 연재; 「회회교 이야기」, 1899.2.8~22, 3회 연재.
30) 1897.9.29(「쇄격지 션셩의 졔ᄌᆞ룰 ᄀᆞᄅᆞ침이라」, 「구습을 맛당히 ᄇᆞ릴 것」), 1900.4.11 (「산촌 학쟝을 ᄀᆞᄅᆞ침」, 「의로온 일에 복죵ᄒᆞᄂᆞᆫ 거시 귀ᄒᆞ다」).

던 서사를 그 소재나 길이를 변형시켜 재활용하여 의도한 목적을 반드시 달성하려는 의지를 확인할 수 있는 것들도 있다.[31]

이러한 단형 서사를 내용적·형식적으로 정리하면 다음 표와 같다.

내용적 분류

기독교 관련	개화·계몽
34개	23개

형식적 분류

일화(서술)	문답	우화	몽유	토론	인물전기
44개	6개	3개	2개	1개	1개

3. 『조선(대한)크리스토인회보』 단형 서사의 작가와 특성

1) 단형 서사의 작가

근대계몽기 단형 서사는 그 작가를 알 수 없는 경우가 대부분이다.[32] 논설 속에 서사가 포함되어 있던 1890년대 말의 작품들은 특히 그러하다. 단지 신문이나 잡지 등 서사가 존재하는 매체 편집진의 개인적 혹은

---

31) 「셩심긔도」 1897년 11월 17일과 「종일 긔도ᄒᆞᄂᆞᆫ 녀인」, 1899년 11월 2일, 「도를 위ᄒᆞ 야 군축밧은 일」 1898년 4월 13일과 「도를 견ᄒᆞ다가 고난을 밧은 일」 1900년 1월 10~17일. 이들은 동일한 내용의 서사로 되어 있다.

32) 최근 구장률에 의해 『제국신문』 단형 서사의 작가가 이종일로 밝혀졌다. 작가가 밝혀짐에 따라 단형 서사의 내적 구조와 사유 기반에 대한 보다 심층적인 이해가 가능하게 되었다. 구장률, 「『제국신문』의 '서사적논설' 연구」, 『현대문학의 연구』 22, 한국문학연구학회, 2004, 89~98면 참조

집단적 창작이라고 추정할 수 있을 뿐이다. 이는 매체의 편집진이 단형 서사를 독립된 서사로 인정하지 않고 논설 즉 신문 기사의 일부로 생각한 탓이다.

하지만 작가가 누구인가 하는 것은 매우 중요하다. 한국소설사에 있어 중세소설과 근대소설을 가르는 변별점 가운데 하나가 실명 작가의 존재 여부이다. 작가가 누구인가 즉 어떤 계층 출신인가, 어떤 교육을 받았나 등에 따라 글쓰기의 내용과 형식이 크게 달라질 수 있다. 근대계몽기 단형 서사 특히 『조선(대한)크리스토인회보』가 발행되던 1890년대 후반의 자료는 목적지향성이 강하게 나타나며, 그만큼 다양한 존재 양상을 보이고 있다. 따라서 이 시기 단형 서사의 글쓰기 전략이나 그 안에 담겨 있는 사유 기반 등보다 심화된 연구를 위해서는 그 작가를 밝히는 작업이 반드시 필요하다. 더구나 '선교'라는 동시기 다른 신문들에 비해 특수한 목적을 가진 『조선(대한)크리스토인회보』 단형 서사의 작가를 밝히는 작업은 근대계몽기 단형 서사의 한 유형을 변별적으로 드러낼 수 있다.

『조선(대한)크리스토인회보』 단형 서사는 특이하게도 작가를 명기한 것이 일부 있다. 총 57개의 단형 서사 중 14개의 작품에 글쓴이의 이름이 있다. 1898년 2월 23일 「권면의 유익이라」란 제목의 글 끝에는 '김챵식'이라는 이름이 부기되어 있다. 이 신문 단형 서사 중 글쓴이가 명기되어 있는 첫 번째 예이다. 그리고 1900년 3월 21일 「삼인문답」 이후의 모든 단형 서사는 글쓴이가 명기되어 있다.

> 김챵식(1), 정문국(1), 최병헌(5), 로병션(3), 됴명운(1), 최지호(1), 최지학(1) (괄호의 숫자는 작품 수)33)

---

33) 『조선(대한)크리스토인회보』에는 단형 서사뿐만 아니라 다른 글에도 글쓴이가 표시되어 있다. 이은승 · 여병헌 등이 그들이다. 이 논문은 단형 서사의 존재양상과 변별적 특징을 드러내는 것이 목적이므로 단형 서사가 아닌 다른 글의 글쓴이는 논의에서 제외한다.

『조선(대한)크리스토인회보』에서 확인 가능한 단형 서사의 작가들이다. 이는 동시기 다른 신문들과 비교해 봤을 때 매우 이례적인 것이다. 다른 신문들의 경우에는 작가명이 표시되어 있지 않기 때문이다.[34] 또한 모두 실명이라는 것도 독특하다. 작가명은 1900년대에 표시되기 시작하며, 그 것도 '우시싱'·'죽사싱'·'도화동은' 등과 같이 필명인 경우가 대부분이다. '무서명 소설'·'비실명 소설'이라는 용어가 등장하는 것도 이 때문이다. 작가가 명기되었다는 점, 그것도 실명이라는 점은 『조선(대한)크리스토인회보』 단형 서사가 갖고 있는 특징의 하나라고 할 수 있다.

확인 가능한 14개 자료 중 최병헌과 노병선이 각각 5개, 3개로 가장 많이 쓰고 있으며, 이들이 이 신문과 모종의 중요한 관계가 있다는 것을 알 수 있다. 현재로선 이들이 초기 감리교 목회자였다는 것만을 알 수 있을 따름이다. 그러면 글쓴이가 표시되어 있지 않은 43개의 자료는 과연 누가 쓴 것인가.

그동안 『조선(대한)크리스토인회보』의 발행주체에 대해서는 아펜젤러가 제작 발행 편집을 했다는 정도만 알려져 있다. 이 신문의 기자나 논설진, 편집진 등 발행주체에 대한 정보는 전무한 실정이다. 신문 창간에 있어 아펜젤러와 다른 외국인 선교사들이 중추적 역할을 한 것은 분명하다. 이 신문의 창간에 즈음하여 『The Independent』는 다음과 같이 보도하고 있다.

The Paper is under the supervision of Rev. H. G. Appenzeller, and Rev. H. B. Hulbert, on the part of the foreigners.[35]

---

34) 『협성회회보』 1898년 4월 2일의 논설은 이야기를 활용한 '서사적논설'이다. 이 글에는 '김만식'이라는 실명이 표시되어 있다. 김만식은 강화출신으로 당시 협성회의 본회원이었다. 『협성회회보』, 1898.1.1; 『협성회규칙』 1896, 20면. 『조선(대한)크리스토인회보』 단형 서사와 동시기 자료 중 작가를 알 수 있는 유일한 자료이다.

35) The Independent, 1897.2.9.

아펜젤러 외에 헐버트의 이름이 보이고 있다. 헐버트(訖法 또는 轄甫, 1893~1949)는 미북감리교 선교사로 한국 최초의 근대식 국립학교인 육영 공원의 교사를 지냈으며, 삼문출판사의 운영의 책임을 지고 문서선교를 주관한 인물이다.36) 하지만 헐버트는 이 신문에 관계하여 이후 다른 어떤 기록에도 나타나지 않는다. 이 신문이 헐버트가 책임자로 있었던 삼문출판사에서 인쇄되었기에 아펜젤러와 함께 발행에 관련되었다고 본 듯하다.

근대계몽기 신문의 단형 서사는 그 신문의 편집진이 썼다고 할 수 있다. 특히 『조선(대한)크리스토인회보』를 비롯한 『독립신문』・『제국신문』・『미일신문』 등의 단형 서사는 거의 대부분이 해당 신문 편집진이 쓴 것이다. 각 신문이 지향하는 계몽이라는 목적을 완수하기 위한 논설적 글쓰기의 하나가 단형 서사이기 때문이다. 그렇다면 『조선(대한)크리스토인회보』 단형 서사의 작가를 밝혀내는 일은 이 신문의 편집진을 밝히는 일이 된다. 『조선(대한)크리스토인회보』 편집진은 과연 누구인가, 아펜젤러가 단독으로 편집 발행한 것인가, 혹시 한국인들의 도움은 없었는가 등이 밝혀져야 하는 것이다. 이에 대한 답은 먼저 『조선(대한)크리스토인회보』 내부에서 찾을 수 있다.

겨는 작년 오월 팔일에 감독 쏘이씨의게 전도직입을 밧은 후 오월 금음째 쥬스 벼슬을 샤직ᄒ고 셩신의 도으심으로 교즁일을 보앗는디 아편셜라 목사를 도아 회당에셔 전도ᄒ야 교우 몃 사룸을 엇엇시며 쥬일마다 오후 공부홀 째에 ᄋ히들을 맛하 ᄀᄅ치되 작년 십일월ᄭ지 ᄒ엿ᄉ오며 **크리스도인 회보에 론셜을 긔지ᄒ야 경향간에 잇는 여러 교우의게 젼파ᄒ엿고**……37) (강조는 인용자)

쥬일을 당ᄒ매 회당에셔 전도ᄒ는 일은 목사의 식이시는디로 혹 아촘에도 ᄒ고 혹 오후에도 ᄒ엿ᄉ오며 학도를 권ᄒ야 학습에 일홈을 붓친 이도 몃치 잇ᄉ

---

36) 역사위원회, 『한국 감리교 인물사전』, 기독교 대한감리회, 2002, 523~526면.
37) 「정동회당 최병헌씨의 보단」, 1898.9.7.

오며 크리스도인 회보도 굿치 긔지하엿ᄉ오나 이 모든 일을 다 셩신의 도으심으로 하엿습ᄂ이다38) (강조는 인용자)

We began Vol. I. No. I, Feb. 6th, 1897, this being the first distinctive religious paper published in Korea. (…중략…) Bros. Choi and Song are my right hand help.39) (강조는 인용자)

We issued the paper regularly since our last Annual Meeting, thanks in a very large measure to the faithful and constant assistance rendered the editor by Brothers Choi, Song, No. These brethren have departments for which they have made themselves responsible.40) (강조는 인용자)

『조선(대한)크리스토인회보』에는 아펜젤러 외에 최병헌·송기용·노병선이라는 한국인 편집진이 있었음을 확인할 수 있다. 아펜젤러의 보고에서 알 수 있듯이 신문발행 초기인 1898년 9월까지는 최병헌과 송기용이 있었고, 노병선은 그 이후 편집진에 합류한 듯하다. 최병헌·송기용·노병선은 초기 감리교 신자(목회자)들임은 물론이다.

『조선(대한)크리스토인회보』의 발행 편집인은 아펜젤러이다. 아펜젤러는 발행 편집인이라는 명목상의 역할에 주로 머물렀으며, 실제 논설과 기사의 집필 등 실질적 신문 제작은 최병헌·송기용·노병선 3인이 도맡아 한 듯하다. 아펜젤러가 명목상의 발행 편집자에 머물렀다는 증거는 이 신문이 발행되는 1897년에서 1900년의 아펜젤러의 행적을 통해 알 수 있다. 아펜젤러는 이 기간 동안 그의 본분인 선교를 위해 한국의 각 지역으로 전도여행을 떠나고 있으며, 블라디보스톡 여행 등 신문의 발행처인 서울

---

38) 「송긔용씨의 보단」, 1898.9.7.
39) H. G. Appenzeller, "REPORT XIII-THE KOREAN CHRISTIAN ADVOCATE", *Journal of The Fourteenth Annual Meeting of the Korea Mission of the Methodist Episcopal Church*, The First Methodist Episcopal Church, Seoul, August 25 to September 1, 1898, p.50.
40) H. G. Appenzeller, Ibid., May 12 to May 17, 1899, p.43.

을 비우는 때가 잦았기 때문이다. 그의 일기를 통해 살펴보면 1898년 3월 9~26일은 평양을 방문했으며, 1898년 9~10월에는 러시아의 블라디보스톡과 원산여행, 1899년 8월 2일엔 인천에 체류하고 있음을 확인할 수 있다.41) 만약 아펜젤러가 신문발행을 전부 도맡아 했다면 아펜젤러가 서울을 비우는 기간에는 신문이 발행될 수 없었을 것이다. 하지만 아펜젤러의 여행기간에도 신문발행은 물론 단형 서사까지 꾸준히 실리고 있다. 아펜젤러는 신문의 전체적인 논조나 편집방향 등 주로 큰 틀의 역할을 맡아 했을 것이다. 아펜젤러가 신문 제작의 전체적인 방향을 제시해 주면 최병헌·송기용·노병선이 실제 신문 제작을 맡아 했던 것이다.

『조선(대한)크리스토인회보』 소재 57개의 단형 서사는 모두 '서사적논설'이라고 할 수 있다. '서사적논설'의 가장 전형적인 형식은 '편집자 주 −중심 서사문−해설'이다. 경우에 따라 편집자 주나 해설 중 하나가 생략되기도 하지만 큰 틀은 벗어나지 않는다. 이는 조선후기의 한문단편과 야담의 형식을 계승한 글쓰기 양식이다.42) 이는 『조선(대한)크리스토인회보』의 단형 서사의 경우도 마찬가지이다. '서사적논설'의 전형적 특징인 '편집자 주−중심서사−해설'이라는 틀이 예외없이 적용되고 있기 때문이다. 또한 선교와 개화 계몽이라는 내용물을 담고 있는 그릇도 일화(서술)·몽유·우화·문답 등 전통적 글쓰기 형식이라는 점을 증거한다. 이는 『조선(대한)크리스토인회보』 단형 서사의 작가들이 전통적 형식에 익숙한 인물들이라는 점을 명확하게 보여주는 것이다.

초기 한국 개신교의 서적들은 서구 신학을 일방적으로 소개하지 않았고, 동양 문화와 문학의 풍토를 이해하는 바탕 위에서 문체나 접근 방식에서 상당한

---

41) 헨리 G. 아펜젤러, 노종해 역, 『자유와 빛을 주소서−H. G. 아펜젤러의 일기(1886~1902)』, 대한기독교서회, 1988, 89~233면; 「아펜젤러의 연보」, 『아펜젤러』, 연세대 출판부, 1985, 511 ~513면 참조.

42) '서사적논설'의 개념 및 그 양식(사)적 특징에 대해서는 김영민, 「한국 근대소설 발생 과정 연구」, 『국어국문학』 127, 국어국문학회, 2000, 313~333면 참조.

수준까지 적응적 태도를 보였는데, 이는 두 세대가 넘는 중국 개신교의 경험을 수용했기 때문이었다. (…중략…) 한문에 능하지 못한 선교사들을 위해서 번역 조사들이 초고를 번역하면서, 문자적 번역보다는 자유로운 한국어풍으로 번역 하였으므로, 한국인 조사들의 문체와 사고가 반영될 수밖에 없었다. 이는 선교 사와 한국인 조사가 함께 공동으로 전도문서를 저술할 경우에는 더욱 분명하 였다. 즉 한국인 조사의 한국적인 서술 방식과 예화들이 선교사의 뼈대뿐인 내 용에 살을 붙이고 피를 돌게 하여 한국인의 영혼을 살릴 수 있는 산 문장으로 만들었던 것이다.[43)

아펜젤러가 속했던 미북감리회의 한국 문서선교 정책에 대한 한 교회 사 연구자의 글을 인용한 것이다. 『조선(대한)크리스토인회보』를 발행한 아펜젤러는 이러한 선교 정책을 적극 지지하고 따랐음은 물론이다.[44) 인 용문 중 전도문서는 『조선(대한)크리스토인회보』로 한국인 조사는 최병헌 송기용 노병선으로 봐도 하등 문제될 것이 없다. 이는 최병헌 등이 단형 서사의 작가라는 점을 더욱 명확하게 해주는 증거라고 할 수 있다. 가령 단형 서사의 내용은 아펜젤러가 제공했다고 해도 그것은 최병헌 등 '한 국인 조사들의 문체와 사고가 반영될 수밖에 없었'으며 '한국인의 영혼 을 살릴 수 있는 산 문장'으로 되었던 것이다.

이렇게 보았을 때 『조선(대한)크리스토인회보』 단형 서사의 작가는 이 들 3명으로 확정지을 수 있다. 이 신문의 단형 서사는 크게 보았을 때 모 두 논설적 글쓰기에 속한다. 이 신문의 논설류의 글은 최병헌과 노병선 이 주로 쓴 것으로 판단된다. 이는 최병헌의 위 인용의 발언에서 확인할 수 있으며, 노병선의 경우 실명이 표시된 단형 서사 중 3개가 그의 작품 이라는 점과 서사를 활용하지 않는 다수의 실명 논설[45)을 쓰고 있기 때

---

43) 옥성득, 「초기 한국 북감리교의 선교 신학과 정책」, 『한국 기독교와 역사』 11, 한국 기독교역사연구소, 1999, 24~25면.
44) 옥성득, 위의 글, 9~18면 참조.
45) 「다시 사는 리치」(1897.4.7), 「청년들은 혀를 잘 쓸지어다」(1898.12.16), 「열가지 조심 홀 일」(1899.2.1), 「대한론」(1900.2.15), 「결교 못홀 친구는 신문지」(1900.5.30) 등이 대표

문이다. 송기용은 최병헌이 '론셜을 긔지'했다는 말에 비추어 볼 때, 자신의 'ᄌᆞ치 긔기'했다는 말은 논설류의 글을 제외한 다른 지면 즉 비논설류의 글을 맡았던 것으로 추정할 수 있다.[46] 실명이 명기된 14개의 단형 서사 중 송기용의 작품이 하나도 없다는 점, 단형 서사의 여부를 떠나 이 신문의 수많은 글쓴이가 명시된 논설 중 송기용의 이름은 보이지 않는다는 점 등이 송기용이 단형 서사를 쓰지 않았다는 추정을 가능하게 한다. 따라서 단형 서사의 작가는 최병헌과 노병선 2인으로 압축할 수 있다. 1898년 9월까지는 최병헌이, 그 이후는 최병헌과 노병선이 단형 서사의 작가임을 알 수 있는 것이다.[47]

이제 『조선(대한)크리스토인회보』의 편집자이자 단형 서사의 작가인 최병헌 · 노병선 · 송기용은 어떤 인물인가를 알아볼 필요가 있다.[48] 이들은 아펜젤러가 자신의 오른팔(right hand)라고 칭할 정도로 신뢰한 인물들이다. 탁사 최병헌(濯斯 崔炳憲, 1858~1927)은 한국 개신교에서 매우 중요한 인물이다. '한국 최초의 신학자' '한국 최초의 비교신학자'란 칭호를 받는, 한국의 전통사상을 기반으로 기독교를 해석한 대표적인 학자 겸 목

적이다.

46) 이렇게 살펴봤을 때 아펜젤러의 '각자 맡은 부문이 있다(These brethren have department)'라는 발언은 최병헌과 노병선은 논설류 담당, 송기용은 비논설류 담당으로 각각 판단할 수 있다.

47) 아펜젤러가 성경공부나 교리문답, 논설 중에서도 '直陳 其事'(「논셜」, 『황성신문』, 1899.2.24)의 논설은 몰라도 단형 서사의 경우 그가 썼을 가능성은 희박하다고 판단된다. 또한 아무리 아펜젤러의 한국어 능력이 뛰어났다고 해도 순한글로 한국의 전통적 문학 양식을 자유자재로 활용한다는 것은 상식적으로도 납득할 수 없는 일이다. 물론 그렇다고 해서 아펜젤러가 단형 서사의 작가가 아니라고 단정지을 수는 없다. 현재로선 그가 작가라는 증거와 아니라는 증거가 모두 없기 때문이다.

48) 이 세 인물에 대해서는 다음의 자료를 종합하여 정리하였다. 『Official Minutes of The Korea Mission of The Methodist Church』 1893~1905년, 『관보』 1898~1907년, 『협성회규칙』, 『협성회회보』, 『매일신문』, 『독립신문』, 『황성신문』, 『대한매일신보』, 『신학세계』(1927. 4), 『신생』(1929.10), 『한국기독교대백과사전』(기독교문사, 1984 · 1995), 『아펜젤러』(연세대 출판부, 1985), 『배재백년사』(학교법인 배재학당, 1989), 『이화100년사』(이화여대 출판부, 1994), 『이화100년사자료집』(이화여대 출판부, 1994), 『한국감리교 인물사전』(기독교 대한감리회, 2002), 『초기 미국 선교사 연구』(한국기독교 역사연구소, 2003).

회자이다. 충북 제천의 몰락 양반 가문출신으로 과거에 잇달아 낙방한 후 존스 선교사(G. H. Jones)의 어학교사를 거쳐 1893년 기독교인이 되었다. 농상공부 주사를 역임했고, 배재학당 한문교사를 지냈다. 1893년 선교연회에서 서울의 정동 제일 교회 주재 전도사(local Preacher)로 피임된 후 정동교회, 상동교회의 담임목사를 지냈다. 『신학월보』·『신학세계』 등에 다수의 신학논문을 썼으며, 많은 한시를 지어 시인으로서도 명성이 있었던 인물이다. 노병선(盧炳善, 1871~1941)은 평북 철산 출생으로 한학을 수학한 후 상경하여 배재학당에서 신학문을 접하고 교인이 되었다. 배재 재학 당시 협성회의 간부(부회장, 회계) 출신으로 활발한 토론과 대중 계몽운동을 했다. 이듬해인 1898년 모교 교사로 부임한 이후 상동교회 부설 공옥학교, 진명의숙의 교사를 지냈다. 1897년 서울 정동교회 주재전도사(local preacher)가 되어 1903년까지 서울에서 목회활동을 했다. 송기용(宋綺用, 생몰연대미상)은 그의 이력을 알려주는 자료가 적어 자세한 것은 현재 알 수 없다. 여러 신문과 『관보』 등을 종합해 볼 때 한말 탁지부 주사, 교관 등을 역임했고 1907년엔 국문연구소의 연구위원으로 활발한 활동을 했음을 알 수 있다. 교인으로 만민공동회 등의 독립협회 운동에 열심이었고, '국문에 도뎌한 공부가 잇'다는 평가를 받은 한글 전문가이다. 현재 남아있는 그의 국문연구소 시절의 연구보고서를 볼 때 한글에 상당한 조예가 있었다는 것을 알 수 있다.[49]

이러한 최병헌·노병선·송기용의 이력을 보았을 때 이들이 『조선(대한)크리스토인회보』의 편집진과 단형 서사의 작가로서 전혀 손색이 없음을 확인할 수 있다. 이들은 전통 한학적 지식을 기반으로 신학문 교육을 받은 당대의 고급 지식인이었다. 57개의 단형 서사의 다양한 전통적 형식에도 익숙했음은 물론 능숙한 한글 구사능력도 겸비했던 인물들이었다. 『조선(대한)크리스토인회보』 단형 서사는 이들에 의해 창작되었으며,

---

49) 송기용의 보고서는 이기문, 『개화기의 국문연구』, 일조각, 1970, 334~353면에 영인 수록되어 있다.

이들이 지은 단형 서사는 이후 '서사적논설'의 정착 및 한국근대소설사의 발전에 커다란 영향을 주게 된다.

2) 『조선(대한)크리스토인회보』 단형 서사의 특성

『조선(대한)크리스토인회보』의 단형 서사는 그 발행목적상 동시기 다른 신문의 그것과는 여러 면에서 구별되는 특성을 갖고 있다. 이는 신문 소재 단형 서사를 '선교'라는 발행목적 하에서 이해해야 함을 뜻한다.

먼저 시공간적 배경이 현실적이고 구체적이지 않다는 점을 들 수 있다. 『조선(대한)크리스토인회보』의 단형 서사는 그 시공간적 배경이 모호하고 한국적 현실이 아니거나 분명하지가 않다. 공간적 배경도 한국이 아닌 외국을 그 공간적 배경으로 하는 것이 대부분이다. 이는 서사의 시작 부분을 보면 금방 알 수 있다.

> 소각난 사롬 산찌 나히 열넷셰 과부된 모친을 효도로 섬기되
> ― 「겹업고 모음 바를지어다」, 1897.3.3

> 녯젹에 영국에 여러 목소가 잇셔 견도ᄒᆞ기를 힘쓸시
> ― 「셩심긔도」, 1897.11.17

> 엄ᄒᆞᆫ 부모의 아돌 아모가 년광이 십이셰라 셩일을 당ᄒᆞ여
> ― 「부모가 ᄌᆞ식 ᄉᆞ랑ᄒᆞᆫ 니야기」, 1899.10.11

> 이젼에 엇던 덕힝 잇ᄂᆞᆫ 쳐ᄉᆞ ᄒᆞᆫ분이 산중에셔 살더니 ᄒᆞᆫ 소년이 그 쳐ᄉᆞ의 놉흔 일홈을 듯고 뎨ᄌᆞ가 되고져 ᄒᆞ여 차자 간즉
> ― 「불가불 조심ᄒᆞᆯ 일」, 1900.5.2

> 소라의 ᄒᆞᆫ 아둘이 잇ᄉᆞ니 일홈은 요나단이라 사롬됨이 츙효와 신의와 지용을

겸젼흔고로

— 「친형뎨 되는 법」, 1900.7.25

모두 중심서사의 첫 부분을 인용한 것이다. 근대계몽기 단형 서사의 첫 부분은 그 형식에 관계없이 서사의 시공간성을 제시해주는 역할을 한다. 서사의 시작 부분을 통해 서사가 행해지는 시간과 공간 및 구체적 상황에 대해 알 수 있다. 근대계몽기 단형 서사는 현실을 적극 반영하면서 등장한 양식으로 '지금 여기'의 문제가 큰 관건이 될 수밖에 없다. 하지만 『조선(대한)크리스토인회보』의 단형 서사는 위 인용에서도 볼 수 있듯이 '지금 여기'의 문제를 다루지 않는다. 『조선(대한)크리스토인회보』 단형 서사에서 시간성을 따지는 일은 무의미하다. 물론 완전히 없다고는 할 수 없다. 하지만 그 모습은 '녯적에', '하로는' 등으로 너무 막연하다. 그리고 대다수는 아예 시간적 배경이 주어져 있지 않다. 일화(서술) 양식이 압도적으로 많다는 것도 이와 관련된다.

공간적 배경도 마찬가지이다. 시간성의 문제가 '지금'이 아니듯이 공간성도 '여기'의 문제가 주관심사가 아니다. '지금 노웨라 ᄒᆞ는 나라에', '셔국에 ᄒᆞᆫ 션비 잇스니', '아셰아 셔편에 ᄒᆞᆫ 동리가 잇스니', '아비리가 동남에 ᄒᆞᆫ 나라히 잇시니', '덕국에 ᄒᆞᆫ ᄋᆞ희가' 등에서 볼 수 있듯이 공간적 배경이 한국이 아닌 외국이며, 그 중에서도 서양이 압도적으로 많다. 물론 아주 예외가 없는 것은 아니다. 「꿈에 젼도ᄒᆞᆫ 일」(1898년 7월 13일)과 「삼인문답」(1900년 3월 21~28일)은 '지금 여기'를 시공간적 배경으로 하고 있다. 「꿈에 젼도ᄒᆞᆫ 일」은 몽유록 형식으로 '릭일 쥬일'에 '죵로' '비단포ᄂᆞᆫ 집'에서 전도하는 내용이다. 「삼인문답」은 '엇던 젼도인 ᄒᆞ나'가 '하로는 젼도ᄎᆞᆯ'로 '쥬임관'을 지낸 '북촌 뉘집'을 찾아가 기독교를 믿을 것과 착하게 살아야 한다는 내용을 담고 있다. 이 두 개 단형 서사의 '지금 여기'는 단지 시공간적 배경으로만 기능하고 있다. 근대계몽기 단형 서사에서 말하는 '지금 여기'는 현실적이고 정치적인 문제를 말하는 것으로 그 차원이 다르기 때문이다. 이렇게 『조선(대한)크리스토인회보』 단형 서사는 그 시공간적 배경이 막연한 과거이거나 아예 거세되어 있고, 한국이 아닌 외국(특히 서양)을 그 배경으로 하고 있다. 이는 동시기 다른 신문의 단형 서사의 시공간적 배경을 살펴볼 때 뚜렷하게 드러난다. 동시기 신문인 『매일신문』·『독립신문』·『제국신문』의 단형 서사는 시공간적 배경으로 '지금 여기'의 문제를 다루고 있으며, 그것이 매우 구체적·현실적이다. 이는 '지금 여기'를 시공간적 배경으로 하는 것과 더불어 그 속에 담긴 내용이 구체적 현실의 문제를 다루고 있기 때문이다. 이 점에 대해서는 뒤에 자세히 논할 것이다. 비교를 위해 서사의 첫 부분을 실례로 들어 보이면 다음과 같다.

> 일전에 엇더훈 대한 신스 ᄒ나이 외국 정치가 ᄒ나를 뭇나 보고 방금 세계 스경과 동양 형편과 별노히 대한 일을 이약이 ᄒ는디
> ─「론셜」, 『독립신문』, 1898.1.8.

> 양쥬 ᄯᅡ혜 훈 사롬이 년젼브터 병이 드럿는디 그 병 증셰가 엇더ᄒ고 ᄒ니
> ─「론셜」, 『매일신문』, 1898.7.27.

> 엇던 지상 훈 분이 말ᄒ여 왈 우리나라이 동방례의지국으로 명분이 분명훈 ᄭᆞᆰ에 몃빅 년을 잘 지나 나려오더니 지금 긔화니 무엇시니 된 후에는
> ─「론셜」, 『제국신문』 1898.11.29.

상당히 현실적이고 구체적인 시공간적 배경이 제시되고 있음을 볼 수 있다. 모두 19세기 후반의 한국의 현실을 시공간적 배경으로 하고 있다. 『조선(대한)크리스토인회보』의 단형 서사 중 당시 현실을 시공간적 배경으로 하고 있는 것이 「꿈에 견도훈 일」, 「삼인문답」 단 두 개뿐으로 극히 예외에 속한다면, 동 시기 다른 신문들의 그것은 아주 보편적인 현상이라는 것이다. 따라서 시간적 배경이 막연한 과거이거나 아예 없다는

점, 공간적 배경도 대부분이 외국이라는 점이 『조선(대한)크리스토인회보』 단형 서사가 동 시기 다른 신문의 그것과 변별되는 내적 특질의 하나라고 할 수 있다.

두 번째는 개화 계몽의 내용이 일반적·보편적이라는 점이다. 『조선(대한)크리스토인회보』 단형 서사의 내용은 크게 기독교 선교에 관련된 것과 개화 계몽에 대한 것으로 나눌 수 있다는 것은 이미 지적한 바 있다. 기독교 선교에 대한 것은 이 신문의 발행 목적상 차치하고, 쟁점이 되는 것이 개화 계몽에 대한 것인데 이것이 일반적·보편적인 교훈이라는 점이다. 이러한 일반적·보편적 교훈은 비정론성(非政論性) 즉 현실성이 거세되어 있다는 것을 뜻한다. 이는 앞에서 분석한 시·공간성이 구체적이고 현실적이지 않다는 점과 긴밀히 연관되어 있다. 막연한 과거에 주로 외국을 배경으로 하는 서사 속에선 일반적이고 보편적인 교훈이나 진리만이 전달될 수밖에 없다. 효에 대한 강조, 교만하지 말 것, 부모와 선생의 가르침에 순종할 것, 인내심을 가질 것, 물질적 부를 추구하지 말 것, 성실할 것 등이 『조선(대한)크리스토인회보』 단형 서사의 주 내용이다.

구체적 예를 들어 살펴보자. 『조선(대한)크리스토인회보』 1898년 5월 18일에는 「눔을 참소ᄒ난 이는 졔몸이 몬져 망홈」이란 제목의 단형 서사가 실린다. 사자, 여우, 사랑을 통한 동물우화로 다른 사람을 시기하지 말고 자기 계발에 힘쓰라는 교훈을 전달하는 단형 서사이다. 이 글의 목적을 알기 위해서는 편집자 주와 해설을 보아야 한다.

> 대개 다른 사름을 시긔ᄒ야 참소코져 ᄒᄂᆫ 쟈―함졍을 베프러 사름을 싼지게 ᄒ되 다른 사름은 싼지지 아니ᄒ고 필경은 졔가 몬져 그 함졍에 싼져 죽ᄂᆫ 법이라 그런고로 셔국에 ᄒᆫ 현인이 비유ᄒᆫ 말숨이 잇기에 이 아래 긔지ᄒ노라 …… 이 비유ᄒᆫ 말숨을 보건디 리치에 격당ᄒ야 비록 부녀라도 보고 찌닷기 쉬운지라 우리 형뎨 ᄌ민들은 몸을 닥고 ᄒᆼ실을 가다듬어 다른 사름을 참소ᄒ지 말고 각기 겸양ᄒ기를 힘쓸지어다.50)

『조선(대한)크리스토인회보』단형 서사의 전형적인 내용이다. 말줄임표 (……)로 생략된 부분이 중심서사인데 동물을 이용한 우화 즉 서사는 다른 신문들의 그것과 다르지 않다. 문제는 서사를 활용하는 방식이다. '몸을 닦고 행실을 가다듬어 다른 사람을 참소하지 말고 각기 겸양하기를 힘쓸 것'을 주장하기 위해 서사가 활용된 것임을 알 수 있다. 기독교에 대한 것은 위의 편집자 주나 해설에 회개, 기독교적 사랑, 하나님의 절대성 등이 강조되어 기독교 선교로 이어진다. 이 글이 발표된 시기도 문제적이다. 1898년 5월은 러시아의 절영도 조차 요구와 러시아와 일본의 이권 분할 밀약이 폭로되어 커다란 정치적·외교적 반향이 일어났던 때이다. 『매일신문』을 시작으로 『독립신문』『제국신문』은 연일 이 문제를 가지고 국민여론의 진작과 정부와 열강에 대한 질타를 주장했다. 하지만 『조선(대한)크리스토인회보』는 예외였다. 온 나라가 정치적·외교적 문제로 시끄러울 때 『조선(대한)크리스토인회보』는 현실에 대해 침묵하며, 선교와 개화 계몽이라는 본연의 목적에 충실한 모습을 보여주었다. 이러한 선교와 일반적·보편적 교훈에 압도되어 근대계몽기라는 '지금 여기'의 문제는 틈입될 수 없었던 것이다.

세 번째는 개화 계몽의 내용이 개인적인 데에 초점이 맞추어져 있다는 점이다. 기독교에 관련된 내용이든 개화 계몽에 대한 내용이든 모두 개인의 구제 즉 개인의 현재 상태의 개선에 그 목표가 설정되어 있다. 이러한 모습은 같은 이야기가 『조선(대한)크리스토인회보』와 다른 신문에서 각각 어떻게 기능하고 있는 지를 살펴봤을 때 명확하게 드러난다. 『조선(대한)크리스토인회보』 1897년 9월 29일~10월 6일의 「춘음을 잇김이라」와 『독립신문』 1899년 11월 1일의 '서사적논설'에는 같은 줄거리의 서사가 있다. 세부 내용이나 주인공의 명칭 등 몇몇 부분에서 차이가 있지만 기본 큰 줄거리와 몽유록이라는 점은 동일하다. 줄거리를 요약하면

---

50) 「놈을 참소ㅎ난 이는 졔몸이 몬져 망홈」, 1898.5.18.

다음과 같다.

> 여러 면에서 남보다 뛰어난 한 학생(소년)이 어느 날 꿈을 꾸었는데 꿈속에서
> 깊은 구덩이에 빠진다. 구덩이 가에 있는 등넝쿨이 있어 잡고 올라가는데 중간
> 에 먹음직스런 실과가 있어 검은 쥐와 흰쥐가 줄을 끊는 줄 모르고 먹다가 줄
> 이 끊어져 떨어지는데 놀라 깨니 꿈이었다.

위의 기본 줄거리만 같을 뿐 두 작품은 여러 면에서 차이가 있다. 인
물을 보면 『조선(대한)크리스토인회보』는 '셔국'의 '문장이 유명ㅎ고 지됴
가 졀등'한 '교만흔 ᄆᆞ옴이 잇'는 '학ᄉᆡᆼ'으로, 『독립신문』에서는 '지화가
졀등ᄒᆞ고 인물이 츌즁'한 '엇더흔 부쟈 쇼년'으로 설정된다. 두 작품 공
히 입몽이 서사의 시작이며 입몽 앞에는 모두 주인공에 대한 설명이 있
다. 전자는 주로 학생 개인의 됨됨이를 짧게 소개하고 있고, 후자는 소년
의 간단한 됨됨이와 집안 내력이 길고 자세하게 소개된다. 그리고 전자
는 각몽 후 꿈을 반추하는 장면이 길게 되어 있는 반면 후자는 각몽 후
소년과 집안의 후일담이 간단하게 제시되어 있다. 사실 두 작품이 중요
하게 변별되는 지점은 입몽까지의 과정과 각몽 후의 결과에 있다. 주인
공을 중심으로 보았을 때 개인적 결함과 그 해결로, 집안과 관련되어 집
안을 운영해 나갈 개인으로서의 결함과 그 해결로 각각 도식화 할 수 있
다. 『조선(대한)크리스토인회보』의 작품은 능력은 뛰어나지만 거만한 성
품을 갖고 있는 주인공이 꿈을 통해 깨닫고 열심히 공부하고 회개하여
기독교를 믿을 것을 주장한다. 『독립신문』의 작품은 배경은 '셔국'이지
만 내용은 당시 한국이 처한 현실의 문제이다. 많은 재산과 출중한 능력
을 가진 소년이 주색을 탐하고 하인과 주위 문객의 협잡에 속아 집안과
재산을 결딴낸다는 입몽까지의 서술은 각 요소요소가 당시 한국의 정치
적 상황에 대한 알레고리이다. 논점을 보다 명확히 하기 위해 각 작품의
맨 뒷부분을 살펴보자.

…… 뭇당이 촌음을 잇겨 공부를 힘쓰며 셰샹에 헛된 영화와 셩식을 탐ᄒ지 말고 맛당이 내 몸이 죽기 전에 광명혼 텬국에 드러가는 리치를 궁구ᄒ여 하ᄂ 님을 존경하고 구셰쥬를 밋으며 스히안에 잇는 사름들을 형뎨ᄀᆺ치 스랑ᄒ여 나의 령혼이 흑암 디옥에 ᄲᅡ지지 말고 아모죠록 텬국에 가기를 힘쓰리라 ᄒ엿 시니 우리는 이 쭘을 희셕ᄒ든 학ᄉᆼ과 ᄀᆺ치 녀젼 허믈을 회기ᄒ고 령혼이 텬국 으로 가는 길을 예비ᄒ여 죽을 ᄯᅢ에 후회되지 말기를 ᄇᆞ라노라.51)

그후브터 졍신을 가다듬어 도학 리치를 궁구ᄒ며 간샤혼 문긱들을 모도 내여 쫏고 근실혼 사름들노 집안 산업을 보ᇓ하게 ᄒ니 젼일에 폐단이 ᄎᆞᄎᆞ 업셔지 고 가도가 도로 졈졈 흥왕ᄒ야 셔국에 유명혼 부자가 다시 되얏다 ᄒᄂ지라 우 리는 사름마다 그 쇼년과 ᄀᆺ치 이 셰샹 쭘의 희셕을 잘 ᄒ기 ᄇᆞ라노라.52)

결국 강조되는 것은 '예전 허물을 회개하고 영혼이 천국으로 가는 길 을 예비하여 죽을 때 후회하지 말기'와 '전일의 폐단이 차차 없어지고 가도가 점점 흥왕하여 서국의 유명한 부자가 다시 되었다'는 것이다. 천 국에 가기 위해선 열심히 공부해야 하고 하나님을 믿어야 하는데, 이 모 든 것은 결국 개인 영혼 구제를 위함이다. 천국엔 개인이 가는 것이지 사회나 국가가 갈 수 없기 때문이다. 후자의 경우 결국 의도했던 것은 수구파를 몰아내고 개화파 인사들을 등용하여 문명부강한 국가를 만들 어 과거의 영광을 재현하자는 것이다. 당시의 국가적 상황을 낡은 옛집 에 비유하여 개혁을 주장하는 방식은 근대국민국가 만들기라는 계몽의 의도를 효과적으로 드러내는 것으로 근대계몽기 신문들이 즐겨 사용했 던 글쓰기 전략이었다.

『조선(대한)크리스토인회보』 단형 서사는 개인의 문제에 초점을 맞춰 현재보다 나은 상황을 만들려 하고 있음을 알 수 있다. 기독교의 복음 전파든 개화 계몽이든 마찬가지이다. 하나님을 믿는 것은 개인의 영혼

---

51) 「촌음을 잇김이라」, 1897.10.6.
52) 「론셜」, 『독립신문』, 1899.11.1.

구제를 위해서이고, 개화 계몽은 개인이 현재 처한 상황을 보다 개선시키기 위한 것이다. 단형 서사를 통해 목적하려 한 회개하고 믿을 것, 열심히 기도할 것, 우상을 숭배하지 말 것, 안식일을 지킬 것과 효행심에 대한 강조, 부모와 선생의 가르침에 순종할 것, 교만하지 말고 열심히 공부할 것, 인내심을 기를 것, 착한 사람이 될 것, 정직할 것 등등은 모두 개인적 차원의 문제이다. 이렇게 『조선(대한)크리스토인회보』 단형 서사의 내용이 모두 개인의 구원에 그 초점이 맞춰져 있다는 것은 동시기 다른 신문들의 그것과 비교해 볼 때 매우 이례적이며, 이 신문 단형 서사만의 특질이라고 할 수 있다.

4. 결론

근대계몽기로 불리는 1890년대에서 신소설이 등장하는 1900년대 초반의 신문에는 다양한 모습의 단형 서사가 존재한다. 다양한 모습의 단형 서사는 한국 근대소설(사)의 기원적 존재임에도 불구하고 최근에야 관심 대상으로 부각되었다. 근대계몽기 단형 서사는 논설과 서사가 결합된 모습으로, 논설적 글쓰기 전략의 하나로 서사가 이용되었다는 점을 그 특징으로 한다. 이는 이 시기 단형 서사가 근대 자본주의 체제로 진입하는 역사적 현실을 적극 반영하면서 출현한 양식이라는 것을 알게 해준다. 『독립신문』·『매일신문』·『제국신문』 등의 '서사적논설'을 비롯한 수많은 단형 서사가 그것이다.

이 논문은 근대계몽기에 발간된 여러 신문 중 기독교 계통(감리교)의 『조선(대한)크리스토인회보』의 단형 서사를 주목하여 그 존재 양상과 특질을 드러내기 위한 것이다. 『조선(대한)크리스토인회보』는 아펜젤러가 기독교 선교를 위해 전도문서의 하나로 발행한 것이다. 이 신문에도 다양한 형태의 단형 서사가 실려 있는데, 이는 동 시기 다른 신문들의 그것에 비해 뚜렷이 변별되는 특질을 가지고 있다. 이 논문에서 논의한 결과는 다음과 같다.

첫째, 『조선(대한)크리스토인회보』에는 모두 57개의 단형 서사가 존재하고 있다. 한말 유입된 기독교는 매우 낯선 존재로 당시 사람들에게는 상당한 문화충격이었다. 이러한 문화충격을 완화하고 기독교를 효과적으로 전파하기 위한 글쓰기 전략의 하나가 단형 서사였다. 57개의 단형 서사를 내용적으로 살펴보면 크게 기독교 선교와 개화 계몽의 두 가지로 나눌 수 있다. 형(양)식적으로는 일화(서술)·우화·몽유·문답·토론·인물전기 등 다양한 양식을 볼 수 있다.

둘째, 『조선(대한)크리스토인회보』 단형 서사의 작가는 최병헌·노병선임을 알아내었다. 아펜젤러는 신문의 발행인 편집인이었지만 실제 그가 한 일은 신문의 전체적인 편집방향과 논조를 결정하는 데 그쳤고, 신문의 실제 제작은 이들 한국인 조사들이 참여하여 작업했다. 여러 자료들을 통해 1898년까지는 최병헌이 그 이후는 노병선이 합류하여 단형 서사를 썼음을 알 수 있었다. 이들은 모두 초기 개신교의 목회자들로 전통한학교육의 전통 위에 신교육을 받은 인물들이다. 이들은 자신들에게 익숙한 전통적 양식을 활용하여 기독교 선교와 개화 계몽의 내용을 단형 서사로 드러내었다.

셋째, 『조선(대한)크리스토인회보』 단형 서사는 시공간적 배경이 모두 비현실적, 비구체적이다. 시간적 배경은 막연한 과거로 설정되어 있고 아예 거세되어 있는 것도 많다. 공간적 배경은 대부분이 외국이며 그 대부분이 서양이다. 이는 동시기 다른 신문들의 단형 서사가 당대 현실을 배경으로 한 것과 뚜렷하게 변별되는 지점이다.

넷째, 단형 서사의 내용이 일반적·보편적이다. 기독교에 관련된 것은 '선교'라는 특수 목적으로 고정되어 있기 때문에 논외로 하더라도 개화

계몽의 내용이 일반적·보편적이라는 점이 문제적이다. 이러한 개화 계몽의 일반적·보편적 내용은 정론성(政論性)이 탈각되어 있음을 뜻한다. 이 신문에서 다루고 있는 개화 계몽의 주제는 부모에게 효도할 것, 교만하지 말 것, 물질적 부를 추구하지 말고 성실히 일할 것, 인내심을 가질 것 등이다. 구체적이지 못한 시공간적 배경 속에 '지금 여기'의 역사적·정치적 문제는 틈입할 수 없었다.

다섯째, 단형 서사가 담고 있는 개화 계몽의 내용이 모두 개인의 문제에 초점이 맞춰져 있다. 이는 앞의 두 특질과 밀접한 연관성을 갖고 있다. 같은 내용의 서사가 『조선(대한)크리스토인회보』와 동 시기 다른 신문에서 활용되고 있는 모습에서 이 점을 확인할 수 있었다. 근대계몽기는 세계인식이 근본적으로 전환되는 시기로 문명부강한 국민국가 만들기가 최우선적인 과제였다. 이 시기 단형 서사는 이 목표를 달성하기 위해 채택된 글쓰기 전략의 하나이다. 따라서 그 내용이 모두 민족이나 국가 등 집단의 문제에 맞춰져 있다. 하지만 『조선(대한)크리스토인회보』의 단형 서사는 모두 개인의 구제라는 문제에 집중되어 있다.

『조선(대한)크리스토인회보』가 발행되던 1890년대 말은 고종의 아관파천, 열강의 이권 침탈, 고종 독살미수 사건, 독립협회 혁파 등 정국이 숨가쁘게 요동치던 역사적 격동기였다. 이 신문의 57개의 단형 서사는 이러한 현실의 문제에 침묵하고 있다. 『조선(대한)크리스토인회보』 단형 서사의 이러한 특질은 동 시기 다른 신문들의 그것에 비교할 때 너무나 뚜렷하게 부각되는 변별적 지점이라고 할 수 있으며, 근대계몽기 단형 서사의 분명한 한 유형이라고 판단된다.

『매일신문』 소재 단형 서사문학 연구

황정현

1. 서론

1890년대 이후 1910년까지의 10여 년 간을 지칭하는 근대계몽기[1]에 존재했던 서사양식으로 단형 서사문학이 있다. 단형 서사문학은 당시 신문 등에 실린 서사성을 띤 비교적 짧은 길이의 글을 지칭하는 것으로, 발표 당시에는 단일한 장르 안에 수용되었던 것이 아니라 '논설'·'잡보'·'소설' 등 각각 게재된 난의 명칭이 달랐다. 이러한 단형 서사문학이 근대 서사 양식의 출발점으로서 주목받기 시작한 것은 비교적 최근의 일이다.

단형 서사문학에 관한 대표적 연구로는 김영민의 연구가 있다. 김영민

---

[1] 근대계몽기를 지칭하는 용어에는 개화기·애국계몽기·계몽기 등의 다양한 용어가 있는데, 여기서는 근대계몽기라는 용어를 선택하고자 한다. 단형 서사문학에 드러나는 계몽성과 근대적 속성에 잘 부합되는 용어라 생각되기 때문이다.

은『한국 근대소설사』에서, 근대적 서사 양식이 한말 발간된 신문들에 실린 단형의 서사물에서 출발한다고 주장한다. 그는 단형 서사문학을 양식적 특질에 의해 '서사적논설'과 '논설적서사'의 두 가지로 나누고 있다. 그에 따르면 서사적논설과 논설적서사를 구분하는 가장 큰 기준은 편집자적 목소리의 직접적이고 의도적인 노출의 여부이다. 서사적논설과 논설적서사는 글쓴이의 주장을 전개하기 위해 서사성을 도입했다는 점에서는 공통점을 갖지만, 글쓴이의 목소리가 직접 작품에 개입되느냐 아니냐의 차이가 있다는 것이다. 또한 서사적논설은 글쓴이, 혹은 편집자가 '논설'로 표기하고 있고, 논설적서사는 글쓴이 혹은 편집자가 '소설'로 표기하고 있다는 점도 다르다. 이처럼 신문에 수록된 근대적 양식의 서사문학이 이후의 신소설 발생에 연결된다는 논리이다.[2] 김영민의 연구는 고전 서사문학과 신소설을 잇는 근대적 문학 양식의 출발점을 문학사적 맥락에서 파악하고 있다는 의의를 지닌다.

김윤규의『개화기 단형 서사문학의 이해』는 조선 후기 한문 서사문학의 전통이 어떤 식으로 개화기 서사문학에 계승되었는지 파악하는 데 중점을 두고 있다. 이 역시 한말 신문 등에 게재된 단형의 서사물을 연구 대상으로 하고 있다. 김윤규는 단형 서사문학이 조선 후기나 말의 한문단편 등에 많이 등장하는 몽유록 형식이나 의인문학 형식을 차용하고 있다고 본다. 전대의 문학적 기법을 당대적으로 변용하여 현실에 대한 인식을 표현하고 현실 대응 방법을 모색했다는 것이다.[3]

앞서 살펴 본 연구들이 단형 서사문학 전체를 대상으로 하고 있는데 비해, 정선태의『개화기 신문논설의 서사수용 양상』은 대상 텍스트의 범위를 '논설'란에 발표된 '서사적논설'로 좁히고, 당대의 신문과 담론 생산의 관계에 주목하여 신문 논설의 서사 수용 양상과 문학적 특징을 고찰하고 있다. 그는 개화기의 신문이 담론의 민주적 형성을 위한 장의 역

---

2) 김영민,『한국 근대소설사』, 솔, 1997, 23~82면 참조.
3) 김윤규,『개화기 단형 서사문학의 이해』, 국학자료원, 2000.

할을 담당했고, 이러한 신문의 논설 필자들은 논설에 서사를 수용하여 현실에 대응하는 방안을 모색했다고 본다. 특히 그는 국한문체를 사용한 『황성신문』의 논설이 비판 강도에 있어 한글전용 신문의 논설보다 훨씬 강했다는 데 주목한다.[4] 이는 한문을 사용해 온 지식인들의 비판적 지성이 바탕이 된 결과라는 것이다.

이러한 연구 성과들은 이전의 연구들이 전통 서사문학과 신소설 사이에 존재한다고 여겼던 문학사적 단층을 극복할 수 있는 연결점을 발견하고 있다는 데 의의가 있다. 그러나 단형 서사문학의 전반적인 특성을 포괄하는 데 주목하고 있어 각 발표 지면의 특성에 따른 연구는 상대적으로 소홀한 실정이다. 따라서 앞으로 각 신문의 편집 방향과 특성에 따른 개별적 특질 연구 역시 병행되어야 하리라고 본다.

이 논문은 이러한 문제의식을 가지고, 근대계몽기 『미일신문』에 수록된 단형 서사문학의 특징을 고찰하려는 목적을 가진다. 『미일신문』은 1898년 1월 26일 창간된 우리나라 최초의 일간지로, 한글 전용 문체를 사용한 신문이다. 여기서 연구 대상으로 『미일신문』에 수록된 작품들을 선정한 이유는, 『미일신문』의 단형 서사문학이 '논설'란에 실려 있으면서도 당대의 다른 신문들에 발표된 단형 서사문학에 비해 서사성이 강화되고 편집자의 목소리가 서사 이면에 숨는 '소설'로 그 양식이 이행하는 과도기적 특질을 지니고 있다고 판단되기 때문이다. 『미일신문』의 단형 서사문학들은 글쓴이의 주장을 전달하기 위한 '논설'이지만, 편집자의 목소리가 줄어들고 서사체의 완결성이 강화되는 등 근대적 서사물의 특성이 강하게 드러나 있다. 이 논문에서는 『미일신문』의 단형 서사문학을 양식적인 면과 내용적인 면으로 나누어 그 특질을 파악하고, 양식적 측면에서 점차 근대적 성격의 서사체가 구현되어 가는 과정과 그 안에 담긴 의미를 고찰하고자 한다. 이 논문은 『미일신문』에 수록된 단형 서사문학 전체를

---

4) 정선태, 『개화기 신문 논설의 서사 수용 양상』, 소명출판, 1999.

연구 대상으로 삼았으며, 『협성회회보』가 『미일신문』의 전신이라는 점[5] 을 감안하여 『협성회회보』에 수록된 단형 서사문학도 대상에 포함시켰다.

2. 『매일신문』 수록 단형 서사문학의 양식적 특질

1) 단형 서사문학의 서술자 개입 정도

『미일신문』의 전신인 『협성회회보』에 실린 글까지 포함해서, 『미일신문』에 수록된 단형 서사문학은 36편이다. 『미일신문』에 게재된 단형 서사문학들의 중요한 양식적 특질은, '론셜'란에 발표되었던 동시대의 다른 단형 서사문학들에 비해 글쓴이, 혹은 서술자의 직접적인 목소리 노출이 줄어들고 서사체의 완성도가 보다 높아져 '논셜'에서 '소셜'로 이행하는 과도기적 형태를 띠고 있다는 점이다.

『미일신문』에 수록된 단형 서사문학의 특질을 고찰하기 위해서는 먼저 근대계몽기 단형 서사문학의 전반적인 양식적 특질을 살펴 볼 필요가 있다. 근대계몽기의 단형 서사문학은 글쓴이의 주장을 전개하기 위해 서사성을 도입했다는 공통점을 갖지만, 서사성의 구현 정도에 있어서는 차이를 보인다. 이는 크게 나눈다면 서술자의 목소리가 직접 강하게 노출되고 있는 논설 위주의 글과, 서술자의 목소리가 서사체 이면에 숨어 있는 서사 위주의 글로 구분할 수 있다.[6] 논설 위주의 단형 서사문학은

---

5) 『협성회회보』와 『미일신문』의 관계에 대해서는 최기영, 『대한제국시기 신문연구』, 일조각, 1991, 12~24면 참조
6) 기본적으로 논설을 위한 글인 단형 서사문학에서는 서술자와 글쓴이는 동일하다고 볼 수 있다. 글쓴이가 자기의 주장을 직접 전개해 나가는 가운데 설득의 효과를 높이기 위해 중간에 서사체를 끌어들인 것이기 때문이다. 논설문에서 서술자는 곧 작자이다. 따라서

발표 당시 주로 '논설'란에 게재되었고, 작품의 첫머리와 뒷부분에 서술자의 목소리가 직접적으로 드러난다는 특징이 있다. 즉 작가의 주장을 전개하는 가운데 서사체를 끌어들이는 형식이다. 이에 비해, 서사 중심의 단형 서사문학은 발표 당시 '소설'란에 게재되었고, 교훈적인 내용을 담고 있지만 서술자의 직접적인 개입이 없으며, 그 자체로 하나의 완성된 서사물이 된다는 특징을 가지고 있다.[7]

이러한 특징에 따라 『미일신문』의 단형 서사문학의 성격을 살펴보면, 주로 '논설 위주의 단형 서사문학'이라는 점을 알 수 있다. 『미일신문』의 단형 서사문학 36편이 발표된 난의 명칭을 살펴보면 각각 다음과 같다. 『협성회회보』에 실린 4편 중 3편은 '니보'란에, 『미일신문』에 실린 32편 중 1편은 '잡보'란에, 나머지 32편은 모두 '론설'란에 실려 있다. 이를 통해, 『미일신문』의 단형 서사문학들을 발표할 당시 작자는 이를 논설로 생각하고 창작했음을 알 수 있다. 또한 대부분에 편집자적 논평이나 해설을 통해 글쓴이의 목소리가 직접적이고 의도적으로 드러나 있어, 이 글들의 목적은 직접적으로 작자의 주장을 표현하기 위한 것이고, 설득을 위한 방편으로 서사성을 도입했다는 점을 알 수 있다.

『미일신문』의 단형 서사문학이 논설 위주의 글이기는 하지만, 다른 신문에 수록된 논설 위주의 단형 서사문학과 비교했을 때 편집자적 논평의 표출 방식에 차이가 있다. 김영민은 논설 중심의 글에 서사를 도입한 단형 서사문학에서, 서술자의 목소리, 즉 편집자적 해설이 개입하는 방식을

'논설'로 발표된 단형 서사문학에서 문면에 드러나는 서술자는 글쓴이와 일치한다.

7) 김영민은 이를 각각 '서사적논설'과 '논설적서사'로 구분하고 있다. 정선태는 김영민의 용어 중 '서사적논설'을 받아들여 쓰고 있다. 이 논문에서도 논설 위주의 단형 서사문학과 서사 위주의 단형 서사문학을 구분하는 기준은 기본적으로 김영민의 관점에 동의한다. 다만, '서사적논설'이 어느 정도 용어로서의 보편성을 획득한 데 비해, 김영민이 말하는 '서사적논설'의 대응 개념으로서 '논설적서사'가 보편화된 용어로 쓰인다고 보기에는 어렵고, 이 두 가지가 서로 전혀 다른 특질에 의해 구분되는 것이 아니라 기본적으로 단형 서사문학의 틀 안에서 존재하는 것이기 때문에 이 논문에서는 '논설 위주의 단형 서사문학'과 '서사 중심의 단형 서사문학'이라는 말을 사용하고자 한다.

다음의 세 가지로 나누고 있다. 서술자의 해설이 서사물의 첫머리에 붙는 경우, 서사물의 마지막에 붙는 경우, 서사물의 앞과 뒤에 모두 붙는 경우이다.[8] 단형 서사문학의 첫머리에 붙는 서술자의 주석은 대개 이야기를 입수하게 된 경위나 이야기를 전달하게 된 동기 등을 밝히는 것이 많다.[9] 이에 비해, 작품 말미에 붙는 서술자의 논평은 대체로 본문 내용을 통해 주장하고 싶은 의견을 직설적으로 독자에게 전달하거나 본문 내용을 해설하는 등의 역할을 한다. 대개의 경우, 작품 끝에 있는 편집자적 논평은 작품 앞에 붙은 서술자의 주석보다는 길이가 상당히 길다. 또한 도입부의 설명이 본문 내용과는 크게 관계없는 상투적 어구인데 비해 종결부의 편집자적 논평은 작품 내용과 직결된다는 점도 다르다. 이는 서술자, 즉 작자가 자신의 해설로 작품을 마무리하면서 글을 창작하게 된 자신의 의도나 주장을 강하게 드러내기 때문이다. 이처럼 논설 위주의 단형 서사문학은 기본적으로 서사성을 띠고 있으나 작자가 직접 개입하여 자신의 존재를 나타내며 직설적으로 자기 주장을 편다는 특징을 지닌다.

2) 『미일신문』수록 단형 서사문학과 편집자적 논평의 축소

근대계몽기의 단형 서사문학 대부분이 그러하듯이, 『미일신문』의 단형 서사문학 중에도 역시 서술자의 목소리가 개입되어 있다. 앞서도 밝혔지만, 이 글들은 작자가 자신의 주장을 표현하기 위해 논설문에 서사성을 도입한 것이므로 여기서 중요한 것은 작자의 주장이 담긴 부분이다. 따라서 대부분 논설적 성격을 강하게 띤 단형 서사문학에는 작품의

---

8) 김영민, 「근대계몽기 단형 서사문학 자료 연구」, 『현대소설연구』 17, 2001, 105~106면 참조.
9) 이러한 경우의 예외가 전혀 없는 것은 아니다. 이 중에는 도입을 위한 서술자의 해설이 작품 말미에 붙은 것도 있다. 『미일신문』의 단형 서사문학 중 도입을 위한 해설이 작품의 뒤에 붙은 글로는 「동도 산협 등에」가 있다.

첫머리와 말미에 서술자가 직접 개입하여 자신의 존재를 드러내며 주장을 펴고 있다. 그런데 다른 신문들에 수록된 논설 위주의 작품이 거의 모두 서술자의 개입이 있는데 비해서, 『믹일신문』의 단형 서사문학은 발표 당시 '논설'이라는 양식 표기가 되어 있음에도 불구하고 상당수가 작품 말미에 붙는 편집자적 주석을 달고 있지 않다는 특징이 있다.

『협성회회보』와 『믹일신문』에 실린 서사적논설 36편을 대상으로 도입부의 서술자 해설과 종결부의 편집자적 논평의 유무를 파악하면 〈표1〉과 같다.

〈표1〉에서 보듯이, 총36편의 글 중에서 도입부의 해설이 있는 것은 7편, 말미에 편집자적 논평이 있는 것은 21편, 그리고 앞과 뒤에 모두 서술자의 목소리가 개입된 것은 5편이다. 따라서 도입부의 해설만 있는 글은 2편, 끝부분의 편집자 주석만 있는 것은 16편, 앞뒤에 모두 서술자가 개입한 것은 5편, 글 전체에 서술자가 직접 개입한 흔적이 없는 것은 13편이 된다. 전체 36편 중에 서술자의 개입이 없는 것이 전체 삼분의 일 이상인 13편이나 된다는 것은, 이 글들이 '논설'로 발표되었다는 점을 생각할 때 이례적인 것이라 할 수 있다.

이 작품들 중 23편은 〈표1〉에서 보듯 작자의 주장을 직접 서술하고 있는데다 '론셜'란에 발표되었다는 점으로 보아 논설문임이 분명하다. 그런데 서술자의 개입 흔적이 없는 13편의 작품 역시 논설문임이 분명한 나머지 작품들과 함께 '론셜'란에 발표되었다는 점은 주목을 요한다. 이 13편은 편집자의 직접 개입이 없고 하나의 완결된 서사체로 이루어져 있기 때문에 글쓴이의 주장을 직접 드러내는 논설문의 일반적 형식과는 다르다. 비록 서사체가 우회적으로 교훈을 전달하는 내용으로 구성되어 있다고 할지라도, 앞서 단형 서사문학을 분류할 때 논설과 서사 중 어느 쪽에 중심이 있는가를 구분하는 기준이 서술자의 직접적 개입 여부였다는 점을 생각한다면, 서술자의 목소리가 드러나지 않는 이 13편의 글은 서사 쪽에 중심이 있다고 할 수 있다. 그러나 뚜렷하게 서사 중심의 특징을 보이는 단형 서사문학들이 대부분 다른 신문의 '소셜'란에 발표된

〈표1〉『협성회회보』와 『미일신문』에 실린 단형 서사문학의 편집자적 목소리의 개입 여부

제 목*	첫머리 서술자의 해설	끝부분의 편집자적 논평	비고
흐로는 흔 늙은 사롬이	×	○	
흔 스지가 잇눈디	×	×	
남촌 사눈 최여몽이라 흐눈 사롬이	×	×	
대뎌 사롬마다 무론	○	○	첫머리 해설이 논평적 성격이 강함
동도 산협 듕에	×	○	끝부분 논평이 해설의 성격을 띰
어늬 고을 원 흐나히	×	○	〃
이젼에 흔 노인이	×	○	
근리에 긔우당이라 흐눈 사롬이	×	○	
근일에 돈암란화라 흐눈	○	○	
심산 궁곡에 나무가	×	○	편집자적 논평이 절반 이상을 차지함
양주 짜혜 흔 사롬이	×	○	
엇더흔 친구의 문답을	○	×	
신진학이라 흐눈 사롬은	×	×	
창희가 망망흐야	×	○	
동촌 락산 밋히	×	×	
북촌 사눈 사롬 흐느이	○	×	
호토상탄 여우와 토끼가 셔르 싱키다	×	×	
웃더흔 사롬 흐느히	×	×	
남산 아러 어느 친구를	○	○	
누옥셩이 상두에 골한 잠이	×	×	
무른 무숨 일을 영위흐던지	○	○	도입부 해설도 논평적 어조를 띰
상목즈란 사롬이	×	×	
광안싱이라는 사롬이	×	×	
이젼에 흔 사롬이	×	○	논평이 절반 이상 차지
어옹과 초부 두 샤롬이	×	×	
이젼에 무슈옹이라 흐눈 사롬	×	○	
관물옹이라 흐눈 사롬이	×	○	
녯젹에 셔양 어늬 나라에	×	○	
긱이 말흐야 굴ㅇ더	×	×	서술자가 1인칭
엇더흔 사롬 흐나히	×	×	
근일에 엇더흔 친구 흐나히	×	○	논지와 직결된 논평은 아님
녯젹에 소년 남즈 두 샤롬이	×	○	
남편 동리에 흔 귀먹은 사롬이	×	○	
봄바람이 긱챵을 부니	○	○	
한 긱이 잇셔 령남으로	×	×	
녯젹에 졔나라 사롬이	×	○	

(○ : 개입 × : 개입 없음

※ 단형서사문학은 정확한 제목이 없는 경우가 많기 때문에, 제목이 없는 경우는 첫머리의 어구를 제목 대신 이용하였다

데 비해『미일신문』의 이 글들은 전부 '론셜'란에 실려 있다. 오늘날의 기준으로 보면 '소설'에 보다 가까운 형태의 단형 서사문학들이 '론셜'란에 발표되었다는 점은, 당대의 양식 개념과 오늘날의 양식 개념에는 차이가 있었음을 시사한다.[10]

3)『미일신문』수록 단형 서사문학의 구성상 특질

단형 서사문학의 구성 방식은 크게 대화식 구성과 일화식 구성으로 나누어 볼 수 있다. 대화식 구성이란 글 안에서 서사가 진행되는 방식이 둘 이상의 인물간의 대화에 의해 이루어지는 방식이다. 이러한 방식의 글에서는 서사의 진행이 등장인물간의 대화에 의해 이루어지고, 사건이 진행되기보다는 등장인물들이 대화를 통해 자기의 생각을 상대방에게 전달하는 경우가 많다. 따라서 사건의 인과적 진행에 따른 서사성은 그다지 강하지 않다. 이에 비해, 일화식 구성은 서술자가 어떤 사건의 전말을 제시하는 형식으로 되어 있어, 등장인물들이 겪는 사건 중심으로 구성된다. 대화식 구성은 등장인물들의 말을 통해 작가의 의도를 표현하므로, 일화식 구성보다 더 선명하게 주장하고자 하는 바가 드러난다. 이에 비해 일화식 구성은 사건의 맥락을 통해 작자의 의도를 표출하므로 대화식 구성이 갖는 선명한 계몽성에는 미치지 못한다. 그러나 일화식 구성은 우화·몽유록 등 다양한 방식을 취하여 사건을 전개함으로써 서사성에 있어서는 대화식 구성의 단형 서사문학보다 더 발전한 것이라고도 볼 수 있다.

『미일신문』에 실린 글의 대부분은 일화식 구성 방식을 취하고 있다.

---

10) 근대계몽기 당시의 '론셜'과 '소설'에 대한 양식상 개념에 대한 논의는 다음을 참고할 수 있다. 권보드래,『한국 근대소설의 기원』, 소명출판, 2000; 김영민,「동서양 근대소설의 발생과 그 특질 비교 연구」,『현대문학의 연구』21집, 2003; 김영민,「한국소설의 문체와 근대성의 발현」,『매지논총』16집, 1999; 한기형,『한국 근대소설사의 시각』, 소명출판, 1999.

총 36편 중 대화식 구성을 취한 것은 10편 남짓이고, 나머지는 거의 일화식 구성으로 되어 있다. 이 역시 『미일신문』의 단형 서사문학이 논설 중심의 산문 양식에서 서사 중심의 산문 양식으로 넘어가는 과도기적 단계에 있다고 볼 수 있는 이유이다. 작자의 창작 의도를 등장인물의 입을 빌어 직접 말하기보다는 사건의 진행 과정에 녹여내려는 경향이 점차 강해지는 것이다. 특히 「호토상탄 여우와 토끼가 셔로 싱키다」나 「웃더혼 사롬 ᄒᄂ희」처럼 서술자의 해설이나 논평이 전혀 들어가 있지 않은 글이 구성 방식에 있어서도 일화적 구성을 취하고 있는 경우는 보다 완결된 서사체의 모습을 지니고 있다. 이처럼 '논설'이면서도 '소설'의 특징을 보다 많이 갖추고 있는 『미일신문』의 단형 서사문학은 작자의 주장을 직접 토로하는 논설문에서 완결된 서사체 안에 작자의 주장을 용해시키는 소설로 산문 양식이 발전하는 과도기적 단계를 보여준다.

이상으로 『협성회회보』와 『미일신문』에 수록된 단형 서사문학의 양식적 특질을 살펴보았다. 『미일신문』에 실린 단형 서사문학은 신문 게재 당시 '논설'이라는 표시가 되어 있고, 서술자의 해설이나 논평이 작품 앞뒤에 붙는다는 점에서 논설 위주의 글에 서사체를 도입한 양식에 해당한다. 그러나 '논설'로 발표된 다른 단형 서사문학과는 달리 서술자의 개입이 전혀 없는 작품들이 삼분의 일 이상을 차지하고 있다는 점이 특징이다. 이는 '논설'로 발표된 글들이지만 '소설'에 가까운 형태를 띠고 있다는 점에서 작자의 창작의도를 직접적으로 노출하지 않고 서사의 진행을 통해 자연스럽게 표출하는 방식이 점차 자리잡아 가는 과정을 보여준다. 이런 점으로 미루어 보아, 『미일신문』의 단형 서사문학들은 논설 중심의 작품에서 서사 중심의 작품으로 옮겨가는 과도기적 단계를 보여준다고 생각된다. 한편 구성 방식면에서도 점차 완결된 서사체에 가까워지는 특징이 발견된다. 『미일신문』의 단형 서사문학들은 일화적 구성을 취하고 있는 것들이 대부분이다. 일화적 구성은 작가의 의도를 직설적으로 드러내는 대화적 구성에 비해 보다 서사성이 강화된 구성 방식이다.

『믹일신문』의 글들은 10편 가량을 제외한 나머지가 일화적 구성을 띠고 있어, 이 역시『믹일신문』의 단형 서사문학이 다른 신문 '논설'란에 수록된 작품들에 비해 보다 서사성이 강화되어 '소설'에 가까운 형태를 지니고 있다는 증거가 된다.

3. 『매일신문』 수록 단형 서사문학의 내용적 특징

『믹일신문』의 단형 서사문학은 논설 위주의 글쓰기에서 서사 위주의 글쓰기로 이행하는 과도기적 양상을 보이는 만큼, 이들이 담고 있는 서사체의 내용도 논설 위주의 단형 서사문학보다는 길고 자세한 것이 특징이다.『믹일신문』에 수록된 단형 서사문학이 다루고 있는 주제는 크게 세 가지로 나누어 볼 수 있다. 첫째, 정부 관리에 대한 비판, 둘째, 개화 사상의 수용, 셋째, 백성들에게 하는 충고이다.

1) 정부에 대한 비판과 백성의 권리 주장

정부와 관리들에 대한 비판은『믹일신문』에 수록된 글에서 가장 많이 발견되는 주제이다. 약 14편의 글이 이에 해당된다. 국민의 입장에서 정부를 비판하는 이러한 글들이 창작되었다는 것은 지배층의 말을 묵묵히 따르기만 했던 백성의 권리를 주장한다는 점에서 새로운 사상을 반영한 것이다. 지배층과 피지배층의 관계에 대한 변모된 생각은 글 안에서도 잘 드러난다. 「북촌 사는 사롬 ㅎ느이」(1898.9.20)라는 글은 사상의 변화를 잘 보여준다. 「북촌 사는 사롬 ㅎ느이」의 내용을 간단히 요약하면 다음과 같다.

　북촌에 사는 사람이 완고당 한 사람을 만나 문답을 나누었다. 완고당은 새로
생긴 민회라는 것이 정부대신들을 비판하는데, 황제만이 정부대신을 비판할 수
있기 때문에 이는 매우 해괴한 일이라 하였다. 그러자 북촌 사람은 집과 고용
인의 관계를 예로 들며, 집에서 고용한 사람이 잘못할 경우 집 식구들은 누구
나 고용인을 꾸짖을 수 있는 것과 마찬가지로, 집은 나라이고 집안 사람은 곧
백성이며, 고용인은 정부 관리인데 백성이 정부 관리를 비판하지 못할 이유가
없다고 하였다. 그러자 완고당은 다시 개화풍조 때문에 반상의 구별이 문란하
여 걱정이라 했다. 그러자 북촌 사람은 조상의 이름만 믿고 양반이라는 이유로
무위도식하는 것이야말로 나라를 좀먹는 길이라고 대답한다. 또한 대물림하는
반상의 구별 때문에 대한이 하나로 뭉치지 못하고 백성들이 분열하는 것이라
고 강하게 말한다. 이에 완고당은 아무런 대답을 하지 못한다.

　위의 내용에서 알 수 있듯이, 이 글에서 주장하는 것은 백성들에게는
마땅히 정부 관리를 비판할 권리가 있다는 것과 반상의 구별을 없애야
한다는 두 가지이다. 이 글에서 특히 주목할 점은 나라를 집에 비유할
때 백성을 집안 식구에, 관리를 집에서 고용한 사람에 빗대었다는 점이
다. 고용인은 집안 식구들을 위해서 일을 맡아 대신 처리하는 사람인 것
처럼, 정부의 관리들도 백성을 위해서 일을 하는 사람이라는 인식을 보
여준다. 게다가 고용인보다는 집안 식구의 사회적 위치가 더 높다는 점
을 감안할 때, 백성들은 정부 관리의 아랫사람이 아니라 관리들을 비판
하고 질책할 수 있는 자격이 있다는 점을 분명히 하고 있다. 이는 지배
층에 절대적으로 복종하는 것을 당연하게 여겼던 조선 시대의 사상과
비교했을 때 백성의 권리와 평등에 관한 생각이 매우 많이 변화했음을
보여 주는 것이다.

　이와 유사한 생각을 담고 있으나 그 표현 방법에 있어서는 반어적인
수법을 취하고 있는 작품이 「어늬 고을 원 ᄒ나히」(1898.6.13)라는 『협성회
회보』에 실린 글이다. 이 글은 어느 고을 원으로 부임했던 사람이 서울

로 돌아와 친구와 나누는 대화를 담고 있다. 원은 재물을 착취하기 위해 자기 마음대로 세금을 만들었다가 백성들이 들고일어나 혼난 경험을 말하면서, 전에는 원의 말을 무서워하던 백성들이 지금은 관의 명령이라도 부당하면 듣지 않는다고 말한다. 이 말을 하는 원의 입장에서는 백성들이 부정적인 방향으로 변해 자기가 살기 힘들어졌다고 하는 것이지만, 이는 표면적으로 드러난 말일 뿐이다. 실제로는 고을 원이 부당한 명령을 내릴 때는 백성들이 단결하여 적극적으로 항의하고 권리를 주장해야 한다는 의견을 담고 있는 것이다.

이처럼 『민일신문』의 단형 서사문학은 백성들이 정부를 비판하고 자기들의 권리를 주장할 것을 촉구함과 동시에, 한편으로는 백성을 괴롭히는 탐관오리와 나라의 안위를 제대로 돌보지 않는 무능한 대신들을 질책한다. 「근일에 엇더흔 친구 흐나히」(1899.3.1)는 몽유록의 형식을 빌려 생전에 탐관오리였던 사람이 참혹한 지옥에서 벌을 받는 모습을 그리고 있다. 백성을 학대하고 재물을 탐내는 자의 비참한 말로를 보여줌으로써 관리들에게 경각심을 일깨우려는 의도에서 창작되었으리라 보인다. 「무른 무슴 일을 영위흐던지」(1898.12.1)에서는 나라를 집짓기, 국정 운영자를 집짓기를 지휘하는 목수에 비유하여 재주와 능력 있고 사리 분별에 밝은 사람이 나라를 맡아야 하리라는 점을 전달한다. 국정 운영이란 집짓기와 같아서, 그 일의 책임자가 무능하면 제대로 될 수가 없는 일들이다. 이 글의 말미에 "졍신을 수습홀지어다 져 목슈들이여"라는 서술자의 발언은 실제로는 국정을 담당하고 있는 관리들을 대상으로 한 것이다. 개미도 삶의 법도가 있는데 대한의 현실은 벼슬아치들의 잘못 때문에 법이 제대로 서지 못한다고 탄식하는 「근리에 긔우당이라 흐는 사람이」(1898.7.22) 등도 같은 맥락의 논지를 담은 글이다.

그런데 한 가지 주목할 점은, 정부에 대한 비판을 담고 있는 일련의 글에서 발견되는 사상들은 백성 역시 국정 운영에 참여할 권리가 있고 정부 관리들은 마땅히 백성을 위해 일해야 한다고 주장하는 등 상당히 새롭고 민주적인 사상임에도 불구하고, 황제의 권위만은 침범하지 않았다는 점이다. 「누옥성이 상두에 골한 잠이」(1898.11.29)에서는 세상이 어지러운 까닭은 "다스리기 조와흐시는 임군"이 있고 "다스리기 스모흐는 빅성"이 있으나 "보필지신"이 없는 까닭이라고 한다. 「넷젹에 셔양 어느 나라에」(1899.1.26~27)에서도 임금이 백성의 형편을 모른다면 그것은 임금의 잘못이 아니라 그를 보필하는 신하의 잘못이라며, 현재 대한의 국력이 약화된 것은 임금을 제대로 돕는 신하가 없기 때문이라고 말한다. 다른 논설들에서도 황제를 비판하는 부분은 발견되지 않는다. 『민일신문』의 논설 편집자들은 예전처럼 지배자에게 절대 복종하는 것이 아니라, 백성의 권리를 주장하고 정부의 부패와 무능을 지적할 정도로 개화된 현실 참여 의식을 지니고 있었지만, 황제의 권위와 자리에 대해서는 여전히 경외감을 품고 있었던 것으로 보인다. 완고당의 이야기에서 알 수 있듯이 양반제 세습에 대해서는 강도 높은 비판을 하면서도, 세습적인 군주제의 불합리성에 대해서는 전혀 언급이 없을 뿐 아니라 '어질고 밝은 임금'이라며 존경심을 보인다.

이는 백성의 권리를 주장하고 세습적 양반제의 폐해를 지적하는 논지와는 모순되는 것으로 생각된다. 그러나 당대 사회의 지식인들이 비록 선각자의 입장에서 개화사상을 받아들이고 이를 널리 알리는 노력을 했다 해도, 수백 년 동안 이어져 내려온 한 사회의 조직 원리인 유교적 전통에 입각한 군주제 자체가 문제가 있다고 생각할 수는 없었을 것이다. 또한 일본에 의해 식민지 지배를 받는 입장에서 조선 시대부터 이어져 온 임금에 대한 충성은 국가의 정체성을 확인하고 백성들의 뜻을 한데 모으는 구심점 역할을 했을 것으로 짐작된다. 따라서 백성의 권리 주장과 군주제의 옹호라는, 일견 모순된 사상의 주장은 어떤 개인이나 창작 집단이 극복할 수 없는 당대 사회의 특수성에 기인한 것이라고 볼 수 있을 것이다.

2) 개화사상의 적극적 수용 주장

『미일신문』의 단형 서사문학들은 개화를 적극적으로 받아들일 것을 강하게 주장하고 있다.[11] 개화사상의 수용을 주제로 한 것 중 대표적인 것은 「신진학이라 ᄒᆞᄂᆞᆫ 사ᄅᆞᆷ은」(1898.7.29)이다. 여기에는 신진학과 구완식이라는 두 친구가 등장한다. 신진학은 출신은 미천하나 매사에 부지런하고 학문에 힘쓰며 열심히 일하여 잘 살게 되었다. 그런데 구완식은 가세가 기울어 생활이 어려운데도 명문거족이었다는 점을 내세워 아무 일도 하지 않는다. 신진학이 구완식에게 새로운 문물을 익혀 일을 해 보라고 하니 구완식은 양반의 자식이 장사나 상업 따위는 죽어도 할 수 없다고 한다. 이에 신진학은 기가 막혀 사람들에게 썩은 나무는 삭일 수 없다고 말하더라는 줄거리이다. 이 글은 편집자의 해설이나 논평이 없다. 그러나 신문물을 받아들이고 낡은 사상을 버려야 한다는 글쓴이의 의도를 쉽게 알 수 있다. 글쓴이의 주장은 우선 두 사람의 이름에서부터 드러난다. 신문물을 수용한 진취적인 사람의 이름은 신진학이고, 구시대의 풍습을 완고하게 지키는 사람의 이름은 구완식이다. 신진학은 열심히 일하고 배워 잘 살지만, 구완식은 옛 법도만 따르다가 패가한다. 낡은 시대의 풍습에 사로잡혀 신문물을 거부하지 말고 부지런히 일하고 새로운 것을 배우자는 주장을, 두 사람을 대비시켜 강조하고 있는 것이다.

「광안싱이라는 사람이」(1898.12.14)는 구시대적 사고를 버리지 못하는 사람을 반어적으로 그리고 있다. 광안생이라는 사람이 우연히 백발노인을 만났는데, 그 노인은 세상이 점점 야만해져서 자기가 살 곳이 없다고 말한다. 요즘 사람들은 이용후생하는 법을 배워 옛 법을 버리고 새것만 따른다는 것이다. 자신은 옛 것이 좋기 때문에 야만한 땅을 찾아가겠다고 노인이 말하자 광안생은 몇 군데 야만국을 가르쳐 주고, 노인은 크게 기

---

11) 개화사상의 수용은 비단 『미일신문』의 논설뿐 아니라, 당대 거의 대부분의 신문 논설란에서 강조하던 것이었다.

뻐하여 떠난다는 줄거리이다. 그런데 노인이 세상이 야만해졌다는 예로
드는 것은 새로운 문물을 받아들여 백성의 생활에 크게 도움이 되는 것
들이고, 노인이 '자기가 살 만한 곳'이라고 생각하는 곳은 소위 '야만국',
즉 전혀 문명개화가 되지 않은 곳이다. 이러한 점으로 미루어 볼 때, 이
글은 '급변하는 세상에서 굳이 수구만을 고집하여 개화하지 않는 것은
야만한 행위'라는 사상을 반어적으로 표현하고 있는 것으로 보인다. "대
한국에 잇는 슈구ᄒ시든 여러 냥반드리 이 말을 들으시고 참아 못니져
미오 섭섭ᄒ여 쥬야로 싱각ᄒ다더라"라는 마지막 문장에서는, '수구만을
고집하려거든 차라리 대한을 떠나는 것이 나을 것이다'라는 의견을 반어
적으로 표현하는 과격한 어조까지도 보이고 있다.

수구사상을 버리고 개화를 주장하는 것은 당대의 다른 신문에 실린 작
품들과 『미일신문』에 수록된 단형 서사문학의 공통점이다. 그런데 한편
『미일신문』의 단형 서사문학 중에는 개화의 필요성은 인정하되 맹목적인
개화 추수를 경계하는 내용을 담은 작품이 있어 주목을 요한다. 「봄바람
이 깃챵을 부니」(1898.3.20)에서는 개화를 받아들이되 그 본질을 알고 현명
하게 판단해야 한다고 주장한다. 딸 셋을 둔 어머니가 딸들에게 시집가
는 첫날 밤 남편의 말을 들으면 안 된다고 가르친다. 이 어머니의 훈육
은 여자로서의 정숙이라는 유교적 윤리를 지나치게 강조한 것이다. 그
결과 큰 딸은 어머니의 훈육을 지나치게 따라 남편에게 소박을 맞고, 둘
째 딸은 큰딸의 경우를 보고 정반대로 행동해 역시 소박을 맞는다. 셋째
딸은 시집가던 날 밤 언니들의 경우를 생각하고 고민을 하는데, 남편이
그 이유를 알고는 자연스럽게 풍속을 따르면 된다고 가르쳐 행복하게
잘 산다. 여기서는 지나치게 유교 윤리를 강조하여 시대의 변화를 전혀
맞추지 못하는 완고한 태도와, 과도하게 변화된 문물을 추수하여 이 역
시 시대와는 어울리지 못하는 행동 두 가지를 모두 경계하고 있다. 그리
고 막내딸의 경우를 통해 당대의 상황에 따라 자연스럽게 행동하는 것
이 좋다고 주장한다. 이 논설은 개화를 전혀 하지 않는 수구적인 태도를

비판함과 동시에 상황 판단을 하지 못하고 맹목적으로 개화를 추수하는 태도에 대한 비판도 동시에 수행한다는 점에서, 개화의 당위성만을 주장하는 여타의 논설들과는 차이점을 보인다.

개화사상의 수용을 강조하는 『미일신문』의 단형 서사문학들은, 낡은 태도를 버리고 개화 사상과 새로운 문물을 받아들여 보다 나은 삶을 꾸려 갈 것을 주장하고 있다. 당대의 지식인층인 『미일신문』의 편집자들이 개화사상을 받아들이는 것이 곧 부국강병과 국민 생활의 향상을 이루는 방법이라고 생각했음을 알 수 있다. 그러면서도 한편 개화의 참뜻을 모른 채 개화의 겉모습만을 추수하는 것에 대한 문제점을 예리하게 지적하고 있어, 개화의 필요성을 인식하면서도 맹목적인 개화 추수를 경계하는 균형적인 사고를 보여준다.

3) 국가와 국민에 관한 기타 주장들

『미일신문』의 논설에는 앞서 논의한 정부 비판과 개화사상의 수용 외에도 글쓴이가 생각하는 문제점을 지적하고 개선책을 제시한 것들이 있다. 이러한 논설들 중 대표적인 것을 살펴보기로 한다.

『미일신문』의 논설들 중에는 동물우화의 형식을 빌어 교훈을 주는 글들이 있다. 「창희가 망망ᄒ야」(1898.8.15), 「호토상탄 여우와 토끼가 셔르 싱키다」(1898.9.23) 등이 여기에 속한다. 「창희가 망망ᄒ야」는 개구리 한 쌍을 등장시켜 분수를 모르고 남을 쫓아하면 안 된다는 교훈을 준다. 개구리 한 쌍이 커다란 괴물을 보게 된다. 암개구리가 수개구리에게 저만치 몸집 크고 잘나지도 못했으면서 으스대지 말라고 하자, 화가 난 수개구리는 자기 몸집을 크게 하려고 물을 마신다. 그러다가 물을 너무 많이 마셔 배가 터져 죽고 만다. 작품 끝에 편집자가 개입하여 "대뎌 사롬이라도 졔 분수는 싱각지 아니ᄒ고 눕의 크고 쟝ᄒ 것을 보고 질에 격분ᄒ야

본밧으랴고 ㅎ다가는 미양 비 터지는 것을 면ㅎ기 어려울 터이니 부디 심히 헤아려 힝ㅅㅎ는 것이 올을 듯ㅎ더라"라고 견해를 제시한다. 「호토 상탄 여우와 토끼가 셔르 싱키다」는 편집자의 직접적 개입은 없으나, 여우와 토끼가 서로 협력해 호랑이라는 무서운 적을 막아야 한다는 줄거리를 통해 동맹을 맺을 자와 적으로 여겨야 할 자를 잘 선별해서 행동해야 한다는 교훈을 주고 있다. 이는 당시 대한제국을 놓고 이권 다툼을 하던 외국 세력들을 경계하는 의미로 읽을 수 있다.

한편 식물, 특히 나무에 빗대 글쓴이의 주장을 표현하는 글들도 있다. 「심산궁곡에 나무가」(1898.7.25), 「남산 아리 어느 친구를」(1898.11.9) 등이 이 유형에 속한다. 「심산 궁곡에 나무가」는 『미일신문』의 다른 단형 서사문학과 비교했을 때, 편집자적 논평이 절반 가량으로 상당히 긴 편에 속한다. 산에 심은 나무들이 병들고 쇠잔하다가 봄이 오고 비가 내리자 다시 소생하여 우거지듯이, 대한제국 역시 지금은 약하더라도 반드시 흥할 때가 다시 돌아온다고 말한다. 그러니 현재의 강함을 믿고 약한 자를 압제하는 자들은 잘못을 깨달아야 한다고 말하면서, "우리 동포 이천만 형졔들은 정신을 도져히 찰혀 아모죠록 국긔를 공고ㅎ고 부강을 힘써서 외국이 엿보고 침노ㅎ는 거슬 막아 볼 도리를 ㅎ야" 보자고 주장한다. 현재의 대한제국이 약하다고 하여 외국 세력이 넘보는데, 우리 국민들이 정신을 차리고 국가를 강하게 하여 지켜야 한다는 견해를 펴고 있다. 「남산 아리 어느 친구를」은 한 친구가 선조 때부터 물려 온 나무가 병들자 이를 구할 방법을 물어, '나'가 뿌리를 튼튼히 보호하라고 가르쳐주었다는 이야기이다. 여기서 '선조 때부터 전해 온 나무'란 우리나라를 빗댄 말이다. 빚을 갚느라 남의 손에 넘겼다가 다시 찾는 우여곡절을 겪은 것은 우리나라가 당시 외세의 침략에 휘둘리고 있었음을 암시한 것이다. 풍파를 겪어 병든 나무라도 근본이 튼튼하면 소생할 수 있는 것이니, 우리나라도 근본을 다져 부강한 나라를 일으켜야 한다는 주장을 펴고 있다. 이처럼 『미일신문』의 논설 중에는 동물이나 식물에 당대 현실을 빗대어 표현한 것들이 있다. 이는 우화적 수

법을 통해 국민들에게 당대 현실을 인식시키고 이에 대해 자구책을 마련토록 주장하면서 글쓴이의 주장을 보다 효과적으로 전달하기 위한 것이다.

이상으로 『협성회회보』를 포함한 『미일신문』에 수록된 단형 서사문학의 내용을 살펴보았다. 『미일신문』에 수록된 단형 서사문학의 내용은 크게 셋으로 나눌 수 있다. 정부에 대한 비판, 개화사상의 수용, 우화에 빗댄 우국충정 등이다. 이러한 내용으로 미루어 보아, 『미일신문』의 논설 필진이었던 당대의 지식인들은 개화사상을 수용하여 국가를 부강하게 만들고, 정부 관리의 부정부패를 없애 옳은 정치를 하는 것이 나라를 위하는 길이라고 생각했음을 알 수 있다. 이러한 점은 다른 신문의 단형 서사문학을 통해 주장된 사상과 맥을 같이 한다. 그리고 개화 수용을 주장함과 동시에, 맹목적인 개화 추수의 잘못을 지적하는 비판적 시각을 동시에 보여 준다는 점은 『미일신문』 수록 단형 서사문학에서 발견되는 특성이다. 한편 이 작품들의 필진은 백성의 민주적 참정권을 주장하고 양반의 신분 세습을 비판하면서도 군주제에 대해서는 적극적으로 옹호하는 입장을 취하는 모순적인 태도를 취한다. 이는 일본의 식민지 지배로 인한 국민적 구심점이 필요했던 당대의 상황이 반영된 결과라고 해석할 수 있을 것이다.

4. 결론

지금까지 『미일신문』에 수록된 단형 서사문학의 특질을 양식적인 면과 내용적인 면으로 나누어 살펴보았다. 『미일신문』의 단형 서사문학은 발표 당시 '논설'이라고 이름 붙여진 다른 단형 서사문학들과는 달리, 서술자의 개입이 상대적으로 적고 문답식 구성으로 논지를 설명하기보다는 사건의 전개 과정을 통해 주장을 펼치는 일화식 구성이 많아 서사성이 강화되었다는 점에서, 당대 서사문학 양식이 논설 위주의 형태에서 서사 중심의 형태로 옮겨가는 과도기적 양상을 보인다. 『미일신문』에 게재될 때의 양식 표기는 '논설'로 되어 있지만, 여타 신문의 서사적논설들보다는 보다 독립적이고 완결된 서사체에 가까워지는 모습을 보인다는 데서 그 특징을 찾을 수 있다.

한편 이 글들은 내용적인 측면에서는 크게 세 가지로 분류할 수 있다. 정부 비판과 백성의 권리 주장, 개화사상의 수용, 우화 등을 통한 우국충정 등이다. 이러한 내용을 통해 당시 『미일신문』의 논설 필진들은 정부를 개혁하고 개화사상을 받아들여 신문물을 배우는 것이 부국강병을 이루어 외세를 몰아내는 길이라고 여겼다는 점을 알 수 있다. 한편 이들은 개화사상과 백성의 정치 참여를 주장하면서도 임금에 대해 충성해야 한다는 점을 전제로 하고 있어, 『미일신문』의 필진들이 군주제에 찬성하여 당시 대한제국의 왕권을 유지, 보수하면서 관리의 잘못을 시정하고 백성의 정치 참여를 주장하는 정치적 입장을 지니고 있었다는 추론이 가능하다. 이는 일본의 식민지 지배에 맞서 민족과 국가의 정체성을 지켜나가면서 발전해야 한다는 시대적 과제 때문이었으리라 생각된다.

이러한 『미일신문』에 수록된 단형 서사문학의 특질은 근대계몽기 단형 서사문학이 근대적 서사 양식으로 이행하는 면모를 보인다는 점에서 고전 서사문학과 신소설 사이의 문학사적 단층을 극복하는 연결 고리가 된다는 선행 연구 결과를 뒷받침하는 것이다. 특히 '논설'로 구분되어 있기는 하지만 실제로는 근대적 '소설'의 특성을 보이는 작품이 상당수 발견된다는 점에서, 근대적인 형식의 소설이 전통적인 산문과 단절된 채 외국에서 유입되어 형성된 것이 아니라 기존의 산문 양식 안에서 자생적으로 발생하고 있었음을 짐작케 하는 단서가 된다. 『미일신문』에 수록된 작품들의 이러한 특질은 동시대에 발행되었던 다른 신문들의 단형 서사문학과 비교 연구될 때 그 의미망을 확장할 수 있을 것이다.

『제국신문』 소재 '서사적논설' 연구

사유 기반과 수사적 특성을 중심으로

구장률

1. 서론

이 글은 『제국신문』에 실려 있는 '서사적논설'을 대상으로, 그 사유 기반과 수사적 특성을 해명하는 것이 목적이다. '서사적논설'은 주로 1890년대 말에서 1900년대 초에 걸쳐 새로운 매체인 '신문'을 통해 형성된 근대계몽기의 단형 서사양식이다.

'서사적논설'을 발견·정리하여 소설사의 맥락으로 포섭하기 시작한 이후, '서사적논설'에 관한 연구는 양식적 특성과 소설사적 의미를 중심으로 진행되었다. 그 결과, '서사적논설'이 한문단편의 글쓰기 전통에 맞닿아 있으며 신소설의 형성에도 일정하게 기여하고 있다는 사실이 확인되었다.[1] 한편 '서사적논설'이 단형 산문 글쓰기 전통과 연관성이 있음은 인정하지만 소설사적 의미에 대해서는 해석을 달리하는 견해도 있다.

현실에 대한 비판적 인식을 서사를 통해 허구적으로 재구성하는 방식은 이미 독립된 서사양식인 국문 고소설에서 뛰어난 성취를 이루었기 때문에, 굳이 '서사적논설'을 중세소설과 근대소설을 잇는 양식으로 보기 어렵다는 생각이다.[2]

하나의 대상에 대한 역사적 해석이 이렇게 다른 이유는 여러 가지가 있지만, 우선 '서사적논설'이 가진 고유한 성격을 아직 충분히 해명하지 못했다는 점을 지적할 수 있다. 조선후기 산문 글쓰기 전통과 연관지어 '서사적논설'의 특성을 설명한 경우, 전대(前代) 양식과의 친연성이 주로 부각된 반면, 양식적인 '차이'가 만들어지는 지점에 대한 논의는 상대적으로 부족했다. 당대의 현실성이 강하게 드러난다거나 계몽의식을 찾아볼 수 있다는 지적도 다소 광범위한 변별점이다. 현실 반영은 문학의 근본적인 성격 가운데 하나이거니와, 새로운 문학 양식의 탄생과 명멸의 운동과정 자체가 시대의 변화와 더불어 이루어지는 화학반응이기 때문이다. 계몽주의는 근대 초기의 문학을 두루 아우르는 시대의식이어서, 계몽기의 다양한 글쓰기 가운데 '서사적논설'이 가진 특성을 드러내기 위해서는 좀더 세분화된 논의가 필요하다. '서사적논설'이 등장할 수 있었던 물적 기반인 매체에 주목하여 '말하기-듣기'의 향유방식이 '쓰기-읽기'의 방식으로 전환해 간다거나, '신문'이 요구하는 한글사용과 언문일치에 대한 실험이 시도되고 있다는 지적도 중요하다. 하지만 이러한 변화를 글쓰기 방식과 연관지어 구체적으로 분석해야 할 여지가 아직 남아 있다.

---

1) 처음으로 '서사적논설'이라는 양식명을 사용하여 근대소설사의 전개과정 속에서 그 의미를 물은 김영민 이후 주목할 만한 연구는 다음과 같다. 김영민, 「한말(韓末)의 '서사적논설' 연구」, 『작가연구』 제2호, 새미, 1996; 김영민, 『한국 근대소설사』, 솔, 1997; 한기형, 「신소설 형성의 양식적 기반」, 『민족문학사연구』 제14호, 민족문학사연구소, 1999; 정선태, 「개화기 신문논설의 서사 수용 양상」, 서울대 박사논문, 1999.
2) 설성경·김현양, 「19세기 말~20세기 초 『제국신문』의 「논셜」 연구」, 『연민학지』 8호, 2000, 223~253면.

이러한 문제의식을 바탕으로 이 글에서는 '서사적논설'의 사적(史的) 의미를 따지기에 앞서, 사유 기반과 수사적 특성의 한 국면을 분석함으로써 '서사적논설'이 가진 양식적 특이성을 먼저 이해하고자 한다. '서사적논설'은 전통적 글쓰기 방식에 바탕하되 때로는 그것을 비틀고 전복한다. 이러한 변화가 근대를 기획할 수 있는 새로운 사유에 대한 모색과 더불어 이루어졌다는 점을 감안할 때, 사유 기반과 수사적 특성을 이해하는 일은 '서사적논설'의 양식적 특성을 해명하는 구체적인 계기가 될 수 있다.

'서사적논설'은 『그리스도신문』 같은 기독교 계통의 신문과 『독립신문』・『미일신문』・『황성신문』 등에 두루 나타나지만 여기서는 『제국신문』에 실려 있는 '서사적논설'로 논의의 대상을 한정했다. 본론에서 자세히 언급하겠지만 『제국신문』은 시기에 따라 게재된 서사물의 변화가 다른 신문에 비해 선명한 편이며, 한글을 전용한 매체 가운데 '서사적논설'을 가장 많이 찾아볼 수 있다는 점에서 분석의 사례로 적합하다고 생각한다.[3]

물론 『제국신문』의 '서사적논설'에 나타나는 인식의 전환과 수사적 특성은 여타의 신문에 실린 '서사적논설'과 다를 수 있다. 따라서 여기서 분석하는 내용이 '서사적논설'이라는 양식을 관통하는 동일한 원리가 아니라는 점을 논의의 전제로 삼고자 한다. 계몽기 서사문학의 가능성은 다양한 양식적 실험에 있으며, 매체들 사이에 벌어지는 활발한 상호교섭과 변개(變改)야말로 근대계몽기 문학의 중층성과 역동성을 구성하는 중요한 요소 가운데 하나라는 점을 유념할 필요가 있다.

사유 기반과 수사적 특성에 관한 논의는 자칫 계몽사상 일반이나, 글

---

3) '서사적논설'이 나타나는 근대계몽기의 국문 신문과 편수는 다음과 같다. 『죠션크리스도인회보・대한크리스도인회보』 20편, 『그리스도신문』 15편, 『협성회회보』 4편, 『독립신문』 30편, 『매일신문』 32편, 『제국신문』 76편; 김영민・구장률・이유미 편, 『근대계몽기 단형 서사문학 자료전집』, 소명출판, 2003 참조.

쓰기 방식에 관한 형식적인 접근으로 흐르기 쉽다. 그런 문제점을 막고, 객관적인 정보를 바탕으로 실상에 근접하기 위해 필자를 확인하는 방법을 사용했다. '서사적논설'은 지은이가 밝혀져 있지 않다.[4] 당시 신문 논설란이 보통 편집진이나 편집진의 의뢰를 받은 인물 혹은 투고에 의존했다는 사실에 기대어 '서사적논설'을 쓴 집단에 대한 짐작은 대략 가능하나 아직 구체적으로 연구된 바가 없다. 필자를 알 수 있다면 '서사적논설'이 '어떤 실재의 조건 속에서 변화의 계기를 갖게 되었는가'와 같은 물음에 구체적으로 접근할 수 있을 것이다. 만약 필자가 특정 개인인 것으로 드러난다면, 그 자체가 『제국신문』 '서사적논설'의 특성이 될 수 있으리라 생각한다.

2. 이종일(李鍾一)과 『제국신문』의 '서사적논설'

1898년 8월 10일 창간되어 1910년 3월 31일까지 발행된 『제국신문』은 근대계몽기의 서사문학을 연구하는 데 중요한 자료이다. 오랜 발행기간으로 인해 '서사적논설'부터 신소설에 이르기까지 게재된 서사물이 시기에 따라 선명한 변화를 보여줄 뿐만 아니라, '서사적논설'의 경우 다른 국문 신문에 비해 가장 많은 분량을 싣고 있기 때문이다.

『제국신문』의 '서사적논설'은 총 70여 편이며, 그 가운데 대부분이 1898년에서 1901년 사이에 게재되었다.[5] 따라서 필자를 찾기 위해서는

---

4) 『협성회회보』 1898년 4월 2일자에 실린 '서사적논설'의 경우 필자가 김만식으로 표기되어 있으나 극히 예외적인 경우이며, 회보나 잡지가 아닌 '신문'에서는 필자를 전혀 찾아볼 수 없다.

5) 1901년 이후에 게재된 '서사적논설'은 다음과 같다. 1903년 6월 3일자, 1904년 11월 24~25일자, 1906년 1월 5일자, 1906년 1월 20일자, 1907년 1월 26일자 론설. 김영민 ·

먼저 사료를 통해 1890년대 말에서 1900년대 초까지 누가 주로『제국신문』의 논설을 집필했는지 알아볼 필요가 있다.

여러 가지 사료 가운데 논설 집필진의 이름이 직접 기술된 것으로는『옥파비망록(沃坡備忘錄)』(이하『비망록』),『윤치호일기(尹致昊日記)』,『제국신문』기사가 있다.『비망록』은 창간부터 폐간까지『제국신문』을 주도한 이종일(李鍾一)의 일기이다. 1898년 1월 5일에서 1921년 2월 27일자로 끝나며, 날짜와 일기를 쓴 후 내용을 적고 △표를 하여 그 날의 주요 사건을 간단히 기록하는 방식으로 썼다.『장효근일기』[6] 1925년 8월 31일자에 의하면, 원래『비망록』은 1898년부터 1925년 8월 이종일이 작고할 때까지 수십 권에 이르는 분량이었다고 하는데, 현재는 결본이 대부분이다. 하지만 1898년에서 1902년에 이르는 시기는 비교적 잘 보존되어 있는 편이어서『제국신문』에 관해 많은 정보를 얻을 수 있다.[7]

『비망록』은 초기의 논설 집필진이 누구였는지 기술하고 있다. 창간을 완료한 시점에서 제국신문 직원은 약 10여 명이었고, 이종일이 사장·주필·기자·사원을 겸했다.[8]『비망록』에 의하면 장지연·박은식·남궁

구장률·이유미 편, 앞의 책, 제6부 참조.

6)『제국신문』창간 때부터 이종일의 손아래 동지였던 장효근의 일기다. 이현희에 의해 발굴되어『신인간』1977년 4월에 번역본이 게재되었다.

7) 역시 이현희에 의해 발굴되어『한국사상』16~20집(1978~1985)에 연재되었으며,『옥파이종일논설집』3권(교학사, 1984)에 다시 정리하여 원문을 실었다. 그런데 문제는『비망록』이 사료로서 얼마나 정확한가에 대해 의문을 제기할 수 있다는 점이다. 1898년 당시로서는 사용하지 않았던 '東學運動' '東學思想' 같은 용어가 보인다든가, 독립협회에 관한 기록이 다른 사료들과 비교할 때 부정확한 부분을 발견할 수 있기 때문이다. 이는 이종일이 초고에 가필을 했기 때문에 생긴 것으로 여겨진다.『비망록』1898년 10월 2자 등은 현재에서 과거를 회상하는 형식으로 일기를 기록하고 있다. 하지만 이런 부분 외에는『윤치호일기』,『일신(日新)』, 정교(鄭喬)의『대한계년사(大韓季年史)』등과 비교하여 국내외에서 발생한 사건의 내용, 년·월·일이 거의 정확한 편이다. 특히 이종일 자신의 대인관계나 자기 성찰을 서술한 부분은 특별히 왜곡할 필요가 없었다고 생각되어 기초자료로 삼는다.

8)『비망록』1898년 8월 7일. "七日 陰而洒雨 帝國新聞創刊完了 職員含余一○餘名 然而余之主任 則經營者兼社員又兼記者 故每論說將余之執筆豫定 以서울市內多中大關心事 爲視注意 余之心中 出征將之其然也."

억·정교 등이 외부에서 신문 창간을 돕는 가운데 이승만·유영석·이종면 등이 제국신문사의 주축이 된다.9) 『미일신문』 집필을 담당했던 이승만은 『제국신문』의 편집에도 깊이 관여했다. 이러한 사실은 대외적으로도 알려져 윤치호는 이승만을 제국신문의 편집자라고 서술하고 있다.10) 이종일에게 계속 신문 창간을 종용하던 유영석·이종면·장효근은 탐보원(探報員)과 기자로 활동하는 동시에 주로 인쇄, 보급 등의 실무에 전념한다. 그 외는 인쇄기술자와 배급담당이었다. 처음부터 논설은 이종일이 매일 맡기로 결정되어 있었는데, 독자의 호응도 상당했다고 한다.11)

때로는 투고한 글이 논설란에 실리기도 한다. 이종일은 평소 준재라 여기던 이동녕에게 논설을 부탁하여 게재하기도 했다.12) 이동녕은 자강에 대한 방도를 쓴 글을 신문사로 가져오는데, 이 글은 1898년 9월 23일 논설란에 실린다. 이렇게 외부 사람의 글을 투고 받을 경우 "엇던 친구의 편지를 긔록하노라"고 표기했다.13) 그러나 의욕에 차서 출발한 신문 사업은 곧 난관에 부딪힌다. 이종일의 사재와 외부의 원조를 얻어 시작한 제국신문사는 1899년을 기점으로 점차 재정난에 시달리게 된다. 이를 의식한 집필진은 의도적으로 부녀층을 독자로 유도하기 위한 기사와 논설 등을 작성하나 재정상황이 쉽게 호전되지는 않았다.14) 사정이 이러한 데에는 『황성신문』과 함께 강건한 어조로 시국을 논하던 『제국신문』에

---

9) 『비망록』, 1898.8.8 · 8.31 등.
10) 윤치호, 『尹致昊日記』, 국사편찬위원회, 1987. 1898년 11월 5일, "Yi Sungman, the Editor of Empire News, and Yang Hong-mook, an assistant teacher in the Pai Chai School called on me and we agreed that a crowd should be drummed up as soon as possible."
11) 『비망록』, 1898년 9월 31일자.
12) 『비망록』, 1898년 9월 7일자, 25일자.
13) 『제국신문』 편집진은 투고 받은 글을 실을 때 투고인과 투고일을 대략 밝혀 편집진이 직접 쓴 글과 구분하는 것을 관례로 삼았다. 예를 들어 1900년 6월 11일~13일자 론설은 '여창화병'이라는 제목이 예외적으로 붙어있으며, 김포과객 무명씨가 투서했다고 표기되어 있다. 글의 마지막에는 투고 날짜가 적혀 있기도 하다.
14) 『비망록』, 1899년 1월 5일자.

대한 정부의 간섭 역시 크게 작용했다. 1899년 12월 21일에 있었던 화재로 신문사의 기자재가 전소되는 사건이 벌어져 재정난은 더욱 심각해지고, 이때부터 사옥을 옮겨 황성신문사의 인쇄시설을 빌려 신문을 발간해야 하는 상황에 이른다.[15]

집필진도 변화를 겪게 되는데, 이승만은 1899년 1월 9일 독립협회 활동으로 체포되어 1904년 8월까지 서대문 형무소에 수감된다.[16] 같은 해 유영석은 신병을 이유로, 이종면은 경제적 어려움을 이유로 신문사를 그만둔다. 『비망록』에 의하면 유영석과 이종면은 직접 기사 작성 등은 하지 않았어도, 고전하고 있던 이종일을 도와 신문사 편집기획과 같은 일에 비공식적인 관여를 했던 것으로 파악된다. 이승만에게 논설을 청탁하게 되는 1901년까지 신문의 얼굴이었던 논설은 이종일에 의해 계속 쓰여졌던 것이다.

1902년부터는 논설란의 성격이 달라져서 제목이 붙고 당대의 현실적인 상황을 정론(政論) 내지 사론(史論)의 형태로 직접 다루는 글이 주로 등장하며, '서사적논설'은 거의 나타나지 않는 변화를 보인다. 1903년 이후 검열과 재정난으로 인해 휴간과 정간을 반복하는 과정에서 논설란은 사라지거나 잡보란으로 대체되기도 한다. 때로는 외국 유학생들의 독자투고가 1면에 실리는가 하면 각종 단체의 규약이나 연설문이 논설을 대신하기도 한다. 이러한 변화에 대해서 이종일은 주필에서 물러나는 1907년 6월 7일 다음과 같이 독자들에게 회고한다.

광무 이 년 팔월에 본 신문을 창간할 쩌에 리승만 류영셕 량씨와 본 긔쟈 리종일 삼인이 동심합력흐야 스무를 보더니 불과 일 긔월에 리승만씨는 민권회 복흐는 일에 열심흐야 협회 스무에 진력흐다가 칠 년 감금을 당흐고 류영셕씨는 신병이 잇셔 본사 스무를 즈퇴흐고 다만 본 긔쟈 일 인이 격슈단신으로 탐

---

15) 「뎨국신문 중간스실」, 『제국신문』, 1899년 12월 27일자.
16) 『윤치호일기』, 1899년 1월 9일자 및 『이화장 소장 우남이승만문서』 동문편 1~2권, 중앙일보사, 1998 참조.

보 겸 샤챵 겸 긔쟈로 지니다가(…중략…) 편즙에 곤란을 견디지 못ᄒᆞ야 감금 중에 잇ᄂᆞᆫ 리승만씨에게 비밀히 론셜을 부탁ᄒᆞ야 이십칠 긔월 동안을 괴로옴을 ᄭᅵ치ᄂᆞᆫᄃᆡ(…중략…) 편즙 일관에 닐으러셔ᄂᆞᆫ 그 가합ᄒᆞᆫ 지목을 아모리 구ᄒᆞ야 도 당초에 응ᄒᆞᄂᆞᆫ 사ᄅᆞᆷ도 업고 ᄯᅩ한 가히 담임ᄒᆞᆯ만 ᄒᆞᆫ 쟈격도 업ᄂᆞᆫ지라 원리 우리 나라에 국문을 슝상치 안은 고로 국문에 한슉ᄒᆞᆫ 쟈도 듬을고 ᄯᅩ한 ᄂᆡ외국 형편과 ᄉᆞ물상에 등한ᄒᆞᆫ 연고로 가합ᄒᆞᆫ 사ᄅᆞᆷ을 구ᄒᆞ지 못ᄒᆞ야 이 불쵸ᄒᆞᆫ 위인 이 샤챵 겸 편즙 ᄉᆞ무를 담임ᄒᆞ야 지우금 십 년 동안을 지니ᄂᆞᆫᄃᆡ …….17)

이상과 같은 사실을 살필 때 투고를 통한 소수의 예외적인 경우를 제외하면 주로 『제국신문』의 논설을 집필한 인물이 이승만과 이종일임을 알 수 있다. 이승만은 감옥에 갇혀 지내면서 자신이 쓴 글을 보관하여 나중에 『독립정신』18)이라는 책으로 출판했는데, 이 책에는 '서사적논설'의 성격을 가지는 글은 없다. 이 책에 실려 있는 글을 『제국신문』 논설과 비교해 보면 전체 혹은 부분의 내용이 같은 글들을 찾을 수 있다. 시기상 가장 앞서는 것은 『제국신문』 1901년 4월 26일 논설에 해당하는 '일본이 흥황한 사적'부터 1903년 3월 30일자에 해당하는 '조흔 기회를 여러 번 일허버림'까지 23편에 이른다. 그 가운데는 연재된 글도 있으니 논설 편수로는 50여 편인 셈이다. 그러나 『독립정신』의 글과 대응되는 『제국신문』의 논설 가운데 '서사적논설'은 찾아볼 수 없다.

또한 공교롭게도 이승만이 논설을 집필한 1901년 중반부터 1903년 중반까지 약 2년 간 『제국신문』에서 '서사적논설'을 찾아볼 수 없기 때문에, 감옥에서 쓴 논설 가운데 『독립정신』에 빠진 것이 있더라도 그것은 아마 '서사적논설'의 형식을 가진 글이 아니었을 것이다. 결국 이런 정황을 감안하면 『제국신문』의 '서사적논설'은 대부분 이종일에 의해 쓰여진 것이라는 추정이 가능하다.

이종일은 1858년 11월 6일 충청도 서산군 원북면 반계리에서 성주이

---

17) 「본샤의 ᄒᆡᆼ복과 본긔쟈의 ᄒᆡ임」, 『제국신문』 1907년 6월 7일자 샤셜.
18) 이승만, 『독립정신』, 활문사, 1910.

씨(星洲李氏) 교환(敎煥)의 장남으로 태어나 어려서부터 부친으로부터 한학을 공부했다.[19] 1873년 열여섯의 나이로 문과에 급제한 이후 어떤 벼슬을 했는지는 정확히 알 수 없으나, 확인되는 바에 의하면 1895년경에는 내부(內部) 주사(主事)를 지냈다.[20] 『제국신문』을 창간하던 해에는 정3품 중추원 의관에 피임되어 10개월 간 재임하기도 했다.[21] 여러 기록으로 보아 이종일은 당시의 법제나 관료들에게 비전을 볼 수 없었던 듯하며, 이런 생각이 민간 차원의 계몽운동에 투신토록 한 것으로 여겨진다.

『비망록』에서 그는 『제국신문』 창간 이후 실학과 신학문으로 인해 자신의 사고가 변화하고 있음을 드문드문 기술한다. 새로운 지식을 받아들이면서 유교담론을 새롭게 배치하는 이종일의 시도는 거의 『제국신문』 창간에 즈음하여 시작된다고 보아도 좋다. 한글에 대한 의식 또한 상당히 체계적이어서 주시경과 더불어 근대계몽기 한글 연구에 중요한 역할을 한다.[22] 이러한 이종일의 사상적 경향과 글쓰기에 대한 반성은 『제국신문』 '서사적논설'의 성격을 이해하는 데 중요한 출발점이 된다.

---

19) 박춘석, 「묵암선생 생가발견의 경위」, 『신인간』, 1979년 9~10월.
20) 『구한국관보』, 1895년 4월 13일자, 아세아문화사, 1974.
21) 박걸순, 『이종일의 생애와 민족운동』, 한국독립운동사연구소, 1997, 4~10면.
22) 한글이 훨씬 실용적이고 과학적이라는 사실을 누차 강조했던 그는, 1907년 주시경 등과 더불어 국문연구소 연구위원으로 임명되었으며, 국문의 원리와 교습방법을 과학적으로 제시한 「언문의해(諺文義解)」(『천도교회월보』 제4권, 1913)를 쓸 정도로 한글에 조예가 깊었다. 이종일은 일기를 쓸 때는 한문을, 식자층을 대상으로 하는 학회지에서는 국한문을, 대중적인 신문에서는 한글을 사용했다.

3. 실학의 재발견

1) 변역, 온고지신, 격물치지

『제국신문』의 '서사적논설'은 다양한 내용을 다루고 있다. 관리들의 학정과 무능, 당파나 각종 제도의 모순에 대한 비판, 민생질고와 당시의 사회상, 동서양 인물의 일대기, 위생과 여성교육의 필요성, 군신간의 관계와 개인이 닦아야 할 덕목 등, 그 내용은 실로 다채롭다. 그런데 일견 산만해 보일 정도로 여러 가지 내용을 다루는 '서사적논설'의 이면에는, 주제를 설정하고 이야기의 전개과정을 조율하는 특정한 논리체계 내지 가치기준이 작동하고 있음을 알 수 있다. 크게 변역(變易), 온고이지신(溫故而知新), 격물치지(格物致知)로 나누어 볼 수 있는 이러한 사유방식은, 이 야기 전체의 구도 혹은 등장인물이나 서술자의 직접적인 언설 등을 통해 드러난다.

『제국신문』의 '서사적논설' 전편을 관통하는 사유는 시대의 변화를 이해하는 방식에서 먼저 찾아볼 수 있다. 『제국신문』 '서사적논설'의 서술자나 등장인물을 지배하고 있는 감각은 '세상이 이전과 크게 달라졌고 앞으로도 그러하리라'는 것이다. '무지옹'·'완고당' 등의 상징적인 이름을 가지고 등장하는 인물들은 세상이 달라졌음을 원망하다가, '신진학' '박람식'같은 인물에게 비판받아 스스로 부끄러움을 느끼고 퇴장한다.23) 오랜만에 만난 서울친구와 시골친구는 이제 더 이상 경험을 공유할 수가 없다. 서울은 전과 너무 달라졌음에도 시골은 여전히 구습에서 벗어나지 못하고 있기 때문이다. 이들은 한편으로 달라진 세상을 비관하기도 하고, 달라질 미래에서 희망을 발견하기도 한다.24) 산수구경을 떠난 유

---

23) 『제국신문』, 1899년 3월 15일자 론셜 등.
24) 『제국신문』, 1900년 12월 17일~19일자 론셜 등.

지(有知)한 선비들의 눈앞에 펼쳐진 것은 자연의 풍경이 아니라 적자생존의 장이다.[25] 세속을 떠나 물외(物外)에서 노닐던 은사들까지 지금이 주역이나 읽으며 풍류를 즐길 때가 아니라고 토로한다. 시국이 급박하게 변하고 있기 때문이다.[26] 시세의 변화가 '서사적논설'의 문제설정, 인물 사이의 갈등, 인식의 변환에 구체적인 계기가 되고 있는 것이다.

그렇다면 변화한 '때(時)'를 당하여 이를 어떻게 받아들일 것인가? 다음의 인용문은 이 문제를 다루는 전형적인 방식을 보여준다.

> 엇던 학쟈님 흔 분이 머리에는 수십 년 된 큰 갓슬 쓰고 몸에는 수삼 년 된 헌 도포롤 닙고 손에는 쳥여장을 집고 호즁 짜흐로부터 와셔 인스흔 후에 희희 탄식ᄒ여 왈 지금 셰상이 엇지 이리 요요ᄒ고 법도 이젼 법이 아니오 의관도 이젼 의관이 아니니 이갓치 되다가 ᄂ죵에는 엇지 되랴ᄂ 흐거늘 내가 무러 왈 녯젹에 토굴에서 살엇스니 지금 사롬도 능히 ᄒ겟ᄂ뇨 그럿치 못ᄒ다 녯젹에 나무 열미만 먹엇스니 지금 사롬도 능히 ᄒ겟ᄂ뇨 그럿치 못ᄒ다 녯젹에 풀노 옷슬 ᄒ여 닙엇스니 지금 사롬도 능히 ᄒ겟ᄂ뇨 이것도 쏘흔 능히 못 ᄒ리라 그러ᄒ면 지금 셰계가 녯젹 셰계가 아니오 지금 사롬이 녯젹 사롬이 아니어늘 셰계와 사롬은 다 녯젹이 아니고 능히 이젼 법을 힝ᄒ리오 만일 엇던 사롬이 수빅 년 젼 의관을 ᄒ고 길가에 셔셔 사롬으로 더브러 수작ᄒ면 사롬마다 보고 놀나며 웃지 아니ᄒ리 업셔셔 일기 이상흔 물건으로 지목ᄒ리니 수빅 년 된 의관도 금 셰상에 능히 용납홀 수 업거든 ᄒ믈며 나라 다스리는 법이리오 그러흔즉 물건이 오래면 써러지고 법이 오래면 폐단이 나는 고로 셩인도 여셰추이ᄒ샤 션흔 것만 틱ᄒ야 좃차 힝ᄒᄂ니 ……[27]

문답의 방식으로 이루어져 있는 이 글에서, '학쟈님'은 기존의 가치관과 제도를 고수하려는 인물로 세상의 변화 자체를 부정적으로 본다. 이렇게 문견이 고루한 학쟈님을 '나'는 때가 변하였기 때문에 이전의 풍속

25) 『제국신문』, 1899년 10월 27일자 론셜.
26) 『제국신문』, 1901년 4월 5일자 론셜.
27) 『제국신문』, 1899년 4월 26일자 론셜.

과 제도를 고수하려 한다면 사람들의 놀림감이 될 수밖에 없다고 풍자하면서 세계를 끊임없이 변화하는 것으로 받아들인다. 이는 '때에 따라 바뀌는 것이 천지가 오래갈 수 있는 법칙이므로 일정한 것에 고착되어 있으면 그것은 오래 유지될 수 없다'는 변역의 원리를 기반으로 한 것이다. 여기에는 세상의 진리가 하나로만 통하는 것이 아니오, 사람에게는 사람이 부여받은 성질이 있고 사물들은 다시 나름의 고유한 성질을 가지고 있다는 인식론적 전제가 깔려 있다. 즉 'ᄌᆞ긔는 ᄌᆞ긔오 셰샹은 셰샹'인 것이다.

'변역'은 세계를 이해하는 일반적인 원리로 완고당한 인물들을 비판할 수 있는 인식론적 대칭점이며, 현실에서는 시의(時宜)에 맞게 제도를 고치는 '변법'으로 실현된다. 인용문에서 볼 수 있듯이 세상이 끊임없이 변한다고 할 때, 그 아무리 좋은 법(法), 곧 풍속과 제도도 변하는 때에 따라 사람을 얽매는 것이 될 수 있다. 그런데 '학쟈님'은 '풍쇽의 죵'이 되어 자신이 옳다고 믿는 도리와 세계의 도리를 동일한 것으로 여길 뿐만 아니라, 변법을 가로막으니 수구파에 견주어진다. 결국 이 이야기는 논리적인 정당성을 가진 인물로 설정되어 있는 '나'에게 '학쟈님'이 부끄러움을 느끼며 아무 말도 없이 돌아가는 것으로 종결된다.

변역의 원리 하에서는 시세의 변화를 지각하는 인간의 능동적인 실천이 요구된다. 앎과 행위는 하나로 귀결되는 것이어서, "텬하대세와 인졍셰티가 흰 구름에 형상 갓치 시각으로 변환ᄒᆞᄂᆞᆫ 이 시졀에 류슈갓치 가ᄂᆞᆫ 셰월을 인슌인과로 등한이 보너지 말고 긔틀을 ᄯᅡ라 응변ᄒᆞᄂᆞᆫ 일을 밤낫으로 궁구"[28]할 수밖에 없다. 이런 맥락에서 시의에 맞는 방법을 궁구하되, 이미 만들어져 있는 '긔틀'을 어떻게 변법의 기준으로 삼을 것인가 하는 문제, 즉 온고지신의 문제가 제기된다.

공자 이래로 유학에서는 역사의 변화에 참여하는 방법을 흔히 '온고

---

28) 『제국신문』, 1900년 6월 13일자 론설.

이지신(溫故而知新)'에 관한 해석을 통해 마련해왔다. '而'라는 어조사를 사이에 둔 단어의 배열에서도 알 수 있듯이 성리학적 사유의 틀에서는 새것을 알고 만들기 위해서 성현의 말씀을 본받을 것이 선행되고 있는 셈이다. 그러나 『제국신문』의 '서사적논설'은 '온고'와 '지신'의 선후관계 내지 본받을 옛것 자체가 문제되고 있다. 옛 법을 본받는 일과 바꾸는 일 사이에서 행위의 기준을 마련하기 위한 모색이 활발하게 전개되는 것이다.

1899년 3월 15일자 '서사적논설'은 '고집불통'과 '박람식'이라는 두 인물의 대비를 통해서 이 문제에 접근한다. 성이 '고'요 이름이 '집'이며 자가 '불통'인 백발노인은 자손 가르치기에 인색하며 농사지어 생기는 조그마한 이윤을 바라고 살아가는 인물이다. 하루는 '고집'이 아들과 조카를 불러 이르기를, 요즘 이웃동네 사람들이 상업에 종사하고 상민의 자식을 교육시키니 이는 다 오랑캐의 풍속이라고 시세를 비판한다. 옛말에 이전 법을 버리지 말고 새 법을 만들지 말라 하였는데, 조상이 행한 옳은 일만 하여도 다 할 수 없거늘 어찌 오랑캐의 풍속을 새로 들여오느냐는 것이다. 이에 이웃 사는 재덕을 겸비한 소년 박람식은 다음과 같이 말한다.

> 내 무음은 공주 말슴 호신디로 중국이 오랑캐의 도를 힝호면 오랑캐로 디졉
> 호고 오랑캐가 중국의 도롤 힝호면 중국으로 디졉홀 터이니 이디로 홀 양이면
> 량반이 상놈의 일을 호면 상놈이오 상놈도 량반의 일을 호면 량반이니 량반과
> 상놈을 엇지 분간홀고 량반의 일은 착호니 갓치 살냐는 일이오 상놈의 일은 악
> 호니 혼쟈 살냐는 일이라

박람식은 공자를 본받되 중국이 세상의 중심이라는 중화관에서 벗어나 있으며 반상의 구별 또한 반대한다. 중화관과 반상의 신분제가 오랜 유가의 전통, 특히 성리학을 통해 형성된 것이라면, 박람식은 사서삼경

이라는 유가의 근원으로 다시 돌아가서 성리학을 비판하고 때에 맞게 경전을 해석할 수 있는 가능성을 타진한다.

때로는 새롭게 만들어진 문물로 인해 잘못된 옛 제도가 고쳐질 것이라는 기대도 나타난다. 1900년 2월 16일자 '서사적논설'에는 장씨와 황씨 두 인물이 등장해 시국을 논한다. 둘은 죽마고우로 장씨는 시골로 내려가 한가로이 살며, 황씨는 경성에 남아 시속물정에 밝다. 오랜만에 장씨가 서울로 올라와 황씨를 만나 담론하는데, 장씨는 시골에서 여전히 관리들의 부패가 만연하여 의미 있는 사업을 할 의욕이 없다고 탄식한다. 이에 황씨는 품속에서 시계를 꺼내 보여주며 쉬지 않고 돌아가는 시계 바늘처럼 세월은 한 번 흘러가 다시는 돌아오지 않으니 죽는 날까지 이로운 일을 해야 하리라고 장씨의 마음을 다잡는다. 향리에서 일어나는 폐단은 어느 시대에나 있는 것이니 그리 염려 말라고 충고하면서 황씨는 장씨를 이끌고 서울 구경을 떠나는데, 처음 보는 전동차와 기차에 장씨는 놀람을 금치 못하며 세상의 변화를 쫓지 못한 자신을 되돌아본다. 이런 장씨에게 황씨는 이전 조상들이 보고 못한 것을 우리가 능히 보고 만들 수 있으니 이로 인해 점차 현실의 폐단도 고쳐질 것이라고 예견한다. 새로 받아들인 문물이 옛 것을 반성하게 하는 차원을 넘어서 근본적인 인식의 전환을 가져오고 있다.

적어도 개인의 덕성을 함양하기 위한 수신(修身)의 측면을 다루는 '서사적논설'은 공맹의 도를 그대로 적용하고 있는 것처럼 보이기도 한다. 그러나 인의예지신(仁義禮智信) 등의 덕목을 통해 독자를 교화하고자 하는 내용의 '서사적논설'에서도 그 덕목들은 전통적인 의미에 비하여 배치가 완연히 달라져 있다. 예컨대 1901년 2월 2일자 '서사적논설'은 신의 (信義) 있게 행동하면 언젠가 복을 받게 된다는 내용의 옛 고사를 재구성하여 사람들에게 의롭게 행동하기를 당부한다. 하지만 글의 말미에 붙어 있는 편집자 주를 통해 알 수 있듯이 신의를 강조하는 진정한 이유는 단지 개인의 도덕성을 함양이 중요하다는 사실만을 말하기 위해서가 아니다. 신의의 관계는 곧 나라와 나라 사이의 외교관계와 접속하는데, 열강들이 어떻게든 약소국을 집어삼키려는 세계 형세를 보건데 다른 나라를 쉽게 믿고 의지해서는 안 된다는 자강론으로 신의의 논의가 변형되고 있다. 이렇게 『제국신문』의 '서사적논설'에서는 새로운 문물과 제도를 만들 때, 옛 것은 새롭게 해석되거나, 새로운 앎으로 인해 아예 본받아야 할 대상이 달라지기도 한다.

변역과 온고지신은 시대의 변화를 받아들여 그에 맞는 인간의 실천행위를 끌어내는 인식상의 전제이다. 중요한 것은 '어떻게 변역하여 일신우일신(日新又日新)할 수 있는가'[29] 하는 것인데, 『제국신문』의 '서사적논설'은 그에 대한 구체적인 방법으로 '격치학(格致學)'을 내세운다. 실생활과 거리가 먼 허학(虛學)은 당파나 만들어서 자기 이익을 챙기기에 급급하니 격치학을 공부하여 문견을 넓힌다면 언젠가 대한도 개명진보할 수 있다는 내용의 이야기가 '서사적논설' 곳곳에 등장한다.[30] 격치학은 사물의 이치를 궁구하여 올바른 앎에 다다르고자 하는 공부로, 『제국신문』 '서사적논설'에서는 사농공상(士農工商)이 자신의 처지에 맞게 필요로 하는 여러 가지 '실사구시(實事求是)'적인 학문의 형태로 나타난다. 이는 실질적인 학문을 배워 생활에 활용하면 살림에 부족함이 없게 되고 부국강병에 이를 수 있다는 '이용후생(利用厚生)'의 논리와 맞닿아 있다.

그런 맥락에서 실용적인 학문을 권장하고 문물을 정비한 러시아의 '피득황제', 천한 신분에도 불구하고 정교한 총을 만들어 '나파륜'을 도운 프랑스인 '득뇌사'는 모두 본받을 만한 인물로 여겨져 그 사적이 전기(傳記)의 형태로 다루어진다.[31] 한편 허황되게 풍수나 보러 다니는 이들, '요순지도와 공맹지서'나 외우면서 생활을 돌보지 않는 이들은 '서사적논설'에서 주된 풍자의 대상이 된다. 민생은 돌보지 않고 붕당이나 지

---

29) 『제국신문』, 1900년 6월 11일자 론셜.
30) 『제국신문』, 1899년 11월 1일자, 1900년 3월 16일자 론셜 등.
31) 『제국신문』, 1899년 10월 12일자, 10월 25일자 론셜.

어 패싸움을 일삼는 고관들이나 향리에서 학정으로 사욕을 채우는 양반 관료들도 비판의 서슬을 피하지 못한다. 격물치지와 이용후생에 맞지 않는 학문과 각종 제도 역시 마찬가지이다.[32]

격치학은 격물치지학(格物致知學)의 준말이다. 조선 후기 실학자들은 자연을 인간중심주의에서 벗어나 있는 그대로 파악하자고 주장하여, 객관적이고 실용적인 학문을 할 것을 지향했다. 기존 격물치지의 개념을 새롭게 해석하여 유학 내부의 변화를 꾀했던 것인데, 그래서 실학을 성리학에 대비하여 격치학이라 이르기도 하였다. 이후 근대적 학제가 성립되는 과정에서 격치학은 자연과학, 특히 물리학의 번역어로 사용되기도 한다.

'격물치지'뿐만 아니라 '변역', '온고이지신' 같은 개념들은 각각 『주역』·『대학』·『논어』에서 처음 사용된 이래 다양한 해석을 거치다가 특히 조선후기 실학파에 의해 부각되었음은 익히 알려진 사실이다.[33] '서사적논설'의 기저에 깔려 있는 사유방식은 변역, 온고이지신, 격물치지로 집약될 수 있는바, 이종일은 『제국신문』을 창간할 당시 가지고 있던 생각을 다음과 같이 회고한다.

> 제국신문을 창간하던 40대 초기에 나는 유학사상에서 새로운 진취적인 개화사상을 품게 되었다. 그때 나는 실학관계의 서적을 탐독했다. 그 실학사상이 곧 개화사상의 태동을 암시한 것임을 스스로 깨닫고 터득케 되었다. 20여 년 전 나는 구사상에서 신민족주의사상을 체득한 결정적인 계기를 갖게 되었다. 그 구체적인 표현이 신문의 사명임을 깨달았다. 내 뒤에 박은식 등이 황성신문에 관계했었다. 곰곰 생각해보면 개화사상은 분명 실학에서 연유한 것이다.[34]

위 기록은 이종일이 3·1운동 직후 민족대표 삼십삼인 가운데 한 명이었으며 「독립선언서」를 제작, 배포한 혐의로 체포된 후 쓴 것이다. 이종

---

32) 『제국신문』, 1898년 9월 30일, 1898년 11월 29일, 1898년 12월 16~17일 등.
33) 이에 대해서는 연세대학 국학연구원 편, 『연세실학강좌』 1~4, 혜안, 2003 등 참조.
34) 『비망록』, 1919년 3월 10일자.

일은 조선 말기의 실학이 이용후생과 실사구시의 학문이기 때문에 지금의 때를 당해서 가장 요긴한 학문이자 사상임을 『비망록』 곳곳에서 누차 강조한다.[35] 운양(雲養) 김윤식(金允植)에게 배워 사제의 연을 맺었던 이종일은, 특히 정약용의 『목민심서』 등을 여러 번 정독하면서 그 비판정신과 실효성에 깊이 공감했다고 한다.[36] 실학을 바탕으로 시세의 변화에 대응하려던 인물은 이종일 만이 아니었다. 박은식·장지연·정교·양한묵·남궁억 등은 수시로 이종일을 찾아와 실학서적을 읽고 논했으며, 이종일은 독립협회 회원 등을 대상으로 실학강의를 했다고 서술하고 있다.[37]

1882년 수신사 박영효의 수행원으로 일본을 다녀온 이종일은 중국을 중심으로 여겼던 세계질서가 해체되고 있음을 실감했다. 성리학적 세계관으로는 더 이상 급변하는 정세에 대응할 수 없다는 위기의식, 하지만 변화에 대응할 수 있는 철학적 근거를 자신의 역사 속에서 찾고자 했던 의지가 이종일로 하여금 계몽과 자강의 방도로 실학을 다시 발견하게 했던 것이다. 그러나 그것은 단순히 조선후기 실학사상을 변주하는 데 머물지 않는다. 『제국신문』 '서사적논설'에는 실학사상이 가진 자체의 특성으로 인해 스스로를 내부로부터 새롭게 해야만 하는 인식의 전환이 그려져 있다.

2) 동도(東道)와 서기(西器)의 갈등

실학은 세계의 변화와 새로운 사물의 존재를 받아들이는 데 성리학에 비하여 상대적으로 열려 있는 사유체계라 할 수 있다. 이러한 인식상의 가능성과 현실적 실효성이야말로 이종일이 실학을 다시 돌아보게끔 한

---

35) 『비망록』, 1898년 1월 23일, 3월 18일, 4월 2일자 등.
36) 『비망록』, 1898년 1월 23일, 3월 24일, 3월 28일자 등.
37) 『비망록』, 1898년 4월 2일자 등.

이유였을 것이다. 하지만 계몽의 의지가 투사된 실학조차 '서양'이라는 타자와 정면으로 마주치면서 스스로의 정체성에 의문을 던져야 하는 상황이 벌어지게 된다.

'서양'이라는 존재 혹은 그 문물은 계몽기 이전에도 소개되었다. 1614년 이수광이 『지봉유설』을 쓴 이래 서양의 존재와 문물은 '서학'이라는 이름으로 주로 청나라를 통해 지속적으로 유입되었고, 청의 선진문물과 서양에 대한 관심이 실학의 형성에 미친 영향 또한 적지 않다.[38] 하지만 이는 주로 지식인 가운데서도 특정한 성향을 가진 인물에 해당하는 현상이었으며, 대다수 민중들의 생활에 큰 변화를 가져오지는 않았다. 그런데 근대계몽기에 이르러 서양과 그 문물은 소수자가 가진 지적 호기심의 대상을 훌쩍 넘어선다.

때에 맞추어 변법해야 한다면, 근대계몽기 지식인들에게 세계의 변화는 서양에 의해 주도되는 것으로 보인다. 한편으로는 '문명'이라는 휘황한 모습으로, 다른 한편으로는 압도적인 군사력으로, 서양은 대한의 미래를 좌우할 수 있는 존재가 되어버렸다. 또한 외국에서 유입된 문물, 특히 의사소통구조를 혁신한 새로운 미디어의 출현은 신분 여하를 막론하고 일상생활의 감각을 바꾸어 놓았다. "뎐보인지 신문인지 싱긴 후로 슈만 리 타국 일을 날마다 긔별ᄒᆞ야 무엇시 엇더니 무엇시 엇더니 ᄒᆞ야가며 그 ᄭᅳᆺ닭에 관계 어느 나라ᄭᅡ지 엇더케 된다 ᄒᆞ며 슈만 리 밧게 님군이나 대신이나 유지ᄒᆞᆫ 사ᄅᆞᆷ들의 말 ᄒᆞᆫ 마ᄃᆡ ᄒᆞᆫ 것ᄭᅡ지 모다 뎐보로 통긔ᄒᆞ고 신문에 광포ᄒᆞ야 텬하 만국 사ᄅᆞᆷ이 알게 ᄒᆞ야 놀ᄂᆡ게도 ᄒᆞ고 경동케도 ᄒᆞ고 비소ᄒᆞ게도 ᄒᆞ니 가위 영웅이 무용무지"[39]한 세상이 되어버린 것이다. 예전에는 궁구해야 할 대상으로 여겨졌던 서양이 이제는 유

38) 이에 대해서는 이원형, 『조선서학사 연구』, 일지사, 1986; 원재연, 「17~19세기 실학자의 서양인식 검토」, 『한국사론』 38집, 1997; 금장태, 『조선 후기 유교와 서학』, 서울대 출판부, 2003 참조.

39) 『제국신문』, 1900년 3월 2일자 론셜.

교적 사유를 근본에서 흔드는 모습은 1900년 3월 16일자 '서사적논설'에서 잘 드러난다.

학식이 유명흔 모모인들이 흔 곳에 모혀셔 고금의 흥ㅎ고 망흔 스젹과 젼후의 셩ㅎ고 쇠흔 운수를 의론ㅎ야 빅일이 다 져믈고 황혼이 갓가온 줄 씨닷지 못ㅎ고 등불을 예비치 못ㅎ야 침침칠야에 셔안을 의지ㅎ야 요순지도와 공밍지셔를 달송ㅎ며 입으로는 일일신 우일신ㅎ야 슌신졔가 치국평텬하라 ㅎ는 구졀을 슈문슈답ㅎ고 눈으로는 인의례지 효데츙신이라 ㅎ는 글즈를 열람ㅎ야 텬황씨 디황씨 째 스긔를 노래ㅎ며 한고조 당틱종 째 사름을 벗을 숨아 직조는 쟝량진평으로 즈긔ㅎ고 문필은 리틱빅 두즈미로 비견ㅎ니 경텬위디ㅎ는 조화도 스셔삼경만 넑으면 되고 호풍환우ㅎ는 술법도 긔문벽셔중으도 차져 보앗슨즉 즈고 급금에 무식영웅은 업거니와 당츠지시ㅎ야 유식군즈가 서로 맛낫스나 세상이 이젼 셰샹이 아니오 이젼 시절이 아닌즉 슈십 년 젹공이 귀어허디로다(…중략…)그 곳은 션비와 농군과 쟝식과 쟝수가 각각 즈긔 직분을 극진히 ㅎ야 가급인죡흔 동리로다 흔편은 쳥춘소년과 삼쳑동즈들이 졍치학 법률학 화학 스관학을 공부ㅎ노라고 등촉이 휘황ㅎ고 쏘 흔편은 농군들이 각항 농리학과 농스범졀을 준비ㅎ노라고 횃불이 왕리ㅎ며 쏘 흔편은 목슈와 샹고들이 물건을 매미ㅎ고 직졍여슈ㅎ노라고 셕유 등이 명랑ㅎ고 쏘 흔편은 부즈들이 젼곡 간에 형세대로 태산갓치 싸하노코 리웃 동리 간란흔 사름 구졔ㅎ노라고 면긔 등이 찬란ㅎ야 사름의 왕리흠도 분명ㅎ거니와 푼젼일미라도 누가 능히 은릭홀 슈 업기는 고샤ㅎ고 짜헤 긔는 버러지와 길에 잇는 셰모리도 력력히 보이는지라 졍신이 현황ㅎ야 엇지 홀 줄 몰으다가 즈긔 몸을 슯허보니 발에는 깃동을 볿엇고 옷에는 진흙이 뭇엇는지라……

위 '서사적논설'은 여정을 통해 등장인물이 깨달음을 얻는 구도를 취하고 있다. 경전에 정통하고 학문이 뛰어난 유식군자들은 시절이 변하여 지금까지 들인 공이 허황한 것임을 느껴 울적한 회포를 풀고자 동문수학한 '김스문'과 '리학쟈'를 찾아 나선다. 고금의 사적을 논하느라 등불마저 준비하지 못한 이들은, 어두운 밤길을 헤매다 천신만고 끝에 불빛을 보고 어느 동네에 이른다. 마을의 정비된 도로와 휘황한 불빛은 유식군자들의 여정을 감싸던 험난함과 어둠에 선명히 대비되는데, 그러한 밝음의 근원은 실사구시와 이용후생을 지향하는 합리적인 사회체제와 인민들로부터 약동하는 에너지다.

여기서 특히 눈여겨볼 점은 유학과 신학문이 대비되는 모습이다. 유학의 전통에서 학문의 목표는 도덕적 인성과 세상을 다스릴 수 있는 경륜을 닦는 데 있으며, 나아가 모든 인간, 더 나아가 천지만물을 편안히 하기 위한 것이다. "따라서 전통적 의미의 학문 또는 공부는 실천을 배제한 채 이루어지는 사물의 원리에 대한 탐구나 지식의 확장만을 의미하지 않는다. 물론 격물(格物), 궁리(窮理) 등의 공부를 통해 사물의 원리에 대한 탐구를 하기는 하지만, 이는 단순히 많은 지식을 획득하여 자신의 지적 호기심을 채우고자 함이 아니라, 인간이 따라야 할 규범을 정확히 인식하여 올바른 삶을 영위하기 위한 것이었다."40) 조선 후기의 실학, 근대계몽기에 다시 발견된 실학 역시 성리학의 폐단을 비판하지만 이와 같은 유학의 근본적인 바탕을 벗어나 있지는 않다. 그런데 인용한 '서사적논설'은 분화된 근대적 학제가 유학의 세계관을 대체하는 모습을 희화화하여 그리고 있다.

분명 실사구시나 이용후생과 같은 실학의 논리가 정치학·법률학·화학·사관학과 같은 신학문을 받아들이는 전제가 되고 있기는 하다. 그런데 문제는 분화된 지식체계를 통해서는 앎과 실천의 원리적인 통일이 더 이상 지속되기 어렵다는 데 있다. 우주와 우주의 한 부분으로서의 인간을 통일적으로 해명하고자 하는 이기론이나 음양오행설이 개별화된 근대적 분과학문의 지식으로 대체되는 순간, 원했던 원치 않았던 간에 이제는 과거로 회귀할 수 없는 분절의 선이 그어진다. 김윤식(金允植)이 주창한 '동도서기'라는 말을 들어 비유하자면, 그릇을 새로 바꾸니 본이

---

40) 강춘화, 「인식과 실천의 변증법—知行」, 『조선유학의 개념들』, 예문서원, 2002, 374면.

되어야 할 내용물까지 바꿀 수밖에 없는 처지에 놓인 형국을 이 글은 보여준다.

『제국신문』의 '서사적논설'에는 실학을 재조명하여 유학을 갱신하려는 노력을 읽을 수 있는 이야기가 상당수 있다. 하지만 앞서 살펴보았듯이 자기 역사에 기대어 타자를 받아들이는 과정은 여러 가지 충돌과 균열을 동반한 것이었으며, 이는 이야기의 표현형식에도 드러난다. '서사적논설' 가운데 많은 수는 상반된 입장을 가진 인물간에 발생하는 갈등을 중심으로 이야기를 끌어가며, 한 인물이 다른 인물에게 논리적으로 승복하거나 맞설 근거를 찾지 못함으로써 갈등이 해결되는 경우가 보통이다. 하지만 몇몇 '서사적논설'은 갈등이 해결되는 것이 아니라 미래에 대한 추상적인 전망 속에서 해소된다. 예컨대 개화의 장점과 단점을 두 인물이 논란하거나, 암울한 대한의 현실을 여러 명이 토로하는 '서사적논설'에서는 인물 사이의 상호작용을 통해 이야기를 매듭짓기가 까다로워진다. 이런 경우 대개 인물들의 대립 내지 이야기에 나타나는 모순은 '승평세(升平世)'를 지향하거나, 승평세를 넘어 '대동세(大同世)'를 향해 나아가자는 결론으로 해소된다.

여기서 기대지평으로 놓인 승평세나 태평세와 같은 용어는 강유위가 '삼세설(三世說)'에서 사용한 것이다. 강유위는 유학의 담론을 원용하여 중국이 처한 상황을 이론화할 필요성을 느꼈고, 진화론을 받아들일 수 있는 논리로서 삼세설을 주장했다.[41] 삼세설은 거란세(據亂世)-승평세(升平世)-대동세(大同世)로 이어지는 일종의 역사적 진화론이다. 거란세는 힘이 있는 자가 승리하는 약육강식의 혼돈세계이고, 승평세는 사적인 욕구을 억제하는 제도를 통해 힘과 지(智)를 겸비한 자가 승리하는 세상이다. 강유위는 당시 중국을 승평세로 파악하여 민지(民智)의 개발과 변법을 주장한다. 대동세는 개체간의 경쟁이 끝난 세상으로, 조화로운 세계,

---

41) 강유위, 이성애 역, 『대동서』, 민음사, 1991.

모든 개체가 진정한 평등을 누리는 때이다. 삼세설에서 대동세는 유가적 이상이 투영된 미래이며, 변법과 계몽을 방법으로 삼아 당면한 승평세를 통과했을 때 도달할 수 있는 시공간이다. 따라서 대동세는 승평세의 생존경쟁을 일면 정당화하고, 일면 부정하는 배후의 보편원리로 작용하고 있다. 그런 점에서 삼세설은 제국 열강들 사이에서 생존하기 위해 자본주의적 경쟁의 장으로 뛰어들 수밖에 없던 중국의 현실을 유학의 담론을 변용하여 수용한 논리라고도 볼 수 있다.

이종일은 양명학을 거쳐 간 박은식이나 주자학을 벗어나지 않았던 장효근이 신학문을 통해 변해 가는 모습을 보고, 스스로도 동서양의 신서적을 읽는 데 게으르지 않았다고 자술한다.[42] 이종일이 변법사상에 특히 관심을 두고 있었다는 사실은 『제국신문』 논설과 '서사적논설'에 두루 나타난다.[43] 하지만 실학의 재발견과 제도의 개혁을 통해 근대를 기획하려던 시도는, 강유위의 삼세설과 마찬가지로 제국의 힘의 논리를 돌파할 만한 에너지를 갖지는 못했다. '서사적논설'에서 인물들의 갈등이나 대립이 언젠가 태평세상이 올 것이라는 낙관적 전망으로 해소되는 장면은, 전통적 사상에 기대어 근대를 구상하는 것이 결코 쉽지 않은 모색과정이었음을 보여준다.

4. '서사적논설'과 글쓰기 관습의 재편(再編)

『제국신문』 '서사적논설'의 사유 기반을 살피면서 이해할 수 있었던

---

42) 『비망록』, 1898년 10월 2일자 등.
43) 『제국신문』, 1898년 12월 22일, 1898년 12월 24일, 1900년 2월 16일, 1900년 6월 12일, 1900년 10월 27일, 1901년 3월 13일자 론셜 등.

점 가운데 하나는, 설파하고자 하는 이치(理致)가 짧은 이야기를 통해 나타나며, 이야기는 다시 그 이치를 따라 구조화되어 있다는 사실이다. 그리고 논지를 선명하면서도 효율적으로 드러내는 그러한 이야기 방식의 연원이 조선 후기의 산문 글쓰기 전통과 관련이 있음을 선행연구는 해명한 바 있다.[44]

근대적인 '문학' 개념이 형성되기 이전에 동아시아의 전통에서 글쓰기 방식을 나타내는 말은 '문체(文體)'였다. '중국 고대의 대표적인 문학이론서'[45]라 여겨지는 유협의 『문심조룡』 이후, 한자문화권에서 문체론은 바로 글쓰기 일반에 관한 이론이었다. 멀리서 찾을 것도 없이 문체분류를 통해 문학의 지형도를 그리고자 하는 시도는 지금도 이루어지고 있다. 이가원은 『고문사류찬』을 주로 하고 『문심조룡』을 참조하여 문류(文類)를 모두 열다섯 가지로 나누고 다시 세부 문체를 총 이백육십 가지로 분류하여 한국문학을 이해하는 방법으로 삼았다. 한글 반포 이후에도 한문문체의 이름을 그대로 활용했다고 판단하여, 한글문체의 뜻과 이름 역시 한문문체의 구성원리를 통해 살펴 『조선문학사』를 서술했다.[46]

글쓰기의 변화를 양식 차원에서 따진다면, 선행 연구가 밝힌 대로 시대적 요구에 부합하는 몇 가지 산문문체가 계몽기에 이르러 변형된 것이 '서사적논설'이라고 생각할 수 있다. 그런데 『제국신문』의 '서사적논설'을 개괄해 보면 '논설'란으로 수렴된 문체 전통의 흔적이 매우 다양할 뿐만 아니라, 활용방식 또한 전과 다르다는 사실을 알 수 있다.

1899년 11월 22일자 '서사적논설'은 전체적으로 보아 몽유록의 형식과

---

44) 김영민은 '서사적논설'을 야담이나 한문 단편소설의 연장선에서 파악할 수 있다고 지적했다. 정선태는 계몽기 신문의 논설을 한문 문체 가운데 하나인 논(論)과 설(說)이 결합한 것으로 보고 문답식과 문답식이 입체화된 토론식, 일화식으로 '서사적논설'을 대별한다.
45) 진필상, 『한문문체론』, 이회, 1995, 42면.
46) 이가원, 『조선문학사』, 태학사, 1997. 『조선문학사』의 서술방법이 가지는 의미에 대해서는 최유찬, 『한국문학의 관계론적 이해』(실천문학사, 1998)를 참조할 수 있다.

흡사하다. 하지만 입몽(入夢) 단계가 생략되고, 여정을 떠나는 인물의 심정과 주변 경관을 묘사하는 가사체(歌辭體)가 그 자리를 대신한다. 1899년 11월 29일자 '서사적논설'은 경제활동의 중요성을 강조하기 위해 돈을 의인화한 가전체(假傳體)를 활용한다. 1901년 3월 13일자 '서사적논설'은 올바른 법률뿐만 아니라 총명한 재판관이 필요하다는 논지를 펴기 위해 일화를 사용하나, 그 내용은 탈무드의 한 대목이다. 이런 사례들은 '서사적논설'이 가히 글쓰기의 전람회라 할 만큼 다양한 방식을 동원하고 있는 양식임을 보여준다.

그렇다면 어떤 이유에서, 어떤 방식으로 이렇게 다양한 문체들이 활용되는가?[47] 이에 관한 대답은 여러 층위에서 가능하겠지만, 여기서는 당시 글쓰기의 변화를 추동함과 동시에 규제했던 '신문'이라는 새로운 매체를 주목하고자 한다.

이종일은 자신의 임무가 실학의 이용후생사상을 재현시키고 창달케 하는 것이라 전제하면서, 신문은 바로 '실사구시의 실천방법의 계책'이라고 밝힌다.[48] 앞서 살펴보았듯이 변역의 원리 하에서 계몽기에 맞는 적실한 사회적 실천의 방향은 변법으로 나타났다. 이전의 제도가 가진 폐단을 고치고, 전고(典故)에 비추어 시의에 맞게 새로운 제도를 신설하지 않는다면 적자생존의 장에서 국권을 유지할 수 없다는 것이 이종일의 생각이었다. 하지만 법률·경제·교육 등을 새롭게 하는 데는 많은 시간과 노력이 요구되며 그 과정에서도 여러 가지 문제가 발생하니, 상

---

47) 각각의 문체 전통이 계몽기 서사양식과 맺고 있는 연관성을 개별적으로 고찰하는 것 또한 중요하다. 하지만 이 문제는 개별 논문을 통해 구체적으로 분석되어야 하며, 여기서는 그 변환의 장치와 효과에 논의의 중심을 두고자 한다. 근대계몽기의 서사양식이 전통적 글쓰기 방식과 어떤 연관성 속에서 새로운 차이를 만들어 가는지 해명하고자 한 연구로 주목할 만한 것들은 다음과 같다. 이강엽, 『토의문학의 전통과 우리 소설』, 태학사, 1997; 정여울, 「20세기 몽유양식의 담론적 특성 연구」, 서울대 석사논문, 2002; 김찬기, 「근대계몽기 전(傳)에 관한 연구」, 고려대 박사논문, 2003 등.
48) 『비망록』, 1898년 1월 27일자. "今日之任務, 則再現暢達實學之利用厚生思想, 余之新聞發刊事業計劃, 亦實事求是之實踐方法之策也."

충하는 의견에 대해 시비를 가리고 개혁을 선도할 구체적인 방법이 요구되었던 것이다. 기존의 시스템에서 이러한 기능을 더 이상 기대할 수 없었던 이종일은 구체적인 계책으로 신문을 발간한다.

『제국신문』 논설과 『비망록』을 종합해 볼 때 신문의 역할과 기능에 대한 논의는 크게 다음과 같은 세 가지 방향으로 전개되고 있음을 알 수 있다.[49] 첫째, 올바른 논지를 펼쳐 옳고 그름을 가린다. 시의에 맞지 않는 법의 폐단을 비판하고, 상하귀천에 관계없이 허물이 있으면 그 시비를 가려 계도한다는 뜻이다. 둘째, 공정하게 사실을 전달한다. 국내뿐만 아니라 국외에서 일어나는 일도 앉은자리에서 알 수 있도록 하고, 정부가 새로운 법을 시행할 때는 모두가 알게 하여 고루한 이들의 견문을 넓히려는 의도가 담겨 있다. 셋째, 중립적인 입장에서 상하의 의사소통을 담당한다. 신문고나 격정(擊錚)이 민간의 질고를 위로 전하였고, 간관(諫官)을 두어 나라의 폐단이 된 일을 위로 알리고 성덕을 아래에 미치게 했듯이, 신문은 사회의 의사소통을 담당하는 시의 적절한 새로운 제도라는 생각이다. 그런 점에서 『제국신문』은 변법을 위해 외국의 사례를 참조하여 만든 실용적 장치였다.

신문에 투영된 강렬한 목적의식은 시각적인 차원에서 난의 분할로 나타난다. 『제국신문』 논설란은 시시비비를 가리어 계도하고자 하는 글을 싣는 '공간'이다. 『제국신문』과 긴밀한 공조관계를 맺고 있던 『황성신문』 역시 논설이 옳고 그름을 분별하여 올바름을 권하고 사특함을 경계하기 위한 글이라고 정의한다.[50] 즉, 개인의 생각을 개진하되 앞서 언급한 목적에 부합하는 글을 '논설'이라는 공간에 배치한다. 기사란은 사실을 공

---

49) 『제국신문』, 1898년 9월 21일, 1899년 2월 23일, 1899년 3월 17일, 1899년 4월 28일, 『비망록』, 1898년 1월 27일 등. 신문의 사명을 논하는 『제국신문』의 논설 내용은 『비망록』에서 신문에 대한 입장을 표명하는 대목과 거의 유사하다. 또한 앞의 논설은 제국신문사의 방향을 제시하는 성격의 글이므로, 사장 겸 주필로서 편집진 가운데서도 대표성을 가졌던 이종일이 썼을 것이라고 여겨진다.

50) 『황성신문』, 1899년 2월 24일자 논설.

정하게 전달하여 견문을 넓혀주고자 하는 글을 싣는 공간이다. 때로는 견해를 덧붙이는 경우가 있기도 하지만, 어디까지나 '우매한' 독자들의 이해를 돕기 위한 정도의 수준이었다.

특정한 목적 아래에 공간을 분할하여 각 난(欄)마다 그에 부합하는 글을 싣는 신문의 편집방식은 전통적인 글쓰기 방식을 재편하는 결과를 가져왔다. 문과에 급제하고 중추원 의관까지 지낸 것으로 보아, 이종일은 경전과 한문문체를 체득한 인물이라는 사실을 알 수 있다. 실사구시를 내걸어 허문을 배격했던 이종일은, 신문을 주된 글쓰기 공간으로 삼으면서 한글을 사용하여 자신이 체득한 글쓰기 관습을 전략적으로 활용한다.

1898년 9월 27일자 논설에서 이종일은 갑오경장 때 폐지했던 참형과 연좌제 같은 악법을 다시 부활시키자고 상소한 중추원을 비판한다. 이 논설은 간결한 문장과 선명한 논리로 사리를 분석하고 시비를 가리는 전통적인 논변체의 형식을 사용했다. 그런데 이종일은 1898년 9월 30일자 논설에서 우언의 방식, 즉 '서사적논설'로 이 문제를 다시 다룬다. 신하가 잘못하면 임금이 곤란에 빠지고 임금이 바르지 못하면 신하가 더 크게 따르하니 항상 서로 직분을 잘 지켜야 한다는 내용의 일화를 활용하여 다시 중추원과 법무대신을 경계한 것이다. 편집자 주에서 비분강개한 어조가 반복해 등장하는 것으로 보아 이종일은 이 사안을 꽤 무겁게 여겼던 것으로 생각된다. 중요한 문제이기는 하지만 같은 이야기를 며칠 간격으로 반복해서 쓸 수는 없었기에 일화의 방식을 활용했던 것이다.

주목할 점은 사람들이 이 논설에 상당한 관심을 보였다는 사실이다. 『비망록』 1898년 9월 31일자에서 이종일은 자신이 전날 쓴 사설을 사람들이 관심을 가지고 흥미 있게 돌려본다는 사실을 알고 용기백배했다고 기록하고 있다. 정론(政論)보다 우언의 방식이 대중의 이목을 끄는 데에 더 효과적일 수도 있다는 사실을 깨닫는 순간이다. 특히 9월 30일자 논설은 『제국신문』에 처음 등장하는 '서사적논설'이기에 그 의미가 가볍지 않다. 『제국신문』이 다른 계몽기 초기의 한글 신문들에 비해 많은 양의 '서사적논설'을 싣고 있는 데에는 독자의 취향을 주시하는 이종일의 예민한 현실감각이 큰 몫을 했다.

사실 혹은 소문의 전달이 주된 기능이었던 초창기 신문의 기사는 기사체(記事體)만으로도 특별한 무리가 없었다. 이종일은 주로 논설란에서 여러 가지 글쓰기 관습을 활용하고 있으며, 그럴 때는 독자의 흥미를 끌기 위한 동기 외에도 현실적인 효과를 노리는 경우가 많다. 1899년 5월 1일자 '서사적논설'은 우언의 방식이 가진 효용성의 일면을 보여주는 사례다. 천하의 유명한 의원이 세상 사람들의 오랜 병이 심하고 중함을 안타깝게 여겨 자기의 사재를 털어 신통한 약과 기계로 구제하여 주었다. 치료를 시작한 지 일 년 만에 눈과 귀가 먼 병자들이 색깔과 소리를 구별할 수 있게 되었으나, 약값도 떨어지고 재력이 부족하여 치료를 그만둘 지경에 이르자 병인들이 몇 푼씩 돈을 모아주어 의원은 자신의 사무를 다 할 수 있었고 환자들 역시 완쾌할 수 있었다는 내용의 이야기다. 자체만을 놓고 보면 여러 모로 해석될 수 있는 이야기지만, 이러한 이야기 방식을 활용한 이종일은 아래와 같은 명확한 의도를 가지고 있었다.

신문은 곳 사롬의 어두온 마음을 곳치는 큰 의원이라 광무 이년 팔월브터 본 샤롤 셜시ㅎ야 지물을 앗기지 아니ㅎ고 활판 긔계롤 사 놋코 미월에 조희와 먹갑이 몃쳔 량이오 고용 월급이 또 몃쳔 량이 드나 힘을 쓰고 이을 써서 시비곡직을 분셕ㅎ야 긔지ㅎ고 션악득실을 변론ㅎ야 발명ㅎ기로 젼의 듯지 못ㅎ던 거슬 엇어 듯게 ㅎ고 젼의 아지 못ㅎ던 거슬 엇어 알게 ㅎ야 인심을 긔명식히랴다 지우금 팔구 삭에 소입이 몃쳔 원이 드럿스나 지졍이 날 곳슨 젼혀 업고 물가와 일용은 졈졈 만허간즉 빅가지로 싱각ㅎ여도 속수무칙이라 본샤에셔 공의ㅎ고 금년 오월브터 미삭에 신문가롤 동젼 셔푼 식 더 밧기로 명의ㅎ엿소나 (…중략…) 쳠군즛는 병인들이 약갑을 더 내여 의원의 병보는 일을 명지ㅎ지 안케홈과 같이 본샤 스무가 발달ㅎ게 ㅎ여 주시기를 깁히 브라오[51]

---

51) 『제국신문』, 1899년 5월 1일자 론셜.

독자를 항상 고려하지 않을 수 없는 신문사의 입장에서 구독료 인상을 알리는 일은 민감한 정치적인 사안을 다루는 것만큼 어려울 것이라는 짐작을 쉽게 할 수 있다. 특히 부녀자를 비롯하여 상하귀천에 관계없이 신문을 볼 수 있도록 하기 위해 다른 신문보다 저렴한 가격을 책정한다는 원칙을 창간 초부터 내걸었던 『제국신문』으로서는 더욱 난처한 사안이었다. 이종일은 독자들에게 구독료를 인상할 수밖에 없는 사정을 전해야 했으나 직접적인 방식으로 말했을 때 벌어질 독자들의 거부감을 예상하여 일단 일화를 통해 논리적인 정당성을 확보한 다음 편집자 주로써 본래의 의도를 명확히 한 셈이다. 이 글을 발표한 후 구독료 인상에 관한 문제는 1899년 5월 3일에서 6일에 걸쳐 '특별광고'를 통해서만 언급된다. 이런 방식으로 보통 계몽을 위해, 때로는 속화된 현실적 목적을 위해 전통적 글쓰기 방식은 논설란에 동원된다.

이종일은 민지 개발과 자강을 효율적으로 달성하기 위한 방편으로 새로운 미디어인 신문을 창간했다. 그리고 분할된 등질의 공간에 자신이 체득한 글쓰기 관습을 전략적으로 활용하면서 전통적인 문체들은 비틀리고 때로는 접합된다.

몽유록은 보통 입몽-몽유-각몽이라는 고유한 액자식 구성을 취한다. 1899년 11월 22일자 '서사적논설'은 몽유록을 활용한 논설이라 할 수 있는데, 꿈에서 겪은 사건을 통해 허문에 대한 숭상이나 당파싸움이 다 부질없으니 격치학을 공부하고 동서양 여행하여 개명진보하자는 깨달음을 얻는 이야기 구조로 되어 있기 때문이다. 그런데 입몽의 과정을 다음과 같은 가사체가 대신하고 있다.

엇더흔 풍류남즈 호탕흐고 부랑흐야 춘풍화류 번화결과 츄월단풍 황홀시에 쥬스청루 몸을 던져 셰스를 불고흐고 무졍셰월 보니는대 츈삼월 호시졀에 츈흥을 못 익의여 동지 슈인 벗을 삼아 슐병을 엽헤 차고 죽장을 훗터 집고 화류 구경 떠나갈 졔 방초는 우거지고 빅화는 작작흐여 향취가 촉비흐고 버들은 의

의호야 가는 손을 반기는 듯 홍치가 호탕호야 인간낙수 그만이라 화류구경 다
호 후에 쏘 다시 싱각호니 어언간에 봄이 늦고 록음방초 시졀이라 록음을 구경
호 후 단풍을 긔약호고 명산대찰 차즈가셔 불도도 토론호고 긔암고봉에 올나
가셔 스방도 굽허보며 경긔를 짜라갈 졔 ……52)

다소 도식적으로 말한다면 몽유록에서 입몽 부분은 몽유자가 꿈 밖에
서 처한 상황과 갈등을 암시해주어 꿈속에서 벌어질 일을 독자가 이해
할 수 있도록 도와준다. 하지만 인용한 글은 입몽 부분이 생략되어 있다.
몽유록에서 입몽 대목은 글을 읽는 사람이 꿈의 내용에 이입될 수 있는
정서적·논리적 인과성을 마련해 주는 것이 보통이었다. 몽유록의 입몽
부분이 사라졌다는 것은 그러한 인과성이 이제 별 의미가 없음을 뜻한
다고도 볼 수 있다. 계몽의 의지가 강해질수록 독자들은 등장인물이 새
로운 깨달음을 얻는 과정을 의심 없이 지켜보는 것으로 충분하게 되며,
그러한 일방적인 소통방식이 '서사적논설'에 구조화되면서 이전의 글쓰
기 방식은 변형된다.

가사체와 몽유록이 결합되었다는 사실도 흥미롭다. 이 글에서 몽유자
는 서른 밖에 안 된 젊은 나이에도 불구하고 현실과 동떨어져 경치나 즐
기고 불도나 토론하는 풍류남자다. 대한의 자강을 위해서도, 실사구시의
진작을 위해서도 반드시 계몽되어야 할 대상인 것이다. 그런 점에서 입
몽 대신 사용된 유려한 가사체는 몽유자를 희화화하기 위한 수사로 기
능하고 있다. 산수유람 하며 강호한정 하려던 가사 속의 화자는 이제 견
문을 넓히기 위해 서양 각국을 유람하려고 행장을 꾸리는 인물로 바뀌
었다. 1900년 9월 13일자 '서사적논설' 등에서 판소리 사설 투를 빌어 할
일 없는 '무료객'을 길게 묘사하는 수사 역시 위의 가사체와 같은 기능
을 수행한다고 볼 수 있다.

기존의 문체 관습을 전도시키는 방식은 문답체에서도 나타난다. 문답

---

52) 『제국신문』, 1899년 11월 22일자 론셜.

체의 서두 부분은 보통 문답이 일어나기까지의 상황을 소상하게 서술하여 대화가 이루어질 수밖에 없는 정황을 짐작하게 해준다. 또한 독자로 하여금 사상적인 감화를 주기 위해 여러 가지 문학적 장치를 사용하여 드러내고자 하는 주제를 향해 전체 구조를 일관되게 조율한다.[53] 하지만 다음의 예는 그러한 전통적인 문답체의 틀과 상당한 거리가 있다.

> 무지옹이란 친구가 말ᄒ기를 지금 세상이 이럿케 요란ᄒ니 언졔나 간졍이 되며 이옷ᄒ 외국 사롬이 틈을 엿보다가 무삼 흔단을 너여 우리나라에 큰 희가 업겟느냐 ᄒ는지라 관셰ᄌ라 ᄒ는 친구가 디답ᄒ되 혹 그런 말도 잇슬 듯ᄒ여 그러ᄒ되 무삼 일이던지 크게 변ᄒ는 째에는 세상이 요란치 안코는 되는 일이 업는지라 그런고로 젼에도 말ᄒ엿거니와 즁츄원 의관을 민회 즁으로 닌다 ᄒ는 거시 우수운 듯ᄒ여 그러ᄒ되 우리 동방 몃쳔 년에 처음으로 싱긴 일인즉 그럿케 큰 일이 엇지 순리로 되기를 바라리오[54]

「어리셕은 사롬들의 문답」이라는 제목을 달고 있는 이 글은 '무지옹'과 '관셰ᄌ'가 만나 문답을 시작하게 되는 과정이 완전히 생략되어 있다. 독자는 두 사람이 문답을 하게 된 이유를 단지 인물의 상징적인 이름을 통해 유추해야 한다. 아는 것이 없고 늙은 '무지옹'과 세상의 변화를 꿰뚫어 보는 '관세자'의 선명한 대립구도가 문답을 성립시키는 역할을 하지만, 이야기가 시작되는 내적 필연성을 찾아보기란 어렵다. 문답의 과정 역시 전통적인 문답체에 비하면 기형적이다. 무지옹이 입을 여는 대목은 정세를 묻는 첫 문장뿐이다. 이후 원고지 아홉 장 정도의 분량은 모두 관세자의 언설이며, 관세자의 말이 끝나자마자 무지옹은 사라진다. 무지옹은 관셰자가 그토록 긴 논의를 펼칠 수 있도록 해 주는 것만으로 자기 역할을 다하는 셈이다. 문학적 장치나 독자에게 감화를 주기 위한 대화의 배치 등을 찾아볼 수 없음은 물론이다. 이러한 방식으로 이전의

---

53) 이강엽, 위의 책 참조.
54) 「어리셕은 사롬들의 문답」, 『제국신문』, 1898년 11월 26일자 론셜.

산문 문체는 강렬한 계몽의 의지와 등질공간의 출현을 통해 하나의 수사적 장치로 기능 전환한다.[55]

　문체론의 전통에서 각각의 문체는 고유한 결을 가지고 있었다. 개별 문체가 가지고 있는 질적인 차이는 두 가지 차원에서 형성되었는데, 하나는 각 문체를 구분 짓는 글쓰기 방식의 특성이며, 다른 하나는 특정한 글쓰기 방식이 하나의 문체로 인준되는 사회적 승인의 과정, 다시 말해 문체를 둘러싼 관습이다. 예컨대 논변류(論辯類) 가운데 하나인 '론(論)'은 정면 논술의 문장이자, 사물의 이치의 시작과 끝을 판별하고 논하여 결론 내리는 문체라는 점에서 사건을 기술하는 '기(記)'와 구별된다. 하지만 시비를 판별하는 논박의 문장인 '변(辯)'과는 유사한데, 다만 '변'이 '론'보다 시기상 이후에 등장했다는 점 때문에 둘을 구분한다. '문답체(問答體)'는 두 사람이 묻고 답하는 형식을 취한다는 점에서 '책(策)'과 같다. 하지만 책은 임금과 신하 사이에 이루어지는 문답을 뜻하며, 문답체는 친구나 사제간에 이루어지는 질문과 답변이라는 점에서 구분된다.

　신문이 등장하기 이전에 작품을 주로 실었던 문집(文集)은 바로 이러한 문체들 사이의 질적인 차이를 변별점으로 삼아 편집되었다. 문집의 필자와 독자는 사고지평을 서로 공유하며 심화시키는 관계였다. 하지만 신문의 등장은 일방이 다른 일방에게 정보를 '전파'하는 관계로 필자와 독자 사이의 관계를 바꾸었고, 아울러 각각의 문체를 형성하던 관습 또한 해체했다. 『제국신문』의 논설란에서는 이런 방식으로 글쓰기의 관습이 재편되고 있으며, '서사적논설'은 그 변화의 추이를 잘 보여준다.

---

55) 이 외에도 『제국신문』 '서사적논설'에서 이전의 산문 글쓰기 방식을 변형시켜 수사의 방편으로 활용한 경우는 다양하게 나타난다.

5. 결론

근대계몽기는 근대적인 관념과 습속이 형성되기 시작하던 기원적인 공간이다. 문학을 하나의 자율적인 체계로 상상하고 실현하는 '문학' 개념과 제도 또한 이 시기를 거쳐 형성된다. 근대문학의 탄생에는 이전에 있었던 다양한 글쓰기 전통을 재편하는 과정과 이를 추동할 논리의 틀을 확보하는 일이 필요했다. 신소설은 이미 진행된 이와 같은 여러 조건들의 변화를 전제하여 출현한 역사적 양식이다. 따라서 근대소설의 형성을 이해하기 위한 별자리를 구성하려 할 때, 신소설로부터 출발한다면 논의의 폭은 많은 제한을 받게 된다. '서사적논설'로 칭해지는 일련의 단형 서사물은 그러한 장의 변화를 여러 가지 방향에서 사고할 수 있게 해준다.

이 글에서는 『제국신문』 소재 '서사적논설'을 사유 기반과 수사적 특성을 중심으로 살폈다. 사료 확인을 통해 『제국신문』의 '서사적논설'은 대부분 이종일에 의해 지어졌다는 사실을 알 수 있었다. 이종일은 급격하게 변하는 세계정세에 대응하여 민지를 계발하고 국익을 향상하는 데 적합한 사상으로 실학을 재발견했다. 자기 역사에 근거하여 서양이라는 타자를 수용하려 했다는 점에서 서재필이나 윤치호 같은 문명개화론자들과 구별된다. 이종일은 유교담론을 재배치함으로써 근대로 진입할 수 있는 사유의 틀을 마련하려 했으며, 이러한 노력은 박은식·장지연·신채호 등을 통해 국민국가를 지향하는 더욱 정치한 계몽의 담론으로 이어진다. 현실 상황과 담론의 질서 사이에 여러모로 충돌과 모순을 내포하면서 성리학의 담론을 내부에서 흔들고자 한 인식의 변전을 『제국신문』 소재 '서사적논설'에서 살펴볼 수 있다.

근대계몽기 서사문학의 전개에 중요한 역할을 한 것은 '신문'이라는 미디어다. 글쓰기의 새로운 생산양식으로 등장한 '신문'은 강렬한 계몽의 의지 아래 분할된 등질공간을 만들어냄으로써 저자와 독자 사이의 관계를 새롭게 생산하고 전통적 글쓰기 관습을 재편했다. 신문의 등장은 과거제도의 폐지 등과 더불어 근대적 글쓰기의 장이 형성되는 데 핵심이 된 사건이었다. 이종일은 변법의 구체적인 계책으로 신문을 창간했으며, '서사적논설'에서 자신이 체득한 문체 관습을 전략적으로 활용했다. 이 과정을 통해 조선 후기의 다양한 산문문체의 고유한 질이 해체되고 수사적 장치로 기능 전환했음을 알 수 있다. 기존의 문체전통이 각각의 관습으로부터 독립하여 균질화되었다는 사실은, 전통적인 글쓰기 방식이 앞으로 벌어질 장르의 운동과정에서 수사적 방편으로 활용 혹은 통합될 가능성이 열리게 되었음을 의미한다. 또한 이전의 글쓰기 영토에서 확립되었던 권력구조를 재편함으로써 '소설'이 특권화될 수 있는 조건이 마련되었다고도 볼 수 있다. 신소설의 등장은 글쓰기를 둘러싼 이와 같은 에피스테메의 변화와 더불어 이해할 필요가 있다.

『대한매일신보』를 통해서 본 개화기 서사의 특질과 의미 연구

서은경

1. 문제제기

우리 역사상 19세기 말은 조선왕조 붕괴와 서세동점(西勢東漸)에 따른 외적 도전이 맞물리면서 기존의 가치관들이 일거에 무너지고 삶의 양식들이 급변하는 격동기였다. 민족의 구심점으로 존재해 온 왕조의 붕괴는 단지 정치적 공백기만이 아닌 오랜 기간 조선의 사유를 지배했던 중국의 성리학적 사고와 그에 따른 중화론적 사상 붕괴를 의미했다. 무엇보다 정치 영역의 붕괴 속에 밀고 들어온 외래 문물과 사상의 홍수는 사회 전반에 걸친 제도와 의식의 변화를 가져왔다. 구시대의 몰락과 새시대의 발흥 사이에 놓인 이 시기는 따라서 새로운 담론 창출의 치열한 공간이었음은 분명한 사실이다.

한국의 문학사를 정리함에 있어서도 개화기 내지 근대계몽기라 불리는 19세기 말에서 20세기 초는 그 성격 규정에 많은 논란을 가져왔다. 무엇보다 고대 소설과 현격히 구별되는 신소설의 서사양식을 두고 한국의 근대 소설 기원을 둘러싼 논의가 분분했다. 한국의 근대 문학을 이인직의 신소설로부터 찾는 임화와 김태준의 관점을 받아들인 그간의 연구는 신소설이 갖는 서사구조의 상이한 외연에 집중함으로써 이 시기를 근대문학으로 나아가기 위한 '문학사적 과도기'[1]만으로 축소해서 평가했다. 이러한 관점은 서구적 개념의 근대문학을 준거점으로 미리 상정해 놓고 거꾸로 그 기원을 탐색해 가는 방법상의 전도라는 논란을 불러일으켰다. 그러나 1970년대 이후 이재선[2]으로부터 출발한 근대계몽기 자료의 실증 작업은 1990년대 이후로 넘어오면서 본격화되기 시작한다.[3] 당대 글쓰기 장이었던 신문 집적물들을 꼼꼼히 살피는 과정은 논설에서 출발한 서사의 분화과정과 단형 서사물의 존재를 밝혀줌으로써 공백기 없는 일련의 문학사를 가능하게 했다.

서사를 하나의 구조로만 보는 것이 아니라 일종의 행위로 보는 관점을 빌어 본다면 서사란 결국 한 사람이 다른 사람에게 어떤 일이 일어났는지 이야기해주는 행위로 설명할 수 있다. 이런 관점에 비추어 볼 때 서사는 특정의 사회여건과 한계 안에서 말하는 사람과 듣는 사람 양편이 만나 이루어지는 사건[4]으로 어느 시대에서든지 서사는 존재하기 마련이다. 이처럼 서사 부재의 시대는 존속할 수 없고 문학은 서사를 통해

---

1) 임화, 「개설신문학사」, 『조선일보』, 1939.9.15.

2) 이재선, 『한국 개화기소설연구』, 일조각, 1972.

3) 논설에서 서사로 나아가는 경로를 해명한 김영민의 연구(『한국 근대소설사』, 솔, 1997)는 이후 정선태의 연구(『개화기 신문논설의 서사 수용양상』, 소명출판, 1999), 한기형의 연구(『한국 근대소설사의 시각』, 소명출판, 1999)로 이어지면서 논의의 확장을 가져왔다. 근대문학 다시 보기의 논의는 나아가 근대 문학개념과 소설 개념의 형성을 새로 보려는 연구로 이어져 오고 있다(권보드래, 『한국 근대소설의 기원』, 소명출판, 2000; 김동식, 「한국의 근대적 문학 개념 형성과정 연구」, 서울대 박사논문, 1999).

4) 바바라헌스턴 스미스, 석경징 역, 「서사의 판본과 서사이론」, 『현대 서술 이론의 흐름』, 솔, 1997.

인간살이를 보여준다는 점에서 문학사의 공백기란 가능하지 않다. 단지 시대에 따라 그 시대를 드러내주는 양식상의 차이가 있을 뿐이다. 1905년에서 1910년 사이라는 특정 시기에 신문지면을 차지한 「소경과 앉은방이 문답」이나 「거부오해」와 같은 정치적 풍자물들, 사실과 허구 사이를 교차하면서 융성한 논설류와 역사·전기물, 혹은 신문지면에 빈번히 등장했던 개화가사 등은 이 시기 만의 문학적 양식이 아닐 수 없다. 문학은 늘 현실과 연계되면서 존속한다. 새로운 문학양식의 창출과 변이는 변화하는 시대 속 산물이라는 점에서 글쓰기 변이는 그것이 용인되었던 수용적 측면에 대한 고려 속에서 읽어야 한다.

정치·사회면에서 급격한 변동이 이루어지던 근대계몽기는 무엇보다 신문 제도의 탄생과 더불어 한국문학사의 획기적 전환을 가져오게 된다. 신문의 탄생은 이전에는 존재하지 않았던 민족이라는 새로운 독자층의 형성이자 국문의 광범위한 사용 등 기존 담론의 재배치와 새 담론 생성의 중추에 놓여 있기 때문이다. 특히 우리 역사를 왜곡하고 일인에 의한 개조 대상으로 민족 담론을 만들어 가는 일본 신문의 범람 속에서 민족지로 등장한 『대한매일신보』의 논지를 밝히는 것은 서사 양식 해명에 앞선 일차적 과제가 아닐 수 없다.

근대계몽기 신문제도의 탄생과 더불어 이루어진 다양한 양식의 글쓰기는 근대소설의 전단계를 이루는 미정형의 글쓰기나 결여태가 아닌 당대 역사적 사건들을 엮어 가는 새로운 담론 형성으로 보아야 한다. 이 시기 분화되고 있는 서사물들을 미정형이나 결여태로 보는 시각은 이미 온전한 것으로서 근대 문학, 혹은 근대 소설을 전제로 한 소급적용이기에 계몽기 고유의 글쓰기 양식을 살피기 어렵게 한다. 이를테면 이 시기 신문에 등장하기 시작하는 '소설' 혹은 '쇼셜'이라는 용어는 서구적 개념의 소설과 구분되는 양식임에도 불구하고 신문 속 표기된 '소설'양식의 이름만으로 근대 서구 소설과 동일 지평에서 바라보려는 시도가 그간 있어 왔다.

본 연구에서는 『대한매일신보』에 나타난 글쓰기를 통해 근대계몽기 서사 양식의 성격을 규명하고자 한다. 이를 통해 이 시기가 갖는 독자적 층위 속에 문학적 서사가 어떠한 형식으로 발현되었는지 살피고자 한다. 무엇보다 『대한매일신보』에 실린 서사자료들에 대한 면밀한 탐구를 통해 논설에서 근대소설로 나아가는 경로를 해명해 보고자 한다.

2. '신문' 제도 탄생의 문학사적 의미

신문 제도가 갖는 근대성에 대한 성찰 이전에 본고에서 다룰 텍스트로서 『대한매일신보』의 서지적 특성을 살피면 다음과 같다. 『대한매일신보』는 조선말 청일·러일 전쟁을 거쳐 한일합방이라는 절대절명의 민족 위기 속에서 창간된 최대의 민족지이다. 1904년 7월 18일 영국인 베델(한국명 裵說)을 발행인으로 창간된 이 신문의 주요 집필진은 양기탁·박은식·신채호 등의 유림계층이다. 창간 무렵 일제는 민족지에 대해 검열과 정간 처분을 자행하기 시작한 동시에 『한성신보』(1895)·『대한일보』(1904) 등 친일논조의 신문을 발간하고 있었다. 이러한 때에 『대한매일신보』의 창간은 위태일로에 있던 민족언론에 큰 활력을 불어넣어 주었다. 무엇보다 당시 발행인이 외국인이었기 때문에 일본의 사전검열을 받지 않고 자유로이 비판 논조를 유지할 수 있었던 점은 이 신문의 최대 강점이었다.

19세기 말에서 20세기 초 근대계몽기는 사유체계 내지 관념체계가 급격히 바뀌는 정치적 격변기이다. 이 시기 정치적 공공영역의 발생과 계몽의 기획으로 대변되는[5] 새로운 의사소통 구조가 등장하게 되는데 독

---

5) 김동식, 「한국의 근대적 문학 개념 형성과정 연구」, 서울대 박사논문, 1999, 7면 참조.

립협회 주관 아래 열린 관민공동회나 만민공동회가 그것이다. 조선시대까지 공적 의사소통은 왕을 정점에 두는 상명하달식 일방적 소통 구조에서 벗어날 수 없었다. 그러나 공동집회는 동일한 공간 안에 여러 계층이 공적인 의견을 몰아간다는 점에서 새로운 의사 소통구조의 창출을 가능케 했다. 또한 외세의 내정간섭과 국내 기간시설 외국자본 잠식 등의 급박한 현실변동은 계몽과 자주 담론의 실천을 위한 발화의 장을 필요로 했다. 여러 학회와 단체에서 벌어지는 토론과 연설의 장이 그것이다. 아울러 책의 광범한 생산과 보급을 가능케 한 인쇄술의 발달이 맞물리면서 신문을 통한 논설이라는 공적인 글쓰기가 창출된다. 이처럼 논설은 공공영역의 발생이라는 정치적 변화 속에서 요구되는 새로운 의사소통 방식이자 글쓰기의 분화과정으로 보아야 한다.6)

신문 제도의 생성은 이전과는 다른 새로운 작가와 독자층을 만들어 낸 공간이었다. 아울러 신문 속 글들의 내용과 지향점이 이전과 판이하다는 점에서 문학이라 불릴 수 있는 환경자체가 급변한 시기였다. 왕조가 붕괴하고 외세의 힘이 자국을 압박하는 초유의 상황 속에 외세에 대항하기 위한 대항담론으로 '민족'과 '국가', '국어' 개념이 부상하기 시작한다. 중세의 신분제적 질서가 완강한 사회에서는 전체로서의 우리라는 동질적 집단의 묶임은 가능하지 않았다. 유교적 질서를 근간으로 하는 한자 문화권의 엘리트 글쓰기와 판소리나 야담에서 보이는 발랄한 민중적 세계관은 분명 구별되는 것이었다. 이 시기 발간되기 시작한 신문들이 전통적 한문 글쓰기를 버리고 국한문체나 국문체만으로 신문을 채워 가는 것은 독자층의 문제와 직접 결부되어 있다. 이처럼 신문은 '국어'라는 균질적인 매체를 통한 담론의 동시적·대중적 공간을 창출한다. 신문탄생 이전에는 사회 전체가 독자가 되고 더욱이 그 독자층의 수준이 자신보다 낮아 계몽의 관점에서 말하는 방식은 존재하지 않았다. 동시에 과거의 어느

---

6) 김동식, 위의 논문, 23~26면 참조.

시점 이야기가 아닌 현장성을 기반으로 끝없이 소모되는 이야기를 써내야 했던 신문 편집진은 분명 새로운 작가층이 아닐 수 없다.

당대 신문의 발화 방식인 계몽적 글쓰기는 그 전까지의 문학적 지형도로 보아 매우 이질적인 것이 아닐 수 없는데 계몽적 글쓰기는 곧 현실에 대한 인식으로부터 가능하다. 중세의 영웅 소설이 유교적 질서의 승리라는 이데올로기 안에서의 글쓰기였고, 조선 후기 유행한 국문소설이나 판소리 계통이 유교의 질서에서 벗어난 자유로움 희구의 공간이었다면 계몽기 글쓰기는 신문이라는 근대적 매체 속에서 지금 벌어지고 있는 현실 사회적 문제에 기반한 글쓰기였기 때문이다. 왕조의 붕괴와 함께 조선을 지탱했던 근본 교리가 무너진 현실 속에서 신문의 편집진들은 민족이라는 거대 독자들을 끌고 나갈 길찾기로서의 글쓰기를 행했던 것이다. 따라서 이 시기 신문 지면을 가득 메웠던 자주와 계몽의 담론은 식민지적 근대의 출현이 가져오는 폭력을 직시하고 미래를 향한 길찾기를 시도했다는 점에서 신문의 탄생과 계몽적 글쓰기는 그 자체로 이미 근대를 선취하고 있었다고 보아야 한다. 서구의 근대 소설이 자본주의 성장과 민권의식 성장에 따른 개인의 자각에서 비롯된 것이라면 우리의 근대 소설은 제국주의의 폭력 속에서 민족에 대한 자각으로부터 비롯된 것이라 할 수 있다.

당대 신문 편집 체계는 오늘날과 차이가 있는데 무엇보다 논설이 상당 부분을 차지했으며 신문의 간행 목적이 논설을 통한 계몽과 자주의 실천이라는 점에서 논설은 곧 신문과 등가의 무게를 지닌 것으로 오늘날 신문 논설과는 큰 위상 차를 보인다. 또한 객관성을 담보로 해야 하는 사건 전달의 기사나 독자투고의 형식을 빈 기서 역시 그 내용면에서 논설이 표방하던 민족의식 고취, 대중계몽, 풍속교량에 대한 것들로 논설의 변이, 확대로 볼 수 있다. 논설은 계몽의 효과를 높이기 위해 전대의 다양한 서사 양식을 끌어오고 있으며 논설이라는 하나의 장르 안에서도 그 양식적 폭이 매우 큼을 알 수 있다. 이를테면 『대한매일신보』에 개제된 논설의 경우에도 「산인설몽(山人說夢)」(1905.11.7)이나 「몽천록(夢天錄)」(1905.12.8), 「몽이득전(夢裏得錢)」(1906.4.17~20)과 같은 전통적 논변의 유형에서부터 몽유록의 형태를 빈 「몽중ㅅ」(1908.3.8)나 우화적 전개인 「여호와 고양이 문답」(1908.3.27), 「금슈의 말」(1905.5.2), 인물고인 「한국에 데일 호걸대왕」(1909.2.25~26)에 이르기까지 다양한 양식의 서사가 존재한다. 다양한 방식의 서사 개입은 효과적 대중 계몽이라는 목적 달성에 용이하기 때문이며 이는 잡보란에서 특히 빈번하다. 오늘의 정치·사회란의 성격을 갖는 잡보는 『대한매일신보』의 경우 1905년 따로 '소설란'이 마련되어 독립된 문학 양식으로 분화되기 이전까지 논설란에 포함되기 어려운 문학적 성격의 글들이 미분화된 상태로 편재되어 있었다. 잡보는 외형상 사건 기사이나 실재 수록된 글들 속에는 허구적 구성의 이야기가 많이 보여 사실과 허구 사이를 오간 양식이었음을 짐작해 볼 수 있다. 하나의 양식이 갖는 편차의 다양성은 소설란 역시 예외가 아니다. 『대한매일신보』 소설란은 토론체 논설에서부터 고소설, 전기물까지를 포괄한다. 이렇듯 이 시기 신문 속에 지칭된 양식들은 상당히 넓은 진폭을 갖고 있음을 알 수 있다.

『대한매일신보』를 끌고 갔던 필진들은 자주와 계몽이라는 주제를 어떻게 효과적으로 담아낼 수 있는가 하는 글의 양식에 대한 고민을 많이 했을 것이다. 문학사적 관점에서 『대한매일신보』를 통해 근대 소설의 자취를 찾고자 하는 본고는 필진들이 논지를 담아내는 다양한 발화 방식에 주목하고자 한다. 특히 논설에 서사가 끼여든 방식을 살펴보는 작업은 논설에서 서사로의 분화 과정과 경험과 허구 사이의 진폭을 통해 서사가 하나의 독자적인 문학 양식으로 독립해 가는 경로를 밝혀줄 것이다.

3. 『대한매일신보』와 논설의 서사화 과정

오늘날 신문의 가장 중요한 기능은 사실에 대한 객관적 보도이다. 또한 객관적 현실을 바탕으로 앞으로 나아갈 방향을 제시하거나 이를 위해 공적인 여론을 형성하는 일은 흔히 볼 수 있는 경우이다. 그러나 근대계몽기에 출현한 신문의 역할은 오늘의 그것과는 달라 전국 단위의 정보를 유통시키는 것이 신문의 일차적 역할은 아니었다. 신문은 정보 유통의 수단이기에 앞서 교육과 계몽의 기구였고 사회적 관심보다 정계의 추이를 다루는 데 훨씬 무게를 두고 있는 매체였다.[7] 그렇다면 어떻게 필진의 논지를 효과적으로 전달하는가가 문제가 된다.

근대계몽기에 쏟아져 나온 신문 편집상의 가장 큰 특징은 교훈성을 지닌 우화나 일화 등 논설 속에 서사적 양식을 적극 활용함에 있다. 즉 논설을 표방하되 글의 일부 혹은 전부를 서사로 채우고 있는 '서사적논설'이 그것이다. 『대한매일신보』 서사적논설은 1907년 12월 12일 「벼슬 구ᄒᆞᆫ 자여」 수록 이후 1910년 3월 9일 「지난 겨울 밍렬ᄒᆞᆫ 바롬에」에 이르기까지 약 30여 편 정도이다. 이러한 서사적논설의 특징은 본론요지는 서사에 의존하면서도 글의 앞이나 뒤에 편집자 주나 해설을 붙여 우회적으로 논지를 전달하고 있음이다. 이들은 일화 중심의 서술체와 대화 중심의 문답체, 셋 이상의 등장인물이 나와 대화나 토론을 이끌어가는 토론체로 나누어 볼 수 있다.[8]

    ㉔ ① 가을 바롬은 시로 니러나고 싸인비는 처음으로 기엿ᄂᆞᆫ디 산운ᄌᆞㅣ 창
    감ᄒᆞᆫ ᄆᆞᄋᆞᆷ이 홀연 동ᄒᆞ여 쵸연히 홀노 안젓더니 홀연 문 밧긔셔 문을 뚜드리는

---

    7) 권보드래, 『한국 근대소설의 기원』, 소명출판, 2000, 207~208면 참조.
    8) 김영민, 「근대계몽기 단형 서사문학 자료 연구」, 『근대계몽기 단형 서사문학 자료전
    집』, 소명출판, 2003.

소리가 나며 얼골은 검고 의복은 람루흔 ᄌᆞᆨ이 드러와셔 나의게 읍ᄒᆞ고 ᄀᆞᆯ으되 그ᄃᆡ는 산운이 아닌가 내가 괴이히 녀여 무러 ᄀᆞᆯ으되 나는 산운이어니와 그ᄃᆡ 는 엇던 사람이완ᄃᆡ 이 무지무능ᄒᆞ야 침복흔 나를 차ᄌᆞ왓ᄂᆞ뇨 (……) ② ᄌᆞᆨ이 눈물을 씻고 ᄀᆞᆯ으되 나는 드르니 도덕을 슝샹ᄒᆞ는 셰계에는 공별된 리치를 공 변된 리치도 시힝ᄒᆞ고 권리를 슝샹ᄒᆞ는 셰계에는 셰력을 공변된 리치로 시힝 ᄒᆞᆫ다 ᄒᆞ니 그런즉 텬하에 공변된 리치라 ᄒᆞ는 거슨 비연 말 ᄲᅮᆫ이오 셰력만 슝 샹흠이라 약흔 쟈가 강흔 쟈를 디뎍지 못흠은 어린ᄋᆞ히라도 아는 바ㅣ라 (……) ③ 내가 ᄀᆞᆯ으되 그ᄃᆡ의 말이 그러홀 듯ᄒᆞ나 그러치 아닌 리치가 ᄯᅩ흔 잇스니 그ᄃᆡ의 말솜과 ᄀᆞᆺ치 약흔 쟈는 패ᄒᆞ고 강흔 쟈는 이긔는 거슨 실노 공변된 리 치나 오늘날 한국이 약ᄒᆞ다 하야 반드시 망ᄒᆞᆫ다 흠은 결단코 그럿치 아니ᄒᆞ니 오늘날은 비록 약홀지라도 우리 무리가 능히 실력을 분발ᄒᆞ고 (……) ④ 이 문 답을 대강 긔록ᄒᆞ야 여망이 업다고 흔탄만 ᄒᆞ는 쟈들을 경고ᄒᆞ노라

위 인용문은 『대한매일신보』 1908년 9월 18일자에 '산운ᄌᆞ'라는 필명으로 실린 「한국의 쟝릭」라는 서사적 기사이다. 대부분 논설이 집필자 서명없이 이루어지는데 반해 이들은 집필자 서명이 있다는 점에서 특이하다.[9] 위 인용문에서 드러나듯 기사라는 양식으로 구분되어 있어도 사실에의 기록이 아닌 편집진들의 논지 전달이라는 점에서 논설과 별반 차이가 없다. 위 논설은 어떠한 객이 나에게 나타나 나라가 처한 위기 상황에 대해 객과 기자인 내가 서로 문답을 주고 받은 사실을 추후에 기록한 기사물이다. 이를 구체적으로 살펴보기 위해 네 개의 단락으로 나누었는데 ①은 문답이 이루어진 배경과 시간을 말해주는 도입부이고 ②와 ③은 한국이 처한 현실에서 벗어날 수 있는 구체적 노력을 제시하는 핵심적 논지 전개 부분에 해당한다. 서론과 본론에 해당하는 ③까지만 한정한다면 서사 속 사건 전개 시간은 이 글의 서사진행과 동시적으로 맞물리면서 하나의 단형 서사가 되기에 족하다. 그러나 결미 부분인 ④

---

9) 근대계몽기 신문에 등장하는 작가들은 대개 실명을 밝히지 않고 필명으로 대신한다는 점이 특기할 만하다. 이는 작가나 기자가 독자적 직업으로 분화되지 않았음을 반영하는 것으로 볼 수 있다.

가 덧붙여짐으로써 이 글은 과거에 있었던 일을 기자가 후세에 기록하니 귀감으로 삼으라는 편집자 목소리 때문에 서사를 빈 논설임이 드러난다.

⑭ 몽중인가 진경인가 오동나무에 둘그림즈는 희미훈더 몽롱히 벼긔롤 의지하야 조을더니 홀연몸에 두눌이가 난닷이 놀아셔 훈 곳에 다다르니 하늘문은 겹겹히 열니잇는더 보비의 자리가 층층히 놉핫더라 중앙 뎨일위에 용모가 정대호시고 위의가 숨엄호신 일위 왕쟈가 안즈셧는더 문직훈 쟈가 가르쳐 ᄀᆞᆯ 오더 이는 죠션 시조 단군이시니라 호고 좌편 뎨일위에 룡의 얼굴과 봉의 눈으로 일위 대왕이 시립호는더 이는 고구려의 광기토대왕이라 호며 우편 뎨일위에 교룡의 슈염이오 진납의 팔노 일위 쟝군이 시립호엿는더 이는 을지문덕이라 호며 (……) 이에 간신과 민적 등의 죄악을 로렬호와 왈외옵느이다. (……) 신라 문무왕이 (……) 더 외국을 숭비호는 편벽된 소견으로 독립정신을 말살훈 쟈ㅣ니 력亽의 죄인이오며 신라 말년에 최치원 등이 글亽ᄌᆞᄂᆞ 호는 적은 지됴를 품고 당나라에 과거를 보와 등과호고 당나라 옷을 닙고 당나라 짜에셔 살다가 ᄌᆞ긔 싱쟝훈 조국을 전혀 니져ᄇᆞ리고 오즉 당나라를 놉히더니 귀국훈 후에도 지나를 숭비호는 주의를 ᄀᆞ득 품고 그 나라를 나의 나라이라 호고 본국은 쇼국이라 호여 쳔여 년 후ᄭᆞ지 대동인亽의 정신을 혼미케 호엿亽오니 이는 문학가에 죄인이오며 (…중략…) 대한뎨국만셰를 세 번 부리는 소리 던디가 진동호는지라 놀나 ᄭᅵᄃᆞ르니 신벽 닭이 처음으로 울더라.

위 논설은 1908년 8월 8일에 「허다훈 녯사롬의 죄악을 심판홈」이라는 제목 하에 실린 서사적논설이다. 이 논설은 꿈속 장치를 빌어 우리 역사 속 죄인들의 잘못을 심판하고 이를 통해 국가가 나아가야 할 방향을 우회적으로 제시한 글이다. 결미 부분의 놀라서 잠에서 깼다는 편집자의 목소리가 없다면 한 편의 허구적 서사물이라 할 수 있다.

앞의 서사적논설이 문답이라는 우회적 방법을 통해 당대 현실의 울분을 담아낸 것이듯, 이 지문 역시 꿈이라는 가상 현실을 빌어 사대주의에 빠져 자주정신을 버리고 당파싸움만 일삼은 채 벼슬과 부귀에만 탐하는 위정자 비판이 혹독하게 담겨 있다. 위 두 예문에서 알 수 있듯 당대 논설은 우화나 꿈과 같은 비현실적인 상황 제시를 통해 현실의 문제로 육박해 들어갔다. 즉 주제 전달을 위한 허구적 상황을 만든다는 점에서 허구와 사실이 교차되어 있음을 알 수 있다. 논설은 한자문화권의 전통 기술 방법인 '논(論)'과 '설(設)'이 결합한 것으로[10] 의견 제시의 '논(論)'이 객관을 지향한다면 '설(設)'은 사물에 대한 우회적 의미 전달을 가능케 한다는 점에서 논설은 이미 허구의 가능성을 함축한 글쓰기라 할 수 있다. 논설에 허구가 차용된 것은 필자와 독자간의 명백한 우열관계 속에서 다수의 대중들에게 쉽게 논지를 전달하고자 하는 목적에서 비롯한 것이다. 무지몽매한 다수의 독자들에게 정론적 성격의 글은 받아들여지기 힘들다. 따라서 재미있는 이야기로 현실의 문제를 담아 내는 우회적 글쓰기는 독자들을 효과적으로 일깨울 수 있는 유용한 방법이 된다. 필자가 일방적 우위에 있다고 상정하고 나면 독자의 반격에 준비할 필요가 없고 단지 독자를 어떻게 깨우칠 것인가 하는 것만이 문제가 되기 때문이다. 이처럼 근대계몽기 신문이 갖는 독자와 작가 사이의 위계적 관계는 교술과 서사가 자연스레 융합할 수 있는 서술적 특성을 낳게 한다. 이 시기 신문 논설 속에 숱하게 씌어진 단형 서사들은 논변이라는 교술 갈래에서 소설이라는 서사갈래로의 변이[11]를 추적할 수 있는 단서를 제공한다.

위에서 제시한 두 논설을 볼 때 본론 속 서사는 독립적 서사양식으로 보아도 족하지만 결미 부분 이르러 편집자 목소리를 여과 없이 드러내고 있어 결국 서사 양식을 빈 논설임이 확연해진다. 그러나 논설의 앞·뒤를 차지하던 편집자 목소리 대신 등장인물을 통해 주제를 전달하는 '논설적사사'에 이르면 논설에서 서사의 차용방식은 한층 문제시된다. 무엇보다 이 시기 다양한 서사 양식 분화의 기폭제가 된 것은 국문체를

---

10) 정선태, 『개화기 신문 논설의 서사 수용 양상』, 소명출판, 1999, 43면 참조.
11) 이강엽, 『토의문학의 전통과 우리 소설』, 태학사, 1997, 321~341면 참조.

통한 일상언어의 자유로운 표출이 가능해졌기 때문이다.[12] 국한문판『대한매일신보』의 '논설적사사'가 한글로 씌어진 사실이 이를 뒷받침한다.

국한문판『대한매일신보』는 1905년부터 1907년에 이르는 2년여의 짧은 기간 동안 다른 기사가 국한문체로 씌여진 것과 달리 순국문의 토론체 서사를 잡보란에 연재하고 있다. 「향객담화」·「거부오해」·「소경과 안즘방이 문답」·「향로방문의싱이라」·「시사문답」이 그것이다. 무엇보다 이들 단형 서사들이 논설란이 아닌 잡보란 속에 묶여져 있다는 사실에서 이미 논설로부터의 분화가 일어나고 있음을 짐작케 한다.

1905년 10월 29일「향객담화」로부터 시작된 논설적서사는 비슷한 유형들이 잇달아 잡보 속에 연재되고 있었다. 「향객담화」로부터 「거부오해」에 이르는 다섯 편은 등장 인물의 입을 빌어 당대 사회의 직면 문제인 일제의 외교권 박탈이나 관리들의 매국과 횡포, 구습에 사로잡혀 있는 아둔한 이들에 대한 비판 등 시사문제를 담고 있다. 즉 잡보란에 편성된 단형 서사들은 주제적 측면에서는 논설과 맥을 같이하면서도 형식적 측면에서는 등장인물간의 생생한 구어를 통한 현장감 있는 전개로 하나의 독립적 서사 양식을 취하고 있다. 특히 형식적 특질과 주제면에서 동일한 5편의 단형 서사 중 「거부오해」가 소설란으로 처음에 편성되었다가 다시 잡보란으로 이동한 사실은 이 시기의 단형 서사가 잡보와 서사 사이를 오간 양식임을 보여주는 단서가 된다. 직진적 성격의 논설에서 벗어나 허구를 빌어 우회적으로 논지를 전개해 나간 단형 서사가 잡보와 소설 사이를 오갔음은 양식이 완전히 정착하지 못했음에 대한 입증이자 논설에서 소설로 어떻게 분화되어 가는지 보여주는 지표가 아닐 수 없다.

---

12) 근대계몽기에 정착되기 시작한 국문체는 말하기와 글쓰기가 일치될 수 있음을 보여주는 새로운 언어체이다. 한문은 일상적 감각이나 다양한 정서를 완벽하게 드러내기 어려운 문체적 한계를 지니고 있다. 이 시기 언문일치 원칙에 근접하고 있는 국문체를 통해 일상 속의 구체적 삶과 현실의 모습이 드러날 수 있게 되었다. 권영민,『서사양식과 담론의 근대성』, 서울대 출판부, 1999, 48~49면 참조.

다음에서는 이들 '논설적서사'가 갖는 형식적 특질을 통해 서사 양식의 분화 과정을 살펴보고자 한다. 위 다섯 편은 주인공의 발화 내용에서 차이가 있을 뿐 서술방식은 동일하다. 즉 등장인물의 만남 과정을 밝히는 서두부와 인물의 대화로 주제를 이끌어 가는 중간부, 그리고 대화를 마치고 헤어지는 결미의 삼단계로 짜여져 있고 마지막은 노래 가사로서 마무리 짓고 있다.

아래는 「소경과 안즘방이 문답」(1905.11.17~12.13)의 서두 부분이다.

일전에 엇더흔 소경 한아이 막더를 쑤덕거리고 모쳐 망건가 압흐로 지나가는
더 그 곳에셔 망건일흐는 안즘방이가 그 소경을 불너 갈오더 여보게 엇지허여
오리 맛나지 못허엿나

소경이 디답허되 즈연 그럿케 되엿네마는 그동안 슐이나 잘 먹엇나

여보게 아모 말 말게 말허면 긔가 막히네 (……) 슐 먹고 쥬졍허는 쟈도 만터
니 근일에도 별노 엇어 볼 슈 업데 아마 후쥬 죄인으로 잡혀 갈가 두려홈인지
아니 돈이 극귀허여 그럿치 신화 한 푼 엇어보기는 하눌에 별짜기오 구화죠차
구경홀 슈 업스니 (……)

자네는 거러치 나도 이왕에는 망건이 숨 기만 맛허도 ᄆ일 ᄉ오십 량 오륙십
량을 버러 고기도 ᄉ먹고 슐도 먹엇더니 근일 당허여는 돈도 귀홀 쑨 아니라 며
리 ᄶᆨ는 ᄉ롬 만어셔 제각금 망건을 파라 먹으려 드는 ᄭ닭에 싱이 업셔 쥭겟네

위 지문이 앞 단락의 서사적논설 지문과 크게 구분되는 것은 논설자가 서두에 등장하는 대신 곧바로 등장인물을 내세워 서술해 나간다는 점에 있다. 이 단계에 이르면 편집자 혹은 서술자는 관찰자의 자리로 물러난 채 독자는 오직 등장인물의 시점 안에서 그들의 생각과 입장을 경험하게 된다. 등장인물들은 전대 소설에서 보이는 이상적 인물이 아니라 일상 현실 어디에서나 만날 수 있는 평범하거나 낮은 신분의 소유자로 독자들은 그들의 생생한 입담 속에서 당대 현실의 근본 문제를 마주하게 된다. 「소경과 안즘방이 문답」이나 「향로방문의싱」은 등장인물들이

자신이 처한 절박한 심정을 토로하다가 점차 민족과 국가 앞날에 대한 거국적인 문제로까지 나아간다는 점에서 점층적 구조로 이루어져 있다. 동시에 소설 속 등장인물들은 사건을 끌어가는 일개 주인공인 동시에 전체로서의 민족과 국가를 대표한다는 점에서 하나의 상징이 된다. 즉 "사롬의게 유히무익 되기는 피츳 일반"이라고 스스로의 처지를 한탄하고 있는 두 인물은 곧 "두 눈이 발근 놈도 학문이 업고 보면 나와 갓흔 소경이오 사지빅히기 멀졍허다 허나 즈유 활동 못하고 보면 즈네와 갓흔 병신이라"는 점에서 당대 조선의 현실을 소경과 안즘방이의 세상에 비유하고 있다. 「향로방문의싱」역시 병든 나라와 이를 치료해야 할 의생을 등장시켰다는 점에서 동일한 비유법이다.

논설 편집자가 갖는 추상적·관념적 어투가 아닌 평범한 인물들의 비속한 삶 속에서 현실 문제를 제기하고 있는 위 논설적서사물들은 그 치열한 현장감으로 진실에 접근해 나간다. 당대 조선 현실은 제국주의의 침탈 속에서 근대를 강요당했으며 이러한 식민지 근대화는 우리의 이권과 권리를 송두리째 내주어야 한다는 점에서 폭력적이 아닐 수 없다. 시골 선비와 서울 선비의 문답으로 서사를 엮어 나가는 「시사문답」은 근대화 이면의 폭력적 현실을 그대로 보여주고 있다. 이를테면 근대의 상징인 '텰마'는 곧 "그디로 왕셩ㅎ면 장춧 젼국의 쇠쪼각이라고는 구경홀 슈 업슬 터이오" 또한 "그 놈 왕리ㅎ는 곳마다 인민이 견딀슈가 업셔 뎐토와 가옥〇 부지치 못ㅎ며 쳥산에 뭇친 빅골까지도 보젼치 못ㅎ"게 하는 원인임을 직시하고 있다. 이는 신소설에서 보여지는 근대의 신기예찬과는 분명 구분되는 것으로 강요된 근대가 안고 있는 모순의 본질을 명확히 꿰뚫고 있다. 이렇듯 개인으로서의 자아 대신 민족적 자아에 눈을 뜬 계몽기 글들은 위태일로의 민족현실 앞에 현실 문제를 정확히 꿰뚫고 미래를 열고자 한 거대 담론들이라 할 수 있다.

논설에서 한층 서사가 강화된 대화체 소설들은 앞서 지적했듯 민족 전체의 문제를 다룬다는 점에서 근대 소설에서 보이는 사적 개인의 탐구와는 거리가 있다. 또한 그 수법에서도 전대의 말하기 방식을 그대로 이어오고 있으며 인물들의 담론만이 있을 뿐 사건의 개연성을 위한 소설적 장치가 부재한다는 점에서 분명 근대적 개념의 소설과는 거리를 두고 있다. 이는 잘 꾸며진 이야기로서 소설이 갖는 개연성과 허구에 익숙한 지금의 소설 개념으로 보아선 생소한 글쓰기가 아닐 수 없다. 그러나 문학, 좁혀 말해 소설의 개념은 항구불변의 것이 아니라 사람살이에 존재하는 이야기 방식이 변화함에 따라 구축되는 가변적 개념이다.

계몽기 담론들은 신문이라는 새로운 매체 속에서 전대의 설화적 이야기 듣기에서 벗어나 다수의 독자를 움직이는 담론 구성체라는 점에서 이미 전대 글쓰기 방식과는 구별된다. 이렇듯 의식면에서 근대를 선취하고 있는 논설적서사류의 글쓰기는 점차 주제 전달의 효과를 위해 허구적 상황을 빈번히 사용하고 있음을 알 수 있다. 다음은 「거부오해」의 일부이다.

> 일간에 일본셔 통감이 건너온다 ᄒ니 아지 못게라 (……) 통감이 업슬 것시 아니여면 ᄒ필 일본셔 가져올 것 무어신가 우리나라에 만일 통감이 업게 드면 스락이라도 무방ᄒ고 소학 듕학 밍ᄌ 용이허다 ᄒ데 (……) 우리나라 일반 국민 의게는 엇지 기막키고 한심훈 일이 아니리오 ᄌ네 말과 갓치 셔칙 일홈의 통감 갓고 보면 무어시 관계잇다 하며 무엇이 원통하다 하긴는가 (……) 나는 그러케 굉장한 통감인 쥴은 몰오고 다만 공ᄌ왈 맹ᄌ왈 ᄒ는 통감으로만 알앗더니 지금 ᄌ셔히 알고 본즉 비록 우쥰훈 마음이라도 가슴이 무여지는 듯 피를 토훌 듯ᄒ야 일단 병근이 될 듯ᄒ니 도로혀듯지 아니ᄒ얏슬 쩌만 갓지 못ᄒ도다 (1906.2.28~3.4)

무지한 백성이 현실을 깨우쳐 가는 과정을 희화적으로 담은 위 서사는 정작 현실을 보게 되었을 때 앎이 곧 병이 될 수밖에 없는 당대 처참한 정치 현실을 등장인물의 목소리를 통해 보여주고 있다. 서술자의 노출 대신 허구적 등장인물의 입담만을 통해 현실을 보여주는 이러한 서사는 독자들로 하여금 등장인물의 추체험을 통해 진실에 보다 다가설수 있게 해준다. 『대한매일신보』 대화체 소설의 허구를 통한 현실 재구성은 이전 직진거사식 한문적 전통의 글쓰기에서 보면 큰 변화가 아닐수 없다. 『대한매일신보』 주요 필진은 박은식(1859~1925), 신채호(1880~1936)로 이들은 주자학적 전통 속에서 한시와 문장에 익숙한 한학자들이라할 수 있다. 한학에서의 문(文)은 교양과 지식을 의미하는 동시에 인간삶의 도리를 익히는 하나의 수양 과정13)으로 문(文)은 곧 도(道)와 등가인문이재도(文以載道)의 선상에 있는 것이다. 따라서 전통적 지식인에게 고래(古來)의 소설들은 '황탄무계'와 '음미불경'14)에 불과한 것이기에 경계의 대상이 아닐 수 없는 것이다. 그럼에도 『대한매일신보』는 1906년부터소설을 하나의 독자 양식화시켜 여러 편의 글을 실었다는 점은 주목을요한다. 다음에서는 논설의 서사화와 소설 항목 사이의 상관관계에 대해살펴보고자 한다.

4. 『대한매일신보』와 소설

『대한매일신보』는 1906년부터 소설을 독자 양식화시켰다. 국한문판본에 비해 국문판본에서는 소설이라는 양식 명칭 하에 여러 편의 작품이실려 있다. 이 시기 신문 속 서사물 중 가장 논란의 여지가 많은 것이 바로 이 '소설'이라 분류된 양식이다. 당시의 소설 개념15)은 그 기의가 매

---

13) 김동식, 앞의 논문, 54~58면.
14) 박은식, 『서사건국지』, 대한일보사, 1907.
15) 현재 우리가 자연스레 받아들이는 '소설'이라는 용어는 서구적 개념의 그것과 우리
   고전에서 지칭하고 있는 개념 전체를 포괄하는 것으로 용어의 외연이 상당히 크다. 이
   를테면 조선 전기만 해도 소설은 잡록·시화·잡기 등을 포괄하는 것이었으며 서구의

우 넓어 서사 양식 전반을 가리키는 광범위한 범주로 사용되었다. 실제 근대계몽기 잡지나 신문란에 사용된 소설의 용례를 보아도 토론체 논설에서부터 전기물, 고소설, 또는 야담이나 전설에 이르기까지 다양한 서사물들이 소설 범주에 묶이는 것을 확인해 볼 수 있다. 『대한매일신보』역시 1904년부터 1910년에 이르는 짧은 기간에 소설이라는 양식 속에 토론체 논설에서부터 고소설, 전기물, 역사기록에 이르는 다양한 서사를 싣고 있다. 특히 국문판본 소설란에는 오늘날 소설이라 보기 어려운 '미국독립사' 같은 역사 기록물이나 인물 행적 나열인 전기물까지를 소설로 보고 있다. 뿐만 아니라 불경한 매음소설(每淫小說)[16]로 지탄한 고소설류도 여러 편 싣고 있다. 아울러 국한문판본과 국문판본의 장르 인식에서도 차이를 보인다. 국한문판본 '소설' 표제 밑에 첫 회가 실린 「거부오해」는 잡보란의 여타 토론체 서사들과 양식적 차이가 없으며 국한문판본 소설 표제 하에 실린 「이순신전」과 「최도통전」은 국문판본의 경우 '소설'이 아닌 '위인위적'의 표제 밑에 번역되어 있다. 또한 국한문판본에서 '소설' 표제가 처음 붙은 것은 1906년 고소설 「청루의녀전」이나 이 작품과 주제나 문체면에서 대동소이한 「적선의경록」은 1905년 '야승란'에 묶여져 있다. 따라서 이 당시 쓰인 '소설'의 개념은 독자적 질서를 지닌 문학의 하위 양식이 아니었음을 알 수 있다.

국문판본에서 고정난인 '소설'란을 만들고 역사 소설들을 집중적으로 연재하기 시작한 것은 논설과 마찬가지로 민족 정체성 담론과 직결되어 있다. 즉 사실을 기록해야 하는 객관성과 전 독자를 계몽해야 한다는 필진의 주관성은 역사·기사와 허구로서의 서사가 계몽 담론 안에 하나로 수렴된다. 역사 전기 소설은 민족의식 각성과 역사 현실에 그 기반을 두

경우에도 'novel'은 전대 서사 양식인 'romance'와는 확연히 구별되는 것이었다. 그럼에도 지금의 소설 개념은 동·서양, 그리고 시대에 따라 달리 사용되어져 온 개념의 이질성이 하나의 용어 안에 묶여진 것이다. 김영민, 「소설(novel)과 小說(소설/쇼설)의 거리」, 『현대문학의 연구』 21집, 2003.
16) 「소설가의 자세」, 『대한매일신보』, 1909.12.2.

었다는 점에서 일제에 맞서기 위한 저항담론으로 적극 창작된 토론체 서사와 마찬가지로 논설의 연장선상에 놓인 것이다. 이를테면 「이순신전」 서두와 결미 부분은 독자를 일깨우려는 저자 신채호의 목소리가 논설처럼 드러나며 「라란부인전」 서문을 보아도 이러한 역사 전기물은 소설이기 앞서 논설의 또 다른 변이형임을 짐작케 한다.

토론체를 비롯해 당대 역사 전기 소설들이 오늘의 근대 소설과 구별되는 가장 큰 차이점은 작가가 전지전능한 지위로 독자 위에 군림한 채 일방적으로 결론을 향해 나가는 설명적 방식에 있다. 따라서 독자는 소설의 시작부터 결론을 미루어 짐작할 수 있는데 이는 분명한 당위와 목적 하에 삶의 세목이 아닌 결론을 통한 독자층의 고무만이 문제가 될 뿐이기 때문이다. 기존 질서가 모두 깨어진 격동기 속에 구심점을 전대의 영웅에서 찾았던 역사소설들이 분명한 결론으로 치달을 수 있었던 반면 시간을 고정시켜 놓고 대화만으로 담론을 만들어 갔던 토론체는 그 결론 방식에서 이와 차이를 보인다. 전체 국민이 소경과 안즘방이에 불과하다는 비유적 서사인 「소경과 안즘방이 문답」 결말에서 안즘방이가 소경더러 나를 업어 눈과 다리를 동시에 얻어 돌아다니자는 제안에 소경은 "그러면 즈네는 업퍼 단이게 되야 죠커니와 나는 무슴 팔즈로 니 몸도 니가 쥬체홀 슈 업는데 남을 쏘 업고 단인단 말인가" 하면서 노래를 부르며 떠날 뿐이다. 이 소설에서 어떠한 결론도 얻어 내지 못한 채 독자에게 상황만을 보여준 채 끝을 맺고 마는데 이는 주어진 세계관이 없는 세계, 삶의 근간이 일거에 무너진 사회를 반영하는 글쓰기가 아닐 수 없다.

이러한 열린 종말법은 이전의 소설 플롯과는 분명 구분된다. 유교적 질서 안에서 화자(저자)와 청자(독자)가 만났던 고대 소설은 가야 할 이념 지향이 명확했기에 선적 구성 속에서 일관된 해피엔딩을 보일 수 있었다. 이데올로기 상실 속에서 민족의 앞날을 구하고 미래를 열어가야 했던 계몽기는 이미 과거의 세계관에서 벗어나 있다. 문학은 한 시대와 동시적으로 전개된다는 점에서 세계관 변이는 곧 서사 양식 변화를 가져온다. 고대소설의 양식에서 급격히 변화한 신소설과 그 불연속선상에 놓인 계몽기 글들은 각기 다른 세계관 속의 다른 양식의 서사체로서 읽어야 한다.

더욱이 『대한매일신보』는 민족지로서 여타 신문들보다 항일 의식이 강했다는 측면에서 볼 때 친일적 세계관의 기반 위에서 일상적, 개인적 자아를 그려냈던 신소설과는 다른 서사 층위의 글쓰기이다. 1906년 이후는 이인직의 「혈의누」를 시작으로 신소설이 크게 대중들에게 인기를 끌던 때였다. 신문의 부수를 의식하지 않을 수 없었던 『대한매일신보』는 여러 편의 고소설을 게재하는데 「청루의녀전」의 경우 고소설임에도 불구하고 '신소설'이라는 표제하에 연재한다는 사실과 당시 신소설을 극렬하게 부인[17]했던 당대 필진들과 '신소설'적 특징의 작품이 전혀 게재되지 않았던 사실을 두고 볼 때 더욱 문제시된다. 『대한매일신보』는 일본의 압력이 거세어지기 시작한 1908년 이후부터 반일의 목소리를 자유로이 낼 수 없는 외적 환경에 처하게 되는데 이때를 기점으로 계몽과 자주를 강조하는 단형 서사물들이 사라진다. 소설의 효용성에 주목하면서도 신소설과의 경쟁관계를 피할 수 없었던 민족지 『대한매일신보』가 이후 나아간 길은 「디구셩 미리몽」이다. 이 작품은 비록 미완이긴 하지만 한층 서사가 강화되었다는 점에서 토론체 단형 서사와 신소설 사이의 거리를 메워주는 교두보 역할을 하고 있다.

우셰즈는 단군 이후 스쳔여년 시뎌 사롬이라 일즉 교화가 붉지 못ᄒ고 풍쇽이 아롬답지 못ᄒ 것을 근심ᄒ야 혹 쳥년을 교육ᄒ며 혹 지ᄉ를 권고ᄒ고 혹

---

17) 다음은 처첩간에 벌어지고 있는 치정을 다룬 신소설 『귀의성』을 비판한 『대한매일신보』의 한 부분이다. "소설이라 하는 것은 정치 · 풍속 · 가정 간에 부패습관 개량하고 문명사상 고취후에 완전하다 할지어늘 위망변호(僞妄辯護) 장황하여 허망사와 음험설로 요량미정(料量未定)부유배(婦孺輩)를 현혹정신(眩惑精神)자심(滋甚)하니 서적계의 요괴물은 『귀의성』이 제일일세."(『대한매일신보』, 1909.3.14)

완고를 경○ᄒ기 위ᄒ야 셰샹에 도라ᄃ닌지 몃 희에 ᄒ 사람도 ᄶᄃᆺ 쟈 업고
도로혀 지목ᄒ기를 광패ᄒᆫ 쟈ㅣ라 ᄒ며 죠롱ᄒ기룰 허황ᄒᆫ 쟈ㅣ라 ᄒ야 인류
로 ᄃ졉지 아니ᄒ거눌 우셰ᄌㅣ ᄌ탄ᄌ가ᄒ다가 창ᄌ 속에 더운 피가 ᄭᆯ음을
금치 못ᄒ야 일일은 표연히 멀니 놀 ᄯᆺ을 두미 손에 잡고 일반 동포에게 권고
ᄒ랴던 일쳬 잡지와 월보를 다집어더지고 니러서니 그 ᄒ장을 볼작시면 쳥려
쟝 일개와 셔시집신 일쌍이며 조고마ᄒ 보ᄉ짐 뒤에 소라 표ᄌ ᄒ 개를 둘엇더
라 십리 빅리 쳔리를 뎡쳐업시 ᄃ니다가 ᄒ 곳을 다다르니.18)

토론체가 서술자의 논평이나 등장인물의 담화로부터 시작된 서사라면
「디구셩 미리몽」은 도입부가 보여주듯 인물이 등장하기까지의 상황을
묘사를 통해 그려내고 있다. 토론체 서사에서 작가는 편집자적 위치에
머물러 있었다. 그러나 이 작품에 이르러 작가는 단순히 들은 이야기를
전달하는 편집자 위치가 아니라 작품의 시간에 직접 개입하기에 이른다.
즉 서술자로서의 작가의식이 드러난 작품이다.

이 소설은 망국민 우셰ᄌ와 법ᄉ 둘이 만나 각기 나라 잃은 슬픔을 토
로하는 내용으로 전반적 구조는 토론체의 연장이면서도 망국의 한을 토
로하기 위한 허구적 상황을 소설적 장치화 했다는 점에서 근대 소설의
외형에 보다 근접하고 있다. 토론체와 구별되는 또 다른 특징으로 서사
성의 강화라는 형식적 측면 이외에 주제적 측면을 들 수 있다. 토론체의
주제는 크게 계몽으로 수렴된다. 반면 이 작품에서 계몽은 두드러지지
않는다. 계몽 대신 이대로 가다가는 망국민이 되고 말 것이라는 극단의
절망과 울분이 주인공들의 대화를 통해 그대로 표출될 뿐이다. 이 작품
이 쓰여진 시대적 공간이 한일합방을 앞둔 시기임을 고려해 본다면 당
시의 급박한 상황 속에서 계몽으로 다수를 움직이기 보다 절망적 현실
을 그대로 보여줌이 보다 효과적 현실 인식의 계기가 되었을 것이라 추
측해 볼 수 있다.

---

18)『대한매일신보』, 1909.7.15.

우셰즈ㅣ 왈 나는 대한 대국에 우셰즈ㅣ라 칭호는 광긱이니 우리 민족의 부패홈과 국셰의 빈약홈을 근심호야 월보와 잡지를 발간호야 셰상 사롬을 긔도호기로 일을 숨더니 호나도 끼닷는 쟈는 업고 점점 비참호 디경에 싸지미 내비록 불갓호 열혈이 쓰르나 호 손으로 건질 수 업논고로 즈연화에 씌여 셰계에 멀니 놀어 흉회를 펼가 호다가 우연히 이 곳에 왓거니와.19)

위 지문으로 보아 주인공 '우셰즈'는 곧 『대한매일신보』 집필진의 투영임을 유추해 볼 수 있다. 토론체 글에서 서사를 전하는 편집자의 목소리가 소설의 작중 인물로 몸을 바꾼 것이라 하겠다. 고대 소설이 영웅의 탄생과 그 일대기를 다룬 것임을 상기해 볼 때 당대 삶의 복판에 놓인 한 개인을 주인공으로 내세우고 주제 역시 권선징악에서 벗어나 현실 문제를 제기했다는 점은 이미 근대 소설의 정신에 육박하고 있음으로 보아야 한다. 고대 소설에서 문제가 되는 것은 유교적 교리 내의 윤리적 측면의 문제였다. 그러나 「디구셩 미리몽」에서 죄악시되는 것은 기존 질서 내의 윤리문제가 아니다. 염라부에 가서 문책을 당해야 할 죄악은 나라 잃은 망국인으로서의 삶일 뿐이다.

혹은 제 나라를 제가 망호고 갈 곳이 업스니 여긔 두어 무엇에 쓰리오 아모리 참혹홀 지라도 디옥 멋 만간을 더 지어 그 속에 모라 너코 그 문을 영영 봉쇄호면 도로나 좀 경결호리라 호고 혹은 망국 인죵이 히마다 늘고 둘마다 더 호니 디옥 짓는 디로 차면 쌍도 한뎡이잇지 현금 셰계상에 빈약호고 우미호 나라이 간간히 잇스니 그 나라들이 추례로 망호면 우리 부즁은 더욱 곤난치 아니리오 찰하리 뎌 인죵들을 소나 몰이나 개나 도야지로 환싱케 호야 뎌 빈약호 나라에 보내어 우리 부즁을 안졍케 홈이 됴타 호고 혹은 모라다가 불에 틱오쟈 호고 혹은 물에 씌우쟈 호며 혹은 모다 방아에 바슈쟈 호고 혹은 미ㅅ돌에 갈쟈 호야 공론이 불일호나 나는 보건더 뎌 망국 인죵에 짐작 작죄호 쟈도 잇고 (……)20)

19) 『대한매일신보』, 1909.7.17.
20) 『대한매일신보』, 1909.7.18.

위 지문에 드러나는 것처럼 망국민들은 내세에 '소나 몰이나 개나 도야지'로 환생할 수밖에 없으며 염라국에 가서도 불에 태워지거나 방아에 바수어지는 끔찍한 형벌을 면하기 어려운 중죄인이다. 망국민으로 치닫고 있는 대한 민족의 참담한 현실과 그 민족을 대표하는 대표단수로서의 주인공 우셰즈의 울분, 법사를 통해 이미 영국의 속국이 되어버린 인도인들의 비루한 삶의 제시는 당대 가장 첨예한 현실을 보여주는 서사가 아닐 수 없다. 이 작품의 저자가 꿈을 통한 사건 전개라는 몽유록의 틀을 서사 양식으로 빌어 온 것도 꿈이라는 우회적 방법을 통하지 않고서는 직접 논의를 펼칠 수 없는 시대적 한계를 반영한 것으로 보아야 할 것이다.

무엇보다 「디구셩 미리몽」이 담고 있는 주제가 유교적 질서가 아닌 망국민 죄됨이라는 현실의 당면 문제를 다루었다는 점에서 고대소설적 세계관에서 벗어났음을 알 수 있다. 또한 토론체가 평면적 공간에서의 대화에 그친 반면 이 소설에 이르면 현실과 '염라부', 다시 '옥경'에 이르는 공간 변화와 그 공간 이동에 따른 인물 움직임들의 구체적 상황 설정으로 말이암아 소설 양식으로의 진전을 엿볼 수 있다. 그럼에도 황당한 배경설정과 도식적 전개, 우연 남발에 따른 인과성과 개연성의 부재로 말미암아 여전히 고대소설의 잔영을 벗어나지 못하고 있다.

> 산명슈려 며 동텬이 별유텬디 비인간이니 폭포슈는 빅룡포가 둘녀잇고 무림 슈죽은 청포쟝을 둘너잇는터 우느니 잉무 원앙이오 조으느니 노루 사슴이며 춤츄느니 빅학이오 가화요초는 이 셰상에셔 보지 못ᄒ던 바ㅣ라.[21]

위는 이 소설에 빈번히 보이는 배경 설명에 대한 묘사의 한 부분으로 고대 소설의 전형적 묘사에서 크게 벗어나지 않음을 알 수 있다. 그럼에도 이 작품의 배경이 되는 허구적 상황은 현실 문제를 직접 다룰 수 없

---

21) 『대한매일신보』, 1909.7.15.

는 시대적 환경 속에서 진실을 드러내기 위한 현실 재구성이라는 점에서 고대 소설의 '황탄무계'나 '음미불경'과는 분명 구분된다. 전대의 허구가 흥미를 위한 작가의 주관적 소산이었다면 이제 허구는 현실 너머의 진실을 그려내기 위한 하나의 장치이자 소설을 소설답게 만드는 미적 구성 요소로 자리잡게 된다.

유교의 경전에 능하고 문장은 곧 도의 문자적 실천이라는 '재도지기(載道之器)'에 익숙한 『대한매일신보』의 필진들이 이처럼 허구를 서사의 한 양식으로 적극 활용한 문제는 간과할 수 없는 부분이다. 서사에 허구가 갖는 감화력을 적극 활용하여 당대 식자층까지 아우르는 전체독자를 향한 글쓰기는 소설이 문학의 상위 범주로 인식되는 지점이라는 점에서 문학사의 한 근대적 전환으로 보아야 할 것이다. 더 나아가 허구에 대한 적극적 인식은 일대기적 구성의 종결과 함께 시간의 현재화를 위한 장면 제시나 인과적 규칙의 서사를 가능케 한다. 이러한 측면에서 볼 때 「디구셩 미리몽」은 비록 형식적 측면에서는 전대 소설의 영향을 벗어나지 못하고 있으나 이미 의식적 측면에서는 근대 소설에 근접하고 있음을 알 수 있다.

5. 마무리-근대계몽기 서사의 문학사적 의미

근대계몽기는 기존 사유체계가 전면적으로 의심되는 급격한 한 시대의 몰락인 동시에 자율적으로 새 시대를 발흥시키기도 어려운 혼란기이자 격동기였다. 봉건적 질곡에서 벗어나 서구적 근대로 나아가야 한다는 열망과 동시에 외세의 억압으로부터 민족 생존권을 지켜가야 한다는 절박감은 근대계몽기만의 독특한 계몽 담론을 만들어 냈다. 역사적 사건들을 엮어내고, 또는 재배치하면서 민족이 나아가야 할 새로운 이정표를 세워가는 근대계몽기의 신문은 지금의 신문이 갖는 기능 이상을 의미했다. 신문이 곧 교과서이자 교육의 장이었고 정신적 지표였다. 더욱이 민족지의 사명을 다하고자 한『대한매일신보』는 자주와 계몽의 논지가 여타 신문보다 더욱 분명했다.

본고는『대한매일신보』에 게재된 서사물을 통해 계몽기만의 독특한 담론들을 문학사 속에서 살펴보고자 했다.『대한매일신보』가 보인 서사적 스펙트럼은 서사가 개입된 논설에서부터 기사, 역사·전기류, 고소설에 이르기까지 폭넓게 펼쳐져 있어 하나의 양식으로 규정하기 어려운 다층적 공간이 아닐 수 없다. 신문은 기본적으로 판매를 문제삼지 않을 수 없는 매체이다. 날마다 다른 내용을 채워 넣어야 하는 신문의 속성상 상업성은 간과할 수 없는 문제이다. 그러나 계몽의 기획과 유희성의 강조는 양립하기 어려운 논리로서 어떠한 양식으로 계몽과 자주 담론을 이끌어가야 하는 가는『대한매일신보』필진들에게 중요한 문제가 아닐 수 없었을 것이다. 더욱이 일제의 신문 검열이 자칫 신문폐간으로까지 이어지는 상황에서 필진들은 현실 문제를 직접적으로 제기하기보다 우회적 통로로 나아갈 수밖에 없었다. 이처럼 계몽의 기획과 우회적 글쓰기로서 허구가 만나는 지점은 이 시기만의 독자적 글쓰기 양식이 창출되는 공간이자 근대문학으로 분화되어 가는 통로이기도 하다.

국권 상실과 함께 계몽 기획이 좌절되어 가는 격절점에 놓인 1905년부터 1910까지의 신문 지문을 보면 다양한 방식의 서사가 동시간대에 걸쳐져 있음을 알 수 있다. 조선시대의 야담이나 전으로부터 고대 소설, 다양한 서사의 논설들, 아울러 일상적 자아의 모습을 담은 신소설이 비슷한 시기에 공존한다. 또한 소설이라 한정한 양식도 그 차가 매우 커서 경향신문의 숱한 소설들이 야담으로 이루어져 있다면『대한민보』나『만세보』'단편'에 경우 인물의 내면세계를 포착한 일상적 자아의 모습도 찾아볼 수 있다.

『대한매일신보』에서 문학적 성격을 유추해 낼 수 있는 대표적 서사 양식은 잡보란의 토론체 단형 서사물과 역사 전기물을 들 수 있다. 논설 과 소설의 중간 단계에 놓인 문답·토론의 단형 서사물은 그 양식적 기 원을 조선시대 후기의 전과 야담에서 이미 찾아볼 수 있다는 점에서 내 재적 발전의 문학사를 가능케 한다.22) 토론체뿐만 아니라 이 시기 중점 적으로 신문지상에 게재된 역사·전기류 역시 근대계몽기가 낳은 독특 한 글쓰기로 보아야 한다. 「이순신전」을 비롯한 전기 소설에서 중요한 것은 최종심급으로서 민족이지 현실적 관계 속의 개인의 일상들이 아니 다.『대한매일신보』를 이끌어 갔던 필진들은 신문기자이기에 앞서 구국 항쟁에 앞장섰던 민족의 선지자들로 토론체 논설과 역사 전기류를 통해 독자들의 의식을 각성시키고자 한 것이었다. 이는 친일적 이데올로기를 수락하고 대중에 영합하는 신소설을 전혀 게재하지 않은 것에서도 분명 히 드러난다.『대한매일신보』 서사물은 1906년부터 쏟아져 나오기 시작 한『만세보』를 비롯한 타 신문들 속의 신소설들과는 그 서사 원리가 근 본적으로 다른데 이는 서사가 기반한 세계관이 근본적으로 다르기 때문 이다. 계몽기 논설들은 고대소설에서 보이는 바처럼 유교 질서를 근간으 로 한 과거 지향적 글쓰기에서 벗어나 현실에 대한 주체적 자각을 통해 당대 현실을 직시하고자 했기 때문이다. 이는 신문의 탄생이라는 근대

---

22) '서사적논설'이라는 용어를 처음 사용한 김영민은 근대 소설의 기원이 되는 '서사적 논설'이 야담을 비롯한 조선 후기의 전반적인 한문 단형 서사문학과 직간접적인 영향 관계를 맺고 있음을 드러냈다(김영민, 앞의 책, 46면). 이에 반해 설성경은 서사적논설 에서 흔히 사용되는 문답식 구성은 그 연원이 오래된 것으로 조선 후기의 전과 야담에 서 그 기원을 찾는 것은 옳지 않다는 반론을 펴고 있다. 그에 따르면 문답식은 여말선 초뿐만 아니라『금오신화』에서도 드러나는 매우 오래된 연원을 지닌 것이다. 따라서 근대 소설의 매개로 '서사적논설'을 보는 것은 옳지 않으며 이미 근대 소설의 물적, 양 식적 토대는 중세소설로부터 비롯되었음을 분명히 한다. 그러나 중세의 소설은 근대 소설과 문체와 문장구성방식뿐만 아니라 근본적으로 소설이라는 매개를 통해 세계를 바라보고 구성하는 입장이 분명히 다르다는 점에서 설성경의 논리 역시 반박의 소지 가 있다. 설성경·김현양, 「19세기 말~20세기 초『제국신문』의 〈론셜〉 연구」,『연민학 지』8집, 2000.

매체의 탄생과 역사 초유의 국난이라는 시대적 배경 속에서 동시적으로 보아야 하는 문제이다. 무엇보다 신소설들이 자주기획의 실패 속에 친일적 세계관을 받아들여 개인의 일상을 탈역사적 시선으로 포착해 낸 것과는 크게 대별된다. 고대소설이 유교라는 기존 이데올로기에서 벗어나지 못한 것이듯 신소설 역시 근대 문명을 선취한 외국을 선망과 동경의 시선 속에서 지향점으로 두었다는 점에서 현실에서 한 발 떨어진 세계 인식이 아닐 수 없다. 따라서 계몽기 서사물의 의의는 그것이 비록 기법 면에서는 전대의 영향권에 있었다 해도 그 의식면에서는 이미 근대를 선취하고 있었다는 데 있다.

서양의 근대 소설이 자본주의의 도래라는 외부적 요인에 의해 촉발된 것이듯 우리의 근대 소설 기원에 해당되는 이 시기 문학 역시 1900년 주변의 급격한 역사적 변동과 그 속의 민족 의식 부상에 따른 정치적 산물이다. 더욱이 소설이 그려내는 리얼리즘이 소설이 제시하는 삶의 종류 내에 존재하는 것이 아니라 삶을 제시하는 방법 내에 존재하는 것[23]이라는 논의를 빈다면 이 시기 서사들은 당시의 급박한 상황을 민감하게 반영하는 가장 리얼한 소설임은 분명하다. 따라서 이들 양식을 근대 소설이라는 전범을 기준으로 하여 재단하는 것은 특정한 사회, 역사적 층위를 지닌 당대 서사를 올곧게 보지 못하는 왜곡과 배제를 불러올 수 있다. 『대한매일신보』에 개제된 서사물들의 의미는 이 시기만의 독자적 질서를 지닌 문학사의 한 단계로 받아들이는 관점에서 제 모습이 분명히 드러날 것이다.

---

23) 이언 와트, 전철민 역, 『소설의 발생』, 열린책들, 1988, 20면.

『만세보』소재 단형 서사물의 특성 연구

배현자

1. 머리말

『만세보(萬歲報)』[1]에는 최초의 신소설로 회자되는 이인직의 『혈의누(血의淚)』[2]와 그의 또 다른 신소설인 『귀의성(鬼의聲)』이 연재되었을 뿐만 아

---

1) 『만세보』는 1906년 6월 17일에 창간하여 1907년 6월 29일에 폐간될 때까지 378일 동안 총 293호를 발행한 일간지로 천도교가 이 신문의 발행 주체이다. 동학의 3대 교주인 손병희는 1902년 이래 일본에서 체류하다가 1906년 1월 말에 『만세보』의 중추적인 역할을 맡게 되는 천도교 신도 권동진 · 오세창 등과 함께 귀국하여, 동학에서 이름을 바꾼 천도교의 적극적인 포교에 나서는데 신문 발행은 그 일환이었다. 『만세보』의 사장은 오세창, 발행 겸 편집인은 신광희, 총무 겸 주필은 이인직이었다.
『만세보』의 영인본은 연세대학에 소장된 자료를 바탕으로 1985년에 아세아 문화사에서 출간한 바 있는데, 현재 8호, 156호의 3 · 4면, 245호, 275호, 281호가 유실된 상태이다.
2) 원문에 한자로 표기되어 있는 경우, 이 글에서는 그 어휘가 처음 나올 때 한글 옆에 한자를 괄호로 병기하여 주고 뒤에서는 한글로만 표기.

니라 근대계몽기의 단형 서사로 분류되는 서사물이 실려 있다. 그 동안 신소설은 여러 연구자들이 주목하여 깊이 있는 논의가 진행되어 왔다. 반면에 단형 서사물은 그 동안 상대적으로 연구가 소홀했는데 이 논문에서는 『만세보』의 단형 서사물을 고찰하여 그 특성을 드러내는 데 목적이 있다.

최근에 여러 연구자들이 근대계몽기의 신문 매체에 실린 단형 서사물에 주목하여 우리의 서사적 전통이 단절되었던 것이 아니라 전통적인 글쓰기의 바탕 위에서 시대의 요구와 매체의 변화에 따라 새로운 형태로 시도되었다는 것을 밝혀 주고 있다. 이들 연구의 성과는 근대문학의 이식론을 전면적으로 재고할 수 있게 해 주고, 또한 문학적 관점에서 근대 출발 시기의 특성을 고찰할 수 있게 해 주었다는 점이다.

그런데 『만세보』에 게재된 단형 서사물은 그 이전까지의 단형 서사와 여러 면에서 차이점을 드러내고 있다. 그 차이점을 통해 『만세보』의 단형 서사물은, 고전적 패러다임과 근대적 패러다임의 겹침 속에서 부유하고 있던 '서사'라는 문학적 장르를 보다 더 현대적으로 정착시키는 데 일조하고 있다. 최초의 신소설이라고 하는 『혈의 누』가 『만세보』를 통해 등장하는 것은 우연의 일치만은 아닌 것이다. 따라서 『만세보』 단형 서사물의 특성을 고찰하는 이 작업을 통해 신소설이 형성될 당시 패러다임의 일단을 짚어볼 수 있을 것이다. 또한 『만세보』 단형 서사물의 특성에서 드러나는 양면성을 통해 근대적 패러다임의 한 면모를 성찰적으로 재고해 보고자 하는 것이 이 논문의 궁극적 목적이다.

2. 『만세보』 단형 서사물의 형식적 특성

1) 논설과 서사의 분리

지금까지 한말 개화기의 신문에 게재된 단형 서사물을 논할 때 중점적으로 부각되는 특성 중의 하나는 논설과 서사가 분리되지 않았다는 것이다. 한국의 근대 문학 이식론을 전면적으로 재검토하게 해 준 김영민의 『한국 근대소설사』에서는 한말 개화기 신문의 논설란에 서사성이 가미된 것들을 '서사적논설'이라는 명칭으로 분류하여 한국의 근대 문학이 이식된 것이 아니라 전통적 글쓰기의 바탕 위에서 시대의 요구와 매체의 변화에 따라 새로운 형태로 시도되었다는 것을 밝히고 있다.

> '서사적논설'은 한국 근대소설의 발생기적 모습을 보여주는 근대 전환기적 서사문학 양식이다.
> 소설사적 맥락에서 본다면, '서사적논설'은 전래적 서사 양식인 야담이나 한문 단편 등이 근대 문명의 산물인 신문의 논설과 결합하면서 생긴 양식이다. (…중략…) '서사적논설'은 아직은 완전히 독립된 서사문학 양식으로서보다는 외형상 논설을 표방하는 형식으로 존재한다.[3]

여기서 김영민은 '서사적논설'이 아직은 완전히 독립된 서사문학 양식이 아니라 논설을 표방하는 형식으로 존재함을 분명히 하고 있다.

이 시기의 단형 서사물 연구로 괄목할 만한 정선태의 『개화기 신문논설의 서사 수용 양상』역시 '왜 논설이 문학적 의장을 빌릴 수밖에 없었는가'라는 문제 의식에 답을 마련하며 논설과 서사의 미분화된 특성에 주목하고 있다.

---

3) 김영민,『한국 근대소설사』, 솔, 1997, 47~48면.

특별히 '소설란'이 설정되지 않은 상황에서, 다시 말해 근대적 제도로서의 문학이 그 독립적인 영역을 확보하지 못한 미분화의 상태에서 서사문학은 논설란을 빌어 명맥을 이어가면서 그 가능성을 실험했다고 할 수 있을 것이다.[4]

이들 연구자들이 밝히고 있는 것처럼 개화기 신문에 게재된 단형 서사물의 출발은 논설과 서사가 분리되지 않은 채 이루어졌다고 할 수 있다. 논설과 서사의 결합은 물론 전통적 글쓰기의 연계선상에서 이루어졌다. 주지하다시피 '논(論)'과 '설(說)'이라는 한문 문체 방식에 서사성이 가미되는 것은 우리의 전통적인 글 속에서 익숙한 것이었다. 이러한 전통적 글쓰기 방식이 한말 개화기에 신문이라는 매체와 만나면서 서사성이 가미된 '논설'을 탄생시켰다고 할 수 있다. 『만세보』가 발간되기 시작한 1906년 6월 17일을 기점으로 그 이전과 당시 발간되었던 신문들의 논설란에서 단형 서사물을 볼 수 있는 신문들은 『조선 / 대한그리스도인회보』·『그리스도신문』·『독립신문』·『매일신문』·『제국신문』·『황성신문』·『대한매일신보』 등이다.

그런데 『만세보』에서는 발간호부터 종간호까지 서사성이 가미된 논설을 단 한 편도 찾아볼 수 없다. 대신에 대화체로 분류될 수 있는 단형 서사물을 발간호부터 '국문독자구락부(國文讀者俱樂部)'라는 난에 수록한다. 이후에는 '국문독자구락부(國文讀者俱樂部)'뿐만이 아니라 '하운기봉(夏雲奇峯)', '홍엽만제(紅葉漫題)', '난로담화(煖爐茶話)', '소춘월령(小春月令)', '청등잡조(靑燈雜俎)', '백자향풍(柏子香風)' 등의 난에서도 대화체의 단형 서사물을 게재한다. 일례를 들면 다음과 같다.

◀ 여보시오 同知님, 同知님은 비를 아르실 터이지마는, 나는 第一 同知님 미워셔, 달근달한 일이 잇소, 올희는 世界가 모다 豊年이랍듸다 (雇)
◀ 우익, 너무 조와셔 비를 아라 (主)

---

4) 정선태, 『개화기 신문 논설의 서사 수용 양상』, 소명출판, 1999, 91면.

◀말귀가 그리 어둡단 말이오, 同知님이, 논마지기노, 잇는 셔슬에 쏠갑 오
르기만, 기다리더니 西路에는 엇지 그리 穀價가 헐흐든지 穀石作錢흐는놈들
은, 운답되다 同知님은 눈물 아니나오 (雇)

◀이익, 미련흔 소리마라, 나는 豊年이 드러도, 논을 장만흐고 凶年이 드러
도, 논을 장만흔다 凶年에는 穀價가 빗쓰니 穀石밧쳐, 논을 사고 豊年이 들면
秋收도 만히 흐고, 남의게 빗주든 돈도, 밧기 쉽고, 장니쏠 쥬엇든 것도, 밧기가
쉬우니, 엇더흐든지 논을 산다 (主)

◀여보 돈을 그럿케 모흐거든, 그 돈 밧치고 원이노 흐노 흐여 보시오 同知
님은 우리ㄱ흔 머섬의 등골를 쎄여 먹지 말고 원흐거든 흔 번에 문청 잘 먹어
보구려 (雇)

◀이놈 큰일 날 소리 마라 權直相이처럼 懲役 좀 히보게 제가 버러먹여야
흐지 남의 것을 도젹질 흐야 먹어면 畢竟은 경 치는이라 (主)

◀여보 同知님은 밤중이요 權直相이ㄱ치 돈 잇는 사람도 懲役흐깃쇼 (雇)[5]

신문을 볼 때 언뜻 보면 ◀표 때문에 다른 짤막한 기사로 보기 쉽지
만, 실은 주인과 머슴으로 등장하는 두 인물의 대화를 통해 관리의 타락
상과 돈이면 뭐든지 통하는 세태를 풍자하고 있는 단형 서사물이라는 것
을 알 수 있다.[6] 『만세보』의 발간 초창기에는 이러한 대화체의 단형 서사
물이 거의 매 호에 보이며, 심지어는 한 호에 두 개씩 보이기도 한다.

---

5) 『만세보』, 1906.9.27, '추야농담(秋夜農談)' — 필자가 부속국문 생략하고 현대식 띄어
쓰기 함, ◀표나 ( ) 등은 모두 원문 그대로임. 이후의 인용문에서는 꼭 필요한 경우가
아니면 모두 부속국문은 생략하고 표기는 원문 그대로 하나 띄어쓰기는 현대식 방식
에 맞추어서 할 것이다. 그리고 타 신문의 인용문인 경우 현대식 맞춤법과 띄어쓰기에
따라서 표기.

6) 김영민 · 구장률 · 이유미가 한말 개화기 신문들의 단형 서사물을 집대성한 『근대계
몽기 단형 서사문학 자료전집』(소명출판, 2003)에는 『만세보』의 단형 서사물로 소설란
에 등장하는 1906년 7월 3~4일자의 「단편」과 1907년 1월 1일자의 「백옥신년」, 이렇게
두 편만 들어 있다. 그러나 하나의 주제를 드러내기 위해 대화체를 통해 만들어낸 이
야기인 점이라든가, 『조선그리스도인회보』 1897년 10월 6일자의 「거미 이야기라」(『근
대계몽기 단형 서사문학 자료전집』 상, 33면)나, 1898년 3월 30일자의 「부자문답」(같은
전집 상, 40면)과 길이면에서도 비슷한 점 등으로 볼 때 소설란이 아닌 난들에 산재된
대화체들도 단형 서사물로 분류되어야 할 것이다.

그러다가 1906년 7월 3일자에 이르면 '소설(小說)'[7]란을 마련하여 이틀에 걸쳐 기존과는 많이 다른 단형 서사물을 싣는다. 특히 이 단형 서사물에는 한말 개화기 신문사상 처음으로 '소설'이라는 난명 뒤에 「단편(短篇)」이라고 덧붙여 제목처럼 사용하고 있다. 1907년 1월 1일자의 「백옥신년(白屋新年)」이라는 단형 서사물은 아예 난명을 '단편소설(短篇小說)'로 잡는다. 논설과 서사를 이처럼 의식적으로 구분하여 단형 서사물을 싣는 것은 『만세보』가 처음이다. 『제국신문』은 1906년 9월 18일 소설란을 마련한 뒤부터 논설에서 서사성이 보이지 않지만 그것은 『만세보』보다 뒤늦은 일이다. 또 『대한매일신보』에서 소설란을 마련하고 단형 서사물을 보인 것은 『만세보』보다 빠른 1906년 2월 20일자지만 그 이후에도 계속 서사적논설이 보이고 있으므로 논설과 서사를 의식적으로 구분했다고는 보기 힘들다.

2) 서사에서의 국문체 지향

『만세보』는 그 동안 우리가 사용해 왔던 문체의 전시장이라고 할 정도로 다양한 문체들이 섞여 있다. 예를 들면 다음과 같다.

① 議政府議政大臣閔泳奎辭職疏
批旨省疎具悉卿之庸(?)命緣(?)信宿矣詎意忽有此巽章之來竊謂於理於義俱萬萬不當之擧也 (…하략…) (1906.6.17, 1면)
② 今於萬歲報社와普文館之設에余甚嘉悅而深視也로라何者오萬歲報ᄂ新聞發行者也오普文館은簡策印刷者也라 (…하략…) (1906.6.17, 3면)
③ 寧察報告 平北觀察使李根豊氏가內部에報告ᄒ되部訓令을奉準ᄒ야外國兵

7) 『만세보』의 '소설'란에는 1906년 7월 3~4일의 「단편」과 1907년 1월 1일의 「백옥신년」의 단형 서사물 두 편과, 신소설로 분류되는 『혈의 누』와 『귀의 성』, 이렇게 모두 네 편의 서사가 실려 있다.

民의滋弊를附近該國官憲의계交涉采正ㅎ야傅無民冤之意로連加訓飭於各郡
닌바 (…하략…) (1906.6.17, 2면)

④ 하늘에셔金비가쏘다지든지짜에셔紙錢뭉치가   숫든지ㅎ기만바라는主義라
(…하략…) (1907.4.6, 3면)

⑤ 쳡은근본평안도안주사룸으로김판셔규홍씨롤종수ㅎ와경셩에거싱한광음이슴
십년이라 (…하략…) (1907.4.2, 3면)

⑥ 혹몃달식 혹몃힛식 금고에붓쳐 귀부에 가두엇다가 긔한이 지난후에 다시 무
슴조처를 힝ㅎ며 (…하략…) (1907.4.27, 1면)

⑦ 萬歲報라名稱ㅎ 新聞은何를爲ㅎ야作ㅎ이뇨 (…하략…) (1906.6.17, 1면)

⑧ 文明ㅎ國에家家이大學校를設始ㅎ얏다ㅎ니何이오(…하략…) (1906.6.17, 3면)

일단 크게 나누면 한문체, 국한문혼용체, 국문체로 나눌 수 있다. 하지
만 좀더 세분하여 보면 ①은 한자 전용 한문이며, ②·③·④는 한자와
한글을 섞어 썼지만 ②는 한문에 토만 한글로 단 것이고, ③은 한문이
아니라 한글 문장 구조에 한자를 주로 사용하고 있으며, ④는 한글 문장
구조에 한글이 주이고 한자를 약간 섞어 쓴 경우이다. 국문체도 ⑤처럼
띄어쓰기를 안한 것과 ⑥처럼 띄어쓰기를 한 것이 있다. 띄어쓰기는 한
자 전용 한문의 경우가 아니면 한 것과 안한 것이 혼재해 있다. 더욱 특
기할 만한 것은 ⑦·⑧과 같이 한자 오른쪽 옆에 작은 활자로 한글을 단
것인데, 이른바 부속국문체이다. 여기서도 차이가 보이는데 한자를 읽을
때 ⑦은 음독으로 ⑧은 음독과 훈독을 섞어 부속국문을 단 것이다.

하나의 신문매체에서 이렇게 다양한 문체를 본다는 것은 그 시대의
한 특징을 여실하게 보는 것과 같은 맥락이다. 당대는 몇 백 년 간 공론
의 장에서 우위를 점해온 한자가 한글에 의해 심각한 도전을 받고 있었
다. 1894년에 법률칙령을 국문으로 하고 한문, 국한문혼용을 허용한다는
칙령이 발표된 후, 『독립신문』을 위시해서 『제국신문』·『대한매일신보』
등 여러 신문매체들이 앞다투어 한글을 사용하고 나섰다. 이 신문들은

한글을 사용하는 한편 논설 등을 통해 한글이 익히기 쉽다는 점을 강조하면서 한글 사용을 적극 권장하기도 하였다. 일단 배우기가 쉽다는 점에서 한글은 한자에 대해 우위를 점했다. 그리고 이 점은 한시 바삐 국민을 계몽시키는 것만이 부강한 문명국으로 가는 지름길이라는 것을 통감하고 있었던 당대의 지식인들과 결부되면서 한글 사용의 속도는 가속화되었다. 그러나 당대는 유가를 기반으로 했던 지식체계에서 학문을 닦았던 이들이 여전히 공고한 지위를 확보하고 있던 때였다. 이들 역시 신문의 편집진들에게는 계몽의 대상이었다. 그런데 이들에게 다가가기 위해서는 한자를 사용해야만 했다. 신학문에 접한 이들과 구학문을 습득했던 이들이 공존하는 당대의 시공 속에서 신문들의 문자선택에 대한 고민이 자리잡았고『만세보』는 다양한 문체를 선택하면서 그 타개책을 찾고자 했던 것이다.

그런데 여기서 좀더 주목하고자 하는 것은『만세보』의 논설과 서사에 쓰인 문체가 다르다는 점이다. 예를 보면 다음과 같다.

① 夫社會發達은經濟發達에在ᄒ니何를위함인고

② 文明ᄒ國에家家이大學校ᄅ設始ᄒ얏다ᄒ니何이오新聞社 (南村一人)

③ 汗을쑤려雨가되고氣을吐ᄒ야雲이되도록人만흔곳은長安路이라廟洞도都城이언마는何其쓸쓸ᄒ던지

①은 1906년 6월 17일자의 '논설'란에 실린 글의 일부로 여기에는 필명이 '主筆 李人稙'이라고 분명히 밝혀져 있다. ②는 같은 날짜의 '국문독자구락부'란에 실린 글의 일부로 필명은 밝혀져 있지 않다. ③은 1906년 7월 3일자의 '소설'란에 실린 「단편」의 일부로 필명이 이인직의 호인 '국초(菊初)'로 되어 있다. 이 글들을 보면 부속국문이 ①에서는 음독으로 달려 있으나 단형 서사물인 ②와 ③에서는 훈독으로 달려 있음을 알 수

있다. 그리하여 똑같은 한자가 쓰이더라도 그 부속국문은 각기 다른데, '何'가 ①에서는 '하', ②에서는 '무엇', ③에서는 '엇지'로 되어 있다. 또한 여기에는 일부만 인용했으나 글 전체로 볼 때 논설인 ①보다 서사인 ②와 ③에 한글이 훨씬 많이 쓰인 것을 볼 수 있다. 특히 ③의 글은 시작하기 전에 "이 小說은 國文으로만 보고 漢文音으로는 보지 말으시오"라고 자상한 안내까지 하고 있어 같은 이인직이 논설을 쓸 때와 서사를 쓸 때에 의식적으로 문체를 달리 하고 있음을 보여준다. 즉 논설과 서사의 지향하는 문체 방식이 달랐던 것인데 서사는 주로 국문체를 지향하고 있었다. 1907년 1월 1일의 「백옥신년」에는 한자가 '鄭' 한 글자 쓰이고 나머지는 한글로 쓰여 있는 것도 이를 뒷받침한다. 『만세보』는 1907년 3월 9일부터 부속국문을 전혀 쓰지 않는데, 이때부터는 대화체의 단형 서사물이 거의 등장하지 않는다.[8]

배우기 쉽다는 이점 이외에 한글을 사용함으로써 얻는 실질적 효용은 무엇이었을까. 『한성주보(漢城周報)』는 신문에서 최초로 한글을 사용했다는 점에서 그 실마리를 얻을 수 있는 좋은 매체인데, 이 신문의 1886년 2월 1일자 제2호를 표본으로 한 다음과 같은 예는 그 대답의 단서를 제공한다.

　①[國內記事] 公立醫院規則 第一條는 生徒幾員이 每日 學業ᄒᆞ는 時間는 午前 七時로부터 午後 四時에 止ᄒᆞ고 休日 外에 不得浪遊ᄒᆞ며 그 精通이 異等ᄒᆞ야 衆望이 잇ᄂᆞᆫᄌᆞ는 公薦表揚ᄒᆞᄂᆞ니라

　②[外報] 德西兩國爭一島 七月 十二日에 스베인西班牙 政府에셔 셰야만是耳曼 卽 德逸이라 政府에 照會ᄒᆞ고 가러린島 占守ᄒᆞᆯ 물 詰責ᄒᆞ니 더 기 가러린島는 南大洋一島라 그 接近島與가 甚多ᄒᆞ되 거의 스베인의 管轄이 된 故로 該島도 ᄯᅩ 스베인의

---

8) 『만세보』의 서사에 쓰인 문체가 국문체를 지향하고 있었다는 점은 김영민의 「근대 계몽기 신문의 문체와 한글 소설의 정착 과정」(『현대문학의 연구』 22호)에 좀더 자세하게 서술되어 있다.

所屬이라稱ᄒ더니近來에셰야만이該島를占守ᄒ여國旗를島中에亼ᄌ表ᄒ故로
스베인이마춤내照會ᄒ미라

③ [外報] 르메리가쌔와리야와셔로합ᄒ미라 르메리가도르기를쟝춫비반ᄒ고
쌔와리야와합ᄒ려ᄒ니더져도르기의쌍히유로부와예시야두디경를년ᄒ니진실노
셔양더국이요쏘아흐리가의예시브도와즈니스도쏘ᄒ그쇽국이라. (…중략…) 르메
리는羅馬里이요 쌔와리는伯布里이요 도르기는土耳古요 유로부는歐羅巴요 아
흐리가는亞非利加요 셰르의는塞爾維요 쎌마는緬甸이요

이들은 모두 한자와 한글을 섞어 쓴 경우이다. 그런데 '국내기사'인 ①
의 경우 토만 한글로 단 한문체에 가깝다. ②와 ③은 '외보'로서 ①보다
훨씬 한글이 많이 사용된 것을 볼 수 있다. 그리고 한글이 사용된 것을
보면 주로 외래어를 표기하는 경우에 많이 사용되었는데 한글 옆에 다
시 그 의미의 한자 표기를 병기했다.

그런데 이것을 보면 한글 표기가 한자표기보다 훨씬 그 발음이 현대
의 발음체계에 가깝다는 것을 알 수 있다. 우리나라의 발음 체계상 표의
문자인 한자는 표음문자인 한글의 발음표기를 따라갈 수 없다. 세계의
교통이 빈번해지는 근대에 접어들면서 번역은 필수불가결한 것이었고,
번역을 할 때 한글은 한자보다 훨씬 더 좋은 문자였던 것이다.『만세보』
1907년 1월 9일자의 '정해탐험(政海探險)'이라는 난에는 일본어를 한글로
표기한 기사9)가 등장하는데 이것은 표음문자인 한글의 효용성을 십분
발휘한 예라고 할 수 있다. 즉 한자가 아닌 한글을 사용함으로써 표기가
좀더 입말에 가까워진 것이다.

서사에서 입말에 가까워진 한글 사용은, 좀더 세밀하고 구체적인 묘사
를 일상적인 표현으로 할 수 있게 만든다. 아무리 한자사용에 능란하다
고 할지라도 입말과 글말이 다르다는 것은 그만큼 생각의 표현이 자유

---

9) ◀ 모시모시 아나다와 萬歲報社데스가○ᄒ이 쇼우데고스이맛스 아나다와도나다데
스가○하와닥시와 셰이가이돈깅쇼군기사되고스이맛승아 다이홋지가이규－쇽구다담
보되아리맛스 (…후략…)

롭지 않음을 의미한다. 또한 우리의 입말을 한자로 옮기고 보면 한글의 표현에서 생겨날 수 있는 생생함은 자연 그 빛을 바랠 수밖에 없다. 예를 들어 "쌍알쌍알 흥기 조와ᄒ던 녀편네도 이 날 흐로는 희희 웃고", "안방 지게문 압혜 셔셔 훌젹훌젹 우니", "紅(홍)픠는 불고, 속은 검고, 믈(말)은 까치 비싸닥갓치 힛써운디, 人(남)의게 쏴 밉게 뵈이ᄂ, 얼렁얼렁ᄒ고 人(남)을 사귀기도, 잘ᄒ더라" 등의 표현에서 그것을 알 수 있다. 즉 입말과 글말이 같아진다는 것은 좀더 일상화된 묘사적 표현이 가능해짐을 의미하는 것이다.

3) 편집자 목소리 탈각

『만세보』에 단형 서사물이 게재될 때 난명은 여러 가지이지만 '소설'란에 실린 두 편의 단형 서사를 제외하면 한 가지 공통점은 모두 대화체로 이루어져 있다는 것이다. 대화체로 이루어진 『만세보』의 단형 서사물은 총 100여 편이 넘는데, 지나치게 짧거나 하나의 주제로 모아지지 않고 단발적인 의사 표현으로 이루어진 것을 빼더라도 대화체의 단형 서사물로 분류될 수 있는 것은 수십 편이 넘는다. 이들 대화체의 표현 방식도 여러 가지이다. 크게 나누면 문답식과 대화식이라고 할 수 있을 텐데 문답식도 한 사람은 묻고 한 사람은 대답하는 방식, 여러 사람이 묻고 한 사람이 대답하는 방식, 여러 사람이 묻고 여러 사람이 대답하는 방식 등이다. 대화식도 두 사람이 등장하여 주고 받는 방식과, 여러 사람이 등장하여 한 마디씩 하는 방식이다. 신문에 게재하는 방식도 ◀ 표시하나에 한 사람의 말만 표현하는 것과 문답을 한꺼번에 표시하는 것 등으로 나뉜다.

대화체의 서사 전개 방식은 한말 개화기 단형 서사물에서 드러나는 주된 하나의 특징이기도 하다.[10] 그러나 다른 신문들에서 드러나는 대화체는 완전한 대화체라기보다는 서술문의 형태 속에 대화가 녹아 들어가 있는 형태이다. 일례를 들면 다음과 같다.

서국에 한 농부가 있어 하나님의 도를 독실히 믿더니 하루는 자기의 어린 아들을 데리고 들에 가서 양의 무리를 구계할 새 늙은 양이 밭가에 누웠는데 양의 새끼들이 어미 곁에서 뛰놀며 젖을 먹거늘 그 아이가 오래 서서 보다가 기꺼하여 가로되 양의 새끼가 그 어미를 쫓는 것이 어린 아이가 모친을 쫓음과 같은지라 그러나 저 양의 아비는 어디 있나이까 아범이 대답하되 양이 그 어미는 알고 그 아비는 알지 못하느니라 (⋯하략⋯)[11]

이 글은 『조선 그리스도인 회보』에 실려 있는 「부자문답」으로, 시작하면서 서술자가 등장을 해 인물과 상황을 짤막하게 소개한 뒤 두 인물이 주고받는 대화를 보여준다. 그런데 여기서도 '그 아이가 오래 서서 보다가 기꺼하여 가로되', '아범이 대답하되', '아이 물으되' 등의 서술자 목소리가 등장 인물의 목소리 앞에 놓여 그 말을 안내하고 있다.

다른 신문의 대화체 단형 서사물에서도 마찬가지여서 '⋯⋯ 왈' 혹은 '⋯⋯라 하니' 등의 대사 전달자의 목소리가 대사의 앞과 뒤에 분명하게 드러나고 있는 것이 보편적이다. 즉 대화를 직접 제시하는 것이 아니라 간접 제시하는 것이 당대의 보편적인 서사표현이었다.

그런데 『만세보』의 대화체 단형 서사물은 대사 전달자 혹은 서술자의 목소리가 등장하지 않는다. ◀ 표시 뒤에 바로 대사가 나오고 대사 뒤의 괄호 안에 대사를 한 인물만 표시를 하거나 인물 표시도 없이 달랑 대사만 보여주는 방식이다. 대화의 시작과 끝에도 서술자나 편집자의 목소리가 등장하지 않고 시작부터 끝까지 대사로 시작해 대사로 끝난다. 예로

---

10) 정선태는 『개화기 신문 논설의 서사 수용 양상』에서 논설의 서사화 양상을 유형별로 문답식, 토론식, 일화식으로 분류하고 있는데 여기서 문답식이 일종의 대화체와 유사하다고 할 수 있다.

11) '부자문답', 『조선그리스도인회보』, 1898.3.30.

『만세보』의 대화체 단형 서사물 전문을 소개하면 다음과 같다.

◀ 具本淳氏는 웨 自斃ㅎ얏쇼 具完喜氏가 逃走혼 後에 具門이 不幸지 안쇼 (疑團生)

◀ 趙南升氏는 某處에 被拘ㅎ얏는디 趙東完氏는 放免ㅎ얏다 ㅎ니 妓生집이나 風流社會에서 番ᄎ례로 過히 寂寞치 아니ㅎ겟쇼 (掩鼻生)

◀ 趙南升氏 趙東完 兩氏 갓혼 人物은 所用이 合當혼데가 잇쇼 協律社 總裁나 妓生廳班首가 제격이요 牧民은 무엇이며 政治는 무엇이오 (直言子)

◀ 其中에 趙南升氏의 秘密運動이라는 것은 더군다나 무엇이오 것친 벌네가 모루 근다 ㅎ옵듸다 (舌斧子)

◀ 그러킬니 大韓帝國이 이 模樣이오 우리도 韓國百姓이 아니면 이 걱정 ㅎ 겟쇼 제발 德分에 人物갓흔 사람 좀 쓰시오 (憂國子)

◀ 三千里江山에 이 짜위 人物로 죠양이질 ㅎ얏단 말이오 사람 분수가 이 ᄯ 위밧께 업단 말이오 알 슈 업는 일도 잇쇼 에구 답답셔론지고 (痛哭生)

◀ 요시 이 다람뒤쳐럼 업듸고 숨도 크게 못 쉬는 人物이 無數하얏쇼 그 말 마시오 몟날이나 지나면 큰숨 쉬깃쇼 요란하오 (寒心人)

◀ 姜錫鎬는 자라목 體格이오 너밀 찌는 쑥 너밀고 옴츄러질 찌는 쑥 드러가니 이후에는 몟번이ᄂ 너밀는지 (觀相人)[12]

이렇게 서술자나 편집자의 목소리가 앞에 드러나지 않고 이면에 감추어져 있는 방식은 『만세보』의 서사물들이 등장하기 전에는 거의 보이지 않는다. 『독립신문』의 서사적논설에는 『만세보』의 게재물들과 비슷한 방식으로 인물표시만 하고, '…… 왈', '…… 가로되' '……라 말하니' 등의 대사 전달 목소리 없이 대사를 보여준다. 그러나 이때에도 맨 앞이나 맨 뒤에 편집자 혹은 서술자의 목소리를 싣고 있어, 그런 목소리가 전혀 없는 『만세보』의 단형 서사물과는 차이가 있다. 일례를 보면 다음과 같다.

서울 행세군과 시골 구사하는 사람의 문답한 것을 좌에 기재하노라

12) '국문독자구락부', 『만세보』, 1906.7.19.

서울 사람

(그래 이 추운대 객고가 어떤가

시골 사람 (아 객고도 객고려니와 시세가 다 틀렸네 그려서울 (무슨 시세란

말인가 (…하략…)13)

위에서 보는 바와 같이 말하는 사람만 표시하고 대화를 직접 인용하고 있긴 하지만 '서울 행세군과 시골 구사하는 사람의 문답한 것을 좌에 기재하노라'라고 서술자 혹은 편집진이 등장하여 들은 문답을 전달한다는 것을 시작부분에 분명히 드러내고 있다. 반면에『만세보』에서는 편집진의 논평적 말까지도 대사로 처리하여 하나의 등장인물화를 이루어내고 있다. 즉『만세보』의 대화 전개 방식은 편집자의 직접적인 목소리를 탈각시키고 있는 것이다. 이렇게 편집자의 목소리가 탈각되면서 등장 인물은 자연 전면으로 등장하게 되는데『만세보』의 '소설'란에 실린 단형 서사물에서는 이러한 특징이 더욱 현저해진다.

『만세보』이전에 나왔던 단형 서사물에서는 등장하는 인물보다 필자의 의도가 훨씬 더 중요했다. 자주, 개화 등의 내용을 담고 있는 이들 계몽적 단형 서사들의 필자는 그 내용을 분명하게 전달해야 한다는 목적이 중요한 것이어서 인물의 개성적인 형상화는 부차적이었던 것이다. 개성적인 인물의 형상화가 아니었다는 것은 인물의 명명에서 단적으로 드러난다. '대한 사람' '외국 사람' '어떤 친구' '어떤 병정' '어떤 선비' '서울 사람' '시골 사람' 등과 같이 아예 이름이 없는 경우가 허다하다. 혹은 명명을 하긴 하지만, 새 학문이 있는 사람은 '신씨', 옛적 학문만 있는 사람은 '구씨' 등과 같이 전달하고자 하는 내용의 특징을 분명하게 드러내는 이름을 짓는 것으로 '완고당'·'무지옹'·'누옥생'·'상목자'·'관물옹'·'관물자' 등이 이에 해당한다. 이러한 이름을 부여받은 인물의 성격은 당연히 그 이름에 구속되는 것으로 인물의 명명에서부터 필자가 전

---

13)『독립신문』, 1899.1.23.

달하고자 하는 의도를 표현한다. 『만세보』의 대화체 단형 서사물에서도 편집진의 목소리가 사라짐으로써 등장 인물이 전면으로 부각되긴 하지만 아직도 명명 방식에서는 다른 신문들의 단형 서사물과 같은 맥락이라고 할 수 있다.

그런데 『만세보』의 '소설'란에 게재된 단형 서사물에서는 인물의 설정 방식에서 다른 단형 서사물들과는 확연한 차이를 보인다. 1907년 1월 1일자에 실린 단형 서사물 「백옥신년」에는 '정서방'이라는 인물과 그의 '부인', 그리고 그들의 아들 '갑돌이'가 등장을 하여 새해 첫날의 아침을 맞는 정황을 보여주는 서사다. 이 서사에서 주목해서 볼 것은 아들을 그냥 아들이라고 한 것이 아니라 '갑돌이'라는 구체적인 이름을 부여하고 있는 것이다. 아예 이름을 부여하지 않거나 필자의 의도를 분명히 드러내는 이름이 아니라, 구체적인 이름을 부여하는 것은 그만큼 인물의 개성화가 진행되고 있는 것이라고 할 수 있다.

뿐만 아니라 이 인물들은 그 이전의 단형 서사에서 드러나는 인물들보다 훨씬 더 구체적으로 인물 소개가 되고 있다.

> 남순굴 사는 鄭서방은 지체가 썩 좃턴 사람이라 나히 사십이느 되도록 그 흔한 차흠탕건 흐느도 치레에 못 갓던지 고츄상투에 먼지가 보얏케 무든 관을 쓰고 온방 구석 드러온것인데 셰시인사 치루러 갈 몬흔 곳도 업고 사랑 업는 집이라 올 사롬도 업는 모량이라 그 엽혜서 두 무릅을 세우고 화로를 끼고 웅고리고 온겻는 거슨 부인이라.

「백옥신년」에서 인물을 소개하는 부분인데, 단순히 이름만 소개하는 것이 아니라 어디 사는 누구이며, 그 인물의 외모적 특성까지 상세하게 소개하고 있다. 인물을 소개하는 방식 또한 서술자의 말하기 방식이 아니라 보여주기 방식을 택하고 있다.

이렇게 인물의 외모적 특성이나 성격을 분명하게 보이는 것은, '소설'

란에 실린 또 다른 단형 서사물인 이인직의 1906년 7월 3~4일자 「단편」
에서는 훨씬 더 구체적으로 드러나고 있다. '옥관자짜리'라는 인물의 외
모를 자세하게 보여줄 뿐만 아니라 앞에 가는 상노 아이가 무엇을 입고
있는가까지도 보여주고 있다. 그런가 하면 이 작품의 뒷부분에서는 첩의
나이, 미모, 태도 등을 보여준다. 이틀에 걸쳐 게재된 이 서사물의 이틀
째 부분에서는 '옥관자짜리'라는 주인공이 어떤 인물이었는가가 거의 전
부분을 통해 상세히 서술되고 있다. 이틀째의 전문을 보면 다음과 같다.

前篇(전편)에, 들 씌여 놋코 玉圈子(옥관ᄌ)짜라 라고 ᄒ던 사람은 此家主人
公(이 집 쥬인공)이오 內房(안방)에 절문 婦人(부인)은 主人公(쥬인공)의 妾(첩)
이라

主人公(쥬인공)은 前(전)에 文科及第(문관 급제)ᄒ 사람인디 兩班(양반)은 푸
르고, 紅(홍)피는 불고, 속은 검고, 言(말)은 까치 비싸닥갓치 힛쩌운디, 人(남)의
게 쏴 밉게 뵈이ᄂ, 얼렁얼렁ᄒ고 人(남)을 사귀기도, 잘ᄒ더라

堂上守令(당상 수령)에 좃타 ᄒᄂ 것도, 두엇 지ᄂᄂ디 民(빅성)의 돈도, 만히
글거 먹엇더라

其(그) 돈 글겅이질 ᄒ여 먹을 씨에ᄂ 其妾(그 첩)도 호강 낫치나 ᄒ 터이라

갈키로 긁고, 찬 빗으로 긁다가, 불갓튼 慾(욕심)이 치밧칠 적에ᄂ 十指(열 손
가락)으로, 사뭇 허븨여 파셔, 득득 긁거 드럿스니 其(그) 긁키고, 씌끼던 民(빅
셩)의 마음에ᄂ, 저 돈을 다 어듸 갓다가 積置(싸노)코 쓰려노, ᄒ엿지만은, 그
것은 너무 人(남)의 사졍 모로고, ᄒᄂ 말이라 其人(그 ᄉ롬)이 其(그) 돈을 글
거다가, 勢(세)도 지상의 턱下(밋)으로, 다 드러 갓다

원을 갈리든 날에 田畓(전답) 一(ᄒ)마지기도 못사고, 如干(여간) 돈냥 잇ᄂ
것은, 눈 녹듯 ᄒ여 업셔 졋스ᄂ

泰山(틱산)갓치 밋ᄂ 것은 勢(세)도 지상을, 비가 터지도록 먹엿스니, 이 곳혜
監司(감ᄉ)를 어더 ᄒ려니 自期(자긔)ᄒ고 잇셧더라

宦海(환히)에 常風波(항상 풍파)라 그 勢(세)도가, 박귀니 監司(감ᄉ)ᄒ기 바
라든 眼(눈)은 鷄(닥)좃튼 기 울 쳐다 보듯 ᄒ다

셰월이 갈슈록, 물경이 변ᄒ야, 兩班(양반)의 풀긔ᄂ 露(이슬)마진 單衣(홋옷)

갓치 점점 쥭어지고 紅(홍)피 셔슬은 近來全黑洋服(건리 식기문 양복) 시체에 紅(홍)피가 언졔 불것던지 痕迹(흔적)도 업고, 검칙칙ᄒ던 慾(욕)심도 점점 쥴어져셔 四等守令(사등 수령)이라도 원 名色(명식)이라 어더 ᄒ기만 ᄒ엿스면, 살 깃다고 싱각ᄒ고, 희셔운 소리는 門(문) 밧게 ᄂ가면, 감히 못ᄒᄂ 妾(첩)의 家(집)에 오면 폭빅을 밧을 쎠마다, ᄂ는 것이 흔소리라

主人公(쥬인공)이 돈푼이ᄂ 잇슬 쌔 其妾(그 첩)에게 거드름이, 참 디단ᄒ엿더니 近來(건리)ᄂ 其妾(그 첩)에게 구박을 바드면셔 씀젹 소리 못ᄒ는 것은, 졔 짠에 큰 소리할 슈도 업게 된 모양이라

是日(니 날)은 其妾(그 첩)이 主人公(쥬인공)이 오거든 무슨 구단을 니려고, 잔득 벼르고 잇든 차인디 主人公(쥬인공)은 門(문)걸고 디답 업는 디 강짜 疑心(의심)이 ᄂ셔 大門(디문)쌔치고 房門(방문) 여러 졋치고 드러오니 妾(첩)의 마음 불붓는 디 봇치질 ᄒ 것 갓다

主人公(쥬인공)은 妾(첩)의 긔식만 보고 안젓고 妾(첩)은 얼골에 푸른 色(빗)치 ᄂ셔 안졋는 디, 상노 아희는 行廊房前(행낭상 압)헤서 무엇슬 그리 즁얼즁얼 ᄒ는 지, 목쇼리가 크건마는, 쥬인공 니외에 귀에는, 좀쳬 쇼리가 드러가지 아니 할 만 ᄒ더라.14)

이처럼 인물의 됨됨이나 모양새를 자세하게 묘사하여 인물을 전면에 부각시키고 있다. 그리고 이 인물이 속해 있는 배경을, 뒤에서 살펴볼 묘사의 방법을 통하여 구체적으로 보여주고 있는 것은 일상의 현실 공간에 존재하는 인물을 드러내는 데 역점을 두는 것이라고 할 수 있다. 계몽적 단형 서사에서는 시작할 때 구체적인 배경 묘사 없이 인물의 이름 정도만 간략하게 소개하는 것이 특징이다. 반면에 이 서사물들은 시작부분에서 배경의 세밀한 묘사를 해 줌으로써 그 속에 있는 구체적 인물을 보여주는 방식을 택하고 있는 것이다.

인물이 전면에 부각되는 대신에 필자의 목소리는 뒤로 숨어든다. 계몽적 단형 서사에서는 전달하고자 하는 의도를 요약적으로 제시하는 필자

---

14) 이 작품의 부속 국문은 내용 이해를 위해 인용자가 괄호 안에 병기.

의 목소리가 짤막하게 붙어 있던 것이 특징이었던 것에 반해 『만세보』의 소설란에 게재된 이 단형 서사물들에는 그러한 필자의 직접적 목소리가 점차 사라지고 있는 것이다. 작가의 직접적 개입은 고전 소설들에도 빈번하게 등장하고 있던 특징이었다. 하지만 현대 소설에 오면 작가의 직접적 개입은 사라진다. 근대계몽기의 계몽적 단형 사사물들에 연장되고 있었던 이러한 필자의 직접적 목소리가 『만세보』의 단형 서사물들에서 점차 사라진다는 점에서 이 단형 서사물들이 현대적 서사로 이행해 가는 과도기적 모습을 보여주고 있다고 말할 수 있는 것이다.

4) 묘사의 강화

묘사는 글의 전개 방식 중에서도 가장 감각적인 전개 방식이다. 글쓰는 이가 자신의 인상이나 느낌을 독자에게 최대한 생생하게 전달하기 위하여 채택하는 이 묘사는 독자로 하여금 상상력을 자극하여 이미지를 형성한다. 따라서 이해를 추구하는 설명적 글쓰기에서도 설명 대상을 보다 잘 이해시키기 위하여 때때로 직접적 묘사가 채택되기도 한다. 하지만 설명이나 논설적인 글보다 문학적인 글에서 묘사적 글쓰기 방식은 그 묘미를 한층 더 드러낸다. 직접적인 말하기 방식이 아니라 우회적인 말하기 방식을 통해서 주제를 전달하는 문학적 글쓰기는 상상력을 동원하여 이미지를 형성하는 묘사에 의해서 미적 쾌감을 불러일으킬 수 있기 때문이다. 이전의 다른 계몽적 단형 서사와 『만세보』에 실린 단형 서사의 차이점 중의 하나는 바로 이러한 묘사가 세밀하고 구체적이라는 것이다.

　　①汗(쌈)을 뿌려 雨(비)가 되고 氣(긔운)을 吐(토)ᄒ야 雲(구름)이 되도록 人(스람)만흔 곳은 長安路(셔울길)이라 廟洞(묘동)도 都城(셔울)이언마는 何其(엇

지 그리) 쓸쓸ᄒ던지

廟洞으로 드러가자 ᄒ면 何如(웃디)혼 夾路(좁은 길)이 此曲(이리 쏘부러)지고 彼曲(저리 쑤부러)저서 行看則窮路(가다 보면 막다른 길이) 오가셔 보면 쏘 通路(뚤닌 길)이라 其路(그 길)에는 晝(더낫)에 사름이 잇스락 업스락 혼 故(고)로 狗(기)가 人(스룸)을 보면 짓거ᄂ 走(다)라ᄂ거ᄂ ᄒᄂ 寂寂(적적)혼 處(곳)이라

其路(그 길)에 엇더혼 人(스룸)이 드러 가는 디 年(나)혼 五十餘歲(오십 여세)쯤 되고 風采俊秀(풍채 준수) ᄒ고 耳後(귀 뒤)에 玉圈子(옥관즈) 부치고 倨慢(거만)혼 步(거름)거리가 아모리 보아도 食貧宰相(비곱흔 지상) 갓더라 前(압)헤ᄂ 苧周衣(모시 두루마기) 입은 床奴(상노) 아희가 烟臺(담비디) 들고 가다가 何小屋(왼 오막스리) 기와집 平大門(평디문) 압흐로 가더니 閉門(다친 문)을 推(미러) 보다가 (…하략…)

②장안성 중에 과셰ᄒᄂ 홍황을 도흐려고 이삼일 전부터 ᄒ눌이 셰찬으로 눈비를 내리더니 남순 북악은 은으로 장식ᄒ고 장안 디로는 유리로 장판을 ᄒ엿눈디 오눌 ᄒ로 내로 고 장판이 다 쩌러지도록 사름이 당기더라

디궐에셔 진ᄒ를 파ᄒ고 ᄂ오는 사람

남북촌 지상집에 인사치루러 당기는 사람

일가친척을 보러 당기는 사람

교졔ᄂ ᄒ고 뒤길이ᄂ 파려고 남순 밋혜 가셔 멍흠 쩌니는 사람

그 외에는 아희들 천지라

큰길에셔 어름지치는 아희

팽이 돌리는 아희

연 눌리는 아희

셰비 당기는 아희들이라

사름마다 몸단속은 뜻뜻하게 ᄒ고 ᄂ셧스ᄂ 일긔가 디단이 치운 날이라 남녀노소 업시 호초가루 닙시가 모락모락 ᄂ는 입에셔 김이 무럭무럭 ᄂ는 거시 어그젹게 십만 장안 부억 속에셔 흔썩시루 김 오르듯 한다

삼순구식ᄒ던 스룸도 이 눌은 비부르고

헌 누덱이를 용문산 안기 두르듯 ᄒ던 사람도 이 눌은 식물 맛본 옷을 입엇고 이마에셔 쌈이 바작바작 나도록 빗 쫄리던 사룸도 이 눌붓터 몃칠 동안은 눈

쏠을 퍼히고 지닐 터이오 방정마진 쇼리 줄 ㅎ던사름도 이 눌 ㅎ로는 유복ㅎ 덕담만 ㅎ는 놀이오

남편을 쳐어다 보며 쌩알쌩알 ㅎ기 조와ㅎ던 녀편네도 이 날 ㅎ로는 히히 웃고 죠흔 소리만 ㅎ는 놀이라 (…하략…)

1906년 7월 3일자의 「단편」인 앞의 작품은 서울길의 모양으로부터 그 길을 가는 사람의 특징과 행동을 자세히 묘사하고 있으며, 1907년 1월 1일자의 「백옥신년」인 뒤의 작품은 눈 내린 새해 첫날 서울길의 흥성스러움을 열거식으로 묘사한 뒤 서사의 주인물의 모습들을 보여준다. 특히 "廟洞으로 드러가자 ㅎ면 何如(웃다)ㅎ 夾路(좁은 길)이 此曲(이리 쪼부러)지고 彼曲(저리 쭈부러)져서 行看則窮路(가다 보면 막다른 길이) 오가셔 보면 坵通路(뚤넌 길)이라 其路(그 길)에는 晝(더낫)에 사름이 잇스락 업스락 ㅎ 故(고)로 狗(기)가 人(스름)을 보면 짓거ㄴ 走(다)라ㄴ거ㄴ ㅎ는 寂寂(적적)ㅎ 處(꼿)이라"라고 한 부분이나 "사름마다 몸단속은 뜻뜻하게 ㅎ고 ㄴ셧스ㄴ 일기가 더단이 치운 날이라 남녀노소 업시 호초가루 냄식가 모락모락 ㄴㄴ 입에셔 김이 무럭무럭 ㄴㄴ 거시 어그격게 십만 장안 부억 속에셔 흔쩍시루 김 오르듯 한다" 등의 표현에서는 구체적인 장면을, 실물을 들거나 생동감 있는 비유로 묘사를 전개하고 있다. 전체 분량의 반이 넘는 묘사를 통해서 보여주기를 시도하고 있는 이러한 전개 방식은 직접 말하기 방식보다 그 현장감을 생생하게 느낄 수 있도록 한다는 데서 의의를 찾을 수 있는데 이 서사물들의 작자는 그러한 점을 십분 활용하고 있는 것이다.

이러한 구체적이고 생생한 묘사는 근대적 풍물의 도입과 함께 더욱 활발해졌다고 말할 수 있다. 특히 고전소설에서 주로 이용되던 관념화된 묘사가 아니라 실제의 경험공간에서 추출되는 묘사의 사실성은 근대적 패러다임의 전환이 전제가 되었다고 보아야 한다. 이 점과 관련하여 다음의 글은 많은 점을 시사해 주고 있다.

新門外에 新奇호 活動寫眞이 有호 高評을 聞호고 本社員數人이 遊興을 乘호야 昨夜一觀을 始得호고 西人의 神出鬼沒호 技術上 發明을 鴻歎호노라 盖動物의 活動호는 眞狀이 一毫도 差錯이 無호 寫眞이라 前人이 今復來호며 往事를 今復見호니 吾人의 奇觀이 此에 極호도다 (…하략…)[15]

「활동사진(活動寫眞)」이라는 제목을 단 이 논설을 보면 당시 활동사진을 보고 받은 충격이 기술되어 있다. '서인의 신출귀몰한 기술상 발명'으로 이야기되고 있는 이 활동사진의 놀라움은 바로 움직이는 모양을 한치도 어긋남이 없이 그대로 볼 수 있게 해 주었다는 점이다. 먼저 사람을 지금 다시 볼 수 있는가 하면 지나간 일을 다시 볼 수 있는 이러한 사진기술은 "기관(奇觀)"으로 얘기된다. 서구 문물의 수용과 더불어 근대적 패러다임으로 이행해 가는 한 단면을 보여주고 있다고도 할 수 있는 이 논설은, 뒷부분에서 이러한 활동사진의 눈으로 당대를 들여다보고 그에 대한 논평을 가하고 있다. 서구에서 도입된 사진기술의 충격은 당대인들에게 자기 주변의 것을 좀더 면밀히 관찰할 수 있는 인식의 전환을 가져올 수 있게 했던 것이다.

묘사의 강화는 서사의 길이가 길어지는 것에 한 몫을 하게 된다. 세밀하고 구체적인 묘사를 하면서 하고자 하는 말을 담으려면 필연적으로 어느 정도의 분량은 넘어야 하기 때문이다. 『만세보』에서도 대화체의 다른 단형 서사물보다 묘사가 강화된 이 두 편의 단형 서사물의 길이가 훨씬 긴 것도 이러한 묘사의 특징을 반영한다. 다시 말하면 묘사의 강화는 장형 서사로의 이행을 촉진하게 된다는 것이다.

---

15) '논설', 『만세보』, 1907.6.29.

3. 『만세보』에 실린 단형 서사물의 내용적 특성

1) 타 신문들과 같은 계몽 층위

신문은 다분히 근대적 매체이다. 비록 오래 전에 필사신문의 형태가 있기도 했지만 활판인쇄술의 보급, 윤전기의 사용, 철도부설 등을 통해 시간과 공간의 여백을 단축시키며 신문은 근대계몽기에 공론의 장 역할을 하였다. 당시 한국에서 이러한 신문이라는 공론의 장이 더욱 요구되었던 것은 계몽의 필요성과 불가분의 관계를 갖는다. 서구 근대의 소산인 국가주의가 19세기 강제 개항 등을 통해 동아시아에 폭력적으로 등장하면서 동아시아는 서구 세력의 각축장이 되었는데 한국은 그 소용돌이의 중심권에 놓이게 되었다. 당대의 지식인들은 위기의식을 느꼈고 그러한 난국의 돌파구는 국민의 계몽이었으며, 계몽의 효과적인 수단으로 신문을 이용하였다.

『만세보』역시 이러한 시대의 조류 속에서 계몽의 의지를 표방하고 있다. 일본에 있을 당시, 문명 발전의 급선무로 신문을 인식하는 기서를 황성신문에 게재(1904.7.18)하기도 했던 손병희는 여론을 주도할 수 있는 도구로 신문을 이용하고자 했다.[16] 당시 일진회를 주도하던 이용구, 송병준 등이 천도교의 재정을 장악하고 있어 천도교 자체가 일본의 지원을 받는다는 의혹이 일면서 천도교에 대한 부정적인 인식이 여론화되기도 했는데 그러한 인식을 변화시키기 위해 천도교는 일진회를 견제하는 한편 국민계몽활동에 적극적으로 참여한다. 각종 학교에 보조금을 기부하

---

16) 『만세보』 1906년 11월 2일자 논설을 보면 당시 약 2,000매 정도, 경성의 인구 비율 1/20로 신문이 팔렸다는 것을 알 수 있다. 적어도 이십 명 중 한 명은 신문을 읽었다는 것인데, 신문 한 장을 사면 그것을 한 명만이 보는 것이 아니기 때문에 그것까지 감안한다면 그 숫자는 더 늘어날 수도 있다. 이런 점으로 미루어 보면 당시 여론을 주도할 수 있는 도구로 신문을 인식하는 것이 무리가 아니었음을 알 수 있다.

고, 학교 설립을 추진하는 등 천도교가 국민계몽의 활동으로 교육사업 등에 깊은 관심을 보이면서 동시에 병행한 것이 신문 발행이었다.17) 『만세보』의 사장 오세창이 신문 발간 취지를 쓴 첫 호의 '사설(社說)'에는 이 신문의 계몽의도가 잘 나타나 있다.

　萬歲報라 名稱한 新聞은 何를 爲ᄒ야 作홈이뇨 我韓人民의 智識啓發키를 爲ᄒ야 作홈이라 噫라 社會를 組織ᄒ야 國家를 形成홈이 時代의 變遷을 隨ᄒ야 人民智識을 啓發ᄒ야 野昧호 見聞으로 文明에 進케ᄒ며 幼稚호 知覺으로 老成에 達케홈은 新聞敎育의 神聖홈에 無過ᄒ다謂할지라 是로 以ᄒ야 環球萬邦에 流通ᄒᄂ 近世風潮가 人民의 智識啓發ᄒ기를 第一主義로 認定ᄒ야 新聞社를 廣設ᄒ고 文壇에 牛耳를 執ᄒ고 袞鉞의 責任을 擔荷ᄒ야 已啓已發호 人民의 智識도 益益進步키를 企圖ᄒ거든 況此 未啓未發호 人民의 敎育이야 엇지 一刻一抄를 遲緩홈이 可ᄒ리오
　新聞의 效力으로 言홀진디 個人의 智識만 啓發홀뿐 아니라 一則 國際의 關係와 政治의 挽回와 甚至戰爭을 激成ᄒ며 平和를 恢復ᄒᄂ 一機關이오 二則 善을 彰ᄒ며 惡을 懲ᄒ고 上化가 下에 浹ᄒ며 下恫이 上에 達케ᄒ며 加之生活上步趣와 開化의 階級이 各히 個人의 品性資格을 隨ᄒ야 水의 漸漬홈과 如히 全國을 開導誘掖ᄒᄂ 一（　）鐸이니 生存競爭의 時代를 遭遇ᄒ야 新聞社會의 多數興旺홈이 亦是 人民을 警省ᄒᄂ 處處遒人의 一木鐸이라 謂홀지로다……吾儕ᄂ 如此호 時代에 人民敎育의 代表ᄒᄂ 義務로 巨款을 消費ᄒ야 新報社를 設立ᄒ고 精利호 機械活字를 準備ᄒ며 新舊學問에 嫻熟호 記者를 延聘ᄒ야 公明正大호 論述과 確的迅速호 報道를 一層注意ᄒ야 (…하략…)18)

이 글에는, 국제 관계가 시대 풍조임을 지적하며 인민의 지식계발을 하여 문명에 나아가게 하기 위해 신문을 발간한다는 것이 강조되고 있는 것을 볼 수 있는데, 이것은 당시 신문 발간 주체들이면 누구나 역설

---

17) 천도교의 『만세보』 발간 및 운영에 대해서는 최기영이 박사논문으로 쓴 이후 단행본으로 출간한 『대한제국시기 신문연구』(일조각, 1991)에 좀더 자세히 드러나 있다.
18) '사설', 『만세보』, 1906.6.17.

하던 개화 계몽의 의지였다. 즉 『만세보』의 외형은 당대의 지배적인 계몽 담론에 충실했던 셈이다.

개명, 개화만이 활로라는 인식을 공유한 당시 대부분의 한국 지식인들에게 전범이 된 것은 물질 문명의 발달을 이룬 서구였다. 중국이 서구의 세력 앞에 허망하게 무너지는 것을 목도한 당대 한국 지식인들이 개화의 전범으로 서구를 택하게 된 것은 어쩌면 당연한 일일 것이다. 그런데 단지 서구 문물의 유입을 강조하는 것이 아니라 철저히 서구의 시각으로 스스로를 재단하고 있는 것이 당대 개화론의 특색이다. 동양은 서구 주체에게 철저한 '타자'였으며 그들의 인식 속에서 한 마디로 '야만'이었다. 이것은 서구 근대의 전령 역할을 했던 선교사들의 시각에 잘 드러난다.19) 개화를 부르짖는 당시의 지식인들이, 야만적 타자로 동양을 재단한 서구의 인식을 그대로 수용하는 가운데 당시 자국민을 무지몽매한 야만으로 규정지어 계몽의 대상으로 삼는다. 『만세보』의 단형 서사물에서도 이러한 당대의 특성이 고스란히 들어 있다.

◀文明흔 國에 家家이 大學校룰 設始흐얏다흐니 何이오 新聞社 (南村一人)
◀文明흔 國에 人人이 高等敎科書룰 讀흐니 何이오 新聞紙 (北村一人)
◀文明흔 國에 文明흔 人은 飯一時룰 空고는 出入흐되 新聞을 未讀면 門에 出지 아니흔다 흐니 何흔 事이오 耳目이 昏昏 (愛讀生)
◀文明흔 國에 官人이던지 勞動者이던지 各般社會에 月銀과 雇金中에 新聞紙價를 先豫算흐고 衣食의 經費룰 숨는다 흐옵듸다 (聽世翁)
◀여보 近日에 新聞 흐나이 쏘 시로 낫다 흐옵듸다 무슨 新聞이오 萬歲報 (漁樵인)
◀其新聞에 무슨 目的으로 시로 난다 흐압쓰닛가 全國同胞의 耳目을 聰明케 흐고 知識을 開發케 흔다 흐옵듸다 그러면 我도 흐나 스셔 보깃쇼 (田舍人)
◀우리는 新聞紙라고 一張도 아니 보왓쇼 왜 錢이 업셔 못보왓쇼 事이 밧바 못보왓쇼 아니요 我는 錢도 문코 事도 업건문은 보기가 실여셔 안니보

19) 조현범, 『문명과 야만』, 책세상, 2002 참조.

왓쇼 (頑固子)

◀여보 그러면 그디가 目은 잇셔도 장님이오 耳가 잇셔도 重聽이오 衣冠을 整齊ᄒᆞ야도 벌거벗고 단니는 野蠻이와 혼가지오 (開明人)[20]

이 단형 서사물에서는 신문을 보면 문명, 신문을 보지 않으면 야만이라는 이분법을 통하여 신문 구독을 권장하고 있다. 신문 구독을 권장하는 것은 당대의 어느 신문이나 마찬가지였다. 당대 지식인들이 신문을 제작한 궁극적 목적이 계몽에 있다고 하더라도 독자가 신문을 읽지 않으면 그것은 무용지물이 된다. 따라서 가장 먼저 요구되었던 것은 신문을 읽게 하는 것이었다. 『만세보』도 신문 발간 첫날의 단형 서사물에서 자사 신문을 홍보하면서 신문 구독을 권장하는 내용을 담음으로써 독자의 확대를 꾀한다.

당대 신문들이 한 목소리로 강조하던 계몽 내용 중의 하나는 단연 교육이었다. 교육의 중요성은 일찌감치 관보로 발간되었던 『한성주보』의 '사의(私議)'란에 실려 있는 「논학정(論學政)」이라는 글을 통해서도 발견된다. 이 글은 1886년 1월 25일에 발간된 1호에서부터 1886년 2월 15일자인 3호까지 전 3회에 걸쳐 교육의 중요성을 강조하면서 학교의 설립을 촉구하는 글이다. 필자는 서구가 부강할 수 있었던 것은 교육에 힘썼기 때문이라는 것을 강조하면서 그들처럼 부강하기 위해서는 학교를 세워 교육에 힘써야 한다는 것을 역설한다. 현재 서구가 부강한 것은 기술문명이 발달하였기 때문인데 그것은 실질적인 교육으로 말미암은 것인바, 우리도 서구 교육제도를 모방해야 한다는 것이다. 뒤이어 2편에서는 구체적으로 서구의 문물이 어떻게 발달되어 있는가를 밝히고 3편에서는 그것을 가능케 한 서구의 학제와 교과 과목까지를 상세하게 제시하고 있다. 이후 발간된 민간 신문들에서도 이러한 논조를 계속 이어가게 된다. 『만세보』의 단형 서사물 역시 이러한 계몽의 표상이었던 교육의 중요성을

---

20) '국문독자구락부', 『만세보』, 1906.6.17.

빼놓을 리 없었다.

① ◀ 普生孤兒學校長 李愚선氏가 岡山孤兒學校를 視察ᄒ고 日前에 歸國ᄒ
얏다지 氏의 熱心을 感謝ᄒ야 우리도 敎育바다 國民義務를 ᄒ야 보세 (南
門外乞人)
　　◀女子敎育會를 成立ᄒ고 來十五日 開會ᄒ다 ᄒ니 우리도 入會ᄒ야 女子
敎育을 熱心ᄒ세 (半開化兩班夫人) (…하략…)21)

② ◀여보 敎育敎育ᄒ야도 工匠敎育이 第一일 듯ᄒ되 捲烟 一匣 燐寸 一筒
을 製造키 不能하니 工業發達이 언제나 되깃쇼 (一青年) (…중략…)
　　◀近日에도 太古風을 지으라고 子弟들을 勒制하는 者이 有하다 하니 如
此ᄒ 人種은 西伯利亞로 勸送하얏스면 適當하깃쇼 (…하략…)22)

③ ◀나는 우리 어머니가 글닑지 말고 왜썩 장사ᄂ 군방장사나 하라고 히오
(一童)
　　◀나는 우리 아버지 어머니가 學校에 가면 사롬 바리고 장사ᄒ면 賤ᄒ다고
놀ᄂ고 히오 (二童)
　　◀나는 우리집이셔 옷히쥬고 밥멕이고 또 돈을 쥬어 紙捲烟 사셔 먹으라고
히오 (三童) (…중략…)
　　◀나는 우리집에셔 밥만 먹으면 길에셔 終日 作亂ᄒ다가 동무 ᄯ라셔 노름
방에 가셔 자지오 (八童)
　　◀아셔라 學校에 들가거라 네 아바지가 누군지ᄂ 모르깃다믄ᄂ 子息들을
저럭캐 가르쳐서 將來 國民義務를 엇지 ᄒ단 말이냐 (可憎翁)23)

　　첫 번째 글에서는 걸인과 양반여자를 등장시켜 상하귀천 남녀노소를
불문하고 교육에 힘써야 한다는 것을 주장하고, 두 번째 글에서는 교육
중에서도 공업교육을 강조한다. 이러한 주장들을 세 번째 글에서는 좀더

---

21) '국문독자구락부', 『만세보』, 1906.6.30.
22) '국문독자구락부', 『만세보』, 1906.7.18.
23) '소춘월령', 『만세보』, 1906.11.23.

극적으로 구성하여, 학교 가지 않고 놀면서 방탕한 생활에 빠져드는 여덟 아이들을 등장시킨 다음 학교에 갈 것을 종용하는 목소리로 마감하면서 교육의 중요성을 역설하고 있다.

그런데 여기서 주목할 점은 두 번째 글의 끝 부분에서 '요즘에도 옛날 것을 따르라고 자제들을 억압하는 사람이 있으면 시베리아로 보내버려야 한다'며 구학문에 대해서 신랄하게 비판하는 것이다. 『한성주보』에서는 구학문이 '性命과 義理의 학문(「논학정」 1편)' '나라를 다스리는 道'(「논학정」 3편)로 인정되고 있는 것과 변별되는 지점이다.

물론 구학문에 대해서 이렇듯 신랄하게 비판하는 것은 『만세보』에서만이 아니다. 일례를 들어 『매일신문』의 '논설'에서는 "이전에 우리 나라에서 숭상하든 사서삼경과 시부표책 론의심은 지금 형편에 덜 맞아서 허문이 많고 경제상에는 실효가 적으니 이때에는 잠시 높은 집 위에 묶어 두었다가 태평무사할 때에나 강론할 학문이오"24)라고 강도높게 비판하기도 한다. 이것은 서구 제도 도입을 주장하며 과거와의 단절을 강조하는 '민간 신문'의 논조를 확인시켜 주는 점이기도 하다.25)

각기 신문들마다 풍속을 개량해야 한다는 목소리를 높이는 것도 문명대 야만의 이분법 속에서 진행된다. 『만세보』역시나 한 가지인데, 예를들면 다음과 같다.

◀近日 文明社會의 團體的 進步的의 主義가 爲先 剃髮에 在ㅎ다 ㅎ니 剃髮
　아니ㅎ고는 團體 進步가 아니 되오 吾輩의 愚見에는 全世界가 一同 剃髮
　ㅎ얏는디 我韓은 剃髮 아니ㅎ고 團體되는 것이 善良혼 쥴로 思唯ㅎ오 剃
　髮ㅎ고야 團體된다는 議論은 解得지 못ㅎ깃쇼 (問)

<hr>

24) '논설', 『매일신문』, 1898.11.5.
25) 『한성주보』가 전통의 가치를 여전히 인정하고 있는 점은 여러 가지로 해석될 수 있을 텐데, 그 하나는 그것 나름대로의 역할이 있다고 믿었던 것일 수도 있으며, 또 하나는 이 신문이 '관보'였기 때문에 주된 독자층은 과거시험을 통해 배출된 경학자들이었고 이들을 계몽하기 위해서는 완곡한 어조를 사용할 수밖에 없다고 인식했었던 것일 수도 있다는 것이다.

◀뉘가 剃髮ㅎ라 말나 ㅎ깃쇼 擧皆 제 所見이지마는 泰西列邦을 보아도 團
體進步는 一齊히 剃髮ㅎ데 在ㅎ옵데다 國中에 或 剃髮ㅎ 者도 有ㅎ고 或
剃髮 아니호 者도 有ㅎ면 心智가 一同치 못ㅎ데 團體가 엇지되며 團體가
못되고야 進步롤 엇지 ㅎ깃쇼 (答) (…하략…)26)

체발을 권장하는 내용의 글로 체발을 하면 진보라고 보고 있다. 일본
에 의해 내려진 단발령에 대해 민족 정신을 훼손하는 것으로 본 유학자
들이 자신의 목숨을 내놓으며 체발을 거부했던 구한말의 시대 정신을
정면으로 부정하고 있는 것이다. 그런데 타 신문들 역시 한국의 전통적
인 것은 대부분 미개한 것이라고 보는 관점을 두루 보이고 있으므로 그
것과 같은 선상에 놓여 있는 것이 『만세보』의 풍속 개량론이었다고 할
수 있다.

2) 타 신문들과 다른 계몽 층위

몇몇 공통점이 있다고 해서 다른 신문들과 『만세보』를 한 덩어리로
묶어 놓을 수는 없다. 그 이유는 지향하는 귀결점이 다르기 때문이다.
『독립신문』을 위시하여 『매일신문』・『제국신문』・『대한매일신보』 등의
신문들은 서구의 문물을 도입하자고 주장하고, 과거와의 단절을 이야기
하더라도 그 궁극적 귀결점은 애국 자주를 표방하고 있었다. 예를 들어
『매일신문』의 단형 서사물에서는 안과 밖으로 시달리는 나무에 나라를
빗대어 표현하고 뒤이어 국기를 공고히 하고 부강하여 외세에 맞서야
함을 역설하고 있고,27) 『제국신문』의 단형 서사물에서는 파란국이라는
나라가 매국 간신들로 인하여 망국지경에 달하는 꿈을 통하여 현시대를

---

26) '하운기봉', 『만세보』, 1906.6.30.
27) '논설', 『매일신문』, 1898.7.25.

빗대고 마지막에 충군 애국을 강조하고 있다.[28] 외세의 압박이 거세어지는 당대의 위기상황에서 계몽을 표방한다면 당연히 등장할 수밖에 없는 담론이 바로 애국 자주였으며 위 신문들은 그것에 충실했던 것이다.

그런데 『만세보』의 단형 서사물에서는 애국 자주의 면모를 찾아볼 수 없다. 여기서는 심지어 일본을 포함한 외세를 흠모하는 성향을 보이기까지 한다.

① (…상략…) ◀湖南鐵道에셔 江景 木浦 間에 測量을 實施혼다 ᄒ니 果然인지 不知ᄒ나 말이 그럿치 資本金이 잇셔야지 (不知子) 왜 資本이 업셔 該鐵道總事務官이 日本가셔 兒玉右二氏와 四百萬元 契約ᄒ얏다지 (已知子) 丁寧 (不知子) 그럼 (已知子)[29]

② (…상략…) ◀여보 요셰 보닛가 服色도 하 不一ᄒ야 眩悅ᄒ옵듸다 宅은 다 아시깃쇼 * 다아지

◀갓宕巾網巾에 두루마기 입고 緩步로 당기는 服色은 무엇시오 * 一般人民이지 거름이나 좀 쌜니 거럿스면 (…중략…)

◀머리싹고 보시쓰고 두루막기 입고 洋鞋신고 短杖집고 당기는 服色은 무엇시오 * 一進會員이지 누가 입엇든지 便利하기는 第一일네

◀上等洋服입고 上下맨두리가 日人과 쪽ス튼 服色은 무엇시오 * 外國 ス다온 사롬이지 그 사람들이 수가 인네 (…하략…)[30]

③ (…상략…) ◀日本愛國婦人會의 參列한 日本婦人의 態度가 端正하드라 하니 愛國婦人會에 交際좀 하얏스면 (三婦人)

◀그까지 求景이 다 무슴 求景이깃쇼 協律社에 가쓰면 春香이 求景도 하고 項莊舞 츄는 求景이 第一江山이지 (四婦人)

◀왜 協律社 求景만 죠흔가 노돌가셔 龍神굿 求景을 하면 神이 나지 (五婦人)

◀여보 學問업는 쇼리 마시오 協律社는 무엇시며 龍神굿은 무엇시오 그러키

28) '논설', 「몽중 유람」, 『제국신문』, 1907.1.26.
29) '국문독자구락부', 『만세보』, 1906.6.30.
30) '신전록(神電錄)', 『만세보』, 1906.8.5. 인용자가 문답 사이의 * 표시.

에 韓國女子가 낫부다는 嘲笑를 듯쇼 (六婦人)

◀ 우리가 다 家庭敎育도 업고 學校敎育도 업스니 社會敎育이나 바다야 아니하깃쇼 女子敎育會나 가읍시다 (七婦人)

◀ 나는 日本이나 美國을 가셔 女子高等學校에 留學이나 하는 것이 志願이오 모는 男便이 挽留하야셔 못가오 (八婦人)[31]

첫 번째 글은 '모르는 자'와 '이미 아는 자'가 주고받는 말을 통해 철도 놓는 것에 일본이 자금을 대주는 것을 기꺼워하는 내용이다. 두 번째 글은 당시 의복 차림의 다양함을 보여주는 글인데 일반 백성이 입는 옷에 대해 말하면서는 걸음이나 좀 빨리 걸었으면 좋겠다는 투의 야유섞인 목소리를 드러내고, 유독 친일파인 일진회원의 차림새를 제일 편리한 것이라고 칭송하고 있다. 세 번째 글에서는 여러 부인들이 나와 자신이 구경한 것을 자랑하는데, 그 중에서 일본애국부인회원의 모습을 찬양하면서 교제하기를 희망하고, 또 일본이나 미국에 가서 공부하기를 바란다. 그리고 전통극이나 굿을 구경하는 한국 여자를 비판하면서 전통은 나쁘고 외국 것은 모두가 좋은 것이라는 식의 극단적인 이분법을 보여준다.

『만세보』의 단형 서사물에서는 외세에 대해서는 비판의 목소리를 내지 않고 추수적이지만 관리들의 무능이나 부패와 부정한 축재 등 국내의 부패상에 대해서는 날카로운 칼날을 세운다. 그리고는 "移民條例가 日間 頒布된다 ᄒ니 우리는 父母ᄅᆞᆯ 扶ᄒ고 妻子ᄅᆞᆯ 携ᄒ야 墨西哥로 「어저귀」 農事가세 우리나라 ᄭᅩᆯ 아니보면 시원ᄒ깃네"[32]라고 부르짖는다. 나라가 썩었으니 다른 나라를 따르는 것이 합법화된다는 논리인 것이다. 이처럼 친일적이고 서구 추수적인 내용으로 서사물을 채움으로써 다른 신문들의 단형 서사물과는 변별되는 지점에 서 있는 것이 『만세보』의 단형 서사물이다.

---

31) '소춘월령', 『만세보』, 1906.12.17.
32) '국문독자구락부', 『만세보』, 1906.7.3.

『만세보』의 단형 서사물에서 드러나는 친일적 성향은 『만세보』라는 매체의 특성과 깊이 관련되어 있다. 당시 한국은 이미 일본의 보호국이 었던 상황이었으나 『만세보』는 이를 수긍하면서 더 나아가 반일운동의 억제를 요구하는 논설을 게재하기도 하는 등 친일적인 성향을 보였다. 1907년 1월 23일자에는 「대사환영(大使歡迎)」이라는 논설이 실려 있는데 이를 보면 다음과 같다.

> 日本國特派大使 田中光顯氏는 卽現任日本國 宮內大臣이라 天皇陛下씌
> 오셔 氏를 命하오사 我皇太子殿下 嘉禮致賀ㅎ기를 爲ㅎ야 國書를 저有ㅎ고
> 萬里海陸에 四牡旣同ㅎ야 煌煌玉節로 再昨日 京師에 到泊ㅎ시 …… 擧國臣
> 民이 邦國大慶을 舞蹈歡忭도 ㅎ며 兩國親交가 益益敦密홈을 讚祝不已ㅎ는
> 지라
> 噫라 我韓도 萬乘帝國이오 日本도 萬乘帝國이라 各其數千年 歷史의 光輝
> 를 垂한 邦國으로 東洋鼎足의 勢를 成하야 位置는 一葦水를 隔하고 人物은
> 同種이오 國俗은 同文이오 形勢는 唇齒輔車이니 地位는 一毫不差한 同等兄
> 弟國이라 (…하략…)

여기에서 보면 일본이 대사를 파견한 것을 자족하고 환영하면서 일본 을 '동등형제국'으로 인식하고 있는 것을 확인할 수 있다. 일본이 당시 침략적 야심을 드러내고 있었다는 것은 누구나 다 알고 있는 사실인데 도 이렇듯 일본에 대해 우호적인 태도를 보인 것은 『만세보』의 친일적 성향을 단적으로 드러내 준다. 그렇기에 『만세보』는, '국민의 정신을 현 란케 하여 진보주의를 가로막는 국가의 죄인으로 의병을 규정'[33]하는 것 도 서슴지 않는 것이다.

『만세보』가 이처럼 친일적 성향으로 기울 수밖에 없었던 것은 편집진 들의 경향과 밀접한 관련이 있다고 보아야 한다.[34] 『만세보』의 발간에서

---

33) '논설', 「의병(義兵)」, 『만세보』, 1906년 6월 29일자 참조.
34) 최기영 역시 이를 드러내면서 "당시 현실적으로 일본과 대립한다면 천도교의 교세

부터 중추적인 역할을 하는 주필 이인직은 그 시대 대표적인 친일자로 비판받는 인물 중 하나이다. 이인직의 생애[35] 중에서도 특기할 것은 1900년, 그가 40이 가까워오는 나이에 일본 유학길에 올라 토교정치학교에 다녔다는 것이다. 여기서 그는 한일합방의 실무자로 활약하는 고마쯔, 매국노로 지탄받는 조중응 등과 인연을 맺게 된다. 이후 그는 미야꼬(都) 신문사의 견습생으로 들어가게 되는데 이 경력은 주목해볼 필요가 있다. 1904년 귀국하게 된 이인직은 1906년 2월에 일진회의 기관지였던『국민신보』의 주필을 맡는가 하면, 이어 1906년 6월『만세보』의 주필이 되는 것은 그 영향이었을 것이기 때문이다. 천도교 신자도 아니며, 일진회의 기관지였던『국민신보』의 주필을 맡고 있었던 친일적 성향을 지닌 이인직을 주필로 선임한 것에서부터『만세보』는 그 매체의 성향을 드러내고 있다고 보아야 한다.

창간호 사설에서 신구학문에 익숙한 기자로까지 칭송되는 이인직은『만세보』의 내용을 선정하는 데에 결정적인 역할을 한다. 첫호 논설을 실명으로 게재하여 그 존재를 드러낸 이인직의 신문 내용 결정권이 지대했다는 것은 다음의 글을 통해서도 짐작할 수 있다.

(…상략…) 金力과 知識力이 少혼 新聞은 可觀이 無ᄒ며 金力과 知識力이

확장에 불리한 영향을 끼칠 가능성도 있었을 것이다.『만세보』는 그러한 천도교의 입장과도 무관하지 않았겠지만, 편집진들의 경향이 일본에 대한 인식이나 일진회와의 관계에 직접적인 영향을 미쳤을 것"(최기영,『대한제국시기 신문연구』, 일조각, 1991, 105~106면)으로 보고 있다. 일진회 신문이었던『국민신보』를 간행하던 박문사를 천도교가 인수한 것이라든가,『만세보』의 인쇄에 필요한 각종 활자와 4대의 대형 윤전기를 일본에서 수입했던 것, 박문사의 총무였던 오태환이 보문관으로 옮긴 것 등으로 미루어 볼 때 일진회의 지원이 계속적으로 있었을 것이라는 것, 또한 천도교의 재정을 이용구 등의 친일세력이 장악하고 있었던 점으로 미루어볼 때 최기영의 판단은 타당하다고 할 수 있다.

35) 이인직의 생애에 대한 연구는 다음의 자료에 자세하다. 전광용, 「이인직 연구」,『논문집』6, 서울대, 1957; 김영민,『한국 근대소설사』, 솔, 1997; 전고호행, 「이인직 연구」, 고려대 박사논문, 2000.

多혼 新聞은 天下壯觀이 此에 過홈이 無하니 其知識力의 用處와 金力의 用
處를 槪言홀진대 社中에 多數記者가 有하여 外交에 硏究가 有혼 者는 外交
를 論하며 經濟에 硏究가 有혼 者는 經濟를 論하는듸 外交와 經濟는 間間
衝突이 有혼지라 故로 主筆記者는 外交經濟 二記者의 說을 取捨刪削이 有
하며 其他 政學 法學 社會學 美術學 哲學 等 諸學者가 各히 筆을 抽ᄒ여 內
外國 探訪者의 報道를 기다리다가 報道가 至ᄒ즉 各히 所長디로 記事ᄒ는지
라 (…하략…)36)

기자들이 취재해 온 내용을 취사선택할 수 있는 권한이 주필에게 있
었음을 천명하는 이 내용은 이인직이 『만세보』에 미친 영향을 알 수 있
게 한다. 더욱이 그가 일본에서 신문사 견습생을 할 때 숙지되었을 여러
경험들은 직접 간접으로 신문의 향방을 결정하는 데 영향을 미쳤을 것
임은 자명한 일이다.

4. 맺음말－『만세보』 단형 서사물의 특성에서 드러난 양면성

『만세보』는 천도교에서 발행한 근대계몽기의 일간지 신문으로 당대의
다른 신문들과 마찬가지로 당시 두드러진 서사 형태인 단형 서사물을
게재하고 있다. 근대계몽기 단형 서사물의 특성 중 하나는 논설과 서사
가 미분화되었다는 것이다. 그런데 『만세보』는 논설과 서사를 분리하고
양식란을 분화시켜 비교적 현대적 개념에 가까운 서사로의 발걸음을 내
딛는다. 또한 논설과 서사의 문체를 달리하여 서사에서는 주로 국문체를
지향하면서 언문일치에 근접한 서사적 문체를 보인다. 편집자의 목소리

---

36) '사설', 『만세보』, 1906.7.19.

가 전면에 드러나던 것이 타 신문들의 단형 서사물이었던 것에 반해『만세보』의 단형 서사물에서는 직접적인 편집자의 목소리가 탈각되고 대신에 등장 인물이 전면에 부각되는 특징을 볼 수 있다. 아울러『만세보』단형 서사물 중에서도 아주 독특한 두 편의 단형 서사물에서는 장형 서사로의 이행을 짐작케 하는 특징이 드러나고 있는데 그 중에 두드러진 것은 바로 묘사가 강화되어 있다는 점이다.

『만세보』의 단형 서사물은 위와 같은 형식적 특성만이 아니라 내용면에서도 타 신문들과는 다른 지점에 서 있다. 문명 대 야만이라는 틀 속에서 개화를 주장한다는 측면에서는 타 신문들과 같은 계몽 층위에 서 있지만 그 지향점이 애국이 아니라 외세 추종적이라는 점에서 다른 계몽 층위를 형성하고 있는 것이다.『만세보』는 외형으로는 애국 계몽을 표방하면서 등장하지만 다분히 친일적인 성향을 지녔던 이인직을 주필로 선임한 것에서부터『만세보』의 외세 추종적인 경향은 예정된 것이었다고 할 수 있다.

『만세보』에 실린 단형 서사물의 형식적 특징과 내용적 특징을 결합하여 살펴보면,『만세보』의 단형 서사물이 좀더 현대적 개념에 가까운 독자적인 서사 장르를 개척하는 데 일조한 것은 분명하지만, 그 특징들 속에는 서구 추수적이고 반민족적인 성향이 내재되어 있다는 것을 알 수 있다.『만세보』의 단형 서사물이 한글 사용을 지향했다고 해서 그것이 곧바로 애국 자주 의식과 연결되는 것이 아님을『만세보』단형 서사물의 내용적 특성이 반증하고 있는 것은 그 단적인 예이다. 한말 개화기의 한글 사용에는 침략적 야심을 이면에 감추고 한국과 중국의 유대를 먼저 끊어야 한다는 필요성을 느낀 일본의 지원이 존재하고 있었다는 것은 최근 여러 논자들이 설파하고 있는 것이거니와,『만세보』의 한글 사용 역시 그 이면을 다시금 들여다 볼 필요가 있는 것이다.『만세보』단형 서사물에서 드러나는 다른 형식적 특성들도 마찬가지다. 논설과 서사를 분리하고, 서사에서 편집자의 목소리를 탈각시키면서 등장 인물을 전면으로 내세워 극적 구성 방식을 취하고, 생동감 있는 묘사로 재미를 부가시키는 등의 형식적 특성은 내용적 특성과 맞물릴 때 그 정향점이 드러난다. 진보주의를 내세우고 신학문을 권장하며 풍속 개량을 외치고 실력 양성론을 펴지만 결국 강압적으로 밀려드는 외세의 침략적 본질을 드러내지 않은 채 오히려 그러한 외세를 추종하고 흠모하면서 자국의 것은 되도록 흠집을 내고 배척하는 것이 『만세보』 단형 서사물의 전반적 내용이다. 즉 국가의 주권이 위협받는 당대의 상황 속에서 일어나던 애국 자주의 거대담론을 거슬러 은밀히 외세 추수 이념을 전파하는 데 『만세보』 단형 서사물의 형식적 특성은 그 기능을 톡톡히 담당했던 것이다.

현대성을 담보한다는 것, 그리고 민족적이라는 것이 전적으로 긍정적인 것인가의 논의는 다음으로 미룬다 하더라도, 결과론적으로만 보면 긍정적으로 보이는 것도 그 맥락 속에는 부정적인 면을 보유하고 있을 가능성이 얼마든지 있다는 것을 『만세보』의 단형 서사물은 보여주고 있다.

근대계몽기 『경향신문』 소재 '쇼셜'의 특성 연구

정가람

1. 머리말

이 논문의 목적은 근대계몽기 『경향신문』의 소설란을 고찰함으로써 거기에 연재되었던 단형 서사물의 존재 자체를 확인하고, 그 특성을 규명하여 드러내는 데 있다. 이 시기의 작품은 소설란에 실려 있다고는 하지만 다수의 단형 서사물이 '논설'과 분리되어 있지 않다. 이러한 점은 근대계몽기에 쓰인 '소설'이라는 용어는 서양의 근대 소설과 구별되는 독자적인 양식적 특질을 지닌 용어였다는 사실을 입증한다. 그러나 무엇보다 '소설'이라는 용어의 개념 정리에 앞서 중요하게 살펴야 할 것은 『경향신문』 안에서 '소설'로 묶일 수 있었던 단형 서사물 그 자체이며, 그것이 한국문학사의 흐름 속에서 어떠한 문학적 의미를 형성하고 있는가의 문제이다.

『경향신문』에 대한 연구는 지금까지 이 신문이 천주교 기관지였다는 사실로 인해 종교적 교육 활동만을 강조했거나 논설란을 중심으로 한 단편적인 내용, 혹은 신문사(新聞史)를 전체적으로 조망한 사례만 있었다.[1] 여기에서 1906년 11월 30일부터 연재된 「정소의 불긴」을 비롯하여 1910년 12월 30일의 「게와 원숭이」에 이르기까지 약 58편에 달하는 단형 서사물의 면모를 고찰할 수 있는 구체적인 논의의 필요성이 제기된다. 이것이 본 연구자가『경향신문』의 소설란에 특별히 주목하는 이유이다.

『경향신문』 소설의 특성을 고찰하기 위해서는 이 신문이 발행된 때가 일제의 침략 정책이 노골적으로 표면화되던 시기라는 점을 간과해서는 안 될 것이다. 소설의 대부분이 고담 혹은 야담이나 우언의 방식을 채택하고 있지만, 그들은 소재 선택과 주제의 측면에서 직·간접적으로 당대 현실을 담아내고 있기 때문이다. 따라서 본고에서는 우선『경향신문』의 창간 배경과 매체적 특징을 살펴보기로 한다. 이를 통해 계몽담론의 층위와 편집진들이 가졌던 현실인식의 일단을 가늠할 수 있을 뿐만 아니라 이러한 특징들이 '쇼셜' 속에 어떻게 투영되고 있는가를 고찰할 수 있다. 다음으로는『경향신문』에 소설란이 고정적으로 설치되어 있다는 특징적인 면과 함께 지면 구성이라든가 원고 분량 등 소설란 자체가 갖는 성격을 가려내기로 한다. 마지막으로 '쇼셜'로 명명된 각 단형 서사물의 유형을 분류하고 그 내용을 검토해봄으로써 근대계몽기『경향신문』

1) 그간의 연구논문으로는 송유재, 「광무년대 경향신문연구」(이화여대 신문방송학과, 1968), 김성일, 「한국의 신문판매촉진책 연구-경향신문 사례를 중심으로」(연세대 경영학과, 1969), 황명숙, 「대한제국말기 천주교의 교육·실업진흥론-경향신문 논조를 중심으로」(이화여대 한국학과, 1985); 최기영, 「대한제국시기 신문의 일연구」(서강대 사학과, 1989), 김보경, 「한말 천주교의 민족운동론 소고-경향신문(1906~1910) 논설분석을 중심으로」(숙명여대 역사교육과, 1990), 조정훈, 「대한제국시대의 가톨릭의 교육운동-1906~1910년 경향신문 논설을 중심으로」(광주가톨릭대 역사신학과, 1998) 등이 있다. 또한 한원영은『한국개화기 신문연재소설연구』(일지사, 1990)와『한국신문 한 세기』(푸른사상, 2001)에서『경향신문』의 연재소설에 대해 꽤 많은 지면을 할애하여 다루고 있으나 작품의 줄거리와 눈에 띄는 특징의 단순 나열에만 그치고 있다. 이외에도 이해창, 정진석 등이 신문사에 관한 연구를 수행한 바 있다.

소재 '쇼셜'들이 어떠한 문학사적 의미망 속에 놓여있는가를 밝혀 보기로 한다. 이러한 작업을 통해 근대계몽기 『경향신문』이 갖는 매체적 특징과 작품들과의 관련 양상을 가늠할 수 있으며, 더 나아가 게재되었던 각 '쇼셜'들의 특성을 설명할 수 있다.

본 연구는 근대계몽기 매체와 관련하여 진행할 장·단형 서사물 연구의 시론적 성격을 갖는 것임을 밝힌다.

2. 『경향신문』의 매체적 특징

『경향신문』은 1906년 10월 19일 파리 외방선교회 소속 선교사 드망쥐(Florian Demange, 한국명 안세화, 1875~1958)에 의해 창간되어, 1910년 12월 30일까지 만 4년 동안 발행된다.[2]

『경향신문』의 창간은 우선 세계 천주교회의 방침과 관련이 있음을 다음의 기사에서 확인할 수 있다.

(…중략…) 크게 리롭기도 ᄒᆞ고 해롭기도 ᄒᆞᆫ 신문 잡지가 온 셰샹에 대힝ᄒᆞᄂᆞᆫ 것을 통쵹ᄒᆞ시고 교화황 레오 데 십삼위와 비오 데 십위ᄭᅴ셔 모든 쥬교신부와 교우들이 셩교회 신문들을 만히 ᄆᆞᆫ둘며 잘 부지ᄒᆞ여 외교인들ᄭᆞ지 보게 ᄒᆞ라고 명ᄒᆞ셧ᄂᆞᆫ고로 대한셩교회에셔도 우리 공경ᄒᆞᆯ 쥬교ᄭᅴ셔 잇히 젼에 우리 경향신문을 셰우셧ᄂᆞ니라 (…중략…)[3]

---

2) 처음에는 타블로이드판(23.5cm×32cm) 4면 3단제로 발행되었으나, 창간 1주년이 되던 1907년 10월 18일자부터 배대판(33.5cm×48.5cm) 5단제로 확대 발행되었다. 순한글 주간지로서 제호는 한문제호에 한글제호를 병행 종서했으며, 1년 후에는 횡서로 바꾸었다. 한편 신자들을 대상으로 별지 부록인 『보감(寶鑑)』을 발행했는데, '론셜', '법률문답', '대한성교사긔', '우연히 슈쟉', 그리고 '텬쥬교 회보'로 구성되어 있다. 『보감』은 '법률문답'을 제외하고 모두 천주교와 관련된 내용이다.

이와 더불어 신문의 간행을 추진한 또 다른 이유는 한국 내 천주교회의 특별한 사정과도 관계가 깊다. 1900년대 초기에 이미 교육사업과 의료사업을 비롯한 사회활동으로 한국민의 호감을 얻으며 신자들이 급속히 증가하고 있었던 개신교를 의식하지 않을 수 없었기 때문이다.[4] 개신교인 감리교와 장로교가 각각 『죠선(대한) 크리스도인회보』와 『그리스도신문』을 발행하는 등 교세가 확장되어가자 천주교회에서도 국민들에게 천주교를 이해시키고 신자를 교육할 매체의 필요성이 요구된 것이다.[5] 결국 『경향신문』의 발간은 세계 천주교회 언론기관 창설이라는 시대적인 요구와 한국 내 천주교회 공식 기관지의 필요성에서 이루어진 것임을 확인할 수 있다.

『경향신문』은 원래 천주교 기관지로 창간되었으나, 모든 국민을 대상으로 삼은 일반시사지의 형태를 취하고 있다. 신자들도 사회 현실을 올바로 인식하고 있어야 한다는 사실과 함께 비신자들도 독자의 영역으로 끌어들여 신문을 포교의 수단으로 이용한다는 의도가 내포되어 있었기 때문이다. 이러한 사실은 다음의 1906년 10월 19일자에 실린 「경향신문을 내는 본뜻이라」라는 창간호 논설의 첫 부분에서도 확인할 수 있다.

경향신문을 내는 연고가 네 가지 잇스니 대한과 타국 소문을 들어냄이 ᄒᆞ나히오 관계잇는 소문의 대쇼를 판단홈이 둘히오 요긴ᄒᆞᆫ 지식을 나타냄이 세히오 모든 사ᄅᆞᆷ이 알아듯기 쉬온 신문을 ᄆᆞᆫᄃᆞᆲ이 네히라 (…중략…) (띄어쓰기 인용자)

『경향신문』이 남녀노소를 불문하고 누구나 쉽게 읽을 수 있도록 한글

---

3) 「본 신문을 보는 교우들이 몃 가지 ᄉᆡᆼ각홀 일」, 『경향신문』, 1908.9.4.
4) 이만열, 『한국기독교문화운동사』, 대한기독교 출판사, 1987.
5) "(…중략…) 외교나 렬교들은 각각 본 신문이 잇서 그 신문을 보는 이가 만흐나 우리 텬쥬교인은 그러치 아 니ᄒᆞ면 엇지 더 붓그럽다 아니 ᄒᆞ겟스며 (…중략…)"(「텬쥬교인의게 특별히 고홈」, 『경향신문』, 1910.12.30)

을 통해 정보를 제공하여 유익하게 하겠다는 것은 신자들뿐만 아니라 비신자들, 즉 일반 국민까지 신문 독자의 영역으로 포섭하여 계몽하겠다는 의도를 나타낸다. 이러한 의도는 그것이 직접적으로 드러나는 '론셜'뿐만 아니라, '쇼셜' 내에서도 당대적 현실을 읽어낼 수 있는 소재를 선택했다거나 여러 가지 다양한 글쓰기 방법의 시도를 통해 주제를 형상화하고 있다는 데에서 쉽게 파악할 수 있다. 그런데 이때 주목해야 할 것은 『경향신문』이 의도하는 계몽은 민족자주의 의지와 개화를 표방한다는 것과는 또 다른 의미로 읽히는 계몽을 포함하고 있다는 사실이다.

통감부 시기 한국 천주교회는 선교권을 보장받기 위하여 정교분리 선교정책을 추진하고 있었다.[6] 정교분리 정책을 채택한 한국 천주교회의 모습은 정치와 종교와의 관계는 서로 무관해야 하는데 상관하면 잘못되는 일이라고 하는 1909년 11월 19일자 기사 「나라희 목덕이라」에서 분명하게 드러난다.[7] 선교권을 보장받으면서 신자를 포함한 모든 국민에게 읽힐 수 있는 신문을 발행한다는 것은, 일제의 정치적 노선에 일정 부분 협력하지 않으면 안 된다는 사실과 자주독립과 개화에 대한 국민의 염원과 의지를 담아내야만 한다는 이중의 부담을 안고 있었다는 것을 의미한다.[8] 그렇기 때문에 1905년 을사보호조약이 체결된 이후 신문을 비롯한 다양한 지면을 통해 실렸던 국권 회복을 염원하는 글과 이 『경향신문』의 글은 분명히 다른 맥락에서 읽힌다. 이를 살펴보기 위해 '쇼셜' 몇 편을 인용하기로 한다.

---

6) 최석우, 『한국 교회사의 탐구』, 한국교회사연구소, 1982, 477면.
7) "(…중략…) 나라히 교회가 령혼을 다스리는 법을 거스리면 이는 됴치 못한 일이오 또한 교회가 나라히 육신을 다스리는 법을 거스리면 이도 또한 됴치 못한 일이로다 이 요긴한 도리를 모로는 고로 이 셰샹에 여러 폐단이 싱기느니 나라히 샹관치 아니할 일을 샹관하야 각 사롬이 제 령혼을 위하야 량심대로 밋는 것을 억지로 금하는 일이 크게 잘못하는 일이오 그와 갓히 령혼을 다스리는 교회인들이 그 교회로써 나라희 올흔 법을 거스리든지 그 교가 샹관치 아니할 셰속일을 샹관하면 크게 잘못하는 일이니라 (…중략…)"
8) 윤선자, 『일제의 종교정책과 천주교회』, 경인문화사, 2001, 36~50면.

①엇던 가난호 쟝수가 날마다 신을 삼으면서 아춤브터 져녁ᄭᆞ지 즐거이 노래롤 ᄒᆞ니 그 노래가 듯기에 미우 됴코 춤으로 아모 걱정 업ᄂ 묽은 노래라 그 엽헤 사는 혼 은힝셔쟝이 비록 돈은 만흐나 흥샹 슈심에 쓰여 노래는 새로이 밤에 잠도 자지 못ᄒᆞ여 평싱에 고로온 즁이더니 혼번은 날이 다 신 후에 잠간 조으는 즁에 신쟝수의 노래 소리에 그 은힝셔쟝이 잠을 ᄭᆡ여 스스로 탄식ᄒᆞ여 ᄀᆞᆯ아더 돈이 만흔더 엇지ᄒᆞ여 다른 물건 사돗 시쟝에셔 잠을 사오지 못ᄒᆞ엿는고 ᄒᆞ더니 쏘 흐로는 몸이 크게 곤흔즁 그 신쟝이롤 불너 닐ᄋᆞ더 친구여 일년이면 돈을 얼마나 버는고 신쟝이 우셔 ᄀᆞᆯ아더 돈 얼마 번다는 말이 무슴 말슴이오닛가 우리ᄀᆞᆺ흔 사롬은 버리흔달 것도 업고 쏘 당초에 돈 모흘 ᄯᅳᆺ도 아조 업서 다만 일용량만 엇을 ᄯᅮᆫ이오 셰월은 우리 모로게 물 흐르듯 ᄒᆞ니 별 걱정 업시 셜둘 금음날ᄭᆞ지 지내ᄂᆞ이다 은힝셔쟝이 다시 무르더 그는 그러나 미일 버는 돈은 얼마나 되ᄂᆞᆫ뇨 신쟝의 디답이 쥬일 첨례 파공날 ᄶᅵ고 더ᄒᆞ고 덜흔 날이 잇스나 알 수 업스나 텬쥬의 은혜로 굼든 아니ᄒᆞ나이다 은힝셔쟝이 리웃 정의롤 싱각ᄒᆞ고 돈 삼빅원을 주니 신쟝이 밧아가지고 싱각ᄒᆞ더 이십년을 애 써도 무엇을 지물을 일죠에 엇으니 오날이 곳 만복지일이로다 ᄒᆞ고 집에 도라 와 깁히 ᄀᆞᆷ초아 두매 일노조차 ᄆᆞ음이 그 ᄀᆞᆷ초아 둔 돈에 미이여 부지즁 걱정이 삼겨 다시는 즐거이 부르던 노래 혼 마더도 못ᄒᆞ고 심지어 밤이면 잠도 자지 못ᄒᆞ여 쥐 ᄃᆞᆫ니는 소리만 드러도 곳 도젹이 드러오는 것 ᄀᆞᆺ하여 넘려 노흘 겨를이 업는지라 그러므로 로심초ᄉᆞ ᄒᆞ다못ᄒᆞ여 그 돈을 몰수히 가지고 그 은힝셔쟝의게 가셔 말ᄒᆞ더 내가 이 돈을 엇은 후로 내 즐거움과 평안흠이 아조 업서젓ᄉᆞ니 이는 곳 당신이 내 즐거움을 ᄲᅢ아슴이라 이 즈긔여온 돈을 도로 밧고 내 즐거움을 도로 달나 ᄒᆞ엿스니 사롬의 복됨이 돈 모호ᄂᆞ더 잇는 거시 아니라 도로혀 사롬의 평안흠을 ᄲᅢ앗는 거ᄉᆞ 지물이니 깁히 궁구홀지어다9)

②녯적에 혼 사롬이 잇서 가산이 풍쪽ᄒᆞ고 의졋한 아돌 삼형뎨 쟝셩ᄒᆞ매 흐로는 그 ᄆᆞ음을 시험ᄒᆞ며 훈계홀 ᄯᅳᆺ으로 다 불너 압헤 세우고 각각 은젼 몃 쳔 원 식 주며 닐ᄋᆞ더 사롬이 착흔 일을 ᄒᆞ면 반드시 샹을 밧고 악흔 일을 ᄒᆞ면 반드시 벌을 밧는 거시 텬디간 덧덧흔 리치라

지금 너희들이 외방에로 가셔 착흔 일을 ᄒᆞ고 와셔 말ᄒᆞ면 너희 즁에 뎨일

---

9) 『경향신문』, 1907년 1월 11일자.

착호 일 호 아둘의게 특별히 샹급호겟노라 호니 세 아둘이 아비의 명을 밧고 각각 착호 일을 호려갈 시 하나흔 쩌난 지 수 일 만에 로샹에셔 호 사룸을 맛나니 모양이 심히 파리호고 의복이 람루호고 긔갈이 태심하엿거눌 보고 그 곤궁호 졍샹을 측은히 넉여 춤아 눈으로 보지 못호겟눈지라 즉시 즈긔 힝담 속에셔 은젼 쳔여 원을 내여주고 도라오고

둘재 아둘은 강가에로 지날 시 홀연히 이샹호고 괴이호 소리 들니거눌 눈을 들어 브라보니 호 사룸이 물에 싸져 물결 가온대 잠겨 거의 죽을 디경이라 보고 급히 쮜여드러 헤엄쳐셔 그 손을 붓드러 건져내여 목숨을 구완호고 이에 집에로 도라오고

셋재 아둘은 먼니로 갈 시 호 놉흔 고개에 올나서니 텹텹호 산봉ᄋ리에 수십 길이나 되는 바회가 잇고 바회 엽혜는 ᄯ 수십 길이나 되는 로송 남기 잇눈지라 호 손으로는 나모롤 휘여잡고 호 손으로는 바회롤 붓들고 졀벽샹에 긔여 올나가 쉬며 ᄉ면을 도라보니 바회 훗긋에 호 사룸이 누어 잠이 깁히 드럿더 조곰만 쑴젹이면 졀벽 수 빅길 아래 쩌려져 쥬ᄉ외 ᄲᅧ 호나흘 ᄎ줄 수 업눈지라 이롤 보니 ᄆᆞᆷ이 송구호고 ᄶᅦ가 소사지는지라 ᄀᆞ만ᄀᆞ만 나아가 즈셰히 보니 젼일에 원슈롤 밋자 서로 죽이기로 경영호던 쟈ㅣ라

이 디경에 니ᄅᆞ러보니 사룸의 ᄆᆞᆷ은 물노 어리운 거시라 돈돈호고 모질지 못호야 곳 측은히 불샹호 싱각이 니러나 젼날 원슈롤 아조 니져브리고 넌즈시 그 사룸의 손목을 잡고 ᄀᆞ만ᄀᆞ만 흔들며 은근히 잠을 ᄭᆡ와 니ᄅᆞ켜 목숨을 살니고 도라온지라

이 세 아둘이 다 제 부친 압헤 니ᄅᆞ러 각각 제 호 바 일을 말호니 그 아비 ᄀᆞ만히 듯다가 닐ᄋᆞ디 내 아둘들아 드르라 큰 ᄋᆞ히야 너는 주린 이롤 구제○이 공인 즉 션공이다마는 샹급을 브라고 지물을 내여 시졔호엿스니 이는 호기 어렵지 아닌 일이오 둘재 아둘아 너는 어려운 일을 어려히 넉이지 아니호고 제 지조롤 밋고 물에 드러가 싸진 사룸의 셩명을 구졔호엿스니 가히 큰 션공이라 홀 만 호나 뎨일 큰 션공이라 홀 거슨 못되고

셋재 아둘아 너는 진실노 덕 잇는 쟈ㅣ 오글 닑은쟈ㅣ로다 녯 글에 닐ᄋᆞ디 은혜와 원슈롤 분명히 호라는 네 글ᄌᆞ눈 덧 잇는 이의 말이 아니라는 글을 네가 춤 알앗고 나 어렵도다 내 아둘이여 너롤 해호려는 원슈롤 죽는 ᄯᅡ헤서 살녀 내엿느니 이에서 더 큰 션공이 어듸 잇스리오 특별호 샹으로 네 특별호 션

공을 표호다 호고 샹급을 만히 호엿스니

　이 셰샹에서 지물을 브림과 몸을 이긔는 일이 션공이 아님이 아니오 쏘 스디에셔 사름이 능히 호는 이가 대개 잇스디 원슈롤 죽는 짜헤셔 구호야 살녀냄은 아모나 춤 호기 어려운 일이니라.[10] (인용문 ①, ②의 띄어쓰기, 강조는 인용자)

　①은 「지물이 근심거리」, ②는 「쇠가 무거우냐 새 깃이 무거우냐」라는 글의 전문을 인용한 것으로서, 두 작품 모두 천주교 기관지라는 매체적 특징을 잘 드러내고 있는 작품에 속한다. 가진 것이 없어도 '천주님의 은혜'로 하루하루를 즐겁게 살아간다는 신장수의 말은 비록 가난해도 천주님의 은혜 안에서 마음이 평안한 것이 제일이라는 처음에 인용한 작품의 주제와 직접적으로 연결될 수 있다. "사름의 복됨이 돈 모호는 디 잇는 거시 아니라 도로혀 사름의 평안홈을 쎄앗는 거슨 지물이니 깁히 궁구홀지어다"라는 편집자 해설을 통해 물질적 부를 추구하지 말 것을 다시 한 번 강조하고 있는데, 염두에 두어야 할 것은 이 작품이 실렸던 때는 돈이 없어도 즐겁고 편안하기만 되었던 시대가 아니었다는 사실이다. 신문을 비롯한 여러 매체에서 경제 관념을 일깨우기 위해 경제학 원론 등과 같은 학문 분야를 설명하고 그 효용성에 관한 글을 지속적으로 싣고 있었으며, 실제로 부의 축적이 곧 힘이 된다는 사실에 대다수의 국민이 공감하고 있었기 때문이다. 두 번째로 인용한 '쇼셜' 역시 "너희 원수를 사랑하며 너희를 핍박하는 자를 위하여 기도하라(마태 5 : 44)"라는 성경 구절을 세 아들의 임무수행 시험이라는 익숙한 이야기틀 속에 배치하고 있다. 표면적으로는 성경 말씀의 설파로 보이지만, 이 시대의 원수가 일제로 치환될 수 있다는 점을 상기해 본다면, '원수를 사랑하라'는 주제 역시 이중적 의미로 해석된다. 돈이 없어도 평안하기만 하면 되고, 원수마저 사랑해야 한다는 논리는 일제의 우민화(愚民化) 정책과도 맞닿아 있음을 확인할 수 있는 것이다. 이와 같은 논의의 전개는 1897년 2월 2일에 창간되었던 『조선(대

---

10) 『경향신문』, 1907.11.8.

한) 크리스도인 회보』에서도 발견된다. 함태영은 『조선(대한) 크리스도인 회보』 단형 서사물의 특성 중 하나인 서사를 활용하는 방식에 주목한다. 몸을 닦고 행실을 가다듬어 다른 사람을 참소하지 말고 각기 겸양하기에 힘쓸 것을 주장하기 위해 서사가 활용되었는데, 문제는 이러한 글들이 발표된 시기이다. 1898년 5월은 러시아의 절영도 조차 요구와 러시아와 일본의 이권 분할 밀약이 폭로되어 커다란 정치적·외교적 반향이 일어났던 때이다. 『매일신문』을 시작으로 『독립신문』 『제국신문』은 이 일을 문제삼아 국민여론의 진작과 정부와 열강에 대한 질타를 주장했다. 온 나라가 정치적·외교적 문제로 시끄러울 때 『조선(대한) 크리스도인 회보』는 현실에 대해 침묵하며, 선교와 개화 계몽이라는 그들의 목적에 충실한 모습을 보여주었다는 것이다.11) 이런 맥락에서 『경향신문』이 담아내고 있는 계몽의 층위 역시 민족자주 노선을 지향하며 개화 계몽을 앞세운 것과는 구별되는 다양한 함의를 지닌 것으로 파악할 수 있다.

이즈음 일제는 〈신문지법〉12)을 통해 한국인이 발행하는 모든 신문들에 제재와 압력을 가하고 있었는데, 처음 이 법이 공포될 때에는 외국인이 한국에서 발간하는 신문과 한국인이 외국에서 발간하는 신문에 대한 규제조항이 없었다. 따라서 외국인 발행이었던 『경향신문』은 '민족 계몽을 통한 유익의 도모'라는 표어 아래 발행을 계속할 수 있었던 것이다. 그러나 1908년 5월의 〈신문지 규칙〉에 이르자 신문과 잡지 등 출판물에

---

11) 함태영, 「『조선(대한) 크리스도인 회보』 단형 서사 연구」, 『현대문학의 연구』 23집, 한국문학연구학회, 2004.7, 149~150면.
12) 〈신문지법〉은 1907년 7월 24일에 이완용 내각이 법률 제1호로 제정 공포한 것으로써, 신문이나 잡지 등 정기간행물에 적용되었던 법률이다. 처음 공포될 때는 전문 38조였으나, 다음해인 1908년 4월 20일에 전문 41조와 부칙으로 개정한다. 이것이 5월에 공포된 〈신문지 규칙〉이다. 갖가지 금지사항 이외에도 이 법을 위반하는 경우 발행 금지, 정간 등의 행정처분과 언론인에 대한 사법 처분을 가할 수 있도록 된 법이었다. 또한 신문 발행의 허가제와 발행 허가에 앞서 보증금을 납부하도록 하는 등 발행 허가를 받는 일 자체를 원칙적으로 어렵게 만들었다(정진석, 『한국언론사』, 나남출판, 1990, 309~310면).

대한 언론규제의 양상은 새로운 국면으로 접어들게 되는데, 이 법을 근거로 신문의 발행허가에서 처벌에 이르기까지 근본적이고 체계적으로 언론통제의 장치를 갖추게 된다. 한국 지배에 있어서 일제는 서구세력을 배제한 독점적 지배를 지향하고 있었기에 서구세력과 연계되어 있는 종교계 신문 역시 탄압의 대상이 될 수밖에 없었다. 사태가 여기에 이르자 『경향신문』 역시 압수 처분을 받는 등 신문 발행에 어려움을 겪다가 결국 한일합방 이후, 창간 4년 뒤인 1910년 12월 19일 220호로 종간하고, 221호부터는 『경향잡지』로 제호를 바꾸어 월간지로 발행하게 된다.13)

3. 『경향신문』의 '쇼셜'란과 '쇼셜'

1) '쇼셜'란의 성격

『경향신문』의 '쇼셜' 분류나 내용 검토에 앞서서 '쇼셜'란 자체를 살펴보면, 다른 신문들과는 구별되는 주목할 만한 특징을 발견할 수 있다. 그것은 '쇼셜'란이 고정 설치되어 있다는 점이다.

근대계몽기 단형 서사문학 자료 가운데에는 '小說', '소셜', '쇼셜'이라는 양식 표기가 되어 있는 작품들이 많이 있다. 『대한민일신보』 1906년

---

13) 1910년 4월 23일자에 "押收 內部告示第三十九號 漢城南部鐘峴 京郷新聞第一八四號 右新聞紙는 治安을 妨害홈으로 認ᄒ얏기 新聞紙法 第三十四條를 依ᄒ야 隆熙四年四月二十二日에 該新聞의 發賣領布를 禁止ᄒ고 此를 押收홈 隆熙四年四月二十三日 內部大臣 朴齊純"이라는 기사가 게제되는데, 압수 처분의 이유는 제 184호 2면에 실린 '금슈ᄌ혼 헌병과 보조원'이라는 기사 때문이었다. 또한 1910년 12월 30일자에는 종간을 알리는 "(…중략…) 本號로써 終刊. 明年부터 京郷雜誌로 改題 月2回 과刊(15日 30日)"라는 본사광고가 실려 있다.

2월 20일에서 3월 7일 사이에 연재 발표된 「거부오해」에는 '小說'이라는 양식 표기가 되어 있으며, 1909년 7월 15일부터 8월 10일까지 연재된 「디구성 미리몽」에는 '쇼셜'이라는 양식 표기가 되어 있다. 『뎨국신문』의 경우에도 1906년 9월 18일 이후 여러 편의 '小說(쇼셜)'을 발표하고 있다.[14] 이렇듯 신문과 잡지 등에 소설란이 고정되기 시작하지만, 아예 양식 표기를 하지 않거나 '小說 / 소셜 / 쇼셜' 등으로 일관성 없이 하고 있다는 것을 상기한다면, 『경향신문』의 '쇼셜'란 고정 설치는 특기할 만한 사실이다. 여기에 약 58편의 '쇼셜'이 실려 있는 것이다.[15]

『경향신문』에 '쇼셜'란이 처음으로 등장하는 것은 1906년 11월 30일자 제 7호부터인데, 이때의 『경향신문』은 타블로이드판 4면 3단제의 지면 구성을 취하고 있었다. 1면에는 '론셜'과 '관보 대개'가 있었으며, 2면에는 '셔임'과 '국닉잡보', 3면에 '외국잡보'와 '각식문뎨', 그리고 마지막 단에 '쇼셜'이 있었다. 처음 연재된 작품은 「졍소의 불긴」으로 제목 아래에 '고담'이라는 표기가 붙어 있다. 이 글은 2회에 걸쳐 연재되었는데, 2회는 다음 호인 제 8호의 4면 1단에 실려 있다. 1회는 57행·1014자, 200자 원고지 5매 정도의 분량이며, 2회는 49행·723자, 원고지 3.6매의 분량이니 「졍소의 불긴」 전회는 원고지 8.6매 가량의 분량을 가진 것이다. 타블로이드판 4면 3단제에서 배대판 5단제로 바뀌고 나서 실린 작품은 3회에 걸쳐 연재된 「밋은 나무에 곰이 퓌다」로서 그 첫 회가 1907년 10월 18일자 제 53호의 1면 4단에 자리하고 있다. 1면에 '미일특보'의 뒤를 이어 '쇼셜', '우슴거리'가 자리잡고 있으며, 2면에 '론셜'과 '국닉잡보', 3면

---

14) 김영민, 「근대계몽기 단형(短型) 서사문학 자료 연구」, 『현대소설연구』 17집, 한국현대소설학회, 2002.12, 110~114면.

15) 1908년 6월 5일자부터 2회에 걸쳐 연재된 「즈긔의 덕힝을 시험ᄒ야 늄을 ᄀᆞᆯ르침」과 같은 해 6월 26일자에 실린 「어려운 일을 공론ᄒᆞ던 쟈는 만터니 셩ᄉᆞ홀 때에는 ᄒᆞ나도 업다」 이 두 작품은 '쇼셜'란이 아니라 고담란에 실려 있다. 그러나 이 3회의 신문에는 '쇼셜'란 자체가 없었으며, '쇼셜'란에 실린 다른 작품들과 구성과 내용, 주제면에서 크게 다르지 않아, 전체 편수에 넣었음을 밝힌다.

에 '각식문톄', '긔셔', 4면에 '학문', '외국보' 등의 순서로 게재되고 있다. 『경향신문』의 '쇼셜'란은 이때부터 비로소 1면에 고정되는 것이다. 당시 신문의 지면 구성이 대체로 논설, 관보, 외보, 잡보, 소설, 광고란 등의 순서로 이루어지고 있었다는 사실과 비교해 본다면 '쇼셜'란의 1면 고정은 주목할 만한 특징이다.

'쇼셜'란이 1면에 등장하는 하는 것은『경향신문』보다 약 3년 후인 1909년 6월 2일에 창간된『대한민보』의 경우도 마찬가지이다.『대한민보』의 경우에는 신문사상 최초로 1면 중앙에 사회 문제를 풍자하는 삽화를 싣고, 이를 중심으로 당시 유행하던 시사 용어와 명언, 속담을 실은 난과 소설란, 그리고 광고란을 배치하고 있다. 그렇다면 천주교의 기관지 역할을 했던『경향신문』이 이렇듯 '쇼셜'란을 고정적으로, 그것도 1면에 두고 58편에 달하는 많은 '쇼셜'을 실었던 이유는 무엇이었을까. 그것은『대한민보』가 삽화를 통해 구독자의 시선을 잡아끄는 방식을 선택한 것과 크게 다르지 않다. '쇼셜'란을 1면에 배치하는 것은 신문을 펼쳐보는 수고 없이도 쉽게 시선을 모을 수 있는 집중의 효과가 있다. 또한 고담이나 우화와 같은 익숙한 이야기 틀을 제시하면서 독자들의 흥미를 자연스럽게 유발한다. 그리고 무엇보다 신문 구독자의 대상을 일반 국민 모두로 삼고 있었다는 점에서 '쇼셜'란의 고정 설치와 1면 배치는 시선 집중과 흥미 유발이라는 효과뿐만 아니라 천주교 교리나 계몽적 담론, 혹은 이중의 의미를 포함한 담론까지도 거부감 없이 받아들이게 하는 의도적 장치로써 작용했다는 것도 간과할 수 없는 사실이다.

2) 『경향신문』 소재 '쇼셜'의 특성

『경향신문』에 실렸던 '쇼셜'들을 대상으로 하여 중요한 몇 가지 내용적 특성을 간추리면, 다음과 같다.

첫째, 『경향신문』의 '쇼셜'에는 모두 제목이 붙어 있다. 이 제목을 통해 작품 속에 등장하는 주인공이 누구인지 알 수 있을 뿐만 아니라 제목 그대로가 내용이나 주제로 연결되고 있다.16) 『경향신문』에 실린 '쇼셜'들의 내용은 착한 일을 하면 좋은 결과가 따른다는 이야기와 지혜로써 위기를 모면한다는 교훈적인 이야기 등이 주를 이루고 있으나, 풍전등화의 시대에 교육의 필요성을 강조한 작품도 다수 연재된다. 이러한 '쇼셜'로는 1909년 1월 15일자에 실린 「무식ㅎ면 그러치」와 1910년 1월 7일부터 2월 25일까지 8회에 걸쳐 연재된 「모로는 것이 곳 소경」, 1910년 3월 25일부터 10월 21일까지 28회에 걸쳐 연재된 「희외고학」 등이 있다. 또한 1909년 1월 8일자의 「빈디도 량반은 무셔워한다니」와 1909년 2월 5일자의 「죠션은 량반이 됴하」, 1909년 12월 31일자의 「어리셕은 쟈의 락」 등의 작품에서처럼 양반과 천민과의 관계를 엿볼 수 있는 작품도 연재된다. 하지만 양반 행실의 긍정적 모습보다는 부정적 모습을 그려내고 있으며, 신분 차별 철폐라는 시대적 요구에 따라 반상의 혼인이라는 결말을 맺기도 한다. 따라서 작품의 내용과 글쓰기 방식에는 차이가 있지

---

16) 이를 확인하기 위해 몇 작품 예를 들어보겠다.
　　「믜얌이와 기얌이」−매미, 개미(1907.2.1).
　　「꿩과 톡기의 깃분 슈쟉」−꿩, 톡끼(1908.5.1.~5.8).
　　「드람쥐와 호랑이」−다람쥐, 호랑이(1909.2.19).
　　「게와 원숭이」−게, 원숭이(1910.12.30).
　　「직물이 근심거리」−가진 자의 근심과 안 가진 자의 편안함(1907.1.11).
　　「밋은 나무에 곰이 퓌다」−믿었던 사람에게 낭패를 당함(1907.10.18. 3회 연재됨).
　　「친구 심방ㅎ다가 물을 일헛네」−도적에게 말을 잃었으나 힘을 합쳐 되찾음(1907. 12.20. 3회 연재됨).
　　「어려운 숑스롤 결안홈」−유산 상속으로 인한 불화를 지혜롭게 판결함(1908.1.10).
　　「법은 멀고 주먹은 갓갑지」−강자의 횡포를 고발함(1908.1.17).
　　「ㅁ음을 곳게 가질 일」−정직하게 살면 복을 받는다(1908.5.22).
　　「분수에 넘는 일을 말나」−제 분수를 알고 지킬 줄 알아야 함(1909.1.22).
　　「격션지가에 필유여경」−착한 일을 하고 덕을 베풀면 반드시 복을 받는다(1909.9.10. 2회 연재됨).
　　「졀개잇는 녀인」−졀개 있는 여인의 적선이 부귀영화를 가져옴(1909.10.1. 3회 연재됨).

만, 이『경향신문』에 연재된 '쇼셜'의 주제는 이중의 담론이 포함된 현실을 담보로 한 '교훈'으로 집약할 수 있다.

둘째, '쇼셜' 전부에 작가 표기가 되어 있지 않다. 조연현은 「'신소설' 형성 과정고」에서 이 시기의 소설을 '무서명 소설(無署名小說)'로 명명하여 정리했는데,[17] 그 이후 '무서명 소설'은 소설사를 기술할 때 중요한 용어로 자리잡았다. 그러나 기존의 문학사에서 무서명 소설이라고 부르던 1905년 전후의 작품들은 엄밀한 의미에서 무서명 소설이 아니라 '비실명 소설(非實名小說)'이다. 이 시기에 나온 작품들에는 지은이의 이름이 명기된 것과 그렇지 않은 것이 공존하고 있기 때문이다. 단, 작가가 명기된 경우 실명이 아닌 것으로 판명되는 작품이 여러 편 존재하고 있기 때문에 비실명 소설로 보는 것이 타당하다.[18] 조연현의 논의는 신소설 이전에 무서명 소설의 단계를 설정하여 근대소설사를 정립하려 했다는 점에서는 의미가 있다. 그러나 무서명 소설과 서명 소설들이 섞여 있었음에도 불구하고 이 시기 소설사적 특색을 드러내는 단계로 무서명 소설의 단계를 설정했다는 점에서 재고의 여지가 있다. 또한 무서명 소설의 주제를 권선징악만으로 설명하거나 근대적 감각이나 사상이 결여된 것으로 보고 있는 것 역시 옳지 않다. 이『경향신문』만 대상으로 놓고 보아도 사실적이고 구체적인 소재를 선택하여 당대 현실의 투영과 계몽이라는 의도를 충분히 살리는 '쇼셜'들이 여러 편 존재하기 때문이다.

---

17) 조연현은 이 글에서 이인직의 「혈의루」 이전에 무서명 소설의 단계가 있었음을 지적하면서 무서명 소설의 특색을 다음과 같이 제시한다. 첫째, 국내외의 전설, 고금의 구담(口譚), 야담 등 각종 각양의 것이 포함되어 있다. 둘째, 문장이 반율문적(半律文的)인 설화체이다. 셋째, 수사나 표현적 기교는 거의 무시된 진행적인 이야기 중심이다. 넷째, 주제의 성질이 권선징악적이거나 그렇지 않으면 인격 수련에 관한 것이다. 다섯째, 창작이 아니고 전래의 또는 외래의 이야기를 적당히 요약한 것이다. 여섯째, 새로운 근대적 감각이나 사상이 조금도 뚜렷하게 나타나 있지 않다. 일곱째, 고대소설의 본격적인 착상이나 구성에 비해볼 때 너무나 단편적인 안이하고 빈약한 착상과 구성으로 되어 있다. 여덟째, 분량이 8백 자 내외의 것으로서 주로 2만 자 내지 3만 자 외로 되어 있다. 조연현, 「'신소설' 형성 과정고」, 『현대문학』, 1966.4 참조.

18) 김영민, 『한국 근대소설사』, 솔, 1997, 53~55면.

그렇다면『경향신문』의 편집자들은 어째서 작가를 밝히지 않은 것일까. 이것은 세 가지 의미로 해석할 수 있다. 하나는, 신문이라는 매체가 주는 공신력의 문제로서, 신문에 실린 글은 그 자체로서 공신력을 갖는다는 것이다.[19] 따라서 독자에게 미치는 효용성을 고려하면 굳이 작가를 표기할 필요를 느끼지 않았다고 볼 수 있다. 다른 하나는, 작가를 밝히지 않고 '쇼셜'을 게재한 것은 일제의 검열과 탄압에서 작가 — 혹은 편집자나 기자 — 를 보호하기 위한 자구책의 하나였다고 보는 것이다. 마지막으로, 이 당시에는 작가가 명기되어야 한다는 근대적 양식 용어로서의 소설 개념이 확립되지 않았다는 점이다. 이 점은 비록 분화된 '쇼셜'란 안에 '쇼셜'이라는 표제와 제목을 붙이고는 있지만, 오늘날 확립되어 있는 근대적 양식 개념으로서의 소설을 염두에 두었다기보다는 작품의 내용이라든가 주제의 측면을 중시하고 있다는 데에서 확인할 수 있다.

셋째, '쇼셜'의 대부분이 우화나 야담의 방식을 취하고 있다.『경향신문』의 '쇼셜' 중 우화의 방식을 취하고 있는 것으로 1906년 11월 30일부터 2회에 걸쳐 연재된「정소의 불긴」과 1907년 2월 1일자의「미얌이와 기얌이라」, 1908년 1월 17일자「법은 멀고 주먹은 갓갑지」, 1908년 5월 1일부터 2회 연재된「꿩과 톡기의 깃분 슈쟉」,[20] 1908년 5월 15일자「턱우근신」, 1908년 6월 5일부터 2회 연재된「즈긔의 덕힝을 시험ᄒ야 놈을 ᄀ른침」,[21] 1909년 1월 22일자「분수에 넘는 일을 말나」, 1909년 2월 19일자「ᄃ람쥐와 호랑이」, 1910년 12월 31일자「게와 원숭이」이렇게 9편

---

19) 신춘자,『개화기소설연구』, 인문당, 1990, 185면.
20) 이 작품은 꿩과 토끼의 대화로 이루어져 있는데, 다음의 인용을 통해 알 수 있듯이 대화를 표기할 때 각 행을 나누었을 뿐만 아니라 발화자 표시를 따로 하고 있다는 특징을 갖는다.
　　△ 꿩) (…중략…) 한국 량반은 고샤ᄒ고 거먹 복쟝흔 왜 대감들이 더옥 우리롤 멸시ᄒ려 ᄒ더니 금년을 당ᄒ여셔는 우리롤 쪼차돈니는 이가 업데
　　△ 톡기) 자니 그 웬일인지 모르나
　　△ 꿩) 나는 무식ᄒ야 못 보앗니 (…중략…)
21) 이 작품은 '쇼셜'란 대신 '고담'란에 실려 있다.

이 실려 있다. 다음의 인용을 보자.

혼 미얌이가 온 여름을 노러만 부르다가 가을 바람을 당호여는 먹을 거시 다 쩌러지고 파리 흔머리 젹은 버레 흔 쪽을 예비혼 거시 업는지라 그 니웃 기얌이의게 가서 주림을 호소호고 새힉신지 잘 살도록 량식 얼마 쑤이기를 근청호냐 닐ᄋ디 나ㅣ 그더의게 팔월 되기 전에 본 빗과 변리를 다 갑흐리니 그러치 아니면 즘승이 아니니이다 기얌이는 빗 주는 버릇이 업스니 이는 과히 나무롤 거시 업는 바ㅣ라 빗 엇으려 온 미얌이의게 디답호디 더운 째에 무어슬 호엿더뇨 미얌이 말이 밤낫 노러호야 오는 이의게 들넛노니 그더는 엇지 알지 마시오 기얌이 말호디 노러 불넛던가 나ㅣ 미우 것거호노니 이제는 얼시고 됴타 춤츄소 (…중략…) (띄어쓰기 인용자)

인용된 작품은 「미얌이와 기얌이」로서 이솝우화의 「개미와 베짱이」를 각색한 것이다. 그러나 「개미와 베짱이」에서 개미는 베짱이를 불쌍히 여기고 안으로 맞아들여 음식을 대접하는 것으로 끝을 맺고 있으나, 「미얌이와 기얌이」에서는 기얌이가 미얌이를 맞아들이기는커녕 오히려 비웃는 것으로 중심 서사가 끝나고 있어 결말 부분의 차이를 발견할 수 있다. 이 작품 외에도 「법은 멀고 주먹은 갓갑지」가 이솝우화의 「이리와 새끼양」을 번안 각색하고 있는데, 중심 서사에는 변함이 없으나 「법은 멀고 주먹은 갓갑지」에서는 이리와 새끼양 대신 강아지와 호랑이가 등장하고 있다는 점에서 차이를 보인다.

이러한 동물 우화 소설은 식물이나 사물과 같은 비인격적인 대상을 인격적인 대상으로 파악하는 포괄적 개념의 의인 소설과는 구별된다.[22] 그 이유는 우화의 진의가 알레고리에 있으며, 인간사회의 다양한 세태 및 부조리에 대한 우의와 풍자 그리고 해학을 내포하고 있기 때문이다. 「ᄃ람쥐와 호랑이」에는 간신히 목숨을 건진 다람쥐가 호랑이를 향해 "너는 사오나온 슈단으로 눔의 물건을 무란히 겁탈ᄒ며 무죄혼 싱명을

---

22) 김재환, 『한국 동물우화소설 연구』, 집문당, 1994, 11~12면.

초개ス히 살해ㅎ야 일신을 보존ㅎ니 셰상에 만빅셩이 원망ㅎ고 명텬이 하감ㅎ샤 써 ㅎ 번 네 죄를 징치코져 하시니"라고 말하는 장면이 있다. 다람쥐를 약자의 표상으로, 호랑이를 강자의 표상으로 읽는다면, 이는 다시 우리나라와 일제로 치환될 수 있는데, 결국 다람쥐의 입을 빌어 일제에 의해 핍박받고 있는 현실을 고발하고 있는 것이다.

한편, 『경향신문』의 '쇼셜'은 그 대부분이 고담 혹은 야담의 내용과 구성 방식을 취하고 있음을 아래의 인용을 통해 확인할 수 있다.

> 녯적에 ㅎ 사람이 잇는 딕 집안이 심히 가난ㅎ나 ᄆ음이 졍직ㅎ야 놈의 거슬 츄호도 은익ㅎ는 바ㅣ 업서 산중에 드러가 나모 쟝스로 셩명을 삼더니 ㅎ로는 심심산곡에 혼자 드러가 독긔를 가지고 벌목ㅎ더니 뜻밧긔 독긔ㅅ자로가 빠져 독긔를 일흔지라 아모리 ᄎ자도 종젹이 업서 집에로 도라오려 ㅎ는 ᄎ에 어딕셔 부르는 소리 들니거늘 ᄇ라보니 엄연한 텬신이라 압혜로 나아가 절ㅎ 딕 텬신이 무러 왈 너ㅣ 무어슬 일헛느냐
>
> 사롭이 딕답ㅎ딕 나모를 ㅎ옵다가 독긔를 일헛느이다 텬신이 우서 왈 네 독긔를 내가 집엇다 ㅎ며 황금으로 몬든 독긔를 내여주니 나모ㅅ군이 크게 놀나 골ᄋ딕 져의 독긔가 아니로소이다 ㅎ니 텬신이 쏘 쳔은으로 몬든 독긔를 내여주며 이 것도 네 것이 아니냐 그 사롭이 더욱 놀나 이 것도 져의 것이 아니로소이다 ㅎ딕 텬신이 그제야 춤 쇠로 몬든 독긔를 내여주니 그 사롭이 져의 독긔라 ㅎ고 공순히 밧으니 텬신이 그 사롭의 ᄆ음이 올홈을 긔특히 넉여 황금 독긔와 텬은 독긔를 내여주며 왈 가지고 가셔 부모 형뎨를 봉양ㅎ라 ㅎ는지라. (…중략…)[23] (띄어쓰기 인용자)

위의 '쇼셜'은 우리가 익히 알고 있는 「금도끼와 은도끼」라는 옛날 이야기를 그대로 옮겨놓은 것으로, 이웃에 살던 사람이 이를 시샘하여 일부러 도끼를 잃어버리고 산신에게 거짓을 고하다 벌을 받는다는 결말까지도 완전히 같은 작품이다. 이러한 고담뿐만 아니라 야담집에 실려 있는

---

23) 「ᄆ음을 곳게 가질 일」, 『경향신문』, 1908.5.22.

작품도 다수 발견된다. 1909년 4월 2일부터 2회에 걸쳐 연재된 「녀중군 ᄌᆞ」는 류씨 성을 가진 여자가 판서의 첩으로 들어가서 지혜롭고 의연한 행동을 통해 정실이 되고 행복하게 살았다는 내용이다. 이 이야기는 『동 패낙송(東稗洛誦)』 하권에는 제목이 없이, 『동야휘집(東野彙集)』 6권에는 「채 교거랑책귀자(採轎據廊責貴子)」로, 『이조한문단편집』에는 「혼벌(婚閥)」이라 는 제목으로 실려 있다. 남존여비 사상이 지배하는 봉건사회 체제라 하여 모든 여성이 남성의 지배 하에 있었던 것은 아니며, 의연한 기개와 분별 있는 행동으로 자신의 사회적 지위를 찾고 지켜 나가는 여성들이 있었음 을 보여주는 이야기로서 이런 여성들의 모습은 근대계몽기 당시의 여성 들에게도 찾아볼 수 있는 것이다. 또한 여성의 적극적이고 대담한 모습이 드러난 또 다른 작품으로 1909년 8월 20일부터 9월 3일까지 3회에 걸쳐 연재된 「규중호걸」을 들 수 있는데, 이 작품은 『동패집(東稗集)』에 제목 없 이, 『이조한문단편집』에는 주인공의 이름을 딴 「정기룡」으로 실려 있다. 관노 출신인 정기룡이 임진왜란을 맞아 영웅적인 행동으로 원래의 신분 을 벗어나게 되는 과정뿐만 아니라 그를 남편으로 선택한 여주인공의 사 람을 알아보는 눈과 적극적 행동을 높이 평가하고 있는 작품이다.

『경향신문』에 실린 '쇼셜'은 이처럼 우화나 옛날부터 전해오는 이야기 를 제목만 새롭게 붙여 그대로 실었거나 부분적으로 각색하여 게재한 것이 많이 있다. 그러나 단순히 재미를 주기 위한 것이 아니고, 그러한 이야기 속에서 현실적 소재나 제재를 통해 전달하려는 의도가 분명히 드러나고 있다는 점에서 『경향신문』 소재 '쇼셜'의 한 특성으로 보는데 무리가 없다.

넷째, 길이가 짧은 단형 '쇼셜'과 신소설로 구분될 수 있는 장형 '쇼셜' 이 공존하고 있다. 『경향신문』에 실린 '쇼셜' 중에서 길이가 가장 짧은 것은 「미얌이와 기얌이라」로서 24행·432자, 원고지로는 2.2매 가량의 분량이다. 중심 서사만 놓고 본다면 14행·263자, 원고지 1.3매 분량에 지나지 않고, 나머지가 편집자 해설이라면 이 '쇼셜'은 서사적논설의 범주에서 벗어나지 않는 작품이 된다. 대부분이 이렇게 길이가 짧은 1회에서 3회, 혹은 6회까지 연재되는 단형 소설이지만, '쇼셜'란 속에서 신소설로 보아도 무방한 장형 '쇼셜' 역시 눈에 띤다. 1908년 7월 3일부터 1909년 1월 1일까지 27회에 걸쳐 연재된 「파선밀스」와 1910년 3월 25일부터 같은 해 10월 21일까지 28회가 연재된 「히외고학」이 바로 그러한 작품이다. 특히 「히외고학」은 대화문에서 화자에 괄호 표시를 하고, 행을 바꾸어 쓰는 등 표기면에서나 내용면에서 신소설과 견주어도 손색이 없다. 그러나 비슷한 시기의 『만세보』나 『대한민보』에서 '단편'이라든가 '신소설'이라는 양식 표기를 하고 있음에 비해, 『경향신문』의 '쇼셜'들은 길이 여하에 상관없이 모두 '쇼셜'이라는 양식 표기를 하고 있다는 데에서, 『경향신문』의 편집자들은 단형 '쇼셜'과 장형 '쇼셜', 혹은 신소설을 서로 다른 양식으로 생각하지 않았음을 알 수 있다. 다른 신문이나 잡지들이 취하는 양식 표기가 어떻게 되어있든 간에 그 구성과 내용이 크게 다르지 않다는 것은 이 시기의 '소설' 개념이 오늘날과는 다른 양식적 함의를 갖는 용어라는 사실을 밝히는 또 하나의 지표가 된다.

다섯째, 중심 서사에 편집자 주 혹은 편집자 해설이 붙어있어 '쇼셜'과 논설의 미분리 양상을 보인다. 이 다섯 번째 특징은 『경향신문』에 실린 단형 '쇼셜'의 가장 중요한 특성이기도 하다. 확인을 위해 1909년 1월 29일자 '쇼셜' 「이인 스외를 엇어」의 전문을 인용하기로 하겠다.

①이 시디가 어느 시디인고 험금 되어가는 팃도를 보면 가히 통곡홀 일도 잇고 가히 우슬 일도 잇도다
②근쟈에 어느 싀골 량반 ᄒ나히 여러 신문과 잡지를 렬람ᄒ즉 죠혼ᄒᄂᆞᆫ 폐단을 만히 말ᄒ엿고 쏘 이 폐단됨을 샹쥬ᄒ여 칙령으로 반포ᄒ쟈 홈을 ᄀᆞ만히 보고 싱각ᄒ니 춤으로 우리 명교에도 이십에 셩관ᄒ고 삼십에 취실이라 ᄒ엿고 ᄌᆞ룡(子龍)도 굴ᄋᆞ디 녀ᄌᆞ의 어림을 흔ᄒ지 말고 다만 공명의 어림을 두릴 지어다 흔지라 그런 녯말과 현금 시디에 뉴의 말을 드름으로 우리 ᄯᅳᆯᆫ 훈 줌 늙은이나 되거든 드릴사외나 ᄒ고 스면으로 즁민를 노하 이인 사외를 고를시

흐로는 이 량반이 답답한 즈음에 쇼일노 대문 밧게 북덕이를 싸하노코 걸음을
흐려고 불을 노핫더니 나모 흐려 가는 ㅇ희들이 불을 쏘히며 담비를 먹는디 흔
ㅇ희가 흐는 말이 밤에 비가 오겟다고 흐눈지라 그 집쥬인이 흐눌을 처다본즉
그름 흔 뎜도 업더니 과연 그 밤에 비가 오눈지라 쥬인 싱각에는 그 ㅇ희가 이
인이라 흐고 그 ㅇ희을 한 번 보기를 원흐더니 마츰 그 ㅇ희가 쏘 나모를 흐려
가는지라 그 ㅇ희다려 네 셩명을 무어시며 어디 사ᄂ냐 뭇고 나의 사외 되기를
쳥흐니 그 ㅇ희가 굿이 ᄉ양흐는 것을 억지로 사외를 삼은 후에 그 사외다려
흐는 말이 애 너흐고 나흐고 지금 옹셔간이 아니냐 그런즉 무슴 말을 못흐겟ᄂ
냐 흐고 나ㅣ가 쟝츠 무엇을 흐면 됴켓ᄂ냐 무른즉 사외 디답이 저ㅣ가 무엇을
아오나이까 흐니 쟝인의 말이 그게 무슨 말이냐 나ㅣ가 너를 이인으로 알고 사
외를 삼앗ᄂ디 날다려 말을 아니흔단 말이냐 사외 디답이 이인이라 말슴이 되
는 말슴이오 쟝인 말이 너ㅣ가 아모 째에 나모 가다가 불을 쏘이며 밤에 비가
오겟다 흐더니 그 밤에 과연 비가 오니 너를 이인으로 알고 사외를 삼앗다 흐
거늘 예 그걸 가지고 그리 흐니ᄂ잇가 뎨가 이젼에 옴을 올녀셔 비가 오려흐면
중험이 잇습ᄂ이다 흔지라

③ 우습다 이 량반이 ᄉ방에로 슈쇼문흐여 이인 사외를 엇어 무슨 후덕을 보
려고 경영흐다가 도로혀 반편 슉믹을 쳔빅 번이나 간쳥흐여 ᄃ릴사외를 흔지
라 긔가 막혀 흐는 말이 잘 되엿다 이인이라던 것이 옴쟝이로고나 놈의 덕을
몹시 ᄇ라다가 알녀 금이냐 흐던 쏠의 신셰ᄭ지 못쳣스니 이 일을 쟝차 엇지
흐리오 흐니 근릭 놈의 덕을 보려다가 도로혀 망신을 즈취흐는 쟈ㅣ 젹지 아닌
뎌. (번호, 띄어쓰기, 강조는 인용자).

이 단형 '쇼셜'의 중심 서사는 뛰어난 인물을 데릴사위로 맞아들여 그
덕을 보려한 양반이 인물을 제대로 보지 못해 결국 딸의 신세마저 망치
게 했다는 이야기이다. ② 부분이 이 작품의 중심 서사에 해당한다. ①은
중심 서사로 들어가는 도입 구절로서 서사적논설의 편집자 주에 속하는
부분이다. 편집자 주에는 대체로 본 이야기를 싣는 이유를 적고 있는데,
이 편집자 주 역시 지금 시대는 통곡할 일도 있고 우스운 일도 벌어지는
시대라는 것을 드러내고 있다. 서사적논설의 편집자 주가 그러했듯이 이

러저러한 우스운 일이 있어서 여기에 게재하니, 모두들 보고 경계하라는 의미를 내포하고 있다. ③에서 강조된 앞 문장은 중심 서사의 내용을 풀이하고 있으며, 마지막 문장에 이르러 '근래 남의 덕을 보려고 하다가 오히려 망신을 자초하는 사람이 적지 않음'을 직접적으로 언급하면서 교훈과 경계를 주고 있는 점에서 서사적논설의 편집자 해설과 일치한다. 한편, 이 단형 '쇼셜'의 주인공은 "여러 신문과 잡지를 렬람훈" 지식인에 속하는 양반이다. 그러나 지식인이 남의 덕을 바라고 그 요행수에 눈이 멀어 앞을 제대로 보지 못하는 인물로 설정되어 있다는 점에서 근대계몽기 시기 양반 혹은 지식인 면모의 일단을 보여주는 작품으로도 볼 수 있다.

> 이 셰상에셔 지물을 브림과 몸을 이괴는 일이 션공이 아님이 아니오 쏘 스디에셔 사룸이 능히 ᄒᆞ는 이가 대개 잇스되 원슈룰 죽는 짜헤셔 구ᄒᆞ야 살녀냄은 아모나 참 ᄒᆞ기 어려운 일이니라[24]

> 참혹ᄒᆞ도다 이 강으지의 일과 말이 스리에 당연ᄒᆞ건마는 강약이 부동ᄒᆞ야 필경 원통히 셩명을 일는 디경ᄭᅡ지 되엿고 요시 셰샹 일도 이와 ᄀᆞᆺᄒᆞ야 잔약훈 사룸은 일이 올코 말이 당연ᄒᆞ되 권셰잇고 쥬먹 힘이 둥둥ᄒᆞ면 무경위ᄒᆞ게 덥허 누르고 눔의 토디 가옥을 쎼앗고 셩명ᄭᅡ지 죽이니 한심훈 시터로다[25]

> 이런 일을 볼진대 셰샹 사룸이 제게 직분이 되지 아닌 일로 악훈 무리에 가지 아닐 거시오 례 아닌 곳을 보지도 말고 넓지도 말 거시오 이런 무리와 ᄀᆞᆺ히 놀지도 말 거시오 ᄀᆞᆺ히 ᄃᆞ니도 말 거시며 췩임 잇는 쟈라도 ᄌᆞ긔를 몬져 시험ᄒᆞ야 휘둘닐 위험을 면훌만훈 후에야 눔을 긔과 시기기를 힘쓸지니 이 고담을 보시는 이들은 션힝을 권면ᄒᆞ랴면 부졍훈 곳을 피ᄒᆞ야 삼가 힝훌지어다[26]

『경향신문』 '쇼셜'란에는 위와 같이 편집자 해설이 붙어있는 단형 '쇼

---

24) 「쇠가 무거우냐 새 깃이 무거우냐」, 『경향신문』, 1907년 11월 15일자.
25) 「법은 멀고 주먹은 갓갑지」, 『경향신문』, 1908년 1월 17일자.
26) 「ᄌᆞ긔의 덕힝을 시험ᄒᆞ야 눔을 ᄀᆞᆯ로침」, 『경향신문』, 1908년 6월 12일자(2회 연재).

설'이 여러 편 발견된다. 편집자의 입을 빌어 교훈을 설파하고 주제를 드러내고 있다는 것은 비록 '쇼셜'이라는 표기를 하고 있지만, 서사적논설의 단계를 벗어나지 못하고 있음을 나타내는 중요한 단서이다. 서사적논설에서 서사를 활용한 근본적인 목적은 서사 자체에 있는 것이 아니라 현실과 관련된 글쓴이의 주장과 견해를 구독자들로 하여금 쉽게 받아들이도록 하는데 있었다. 이는 또한 나라와 국민이 처한 현실을 직설적으로 비판하는 데서 오는 검열 등의 제약을 피하고, 어떤 경우 직접적 언설이 주는 거부감을 완화시켜 주는 수단이 되기도 했다.『경향신문』의 '쇼셜' 역시 일제 치하에서 급박하게 변해가는 사회적 상황뿐만 아니라 이렇듯 어려운 시기에 어떤 마음가짐으로 살아야 하는가를 보여주기 위해 편집자 해설을 이용하고 있는 것이다. 이러한 서사와 논설의 미분리는 그 자체로서 근대계몽기 서사문학의 의미망을 형성하는 한 요인으로 설명할 수 있다. 소설사의 측면에서 볼 때, 근대적 서사 양식은 서사적논설에서 출발하여 중심 서사의 내용이 더욱 풍부해지고 논설이 탈각되는 방향으로 발전 양상을 보인다.『경향신문』에 실렸던 '쇼셜'들 역시 뒷시기로 갈수록 형식상 서사적 요소가 독립적으로 부각되고, 내용상 그 서사가 당시대적 성격을 충실하게 반영하고 있다는 점에서 근대계몽기 소설의 양식적 특질을 설명하는 본보기의 하나임에 틀림이 없다.

4. 맺음말

지금까지 이 글에서는 근대계몽기에 발행된『경향신문』의 매체적 특징을 살펴보고, '쇼셜'란 고정 설치의 의미와 각 '쇼셜'을 통해 구체적으로 나타나는 특성들에 대해 고찰하였다.『경향신문』은 천주교 기관지로서의 역할뿐만 아니라 교육을 통한 국민 계몽과 그로 인한 저항 의식을 고취시키는 민족지의 역할을 했다는 점만으로도 적지않은 의의를 찾을 수 있다. 그러나 선교를 보장받으면서 동시에 일제의 검열을 피하기 위한 이중적 담론 역시 공존하고 있었다는 사실은 『경향신문』이라는 매체 자체가 갖는 중요한 의미가 된다.

『경향신문』에 실린 '쇼셜'들의 특성은 다음의 다섯 가지로 요약된다.

첫째, 『경향신문』에 수록된 '쇼셜'에는 모두 제목이 붙어 있다. 이 제목들은 작품의 내용이나 주제로 연결되는데, 그 내용과 주제는 천주교 교리에 입각한 삶의 태도와 더불어 일제치하의 시대상과 이중적 계몽 담론을 포함하고 있다.

둘째, '쇼셜'에는 전부 작가 표기가 없다. 작가를 밝히지 않고 글을 게재의 이유는 신문 자체가 주는 공신력의 측면과 일제의 검열로부터 작가를 보호하기 위한 자구책의 측면으로 설명할 수 있다. 아울러 근대적인 소설 양식의 개념이나 위상이 확립되지 않았다는 데에서도 그 원인을 찾을 수 있다.

셋째, '쇼셜'의 대부분이 우화나 야담의 방식을 취하고 있다. 그러나 이들 작품은 현실적인 소재나 제재를 택해 각색함으로써 그 의도가 단순한 서사 전달에만 있는 것이 아님을 분명하게 드러낸다.

넷째, 길이가 짧은 단형 '쇼셜'과 상대적으로 긴 길이를 지닌 장형 '쇼셜'이 공존하고 있다. 길이 여하에 상관없이 '쇼셜'이라는 표제를 달았다는 것은 이 시기의 '소설' 개념이 오늘날과는 다른 양식적 함의를 갖는다는 사실을 보여주는 중요한 지표가 된다.

다섯째, 중심 서사에 편집자 주 혹은 편집자 해설이 붙어있어 소설과 논설의 미분리 양상을 보인다. 이는 서사를 통한 현실 비판적 담론이 국민을 계몽하는데 효과적으로 작용했음을 드러낸다. 또한 점차로 서사가 부각되고, 논설이 탈각되는 등 소설사적 발전 양상은 『경향신문』 소재 '쇼셜'뿐만 아니라 근대계몽기 소설의 일단을 이해할 수 있는 가장 중요한 특징이 된다.

근대계몽기 『경향신문』에 실렸던 58편의 '쇼셜'은 근대 소설과는 구별되는 양식적 특성을 갖고 있다. 이들은 존재 양상 그 자체를 살피는 것만으로도 한국소설사의 특정한 한 단면을 설명할 수 있다는 문학사적 의미를 지닌다.

『경향신문』의 장·단형 서사물에 관한 연구는 다른 매체들에 실린 작품과의 비교 연구를 통해 더욱 다양한 논의를 이끌어낼 수 있을 것이다. 이를 다음의 과제로 남기면서 본 연구를 마무리한다.

근대계몽기 短篇小說의 위상 연구

『대한민보』소설란을 중심으로

이유미

1. 서론

　　1909년 6월 2일, 대한협회 기관지로서 창간호를 낸 『대한민보』는 한일 합방 직후인 1910년 8월 31일까지 발행된 국한문 혼용의 일간신문이다. 1905년, 강제로 일제와 을사조약을 체결한 이후 민족주의적 계몽담론을 적극 유포하던 신문·잡지들의 논조는 1907년 신문지법, 1908년의 교과서 도서 검정 규정, 1909년 2월의 출판법 등을 거치며 그 수위를 낮출 수밖에 없게 된다. 한편 당시 통감부는 주요 민족지인 『대한매일신보』를 비롯하여 『황성신문』·『제국신문』 등을 탄압하면서도 또 다른 회유책의 하나로 새 신문지법에 의한 민간신문을 다수 허가하는데, 『대한민보』는 그러한 시기에 최초의 지방신문인 『경남일보』와 친일지였던 『시사신문』·『대한일일신문』 등과 함께 창간의 빛을 본 신문이다. 『대한민보』를 만든 대한협회는 1905년 보호조약 이후 일본의 내정간섭이라는 환경에 대응하기 위해 만들어진 여러 정치 단체들 중의 하나였다. 당시 『황성신문』이나 『대한매일신보』 계열의 인사들이 보호조약을 제국주의적 침략의 비판적인 관점으로 대했던 것에 비해 대한협회의 인사들은 일본의 '보호'가 문명지도의 차원이라는 긍정적인 입장을 취하고 있었다.

이와 같이 검열 강화, 애국계몽논조의 쇠퇴, 신문잡지 출판의 감소, 일본 자본주의 유입이라는 1900년대 말의 격변과, 애국보다는 '계몽'이나 '문명'을 더 강조했던 대한협회의 성격은 실제 『대한민보』의 편집 체재에도 영향을 미쳤다. 대체로 논설·관보·외보·잡보·소설·광고란 등으로 이루어져 있던 당시 신문의 단순한 지면 구성과는 달리, 『대한민보』는 1면 중앙에 사회 문제를 신랄하게 풍자하는 삽화를 게재하고, 이를 중심으로 사론(社論) 종류의 글이나 당시 유행하는 용어와 각국의 명언 속담을 실은 난과, 소설 그리고 중요한 광고를 한꺼번에 배치해 시각적으로 독자의 이목을 집중시키는 효과를 노렸다. 또한 논설을 정론 발표의 장으로 삼고 부각시켰던 당시의 신문 관습에서 벗어나 『대한민보』는 신문사의 비평적 기능이 꼭 필요하다고 판단되는 사안에 대해서만 직설적 논조의 사론을 발표했다. 1면에 논설란을 배치하지 않은 대신 독자의 참여와 풍자적인 방식으로 이루어진 다양한 난을 2, 3면에 실어 사회 비판 의식을 다채로운 방식으로 강조했다. 이러한 『대한민보』의 다양하게 분화된 지면 배치의 특징은 소설란의 구성에도 영향을 미쳤다.

『대한민보』는 소설란의 글을 내용과 형식에 따라 '短篇小說, 諷刺, 滑稽, 新小說' 등의 표제를 붙임으로써 매체의 고정된 난 안에서도 그 차별성을 부각했다. 이 가운데 창간일과 새해 아침, 그리고 신문 창간 1주년에 발표된 '短篇小說'은 그 글의 장단(長短) 표시가 아닌, 각각의 글이 갖는 상징적인 의미와 형식으로 인해 『대한민보』 발행인과 편집진에게 특별한 위치를 부여받고 있었다. 『대한민보』의 '短篇小說'[1]이 기사를 게재하다 남은 여백을 활용했다는 식이나 글의 마무리가 완결되지 않았다고 바라본 기존의 평가[2]는 근대계몽기의 단형 서사물[3]을 완성된 형태의 근대 단편소설과 비교하여 우위를 설정하던 연구 방식에서 비롯된 것이다. 우리 문학계의 근대 단편소설에 대한 연구는 최근 들어 그 이해의 폭을 점차 넓혀감으로써 근대계몽기 매체에서 보이는 많은 단형 서사물에 주목하는 데까지는 이르렀다. 하지만, 그러한 연구는 여전히 단형 서사물을 근대 단편의 예비·준비기의 것으로만 인식함으로써 결과적으로 1920년대 단편소설의 위상을 재확인하는 차원에 그치고 있는 문제점을 갖고 있다. 이는 소설사의 연구 핵심이 서사문학의 발전사적 구도 안에서 진화하는 경로를 밝히는 데에만 집중되어 있었기 때문이다. 이러한 관점은 글쓰기의 혼종을 가능하게 했던 근대계몽기의 다양하고 역동적인 조건에 대한 풍부한 이해와 해석을 가로막게 한다.

이 글의 궁극적인 목표는 1900년대 말, 『대한민보』에 실린 '短篇小說'과 당시 다른 신문 매체의 단형 서사물과의 관련을 통해 근대계몽기 短篇小說의 위상을 새롭게 확립하는 데에 있다. 이를 위해 우선 『대한민보』 소재 '短篇小說'이 이 신문의 다양하게 구현된 소설란 가운데에서 어떤 의미를 갖고 있는지 추적해보겠다.[4]

---

1) 이 글에서 '短篇小說'과 '단편소설'은 명확히 구분하여 사용하겠다. 근대계몽기 매체에 실린 표제를 그대로 표기하는 경우는 '短篇小說'을, 일반적인 장르 개념의 의미를 나타내고자 할 때는 '단편소설'이라고 표기할 것이다.

2) 한원영, 『한국개화기신문연재소설연구』, 일지사, 1990, 206~207면.

3) '근대계몽기 단형 서사물'이란 근대계몽기 신문의 논설란이나 잡보란, 소설란 등에 게재된 '서사적논설'을 비롯한 짧은 양식의 모든 이야기 문학 자료를 뜻한다. 이러한 작품들은 '토론체 단형소설', '개화기 단형 서사체', '개화기 단편 서사물' 등으로 불리우고 있는데, 이 글에서는 '단형 서사물'이라는 용어를 사용할 것이다.

4) 『대한민보』를 다룬 주요 대상으로 삼은 연구논문은 분야별로 크게 4가지로 나눌 수 있으며, 이들 논문을 소개하면 다음과 같다.

  * 매체의 성격연구 : 이혜경, 「만세보와 대한민보에 관한 고찰」, 이화여대 석사논문, 1971; 김훈순, 「구한말 五大紙 연구 : 민족언론의 역사적 의의를 중심으로」, 이화여대 석사논문, 1980.

  * 삽화 연구 : 장상옥, 「한국근대 신문만화의 계몽적 역할—대한민보·동아일보·조선일보·시대일보를 중심으로」, 연세대 석사논문, 1992; 정희정, 「대한민보의 만화

2. 『대한민보』의 성격과 체재 구성

『대한민보』제1호에 실린 창간 축사를 살펴보면, 『대한민보』는 대한협회 회보였던 『대한협회월보』(1908.4.~1909.3)가 일간지 형태로 바뀐 것이며, 대한협회 회원이면 규칙상 읽어야 할 기관지적 성격을 지닌 신문이었음을 알 수 있다. 그러나 편집 태도나 내용을 살펴보면 협회 회원만이 아닌 일반 대중을 염두에 두고 있었음을 확인할 수 있다. 『대한협회월보』를 일간지인 『대한민보』로 바꾸어 발행한 목적도 일반 대중에게 널리 읽히기 위한 것이라고 밝히고 있다.

> 民聲이 時代를 造ㅎ고 時代가 民聲을 造ㅎ니 是日 呱呱 一聲이 卽 我大韓民報] 라 本報의 目的은 時代의 要求에 依ㅎ야 彼離零落혼 國民의 思想을 統一ㅎ야 內로 氣魄을 祖國에 注ㅎ며 外로 智識을 世界에 求ㅎ야 一方으로 教育實業을 獎勵ㅎ야 國家의 實力을 養成ㅎ며 一方으로 天下大勢를 周察ㅎ야 自國의 地位와 國是가 列國에 對ㅎ야 如何혼 關係가 有홈을 冷靜히 觀破ㅎ고 國民의 行動을 一致ㅎ야 國運의 發展을 是圖ㅎ되 由來國民의 浮虛輕薄혼 思想을 打破ㅎ고 穩健確實혼 精神을 鼓吹ㅎ야 保守에도 不膠ㅎ며 急進에서 不偏ㅎ야 自強不息ㅎ는 信念으로써 一步에 一步를 更進ㅎ야 最後 目的地에 到達홈을 期홈에 在홈이라.[5] (강조는 인용자)

『대한민보』의 발행 의도를 알 수 있는 창간호 사설(社說)에서 우선 관심을 끄는 것은 국민의 소리가 시대를 만들 수 있다고 한 점이다. 시대

에 대한 연구」, 홍익대 석사논문, 2001; 장승태, 「20세기 전반 대한민보와 동아일보의 시사만화 연구—항일 계몽적 성격을 중심으로」, 전남대 석사논문, 2002.
* 수록 시조 연구 : 김재훈, 「대한민보 수록 시조 연구」, 단국대 석사논문, 1993.
* 연재 소설 연구 : 신지영, 「대한민보 연재소설의 담론적 특성과 수사학적 배치」, 연세대 석사논문, 2003.
5) 『대한민보』, 1909년 6월 2일, 社說.

가 민의를 만들기도 하지만 국민의 소리 하나 하나가 모여 시대를 만들 수 있다고 믿었던 것이다. 따라서 "此離零落흔 국민의 사상을 통일" 하는 것과 "국민의 행동을 일치" 하는 것을 첫 번째 목적으로 내세운다. 이러한 목적을 이루기 위해 교육실업을 장려하고, 그를 통해 국가의 실력을 양성해야 한다고 역설하였다. 그 가운데 취하는 방향 노선은 보수도 급진도 아닌 "온건확실한 정신"이다. 이로써 국가의 실력을 키우고, 최후 목적지인 세계 열강들과 어깨를 나란히 하는 국가를 꿈꾼 것이다.

『대한민보』 편집진은 1900년대 말의 당시를 '변천시대'로 읽고 있으며, '국민단결과 우주적 지식'이 필요한 시대로 이해하고 있었다. 열강의 각축장이 되었던 당시의 현실 상황과 일제의 군사·행정·경제적인 침략을 문명 개화라는 대의적 명분 아래, 그들의 표현대로라면 '객관적'으로 읽어내고자 했다. 그리고 급변하는 현실에서 대한과 대한 국민이 갖추어야 할 것으로는 국민의 단결과 세계 정세에 대한 지식과 정보라고 간파하고 있다. 즉, 세계에 대한 지식과 정보 부족이 국가와 국민을 도탄 지경에 빠지게 했다고 본 것이다.

이와 같은 세상 읽기를 통해 국민의 단결과 행동 일치를 제시한 『대한민보』는 이를 위해 어떠한 노력을 하였는가. 먼저, 『대한민보』의 편집 구성을 살펴보면, 삽화·소설·가요(시조)·사조·보감란을 1면에 고정적으로 배치했다. 다른 신문들처럼 논설·사설이나 관보·외보란을 1면에 배치하지 않고 문예적 성격이 짙은 난들을 1면에 배치함으로써 문학과 문화를 통해 "我韓은 我韓의 民族으로써 維持發展"할 수 있다고 여겼던 것이다.

삽화의 경우에는 우리나라 신문 최초의 시사 만화라는 의의를 가진다. 일제 침략과 친일 매국노의 반민족적 행위를 신랄하게 비판하고 풍자하는 내용을 그림과 함께 글로 구성했다. 또한 1910년 6월 2일 이후부터는 최초로 신문소설의 삽화를 싣기 시작한다.[6]

---

6) 한편, 일본에서는 1870년대부터 신문 잡보란에 삽화가 등장하기 시작했다. 이 삽화는 일본 에도시대의 쿠사조시(草双紙, 일명 그림책)의 그림풀이 문체의 전통이 일반 대중독자

또한 『대한민보』는 근대계몽기를 조망하는 데에 있어 그 저널리즘적 특성뿐만 아니라, 문학사적으로도 상당한 의미를 가진 텍스트이다. 발행 기간 동안 『대한민보』는 다른 신문과는 달리 270수에 달하는 시조 작품을 실었고, 소설란에는 총 12편의 소설을 발표했다. 그리고 이들 작품은 『대한민보』가 시조나 소설에 남다른 관심과 장르적 인식을 갖고 있었음을 확인케 해 준다. 특히 소설란을 중심으로 살펴본다면, 이 소설들은 모두 형식에 따라 붙은 표제의 다양함과 내용과 주제에 의해 만들어진 듯한 작가의 필명, 그리고 발행기간 동안 주도면밀한 계획 아래 소설을 연재한 편집 의도의 측면에서 그 특징이 드러난다. 신문 편집 체재에서 소설란의 연재는 상당한 비중을 차지했다. 만약 소설이 게재되지 않는 날이면, "本日 小說은 同記者가 未操觚ㅎ얏기 休揭홈"이나 "小說은 本日 休揭홈"이라는 광고를 실었다.

각각의 작품은 소설란으로 구획된 일정한 틀 아래, 당시 가능했던 서사적 글쓰기 형식을 모두 끌어다 놓은 듯한 느낌을 준다. '短篇小說'과 함께 연재된 소설들에는 '小說'이나 '新小說'의 표제가 붙은 「현미경」·「만인산」·「오경월」·「소금강」·「박정화」 등이 있고, 그 외에 단체의 회의 형식이 유입된 諷刺小說 「병인간친회록」, 재판 형식이 유입된 新小說 「금수재판」, 대화 방식으로 진행되는 滑稽小說 「절영신화」 등이 있다. 그리고 실명은 아니지만, 소설 내용에서 도출해 낸 듯한 "桃花洞隱, 神眼子, 轟笑生, 白痴生, 舞蹈生, 憑虛子, 隨聞生, 欽欽子"[7] 등의 작가 필명을 명시하여 소설 작가의 존재를 강조했다.

의 흥미를 유발하기 위해 소신문의 잡보 기사에 유입되면서 크게 유행하였다. 本田康雄, 『新聞小說の誕生』, 平凡社, 1998, 27면. 『대한민보』의 삽화란 등장도 일본 문물에 영향을 받은 당시 편집인들에 의한 것으로 추정할 수 있을 것이다. 그러나 『대한민보』의 삽화 성격이나 신문소설 삽화는 일본 소신문에서 보이는 성격과는 엄격히 다름을 알 수 있다.

7) 이 중에서 후에 실명이 구체적으로 밝혀진 작가는 神眼子, 隨聞生이다. 「만인산」의 작가인 神眼子는 동양서원을 설립한 민준호이며, 양반출신의 기독교 교인이었다. 『성경어휘사전』의 편집 등 근대 선교활동과 출판 사업에 관여한 인물이다. 「박정화」의 작가 隨聞生은 1911년, 신소설 「화의 혈」 서문을 통해 이해조임이 확인되었다.

3. 『대한민보』 소재 '短篇小說'의 특징

『대한민보』에 실린 12편의 소설 중에서 短篇小說 3편은 그 각각의 독자적인 특성으로 인해 근대계몽기 短篇小說의 위상을 재고해볼 만한 의미 있는 작품들이다. 1906년 이후 신문 매체에서 소설란이 고정되어 단형 서사물이 게재되는 동안 '短篇小說'이라는 표제가 사용된 경우는 1907년 1월 1일, 『만세보』의 短篇小說, 「백옥신년(白屋新年)」 정도이다. 1900년대 말에 발행된 『대한민보』는 새해 아침이나 신문 창간일과 같은 특별한 날에 短篇小說란을 고정적으로 배치하여 '短篇小說'이라는 개념을 효과적으로 사용했다. 이들 작품은 원고지 분량으로는 10매 내외 정도로서 현재의 단편소설을 가늠하는 방식으로 바라보기에는 지나치게 짧다. 그러나 근대계몽기, 각종 국문 신문의 논설란이나 소설란에서 계몽적 글쓰기로 출현했던 '서사적논설'이나 자사(自社) 신문의 홍보를 간접화하는 방식, 또한 근대적 장르로서의 단편소설 양식의 기교를 나름대로 살리는 단형 서사물이 '短篇小說'이라는 표제 하에 망라되어 있다.

1) 계몽 의도의 효과적 제시-「花世界」

『대한민보』는 1909년 11월 25일부터 연재되고 있던 「오경월」이라는 소설을 같은 해 12월 28일에 이르면서 중단하고, 1910년 1월 1일 새해 아침, 무도생(舞蹈生) 작의 短篇小說 「화세계」를 게재한다. 「오경월」은 '小說'이라는 표제하에 실렸던 소설이다. 이 소설은 일본헌병과 의병의 수탈로 아수라장이 된 한 마을에서 갓 시집온 며느리가 행방불명되고, 그 며느리를 찾는 시아버지의 눈물겨운 여정이 기본 서사를 이룬다. 연재가 끝나는 22회분에서 시아버지와 며느리의 상봉으로 중심 사건은 해결된다. 하지만 당시로선 그 전례를 찾기 어려운 등장인물의 대사만으로 소설이 갑자기 끝났다는 점, 그리고 『대한민보』의 다른 연재소설들이 완결되는 경우, 대부분 '완(完)'이나 '종(終)'이라는 말을 명시했다는 점을 미루어 볼 때, 「오경월」은 164호에 실릴 短篇小說 「화세계」를 위해 163호를 끝으로 신문 편집진에 의해 의도적으로 중단되었다고 짐작된다. 그리고 165호인 1910년 1월 5일자에 이르면, '新小說'이라는 표제를 단 「소금강」을 새롭게 연재한다. 결국 1월 1일자의 短篇小說 「화세계」를 기점으로 해서 『대한민보』에 연재되는 세 편의 장형 서사물들은 모두 '新小說'이라는 표제를 달고 있는데, 이것 또한 주목할 만한 사실이다.[8] 그간 기존 연구에서 『대한민보』 연재소설이 '小說'과 '新小說'의 표제를 붙였던 차이가 무엇인가 의문을 갖고 나름의 의미규정을 했으나,[9] 이는 '신소설' 개념에 대한 오해에서 비롯된 것으로 보인다. 이미 1906년에 '신소설'이라는 이름으로 「혈의루」가 출간된 이후 여러 편의 소설이 '신소설'로서 발표되었지만, 1900년대 말의 당대에도 '신소설'이라는 개념은 특정한 문학양식을 지칭하는 고유한 의미를 확보했던 것이 아니라, 단지 '소설(小說)'이라는 명사에 새롭다는 의미의 '신(新)'이라는 접두어가 접합된 용어였을 뿐이다.[10] 『대한민보』의 경우에는, 1910년 새해를 맞이하면서 예년에 대한 상대적인 새로움을 추구하고 싶은 기획 아래 1910년부터 연재되는 모든 소설의 표제를 '新小說'로 명명했다고 볼 수 있다.

그렇다면, 『대한민보』에서 1910년 새해 아침의 '短篇小說'은 어떤 의미를 갖는 것일까. 短篇小說 「화세계」는 한부흥 씨가 기울어진 집을 다

---

8) 1910년 8월 27일부터 게재된 新小說 「鏡中美人」의 경우, 『대한민보』가 8월 31일자로 폐간되면서 더 이상 연재되지 못한다.

9) 『대한민보』의 '小說'과 '新小說'의 구별에 대하여 한원영은 그 기준이 소설에서 다뤄지는 시대 배경의 신구(新舊) 구분에서 비롯된 것이라 추측했고, 신지영은 등장인물의 성격이 얼마나 새로운가, 혹은 근대적 문물을 잘 보여주고 있는가에 따라 구분한 것이리라 추정했지만, 필자의 의견은 다르다. 한원영, 앞의 책, 202면; 신지영, 앞의 논문, 23면 참조.

10) 김영민, 『한국 근대소설사』, 솔, 1997, 123면.

시 일으켜 세운 뒤, 준공식을 거행하는 날, 내외국 초대 손님들에게 그간
의 집안 사연을 일장 연설하며 성대한 축하연을 벌인다는 내용의 액자
식 구성의 작품이다.

①포진을 구름갓치 ᄒ고 오색 솟문에 태극 팔괘장 국긔를 교차ᄒ야 바람결
에 펄넝펄넝 ᄒ는 곳은 한부흥(韓復興)씨가 자긔의 집을 중슈ᄒ고 내외국 신사
를 다슈히 청ᄒ야 낙성식 ᄒ는 것이라 〈한부흥 집의 낙성식 장면〉
②흔부흥씨의 집은 죠상의 긔업으로 사천여 년을 전ᄒ야 오더니 여름 장마
에 집옹이 새고 겨울 치위에 쥬초가 흔들녀 셕가래는 내려 안고 기동은 쓸녀
넘어가니 어언간 장원과 창벽이 동퇴셔락 ᄒ얏더라 집이 그 디경에 의식인들
엇지 죡죡ᄒ리오 속담과 갓치 똥구멍이 찌어지게 된 가세에 여러 자식 중 몰지
각흔 놈이 만히 잇셔 처음에는 져의 아비에게 감언리셜로 남의 집 모양으로 셰
간을 작만ᄒ쟈 남의 집 모양으로 영업ᄒ야 보자 ᄒ야 돈을 잇는 대로 쌔아셔다
가 쥬색에 다 내버리더니 그 다음에는 문셔를 위죠ᄒ야 뎐답을 헐갑에 팔아 먹
는다 도장을 훔쳐 찍어 중변을 내여 쓴다 백에 흔 가지 집안 늘어갈 일은 안이
ᄒ고 망흘 짓만 쏘차 가며 ᄒ다가 필경에는 몃 놈이 이웃에 사는 쥬먹이 등등
흔 사람을 가 보고 우리집을 통으로 그대를 줄 것이니 의려 말고 차지흔 후 젼
쳔식이나 먹는 도장을 식여 달나 ᄒ고 졔 아비다려 치산 잘못ᄒ야 패가를 ᄒ얏
스니 그대로 더 잇스면 이 집을 남에게 쌔앗길 터인즉 진작 인심 죳케 내여 쥬
자 위협을 ᄒ거날 그 중에 지각잇는 아달이 분흠을 익의지 못ᄒ야 불가흔 리유
를 그 아비에게 지셩껏 고ᄒ고 졍당흔 사실로 그 아오를 엄졀히 물니친 뒤에
눈을 밝게 쓰고 팔을 힘써 쏨내여 톱 자귀 끌 대패를 손슈 들고 썩은 셕가래와
쓰러진 기동을 차례로 갈아내며 쥬초를 다시 노코 살잡이를 흔 후 담을 쌋는다
벽을 친다 도배 장판을 일신히 ᄒ고 각색 화초를 압뒤에 심으니 문어져 가든
개쏭밧 옛 집이 완연흔 새 집이 되엿도다 〈한부흥 집안이 망한 내력과 지각 있
는 아들의 보수작업〉
③한부흥 씨가 깃붐을 익의지 못ᄒ야 셩대히 낙성식을 열고 구름갓치 뫼힌
래빈을 대ᄒ야 패악흔 자식을 인ᄒ야 집이 기우러졋다가 인효흔 아달을 인ᄒ야
집이 중흥흔 력사를 일장진슐ᄒ니 만좌ᄒ얏던 래빈들이 일졔히 잔을 들어 만세
만세 만만세 〈집안 부흥의 축하 장면〉[11] (단락 구분·요약과 강조는 인용자)

원고지 분량으로 5장 정도인 위 인용문은 전문을 인용한 것이다. 위에서 구분했듯이 이 글은 크게 세 단락으로 나눌 수 있고, 서사 구조상 서술자가 낙성식이 거행되는 장면을 관찰하여 서술한 ①과 ③ 단락은 집주인 한부흥 씨가 진술하는 과거 내용의 ② 단락을 안고 있다. '대한의 부흥을 다시 꿈꾼다'는 의미를 연상시키는 이름의 '한부흥(韓復興)' 씨 집은 단락 ②를 통해 자연스럽게 국가·나라의 개념으로 확장된다. "사천여년을 전호야 오던" 집(국가)은 모진 풍파 속에 "셕가래는 썩어 내려 안고 기동은 쓸녀 넘어가게"(국가의 위기) 되었는데, 많은 자식들은 오히려 앞다투어 집이 망하는 데에만 일조한다. 그러나 "인효혼 아달"의 지각 있는 행동으로 집안은 다시 새롭게 부흥한다.

이와 같이 집을 국가와 연결시키는 은유 방식은 이미 그 역사적 연원이 오래된 것이며, 근대계몽기 매체에서 국가의 성립과 개혁에 관련될 때, 글쓰는 사람의 계몽 의도를 효과적으로 구현할 수 있는 수사적 장치였다. 『독립신문』 1896년 5월 23일자 논설에는 나라의 개혁을 목수가 헌집 고치는 것으로 비유한 내용의 글이 실려 있다.

목슈가 헌 집을 고치랴면 셕은 기동과 셕가릐를 가라 내여야 홀 터인디 그 기동과 셕가릐를 쎄여 내기 전에 새 기동과 새 셕가릐를 쥰비호엿다가 묵은 지목을 쎄여 내면셔 일변으로 새 지목을 더신 집에 너야 그 집이 문어지지 안코 네 기동이 튼튼히 션 후에 도빅와 쟝판과 류리챵도 호고 죠혼 물건도 방과 마로에 널녀 노와야 일이 셩실이 되고 다 된 후에 사룸이 살게 되는 거시어눌 (……) 나라를 긔혁호는 것도 목슈가 헌집 고치는 것과 굿흔지라[12] (강조는 인용자)

위 글에서의 "셕은 기동과 셕가릐"는 한 나라의 주추를 흔들리게 하며, 그것의 역할을 아는 유지각한 인사가 튼튼히 바탕을 다진 후에야 "도빅

---

11) 『대한민보』, 1910년 1월 1일, 短篇小說 「花世界」.
12) 『독립신문』, 1896년 5월 23일, 논셜.

와 쟝판과 류리챵도 ᄒᆞ고 죠흔 물건도 방과 마로에 널녀" 놓음으로써 국가의 발전을 꾀하게 된다. 이런 의미에서 短篇小說 「화세계」는 1900년대 말의 격변 속에서 한일 합방을 목전에 두고 새해의 희망을 다짐하는 마지막 투혼을 발한 글이다. 따라서 그 형식이 1900년 전후, 각종 국문 신문의 논설란에서 근대계몽기, 새로운 형태의 계몽적 글쓰기로 출현했던 '서사적논설'과 유사함은 의미심장하다. 무엇보다 1907년 신문지법과 1909년의 출판법 등을 거치며 민족적인 논조의 수위를 낮출 수밖에 없었던 상황에서 창간한 『대한민보』가 신문사의 정론 발표의 장인 논설란을 자주 생략했던 것과는 밀접한 관련이 있었다. 그리고 특별한 날, 신문 전체의 지면을 활용하여 독자 대중의 역량을 모두 밀집시키고 싶었던 편집진의 의도를 소설란의 '短篇小說'이 대신했던 것이다.

「화세계」는 마치 『대한민보』 기자를 연상시키는 관찰자적 서술자가 한부홍 씨 집의 준공식을 취재하러 가서 그 집과 관련된 일화를 듣고 쓴 듯한 서술 방식을 취한다. 이러한 형식의 短篇小說은 1900년 이전, 신문 논설란을 통해 발표된 '서술체 방식'의 '서사적논설'13)이나 '우의체 단편,'14) '일화식 구성'의 논설15)인 단형 서사물과 같은 선상에 놓이는 글이다. 특히 「화세계」와 같은 방식의 글은 1890년대 말, 1년 남짓 발행되었던 『매일신문』의 '서사적논설'에서 자주 발견할 수 있다. 주색 잡기에 빠진 다른 형제 대신 단정한 두 형제의 노력으로 집안을 일으킨다16)거나 넉넉한 가산을 탕진하던 어떤 주인이 의기 있는 노복의 충고를 수용하여 다시 집안을 살린다17)는 내용 또한, 알고 지내던 노인에게 정월 첫날 세배를 간 어떤 사람이 그 노인의 집안 망한 내력을 듣고 타개책을

---

13) 김영민, 「근대계몽기 단형(短型) 서사문학 자료 연구—자료의 정리작업 및 근대문학 사적 특질 연구」, 『근대계몽기 단형 서사문학 자료전집』 상, 소명출판, 2003, 557면.
14) 한기형, 『한국근대소설사의 시각』, 소명출판, 1999, 30~34면.
15) 정선태, 『개화기 신문 논설의 서사 수용 양상』, 소명출판, 1999, 96면.
16) 『매일신문』, 1898년 7월 27일, 론셜.
17) 『매일신문』, 1898년 8월 31일, 론셜.

일러주는[18] 내용 등의 '서사적논설'이 모두 이에 해당한다.

한편, 『대한민보』는 1면의 短篇小說 「화세계」 마지막 단락, "만좌ᄒᆞ얏던 래빈들이 일졔히 잔을 들어 만셰 만셰 만만셰"의 의미를 2면 사설(社說)에서 친절하게 해설해 준다.

> 此日은 何日인고 卽 隆熙四年 一月一日이라 (……) 此新朝를 是迎是迓하야 新日月의 光明홈과 新事業의 增進홈이 總히 此日此朝로 始하야 其因을 占하도다 是以로 東西大界의 萬有人衆이 新禧를 賀하며 新酒를 傾하야 陶陶自樂하는 好個此日이라[19] (강조는 인용자)

"햅쌀로 담근 술을 마시며 흐뭇하게 즐기는" 새해 아침, 『대한민보』에서 발표된 短篇小說은 1906년부터 1910년 말까지 발행된 『경향신문』의 소설란에서 보이는 일련의 작품과도 그 성격을 같이 한다. 1906년 이후 각각의 매체에는 연재소설란이 고정되면서 논설란과는 구별되는 단형 서사물들이 등장한다. 그런데 『경향신문』의 경우에는 중심서사가 끝나면 다음과 같은 편집자의 해설을 붙여 여전히 논설에서 분리되지 않은 단형 서사물들을 게재하고 있었다.

> 이 리약이롤 ᄀᆞᄅ치기는 므릇 숑ᄉᆞ라는 거슨 눔의 직물 쎄앗기로 위ᄒᆞ야 ᄒᆞ던지 빗 쥰거술 밧기로 위ᄒᆞ야 ᄒᆞ던지 무슴 물건을 겸양지심을 가지고 ᄒᆞ던지 도모지 의론치 말고 셰상 숑졍에셔는 반ᄃᆞ시 협잡ᄒᆞ는 사룸이 잇셔셔 필경에 숑ᄉᆞ롤 그릇치게 ᄒᆞ는 이도 잇고 혹 사룸으로 ᄒᆞ여곰 화목을 일케 ᄒᆞ야 ᄆᆞ음을 샹해 오는 이도 잇ᄂᆞ니 원컨더 우리 벗들은 이롤 보고 믁샹ᄒᆞ야 셰상 숑졍에 들기롤 힘써 피ᄒᆞ고 맛당이 힝션 피악ᄒᆞ는 공부롤 브즈런이 홀지니라[20]

> 이 고담은 아모 두미롤 모로고 빗구력이 된 이롤 최망ᄒᆞ는 말이니 슬긔로온

---

18) 『매일신문』, 1899년 2월 21일~25일, 론셜.
19) 『대한민보』, 1910년 1월 1일, 社說.
20) 『경향신문』, 1906년 12월 7일, 쇼셜 「졍소의 불긴」.

사룸은 아모던지 쟝리 일을 미리 싱각ᄒ고 불편ᄒ 일을 미리 방비ᄒ고 일용에 요긴ᄒ 묘칙을 경영ᄒ여야 ᄒ 거시오 빗구럭이는 미얌이와 ᄀᆺᄒ니 빗슬 엇으랴고 이러케 ᄒ마 뎌러케 ᄒ마 ᄒ고 에둘너 말ᄒ고 거즛말이라도 ᄒ야 빗만 엇으면 뎨일인 줄노 아는도다 미얌이의 두미 모로는 거슬 면ᄒ 거시오 기얌이도 본 밧지 말지니 그 비쇼ᄒ고 무졍홈을 효법홀 거시 아님이로다[21]

　이 셰상에셔 쥐물을 ᄇ림과 몸을 이긔는 일이 션공이 아님이 아니오 ᄯᅩ ᄉ디에셔 사룸이 능히 ᄒ는 이가 대개 잇스디 원슈를 죽는 ᄶᆞ셔셔 구ᄒ야 살녀냄은 아모나 참 ᄒ기 어려운 일이니라[22]

　이러한 편집자의 해설은 글의 내용과 의미를 친절하고 확실하게 가르쳐주는 역할을 한다. 「화세계」의 경우는 이러한 직접적인 방식의 편집자 주를 사용하고 있지는 않지만, 그 글의 의도가 무엇인지를 명확하게 알게 해 주는, 같은 날의 사설(社說)과 그 맥락을 함께 하면서 신문 편집진에 의해 효과적으로 활용된 '短篇小說'이다.

2) 신문사 홍보의 우회적 제시 - 「祥麟瑞鳳」

　『대한민보』에 1909년 10월 14일부터 그 해 11월 23일까지 31회에 걸쳐 연재된 滑稽小說 「절영신화」는 장에 가던 양반 샌님이 상놈인 덤벙이를 만나면서 나누는 익살스런 대화만으로 이루어진 작품이다. 여기서는 체면치레, 서당 교육 등 전근대적 세계에 사는 샌님과 흥정, 시장, 학교교육 등 근대적 세계에 사는 덤벙이의 수작을 통해 서로의 삶과 의식이 풍자된다. 그런데 마지막에 이르면 덤벙이가 잘 나가는 집의 양부로 가는 길이 출세하는 가장 빠른 길이라며 샌님을 꼬득이는데, 전근대적 세계의

---

21) 『경향신문』, 1907년 2월 1일, 쇼셜 「미얌이와 기얌이라」.
22) 『경향신문』, 1907년 11월 15일, 쇼셜 「쇠가 무거우냐 새 깃이 무거우냐」.

풍자 대상인 샌님은 대뜸 다음과 같은 말을 한다.

「이애 큰일날 훈슈도 혼다 너 대훈민보라 ᄒᆞ는 신문 못보앗늬」
「웨요 대훈민보에 무슨 말이 잇기에 그리 흐심닛가」
「신문이라 ᄒᆞ는 것은 사면 명탐을 느러 노아 션악간 남의 말을 일슈 잘 내는
것이라더라마는 압다 대한민보 무섭더라 짜댁 혼번만 잘못ᄒᆞ면 일호 사정 업
시 사뭇 두들기는 통에 근일에 소위 대관 중에 아첨ᄒᆞ고 탐오훈 갓들이 모죠리
박살 안이 당훈 쟈가 업다는대 잣칫 잘못ᄒᆞ다가 나도 그 공명ᄒᆞ게」[23] (강조는
인용자)

이 작품은 비판의 대상으로 설정된 등장인물의 입을 통해 자사(自社)
신문의 위력을 언급함으로써 우스꽝스럽게 나누던 대화의 막바지를 장
식한다. 전근대적 세계와 근대적 세계가 충돌하여 생긴 갖가지 사회 병
폐들은 등장인물 간의 장황한 대화 속에서 풍자적으로 드러난다. 그러나
그러한 사회 현실은 『대한민보』라는 신문을 통해 "일호 사정없이 사뭇
두들김"을 당하고야 만다는 것이다. 이는 1905년 『대한매일신보』의 「소
경과 안즘방이 문답」과 같은 글에서부터 엿볼 수 있는 대화체 단형 서사
물이 가지는 특징에서 가능한 수사 방식이기도 하다. 위 인용문에서 보
이는 언급이 당대에서 실제 적용된 현상인지는 정확하게 알 수 없지만,
중요한 것은 신문, 특히 자사(自社) 신문의 역할과 성격을 소설이라는 서
사물 안에서 강조했으며, 홍보의 전략으로 최대한 사용하고자 했다는 점
이다. 그리고 이러한 방식은 다른 신문의 단형 서사물에서도 엿볼 수 있
다. 『경향신문』에 1908년 5월 1일부터 8일까지 연재된 「꿩과 톡기의 깃
분 슈쟉」은 꿩과 토끼의 대화를 통해 의병, 일병의 출몰이 잦았던 당시
상황을 보여주는 단형 서사물이다. 그런데 대화 도중, 토끼는 변화된 분
위기에 둔감한 꿩에게 『경향신문』을 보지 않았느냐고 묻는다.

---

23) 『대한민보』, 1909년 11월 23일, 滑稽小說 「絶纓新話」.

톡기) ㅈ닌 그 웬일인지 모로나

씽) 몰나

톡기) ㅈ닌 경향신문 아니 보앗나

씽) 나는 무식ㅎ야 못 보앗닉[24] (강조는 인용자)

이와 같이 서사가 진행되는 도중, 자사(自社) 신문의 이름을 직접 언급하는 것은 신문의 위상을 높이는 전략으로서 중요한 작용을 했다.

『대한민보』 1면을 살펴보면, 신문의 지면 중에서 가장 눈에 잘 띄는 2단에는 주로 외보(外報)가 실렸다. 그런데 1910년 1월 5일부터 그 자리는 간간이 '형제자매(兄弟姉妹)'란이 차지하게 된다. '형제자매'란은 일종의 사고(社告) 성격을 갖는 편지글과 같은 형식으로 신문 편집진이 독자에게 직접적으로 하고 싶은 말을 알리는 글이다. 특히 이 난은 국문으로 씌어진 연재소설 이외에는 국한문체로 이루어진 『대한민보』에서 이례적으로 '부속국문체'[25]를 사용했다는 점에서도 중요하다. 이는 각 계층과 성별 모두를 아우른 독자 대중에게 신문사의 의견을 피력하고자 한 의도에서 비롯된 것이다. 이 난은 매일 실리지는 않았지만, 사용한 문체나 명료하고 직설적인 어법으로 인해 게재가 될 때마다 독자에게 강렬한 인식을 심어주었을 것이다. 그런데 이 난을 정리해보면 대부분이 『대한민보』 자사(自社)를 홍보하는 내용으로 이루어져 있음을 확인할 수 있다. 그 글의 일부를 소개하면 다음과 같다.

아— 오날이, 벌셔 隆용熙희四사年년—일月월五오日일이오, 元원朝조에 發발行행ᄒ 本본報보는 新신年년歲세拜배와 갓치, ᄒ 張쟝 發발行행ᄒ얏고 今금日일브터 繼계續속 發발行행ᄒ압나이다 우리 兄형弟뎨姉자妹매에게, 新신奇긔ᄒ 智지識식을 紹소介개

24) 『경향신문』, 1908년 5월 1일, 쇼셜(小說) 「꼉과 톡기의 깃분 슈쟉」.

25) '부속국문체'는 1906년에 발행된 『만세보』에서 다양한 계층의 독자를 끌어들이기 위해 사용했던 문체로서, 한자로 된 본문에 루비활자로 한글을 병기하는 표기체를 일컫는 말이다. 김영민, 「근대계몽기 신문의 문체와 한글 소설의 정착 과정」, 『현대문학의 연구』 22, 2004.

ᄒᆞ야, 큰 利리益익이 생기ᄂᆞᆫ 것은, 光광明명ᄒᆞ고 正뎡大대ᄒᆞᆫ 大대韓한民민報보이오니, 어셔어셔, 이 新신聞문들을 보시오, 次ᄎᆞ次ᄎᆞ 말이 만슴니다[26]

우리 民민報보ᄂᆞᆫ 萬만國국의 時시勢셰와, 京경鄕향의 事ᄉᆞ情졍에 對대ᄒᆞ야 勝승ᄒᆞ고 敗패ᄒᆞ며, 善션코 惡악ᄒᆞᆷ을, 確확實실히 記긔錄록ᄒᆞ야, 每매日일 아ᄎᆞᆷ에 우리 兄형弟제姉ᄌᆞ妹매게 드리와, 여러분으로 ᄒᆞ야곰, 堂당上상에 便편히 안져 아시도록, 準준備비ᄒᆞᆷ이오니 우리 兄형弟제姉ᄌᆞ妹매여[27] (강조는 인용자)

1890년대 말, 새로운 매체인 '신문'이 발행된 이래, 신문이라는 매체의 역할과 기능은 이미 오랫동안 강조되어 왔다. 1900년대 말의 『대한민보』 논자에 이르면, 이제 더 이상 신문 일반의 의미를 역설하는 것에 그치는 선이 아니라, 자사(自社) 신문의 독자성을 피력하는 데 중점을 두기 시작한다. "교제하는 동물인 사람이 신문을 읽지 않으면 미개하고 천대를 받을 뿐만 아니라, 국가가 위태하고 민족이 견디지 못하는 슬픔을 당하게 되는데,"[28] "갓흔 문자와 갓흔 사실도 기록함에 따라 다르니 신문을 애독하려면 신문의 성질을 스스로 선택"[29]해야 하는 시대가 된 것이다.

또한 이렇게 자사(自社) 신문의 홍보에 힘을 쏟았던 『대한민보』는 신문이 영리기관임을 인식하고 있었으며, 이는 대한민보를 발행한 '대한협회' 주도층의 경제 발전에 대한 인식과도 어느 정도 관계가 있다. 대한협회 지도부는 당시 대한의 경제문제의 핵심은 일제의 침략이 아니라 내적 실력의 부족에 있으며, 경제 발전을 위해 부르주아 세력들이 직접 참여하는 정치체제의 수립으로 자유경쟁체제를 마련해야 한다고 주장했다.[30] 이러한 의식의 반영으로 『대한민보』에는 수입 증대를 위한 구독료 납부

---

26) 『대한민보』, 1910.1.5, 1면, 兄弟姉妹.
27) 『대한민보』, 1910.1.9, 兄弟姉妹.
28) 『대한민보』, 1910.1.9, 兄弟如市女未.
29) 『대한민보』, 1910년 1월 13일. 兄弟姉妹.
30) 이태훈, 「한말-일제초기 대한협회 주도층의 국가인식과 자본주의 근대화론」, 연세대 석사논문, 1999, 1면.

독촉 광고가 유독 많이 실리고, 1909년 11월 24일부터는 '보대할인권(報代割引券)'이라는 것을 발행하여 구독 기간에 따라 구독료를 할인해주는 제도를 도입하기도 했다. 실제로 구독료를 납부하는 지방인사들의 금액과 성명을 3면 상단에 게재하여 적극적으로 신문사의 영리를 꾀하는 방안을 모색했다.

이와 같이 신문 홍보에 주력했던 『대한민보』는 창간 1주년을 맞이한 1910년 6월 2일이 되면, 역시 '형제자매'란에 창간을 기념하며 노골적인 표현으로 자축하는 글을 싣는다.

> 今금日일은 매오 조흔 날이올시다 우리 大대韓한國국民민의 公공正정忠충實실흔 大대韓한民민報보의 創창刊간ᄒ든 第뎨一일週쥬年년 紀긔念념日일이오 아— 우리 兄형弟뎨姉자妹매시여 반갑고 깃부시지오 創창立립ᄒ든 째를 도로켜 싱각ᄒ니 風풍雨우가 晦회冥명ᄒ야 갈 바를 보를 째에 一일條죠光광明명흔 빗흐로 正정路로에 빗쳐노라 万만端단困곤厄액과 四사面면猜시忌긔를 바드면셔 泰태山산峻준嶺령의 압흘 막음과 長장江강大대海해의 뒤에 잇슴과 毒독蛇사猛맹虎호의 左좌右우로 대듬과 모진 바람 급흔 비의 咫지尺척不불辨변함을 모다 헤치고 勇용猛맹코 正정大대흔 精정神신으로 우리 兄형弟뎨姉자妹매의 幸행福복을 비지며 바른 길노 引인導도ᄒ는 이 民민報보라 우리 兄형弟뎨姉자妹매는 必필然연코 感감動동이 계실 터이지오 오날날 이 精정神신으로 우리 兄형弟뎨姉자妹매는 이 民민報보 첫 돌에 同동情정을 表표ᄒ시지오 우리도 오날날 이 精정神신으로 永영遠원無무窮궁토록 一일層층 더욱 努노力력ᄒ야 우리 國국家가 우리 兄형弟뎨姉자妹매의 福복樂락을 아— 우리 兄형弟뎨姉자妹매시여31) (강조는 인용자).

한 신문사의 창간을 대한 국민의 행복과 연결짓고, 국민은 이 신문의 존재로 인해 "감동하니 신문 첫 돌에 동정을 표하라"는 글이 게재된 1면을 넘기면, 3면 상단에 短篇小說 「상린서봉」이라는 작품이 실려 있다. 우선 시각적인 배치도 편집진의 의도 아래 정연하게 이루어졌거니와, 게

---

31) 『대한민보』, 1910년 6월 2일, 兄弟姉妹.

재된 소설란의 중앙에는 양손에 종과 도끼를 들고 있는 한 아이가 상 위에 앉아 있는 삽화가 자리 잡았다.

정경을 묘사하는 여유로운 필치로 서두를 시작하는 이 短篇小說은 지나가던 객이 "기와 하나 없이 기둥만 남고, 남은 기동도 거진 쓰러져" 가는 집에서 흘러나오는 노랫소리를 들으며 본격적인 서사가 시작된다.

> 아가아가 울지 말고 이 졋 먹고 잘 자거라 네가 비록 돌쟁이나 너를 향해 바라기는 크고 넓기 흐량 업다 흐날 졍긔 쌍긔운으로 네 흔몸이 생겻구나 네 흔몸이 중하도다 네의 압흘 싱각ᄒ니 만리장졍 묫치 업고 네 억개의 지인 짐이 쳔근 만근 무겁도다 이 길과 이 짐이 너 안이면 누가 메며 너 안이면 누가 갈고 오날 아참 잡은 것을 남은 비록 심상ᄒ나 나는 벌셔 알앗도다 네에 뜻을 가다듬어 차차 젼진 쉬지 말라 보배롭고 귀엽도다 네의 몸이 보비롭다 금과 옥이 보중ᄒᄂ 네게 엇지 비홀소냐 이 보배가 자라나셔 어셔어셔 내의 원을 아가아가 잘 자거라 밋고 밋는 우리 아가[32] (강조는 인용자)

노랫소리가 심상치 않게 들린 객은 집주인을 불러 그 곡절을 묻는다. 집주인은 돌을 맞은 아이가 돌잡이를 했는데, 한 손에는 쇠북(종)을 쥐고, 한 손에는 개산대부(開山大斧; 도끼)를 쥐었으니 아이의 밝은 장래를 보는 것 같아 대단히 기뻐하며 부른 노래라고 대답한다. 태어난 지 첫 돌을 맞은 아이는 한 손에 쥔 개산대부로 "우거진 풀과 쑥을 베고", 또 한 손에 든 쇠북을 울리며 "뜻을 가다듬어 전진"하는 사람이 될 것이다. 이런 생각을 했을 객은 주인에게 아이를 보여달라고 부탁하게 된다.

> (……) 흔 아해를 안고 나오ᄂ지라 람누한 포댁기 속에 싸엿스나 영매한 골격과 화길한 긔상이 참 상린셔봉(祥麟瑞鳳)이라 그 소년이 공경ᄒ게 어루만지다가 이 아해의 감엇든 눈을 번쩍 쓰ᄂ 바람에 엇지 영채가 쏘이며 깜짝 놀나 쳐다보니 대문 기동에 문패가 걸엿ᄂ대 흔민보(韓民寶)[33] (강조는 인용자)

---

32) 『대한민보』, 1910년 6월 2일, 短篇小說 「祥麟瑞鳳」.

객이 첫 돌을 맞은 아이 눈에서 나온 영채에 깜짝 놀라 쳐다본 대문 문패가 '한민보(韓民寶)'라는 것을 알리며 이 短篇小說은 끝이 난다. 원고지 분량으로는 7장 정도에 해당되는 이 짤막한 서사물은 '쓰러져 가는 집 −돌잡이한 종과 도끼−돌을 맞은 아이의 기상−한민보라는 집 문패'로 서술 대상이 진행되는 가운데 지나가는 객의 시선으로 이야기가 서술되고, 객과 집주인의 대화를 통해 글의 의도가 제시된다. 그러다가 '대한민보'에서 '대'가 빠지고 '보'의 한자 하나만 다른 '한민보'라는 문패를 바라보는 객의 시선은 신문을 읽고 있던(또는 읽어주는 것을 듣고 있던) 독자의 시선과 중첩되면서 강렬한 여운을 남긴다. 결국 단편소설 「상린서봉」은 1면의 '형제자매' 난에서 직접적인 언설로 자축한 신문 창간 1주년을 영웅의 도래라는 수사 방식을 차용하여 우회적으로 표현한 작품으로서, 하나의 사실적인 사건을 기술하는 방식이 정황을 묘사하는 간접화된 서사물로 변모되는 과정을 잘 보여주고 있다. 특히 서사 진행 과정의 강렬한 여운을 통해 사건을 집약적으로 제시하는 방식은 근대계몽기 신문 매체에서 독자 대중의 시선을 집중시키는 신문 지면의 활용과 밀접한 관련이 있음을 알 수 있다.

3) 인생단면의 극적 제시−「花愁」

근대 초기 단편소설의 등장은 신문이나 잡지와 같은 정기간행물의 출현과 긴밀히 연관되어 있다. 미국의 'short-story' 연구자들도 19세기의 단편소설의 발달이 정기간행물과 깊이 관련되어 있음에 주목했다.[34] 단편 양식은 정기적인 인쇄 매체가 게재할 수 있는 적합한 양의 분량이기 때문이다.[35] 이와 같이 한정된 지면에 발표하는 형식이 단편소설이라는 의

---

33) 『대한민보』, 1910.6.2, 短篇小說 「상린서봉」.
34) 이재선, 『한국단편소설연구』, 일조각, 1975, 12면.

식은 1910년 『대한흥학보』에 실린 이광수의 단편 「무정(無情)」의 끝 부분에서 작가의 말을 통해 발견할 수 있다.

(作者曰) 此篇은 事實을 敷衍한 것이니 마땅히 長篇이 될 材料로되, 學報에 揭載키 위하여 梗概만 書한 것이니 讀者諸氏는 諒解하시압.36) (강조는 인용자).

그러나 이는 단편소설의 개념을 압축된 장편소설로만 바라보는 견해에서 비롯된 발언이며, 이미 근대계몽기 매체에 실리는 서사물의 대부분을 차지하고 있던 단편양식에 대한 변별적인 특성을 좀 더 고찰할 필요가 있음을 시사한다.

물론 단편과 장편을 가르는 기준은 무엇보다도 양(量)이다. 장르개념으로서의 소설이라는 차원에서 볼 때, 단편과 장편은 서사문학 일반의 속성을 공유하며 본질적인 차이가 존재하지 않는다. 단편은 짧다는 것을 핵심으로 하며 장편은 원칙적으로 분량의 제한이 없다. 따라서 단편에 대한 개념 정의는 그 분량을 규정하려는 시도로부터 비롯되었다.37) 그러나 결국 단편양식의 '짧음'이란 분량의 문제만이 아니라 그 작품이 다루는 사건이나 상황의 단일성, 또는 독서 후 떠오르는 인상의 통일성을 의미하는 것이다.

단편의 작가는 삶의 다양성보다는 통찰의 순간에 주목한다. "삶의 순간에서 전체를 포착한다"는 모토를 구현하기 위해 단편 양식은 하나의

---

35) 김영민, 「동서양 근대 소설의 발생과 그 특질 비교 연구 : '소설(novel)과 '小說(소설 / 쇼셜)'의 거리」, 『현대문학의 연구』 21, 449~452면.

36) 李寶鏡, 「無情」, 『대한흥학보』, 1910년 4월.

37) 포우(Poe)는 단편을 숙독하는 데 한 시간 반 내지 두 시간을 요하는 짧은 산문이라고 하여 시간을 중심에 두었고, 우리나라의 최재서도 영국의 예를 근거로 하여 장편은 10만 자 내외, 단편은 2만 자 내외로 분량을 제시한 바 있다. E. A. Poe, 「'두 번 듣는 이야기들' 재론」, 『단편소설의 이론』(찰즈 E. 메이 편, 최상규 역), 정음사, 1983, 80면. 최재서, 「중편소설에 대하여」, 『문학과 지성』, 인문사, 1938, 160면.

장면 혹은 순간을 통해 그 인물의 전체, 혹은 삶의 본질을 포착해야 하며, 그 안에 작품 내 모든 요소의 의미가 실현되어야 한다. 이를 위해 작가는 삶을 단적으로 제시하는 형식을 창안하고, 자신의 의도에 따라 보여주는 장치, 즉 기교를 통해 단순한 사건 전달의 기능을 초월하는 서사의 새로운 영역을 개척하게 된다.

물론 1900년대 말은 아직 이상과 같은 단편소설에 대한 뚜렷한 의식이 표면화된 시기는 아니었다. 그러나 이미 『대한민보』에는 '短篇小說'이라는 표제 아래 단편 양식의 기교를 나름대로 살리고 있는 작품이 등장하고 있었다.

『대한민보』 창간호와 2호에 걸쳐 게재된 短篇小說 「화수」는 남편을 첩에게 빼앗기고 홀로 지내는 부인이 주인공이다. 부인이 앉아 있는 안마루 뒤편의 꽃나무에는 두 송이의 꽃이 피어 있다. 한 송이는 시들고, 한 송이는 활짝 폈는데, 호랑나비가 처음엔 시든 꽃 위에 앉았다가 다시 활짝 핀 꽃으로 옮겨 앉는다. 그 풍경을 보던 부인은 한숨을 쉬며, 눈물을 글썽이고 자신의 몸종인 춘심이의 위로에 애써 자신을 위안한다. 그때 남편이 뒤뚱거리며 등장한다. 평생 안보고 살겠다고 맘먹었던 부인도 반가운 마음에 남편을 맞이하고, 속으로 갖가지 생각을 다 한다.

> 이전에는 날을 보면 아니 나는 성도 잔뜩 내고 내게 할 말도 춘심의게 말ㅎ고 내가 무슨 말을 ㅎ면 더답도 아니ㅎ고 나가더니 오날은 무슨 마음으로 허허 우스며 말을 ㅎ누 올치 그 심술구진 함흥집 그 년이 령감을 넷쑤리로 알고 장도감을 치며 령감의 돈만 울거내힌다는 소문을 드럿더니 인제는 령감도 뒤집혓던 눈이 바루 씌여서 그 년과 갈나 섯ㄴ 보다 달면 생키고 쓰면 빗는다더니 가ㄴ혼 살님사리 잘ㅎ던 안해 생각이 ㄴ던 거시로구 령감이 내게 무안을 좀 보아야 다시는 그런 못된 년의게 쌔지지를 아니하지 ……38)

---

38) 『대한민보』, 1909.6.13, 短篇小說 「花愁」.

그때, 나타나는 사람이 집매매인이다. 집매매인은 집안을 둘러보고 매 간에 오십원 씩이라는 가격을 매긴다. 남편은 매매인과 집값을 다투고, 영문을 모르는 부인에게 이 집은 팔렸으니 친정에 가 있으라고 말한 다음 훌쩍 나간다. 그리고는 갑작스럽게 일어난 사건 앞에서 얼빠진 표정으로 마루 끝에 우뚝 서 있는 부인의 모습을 한 문장으로 묘사하며 끝이 난다. 혹시나 이렇게 이야기가 끝났을까 의심스러워 할 만한 독자들도 소설 말미에 명시된 '완(完)'이라는 글자를 통해 더 이상의 내용은 없음을 알게 된다. 이 소설은 그 자체로 완결되며, 자족적인 또 하나의 세계를 이룬다. 그리고 이야기 전개과정 안에서 반전을 수반하여 독자의 허를 찌른다. 이렇듯 단편 양식은 작가가 자신이 선택한 삶의 진실에 관심을 두며, 의도가 성취되었다면 삶과 상관없이 완결을 선언할 수 있다.

「화수」에서 작가가 주안을 둔 것은 남편에게 버림받은 부인을 둘러싼 전후 사정이 아니라, 그 부인의 심정 그 자체이다. 이 소설에서는 부인의 비참한 심정을 최대한 잘 드러내기 위해 부인의 집 마당의 꽃나무 풍경, 보조 인물의 역할, 부인의 속마음과 성격을 짧은 형식 안에서 섬세하게 그려낸다. 먼저, 집 마당 꽃나무에 핀 시든 꽃은 부인의 처지이다. 그리고 그런 장면 하나에도 부인은 자신의 신세를 이입하며 "두 날개 축 처진 채" 슬퍼한다. 몸종인 춘심이는 세상에 "종부리는 법"이 사라졌지만 부인 곁에 머물겠다며 함께 울어주는 착한 심성의 소유자이다. 하지만 부인은 유순하되 자존심이 세다. "눈물이 가랑가랑 돌다가도 종 춘심이를 보자마자 얼굴을 수구리고 손톱으로 문찌방을 각작각작 하며" 딴청을 피운다. 남편을 잊고 살라는 춘심의 말에도 "영감 잊은 지 오래니 먹을 것이나 대어주면 평생 안 와도 걱정 없다"고 대답한다. 그러나 오랜만에 집에 온 남편의 웃음 앞에 기대를 걸었던 부인은 살던 집마저 빼앗기고는 할 말을 잃는다. 작가가 굳이 해석해 주지 않아도 제시된 상황만을 통해서 독자는 소설 속의 얼빠진 부인을 이해할 수 있다.

1907년, 1월 1일자 『만세보』에서도 이와 비슷한 유형의 소설을 발견할 수 있다. 「백옥신년」이라는 제목의 이 소설도 역시 '短篇小說'이라는 표제 하에 게재되었다. 남산골의 정서방은 한때는 지체도 높은 사람이었지만, 이제는 신년 새해를 맞이하여 부인과 아들 갑돌이에게 아무 것도 해줄 수 없는 처지의 가장이다. 남편에게 괜히 심통을 부리는 부인은 아들의 졸라댐 때문이라고 그 탓을 미루고, 남편은 음력설을 잘 지내면 된다고 양력설에 대한 의미 부여를 회피한다. 그러나 이 소설은 그 서두부터 분주하고 풍성하게 새해를 맞이하는 사람들의 묘사에 지면의 상당부분을 할애한다. "삼순구식하던 사람도 배부르고, 헌 누더기 입던 아이도 새옷을 입고, 남편에게 짱알짱알 하던 여편네도 웃고 좋은 소리만" 하는 날, 정서방의 가족은 "안방 구석에 들어앉아 인사 갈 집도 없고, 올 사람도 없이" 새해를 보내는 중인 것이다. 우리가 언제부터 양력설을 쇘느냐고 핀잔주는 엄마 말에 아들은 떡국을 안 주면 여섯 살 그대로 있겠다고 떼를 쓴다. 그런데 그런 아들을 보고 나가 놀라는 아빠 말에 엄마는 "너 혼자 새까만 옷을 입고 남부끄럽다"는 말로 아이를 말린다. 이 소설은 "~그 집에 새해 정황은 이러하더라"라는 말로 끝을 맺는다. 「백옥신년」은 새해 아침, 그 특별함의 의미 때문에 더욱 소외된 한 가정의 정황을, 가장과 부인과 아들의 입장에서 서로 주고받는 몇 마디의 대사와 집안 분위기의 묘사, 그리고 그 집의 외부 풍경을 대조시킴으로써 보여주는 작품이다.

이와 같이 「화수」와 「백옥신년」 계열의 短篇小說은 등장인물의 생의 한 단면을 작품 안에서 유일한 현실로 끌어올리는 단편 양식의 묘미를 잘 살림으로써 그 특징을 드러내고 있다.

4. 1910년대 '短篇小說'로의 이행

일제는 1910년 8월 29일, 한일합방조약을 공포하면서 대한제국을 조선으로 개칭하고 조선총독부를 설치하여 식민통치를 시작했다. 그리고 8월 31일, 『대한민보』는 '대한'이라는 두 글자를 떼어내고 『민보』라는 이름으로 발행함과 동시에 폐간된다. 이후 일제의 통치 기간동안 중단되지 않고 발간된 유일한 국문 신문은 『매일신보』이다. 특히 1910년대의 경우는 다른 민간지가 발행되기 전이었으므로 『매일신보』는 이 기간 동안 문학사에서 언급되는 여러 작품들의 발표의 장이 될 수밖에 없었다.

이 글의 논지와 관련지어 『매일신보』에서 주목하고 싶은 점은 매체에서의 '短篇小說'란의 확립이다. 『매일신보』는 여러 편의 소설이 발표되는 동안 연재물인 경우에는 '新小說'로, 하루만에 단일하게 끝나는 작품은 '短篇小說'이라는 표제를 붙여 서로를 명확히 구분했는데, 『대한민보』의 경우와는 달리 이 둘을 거의 같은 날에 함께 게재했다. 그리고 이러한 현상은 '短篇小說'이 장형 서사물과는 확연히 다르다는 인식이 전제되었기 때문에 가능한 것이었다.

3장에서 살펴본 『대한민보』 소재 短篇小說이 갖는 각각의 특징은 『매일신보』의 短篇小說란에도 녹아들어 소설사적 맥락에서 1910년대 단편소설의 성격을 더욱 다양하게 규명할 수 있게 해 준다. 흔히 1910년대 단편소설은 구한말까지 이어져오던 전통 서사 양식의 틀에서 벗어나 새로운 단편소설 양식을 모색해 가는 과정을 보여주고 있다고 평가받는다.[39] 그러나 주로 신지식층 작가들의 작품에 연구의 초점이 집중되어 있고, 그 틀 안에서 해명되지 못하는 작품들은 근대 단편소설 연구에서 배제되고 있는 것이 현실이다. 그리고 『매일신보』의 短篇小說 「재봉춘

---

39) 김현실, 『한국근대단편소설론』, 공동체, 1991, 284면.

(再逢春)」이나 「해몽선생(解夢先生)」 등 일련의 작품들이 여기에 해당한다. 각각 신년 아침에 短篇小說란에 게재된 이들 작품은 『대한민보』 소재 短篇小說들이 보였던 특징들과 연관지어 분석할 수 있다.

우선, 1912년 1월 1일에 발표된 「해몽선생」은 꿈을 풀어 신년의 길흉을 점치는 장님과 그 주변에 둘러앉은 사람들이 주고받는 이야기로만 이루어진 대화체의 短篇小說이다. 사람들은 간밤에 꾼 꿈을 장님에게 들려주고, 장님은 꿈을 들으니 신년 운은 어떠하겠다고 일러주는 식이다. 이런 대화가 오가던 중 마지막에 어떤 사람이 큰 통에 물을 넘치게 받아 비누를 걸죽하게 풀어 조선 13도 남녀 노소 모두에게 한 그릇씩 먹이는 꿈을 꾸었다고 말한다. 그러자 장님은 몹시 난감해 하다가 다음과 같이 풀이한다.

> 飛陋라 ᄒᆞᄂᆞᆫ 것은 쌔룰 씻는 물건이라 여러 사름들이 外樣馳器만 ᄒᆞ노라고 朝夕으로 것만 飛陋질을 부즈런히 홀 ᄯᅡ름이지 속은 닥지 못ᄒᆞ야 無非暗昧함으로 萬事에 밝지 못ᄒᆞ얏ᄂᆞᆫ디 이졔 飛陋룰 물에 풀어 모조리 먹엿스니 新年에ᄂᆞᆫ 여러 사름이 속에 싸혀 잇던 쌔를 쌔끗ᄒᆞ게 닥가 文明ᄒᆞᆫ 上等資格들이 되겟소[40]

이 꿈풀이를 들은 사람은 "그럼 장님도 눈뜬 놈 속이는 수작"을 그만두게 되겠다고 맞받아 친다. 결국 이 마지막 꿈풀이 의뢰인은 신년 새해에 이루어지는 점치는 행위를 악습이라 간주하고, '문명'이라는 이름으로 처단하기 위해 설정된 인물이다. 이렇게 短篇小說 「해몽선생」은 새해 아침, 소설 속에서 장님과 장님을 둘러싸고 앉아 점을 치는 사람들, 더 나아가 조선 13도의 악습에 찌든 남녀노소에게 일침을 놓는 역할을 하고 있다.

1911년 1월 1일에 실린 「재봉춘」은 그 작가의 필명이 '무도생(舞蹈生)'

---

40) 『매일신보』, 1912.1.1, 短篇小說 「解夢先生」.

인데, 이는 『대한민보』 1910년 1월 1일에 실린 短篇小說 「화세계」와 같다는 점에서도 주목할 만하다. 작품의 주제나 서술 방식도 비슷할뿐더러 이러한 필명이 흔하지 않았다는 점을 미루어보면 동일인물인 것으로 추정된다. 「재봉춘」의 내용은 다음과 같다. 어렵지 않은 친정에서 곱게 자라서 역시 부자인 집으로 시집 온 라씨 부인이 세상 힘든 줄 모르고 지내던 도중, 남편 신호군이 어느 때부턴가 주색잡기에 빠지면서 집안 살림은 바닥이 나기 시작한다. 남편의 유흥 밑천을 대다가 지친 라씨 부인은 결국 방에 드러눕게 되고, 신호군은 그런 부인의 모습을 보고 놀라 돌연 새 사람이 되어 집안을 일으킨다. 이 短篇小說은 만면에 웃음이 가득한 라씨 부인이 "네모 번듯한 도마를 앞에 놓고 옥서슬같은 흰 떡가래를 써는" 장면에서 시작한 뒤, 전지적 서술자가 라씨 부인이 지내온 과거의 사연을 기술한다. 그리고 마지막에 다시 떡을 써는 라씨 부인의 기쁜 얼굴을 카메라가 클로즈업하는 듯한 방식으로 끝을 맺는다.

원고지 8면 정도 분량인 이 작품에서 중점을 두고 서술하는 부분은 남편이 자신의 잘못을 각성하게 되는 날의 정황 묘사이다. 이 날에 대한 서술은 라씨 부인의 고생스러운 지난날을 요약적으로 짧게 기술한 것과는 달리, 전체 이야기의 구성에서 긴 부분을 차지한다.

　　소위 남편은 쇠량이 잇거니 업거니 의론 한마듸 업는듸 져녁도 못 짓고 방에 불도 못 켜고 라씨 홀로 동인 몰 모양으로 쏩으리고 누어 잇스랴니 셜상에 모진 바름이 살만 남은 문구멍으로 우루루 드리쳐셔 갓득이나 뷘 속에 오장에서부터 니쩔녀 쓰눈으로 밤을 시느듸 동이 틀냐 말냐 희셔 누가 별안간에 일각문을 덜걱 덜걱 ᄒ며
　　문 열어 줍사오 문 열어 줍시오
　　라씨가 깜짝 놀나 졍신을 ᄎ려 듯다가
　　거 누구냐 여긔 누가 왓느냐
　　ᄒ며 간신히 나가 문을 열고 보니 엇더ᄒ 으회가 조곰아ᄒ 편지 한 쟝을 주며 다방 얼픗 ᄒ야 줍시오 쌜니 단여오라고 ᄒ셧습니다

라씨가 그 ♀희 가지고 온 등불에 그 편지롤 빗춰어 보니 이는 곳 즈긔 남편의
필젹인뎌 이 말 뎌 발 업시 단거리 비녀롤 마져 쎄여 보니라는 ㅅ연 쑌이러라41)

위 인용문에서 등장하는 다방 아이는 남편이 아내에게 비녀를 빼앗기
위해 보낸 심부름꾼이다. 집안 형편이 이미 기울어 밥도 못 먹고, 불도
못 켠 채 "말 모양으로 꾸부려 누운 채로 오장이 떨려 뜬눈으로 밤을 새
던" 라씨 부인에게 이 아이의 등장과 말 몇 마디는 비녀마저 가져가는
남편에 대한 한스러움을 극대화시킨다. 이러한 라씨 부인은 『대한민보』
의 短篇小說 「화수」에서 첩으로 인해 남편과 살던 집마저 빼앗기는 부
인을 연상시킨다. 그러나 새해 아침에 실린 「재봉춘」에서는 이렇게 비통
한 처지의 라씨 부인을 그냥 버려 두지 않는다. 집에 돌아온 남편은 기
함한 아내의 모습에 놀라 "팔다리를 주무르고, 미음을 쑤고, 정성껏 간호
한 이후 옛 버릇을 다 버리게" 된다.

한편, 1911년 새해 아침에 발표된 「재봉춘」은 불과 1년 전에『대한민
보』의 「화세계」에서 보여주던 '국가-집'의 은유적 수사 방식을 더 이상
차용하지 않는다. '한부홍'씨로 표상되던 대한 국민은 '라씨 부인'이라는
한 집안의 아낙으로, 튼튼한 기둥을 세운 새 집으로서의 국가는 떡국 먹
을 준비를 하는 평화로운 한 가정으로 바뀐 시대가 된 것이다.

5. 결론

그간 단편소설을 규정짓는 개념이 과연 각 시대의 상이한 역사적 특
질을 반영하고 있는 것인가 하는 의문에서 이 논문은 출발하였다. 문학

---

41)『매일신보』, 1911.1.1, 短篇小說「再逢春」.

작품에서 형식이란 세계를 담는 그릇이다. 고정된 형식이 존재하지 않는 소설이 근대적 문학 장르로 편입하는 과정은 세계에 대한 보편적 해석의 가능성이 존재할 수 없다는 사실을 깨달으면서 시작되었다. 그러나 기존 소설사 연구에서 근대계몽기의 '短篇小說'은 단편소설이라는 범주에서 논의되지 못했으며, 단편소설 연구의 대상에서 배제되어 왔다. 그 중, 1900년대 말, 신문 매체에서 '短篇小說'이라는 표제를 내걸고 발표된 작품들을 중심으로 살펴보면서 당시에 다양한 방식으로 활용되었던 短篇小說의 해석 층위를 좀더 넓혀보고자 했다.

이 논의의 대상이 된 『대한민보』는 1910년, 한일합방과 함께 폐간되기까지 짧은 발행기간 동안 12편의 소설을 발표하면서, '小說·諷刺小說·滑稽小說·新小說·短篇小說' 등의 표제 아래 당대에 가능했던 서사적 글쓰기 형식을 모두 활용했던 문학사적 의미를 갖는 매체이다. 그리고 3편의 短篇小說은 각각의 독자적인 특성으로 인해 근대계몽기 短篇小說의 위상을 재고해볼 만한 의미를 갖고 있었다.

이상으로 살펴본 『대한민보』 소재 短篇小說이 갖는 특징은 다음과 같다.

첫째, 1900년대 말이라는 역사적 격변기 속에서 국민 계몽의 의도를 효과적으로 제시한 서사 양식이다. 이는 한일합방을 목전에 둔 1910년 새해 아침의 短篇小說을 통해 확인할 수 있었다. 이러한 短篇小說의 경우는 1890년대 말부터 발행되기 시작한 각종 국문 신문의 논설란에 계몽적 글쓰기로서 출현했던 '서사적논설'과 유사한 서술 방식을 취한다. 이는 일제에 의한 신문지법과 출판법 등을 거치며 민족적인 논조의 수위를 낮출 수밖에 없었던 상황에서 창간한 『대한민보』가 신문사의 정론 발표의 장인 논설란을 자주 생략했던 것과 밀접한 관련이 있다. 그리고 신년 아침과 같은 의미 있는 날, 신문 지면을 활용하여 독자 대중의 역량을 밀집시키고 싶었던 편집진의 의도가 소설란의 短篇小說을 통해 드러났다.

둘째, 기록적인 가치가 있는 역사적 사건을 정황의 묘사를 통해 우회적으로 드러낸 서사 양식이다. 1890년대 말, 새로운 매체인 '신문'이 발행된 이래, 신문이라는 매체의 역할과 기능은 이미 오랫동안 강조되어 왔다. 일본 자본주의가 유입된 1900년대 말의 『대한민보』 발행 시기에 이르면, 이제 더 이상 신문 일반의 의미를 역설하는 것에 그치지 않고, 신문사도 영리기관이라는 인식 아래 자사(自社) 신문의 독자성을 피력하는 데 중점을 두기 시작한다. 이로써 신문 창간일과 같은 기념일을 맞아 신문을 홍보하는 직설적인 사고(社告)의 내용을 우회적인 短篇小說을 통해 간접적으로 제시함으로써 독자 대중에게 강렬한 인상을 남기고자 했다.

셋째, 단편 양식의 성격을 단지 분량의 짧음에만 국한시키지 않고, 사건이나 상황의 단일성, 글을 읽은 후 독자가 갖는 통찰의 순간에 주목하여 등장 인물의 내면 세계를 포착하고자 한 서사 양식이다. 이는 단형 서사물이 근대 단편소설 양식을 모색해 가는 과정에서 단일 행위 중심의 긴장 구도와 새로운 내면 서사 구조를 시도하여 내면 지향 소설의 방향을 제시하고 있다는 측면에서 중요한 의미를 갖는다.

이러한 특징을 갖는 『대한민보』 소재 短篇小說은 그 자체로서 단절되지 않고, 1910년대 초기 『매일신보』에 발표된 일련의 短篇小說과 연관을 맺으며 근대계몽기 短篇小說을 이해하는 단서를 제공함으로써 소설사적 맥락을 구축하는 의의를 가진다.

근대계몽기 신문 잡지 소재 인물 기사 연구

김찬기

1. 서론

근대계몽기의 각종 신문 잡지에는 「을지문덕(乙支文德)」·「수군제일위인(水軍第一偉人) 이순신(李舜臣)」·「동국거걸(東國巨傑) 최도통(崔都統)」·「천개소문전(泉蓋蘇文傳)」 등과 같은 '장형의 역사 전기물'들과 「원텬석」·「길재(吉再)」·「김유신」·「모괴쟝군의 소젹」 등과 같은 '단형의 역사 전기물'들이 발표되기 시작한다.[1] 두 유형 모두 역사적 인물의 일대기와

---

[1] 전자(「乙支文德」·「水軍第一偉人 李舜臣」·「東國巨傑 崔都統」·「泉蓋蘇文傳」)는 「泉蓋蘇文傳」 등과 같은 원고지 100매 내외의 서사물에서부터 「水軍第一偉人 李舜臣」 등과 같이 원고지 300매가 넘는 서사물이 존재한다. 이에 반해 후자(「원텬석」·「길재(吉再)」·「김유신」·「모괴쟝군의 소젹」)는 대개 원고지 20~30매 내외의 짧은 단형 서사물이어서 전자와는 그 길이부터 현격하게 다르다. 이에 본고에서는 이후 전자와 같은 서사물을 후자의 상대적 개념으로서의 '장형 역사 전기물'이라 칭하고 후자는

사적을 기록하고 있다는 점에서 우선 같은 서사물 범주에서 다룰 수 있다. 잘 알려진 바와 같이 그동안의 우리 근대문학사는 이 두 유형 중에서 '장형의 역사 전기물'들을 '역사·전기소설'이란 양식으로 규정해왔다. 이와 같은 관점은 이들 작품을 '역사와 관련한 문학 저작'으로 규정한 안자산의『조선문학사』에서 최초로 제기된 이래로 김태준의『조선소설사』에 이르러 확고하게 자리를 잡는다. 물론, 이와 같은 관점에 대해 1980년대 이후 몇몇 연구자들에 의해서 꾸준히 다른 관점이 제기된다.2) 이에 비해「원텬석」·「길지(吉再)」·「김유신」·「모긔쟝군의 스젹」등과 같은 '단형의 역사 전기물'들에 대한 연구는 최근 김영민의 연구 성과 이외에는 매우 미진한 실정이다.3)

'단형의 역사 전기물'이라 칭한다. 특히, 본고에서 검토할 문제가 후자인데, 이 후자는 대체로 순연한 전(傳)의 서술 양식을 그대로 따르고 있거나 전(傳)의 변체에 해당한다는 점에서 주목을 요한다. 기존의 연구에서 '단형의 역사 전기물'은 "기사체 창작물의 하나로서 양식 분류상 단형 소설 속에 넣어"(김영민,「근대계몽기 단형 서사문학 자료연구」,『근대계몽기 단형 서사문학 자료전집』상, 소명출판, 2003, 576면) 다루고 있었다. 이 책에서는 이에 주목하여 근대계몽기 '단형의 역사 전기물'의 양식 원리와 그 특질을 구명할 것이다.

2) 예컨대, 강영주,「한국근대역사소설연구」, 서울대 박사논문, 1986; 金容德,『韓國傳記文學論』, 民族文化社, 1987; 김교봉·설성경,『근대 전환기 소설 연구』, 국학자료원, 1991 등의 연구 성과에서 이러한 문제들이 제기된다. 그러나 이와 같은 연구들은 구체적인 양식 분석과 작품분석에 근거한 것이 아닌 문제적 쟁점 제기 수준에서 크게 벗어나지 않은 것이어서 한계가 있을 수밖에 없었다. 필자 역시「乙支文德」·「水軍第一偉人 李舜臣」·「東國巨傑 崔都統」·「泉蓋蘇文傳」등과 같은 '장형의 역사 전기물'들을 '역사·전기소설'로 보는 관점에 대한 문제점을 다음과 같은 졸저를 통해서 고찰한 바 있다(김찬기,『한국 근대소설의 형성과 전(傳)』, 소명출판, 2004; 김찬기,「근대계몽기 '역사 위인전' 연구」,『국제어문』30집, 2004).

3) 김영민은「원텬석」·「길지(吉再)」·「김유신」·「모긔쟝군의 스젹」등과 같은 '단형의 역사 전기물'들을 근대계몽기에 존재했던 독특한 단형 서사문학, 곧 '인물 기사'로 범주화시켜 이에 대한 문학사적 위상을 고찰하고 있다. 김영민은 이 시기 '단형의 역사 전기물'을 "전통적 서사 양식 가운데 하나인 전(傳)과 군담계 소설에 뿌리를 두고 있는 문학"이란 점에 근거하여 "전류 문학과 군담계소설 → '인물 기사'와 '인물고' → 역사·전기 소설"(김영민,『한국 근대소설사』, 솔, 1997, 117~118면)이란 양식사의 발전 계통수를 세워「원텬석」·「길지(吉再)」·「김유신」·「모긔쟝군의 스젹」등과 같은 '단형의 역사 전기물'들의 문학사적 위상을 검토하고 있다.

김영민의 연구에서는 단형의 역사 전기물들이 포괄적 의미의 '소설'로 이해되고 있다. 그러나 근대계몽기의 '소설' 개념은 지금의 소설 개념과는 다르다. 이 시기의 신문 잡지에 수록된 서사물 가운데는 명백히 전대의 야담이나 일화, 혹은 전(傳)을 '소설'이라는 양식 표기로 게재하는 경우도 허다하다. 특히, 근대계몽기 '단형 서사물' 중에서 '인물 기사'의 경우는 여러 가지 양식이 혼종된 채로 신문 잡지에 실리고 있어서 이에 대한 양식적 고찰과 정리가 요청된다. 그 이유는 무엇보다도 이 시기의 '인물 기사'가 전대의 전(傳)이나 야담(野談)과 양식적으로 관련되고 있기 때문이다. 요컨대, 근대계몽기의 '인물 기사'들은 대체로 역사적 인물의 일대기와 사적을 전(傳)의 서술체재를 통해서 드러내고 있는 작품들과 여항에서 떠돌던 이러저러한 이야기를 야담(野談)의 서술체재에 따라 기록한 작품들로 크게 분류할 수 있다.

더욱이 "야담은 1910~1920년대에 있어서 야담은 외관상으로 볼 때 소멸하는 꼴이 아니라 도리어 성황이었다"[4]는 점을 고려해 보면, 야담은 1910년대 이후로도 독자적인 갈래의 위상을 유지하는가 하면, 또 한편으로는 근대적인 단편소설과 착종된 상태로 마지막 장르운동을 한 것이 분명하다. 야담(野談)은 1930년대까지도 여전히 근대소설사의 한 편폭을 형성하고 있었다. 윤백남(尹白南; 1888~1954)이 창간한 『월간야담(月刊野談)』(1934~39)이나 김동인(金東仁; 1900~51)이 창간한 『야담(野談)』(1935) 등의 야담(野談) 전문지가 간행된 것이 이를 잘 증거한다. 이러한 점은 전(傳)도 마찬가지이다. 이 시기 전(傳)은 야담과 함께 근대적 단편소설의 위상이 확고해지는 시점에도 여전히 그것과 장르 운동을 하며 자기 전개와 자기 분해의 과정을 겪고 있었다. 그 과정의 결과가 완전한 장르적 소멸로 연결된 것인지, 아니면 다른 장르와의 착종과 변개의 과정을 통하여 근대소설사의 지반 속으로 스며들어간 것인지 분명하지는 않지만, 어쨌거

---

4) 林熒澤, 「야담의 근대적 변모」, 『韓國漢文學硏究』 19輯, 韓國漢文學會, 1996, 54면.

나 이 시기에 들어와서도 전(傳)은 여전히 지속적으로 창작되고 있었다.[5] 이와 같은 전(傳)과 야담의 계승과 발전의 모습이 이 시기 기사체 단형 서사물의 하나인 '인물 기사'에서 드러나고 있다는 점에서 '인물 기사'의 양식적 연원을 구명하는 것은 매우 중요한 의미가 있다고 여겨진다. 아울러 이와 같은 연구가 수행될 때, 근대계몽기 '전(傳)과 야담(野談)'의 계승과 발전의 문제에 대한 해명뿐만 아니라, 이 두 양식과 이후 근대소설과의 관련성에 관한 작은 해결의 실마리 하나가 풀릴 수도 있을 것이다.

2. 본론—근대계몽기 '인물 기사'와 전(傳)과 야담(野談)과의 관련성

1) '전계 인물 기사'의 출현과 그 특질

근대계몽기에 들어와 창간되기 시작한 신문·잡지에는 다양한 형태의 단형 서사물들이 수록되기 시작한다. 대개 신문·잡지의 내보, 잡보, 논설란이나 고정 연재란 등에 게재된 이들 단형 서사물들은 그동안 '단형 (편)서사체(물)'로 통칭되거나, '서사적논설'과 '논설적서사' 개념으로 불려져 왔다.[6] 이 중에서 특히, "1890년대에 나타나기 시작한 '서사적논설'은 근대문학의 출발을 알리는 과도기적 양식이면서, 아울러 근대소설의 초석이 되는 문학 양식"[7]이란 점에서 근대소설의 형성 과정을 고찰하는

---

5) 김찬기, 『한국 근대소설의 형성과 전(傳)』, 소명출판, 2004, 14면.
6) '서사적논설'과 '논설적서사'의 특질에 대해서는 김영민(『한국 근대소설사』, 솔, 1997)과 정선태(『개화기 신문 논설의 서사 수용 양상』, 소명출판, 1999) 등의 연구가 있고, '단형 서사물'에 대한 연구로는 한기형(『한국 근대소설사의 시각』, 소명출판, 1999) 등의 연구가 있다.
7) 김영민, 「한국 근대소설 발생 과정 연구」, 『국어국문학』 127호, 2000, 314면.

데에 있어서 매우 중요한 서사물이다. 바로 서사적논설 중에서 이른바 '서사적 기사(인물 기사)'는 이 시기 다른 어떤 서사물들보다 분명하게 전대(조선 후기) 서사 양식과 관련되고 있다는 점에서 더 주목을 요한다. 김영민에 의하면 '서사적논설'은 "뿌리 없이 개화기에 들어 갑자기 생겨난 것이 아니라, 조선 후기 사회상의 변화를 담아내던 야담이나, 서사를 통해 교훈을 전달하던 한문단편의 정신과 표현법"[8]을 따르고 있는 서사 양식이다. 김영민의 주장이 타당하지만, 이 시기 서사적논설, 그 중에서 '인물 기사'가 모두 '야담'에 뿌리를 두고 있는 것은 아니다. 이 시기 '인물 기사' 중에는 너무 분명하게 전대의 전(傳) 양식에 뿌리를 두고 있는 작품이 한 줄기를 이루고 있다. 그러므로 근대계몽기 인물 기사는 크게 야담에 뿌리를 두고 있는 '야담계 인물 기사'와 전(傳)에 뿌리를 두고 있는 '전계 인물 기사'로 분류될 수 있겠다. 이 중에서 우선, '전계 인물 기사'의 특질과 의의를 고찰하려면 무엇보다도 산문 문체로서의 '전(傳)'이나 '전기(傳記)'가 지니고 있는 특질을 알아볼 필요가 있다.

주지하다시피 '전기'란 "인물의 평생 사적을 기록하는 전장체(傳狀體)"[9] 산문 문체로 사마천의 『사기』열전에서부터 독립된 산문 문체였다. 전(傳)과 기(記)의 합성어로서의 전기(傳記)는 원래 '인물'이 중심인 '전(傳)'과 '사건'이 중심인 '기(記)'로 구분되는 개념이었다. 즉, 전(傳)은 '전수'의 뜻이 기(記)는 '해석'의 뜻이 강조된다. 그러나 고문헌에서 전(傳)과 기(記)는 혼용되었으므로 전(傳)이 한 인물의 시말(始末)을 서술한다 하더라도 '기사적(記事的) 성격'을 완전히 배제할 수 없기 때문에 기(記)라 한 것도 있으며, 전(傳)이라 한 것도 있고, 전기(傳記)라고 합칭한 경우도 있다.[10] 전(傳)은 요컨대 "역사를 서술하는 문체에서 발전한 것으로, 편년의 역사기술에서는 생생하게 그려낼 수 없는 인물 개개인의 생애를 역사물에 부가하여 서술

---

8) 김영민, 「한국 근대소설 발생 과정 연구」, 『국어국문학』 127호, 2000, 316면.
9) 심경호, 『한문산문의 미학』, 고려대 출판부, 1998, 186면.
10) 金容德, 『韓國傳記文學論』, 民族文化社, 1987, 15면.

하는 양식"인바, "역사인물을 서술하든 일반 인물을 서술하든 모두 사실에 충실하면서 동시에 인물의 성격에 주목"하는 서사 양식인 것이다.[11] 이와 같은 전(傳)이 근대계몽기 문학에서 중요한 이유는 무엇보다도 그것이 「원텬셕」·「길지(吉再)」·「김유신」·「모괴쟝군의 소격」 등과 같은 단형의 '전계 인물 기사'들의 양식을 규정하고 있을 뿐만 아니라, 1905년 이후 신문·잡지에 연재되거나 단행본으로 출판된 제법 소설기(小說氣)를 지닌 장형의 역사 전기물들의 양식을 규정하고 있기 때문이다. 말하자면, 「을지문덕(乙支文德)」·「수군제일위인(水軍第一偉人) 이순신(李舜臣)」·「동국거걸(東國巨傑) 최도통(崔都統)」·「천개소문전(泉蓋蘇文傳)」 등과 같은 장형의 역사 전기물들은 근대계몽기에 들어와 갑작스럽게 나타난 것이 아니라, 「원텬셕」·「길지(吉再)」·「김유신」·「모괴쟝군의 소격」 등과 같은 단형의 '전계 인물 기사'들의 전사(前史) 단계를 거쳐서 형성된 서사 양식인 것이다. 이렇게 보면, 우리의 근대역사소설의 형성 연원을 고찰하는 자리에서 있어서도 무엇보다도 '전계 인물 기사'의 양식적 특성에 대한 고찰이 선행되어야 할 것이다. 먼저 '전계 인물 기사'의 양식적 특성을 구명하기 위해서 「길지(吉再)」의 전문을 인용하면 다음과 같다.[12]

---

11) 심경호, 『한문산문의 미학』, 고려대 출판부, 1998, 186~188면.

12) 근대계몽기 신문에 발표된 단형 서사물은 '김영민·구장률·이유미 편 『근대계몽기 단형 서사문학 자료전집』 상·하' 자료집에 잘 정리되어 있다. 이 자료집을 근거로 하여 이 시기 '전계 인물 기사' 창작물을 정리하면 다음과 같다. 『죠션크리스도인회보』·『대한크리스도인회보』 : 「도를 위ᄒᆞ야 군축밧은 일」, 1898.4.13; 『그리스도신문』 : 「무듸 소격」, 1901.3.28~4.4; 「알푸레드 님군」, 1901.5.16; 「라파륜 소격」, 1901.5.16~30; 「이소도의 소격」, 1901.6.27; 「을지문덕」, 1901.8.22; 「원텬셕」, 1901.8.29; 「길지(吉再)」, 1905.9.5; 「김유신」, 1901.10.31~11.7; 『독립신문』 : 「일빅륙십륙년 전 이월 이십일에」, 1898.2.22; 「모괴쟝군의 소격」, 1899.8.11; 「덕국 지상 비스막씨는」, 1899.10.31; 『뎨국신문』 : 「아라스 전 님군 피득황뎨의 소격」, 1899.10.12; 「덕국 사룸 득녀사의 소격」, 1899.10.25; 「쳥국에 한 션비가」, 1899.11.1; 「녯적 은나라 탕군님 쌔에」, 1899.12.7; 「우리나라 사룸은」, 1900.2.24~26; 「녯적 륙국 시절에」, 1900.3.22; 「신라국 츙신 박졔샹의」, 1900.3.23; 「가픠의 흐다반ᄒᆞᄂᆞᆫ 토씨타령은」, 1900.3.30; 「쳥국 강유위란 사룸의」, 1900.10.27; 「대개 사룸의 이목구비와」, 1901.2.12~13; 「신라국 ᄌᆞ비왕 시절에」, 1901.2.16; 「혹이 말ᄒᆞ기를」, 1901.3.6; 『대한민일신보』 : 「의ᄐᆞ리국아마치젼」, 1905.12.14~21; 『경향신문』 : 「용

①길지의 즈는 지보오 호는 야은이니 히평인이라 그 아비는 원진이니 보셩대판(寶城大判)이 되엿슬 제 그 어머니 김씨도 보셩으로 굿치 가는디 먹는 록이 너무 박홈으로 지내기 어려워 공을 리별ᄒ고 본집으로 가니 그째에 공의 나히 팔셰라 그 어머니롤 생각ᄒ고 울며 남편 시니에셔 노다가 가지석기 ᄒ나흘 엇어 가지고 노래ᄒ야 ᄀᆞᆯᄋᆞ디 가지야 가지야 너도 어미롤 일헛느냐 나도 어미롤 일헛노라 너롤 삶아먹을 거시로더 너도 나처럼 어미롤 일헛시니 이럼으로 노하주노라 ᄒ고 물에 던지며 울니 사룸들이 듯고 다 와셔 안고 눈물을 흘니더라 계히에 진ᄉᆞᄒ고 병인에 과거ᄒ고 폐쥬(廢主) 괴ᄉᆞ에 문하쥬문이 되엿더니 경오에 벼슬을 ᄇᆞ리고 션쥬(善州)로 도라가셔 그 어머니롤 봉양ᄒ니 사룸이 그 효셩을 닐ᄏ더라

②태종믜셔 한미ᄒ실 째에 샹죵ᄒ며 도리롤 강론홈으로 졍의가 심히 도탑더니 경진에 태종이 동궁에 계실 째에 셔연관으로 더브러 은일ᄉᆞ(隱逸士)롤 의론ᄒ시다가 이에 ᄀᆞᆯᄋᆞ샤더 길지는 강직ᄒᆞᆫ 사룸이라나로 더브러 동학지의가 잇는더 셔로 본지라 오랏다 ᄒ시고 공이 집에 그 부모의게 효도ᄒᆞᆫ 아롬다온 힝실을 칭찬ᄒ시고 공이 집에 그 부모의게 아니ᄒ거늘 그 고올 관쟝이 셔울노 올나가라 독촉ᄒᄂ는지라

③태종이 명죵믜 여줍고 박ᄉᆞ 벼슬을 졔수ᄒ시니 공이 나아가지 아니ᄒ고 은혜롤 사례ᄒ야 글을

태죵믜 올녀 ᄀᆞᆯᄋᆞ더 지(再)가 젼에 뎌하(邸下)로 더브러 태학에셔 글을 닑엇ᅀᆞᆸᄂᆞᆫ더 지금 신을 부ᄅᆞ심은 녯날 졍을 닛지 아니ᄒᆞ심이오나 지(再)가 젼죠의 은혜롤 만히 닙ᅀᆞᆸ고 오늘날을 당ᄒ와 ᄉᆞᄉᆞ로히 녯날 졍의롤 의탁ᄒ고 올나가 뵈옵고 벼슬ᄒᄂ는 거시 지(再)의 본ᄯᅳ시 아니니이다 태종이 ᄀᆞᆯᄋᆞ샤더 ᄌᆞ네 말ᄒᄂ는 거슨 오륜삼강의 변역지 아니ᄒᄂ는 도라 그 ᄯᅳ슬 ᄲᅢ앗기 어려오나 그러나 부룬 사룸은 곳 내오 벼슬식히라 ᄒ시는 이는 곳 샹감이신즉 공이 드디여 샹쇼ᄒ야 ᄀᆞᆯ아디 신이 근본 한미ᄒᆞᆫ 사룸으로 젼죠에 거과ᄒ야 벼슬이 문하쥬셔에 니르럿습니다 신은 드ᄅᆞ니 계급은 두 지아비롤 셤기지 아니ᄒ고 신하는 두 님군을 셤기지 아니ᄒᆞᄋᆞᆸᄂᆞ니 쳥컨더 고향에셔 살며 신하가 두 셩을 셤기지 아니ᄒᄂ는 ᄯᅳ슬 일우어 로모롤 봉양ᄒ야 놉은 은희롤 순죵ᄒ겟습ᄂᆞ이다 ᄒ니 명죵믜

맹ᄒᆞᆫ 쟝ᄉᆞ 김쟝군」, 1909.5.14; 「사룸은 몬져 그 눈을 볼 것이라」, 1909. 6.18; 「젹은 나라혜는 이인이나 명쟝이 업나」, 1909.7.16~23.

셔 그 졀의롤 아롬답게 녁이샤 례로써 사롬을 보내여 그 집에 왕복ᄒ신 후에 셰종대왕ᄭᅴ셔 즉위ᄒ시고

④ 태종ᄭᅴ셔 샹왕이 되샤 ᄒ교ᄒ야 글ᄋ샤디 길ᄌ가 두 님군을 셤기지 아니ᄒ니 춤 의ᄉ라 드르매 그 아돌이 잇다ᄒ니 맛당히 불너 써셔 그 츙셩을 표ᄒ리라 ᄒ시고 그 아돌 ᄉ순을 불너 종묘부승 벼슬을 졔슈ᄒ시고 공이 죽으매 쌀과 여러 가지 물건과 장명을 보내여 장ᄉ 지내게 ᄒ시고 좌간의 대부롤 츄즁ᄒ시니라

⑤ 공이 ᄉ셩벼술 박분의게 나아가셔 셩리학을 만히 둣고 리쇠과 졍몽쥬와 권근의 문하에셔 만히 노랏고 흥샹 졍명도의 학으로 이단을 물니치ᄂᆫ 거ᄉ로 일삼으매 즁들이 감동ᄒ고 ᄭᅵ다라 근본으로 도라온 쟈가 수십 인이오 그 아오 구초도 즁이더니 ᄭᅵ닷고 션비의 문으로 도라왓고 경셔을 통달ᄒ 비션가고의 문하에셔 난 거시 불가승수더라

⑥ 션셩은 우리 대한의 현인이라 ᄣᅢ도 지금과 ᄀᆺ지 아니ᄒ고 디위도 ᄀᆺ지 아니ᄒ나 그러나 우리 예수롤 밋ᄂᆫ 쟈가 이거슬 보고 취홀 거시 잇ᄉ니 ᄒ 님군의게만 복죵ᄒᄂᆫ 졀의롤 가히 탄복ᄒ리로다 우리ᄂᆫ 이 ᄆᆞ옴을 본밧아 예수롤 셤기ᄉ이다.[13]

위에 제시된 작품 「길ᄌ(吉再)」에서 우선 드러나는 특징은 이 작품이 '셔두의 인정 기술(人定記述) → 행적 → 논찬'이라는 젼(傳)의 일반적 서술 체재를 그대로 따르고 있다는 점이다. 일반적으로 젼(傳)의 셔두에서는 입젼 인물의 출생, 성명, 선계(先系), 관벌(官閥) 등의 인정 기술이 제시된다. 이렇게 보면 「길ᄌ(吉再)」의 분절 ①에서 바로 젼(傳)의 인정기술 형식이 그대로 드러나고 있는데, 입젼 인물인 길재의 '선계(아비ᄂᆫ 원진이니 보셩대판)'와 '관벌(계히에 진ᄉᄒ고 병인에 과거ᄒ고 폐쥬(廢主) 괴ᄉ에 문하쥬문)'이 명시되는 것에서 이 점은 잘 확인된다. 이어 분절 ②~⑤까지는 '길재'의 행적에서 주목될 만한 일화들을 점철한 '행적부'로 볼 수 있겠다. 분절 ②에서는 길재가 '효심이 깊은 강직한 은일ᄉ(隱逸士)'란 점이 조명되고,

---

13) 「길ᄌ(吉再)」, 『그리스도신문』, 1901.9.5.

분절 ③~④에서는 길재가 '불사이군의 충절'을 체현하고 있는 인물이란 점이 부각되고 있다. 그리고 분절 ⑤에서는 유교의 '정명도의'에 밝은 길재의 모습이 형상되고 있다. 요컨대, 서사상의 모든 일화들이 길재의 '절행'을 표창하기 위해 분립된다. 분절 ⑥은 '태사공왈(太史公曰)'이나 '외사씨왈(外史氏曰)' 등의 허두어(虛頭語)를 사용하여 논찬부임을 알리는 문법적 표지없이 서술되고 있기는 하지만 그 실질적 내용은 '사후평가'나 '기포폄(寄褒貶)'의 내용으로 보아도 무방하다.14)

특히 이 작품의 논찬부가 흥미로운 점은 이 작품이 지향하고 있는 이데올로기, 곧 가치의 지향이 유학자들의 가치 지향과는 다르다는 점에 있다. 그것도 이 시기의 위정척사파는 말할 것도 없거니와 개신유학파의 가치 영역에서도 대체로 '사회적 실재'로 수용되지 않고 있었던 그리스도교의 이데올로기를 지향하고 있다는 데에 있다. 길재의 절의에 대한 표창이 궁극적으로는 기독교 신앙(종교)에 대한 믿음(교육)을 고취시키는 것에 있었다는 사실은 이 시기 전(傳) 작품 가운데서는 썩 예외적인 것일 수밖에 없다.15)

「길지(吉再)」는 '인정 기술(人定記述)→행적→논찬'이라는 전(傳)의 일반적 서술체재에서만이 아니라, 입전 인물과 그 주변 인물의 관계를 서술

---

14) 물론, 이 부분에서 이견이 있을 수 있다. 특히, 마지막 논찬(論贊)이 존재하느냐, 생략되었느냐의 문제에 대하여서는 견해의 차이가 있을 수 있다. 다만, 필자가 확인한 근대계몽기의 '전(傳)' 양식에서 마지막 논찬의 허두어(虛頭語)가 정통적인 형식(예컨대, 外史氏曰, 贊曰 등)으로 종결되는 경우는 거의 없다. 대신, 조선후기 전(傳) 양식과는 달리 "~쟝군의 ᄉ업과 명예가 가히 세계 사롭으로 ᄒ여금 흠앙홀 만혼 고로 그 ᄉ젹을 대강 긔지ᄒ노라"(『독립신문』, 1898.8.11), "~동양에도 근일에 이러혼 직샹이 혹 잇슬ᄂ지"(『독립신문』, 1899.10.31) 식으로 허두어는 생략되었지만, 실질적인 논찬의 역할을 하는 작가 논평이 있거나, 여운을 남기는 작가적 논평을 통하여 우회적인 논찬을 하는 경우가 대부분이다. 또한 상당수의 전(傳)에서는 아예 논찬부가 생략되는 경우도 허다하다. 이러한 형식은 물론, 근대계몽기의 전(傳)에서만 있었던 것은 아닌 듯 싶다. 이미 『三國史記』 列傳 소재 작품들에서도 논찬부가 생략된 전(傳) 작품이 다수 보이고 있다는 사실이 이를 잘 증거한다.

15) 김찬기, 「근대계몽기 전(傳)에 관한 연구」, 고려대 박사논문, 2003, 89면.

하는 방식에서도 극단적으로 '입전 인물'만 조명시키는 '전(傳)'의 인물 형상화 방식을 그대로 따르고 있다. 이 작품에서 '길재' 이외에 매우 중요한 비중을 가진 인물로 등장하는 '태종'이 그 존재의 독자성을 인정받은 실체적 인물로 형상되지 않는 것을 보면 이 점은 잘 확인된다. 태종의 등장은 바로 길재의 '절의(節義)', 곧 충신은 두 임금을 섬기지 않는다는 '규범적 가치'를 추인하기 위해 작품의 문면에 나타난 부수적 인물에 불과한 것이다. 말하자면 주변인물과 입전인물은 작품 전체를 통해 지속적으로 관계가 맺어지기보다는 일과적(一過的)으로만 관계가 맺어지고 있다. 이러한 관계방식은 '전(傳)'의 본질을 정시(呈示)하는 독특한 양식적 특질이다. 물론, 소설이라면 이는 분명히 중대한 결함이라 할 수 있을 것이다. 그러나 전(傳)은 입전인물의 면모를 드러내는 데 모든 것이 종속되고 모든 것이 집중되기에, 이러한 관계방식이 당연한 것으로 구사된다. 또한, 이러한 전(傳)에서는 일화와 일화가 인과적으로 결속되는 것이 아니라 그것들이 순차적으로 집적되고 있는바, 결과적으로 플롯은 현저하게 약화된다. 이러한 전(傳)에서는 규범적 가치를 현현하고 있는 입전인물의 행적(일화)이 중요한 것이지, 그것들이 충돌해서 갈등이 생성되고 그 갈등의 심화와 해소 과정을 통해서 '새롭게 탐색된 가치'가 중요한 것이 아니기 때문이다.[16]

근대계몽기 '전계 인물 기사'의 이와 같은 특질은 다음의 「양만춘전(梁萬春傳)」에서도 잘 드러난다. 작품의 전문을 인용하면 다음과 같다.

①梁萬春은 高句麗 寶藏王時의 人이라 才勇이 兼備ᄒ야 安市城主가 되얏더니 蓋蘇文의 亂을 當ᄒ야 守城不服ᄒ니 蘇文이 攻之不能下ᄒ야 因而與之ᄒ니라. ②支那唐貞觀十九年에 太宗이 高句麗를 親征ᄒᆯ식 摠管 李世勣과 副摠管 李道宗과 將軍 薛仁貴와 長孫 無忌 等으로 ᄒ여금 將佐 九人을 率ᄒ고 盖车와 白巖과 遼東諸城을 攻拔ᄒ고 安市城을 進擊ᄒ니 高句麗 北部

---

16) 朴熙秉, 「朝鮮後期 〈傳〉의 小說的 性向 研究」, 서울대 박사론문, 1991, 122면.

褥薩(官名) 高延壽와 南部褥薩 高惠眞 等이 其衆과 及靺鞨兵 十五萬을 率
ᄒ고 安市를 來求ᄒ다가 戰敗遂降ᄒ다. ③ 唐帝ㅣ 謂世勣 曰 安市ᄂ 城險兵
精ᄒ고 其城主가 材且勇ᄒ야 蓋蘇文之亂에 守城不服ᄒᆫ 者라 建安城이 安市
南에 在ᄒ야 兵弱而粮少ᄒ니 若出其不意ᄒ야 擊之면 必克이라 建安을 先取
ᄒ면 安市가 在吾腹中ᄒ리라 世勣이 對曰 吾軍粮이 皆在遼東이라 今越安市
而攻建安이라가 萬若 麗人이 斷吾粮道ᄒ면 將若之何리오 不如先攻安市니
安市가 下ᄒ면 建安은 可히 鼓行而取ᄒ리라 ᄒᄃ 唐帝ㅣ 曰 以公爲將ᄒ니
安得不用公策이리오 ④ 勿誤吾事ᄒ라 ᄒ고 遂攻安市ᄒ니 安市人이 唐帝에
麾盖를 望見ᄒ고 乘城鼓噪ᄒ야 詬罵ᄒ니 唐帝ㅣ 大怒라 世勣이 請ᄒᄃ 克
城之日에 男子를 皆坑之ᄒ리라 ᄒ니 安市人이 聞之ᄒ고 守益堅이라 唐帝ㅣ
聞城中鷄彘聲ᄒ고 謂世勣 曰 圍城已久에 城中烟火가 日微러니 今鷄彘甚喧
ᄒ니 此必饗士ᄒ야 夜出襲我니 宜嚴兵備之라 ᄒ엿더니 是夜에 麗軍이 果緜
城而下라 唐帝ㅣ 自將至城下擊之ᄒ니 麗軍이 乃退라 道宗이 諸軍을 督ᄒ야
城遇에 土山을 築ᄒ야 其城을 逼ᄒ거ᄂ 城中이 ᄯᅩᄒᆫ 其城을 增高ᄒ야 拒ᄒ
니 士卒이 分番交戰ᄒ야 逐日六七合에 至ᄒ고 衝車礮石으로 壞其城堞ᄒ거
ᄂ 城中이 木栅을 立ᄒ야 拒塞ᄒᄂᆫ지라 道宗이 傷足ᄒ니 唐帝ㅣ 親爲之針이
라 築山晝夜에 六旬不息ᄒ니 用功이 五十萬이오 山頂이 去城數丈에 下臨城
中이라 道宗이 果毅傅伏愛로 ᄒ야곰 將兵屯山頂ᄒ야 以備러니 山忽頹壓ᄒ
야 城崩이라 會에 伏愛가 所部를 私離ᄒ얏더니 我軍數百人이 城缺로 從出
ᄒ야 奮勇力鬪ᄒ야 唐軍을 擊退ᄒ고 土山을 奪據ᄒ야 塹而守之ᄒ니 唐帝ㅣ
怒ᄒ야 伏愛를 斬ᄒ야 徇ᄒ고 諸將을 命ᄒ야 攻之三日에 不能克이라 時值晚
秋ᄒ야 邊風이 撩亂이라 草枯水凍ᄒ니 唐兵의 戰死와 病斃가 十에 七八이
라 唐帝가 久留키 難ᄒᆷ으로써 遂班師ᄒ거ᄂ 城主 梁萬春이 唐帝를 向ᄒ야
登城拜辭ᄒ니 帝ㅣ 嘉其固守ᄒ야 賜縑百匹ᄒ야 以勵事君ᄒ다. ⑤ 城主가 始
不屈於蘇文之亂ᄒ고 終能挫數十萬唐兵ᄒ야 使遼以東으로 卒獲安全ᄒ얏스
니 其忠節의 卓犖과 才略의 兼備가 豈非曠世之豪傑哉아 淸乾隆中에 我의
使洪良浩氏가 赴燕ᄒᄂ 日에 娘子店을 過ᄒᆯ시 去安市百餘里라 野人이 相傳
ᄒᄃ 唐太宗이 安市城을 攻ᄒ다가 兵敗ᄒ야 日暮에 迷失道라 聞山上鷄聲ᄒ
고 尋聲以往ᄒ니 有婦人이 開門出迎ᄒ야 具飯濟飢라 帝ㅣ 困甚就睡러니 天
明에 視之ᄒ니 空山無人이오 面前에 有石如鷄ᄒ야 冠距天成이라 愕然異之

ᄒ야 謂有神助라 ᄒ고 旣還都에 命ᄒ야 建寺其地ᄒ고 表其靈ᄒ야 名曰 鷄
鳴寺라 ᄒ엿다 云ᄒᄂ지라 此說을 聞之ᄒ고 心固誕之ᄒ나 試ᄒ야 鞭馬往尋
ᄒ니 距店十餘里에 古刹이 有ᄒ야 安一木鷄ᄒ야 刻鏤如生이라 堂下에 明人
의 所撰碑文이 有ᄒ야 其命名之意를 敍述ᄒ엿더라.[17]

「양만춘전(梁萬春傳)」 역시 작품의 서술 원리가 '서두의 인정 기술(人定記述)→행적→논찬'이라는 전(傳)의 일반적 서술 원리를 그대로 따르고 있다. 우선, 분절 ①이 서두의 인정 기술에 해당하는데, 위의 『그리스도신문』 소재 「길재(吉再)」와 같이 선계와 관벌까지 상세화한 인정기술은 아니지만 「양만춘전(梁萬春傳)」 역시 전(傳)의 서두 형식과 크게 어긋나는 작품은 아니다. 이어 분절 ②~④까지는 입전인물인 양만춘의 사적 중에서 '특별히' 주목이 되는 안시성 전투를 자세하게 묘사하여 양만춘의 영웅적 활약상을 부각시켜 놓고 있는 행적부에 해당한다. 이 행적부에서는 양만춘의 영웅적 인물 형상, 곧 "강하고 씩씩한(强毅不屈)"[18] 영웅의 인물 형상이 안시성 전투에서의 활약상을 포서(鋪敍)한 일화를 통해서 잘 부각된다. 분절 ⑤는 「吉재(吉再)」와 마찬가지로 '太史公曰'이나 '外史氏曰' 등의 논찬 투식어는 없지만, 그 실질적 내용은 논찬의 '사후평가'나 기포폄('寄褒貶')이다.

「양만춘전(梁萬春傳)」은 이와 같이 서술체재뿐만이 아니라, 입전 인물과 그 주변 인물의 관계를 서술하는 방식에서도 전(傳)의 '인물 창출 방식'을 수용하고 있다. 말하자면, '양만춘'이란 입전 인물만 극단적으로 부각되고 나머지는 입전 인물의 '영웅성(曠世之豪傑)'을 부각시키기 위한 부수적 인물로만 기능하는 것이다. 때문에 입전 인물인 양만춘은 부수적 인물인 태종과 작품 전체를 통해 지속적으로 관계를 맺어 서사적 갈등을 주조해내고 또 그에 기반하여 어떤 '새로운 가치'를 만들어 내는 데

---

17) 「梁萬春傳」, 『西友』 3號, 1907.2.
18) 申采浩, 「乙支文德」, 廣學書舖, 1908, 3면.

기능하는 인물이 아니다. 이런 점에서 「양만춘전(梁萬春傳)」 역시 「길지(吉再)」와 마찬가지로 '규범적 가치'를 표창할 일화와 인물만을 극단적으로 부각시키는 전형적인 전(傳) 양식의 특징을 그대로 가지고 있는 작품인 것이다.

위에서 그 양식적 특질을 살펴본 「양만춘전(梁萬春傳)」과 「길지(吉再)」뿐만이 아니라, 근대계몽기 신문 잡지에 발표된 '전계 인물 기사'들은 이와 같은 서술체재 이외에 그 정신 역시 '야담계 인물 기사'와는 다르게 공유되는 지점이 분명하게 존재한다. 그것은 무엇보다도 신문 잡지에 소개되고 있는 인물을 보면 잘 알 수 있다. 전계 인물 기사가 예외 없이 역사적 위인의 일대기나 행적을 다루고 있는 것에 비해 야담계 인물 기사는 여항에서 흔히 찾아볼 수 있는 인물들이 대종을 이룬다. 인물을 소개하는 기사체 창작물에서 다루는 인물이 이렇게 구별된다는 것은 편집자가 매우 다른 지점에서 두 인물 기사 양식을 보고 있었다는 점을 증거하는 것이다. 실제로 근대계몽기는 어떤 식으로든 '오늘 우리'의 이데올로기를 대변할 수 있는 '공적 인물'을 구현시킬 문예 양식이 절실했던 시기였다. 이를테면, 영웅이나 도덕적 이상주의를 체현하고 있는 인물을 통해서 애국 계몽 담론을 펼쳐야 했다. 요컨대 모든 사람은 '공동선'을 구현하고 있는 '집체, 혹은 타인'과의 관계 속에서만 그 의의가 결정되어야만 했다. 국가(민족)라는 공동의 집체 구현을 위해 '희생하는' 개인이야말로 가장 모범적인 '공적 인물'인바, 이와 같은 개인을 통해서 '오늘 우리'를 묶어내는 것이 근대계몽기를 표징하는 '시대 정신'이라면 '전계 인물 기사'만큼 효과적인 양식도 없었다.[19] 한 마디로 근대계몽기의 신문·잡지에 발표된 '전계 인물 기사'의 정신과 표현법은 전(傳)과 크게 다르지 않다. 이 시기에 들어와서도 여전히 감계와 모범의 자료로서 그 실상을 인정받고 있었던 서사 양식, 곧 애국 계몽 운동을 전개했던 주체들

---

19) 김찬기, 『한국 근대소설의 형성과 전(傳)』, 소명출판, 2004, 39면.

에게는 하나의 '공인된 창'의 역할을 하고 있었던 전(傳)은 일군의 '인물기사'의 양식 원리로써 기능하면서 "國性을 培養ㅎ고 民智를 開導ㅎ는"[20) 서사 양식으로 연변하고 있었다.

2) 야담계 인물 기사의 출현과 그 특질

근대계몽기의 서사 양식이 보여주고 있는 혼용과 분화의 과정, 곧 양식 창신의 도상에서 전(傳)과 함께 중요한 지점에 서 있는 서사 양식의 하나가 바로 야담(野談)이고, 또 그것의 장르 운동이 가장 문제가 되는 시기도 바로 근대계몽기였다. 물론, 이 시기의 근대 문학의 형성에 대한 좀 더 포괄적인 전망을 확보하기 위해는 '전(傳)과 야담(野談)' 이외의 다른 서사종(種), 예컨대 '몽유록, 전기(傳奇), 우화' 등의 인접 장르종(種)과의 관련성을 고찰하는 것은 매우 중요한 것이긴 하지만, 아무래도 이 시기는 전(傳)과 야담(野談)의 근대적 전환의 문제가 가장 핵심적으로 부각된 시기이다. 특히, 근대계몽기의 '단형의 이야기群'은 기본적으로 '조선후기 시정 주변에서 떠돌던 다채로운 삶에 관한 이러저러한 이야기를 한문으로 기록한 짧은 형식의 작품', 곧 '한문단편(漢文短篇)=야담(野談)'의 정신과 표현법을 취하고 있었다.

요컨대, 근대계몽기라는 역사적 시공성 안에서는 전(傳)과 함께 조선후기의 인정물태의 생명력을 양식적으로 보여주고 있으며, 또 전(傳)이나 소설(신소설)과의 대타적 규정이 가능한 '야담(野談)'에 주목할 필요가 있다.[21) 말하자면, 근대계몽기에 들어와서도 여전히 전(傳)과 야담(野談)은 다른 서사 양식들과 장르 경쟁을 하면서 그 의의를 확보하고 있었다. 바로 그 결과가 '전계 인물 기사'와 '야담계 인물 기사'인 것이다. 이런 점

---

20) 朴殷植,「瑞士建國誌」序, 大韓每日申報社, 1907, 1면.
21) 김찬기, 『한국 근대소설의 형성과 전(傳)』, 소명출판, 2004, 13~14면.

에서 '전계 인물 기사'와 같은 기사체 창작물이면서 야담의 계승 양상을 분명하게 고찰할 수 있는 '야담계 인물 기사'에 주목해볼 필요가 있다. 전계 인물 기사와의 비교를 위해 우선 전대의 야담 형식을 전형적으로 계승하고 있는 근대계몽기 '야담계 인물 기사의 양식적 특질을 분석하기로 한다.22)

---

22) 근대계몽기 신문에 발표된 단형 서사물은 '김영민·구장률·이유미 편『근대계몽기 단형 서사문학 자료전집』상·하' 자료집에 잘 정리되어 있다. 이 자료집을 근거로 하여 이 시기 '야담'과 '야담계 인물 기사' 창작물을 정리하면 다음과 같다.『죠션크리스도인회보』·『대한크리스도인회보』:「콘으라드가 환가ᄒ 일」, 1897.3.31;「거믜 니야기라」, 1897.6.23;「구습을 맛당히 ᄇ릴 것」, 1897.10.6 ;「셩심긔도」, 1897.11.7;「고금에 드믄 일」, 1898.3.23;「ᄉ랑ᄒᄂ 거시 사ᄅᆷ을 감복케 홈」, 1898.5.25;「부ᄌ문답」, 1899.11.23;『그리스도신문』:「머사현몽」, 1901.8.29~9.5;「그루소의 흑인을 엇어 동모홈」, 1902.5.8;『독립신문』:「엇던 유지각ᄒ 친구에 글을」, 1898.2.5;「시ᄉ문답」, 1898.10.28~29;「엇던 친구의 편지」, 1898.11.24;「샹목지 문답」, 1898.12.2;『협셩회회보』:「남촌 사ᄂ 최여몽이라 ᄒᄂ 사ᄅᆷ이」, 1898.3.26;『미일신문』:「동도 산협 듕에」, 1898.4.20;「근리에 긔우당이라 ᄒᄂ 사ᄅᆷ이」, 1898.7.22;「신진학이라 ᄒᄂ 사ᄅᆷ은」, 1898.7.29;「샹목ᄌ란 사ᄅᆷ이」, 1898.12.13;「광안셩이라는 사ᄅᆷ이」, 1898.12.14;「이젼에 무슈옹이라 ᄒᄂ 사ᄅᆷ」, 1898.12.29;「관물옹이라 ᄒᄂ 사ᄅᆷ이」, 1899.1.11;『뎨국신문』:「어리셕은 사ᄅᆷ들의 문답」, 1898.11.26;「반가군 샹인촌이라 ᄒᄂ 짜에」, 1899.3.15;「최샹샤 션셩은」, 1899.4.12;「지셩으로 허믈을 곤치면」, 1899.10.24;「엇더ᄒ 션비가 자칭」, 1899.10.27;「녯적에 엇던 사ᄅᆷ이」, 1899.10.28;「엇던 사ᄅᆷ 둘이」, 1900.2.16;「구라파와 아셰아 지경에」, 1900.3.20;「텬디지간 만물지즁에」, 1901.3.26;「녯글에 ᄀᆯᄋ디」, 1901.3.29;「량인문답」, 1904.11.24~25;「한 사ᄅᆷ이 잇스니」, 1906.8.9~11;「령남 안동짜에」, 1906.9.18;「평양 외셩 짜에」, 1906.9.19~21;「경상남도 문경군에」, 1906.9.22~10.6;「正己及人」, 1906.10.6;「正己及人」, 1906.10.11~12;「報應昭昭」, 1906.10.17;「報應昭昭」, 1906.10.18;「殺身成仁」, 1906.10.22~11.3;「智能保家」, 1906.11.17;『대한미일신보』:「흑룡강의 녀쟝군」, 1907.9.27;「허다ᄒ 녯사람의 죄악을 심판홈」, 1908.8.8;「오동츄야 돌밝은디」, 1908.9.4;「한국의 쟝리」, 1908.9.18;『경향신문』:「친구 심방ᄒ다가 물을 일헛네」, 1907.12.20~1908.1.13;「분수에 넘ᄂ 일을 말나」, 1909.1.22;「술에 미쳣고나」, 1909.2.2;「곤쟝 맛고 벼살 떠러젓니」, 1909.3.19~26;「녀즁군ᄌ」, 1909.4.2~9;「쟝관의 놀음 끗헤 큰 젹션이 싱겨」, 1909.4.16~23;「금의환향」, 1909.4.30~5.7;「뛰ᄂ 즁에 ᄂᄂ 이도 잇다」, 1909.5.21;「우ᄂ 눈물은 죄악을 씻ᄂ다」, 1909.5.28~6.11;「뭉랑ᄒ 말」, 1909.8.13;「규즁호걸」, 1909.8.20~9.3;「젹션지가에 필유여경」, 1909.9.10~17;「샹패ᄒ 일」, 1909.9.24;「졀개잇ᄂ 녀인」, 1909.10.1~15;「도량 넓은 쳐녀」, 1909.11.5~19;「쟝ᄒ 일」, 1909.11.26~12.24;「모로ᄂ 것이 소경」, 1910.1.7~2.25;「묘ᄒ 계교」, 1910.3.4~18;「참 유경ᄒ군」, 1910.10.28~11.11;「악한 셔모」, 1910.11.18~25;「십구형졔 도젹 회긔」, 1910.12.2~16;「몽즁형」, 1910.12.23;『대한민보』:「花世界」, 1910.1.1.

①슈빅 년 젼 령남 짜에 한 부인의 렬힝이 탁이ᄒ야 그 가쟝에 무덤 근쳐에 초막을 짓고 죠셕상식을 밧드ᄂᆞᆫ딘 그 근동 사ᄂᆞᆫ 퓌류한 놈이 음욕이 대발ᄒ야 불측한 마암을 먹고 깁흔 밤에 그 부인 잇ᄂᆞᆫ 려막에 가셔 겁간코져 ᄒ나 그 부인이 엇지 쳥죵ᄒ리오 거리칙지ᄒᆞᆫ딘 그 놈이 능히 말노ᄂᆞᆫ 뜻을 닐을 슈 업ᄂᆞᆫ 쥴 알고 부인의 손을 잡아 희롱ᄒ며 졋슬 만지ᄂᆞᆫ 지라 그 부인이 스셰 엇지홀 슈 업셔 이에 죠흔 말노 속히고 문밧게 나가셔 식칼을 가지고 그 놈이 쥬엿던 손목과 졋슬 버이고 죽은지라 그 놈이 황겁ᄒ야 졔 집으로 달아낫스니 심산궁곡 야심간에 그러케 된 일 언으 누가 알어셔 신셜ᄒ리오 그 부인이 길더던 긔 한 마리가 잇ᄂᆞᆫ딘 그 변이 난 거슬 보고 즉시 그 밤으로 스십 리 되ᄂᆞᆫ 본군 읍ᄂᆡ로 달아나셔 동헌 마루에서 방황ᄒ며 무삼 호소ᄒᆞᄂᆞᆫ 모양을 보이나 밤이 깁허 모다 잠이 깁히 들엇스니 뉘가 알니오 그 잇흔 날 날이 시민 통인관속이 긔가 마루에 올나온 거슬 괴이 넉여 니쫏츤즉 그 긔가 죵시 나려가지 안이ᄒ고 동헌방 영창 압흐로 가셔 씽씽거리ᄂᆞᆫ지라 넘어 이상ᄒ야 그 긔롤 더ᄒ야 말하기롤 네가 무삼 소회가 잇셔셔 호소ᄒ러 왓나냐 ᄒᆞᆫ딘 그 긔가 머리롤 ᄭᅳ덕이ᄂᆞᆫ지라 그러ᄒ면 관속을 쥴 거시니 네가 압셔 가셔 갈아치라 ᄒ고 관차롤 발숑ᄒᆞᆫ딘 그 긔가 ᄭᅩ리롤 흔들며 압셔가ᄂᆞᆫ지라 관속들이 급히 ᄯᅡ라가 본즉 곳 그 렬녀 죽은 곳이라 관속들이 그 형상을 보고 놀나믈 익의지 못ᄒ야 그 긔다려 왈 네가 지시ᄒᆞᆷ으로 이런 스상을 알앗거니와 너ᄂᆞᆫ 필경 이 작경한 놈을 알 거시니 갈ᄋ치면 우리가 잡아다가 원슈롤 갑하쥬리라 ᄒᆞᆫ딘 그 긔가 ᄯᅩ ᄭᅩ리롤 흔들며 압셔 가ᄂᆞᆫ지라 뒤롤 ᄯᅡ라 가더니 그 긔가 그 놈 사ᄂᆞᆫ 동리로 가셔 집마다 들낙 눌낙ᄒ며 무슈이 단이더니 필경 한 놈을 보더니 ᄲᅱ여 올나 그 놈에 멱살을 물고 늘어지ᄂᆞᆫ지라 관속이 즉시 결박ᄒ야 가지고 들어와셔 문초ᄒᆞᆫ즉 불ᄒ일쟝에 긔긔승복ᄒᆞᄂᆞᆫ지라 즉시 상명한 후에 계문ᄒ야 렬녀의 그 졀긔롤 표양ᄒ고 그 긔ᄂᆞᆫ 관가에셔 먹을 거슬 마련ᄒ야 동즁으로 부쳐 길게 ᄒ얏더니 그 놈을 죽인 후에 그 긔가 렬녀 무덤 압헤 업더여 죽은지라 ②셰상이 물ᄒ기롤 즘성으로 싱겨나셔도 그 쥬인을 위ᄒ야 원슈롤 갑핫ᄂᆞᆫ딘 사롬으로 싱겨나셔 쥬인의 은공을 몰으ᄂᆞᆫ 쟈ᄂᆞᆫ 개즘성의 죄인이 안이리오[23]

야담은 독자적 서술 형식에 근거해서 설정된 장르 개념이라기보다

23) 「犬馬忠義」, 『제국신문』, 1906.10.19.

는24) 여러 가지 다양한 서술 형식을 갖추고 있는 혼합장르 개념으로 이해하기도 한다. 한 마디로 야담은 "事實, 혹은 歷史記錄인 正史나 野史, 雜錄類와는 다른 성격을 드러내게 되었고, 흥미 중심의 이야기에 치우쳤던 滑稽傳이나 假傳, 傳奇 — 그리고 後代의 소설 — 등과도 구별되는 양식성"25)을 드러내는바, 야담을 "一律的으로 단일한 어떤 하위 장르로 설정하려는 일체의 시도는 무리한 것"26)이다. 결국, 야담은 "보고들은 바를 기록한 것(野談者 隨其見聞而記錄也)이라는 『계서야담』 서문이 간명하게 보여주듯, 조선후기 시정 주변에서 떠돌던 다채로운 삶에 관한 이러저러한 이야기를 한문으로 기록한 짧은 형식의 작품"27)으로 이해할 수 있다. 쟁점은 근대계몽기 신문 잡지 소재 '인물 기사'의 양식적 특성을 야담과 관련시켜 고찰할 때, 우선 문제가 되는 것은 이 시기 인물 기사가 다양한 서술 형식을 가지고 있는 야담의 갈래 중에서 과연 어느 형식과 친연성을 보이느냐의 문제이다. 분명한 점은 근대계몽기 기사체 창작물 중에는 "중심서사와 논찬"28)이라는 야담의 서술 방식을 활용하고 있는 인물 기사가 다수 존재하고 있다는 사실이다. 이와 같은 인물 기사는 역사적 인물의 행적이나 일대기를 전(傳)의 서술체재를 활용하여 창작한 이른바 '전계 인물 기사'와는 다른, 여항의 인물과 관련된 일화를 야담의 서술체

---

24) 김균태, 「조선후기 인물전의 야담취향성 고찰」, 『한국한문학연구』 12집, 한국한문학회, 1989, 49면.

25) 이경우, 『한국야담의 문학성 연구』, 국학자료원, 1997, 217면.

26) 박희병, 「야담과 한문단편 장르규정의 몇 가지 문제에 대하여」, 『한국한문학연구』 8집, 한국한문학회, 1985, 323면.

27) 정출헌, 『고전소설사의 구도와 시각』, 소명출판, 1999, 222면.

28) 본고에서 말하고 있는 '중심서사와 논찬' 개념은 서사적논설의 연원을 조선후기 '야담'에서 찾고 있는 김영민의 최근 논문(「한국 근대소설 발생과정 연구」, 『국어국문학』 127호, 2000)에서 언급하고 있는 '중심서사와 작가 해설'의 개념과 동일하다. 이 논문에서 김영민은 '서사적논설'의 연원을 조선후기에 적지 않게 산생된 '중심서사와 작가 해설' 형의 야담에서 찾고 있다. 이와 같은 김영민의 논의는 근대계몽기 기사체 창작물인 '인물 기사'의 의의를 구명하는 데에도 유용하게 활용될 수 있다고 판단되어 본고에서도 이를 참고하고자 한다.

재를 활용하고 있다는 점에서 우선 그 양식적 차이가 분명하다 하겠다.

위의 인용문에서도 잘 드러나는 바와 같이 '야담'은 ①의 '슈빅 년 전 령남 짜에~렬녀 무덤 압헤 업디여 죽은지라'까지의 중심 서사와 ②의 '셰상이 물흥기롤~죄인이 안이리오'의 논찬 부분으로 구분된다. 작가는 중심 서사 부분에서 은공을 아는 개의 모습과 열녀의 절행을 보여주고, 논찬 부분에서 본격적인 포폄 의식을 드러낸다. 인용문과 같은 작품의 구성 방식은 '중심 서사와 논찬'이라는 서술 형식의 측면에서나, 계몽과 관련된 서사 내용이 중심이라는 점에서 근대계몽기 '야담'의 전범이 된다. 본고에서는 '전계 인물 기사'와 같은 기사체 창작물이면서도 양식적 소종래(所從來)가 분명하게 다른 일군의 작품군을 '야담계 인물 기사'로 명명하고자 한다. 이와 같은 야담계 인물 기사 중에는 위의 작품과 같이 처음부터 중심 서사가 제시되고, 이후 논찬이 결부되는 유형도 있지만, 도입부에 기사를 게재하게 경위나 배경을 제시하고 난 후 중심 서사와 논찬이 부가되는 유형도 있다. 이러한 유형의 작품 중에는 그 미학적 원리가 단편 소설 수준에 이르는 작품들이 있어서 특별한 주목을 요한다 하겠다. 다음의 도입부와 마지막 논찬부를 중심으로 이와 같은 유형의 인물 기사가 지니고 있는 특질을 고찰해보도록 하자.

①우리나라 슉종대왕 시졀에 우순풍됴하고 국태민안흥더 삼월 츈풍에 셩화 승평흥여 태평흠으로 노래하는 소러가 란만홀 째에 고양군에 문셩심이라 하는 사룸이 잇섯스니 나히 륙칠셰되여 일죽이 부모를 다 여희고 의지홀 더가 업서 혈혈단신으로 어린 ㅇ희가 엇지홀 수 업더니 그곳 김참봉이라 흥는 사룸의 집 에셔 머음을 사는더 쥬인은 넉넉흥 사룸일쑨더러 ㅁ옴이 미우 인후흥여 그 집 에셔 근 삼십 여 년을 사는더 평거에 쥬인의게 신통흥다 칭찬흥는 말을 듯고 나무라는 말은 듯지 못흥고 지내니라. ②나히 삼십삼셰 되던 희를 당흥여 (…중략…) 과거흥여 집에 도무흥는 긔구나 다름이 업섯고 ③그 후에는 셔울셔 가 져온 직물과 부인이 작만흔 토디가 옥을 가지고 쪽거 편셩을 유즈싱흥고 잘 삶 으로 지금샌지 유영흥더라.[29]

위의 인용문은 앞의 「슈빅 년 전 령남 짜에」와는 달리 도입부 ①의 '우리나라 슉종대왕 시졀에~말은 듯지 못ᄒ고 지내니라.'까지에서 소개되는 인물의 구체적인 성명(문셩심)과 그에 대한 인정 기술이 제시되고 있다. 이후 ②의 '나히 삼십삼셰 되던 ᄒ를 당ᄒ여 (…중략…) 과거ᄒ여 집에 도무ᄒᄂᆫ 긔구나 다름이 업셋고' 부분이 중심 서사를 이루고, ③의 '그 후에는 셔울셔~지금ᄭ지 유영ᄒ더라'까지가 마지막 논찬부에 해당한다. 이 작품이 「슈빅 년 전 령남 짜에」와 우선 두드러지게 구분되는 지점은 ①과 같은 도입부가 제시되고 있다는 점과 ③의 논찬부가 거의 무의미해지고 있다는 점이다. 이러한 유형의 야담계 인물 기사는 대개 1905년 이후에 집중적으로 신문 잡지에 게재되기 시작한다. 이 시기를 전후해서 그 이전 시기가 대체로 「슈빅 년 전 령남 짜에」과 같은 단일한 일화 중심의 짧은 작품들이라면, 이후 신문 잡지에는 「쟝혼 일」과 같은 여러 겹의 에피소드가 중심 서사 부분에 배열되면서 갈등이 형성되고 해소되는 작품들이 종종 게재되기 시작한다. 이러한 야담계 인물 기사 작품군들의 중심 서사는 갈등 형성의 미학 원리만 보면 거의 단편 소설의 갈등 주조 방식과 동일하다 할 수 있다. 이러한 유형의 작품들이 대개 '5회~10회' 내외로 연재되는 것도 결국은 중심 서사 부분에서 갈등의 서사가 중첩되기 때문이다. 그럼에도 불구하고 「쟝혼 일」이 '쇼셜'이라는 표제를 달고 연재되었고 하더라도 결국, 근대적 의미의 '소설'과 동궤에서 다룰 수 없는 이유는 그것이 기반하고 있는 가치 지향의 문제 때문일 것이다.

즉, 「슈빅 년 전 령남 짜에~」와 「쟝혼 일」은 모두 중심 서사 부분에서는 '인물의 행위와 결부된 이야기'를 다루고, 마지막의 논찬에 들어가면 '인물의 행적에 대한 가치 평가나 권감지계의 교훈'을 제시하는 서술 방식뿐만 아니라, 사회적 실재로 수용되고 있는 '계몽과 유도'의 이념 지향

---

29) 「쟝혼 일」, 『경향신문』, 1909.11.26~12.24.

이 근대소설의 미학 원리와는 거리가 있기 때문이다. 근대소설의 미학은 어떤 식으로든 주어진 질서와 가치를 변형하거나, 그것과 대척되는 새로운 가치를 탐색하려는 주인공의 고투의 과정(행위) 속에서 형성되기 마련이다. 중심 서사에 등장하는 인물의 행위가 '포(褒)'의 대상이건, 그 반대로 '폄(貶)'의 대상이 되건 어떤 식으로든 그것이 '교훈(이념)' 전달에 귀일하는 서사 형식 안에서는 '새로운 탐색의 가치'가 형성될 수 없다. 이런 점에서 보면 '절행의 아녀자'와 역시 유교적 이념 지향이 분명한 남편의 행적을 표창하여 '절행과 교육'의 중요성을 전달하려는 서사에 충실한 「쟝호 일」은 그것이 비록 '쇼셜'이라는 표제를 달고 연재된 작품이라도 결국 근대적 의미의 '소설'로 볼 수는 없는 것이다. 이렇게 근대계몽기 신문 잡지 소재 '야담계 인물 기사'는 조선후기 야담의 서술 형식(중심 서사+논찬)을 활용하면서, 야담보다 더욱 직접적으로 '포폄성에 바탕한 이념 지향'을 드러내고 있는 양식이었다. 때문에 근대계몽기의 신문 잡지 소재 '야담계 인물 기사'는 계몽적 감계론(鑑戒論)의 구심력 속으로 흡입되면서 전대(前代 : 18~19세기) 야담 형식이 보여주고 있는 강한 시정의 생명력, 곧 인정물태(人情物態)의 생명력을 결과적으로 보여주지 못하고 있다.30)

3. 결론

근대계몽기 신문 잡지에 발표되기 시작한 '인물 기사'들은 크게 역사적 위인의 행적을 기록한 '전계 인물 기사'와 여항의 인물을 기사화한 '야담계 인물 기사'로 분류된다. 국권 침탈의 상황에서 이 시기 애국 계

---

30) 김찬기, 『한국 근대문학과 전통』, 국학자료원, 2002, 62~63면.

몽의 주체들은 어떤 식으로든 "사람의 굳센 기운(人之壯氣)"[31]을 떨쳐 일으킬 문예적 양식을 찾아야 했다. 이 시기에 들어와서도 유학자들에게는 여전히 "후인에 대한 감계의 도리"[32]를 전할 수 있는 양식으로 공인되고 있었던 전(傳)과 야담(野談)이 "國性을 培養ᄒ고 民智를 開導ᄒᄂᆫ"[33] 양식으로 수용되기 시작한 이유도 결국은 이 문제와 관련이 있는 것이다. 이런 사정을 고려할 때, 그들이 역사적 위인의 장기(壯氣)를 담아낼 양식으로 '전(傳)'에 주목했던 것은 이런 점에서 자연스런 귀결이었을 것이다. 문제는 전(傳)을 통해서 애국 계몽을 실현하려 했던 주체들에게 '전(傳)'은 그들의 계몽 담론을 효과적으로 담아내기에는 미흡한 양식일 수 있었다는 점이다. 즉, 애국 계몽의 주체들은 적어도 계몽의 담론을 실천하기 위한 전략의 하나로 전(傳)의 근대적 갱신을 요구하는 한편, 또다른 지점에서는 '전(傳)'이 가지고 있는 효용성을 적극적으로 수용해서 애국 계몽을 견인해 내려 한 것이다. 이 과정에서 장형화되면서 창신된 일련의 전계 서사물들이 바로 「을지문덕(乙支文德)」·「수군제일위인(水軍第一偉人) 이순신(李舜臣)」·「동국거걸(東國巨傑) 최도통(崔都統)」·「천개소문전(泉蓋蘇文傳)」 등과 같은 '장형의 역사 전기물'들과 「원텬석」·「길지(吉再)」·「김유신」·「모긔쟝군의 ᄉ젹」과 같은 '전계 인물 기사' 창작물이었을 것이다. '전계 인물 기사'는 그러니까 근대계몽기 전(傳)의 근대적 갱신 과정에서 나온 전(傳)의 전변태(轉變態)인 셈이었다.

이 점은 이 시기 다른 기사체 서사물 중의 하나인 '야담계 인물 기사' 역시 마찬가지이다. 야담계 인물 기사는 대개 '논설', 혹은 '잡보'란에 실리지만, 종종 「이언기담(俚言奇談)」이나 '소설'이란 표제어를 달고 연재도 했다. 이것은 당시의 편집진의 양식에 대한 미분화 의식에도 그 이유가

---

31) 김흥규, 『한국 고전문학과 비판의 성찰』, 고려대 출판부, 2002, 222면.
32) "其在鑑戒之道 或不無一助 故爲之記 因以爲自戒 亦以爲後人之鑑戒爾."(睦台林, 「種玉傳」 序, 『古典小說全集』 권3, 김기동 편, 亞世亞文化社, 1981, 343면)
33) 朴殷植, 『瑞士建國誌』 序, 大韓每日申報社, 1907, 1면.

있었겠지만, '소설'이 가지고 있는 감화력을 적극적으로 수용하고자 한 측면도 있었을 것이다. 그만큼 이 시기 '야담계 인물 기사'는 '단형 서사물'과의 친연성을 가지고 있었던 양식이었다. 그러나 야담계 인물 기사 역시 계몽적 감계론(鑑戒論)의 장력 속으로 흡입되면서 야담 형식이 보여주고 있는 다채로운 시정의 생명력은 결과적으로 보여줄 수 없었다.

근대계몽기 단형 서사물의 특성 연구

개화기 신문 논설과 근대 서사 양식의 연계성을 중심으로

이근화

1. 서론

근대계몽기 신문의 '논설'은[1] 글쓰기 양식이나 장르에 관한 용어가 아니라 신문에 글이 놓이게 될 위치에 대한 명칭이다. 오늘날의 신문 논설과는 그 성격이 다르며, 개화기 신문 논설란에 실린 짧은 이야기 글 속에는 계몽성과 문학성이 동시에 발견된다. 문학이라는 말과 관련된 이 시기의 전반적인 인식에는 지식의 공공성에 대한 요청이 강하게 반영되어 나타나기 때문에[2] 개화기 창작물에서 계몽성과 문학성을 더욱 분리

---

1) 이 논문에서 인용한 개화기 신문 논설 자료들은, 정선태의 『개화기 신문 논설의 서사 수용 양상』(소명출판, 1999)의 <자료편>과 김영민 외, 『근대계몽기 단형 서사문학 자료전집』(소명출판, 2003)을 바탕으로 하여, 현대어로 풀어쓰는 것을 원칙으로 한다.
2) 김동식, 「개화기 문학 개념에 관하여」, 『한국 근대문학의 형성과 발전』(국제어문학회 편), 보고사, 2004, 58면.

해내기는 매우 어렵다. 신문 논설란에 실린 글들을 근대 서사 양식과의 영향 관계 아래서 바라볼 수 있다는 점에서, 그것을 '단형 서사물'이라고 할 수 있을 것이다. 또한 근대 단편 소설 작가들이, 현실 지향과 예술 지향의 이중적 떨림 속에 놓여 있었으며, 그것이 종종 양식의 선택으로 표면화된다는 박헌호의 언급은,[3] 그 양식적 특성과 창작자의 태도가 개화기 신문 논설자들과 유사하다는 점에서, 단형 서사물을 근대 서사 양식의 상관성 아래 놓을 수 있는 가능성을 시사해준다. 근대 단편 소설 작가들이 예술 지향의 의지를 통해 현실 지향의 의지를 수렴하고 있다면 단형 서사물의 창작자들은 현실 지향의 의지 속에서 문학적 기술 방식을 응용하는데, 그 과정 속에서 예술 지향적 성격이 점차로 분화되고 있는 것으로 보인다.

한편 개화기의 '문학'이라는 개념이 고전 문학에서의 전통적 의미의 '문'의 개념과 정확히 일치하지 않으며, 포괄적인 '문'의 개념에서 근대 '문학'의 개념으로 포섭할 수 없는 부분은 '문명'이나 '문화'라는 개념으로 파생되었다는 점도[4] 고려되어야 한다. 개화기 문학 연구에 풍속사적 접근이 유효한 것은 이 때문이다. 이 글은 주로 근대의 사회적 성격을 한국 문학사의 흐름 속에 수용하기 위해서 이루어진 작업이다. 신문 논설란의 자료 분류와 함께, 중요한 것은 그러한 형식을 만들어내는 내적 동인이 어디에서 비롯되는가를 찾아내고, 그 문학사적 의미를 밝혀내는 데에 있다. 단형 서사물이 문학적 의장을 빌리는 이유에 대한 해답을 계몽적 효과성 위에만 두지 않고, 현실 정치와 문학적 형식 사이의 선택과 그 길항 작용을 통해 살펴보는 것이 장르 영향 관계를 밝히는데 보다 실

---

3) 박헌호는, 한국 근대소설사에서 단편 양식의 위상을 파악하기 위해 단편의 양식적 특성과 주체의 조응 관계를 중심으로 하여 논의하고 있는데, 단편의 여러 양식적 특성이 '배제의 미학'으로부터 파생되었다고 본다. 박헌호, 「한국 근대소설사에서 단편 양식의 위상」, 『민족문학사연구』 16호, 민족문학사연구소, 2000, 258~259면.
4) 류준필, 「'문명'·'문화' 관념의 형성과 '국문학'의 발생」, 『민족문학사연구』 18호, 민족문학사연구소, 2001, 13면.

질적인 작업이라 할 수 있다.

개화기 단형 서사물의 창작자들은, 자신의 글이 논설로 분류되든 소설로 분류되든 크게 관심이 없었던 것으로 보인다. 사실과 허구가, 개인과 집단의 목소리가 분화되기 이전의 현실과 문학 사이의 역동적 힘의 질서와 그 관계를 파악하는 것은 앞에서도 언급한 바와 같이 문학의 사회사적 접근이라고 할 수 있다. 현재의 장르적 기준으로 그 성격을 재단하지 않는 것이 중요하다. 물론 개화기 당시의 계몽성과 문학성이 개인과 사회의 전혀 다른 기반으로부터 산출되는 것은 아니다. 창작 의도가 다르다고 해서 소설 양식들 사이의 관계가 상이한 것이 아니라는 점은, 서사적논설과 신소설의 관계를 통해서도 증명된다.5) 또한 개화기 신문 논설란과 잡보란 등의 글을 다루는데 있어서 양식 표시 자체는 중요하지 않다. 현재의 양식적 고려가 당시에 그대로 적용되기 어렵기 때문이다. 사적 구도 아래 그것의 자리와 영향 관계를 파악하는 것이 더 유효할 것이다. 따라서 개화기 신문 논설을 다루는 것은 문학적 텍스트를 확대해 보려는 노력인 동시에, 그 기원의 한국적 특수성을 확인하는 작업이라고 할 수 있다.

단형 서사물의 계몽성과 문학성을 본격적으로 다루기에 앞서, 그러한 글쓰기 양식의 배경을 살펴보기 위해 당시 민족주의 담론과 신문의 역할을 먼저 점검해보기로 한다. 또한 계몽의 기획과 윤리적 과제가 글쓰기 방식에 부여한 형식적인 측면을 고찰해보기로 한다. 이야기의 기능과 효과를 위한 구체적인 장치를 통해 단형 서사물의 계몽성과 문학성의 관계는 더욱 분명히 드러날 수 있을 것이다.

---

5) 김영민, 「근대계몽기 단형 서사문학 자료 연구」, 『현대소설연구』 17호, 2002년 12월, 113면.

2. 계몽의 기획과 신문의 역할

1) '민족주의'라는 상징적 코드

일본으로부터의 독립과 근대 사회로의 발전은, 개화기 당시 해결해야 할 가장 시급한 과제였으며 모든 담론의 중심이었다. 사회가 이루어야 할 목표와 나아가야 할 방향이 분명히 정해졌을 때, 그것을 중심으로 사람들을 결집시키고 화합해야 한다는 목소리를 모으는 데는 좀더 확실하고 내적인 동력이 필요하다. '민족' 혹은 '민족주의'는, '개화', '개명'과 함께 신문 논설에서 가장 자주 나타나는 용어 중의 하나이다. '민족주의'는 독립과 계몽이라는 목표를 이루기 위해 매우 적절한 역할과 기능을 했던 것으로 보인다. 고미숙은, 1905년 이후 국가권력이 대부분 통감부로 이양되고 왕조=국가라는 등식이 무의미해졌을 때, 그것을 대체할 새로운 기호로 '민족'이 등장하고 있다고 말한다.6) 국권을 수호하고 외세로부터의 침략에 대응한다는 절대적 명제 아래 모든 사람들의 화합을 도모하고 계몽시키는 것은 선각자와 지식인들의 몫이 된 것이다. 그들이 수구파이든 개화파이든, 즉 조선심이나 조선혼을 강조하고 주체성을 살려 제국주의와 투쟁하려는 전통적 지식인이든 진보와 문명의 논리를 인정하고 발전을 통해 현실적 과제를 해결하려는 근대적 지식인 유형이든, 그들은 모두 사회와 민족을 위해 무지한 사람들을 깨우치고 그들을 교육시켜 나라를 지켜내고자 하였다.

동일한 수단과 도구로서 '민족주의' 논리가 수용되었다고 해도, 민족주의가 다 같은 유형은 아닐 것이다. 일본을 향한 저항적 태도의 유무를 따지자면, 계몽적 민족주의와 저항적 민족주의로 일단 나눌 수 있을 것

---

6) 고미숙, 『한국의 근대성, 그 기원을 찾아서』, 책세상, 2001, 33면.

이다. 저항적 민족주의 속에 존재하는 전체주의적 성격의 비판 여부는 또 별도의 논의가 필요하다고 치더라도, 단재 신채호의 경우는 제국주의의 침략에 맞서기 위한 방략으로서 민족의 투쟁을 강조하는 저항적 민족주의의 전형이라고 할 수 있다.7) 근대적인 것과 민족적인 것을 결합함으로써 식민화된 민족주의 혹은 식민적 근대성을 수행하는, 민족 부르주아의 강력한 이념을 '계몽주의'라고 볼 수도 있을 것이다.8) '민족주의'라는 기표에 담을 수 있는 이러한 상이한 내용과 도구적 성격을 감안한다면 민족주의 담론의 기저에 있는 내용과 배경을 주목하지 않을 수 없다.

세계 정세에 대한 조선인들의 무관심과 서양 문물에 대한 무지, 사회 전반의 낙후성은 조선 후기 사회의 결핍과 지배자의 무능으로 연결되었고, 마치 일본의 식민지로 전락하고 외세의 간섭을 받는 것에 대한 근본적인 원인으로 드러났다. 그러나 그러한 문명의 논리와 개화의 담론 속에는 일정 정도의 폭력성이 잠재되어 있다는 사실을 간과할 수 없다. 근대 사회로의 발전이라는 계몽의 기획과 논리는 제국주의 이데올로기를 그대로 수용할 위험성을 가지고 있으며, 문명과 야만의 이분법적 논리는 전통과 근대를 대립 개념으로 파악하도록 만든 것이다. 대한의 독립과 자강을 위해 노력했다는 점을 고려하더라도, 문제가 전혀 없는 것은 아니다. 문명과 야만, 강국과 소국, 진보와 후퇴라는 편협성과 근시안으로 조선의 상황과 민족을 바라보았다는 점을 피해갈 수 없다. 일종의 낭패감과 열등감은, 반성과 회의의 기회조차 부여해주지 않았다.

개화와 계몽의 논리 속에는 서구의 윤리관과 가치관이 깊숙이 들어와 있음을 신문의 논설을 통해 구체적으로 확인할 수 있다. 특히 개인주의, 자유와 평등, 연애, 직업과 종교의 문제가 두드러지게 나타난다. 근대 서구 사회의 문명을 개화의 표본으로 삼고, 그 사회의 가치와 윤리를 따르

---

7) 한기형, 「동아시아 담론과 민족주의」, 『민족문학사연구』 17호, 2000, 286면.

8) 구모룡, 「한국 근대문학과 미적 근대성의 관련 양상」, 『한국 근대문학의 형성과 발전』(국제어문학회 편), 보고사, 2004, 98면.

는 것이 사회의 진보나 정치적 발전과 밀접한 연관이 있다고 판단했기 때문이다. 그 중에서 조선 사회의 반상의 구분과 계급의 문제는 사회 발전의 큰 저해 요소가 되고 있음을 다음의 논설을 통해 확인할 수 있다.

세계상에 개명한 나라가 다 부강한 까닭은 다름아니라 그 나라에 정부도 있고 백성도 있어 각각 직업은 다르나 사람은 즉 다 같은 한 종자요 다 같은 평등권이라 이러함으로 정부와 백성이 일심되기가 쉽고 일심하는 까닭에 그 나라가 부강하거니와 우리 대한은 그렇지 아니 하여 양반과 상놈의 종자가 따로 있어 (……)

—『매일신문』, 1898.9.20.

사람을 쓰는 데는 귀천을 의론치 말 것이오 큰 공을 세우는 것이 벼슬하는 사람에게만 어찌 있는 것이라 할지로다 우리나라 공장들도 득뇌사의 사업을 하기를 바라오

—『제국신문』, 1899.10.23.

항심이란 것은 곧 직업이라 직업이 없고 먹을 것을 구하는 것은 이른바 협잡이니 아까 말한 것 같이 절간의 중과 산중의 도사와 무당판수와 기생 사당의 먹을 것을 구하는 법이 옳은 직업이라고 말할 수 없되 (……) 선비 가로되, 내가 이제야 비로소 무슨 일을 하여 먹을 것을 구하던지 실상 마음과 실상 직업이 있어야 가한 줄을 알았노라 하고 물러가더라.

—『제국신문』, 1899.10.25.

모든 사람이 평등한 권리를 가지고 있다는 논리는, 서구의 산업 사회의 근대화 과정과 함께 진행된 정치적 원리인 만큼 그것은 직업의 윤리와도 통한다고 할 수 있다. 그런데 우리나라에서 그것은 평등한 개인과 그 개인의 역량 발휘라기보다는 사회 발전의 기여도의 측면에서 다루어지고 있다. 근대화된 서구 문물을 수용하여 개인의 자질을 개발하고 사회를 발전시키는 것이 중요하다는 논리 아래 위의 글들은 쓰여졌다. 개

인과 사회의 관계를 확립하고 자기 실현의 과제를 부여하는 것은, 개체의 발전을 통한 사회의 진보라는 도식이 포함되어 있다. 근대 사회로 진입함으로써 개인에게 엄습해오는 불안과 고독을 해결하기 위해 자기 실현이라는 윤리적 과제를 부여한 것9)이라고 볼 수도 있을 것이다.

한편, 서양식 윤리관의 수용은 종교의 역할과 그것의 강조에서도 드러난다. "서양 제국이 정치의 문명함과 인물의 번성함은 다 종교를 실상으로 행함인즉 교는 곧 나라를 개명케 하는 근본이거늘"(『독립신문』, 1899.6.20)이라고 말하는데, 이러한 강조 자체가 재래의 종교에 대한 아무런 언급 없이 이루어지고 있다는 사실은, 과거의 전통과 문화에 대한 태도를 단적으로 드러낸다. 특히 이치를 궁구하는 어느 선비가, "노자의 도덕경, 원진자의 주석, 주역, 불씨의 내전, 백운거사" 등의 동양의 여러 이치를 전전하다가 마침내 "서양의 성서 창세기"에 이르러 진리를 발견한다는 내용을 담은 이야기(『제국신문』, 1898.12.16~12.17)에서 역시 그러하다. 직업과 종교를 내용으로 하고 있는 논설들이 그 내용과 형식이 단순하고 설득력이 없는 것은 그것이 재래의 것과 아무런 충돌이나 갈등 없이 제시되었기 때문이다. 즉 서구의 문물과 제도를 비판적으로 수용하고 있지 않은 점에서 그것의 논리는 추상적이고, 실효성 있는 담론이 되지 못하게 된다. 그러한 논설들은 개화의 맹목성과 계몽의 정치성을 그대로 드러내고 있다. 그러한 논리는 조선의 상황과 조선인들의 처지를 고려한 것이라고 보기 어렵다. 문제점을 직시하고 비판하는 목소리가 유효하더라도, 그것을 실천할 주체의 자리를 확보할 수 없었던 것이 바로, 조선의 식민지 상황이었기 때문이다.

---

9) 류준필은 '문명'을 대체할 용어로서 '문화'가 정신과 물질, 자아와 외계의 구분을 전제로 해서 성립되었다고 말한다(류준필, 앞의 책, 23면). 이는 새로운 윤리와 도덕관의 탄생과 밀접한 관계를 가지고 있다. 문명·개화의 논리가 분명해졌을 때, 사회와 개인의 관계와 개인의 존재 양식에 대한 새로운 질서의 확립이 필수적이기 때문이다. 이것은 주로 개인의 자기 실현이나 자아 확립이라는 용어로 대두된다.

2) 신문의 역할과 그 중요성

개화기의 신문과 잡지 출간은 당시 사회의 가장 현저한 출판 환경 변화 중의 하나이다. 당시 지식인들의 글쓰기 공간으로 열려 있었던 것이 바로 신문과 잡지였다. 논설은 과거에는 존재하지 않는 글쓰기 방식으로서, 실질적인 지면과 영향력을 요구하는 글쓰기였다. 개화기의 저널리즘이 개화기 담론 생산의 가장 중요한 물적 토대였으며, 공중의 여론이 주체로 조직되는 공간으로서 신문이 공공영역의 기능을 담당했다[10]고 볼 수 있다. 개화와 독립의 동력이 '민족주의'였다면 그 구체적 방법으로 주어졌던 것은 교육과 계몽이었고, 실질적 글쓰기 공간이 바로 신문과 잡지였다. 특히 현실적 과제를 앞에 두고 글을 쓴다는 것은 종합적이고 전인적인 행위로서 사실과 허구, 개인과 집단에 대한 구분이 그리 중요하지 않았던 것으로 보인다. 민족의 독립과 근대 사회로의 발전이라는 절대적 명제 앞에서 사실적 논증과 객관성 확보는 그렇게 큰 문제가 되지 않았다. 글을 쓰는 행위 속에서 문학과 현실 정치 사이의 간극이 매우 좁았다는 사실 또한 시대의 특수성에 의해 용인되는 지점이다. 이러한 글쓰기 배경의 중요성은 신문의 성격을 강조하는 논설을 통해서 드러난다.

신문의 기능과 그 중요성을 역설하는 논설은 주로 『독립신문』에서 많이 찾아볼 수 있다. "신문사라 하는 것을 몇 곳에 설치하고 쓸데없는 소문을 판각하여 세상에 돌리니"라고 그것에 대해 부정적으로 말하는 사람에게 한 학자는, "신문사로 말할 지경이면 구중에 풍화를 열고 인민의 이목을 넓히는 것이라"(『독립신문』, 1899.4.15~4.17)고 말한다. 새로운 제도와 학문의 중요성을 옹호하고 신문의 역할을 강조하는 것이다. 또 다른 논설에서도 "대개 나라의 개명됨이 신문에서 더 긴요함이 없거늘"이라고 말하면서, 서울에 살더라도 신문을 보지 않으면 신문을 보는 시골 사람

---

10) 정선태, 『개화기 신문 논설의 서사 수용 양상』, 소명출판, 1999, 22~3면.

보다 못하다고 말한다(『독립신문』, 1899.11.27). 또 "무세한 사람에게 신문이 적악"이라고 말하는 시골 사람의 말에 서울 사람이 답하기를, "만일 신문이 없으면 백성이 아주 컴컴하여 말이 못 될 것이요 대한이 외국에 수치 하나를 또 얻을 터이니 내 생각에는 각처 신문에서 실심으로 공평이 하여 대한이 개명한 후에 일등 공로를 받아 선생노릇 하기를 바라노라"(『독립신문』, 1899.5.10)고 한다. 흔히, "開明"이라는 용어는 무지를 깨우쳐 나라 안팎의 소식과 정세에 대해 관심을 확대하고 사람들을 유도하기 위하여 등장한다. 새로운 양식으로서 신문 논설의 파급력만큼이나 그 새로운 형식은 일반인에게 놀랍고 두려운 것이었을 수도 있다. 사실적인 정보나 사건을 해석할 여건을 확보하지 못한 상황에서 정보의 유통과 사실의 공유라는 것은 일종의 두려움과 낭패감을 줄 수도 있다는 사실 역시 위의 논설을 통해 발견할 수 있다.

그러나 당시 지식인들에게 중요한 것은 아는 것, 그리고 그것을 실행하는 것이었다. "신문 보는 것은 대단히 감사하나 내남없이 신문에 말한 데로 실행을 못하는 것이 한탄일세 사람마다 신문 보아 개명하야 (……)"(『제국신문』, 1900.3.2)라고 하여 실천의 중요성을 깨우친다. 개화와 독립이라는 목적 하에 실천과 행동의 논리는 의무이자 책임으로 여겨졌던 것으로 보인다. 특히 신문사를 "관민간에 기별 상통하는 전기선"으로 비유하여, 정부 관인과 여항 인민들 사이에 원활한 소통이 되도록 힘써야 한다(『독립신문』, 1899.10.16)고 문제점을 지적한 논설도 발견된다.

그러나 신문의 중요성을 언급하는 것만으로 계몽과 발전의 논리를 효과적으로 전달할 수는 없을 것이다. 그것은 예비적 단계로 의의를 가지며, 신문의 논설란의 글들은, 의식을 개혁하고 사상을 전달할 목적으로 허구적 서사 양식을 활용하기 시작한다. 즉 개화기 신문 논설은 계몽적 성격이 강하지만, 그 계몽적 담론 위에 문학적 의장을 빌리고 있다. 대부분의 논자들은, 논설의 미분화적 성격과 문학적 서사의 수용이라는 측면을 고려하여 그 원인을 주로 계몽 또는 개화를 위한 효과성 위에만 두고 있다. 물론 이러한 양식의 글들은 개화기 당시의 특수성 위에 놓고 파악할 수 있으나, 좀더 다각적인 원인 분석과 규명이 필요하다. 권보드래는, 1900년대부터 1910년대까지의 신문의 담론적 성격을 밝히는 부분에서, 개화기의 신문들이 아직 사실적 정보를 활용할 조건을 완벽하게 갖추고 있지 못한 상태에서 소문이나 전설에 기대고 있는 점을 지적한다. 특히 정보로서의 사실이 확보되는 과정을 통해 허구성이라는 문학적 조건이 형성되고 사적 영역이 확보된다[11]고 설명한다. 그렇다면 현실 정치와 문학적 의장 사이의 선택에서, 그 두 요소들은 어떤 형태로 결합하고 있었으며, 그것의 미학적 가치는 어디서 찾을 수 있는가.

3. 이야기의 기능과 효과

1) 유형화된 인물과 알레고리

신문 논설은 계몽이라는 과제를 염두에 둔 공공영역에서의 글쓰기이다. 공공영역에서의 의사소통의 행위는 그 자체로 담화적 실천[12]이라고 할 수 있는데, 그 실천적 성격의 강화는 문학적 성격에 대한 다양한 거리를 형성한다. 단형 서사물에서 우선적으로 발견되는 것은 전달의 효과를 위해 사건과 인물을 창조해내는 경우이다. 그것이 다소 상징적이고 도식적일지라도 단순한 유형의 지속적인 반복이야말로 전달의 측면에서 효과적인 글쓰기라고 할 수 있다. 선각자적인 인물이 등장하여 무지한 사람을 대화를 통해 일깨우는 방식은 가장 흔하게 발견된다. 그러한 유형의 글들

---

11) 권보드래, 『한국 근대소설의 기원』, 소명출판, 2000.
12) 김동식, 앞의 글, 40면.

을 『독립신문』에서 찾아보면 다음과 같다. '상목자'의 말을 통해 그 사상의 문제점을 직접적으로 제시하고 화합과 충의를 강조하거나(1898.10.28~9) 외국인의 안목을 빌어 한국의 현실을 비판(『독립신문』, 1899.1.31)한다. 이러한 논지의 글들은 주로 수구파를 향한 비판(『제국신문』, 1899.4.26)과 함께 이루어지며, 교육의 중요성(『제국신문』, 1899.11.22; 1900.2.20)을 표면적으로 강조하기도 한다. 한편 사회나 정치 상황에 대해 부정적인 태도를 취하며 비판만 일삼는 것을 문제시하고, 그 '실행'의 중요성을 강조하는 글(『독립신문』, 1899.6.9; 『매일신문』, 1899.2.8)도 찾아 볼 수 있다. 이들 논설의 앞뒤에 직접적으로 드러나는 편집자 주나 해설은, 당시 독자층을 계몽시키고자 하는 지식인들의 목소리로, 지식인들이 자신의 사상이나 의식을 피력하였던 개화기 신문 지면의 공간적 특수성을 잘 말해주는 부분이기도 한다.

이야기의 교훈적 내용만큼이나 인물의 대립 구도나 명명 방식도, 의도의 직접성을 반영해주는 요소이다. '신씨란 사람'과 '구씨란 사람'(『독립신문』, 1899.3.10), '외국 친구'와 '대한 사람'(『독립신문』, 1899.7.6) '대한 관인'과 '선교사'(『독립신문』, 1899.10.26) 등이 등장하여 서로 대화를 주고받는 가운데 독자가 취해야 할 태도와 방향은 분명하게 주어진다. 이러한 글들은 알레고리적 독서를 유도하는데, 독자에게 근대화의 과제를 효과적으로 전달하려는 의도라고 할 수 있다. 또한 국정을 집 짓는 것에 비유하여 체계와 질서의 중요성 언급한 글(『독립신문』, 1899.10.26)은 이야기의 이데올로기적 특성을 분명하게 보여준다. 이 밖에도 '수구'라 하는 사람과 '개화'라 하는 사람(『매일신문』, 1898.7.28), '신진학'과 '구완식'(『매일신문』, 1898.7.29), '무수옹'(『매일신문』, 1898.12.29), '관물옹'(『매일신문』, 1899.1.11), '무지옹'과 '관세자'(『제국신문』, 1898.11.26), 백발노인인 '고집'과 이웃소년 '박람'(『제국신문』, 1899.3.15) 등의 명명 방식은 그 논설의 내용이나 주제를 그대로 집약하는 이름 짓기 방식이다. 이러한 명명법은 논설적인 것이 아니라 소설적[13]이지만

---

13) 김영민, 『한국 근대 소설사』, 솔, 1997, 30~1면.

그 소설적이라는 특성이 함의하고 있는 것은 매우 좁아 보인다. 즉 사회적이고 정치적인 이슈들을 쉬운 글쓰기 방식으로서 전환시키고 있기는 하지만 논자들의 노골적인 편향성이 드러나고 만다.

글을 쓰는 사람이 가지고 있는 서양 문물이나 개화에 대한 인식과 태도를 직접적으로 반영하는 논설도 발견된다. 귀먹은 사람과 눈먼 사람이 서양에는 '보명로'와 '보총로'라는 약이 있다고 나누는 이야기(『매일신문』, 1899.3.16)는 서양의 문물과 제도에 대한 경사가 어느 정도였는지를 보여준다. 드물게 개화나 계몽의 폐해와 문제점에 대해서, "우리가 서양 각국 사람의 종이 되어 설움을 받는 것이 우리 부모에게 간하다가 종아리 맞는 이만 못하지오"(『매일신문』, 1898.11.8)라고 지적하기도 한다. 더 나아가 개화의 실상과 폐해를 비판하면서 문제시하고 있는 논설도 발견된다. '시골사람'과 '서울사람'의 대화(『독립신문』, 1899.11.2)를 들 수 있다. 이러한 글들이 현실 비판적 성격이 강하지만, 풍유나 해학의 미의식에 이르지 못하는 까닭은 당면 과제의 시급한 성격에도 기인하지만, 단순하고 맹목적인 사고에서도 그 이유를 찾을 수 있을 것이다.

일방적으로 가르침을 전달하고 그 교훈성을 제시하는 것보다 발전적인 대화 양상을 보여주는 것이 『독립신문』에 실린 병정들의 문답(1898.11.23)이다. 백성들의 어려움을 전하고 정부를 비판하는 진보적 사관을 담고 있다. 보다 진보적 사관을 피력한 글로는, 강유위의 이야기를 통해 청국의 부패상을 제시하고 혁명의 정당성을 설명한 것(『독립신문』, 1899.1.11)을 들 수 있다. 『독립신문』의 이러한 글들은 당시의 논설란을 담당하고 있었던 지식인들이 일방적 가르침에만 맹목적으로 매달린 것이 아니라, 통치 세력의 정당성 확보와 피지배자들의 고통 등에도 관심을 가지고 있었다는 점을 말해준다.

특히 『매일신문』에 실린 한 편의 글은 여러 목소리를 수용하는 포용력을 보여주어 주목된다. 상목자란 사람이 아이들의 항변을 듣는 이야기(『매일신문』, 1898.12.13)인데 교훈을 직접 드러내지 않고 역사와 현실의 상황을 제시하고 각각의 목소리를 살리고 있다. 아이들의 목소리가 사회의 각 계층을 어려움을 대변하고 있지만, 그것이 서로 대결하거나 타협하지 않는다는 점에서 다른 논설들과 구별된다. 정치적으로 중도적 입장을 지향하는 글쓰기로, 『매일신문』에 발표된 세 딸의 초야 이야기 역시, 이러한 측면을 잘 드러내고 있다.

> 지금 완고라 하고 스스로 지키는 자는 큰딸의 고집함이요 개화에 졸업하였다는 자는 둘째딸의 과히 능함이라 끝의딸의 중도 쓰는 것이 개화에 먼저 깨달은 자라 할것이니 그러한즉 때를 따라 마땅한 것을 지으며 풍속을 쫓아 변통하는 것이 옳은 줄로 아노라.
>
> —『매일신문』, 1899.3.20.

위의 글은 수구파와 개혁파의 문제점을 동시에 제시하고, 나아갈 바의 현명함을 중도적 입장에서 이야기하고 있다. 위에서 언급한 논설들이 완전히 독자에게 판단을 맡기는 열린 글쓰기 방식은 아니더라도 일방적인 글쓰기가 주로 많이 보이는 논설란에 일정 정도 새로움의 의미를 갖는다. 복합적 사고를 유도하고 반성적 사유의 가능성을 보여주기 때문이다. 유길준은 『서유견문』에서, 개화를 시대의 미덕으로 강조하고 그 필요성을 역설했지만, 그가 말하는 개화는 외세 의존적인 것이 아니었으며, 주체 사관을 전통주의 위에만 놓지도 않았다. 근대화라는 실천적 이념 위에 중심을 잡아가려는 비판적 지식인이 존재했고 그들의 정신과 사상을 수용하는 글들이 신문의 논설란에 발표되었다는 점은 단형 서사물의 근대적 의의를 찾아볼 수 있는 지점이라고 할 수 있다.

2) 일화의 도입과 변화하는 인물

정선태가 한글 전용 신문의 서사적논설들의 특징으로 들고 있는 것은,

허구적 재구성, 언어의 재조직, 구체적 현실 묘사를 통한 정서에의 호소 등이다.[14) 그러나 그 역시 신문 논설이 전통 문학을 계승하면서도 근대 문학의 가능성을 실험하는 장이었음을 증명하는 가운데 서구의 문학적 개념과 방법론에서 자유롭지 못한 모습을 보여준다. 김영민은 서양의 소설 장르 개념으로 개화기의 단형 서사물을 보아서는 안 된다고 말한다.[15) 근대계몽기 사회의 배경과 그 한국적 특수성에 대한 고려가 필수적이며, 자료 자체의 성격에 대한 객관적 시각이 필요할 것이다. 개화기 단형 서사물에서 발견되는 민담과 일화, 전기적 사실이나 역사적 사건을 다루는 방식 등에 대한 검토를 통해 사실과 허구가 복합적으로 창작자에게 내면화되는 과정을 살펴볼 수 있으며, 인물 형상화 방식에서 문학적 기술 방식의 발전을 찾아낼 수 있을 것이다.

개화기의 단형 서사물 중에서, 일화를 통해 교훈을 제시하려는 이야기의 방식은, 알레고리적 독서를 유도하기는 하지만 정치적 목적성 위에 상당 부분 문학적 방식을 도입한 것들로 주목된다. 『독립신문』에는, 장사와 난장이 이야기(1898.7.20), 개구리 이야기(1899.6.12), 사자의 보은을 다룬 이야기(1899.11.24) 등을 찾아볼 수 있는데, 이들 논설들은 앞에서 다룬 서사적논설보다 이야기로서의 재미를 추구하는 경향이 강하다. 특히 『매일신문』에는 비유적 일화가 많이 등장하고 있다. 이들 이야기 속에는 계몽성이 여전히 드러나지만, 목적성이 서사를 방해하지 않는 방식으로 이루어진다. 계몽된 소수자의 길떠남을 다루고 있는 서생과 우물이야기(『매일신문』, 1898.4.20), 나무를 심는 노인을 통해 성실성을 강조하고 미래에 대한 비전을 전해주는 이야기(『매일신문』, 1898.7.21), 분수를 지키며 살아갈 것을 경고하는 작은 개구리와 큰 바다 물고기 이야기(『매일신문』, 1898.8.15) 등이 있다. 나무를 보호하는 것을 나라의 경제에 비유(『매일신문』, 1898.11.9)

---

14) 정선태, 앞의 책, 120면.
15) 김영민, 「동서양 근대소설의 발생과 그 특질 비교 연구」, 『현대문학의 연구』 21집, 국학자료원, 2003.

하기도 하고, 무슨 일이든지 다 규모와 성역이 있어야 한다는 것을 목수의 일화(『매일신문』, 1898.11.9)를 통해 소개하기도 한다. 이야기 속에 대결 구도가 여전히 살아있기는 하다. 대국(강국)과 소국(약국)의 대립되는 세계 정세 속에서 소국들의 협력이 중요함을 일깨우는 여우와 토끼 이야기(『매일신문』, 1898.9.23), 앞밭의 무성한 배추와 뒷밭의 황량함을 서양과 동양에 비유하여 교훈성을 제시하는 배추를 가꾸는 사람의 이야기(『매일신문』, 1898.9.29), 충의 있는 노복과 간사한 노복을 대비시킨, 고가를 지키려는 노인과 두 노복이야기(『매일신문』, 1898.8.31) 등이 그것이다. 그러나, 일화를 도입한 단형 서사물은 주제 의식을 간접적으로 드러내고, 이야기 자체의 흥미와 재미를 전달하려는데 보다 치중한 모습을 보여준다.

전기 또는 일대기 형식의 서사물도 많이 찾아볼 수 있다. 워싱턴(『독립신문』, 1898.2.22), 모기장군(毛奇將軍, 『독립신문』, 1899.8.11), 비스마르크(『독립신문』, 1899.10.31), 충신 박제상(『제국신문』, 1900.3.23), 김춘추(『제국신문』, 1900.3.30) 등이 있으며, 이 밖에도 『그리스도 신문』과 『대한매일신보』에서도 인물 기사가 많이 발견된다. 한편, 역사적 사건을 빌어 현실 상황을 제시하고 개선의 의지를 보이는 이야기로는 독립협회를 다루는 것(『독립신문』, 1898.10.28~10.29; 「매일신문』, 1898.12.14)과, 만민공동회를 다루는 것(『독립신문』, 1898.11.24; 1898.12.28)을 찾아볼 수 있다. 꿈의 형식을 빌어 이야기를 전개시키는 것은 고전 문학의 형식을 차용한 것으로 보이는데, 『독립신문』(1899.7.7; 1899.11.1), 『매일신문』(1898.11.29), 『제국신문』(1899.11.22)에서 두루 발견된다. 전기적 사실과 역사적 사건을 다루는 위의 단형 서사물을 통해 사실적인 정보를 바탕으로 이야기를 각색하는 창작적 주체의 모습을 찾아볼 수 있다. 실제의 이야기를 변형시키는 과정 속에서 이루어지는 일련의 취사 선택은 창작자 자신의 내면적 글쓰기를 유도하는 역할을 하며, 이는 허구적 인물 창조의 출구가 되기도 한다. 서양 재상이 고드름을 통해 백성의 삶의 기구함을 깨달아 임금께 전하는 다음의 이야기(『매일신문』, 1899.1.26)에서는 변화하는 인물상을 찾아볼 수 있다.

한 사람이 밖에 나가서 굵은 고드름 하나를 종이에 싸서 그 재상 앞에 드리며 말하되, 소인이 마침 옥순 하나를 얻어 받치나이다. 그 재상이 받아 펴보니 이에 얼음이라 크게 놀라 유리창에 가리운 백사장을 밀고 보니 마당 앞 나뭇가지에 고드름이 맺히고 다니는 사람이 추위에 구속하야 허리를 펴지 못하는지라 그 재상이 크게 깨닫고 크게 감동하여 빈객을 대하여 눈물을 머금고 말하되 내가 요만 부귀를 가지고도 사장 한 겹을 격하여 바깥 천기가 저렇듯 엄한 것을 전연 몰랐으니 구중에 계신 임금께서 아무리 밝고 어지신들 신하가 아뢰지 아니하면 민간 질고를 어찌 시러곰 다 통촉하시리요

─『매일신문』, 1899.1.26~1.27.

위의 이야기는 충신과 간고의 중요성을 교훈적으로 제시하고 있기는 하지만 인물이 평면적 성격을 띄는 것이 아니라 어떤 사건을 계기로 변화되는 과정을 보여주고 있으며, 성격화에 성공하고 있다. 꽁꽁 언 고드름을 종이에 싸서 재상에게 바쳐 바깥의 백성들이 얼마나 추운지 알게 하거나, 병풍에 민간 질고의 풍경을 담아 왕을 깨닫게 하는 등의 간접적인 상황 제시나 상징적인 사물로 깨달음을 유도하는 방식을 보여준다. 소재와 모티프가 다양하게 활용되고 있으며 장면화의 효과도 찾아볼 수 있다.

3) 서술 방식의 다양화

정선태는 개화기 신문 논설을 '서사적논설'과 '서사─문학적 논설'로 구분한다. 그는, 신문이 사용하고 있는 문체의 사용에 따라 한글 전용 신문과 국한문 혼용 신문으로 나누고 문답식, 토론식, 일화식 구성으로 구분하여 그것의 서사성과 문학성을 독자층과 함께 설명한다.16) 이에 비해 김영민은, 개화기의 신문 논설의 유형을 '서사적논설'과 '논설적서사'로 나눈다. 근대적 서사 양식의 소설사적 전환으로 '서사적논설'과 '신소설'

---

16) 정선태, 『개화기 신문 논설의 서사 수용 양상』, 소명출판, 1999.

사이에 '논설적서사'를 두고 있는데, 편집자적 목소리의 직접적이고 의도적인 노출이 사라진다는 것을 양식적 변화의 징표로 삼는다. 또 독립된 서사 양식으로 가는 단계를 보여주는 논설적서사에서, 서사의 기능이 강화되고 개인 창작의 방식을 찾아볼 수 있다고 설명한다.[17] 한편 문체에 주목한 한기형은, 개화기의 단편 서사물과 신소설의 관계를 밝히는데 있어 단편 서사물을 시사토론체·우의체·기사체·풍자로 나누어 고찰한다.[18] 앞의 논자들에 비해 내용적인 면을 고려한 분류라고 할 수 있다. 장르 변형에 대한 개념 규정도 시도되었다. 소설이 논설란을 벗어나 근대 소설을 지향해 나가는 단계를 조연현은 '무서명 소설'이라고 규정하고 있으나,[19] 김영민은 신소설 이전의 단계에서도 서명이 있었을 뿐만 아니라, 양식상의 용어로 적당하지 않다고 보고 '비실명 소설'이라 일컫는다.[20] 이상의 분류와 그 용어들은 신문의 논설란에 발표되었던 단형 서사물과 근대적 서사 양식과의 관련성과 그 발전 단계를 짚어내려는 노력으로 볼 수 있다. 논자들은 서사적논설에서, 조선후기 야담 특히, 한문 단편을 계승하고 있는 측면을 찾아내거나[21] 반대로 허구적 재구성·언어의 재조직·구체적 현실 묘사를 통한 정서에의 호소 등의 근대적 서사 양식의 특성을 이끌어내기도 한다.[22] 이 글에서는 인물이나 상황을 묘사하는 다양한 서술 방식을 통해 단형 서사물의 논설적 성격이 문학성의 영역으로 더 가까이 접근해나가는 모습을 살펴보도록 한다. 특히 개인의 창작 기술 영역이 확대되어 가는 것을 사물에 대한 묘사 방식을 통해 확인해 볼 수 있으며, 고전 문학의 영향 관계 역시 엿볼 수 있다. 주로 인물과 상황을 묘사하는 진술 방식은 『매일신문』의 논설을 통해 확

---

17) 김영민, 『한국 근대 소설사』, 솔, 51~80면.
18) 한기형, 앞의 논문, 11~50면.
19) 조연현, 「'신소설' 형성 과정고」, 『현대문학』, 1966.4.
20) 김영민, 『한국 근대소설사』, 55면.
21) 김영민, 「한국 근대소설 발생 과정 연구」, 『국어국문학』, 2000.12.
22) 정선태, 앞의 책, 120면.

인할 수 있다.

한 노인이 홀로 앉았는데 수발은 눈빛같이 일광에 비추이고 눈썹은 석자이나 되어 양협을 덮어있고 손톱은 다섯 자이나 되어 종려를 펼친 듯하고 의복은 풀을 엮어 치마 두르듯 하였고 그 옆에 상수리와 도토리와 개암 등물의 온갖 실과가 쌓였더라.

—『매일신문』, 1898.12.14.

물밑으로 적은 고기 두어 마리가 올라오는데 몸은 비록 적으나 길이는 길고 비늘은 없고 수염이 길고 등은 검고 배는 붉어 보기에 징그럽고 가증하게 되었는데 잎으로 해감을 토하며 물밑의 진흙을 충동하여 이르혀 편시간에 온 연못물이 혼탁하여 어별을 분별할 수 없는지라.

—『매일신문』, 1898.12.29.

위의 인용된 이야기에서, 앞의 것은 백수 노인의 형상을 묘사한 것이고 뒤의 것은 연못물에 대한 묘사이다. 위의 묘사들은 서사의 필연성과 상관없이 인물과 상황에 대한 비교적 상세한 묘사를 통해 이야기의 재미와 흥미를 유도해내고 있다. 논설의 목적성과 그 효과에 빗겨 서 있는 부분이라는 점에서 위의 묘사들은 주목된다. 서술자의 시선이 머무는 특정 대상에 대한 묘사에서 창작자의 개성이 드러난다고 할 수 있다. 글의 목적과 의지를 관철시키는데 모든 수사와 비유들이 종속되는 것이 아니라, 부분적으로 강조되고 표현되어야 할 것들이 생겨나기 시작한 것이다. 그러한 점은 이야기에 대한 흥미를 고조시키는 부분이며 창작자의 개인적 관심을 말해준다. 한편 다음의 예들은 특히 고전 문학과의 영향을 고려해볼 수 있는 부분들이다.

한 폭은 봄에 밭을 가는데 여인이 머리에 밥그릇을 이고 등에 아이를 업고 맨발로 오다가 가시를 밟고 아픔을 이기지 못하여 한 발 들고 서서 급히 그 가장을 부르는 형상이오 한 폭은 여름에 논 김을 매는데 불같은 볕이 내리쪼이어

등이 타서 죽을 지경인데 거머리는 다리에 붙어 빨아 피와 땀이 아울러 흐르는 형상이오 한 폭은 가을에 타작을 하는데 논두렁 좁은 길로 남자는 지게에 볏집을 지고 앞서고 여인은 소에게 벼를 싣고 뒤를 따라오다가 소가 짐을 논 속에 넘어뜨리자 남자가 급히 돌아보다가 실족하야 짐진 채 자빠진 형상이오

—『매일신문』, 1899.1.26.

　큰 궁궐이 외외한데 아로새긴 들보와 그림 그린 기둥에 금벽이 최찬하더라 그 귀졸이 문밖에 세우고 들어갔다가 나와 다시 인도하여 십이 중문을 지나 들어간즉 구층 전각 상에 일위 관원이 앉았는데 홍포 아관에 의연이 왕자의 복식 같고 (……) 관인 수십이 시립하였고 섬돌 앞에 우두마찰과 마두야차와 신변 귀졸이 수없이 나열하였더라.

—『매일신문』, 1899.3.1.

　어떠한 풍류남자 호탕하고 부랑하여 춘풍하류 번화절과 추월단풍 황홀시에 주사청루 몸을던져 세사를 불고하고 무정 세월 보내는데 춘삼월 호시절에 춘흥을 못 이기여 동지 수인 벗을 삼아 술병을 옆에 차고 죽장을 흩어 집고 화류구경 떠나갈 제 방초는 우거지고 백화는 작작하여 (……)

—『제국신문』, 1899.11.22.

　첫 번째 이야기는 깨달음을 얻게 되는 서양 재상에 관한 이야기인데, 세간 풍속과 민간질고에 대한 그림이 그려져 있는 병풍에 대해 묘사하는 부분이다. 두 번째 이야기는, 꿈속에서 본 지옥의 형상 묘사를 통해 현실에서의 삶에 대한 경계를 일깨우고 있는 내용을 보여준다. 고전 서사, 특히 판소리 사설에서 보이는 진술과 나열 방식을 취하고 있다. 과장하여 표현하는 방식이나 희극적으로 제시하는 면이 특히 그러하다. 풍류인에 대한 묘사로서 세 번째 것은 특히 고전적 풍취를 느끼게 해준다. 소재나 제재뿐만 아니라 어휘 선택과 표현 방식, 산문적 리듬까지 고전 문학의 영향 아래 있다는 것을 확인할 수 있다.

　근대계몽기 단형 서사물에서 계몽적 성격은 떼어놓을 수 없는 부분이

다. 흥미를 일으키고 교훈성을 제시할 목적으로 문학적 장치를 이용하기 때문에 문학적 성격 자체는 정치적 의도성과 함께 간다고 할 수 있다. 그러나 역설적으로 논설의 유목적성과 사회적 성격이 강화되는 지점에서 문학성 역시 강화된다. 즉 독자를 위해 재미를 고려하고 창작자의 개성이 부각되는 면에서 계몽성은 문학성의 출구가 되고 있는 것이다. 개화기 신풍속과 새로운 문물에 대한 적극적인 관심 속에서 고전적 풍취나 문체가 발견되는 것은 이상한 현상이 아니며, 전래 이야기와 민담 등을 새로운 가치관과 세계상을 위한 학습에 이용한 것도 마찬가지이다. 이러한 점들은 근대 계몽기의 서사 양식이 서구의 문학 개념의 수용을 통해 발전했다는 일방적 담론의 바깥에서, 단형 서사물의 의의를 새롭게 찾아볼 수 있는 지점이라고 할 수 있다.

한편, 신문의 독자층은 신문의 문체와 큰 관련성을 가지고 있다.[23] 즉 한글 문체의 사용은 신문 구독의 실제 소비층과 글쓰기 대상인 대중의 성격을 짐작하게 해준다. 그러나 한글 문체의 사용 자체가 항상 시대적 진보와 발맞춘 것으로 보기는 어려울 것이다. 이광수의 경우, 그의 한글 사용은 오히려 반전통적 · 반역사적 사관에서 나온 것이라고 보아야 할 것이다. 매체에 대한 대응으로서의 그의 한글 사용과 독자층에 대한 고려를 높이 평가하고 그 기여도를 인정할수록 그의 이중성은 강화된다. 전통 문학에 대한 부정과 편견이 새로운 것에 대한 거의 맹목적인 사명감과 동반할 때의 불균형과 파행은 어떻게 보아야 할 것인가[24]의 문제

---

23) 김영민, 「한국 소설의 문체와 근대성의 발현」, 『매지논총』, 1999.2.

24) 그러한 점은 문학사를 바라보는 김윤식의 시각에서도 드러난다. 임화의 이식문학론을 극복하기 위해서, 근대의 기점을 18세기 영 · 정조 시대로 잡고 있으나 실증적, 구체적인 작업이 이루어지지 않았다. 또한 김윤식은 '신소설'을 고유 명사 즉 장르 개념으로 받아들이고 있는데, 일본의 정치 소설의 결여태로서 신소설을 바라보는 시각은 문제적이다. 일본식 개화와 문학 장르의 변화가 우리나라에 그대로 적용되는 것은 아니며, 우리나라의 신소설은 보통 명사로 새로운 소설이라는 개념으로 처음 사용되다가, 나중에 문학사를 기술하는 과정(김태준, 임화 등에 의해)에서 장르 개념으로 자리잡기 시작했다. 김영민, 『한국 근대소설사』 참조.

일 것이다. 이광수는 문명의 이념을 대체할 것으로 정신적 문명의 이념을 제안하고, 근대의 문화적 형식들의 제도화를 통해 정신적 문명론을 구체화하고자 하였다.[25] 그러나 그것은 근대의 이중성에 대한 자각과 민족적 현실에 대한 반성을 바탕으로 한 것으로 보기 어렵다. 그가 표방하고자 했던 종교·학문·예술은 재래의 민족적 형식이나 서구의 영향 관계 속에서가 아니라 일본과의 관계를 통해서 수용된 것이기 때문이다. 이광수가 추종한 것은 일본식의 문화의 내면화라고 할 수 있을 것이다. 오히려 위에서 살펴본 단형 서사물의 묘사 방식과 서술 기법 등에서 우리 문학에 잠재되어 있는 문학적 역량을 살펴볼 수 있을 것이다.

4. 결론

단형 서사물을 유형별로 분류하는 작업이나 그것의 특성을 논하는 것, 그리고 고전 소설이나 신소설과의 연관성을 살피는 것은, 결국 단형 서사물과 근대 서사 양식과의 관계를 구명하는 데에 이른다. 그것이 전통 문학을 계승하는 면모나 근대적 장르로서의 새로움이 발견된다는 결론 그 자체가 중요한 것은 아닐 것이다. 한국적 근대의 특성 위에 단형 서사물이 어떻게 놓여 있고, 그것을 어떻게 바라보느냐가 문제이다. '개화'와 '독립'은 사회적 요구이며 절실한 과제로서, 민족적 주체성의 확립과 사회 발전을 위해, 선각자와 지식인들은 그들의 정치적 필요성 위에 문학적 글쓰기를 수용했다. 개화기 신문 논설란에 발표되었던 단형 서사물의 특성은, 한국 근대 문학이 근대 계몽기 시대적 특수성을 적극적으로

---

25) 김현주, 「식민지 시대와 문명·문화의 이념」, 『민족문학사연구』 20호, 민족문학사연구소, 2002, 100~102면.

반영하며 성장한 문학임을 확인할 수 있게 해준다. 단형 서사물이 한결같이 계몽성 위에 놓인다는 것이, 소설의 기원으로서 문제가 되는 것은 아니다. 오히려 의식적 성숙 과정이 장르적 성숙 과정과 동반하지 않는다는 사실을 신소설 작가들의 의식적 성향을 통해 알 수 있다. 분량과 서술 방식만이 변화한다고 그 장르 의식이 확보되는 것은 아니다. 신소설이 보여주는 세계상이나 가치관은 오히려 단형 서사물들의 그것보다 심각한 수준의 것들도 많다.

개화기 지식인들은 당시 시대가 요구하는 여러 사회적 문화적 요건 위에, 얼마간 비판적 정신 위에 놓이기도, 얼마간은 열등감 위에 놓이기도 했던 것으로 보인다. 그것은 후대의 연구자들도 마찬가지다. 우리 시대의 문학의 원형을 탐구하는데 있어 단형 서사물을 바라보는 시각에는 긍정이나 부정이 필요한 것이 아니다. 우선 그것을 객관적으로 파악하고 비판적으로 바라보는 안목이 요구되고, 그것에 비추어 우리가 어떠한 궤적을 이어나가고 있는지 반성적으로 검토해야 할 것이다. 단형 서사물의 길이나 그것의 편내용적 성격, 계몽성이 우리의 근대 소설과 무관하게 놓이지 않는다는 것은, 근대소설이 일본이나 서양의 소설 장르의 영향 관계에 놓여 있음을 암묵적으로 동의하는 시각의 교정을 위해 이루어져야 할 것이다. 주체성의 확립은 객관성의 확보와 다른 길이 아닐 것이다.

대한이 이 위태함을 면하고 문명진보하여 안으로는 법률과 기강이 서고 사농공상이 응하여 사람마다 직업이 있게 되고 밖으로는 외국에 수모를 면하여 외국이 대한 정부와 인민을 점잖게 대접하게 할 도리는 외국 관인에게 물어서 되지 아니할 터이오 대한 관민에게 있는 것이라 백성이 참 백성의 도리를 하거드면 정부는 자연히 백성을 사랑하는 정부가 되는 점이요 정부가 백성을 사랑하거드면 각색 일이 자연히 잘 되여 가는 것이니 자연히 다니면서 걱정만 말고 당신부터 가서 당신의 직분을 하시오 (……) 당신의 일은 당신의 직무만 하고 남이 당신과 같이 하고 아니 하는 것과 그 일이 잘 되고 못 되는 것은 하나님께 부쳐버리거드면 당신은 죽어도 옳은 신하요 옳은 백성이요 세계에 점잖은 사람이라 하니 대한 사람이 아무 말도 아니하고 가면서 혼자 하는 말이 그 사람 말이 옳으나 종시도 내가 내 몸을 넘어 사랑하는지라 그 사람 말대로 하기가 대단히 어려우나 아무쪼록 내가 마음을 오늘날부터 고쳐 우리 님군과 우리 동포 형제를 위하야 죽어볼 마음을 기르겠노라고 하더라.

　　　　　　　　　　　　　　　—『독립신문』, 1898.1.8(강조는 인용자)

　위의 논설에는 당시의 시대적 요구와 상황, 민족의 일원으로서의 역할과 고민이 잘 드러나 있다. 대한 신사와 외국 정치가의 대화를 통해서 유추해 볼 수 있는 역학적 관계는 분명해 보인다. '외국 정치가'가 선각자이며 진보한 사회의 유지각한 사람으로서 교훈과 충고를 줄 수 있다면 '대한 신사'는 그것을 수용하고 깨우쳐야 할 사람이다. 그러나 서구적 주체관의 확립이 한국적 특수성 위에 그대로 실현되기는 어려워 보인다. 자유와 평등을 바탕으로 하는 서구의 개인적 윤리관과 기독교의 논리가 국권 수호와 열강의 침략에 맞서고자 했던 민족의 과제 앞에 대한 사람들에게 그렇게 적실하게 들어맞았던 것은 아니었다. 그것은 제국주의 이데올로기와 만났을 때 위험한 논리가 되며, 열등감과 패배감 형성의 원인이 된다. 근대 단형 서사물의 내용과 형식을 통해서 자각의 요구와 계몽의 법칙 위에 주변인처럼 서성이는 개화기 조선 사람들을 만나게 된다. 사회는 "내가 내 몸을 넘어 사랑할 것을 요구"하나, 그 방식은 명목의 절실성만큼이나 구체적이거나 분명하게 주어져 있지 않았다. 그 거리감 확보의 어려움 역시 당시 사회의 필연이었을 것이다. 그러나 그러한 진단이 모든 진보적 동력을 무력하게 만드는 것은 아니었다는 사실 역시 단형 서사물의 특성을 통해 확인할 수 있었다.

근대계몽기 단형 서사 삽입 시가 연구

『대한매일신보』에 실린 초기 다섯 편을 중심으로

김종훈

1. 서론

근대계몽기 신문 『대한매일신보』에 발표된 단형 서사문학작품은 총 38편이다.[1] 이 중에서 「향객담화」·「소경과 안즘방이 문답」·「향로방문

---

1) 이 글에서는 김영민이 『한국 근대소설사』(솔, 1997), 『근대계몽기 단형 서사문학 자료전집』(소명출판, 2003)에서 내린 정의를 따라 '서사적논설', '논설적서사' 두 장르를 합한 근대계몽기의 문학총칭으로 '단형 서사'를 사용한다. '서사적논설'은 당대 연재지에서 논설란이나 잡보란에 실려 있으면서 편집자적 논평이 잔존하고 작자의 의도를 인물이나 사건에 빗대어 드러낸 글을(『한국 근대소설사』, 41~48면 참조), '논설적서사'는 소설란이나 잡보란에 실려 있으면서 인물이 사건을 이끌어 나가고 한글 문장으로 쓰여졌으며 당시대적 정신이 반영된 글을 일컫는다(『한국 근대소설사』, 51·52면 참조). 다음은 『한국 근대소설사』(66면)에서 두 양식을 비교한 부분이다.
　'논설적서사'는 '서사적논설'에 비해 외형상 서사를 더 중시한 양식이면서도, 역설적으로 실제 내용에서는 현실에 대해 더욱 직절적이고 즉각적인 대응 방식을 위한 문학양식이었다. 이는 '서사적논설'이 우화 등을 통해 현실의 문제점을 우회적으로 지적하

의싱이라」·「거부오해」·「시사문답」 다섯 편은 같은 지면에 실린 다른 글들과 분량과 형태면에서 차이가 난다. 대개의 단형 서사물들은 하루 분으로 끝나거나 고작 이틀에 걸쳐 지면에 실리곤 했다. 그러나 위 다섯 작품들은 적어도 4회, 길면 27회에 걸쳐 연재된다.

「향객담화」: 1905년 10월 29일부터 11월 7일까지 4회
「소경과 안즘방이 문답」: 1905년 11월 17일부터 12월 13일까지 21회
「향로방문의싱이라」: 1905년 12월 21일부터 1906년 2월 2일까지 27회
「거부오해」: 1906년 2월 20일부터 3월 7일까지 11회
「시사문답」: 1906년 3월 8일부터 4월 12일까지 26회

이들 외에 『대한매일신보』에 여러 날에 걸쳐 연재된 글은 「의티리국 아마치젼」(1905.12.14~21), 「디구셩 미리몽」(1909.7.15~8.10)만이 있을 뿐이다. 『대한매일신보』가 아닌 다른 신문들에 수록된 글들을 참조하더라도, 신소설 이외의 당대 서사물들은 분량이 짧은 것을 원칙으로 하고 있다는 것을 알 수 있다. 따라서 위에서 언급한 다섯 편의 서사물들은 당대의 단형 서사와는 다른 예외적인 형태의 글로 분류된다.

또한, 이 다섯 편들은 분량의 길이와 더불어 『대한매일신보』에 수록된 단형 서사물의 가장 앞 시기를 점유한다는 공통점도 있다. 위의 다섯 작품의 발표시기는 『대한매일신보』에 수록된 38편의 단형 서사 중에서 가장 앞서 있는 것이다. 「소경과 안즘방이 문답」과 「향로방문의싱이라」 사이에 끼어 있으나 이 글에서 다루지 않는 「의티리국아마치젼」이 총 6회에 걸쳐 연재되었음을 고려한다면, 『대한매일신보』의 첫 부분에 수록된 단형 서사물의 분량이 대체로 길다라는 것을 확인할 수 있다. 한 문학 장르 내의 전개과정을 길이면에서 고려했을 때 앞 시기에 긴 분량의 글이 발표되고 이후에 짧은 분량의 글이 발표된 양상은 예외적이다. 한국

는 양식이었던 것에 반해, '논설적사사'는 소설 속 등장 인물의 입을 빌려 현실의 문제에 직접 개입할 수 있었기 때문이다."

시사의 계통 발생적인 측면을 예로 들자면, 향가나 고려속요, 시조에서도 장르 발생의 초창기에는 짧은 길이에서 출발한다. 향가는 4구체에서 8구체 그리고 10구체로 전개되었고, 속요는 향가의 압력을 받은 단연체에서 출발하여 후기에 이르러 연이 구분되었다. 이와는 성격이 다르지만 시조도 평시조에서 엇시조 그리고 사설시조로 나아간다.[2] 서사문학을 개체발생적인 측면에서 살펴보았을 때도 분량이 길어지는 전개과정은 평범한 사실이다. 장편소설을 먼저 쓰고 단편 소설을 나중에 쓰는 소설가를 찾기 힘들기 때문이다. 따라서 길이면에서 『대한매일신보』에 수록된 단형 서사물들의 배치는 보통의 서사 전개 과정을 역행하고 있다. 그 이유에 대해서는 여러 가지 추론할 수 있겠으나, 이 글에서는 다음에 언급하는 다른 공통된 면모와 연관해서 본론에서 다루고자 한다.

다섯 작품의 세 번째이자 마지막 공통점은 대화가 사건을 이끌어가고 있거나 대화의 흔적이 감지되고, 더불어 시가의 형식을 빌려 마무리되고 있다는 것이다. 대화와 시가가 상존하는 모습은 서사물의 전형적인 모습에서 벗어난다. 대화는 서사문학에서 사건을 이끌어 가는 중요한 축인 반면 시가는 기본적으로 일인칭의 장르인 운문문학에 속해 있다. 대화는 두 사람 이상이 있어야 하는 반면 시가는 기본적으로 한 사람만을 필요로 한다. 문학의 장르가 운문문학과 산문문학으로 대별되는 상황에서는 대화와 시가가 서로 배타적인 관계를 기본적으로 설정하는 것이다. 다른 짧은 단형 서사나, 이 글에서 다루지 않을 「의티리국아마치전」에는 이 두 가지 요건 중의 하나 내지는 모두 없다. 이처럼 서로 충돌하는 두 가지 부분을 동시에 가지고 있는 위의 다섯 작품을 대상으로, 이 글은 서사 양식에서 시가가 쓰인 이유를 삽입된 위치와 관련하여 고려해 보고, 아울러 시가와 대화형식의 사건전개, 상대적으로 긴 분량과의 내적 연관성을 살펴보고자 한다.

---

2) 4음보 8음보 10음보로 나아가는 향가의 형태 변화는 형식의 완결을 의미하지만 평시조에서 엇시조 사설시조로 나아가는 시조의 형태변화는 형식의 해체를 의미한다.

2. 대화에 의한 사건 진행과 4음보 시가의 삽입

다섯 작품에 공통적으로 시가가 삽입되었다는 것을 전제로 논의를 펼쳐가기에 앞서 선행해야 할 과제는 각 작품에 시가가 삽입되었다는 사실을 밝히는 일, 즉 글에 수록된 산문 부분과 운문 부분을 구분하는 일이다. 「향로방문의싱이라」를 제외한 다른 작품은 외견상 두 부분이 구분되지 않기 때문이다. 「향로방문의싱이라」는 산문 부분이 붙여쓰기의 형태로 제시되어 있으며, 운문 부분은 띄어쓰기의 형태로 제시되어 있다. 그러나 다른 네 작품은 전체가 붙여쓰기 형태로 이루어져 있다. 외견상 구분되지 않는 글을 운문과 산문 부분으로 나누기 위해서 한국 시가 운율의 고유한 전통인 음보 개념의 도입은 효과적이다. 한국 시가는 음절의 개수를 따지는 음수율이나, 각운 두운과 같이 행의 일정한 위치에 비슷한 소리의 음절을 배치하는 음위율이 아닌, 의미상 한 어절을 한 덩어리로 취급하여 길고 짧은 덩어리의 순서를 따지는 음보율로 운율을 형성하기 때문이다.3) 한국 시사에서 3음보는 고려속요에서 처음 등장하였으며 4음보는 시조나 가사의 틀로서 조선 시가의 운율규범이었다. 4음보는 또한 조선 후기에 유행한 판소리에서 노래를 담당하는 창 부분의 기본 율격이기도 하다. 근대계몽기가 고려보다는 조선시대와 가깝기 때문에 이때의 시가가 4음보의 압력 아래에 있는 것은 당연하다. 특히 가사는 운문과 산문의 중간장르로도 분류되기도 하는 만큼 서사문학에 영향을 주기는 쉬웠으며, 근대계몽기에도 신문의 독자투고란에 폭발적으로 발표되었을 만큼 끈질긴 생명력을 자랑하였다.4) 당대 시사성을 갖춘 대

---

3) 김인환, 『비평의 원리』, 나남출판사, 1994, 27면. "각운 조직이 체계화되어 있지 않은 우리 시는 각운 배치 대신에 율격 구성의 변화에 의하여 종지법을 표현할 수밖에 없다. 그러므로 우리가 우리 시의 운율이라고 말할 때에 그것은 한시나 영시처럼 운과 율격을 합하여 일컫는 명칭이 아니라, 율격과 그 이외의 소리결을 합하여 가리키는 명칭이 된다."

표적인 운문장르는 소위 개화가사였고, 당대 시사성을 갖춘 대표적인 산문장르는 '서사적논설'이건 '논설적서사'이건 신문에 실린 단형 서사물이었다. 나라의 주권이 일본에게 빼앗기는 시점에서 매국행위를 비판하고 애국계몽을 이야기하는 주제로 두 장르는 묶여 있다. 이후에 양반들의 가치관을 담을 수밖에 없게 되기는 했으나 판소리 또한 시대현실을 비판하는 시각을 놓치는 않았다. 따라서 단형 서사에서 시가가 삽입되었다면 그것의 음보는 4음보 연속체가 기본인 것이다.

　①근일 츈긔 화창ᄒ미 엇던 션비 량인이 손을 글고 높흔 곳에 올나 안져 쟝안 뎌도상 왕리ᄒ는 사람을 지점ᄒ며 고금치란의 시비를 평론ᄒ야5)

　②얼골도 / 쌘쌘ᄒ고 / 빗속도 / 편안ᄒ지 // 희희낙락 / 웃는 일은 / 무슴 죠흔 / 일이 있나 // 천치 즁에 / 상천치라 / 입을 버려 / 우슬 쩌에 // 개똥이나 / 너어 쓰면 / 비위에나 / 역할는지 //6) (사선은 인용자)

　인용문은 「시사문답」의 앞부분과 뒷부분에서 임의로 고른 것이다. ①은 작품의 앞에 해당하는 부분이다. "근일 츈긔 화창ᄒ미"의 도입부가 4음보의 율격으로 읽을 것을 유도하지만, 이어지는 구절인 "엇던 션비 량인이"가 즉시 이를 배반한다. "엇던"과 "션비"와 "량인"을 모두 끊으면 홀수음보가 되어 가사의 율격을 이탈하고, 이를 "엇던 / 션비 량인"이나

---

4) 김용직, 『한국 근대 시사』, 학연사, 1996, 51면. "우리 주변에서 발굴된 개화가사는 『대한매일신보』의 200수를 필두로 『독립신문』 『황성신문』 『제국신문』 등에 상당수가 수록되어 있다. 이에 대비되는 창가나 신체시 등은 줄잡아도 그 총수가 100여 수 정도에 그친다. 상대적인 의미에서 우리는 이 유형에 속하는 작품들이 양산되었다는 말을 할 수 있겠다."
5) 『대한매일신보』, 1906.3.8. 앞으로 인용할 근대계몽기 단형 서사물의 본문은 원래 신문에 발표될 때 띄어쓰기가 되어 있지 않은 형태로 제시되어 있다. 그러나 이 글에서는 자료집인 『근대계몽기 단형 서사문학 자료전집』(소명출판, 2003)의 표기방법을 따라 띄어쓰기를 한 채로 제시한다.
6) 『대한매일신보』, 1906.4.10.

"엇던 선비 / 량인으로 끊으면 뒷부분에서 의미상의 분절단위와 운율상의 분절단위가 엇갈리게 된다. 의미와 운율의 휴지를 어긋나게 해서 양쪽에서 모두 긴장을 일으키는 효과는 현대시에서 발휘된다. 당대는 현대시가 아직 출현하기 이전이기 때문에 ①을 운문과 연관하는 것은 무리가 따른다. 작품의 뒷부분에서 인용한 ②는 "쳔치 중에 상쳔치라"가 비록 의미상 앞 부분에 연결되나, 짝수음보를 유지하고 있다. 2음보로 의미상 앞 구절의 마무리 역할과 운율상 뒤 구절의 도입부를 함께 담당하는 예는 조선시대의 가사에서도 흔히 찾아 볼 수 있다. 따라서 ②는 운문을 지향하고 있다고 볼 수 있다.

4음보가 단형 서사문학에 삽입된 시가의 기본 율격을 이룬다는 가정은 이 글의 대상인 다섯 작품을 하나의 기준으로 묶는 데 기여한다. 「향로방문의성이라」는 띄어쓰기 형태로 시가 부분이 독립되어 있고, 「소경과 안즘방이 문답」과 「거부오해」에서는 본문에 "노릭"라는 어휘가 명시되어 그 다음 부분부터 시가의 시작을 알리고 있으나 다른 두 작품에는 이와 같은 표지가 존재하지 않는다. 실제로 「소경과 안즘방이 문답」에는 서로 돕고 살자는 앉은뱅이의 제의에 대해 소경이 허망해하는, "참 기막힌 말일셰 하며 허희쟝탄에 노릭 일곡 부르면서 막딕를 두루혀 갓더라 그 노릭에 흐엿스되 // 슈쳔년 / 오랜 나라 / 어이흐들 / 망홀손가 // 오빅년 / 놉혼 종소 / 뉘라셔 / 바라볼가 //"[7](사선은 인용자)의 부분에서 "노릭"를 기점으로 산문부분과 시가 부분이 나뉘어 있다. 이와 같은 사정은 「거부오해」도 마찬가지이다. 인력거꾼이 자신의 오해를 한탄하는 부분인 "인력거를 쓸고 가며 즈탄가 노릭흐니 그 노릭에 흐얏스되 // 산쳡쳡 / 슈중중이라 / 산이 놉파 / 만장이니 //"[8](사선은 인용자)에서도 "노릭"를 기준으로 앞에는 없던 4음보의 운율이 생성된다. 이와는 달리 「향괵담화」와 「시사문답」에는 산문과 운문이 명시적으로 구분되지도 않으며 운문의 시작을

---

7) 『대한매일신보』, 1905.12.3.
8) 『대한매일신보』, 1906.3.6.

알리는 표지도 없다.9) 그러나 ① ②의 인용문에서 확인할 수 있듯이 여기에는 서로 다른 성향의 구절이 공존한다. 이를 운문과 산문으로 나누어서 이해할 수 있는 근거가 4음보의 율격이며, 4음보의 율격을 기반으로 다른 세 작품과 공유하는 특성인 긴 분량과 대화체와의 관계를 추적할 수 있게 되는 것이다.

이 글이 대상으로 삼고 있는 다섯 작품에서 사건을 전개하고 있는 중요한 축이 인물들이 주고받는 대화라는 것은 앞장에서 이미 살핀 사실이다. 다른 작품들이 서술자의 일방적인 설명에 의존해서 사건이 전개된다는 점을 염두에 둔다면 이 사실 역시 당대 단형 서사물과는 변별되는 특성인 것이다. 설명으로 사건을 이끄는 단형 서사는 대개 서술자가 인물들보다 우위에 위치해서 인물을, 또는 그들이 겪은 사건을 전개하고 있다. 대화로 사건을 이끄는 서사일 경우 그 유형을 두 부류로 나눌 수 있는데, 하나는 대화를 나누는 두 인물의 주도권을 독자가 쉽게 감지할 수 있는 경우이고, 다른 하나는 대등한 위치에 놓인 두 인물이 대화의 주도권을 서로 주고받는 경우이다. 한 인물이 주로 말하는 역할을 맡고 다른 한 인물은 듣는 역할을 맡는 첫 번째 대화유형에서 서술자의 가치관은 주로 말하는 이로 집중되며 주로 듣는 이는 이를 부각시키는 종속적 역할을 한다. 대화가 서로 대등한 층위에서 이루어지는 두 번째 경우에는 서술자의 가치관이 어느 한 인물에 집중하기보다는 각각의 인물에 분산되면서, 글이 지향하는 의미가 처음부터 노골적으로 드러나지 않고 결말에 접근하면서 점진적으로 드러난다. 『대한매일신보』의 초기 다섯 작품의 대화 양상은 두 번째 경우에 해당한다. 이들 작품은 대화가 사건을 이끌어가고 있으며, 대화의 주도권을 한 사람이 일방적으로 쥐고 있기보다는 서로 양분하는 양상을 띠고 있으며, 그 대화 도중에 4음보의 율격을 지닌 시가가 삽입되고 있다.

---

9) 「시사문답」의 마지막에는 "구양용의 지은 바"라는 표지가 있으나 실제로 구양용의 시가가 삽입된 부분은 미미하다.

3. 토론체 형식과 시가 삽입을 통한 주제 표출

「향긱담화」는 몇 사람이 풍자와 야유의 방법으로 당대 시국과 위정자를 비꼬는 말을 서술자가 듣고 기록한 형식으로 이루어져 있다. 처음 사람이 위정자의 사리사욕을 꼬집자, 두 번째 사람이 그들의 무능함을 폭로한다. 세 번째 사람이 이들은 저승의 염라국 사람들도 저어할 것이기 때문에 오래 살 것이라고 풍자한다. 당대 위정자들에 대한 비판이라는 이 글의 주제를 어느 한 쪽에 기울지 않고 세 사람이 균등하게 나누어 가지기 때문에 여기에는 주동인물과 종속인물의 구분이 없다. 인물들 사이에 갈등이 없어서 인물의 개성을 파악하기는 어렵지만, 이 글의 사건은 인물의 말에 의해 전개되고 있다.10)

> **첫째 사람**: "우리들의 고루훈 소견으로는 엇더타 형언홀 슈 없거니와 (…중략…) 거쳐 범빅 / 의복졔도 / 문명국은 / 긔상이오 // 언어 힝동 / 쳐신 범졀 / 즈유 권리 / 비양호야 // 약훈 틔도 / 아죠 없시 / 텬지간에 / 오유호야 / 학문으로 / 업을 숨고 / 신의로 / 근본 숨아"11) (사선은 인용자)
>
> **둘째 사람**: "나라의 흥망셩쇠는 쳔시와 국운이라 인력으로 홀 바리오 (…중략…) 졍부롤 / 조직호야 / 시졍긔션 / 못호기는 / / 쥬무더신 / 칙임이오 // 샤회롤 / 창립호야 / 일심단쳬 / 못호기는 // 인민의 / 칙임인즉 // 왈시 왈비 / 말을 말고 / 곤히 든줌 / 씨여가며"12) (사선은 인용자)
>
> **셋째 사람**: "나라 흥망은 쳔시와 국운에 잇다호니 지공무스한 아님이 쳔흐만국 감찰호스 (…중략…) 구미각국 / 널은 셰계 / 립헌졍치 / 공화졍치 // 슝

---

10) 김영민은 이 작품을 가지고 여러 사람이 질문하고 한 사람이 답하는 문답체라고 하기보다는 대등한 관계에서 논의가 이루어지는 토론체에 가깝다고 했다. 이 글에서 논의하는 '대화'도 종속적인 관계보다는 대등한 관계를 전제로 두기 때문에 그의 의견을 적용한다면 문답체보다는 토론체에 적합하다. 김영민, 『한국 근대소설사』, 솔, 1997, 59면 참조.

11) 『대한매일신보』, 1905.10.29.

12) 『대한매일신보』, 1905.10.31.

상흐는 / 문명국은 / 빅성이 / 크다 흐딕 // 우리나라 / 압졔졍치 / 딕소소
를 / 물론흐고"[13] (사선은 인용자)

서술자가 사건을 전개하는 부분은 산문형태이지만 인물들의 말은 인
용문에서 확인할 수 있듯이 각각 산문형태로 시작해서 중간부터 4음보
의 율격을 띠기 시작한다. 인물의 대사는 자신의 말에 탄력을 받아 감정
이 고조되는 지점에서 율격이 형성되고 있다. 세 사람의 말은 모두 4음
보의 율격을 가지고 있는 것이다. 이는 인물의 대사 곳곳에서 나타난다.
즉, 4음보의 율격은 대화 곳곳에 삽입되어 주로 각각의 대화 후반부의
정서의 고양을 드러내고 있다.

「소경과 안즘방이 문답」에서는 소경과 앉은뱅이가 처음부터 대화를
주고받으며 사건을 전개한다. 소경은 점을 치는 일을, 앉은뱅이는 망건
만드는 일을 하고 있는 하층민이다. 점을 치는 일이 이성을 중시하는 근
대계몽기에 비판되었던 신비주의를 상징하는 직업이라면, 망건 만드는
일은 근대 계몽의 사상을 외국에서 도입할 수밖에 없었던 당대 조선 사
회가 버려야 하는 인습을 상징하는 직업이다. 신체적인 결함이 있기 때
문에 또, 전근대적인 직업을 가졌기 때문에 이들은 하층민이며 낙오자이
다. 비록 본인들은 낙오자이지만 그들의 논의에서 개화 그 자체가 비판
되지는 않는다. 이들이 비판하는 것은 을사조약, 신문폐간, 위정자의 사
리사욕이고 또 시대에 뒤떨어진 상대방의 직업이다. 이들이 긍정하는 것
은 개화, 문명, 교육과 같은 당대 계몽의 담론에 속한 내용들이었다. 지
은이는 시대착오적인 직업을 가진 하층민까지도 매국을 비판하고 계몽
을 지지한다는 점을 부각하면서 독자를 설득한다. 이와 같은 주제는 「향
긱담화」와 비슷하지만 인물의 역할은 차이가 난다. 이들에게는 서로간의
갈등이 존재하고 있다. 자신의 직업과 상관없는 근대 계몽 담론을 이야
기하는 부분에는 갈등 없이 한 목소리가 나고 있으나, 자신의 생계가 전

---

13) 『대한매일신보』, 1905.11.1.

근대적 가치관에 얽매인 것이기 때문에 비판의 화살은 상대방의 직업에게, 때로는 자신의 직업에게 향하며 갈등이 나타난다. 비판의 대상이 대화를 주고받는 상대방에게 향할 때 서로간의 갈등은 존재한다. 또한 그것이 자신을 향할 때에도 갈등은 내적으로 일어나고 있다. 이 갈등은 해결될 수 없는 것이다. 불구가 아니었다면 자신의 가치관에 부합하는 직업을 선택할 기회가 늘어나 갈등이 해소되겠지만, 이들이 지닌 신체적 장애가 고쳐질 수는 없기 때문이다. 이들에게는 생존을 위해서 자신의 가치관에 반대되는 직업을 선택하는 것밖에 남아있지 않았다.

운문부분은 대화를 서로 주고받는 도중 나오는 "노리"를 기점으로 등장한다. 현실 세태와 서로의 직업을 비판한 뒤 앉은뱅이가 서로 도와 살면 정상인처럼 살 수 있다는 낙관적 전망을 내놓자 소경이 그래보았자 자신의 고통은 줄지 않고 오히려 늘어날 뿐이라고 대답하는 부분이다. 이 부분은 작품의 제일 마지막에 위치해서 소경의 어찌할 수 없음의 감정을 효과적으로 드러내고 있다.

「향로방문의싱이라」는 시골의 노인이 서울에 올라와 한 약국의 의생, 즉 약사를 방문해서 자신의 일생을 반추하고 시세를 논하는 구조를 띠고 있다. 경제적으로 부유했으나 미신과 같은 전근대적 사고를 따르다 가산을 탕진한 노인의 이야기에는 봉건적 가치관을 비판하고 근대적 가치관을 긍정하는 가치관이 담겨 있다. 또한 근대적 가치관을 추종한다는 위정자들이 실상 매국행위와 사리사욕을 일삼는 것을 보고 노인과 의생이 함께 한탄하는 부분에서, 지은이는 근대적 가치관의 표피만 따르는 무리를 경계해야 한다는 경고를 은연중에 남기고 있다.

노인이 과거를 회상하는 부분에서 의생은 주로 노인의 말을 들어주는 보조적 역할에 머물러 있으나, 시세를 비판하는 대목에 접어들면서 노인과 대등한 위치에서 함께 비판적 목소리를 내고 있다. 「소경과 안즘방이 문답」에서와 같이 상대방을 비판하는 갈등의 대목이 없기 때문에 이 글의 대화양상은 대등한 위치에서 갈등 없이 한 목소리를 내는 「향긱담화」

와 닮아 있다.

이 글의 시가는 크게 두 부분으로 나뉜다. 하나는 띄어쓰기의 형태로 명시되어 있는 부분이고, 다른 하나는 띄어쓰기가 되어 있지 않지만 4음보의 율격을 지니고 있는 부분이다. 띄어쓰기 형태로 제시된 시가는 작품의 후반부에 노인의 깨달음을 듣고 서술자가 감복하여 이를 기리는 데에 등장한다. 즉, 띄어쓰기로 명시된 시가는 서술자의 노래인 것이다. 붙여쓰기의 형태이지만 4음보의 율격을 지닌 부분은 서술자의 노래 이전에 시작해서 그것을 덮어쓰며 마지막까지 이어지고 있다. 이 시가는 노인이나 의생의 말이다. 그러나 글은 이런 음보가 감지되지 않는 산문 형태로 시작한다. 인물들의 감정이 격해지면서 대화는 율격을 구비하는 것이다. 산문 형태인 글의 도입부와 운문 형태인 글의 후반부를 소개하면 다음과 같다.

> 도입부 : "나의 ᄉ경은 그더가 다 아는 바어니와 너가 츌싱 이후로 식육 부귀 팔십년에 지금 나히 팔십이라"[14]
> 후반부 : "어화 우리 / 동포들은 / 곤이 든 잠 / 찌오시오 // 다 발갓네 / 다 발갓네 / 동역에서 / 도든 힉가 // 일즁이 / 되얏스니 / 딕명 텬디 / 지지금이라 // 찌오시오 / 찌오시오 / 잠잘 쩌가 / 아니로다"[15] (사선은 인용자)

「거부오해」는 인력거꾼이 시사용어에 대한 자신의 오해를 깨닫고 바로잡는 줄거리를 담고 있다. 정부조직을 정부조짚으로, 정부를 짠다는 말에서 '짠다'의 의미를 일진회 회원이 정부관리를 쥐어짠다는 의미로, 시정 개선을 시정상인들이 몰려다니는 의미로, 통감부를 책이름으로 잘못 알았던 무식한 인력거꾼이 자신의 과오를 깨닫게 되는 순간, 오해에 의해 은폐되었던 조선의 비참한 현실이 드러난다. 조직을 조짚으로 오해

---

14) 『대한매일신보』, 1905.12.21.
15) 『대한매일신보』, 1906.1.30.

한 부분에서 숨겨진 진실을 찾기는 어렵지만, 다음에 이어지는 오해 내용에는 비참한 조선 현실의 한 진실이 담겨 있기 때문이다. 일진회가 장악했던 정부조직 개편에서 '짠다'가 '마련한다'의 뜻으로 풀이하는 진실은 사전적 의미일 뿐이다. 이 풀이는 보편적이기는 하지만 조선의 주권이 일본에 의해 잠식되고 있는 당대의 특수성을 반영하지는 못한다. 그러나 '짠다'를 '쥐어짠다'로 오해했을 경우, 그것은 당대의 특수성을 반영하는 진실을 담은 오해가 된다. 이와 같이 상황적 아이러니로서 독자에게 웃음과 동시에 자조를 전달하는 인력거꾼의 깨닫는 과정은 스스로 마련된 것이 아니라, 모처에 모여 있는 객들의 대화에 의해 마련되었다. 즉, 「거부오해」의 주제전달과 미적 효과의 한 몫을 대화가 담당하고 있는 것이다. 인력거꾼의 무식이 유식으로 변화하는 그 기저에는 주변 인물의 조언이 결정적이다. 주인공과 보조인물로 나눌 수 있을 만큼 「거부오해」에서 인력거꾼의 모습은 전면에 배치되어 있다. 그러나 주변인물인 여러 객들은 갈등 없이 주인공을 돋보이는 역할에 머물러 있지만은 않는다. 이들 상호간에 외면적인 갈등이 보이지 않지만, 이들의 말은 인력거꾼의 내적 갈등을 자극하고 있다. 갈등을 겪고 현실을 인정하는 부분에서 시가는 삽입된다. 그 표지는 「소경과 안즘방이 문답」과 같이 "노리"를 기점으로 글의 마지막에 나타난다.

「시사문답」은 시골 선비 호문생과 서울 선비 선해생이 시사에 대해 문답하는 형식으로 구성된 글이다. 도입부에서는 호문생이 주로 질문을 하고 선해생이 주로 답변을 하여서 선해생이 현실 상황에 대한 심도 있는 인식을 지닌, 상대적 우위를 점한 것으로 보이나 작품의 후반부에서는 호문생 역시 나름의 가치관을 가지고 세태를 비판하고 있다. 그렇기 때문에 전체적으로는 이 둘 역시 대등한 위치에서 주제를 드러내는 인물로 보아야 한다. 이들이 비판하는 제도는 근대문물의 허상과 쇠약해지는 경제현실이다. 근대문물의 경우 그 자체의 도입이 비판되는 것은 아니다. 기차·자명종·전기·전화 등은 백성의 생활을 윤택하게 하기 때문에 이롭다. 다만 이것들을 도입하기 위해, 또한 이것들을 사용하기 위해 내는 돈이 남의 수중에 들어가는 현실이 문제가 된다. 주체적으로 수용할 경제적 자립 기반이 형성되지 않은 채 근대문물을 도입할 경우 그나마 취약한 조선 경제는 무너지게 마련이다. 내적 성장 없이 근대 문물이 주는 편리함을 뒤쫓는 일은 제 살을 깎는 일과 마찬가지이다. 두 선비는 조선 경제의 외적 성장만을 보고 즐거워하는 독자의 태도에 경종을 울리기 위해 대화를 나누고 있는 것이다. 이어서 겉모습에 치중하는 현상에 대한 경계는, 내실은 도외시하고 훈장만 남발하는 정부의 정책을 비판하는 데로 나아가고, 주체성 몰락의 경계는 차관도입의 허상을 폭로하는 데로 나아간다. 부정적 현실을 타개할 단 하나의 길은 이들이 생각하건대 교육사업이다. 그러나 정부는 백성을 키우는 일을 도외시하고 오히려 불한당들을 지방에 내려보내 백성을 착취하는 데 혈안이 되어 있다. 어두운 현실에 좌절한 이들의 우울한 정조는 구양용의 "셕양 지산에 인영이 산란ᄒ고 금죠는 지산림 지이부인지"와 같은 시가를 함께 읊는 것으로 최고조에 달한다. 이 시가의 삽입부분은 글의 제일 글 마지막이지만 대화의 마지막에도 4음보의 율격이 감지되고 있다.

4. 시가 삽입을 통한 서술 방식의 보완

「향긔담화」를 제외한 나머지 네 작품을 대상으로 김영민은 시가가 삽입된 이유를 문학 작품의 소통 과정의 거시적인 시각에서 진단한 바 있다. 특히 그는 「소경과 안즘방이 문답」과 「향로방문의싱이라」「거부오해」에서 작품의 마무리에 시가가 존재하는 사실에 주목한다.

「소경과 안즘방이 문답」의 마지막 장면은 길을 떠나는 소경이 노래를 부르는 것으로 되어 있다. 작품의 마지막에 소경이 부르는 노래 가사를 수록함으로써 작품의 형식적 마무리를 하고 있는 것이다. 이러한 노래 가사의 수록은 당시의 '논설적사사'가 소설적 요소뿐만 아니라, 시가적 요소까지 활용하면서 독자 대중에게 가까이 다가간 개화기의 새로운 문학 양식임을 보여준다는 점에서도 의미가 있다.16)

인용문에선 시가적 요소의 활용이 곧 독자 대중에게 다가섬을 의미한다. 독자 대중에게 시가는 이미 친숙해져 있다는 것을 전제로 한 분석이다. 여기에는 앞에서도 언급했듯이 판소리의 대중적 영향력과 당대 유행한 개화가사의 압력이 고려되었을 것이다. 이들의 현실 비판 기능이 서사 그 자체보다는 논설을 목적으로 한 근대계몽기 단형 서사의 존재 이유와 잘 들어맞아 수용자에게 그 취지를 효과적으로 전달한다는 논의가 위의 평가에는 들어 있는 것이다. 이와 같은 평가는 문학 공급자와 텍스트, 문학 수용자의 관계를 주목했을 때 형성된다. 텍스트 안에서 시가가 삽입된 이유와 그것이 위치한 부분의 의미를 토대로 텍스트 밖의 문학 행위 주체들과 연결하고자 하는 이 글에서는 앞 장에서 수행한 개별 텍스트의 분석 결과가 일차 자료가 된다.

	사건의 전개	시가의 위치		시가의 내용과 성격	시가의 형태	시가 등장 표지
향긱담화	대화가 주도	각 인물의 이야기 마지막		세태비판, 공격적 어조	진술 속 4음보	따로 없음
소경과 안즘방이 문답	대화가 주도	글의 마지막		세태탄식, 절망적 어조	진술 속 4음보	"노리"
향로방문의 싱이라	대화가 주도	서술자 시가	글 후반부	향로에 대한 감동	독립된 4음보	띄어쓰기
		인물시가	중반부→끝	세태비판, 공격적 어조	진술 속 4음보	따로 없음
거부오해	대화가 주도	글 마지막		세태탄식과 절망적 어조	진술 속 4음보	"노리"
시사문답	대화가 주도	글 마지막, 각 인물의 이야기 마지막		보이지 않는 전망에 대한 절망적 어조, 세태비판	진술 속 4음보	"구양용이 지은 바", 따로 없음

---

16) 김영민, 『한국 근대소설사』, 솔, 1997, 69면.

다섯 편의 글에 모두 해당하는 공통점은 사건을 전개하는 축을 대화가 맡고 있다는 것과, 시가가 삽입된 위치가 글 전체에서건 한 인물의 대화에서건 마지막에 등장하고 있다는 것이다. 글 전체가 대화 위주로 구성되어 있음을 감안한다면, 결국 시가는 대화의 마지막에 그 모습을 나타낸다. 다섯 작품 모두 글의 대화가 시가의 등장과 함께 마무리되는 현상은 우연의 일치이기 힘들다. 대화를 나누는 상대방이 같은 가치관을 가지고 있는 인물일 경우 한 인물의 말은 상대방의 말에 의해 탄력을 받아서 어조가 강해지기 마련이고, 다른 가치관을 가지고 있는 인물들일 경우 한 인물의 말은 상대방의 말에 자극을 받아서 격정적이 되거나 비탄에 빠지기 마련이다. 대화의 양상이 세태를 비판하는 쪽으로 진행되는 다섯 작품의 경우에는 특히 인물들이 주고받는 말은 자신의 감정을 토로하는 쪽으로 옮겨간다. 고양된 감정은 감정적인 탄식이나 세태에 대한 비판으로 향한다. 이때의 가열되는 감정을 마무리하는 장치로서 시가의 삽입은 효과적이다. 왜냐하면 시가는 서사보다 인물의 감정을 잘 드러내기 때문이다. 시가는 기본적으로 1인칭의 장르로서 1인칭의 감정을 표현하는 데 유용하다. 시가는 감정의 주체가 화자에게 곧바로 연결되지만 서사는 감정의 주체가 대개 둘 이상의 인물과 서술자로 분산되어 연결된다. 위의 다섯 작품은 대등한 위치에 선 인물이 등장하고 서술자가 또한 존재한다. 고양된 감정은 이들에게 처리하기 힘든 과제가 된다. 그러나 여기에 시가가 삽입되면 그것이 지닌 본래의 성향 때문에 감정은 효과적으로 처리된다.

감정을 처리하는 방식에 산문보다는 시가가 어울린다는 진술은 다섯 작품에 삽입된 시가의 형태를 고려하더라도 유효하다. 가장 독립된 시가 형태는 「향로방문의싱이라」에서, 산문과 분간하기 힘든 시가 형태는 「향긱담화」에서 찾을 수 있다. 「향로방문의싱이라」에서 서술자의 감정을 토로하는 부분에 삽입된 시가는 띄어쓰기로 제시되어 있으나 「향긱담화」에서 시가는 산문과 구분하는 외적 표지가 마련되어 있지 않다. 이 들을 양극단으로 했을 때 중간에 "노릭"로 시가와 산문부를 구분한 작품들이 놓여 있다. 그런데, 형태상 운문을 지향하는 시가는 내용면에서도 감정의 주체면에서도 1인칭을 지향하는 반면 형태상 산문과 섞여 있는 시가는 내용면에서도 감정 표현의 주체면에서도 3인칭을 지향한다. 「향로방문의싱이라」의 감정을 토로하는 주체는 인물이 아니라 진술의 주체인 서술자이다. 진술의 주체와 감정의 표현 주체가 1인칭으로 일치한다. 내용 또한 상대적으로 1인칭을 지향한다. 서술자가 향로의 이야기를 듣고 감동한 바 있어서 노래한다고 명시되어 있기 때문이다. 「소경과 안즘방이의 문답」이나 「거부오해」는 "노릭"라는 표지가 있으나 감정 표현의 주체를 서술자가 아닌 인물이 맡고 있다. 즉, 인물의 노래인 것이다. 만일, 서술자가 맡았으면 이 부분의 원문 또한 띄어쓰기가 되어있을 것임을 미루어 추측할 수 있다. 반면에 「향긱담화」는 감정 표현의 주체가 인물일 뿐만 아니라 그 내용도 감탄이나 탄식과 같은 1인칭을 향하지 않고 풍자와 같이 외부대상 즉, 3인칭을 지향한다. 이와 같이 다섯 작품에는 감정의 표현 주체나 내용이 1인칭으로 수렴될 경우 시가의 형태가 산문과 대비되어 부각되고, 감정의 표현 주체나 내용이 3인칭으로 발산될 경우 시가의 형태가 산문에 섞여 침잠한다. 요컨대, 다섯 작품에서는 감정이 격해진 대화를 마무리짓는 데에 시가가 활용되고 있으며, 노래하는 주체가 서술자이면서 동시에 그 내용이 자기를 향할 때 삽입 시가는 운문 장르의 형태를 지향하고, 노래하는 주체가 인물이면서 동시에 그 내용이 사회비판으로 향할 때 삽입 시가는 산문과 형태상의 구분이 어렵게 된다는 것이다. 만약 시가가 삽입되지 않았다면, 이들의 대화는 계속되거나 의미상 어색하게 마무리되었을 것이다.

실제로 작품이 지면에 발표되는 도중에 일어난 현실 세태까지도 각 인물의 입을 빌려 즉각적으로 대응했던 사실에서도 이를 간접적으로 확인할 수 있다.[17] 비판의 강도는 계속되고 있는데, 비판할 일은 계속 생겨나고 있다. 이들 작품은 그것에 또한 즉각적으로 반응한다. 제동장치가 특별히 마련되지 않으면, 서사는 계속될 수밖에 없다. 이러한 형국에서 감정의 처리에 익숙한 시가가 등장하며 제동장치의 역할을 맡는다. 현실 세태의 즉각적인 반응은 감정을 고조시킬 뿐만 아니라 글의 분량을 길게 한다. 애초에 완전한 기획 아래에서 글이 쓰여진 것이 아니었으므로 구성은 미완결 형태였다. 여기에 그때그때 일어나는 세태에 대한 풍자가 글쓰는 목적에 첨가된다. 글은 길어질 수밖에 없다. 더욱이 다섯 작품에는 대등한 위상을 지닌 두 인물 이상이 여러 각도에서 계속되는 현실의 사건에 반응한다. 대화는 거듭되고 사건은 이어지고 감정은 높아지고 시가는 삽입된다. 이와 같이 일정한 패턴을 파악했을 때 비로소 시가가 삽입된 단형 서사는 그렇지 않은 단형 서사보다 왜 분량이 길까라는 처음에 가졌던 물음은 이제 어느 정도 해결될 가능성을 보인다. 시가가 삽입되었기 때문에 분량이 길어진 것처럼 보이지만 실제로는 더 길어질 수 있는 서술의 가능성을 막기 위해 시가가 삽입되었다. 또한 세태 비판의 목적을 지닌 근대계몽기의 단형 서사에서 감정처리까지 요구하는 경우 새롭게 생겨난 세태에 대해 곧바로 대응하기가 어려워진다. 따라서 처음에는 시가를 차용하여 감정처리까지 했으나 이후에는 감정처리 부분을 제거한다. 이는 이후의 근대계몽기 단형 서사에서 시가가 삽입되지 않는 사실로 미루어 판단할 수 있다.

감정이 고조되는 대화의 마지막에 시가가 삽입된 사실이 곧 감정처리의 일환으로 시가가 활용되었음을 보증한다면, 이는 역설적이게도 당대 서사문학의 미숙함을 드러내는 단서이다. 후대의 서사문학은 극적 효과를 떨어뜨리지 않으면서 감정의 최고선을 서사 기법으로 소화해 낸다. 감정선의 최고조에서 근대계몽기의 단형 서사는 이 감정을 처리하는 데

---

17) 김영민, 『한국 근대소설사』, 65~66면 참조. "당시의 비실명 소설은 서사를 완성시키고 그것을 나누어 연재한 것이 아니라, 매일 매일 현실의 변화를 보면서 마치 시사 해설하듯이 소설을 써 나갔다는 사실을 알 수 있다. 비실명 소설은 지금의 우리에게는 단지 소설로만 받아들여지지만, 발표 당시 독자들에게는 시사 해설의 기능을 함께 지니고 있는 문학 양식이었다."

다른 장르를 빌려 오고 있다. 이와 같은 사실은 시가가 곧잘 활용된 고전 서사물에서도 찾을 수는 있으나 시가가 삽입된 고전서사는 예외 없이 작품의 절정부를 시가에 내주지는 않는다. 또한 인물의 대사 중간에 삽입되어 산문과 구분되지 않고 쓰이는 일은 보기 힘들다. 더욱이 분량에서도 시가 부분이 없는 고전 소설과 시가 부분이 삽입된 고전 소설은 차이가 나지 않는다. 근대계몽기 단형 서사의 서술 기법은 근대 정치제도 경제제도와 같은 새로운 현상에 반응하는 적절한 양식을 찾지 못했던 것이다.

5. 결론

지금까지 근대계몽기의 신문 『대한매일신보』에 발표된 단형 서사문학 작품, 「향객담화」・「소경과 안즘방이 문답」・「향로방문의성이라」・「거부오해」・「시사문답」을 대상으로 삽입된 시가의 형태와 내용을 분석하여 내적 특질과 서사 부분과의 연관성을 살펴보았다. 다섯 개의 서사물들은 당대의 단형 서사와 견주어 긴 분량을 가지고 있으며 가장 앞 시기에 발표된 글이라는 공통점을 가지고 있다.

「향긱담화」는 서술자가 사건을 전개하는 부분은 산문형태이지만 인물들의 말은 각각 산문형태로 시작해서 중간부터 4음보의 운율을 띠고 있다. 「소경과 안즘방이 문답」에서 운문부분은 대화를 서로 주고받는 중간에 "노릭"를 기점으로 등장한다. 이 부분은 작품의 제일 마지막에 위치해서 소경의 절망적 감정을 효과적으로 드러내고 있다. 「향로방문의성이라」의 시가는 크게 두 부분으로 나뉜다. 하나는 띄어쓰기의 형태로 명시되어 있는 부분이고, 다른 하나는 띄어쓰기가 되어 있지 않지만 4음보의 율격을 지니고 있는 부분이다. 띄어쓰기로 명시된 시가는 서술자가 주체이며 붙여쓰기의 형태의 시가는 인물이 주체이다. 「거부오해」에서는 인물들이 갈등을 겪고 현실을 인정하는 부분에서 시가가 삽입된다. 그 표지는 「소경과 안즘방이 문답」과 같이 "노리"를 기점으로 글의 마지막에 나타난다. 「시사문답」은 인물의 우울한 정조를 도우면 작품 마지막에 시가를 도입하고 있다.

다섯 편의 글에는 모두 사건을 전개하는 축을 대화가 맡고 있으며, 시가가 글 전체에서건 한 인물의 대화에서건 마지막에 등장하고 있다. 가열되는 감정을 마무리하는 장치로서 시가가 삽입되고 있는 것이다. 또한 감정의 표현 주체나 내용이 1인칭으로 수렴될 경우 시가의 형태가 산문과 대비되어 나타나고 감정의 표현 주체나 내용이 3인칭으로 발산될 경우 시가의 형태가 산문에 섞여 그것과 혼재되어 나타난다. 따라서 시가가 삽입되었기 때문에 분량이 길어진 것처럼 보이지만 실제로는 더 길어질 수 있는 서술의 가능성을 막기 위해 시가가 삽입된 것이다. 또한 세태 비판의 목적을 지닌 근대계몽기의 단형 서사에서 감정처리까지 요구되는 경우 새롭게 생겨난 세태에 대해 곧바로 대응하기가 어려워진다. 따라서 처음에는 감정처리까지 했으나 이후에는 감정처리의 부분을 제거한다. 이는 이후의 근대계몽기 단형 서사에서 시가가 삽입되지 않는 사실로 미루어 판단할 수 있다. 시가가 대화나 작품의 마지막에 삽입된 사실은 또한 당대 서사문학의 미숙함을 드러내는 단서이다. 감정의 최고조에서 단형 서사는 이 감정을 처리하는 데 다른 장르를 빌려 오고 있기 때문이다. 근대계몽기의 단형 서사의 서술 기법은 동시대의 현실을 드러내는 기법이 아직 마련되지 않았던 것이다.

개화기 서사양식에 내재된 연극성으로서의 유희 연구 (1)

「골계 절영신화(滑稽 絶瓔新話)」를 중심으로

양세라

1. 머리말

이 논문은 신문이라는 미디어(媒體)에 나타난 개화기 서사양식을 통해 이 시기의 극양식을 체험하는 방식에 대해 연구한 것이다. 당시 신문에 발표된 서사물은 다양한 양식의 특성이 혼재되어 있으며, 서사를 전달하는 방식까지 포함하고 있다. 그 가운데, 이 글은 연극으로서의 놀이(遊戱)가 신문매체 안에서 서사를 전달하는 방식으로 차용되고 있는 것에 대해 논의한다. 근대적 미디어인 신문의 성립은 연극을 다른 차원으로 경험하는 중요한 원인이었다. 그것은 연극으로서의 놀이(遊戱)가 신문매체 안에서 서사를 전달하는 새로운 방식으로 전환되고 있는 것을 통해 확인할 수 있다. 따라서 이 글은 근대적 미디어가 지각방식의 하나인 극(劇)을 이전과 다르게 경험하는 방식에 대한 해석일 수 있다. 이 해석은 극양식의 경험이 개화기 서사물에 재현되고 있는 공연방식에서 찾는다. 이때의 공연방식은 양식화되어 있는 전통극의 놀이(遊戱)적 상황으로, 이 상황에서 연극성이 그대로 재현되고 있음을 보았다. 이에 대한 구체적인 예는 「골계 절영신화(滑稽 絶瓔新話)」[1]를 통해 연극으로서의 '놀이'가 시각적으로 경험되고 사회의 의사소통기구로 사용되는 예를 살펴볼 것이다.

이 시기 서사물에 대한 중요한 지점은 그것이 소설이라는 양식을 생산하는데 기여하고 있다는 것이다. 그래서 다층적인 성격을 지닌 개화기 서사양식은 '소설'이라는 근대문학의 대표적인 양식을 형성하기에 이르는 문학사적인 맥락을 지닌다. 소설의 중요한 형성요소인 개화기 서사양식에 대한 연구는 따라서 오랜 동안 그것의 문체와 양식, 서술방법에 대한 연구 위주로 '신소설'이라는 새로운 문학 양식을 설명하기 위한 맥락에서 이루어져 왔다. 그러나 최근의 연구들은 개화기의 서사양식에 대한 연구를 통해 '소설'이라는 양식상의 외연(外延)을 적극적으로 확장하여 서사양식 일반을 대상으로 재인식하기 시작하였다. 즉, '문학(文學)'과 '문(文)' 사이의 관련에 집중하면서 글쓰기 일반의 시각에 서서 이 시기 문학의 존재방식에 대해 다른 차원의 연구를 하기에 이르렀다.[2] 이러한 연

---

1) 이 글은 발표 당시 제목이 〈滑稽 絶瓔新話〉로 표기되어 있다. 이후 이 글에서는 〈골계절영신화〉로 표기할 것이다. 자세한 서지사항은 논의전개상 본문에서 기술한다. 필자 주.
2) 이러한 예로 살펴 볼 수 있는, 이 시기의 서사양식에 대한 연구 가운데 대화체 양식을 중심으로 전통극과 근대극의 접맥양상을 다룬 논의들은 다음과 같다. 1900년대 후반에 집중적으로 나타난 대화체 문학을 희곡의 관점에서 파악한 논의는 김상선의 『한국근대희곡론』(집문당, 1985)과 김원중의 『한국 근대 희곡문학 연구』(정음사, 1986)에서 시작되었다. 권순종도 『한국희곡의 지속과 변화』(중문, 1993)에서 이러한 관점을 논의하였으며, 이정순의 「한국 근대희곡의 형성과정 연구」(부산대 박사논문, 1999)가 구체적인 사례를 들어 연구한 예이다. 그러나 이들의 연구는 개화계몽기의 단형 서사 양식의 복합적인 성격을 고려하지 않고 단순히 희곡의 발달사 안에서 조명하고 있다. 구체적으로 개화기 서사양식에 대한 연구를 한 것은 아니나 사진실의 연구(『공연문화의 전통-樂, 戱, 劇』, 태학사, 2002)는 새로운 해석의 가능성을 준 연구이다. 즉, 자생적으로 발달한 대화체의 글쓰기 방식 등이 근대희곡의 형성에 끼친 영향은 인정하나, 이들에 대한 연구가 연극사의 입장에서 기록된 희곡의 흔적 찾기에 멈추는 것이 아니라

구 성과에 도움 받아 이 연구는 서사양식이 지닌 특유의 체험의 장으로서의 성격의 일면을 살펴보는 것이기도 하다.

이 시기 신문상에 나타난 서사양식은 동시대 일반적인 신문들과 마찬가지로, 계몽을 전달하기 위한 논설이 서사의 옷을 입고 독자들에게 전달되고 있다. 또한 개화기 서사양식은 당시의 독자들이 수용했던 서사전달의 향유방식을 그대로 드러내는 특성을 지니고 있다. 특정한 시대의 특정한 문화를 가진 사회는 커뮤니케이션의 형태에 의해 규정된다고 볼 수 있다면, 이 시기 신문이라는 미디어에 드러난 개화기 공간은 새로운 방식으로 사회를 보여주게 된 것이다. 이를 근대화의 특성으로 볼 수 있다면, 사회 문화적인 변동에 따라 의사소통의 시스템이 어떻게 변화했는지를 이야기할 수 있을 것이다. 따라서 본 연구는 개화기 공간이 재현되고 있는 신문의 서사공간을 통해 의사소통 기구역할을 한 연극의 특징에 대한 기술이 될 것이다.

2. 서사양식의 향유방식 속에 내재된 체험 공간의 변화 양상

개화기 서사양식 안에는 언어 이외의 것들, 즉 서사전달 관습의 구현자인 강담사(講談師)나 이야기꾼의 모습이 마치 서술자처럼 내재되어 있다. 이러한 서사양식에 의해 당시의 독자들이 단순히 문자를 통해 시각적으로 서술자를 인식하고 그의 이야기를 읽는 것이 아님을 알 수 있다.[3] 여기에는 당시 독자들로 포섭해야 하는 대중들의 성격이 고스란히

현장의 공연문화와 상호관계 속에서의 해석이 필요하며, 그 가능성을 보여준 것이다.
3) 이렇게 서사양식을 경험하는 향유방식의 변화에 대한 연구는 다음의 연구들이 기여한 바가 크다. 천정환(『근대의 책읽기—독자의 탄생과 한국의 근대문학』, 푸른역사,

나타난다. 즉 당시 신문은 동시대 대중 독자의 서사향유 방식을 고려하게 되며, 그러한 상황은 그대로 당시 신문에 재현되고 있다. 익숙한 '서사'를 중심으로 놀이 현장에서의 긴밀한 유대관계 안에서 생성되고 창조, 변주되는 구전의 메카니즘이 문자로 재현되고 있는 것이다. 당대 독자들에게 새로운 시대의 매체로 인식되기 이전에, 신문은 동시대의 매체 역할을 담당해왔던 연극으로서의 유희(遊戲)를 통한 서사향유 방식을 따르게 된다. 따라서 개화기 서사양식은 이전의 서사 향유방식과 친연성을 가지며, 새로운 시대정신과 매체에 적응하여 등장한 것이다.

1) '유희(遊戲)'를 통한 서사향유

개화 계몽기 사회문화를 형성하는 주요 현상들은 조선조의 문예현상에 기반을 두고 있다. 그것은 서사양식을 연행의 주된 레파토리로 활용하여 향유하는 방식에 잘 나타나는 현상이기도 하다. 이미 오래전부터 극을 통한 서사양식 유통은 청중들에게 복합적인 서사 수용을 가능하게 했던 관습이었다. 종교(굿, 마을 제사)나 유희적인 공연을 통하여 관습적인 신앙심과 서사문학의 낭송유통을 접한 것이 이러한 측면에서 활용된 예이다. 즉, 서사 내용의 감동적 줄거리와 음악 및 연행자의 몸짓, 표정 등에서 청중들은 종합예술로서의 연극을 경험한 것이었다. 따라서 서사문학의 낭송구연까지 포함한 서사물의 향유방식은 연극경험을 내재한 것이다.[4] 다음은 그러한 사회적 정황을 알려주는 에피소드이다.

2003)의 논의, 마에다 아이(유은경·이원희 역, 『일본 근대독자의 성립』, 이룸, 2003)의 논의가 최근의 근대문학을 접근하는데 도움을 주고 있다. 또한 월터 J. 옹의(이기우·임명진 역, 『구술문화와 문자문화』, 문예출판사, 1995) 의사소통 방식의 변화를 통해 사회현상의 구조적 변화를 읽어낸 연구는 사회문화적 현상을 이해하는 데 도움을 준 글이다. 이외에도 구체적인 장르의 향유방식을 독자들이 체험하는 방식에 대해 깊이 있게 연구한 글도 이 시기의 독자상의 성격을 이해하는 데 도움을 준다.

이업복은 겸종의 무리였다. 어려서부터 언문으로 된 패관소설을 썩 잘 읽었다. 그 목소리는 마치 노래하듯 했다가 노한 듯 하기도 하고 웃는 듯 했다가 슬픈 듯 하기도 했으며, 또는 호탕한 호걸의 모습을 짓기도 하다가 이내 완미한 미인의 자태를 짓기도 하였으니, 이는 모두 글의 경지에 따라 그에 알맞도록 재주를 드러낸 까닭이었다.[5]

이 인용문은 그 연행 상황을 두루 알 수 있게 한다. 우선 고전 소설을 낭송시켰던 낭송자는 천민출신으로, 언서패관을 잘 읽어 그 위상이 부각되었고, 이를 토대로 생계를 유지한다. 이 인용문에서 드러나는 상황은 서사양식을 다양한 감정이 이입된 채로 낭송 연행하여, 연행상황의 극적 분위기를 배가했다는 사실이다. 즉, 여기에 나타난 연행자는 호걸이나 미인의 자태를 지어 보임으로써 유희적 측면을 부각시키는데, 이는 판소리의 너름새처럼 연행자의 몸짓을 짐작할 수 있게 하는 부분이다.

판소리로 대표되는 고전문학의 서사양식은 연행을 통하여 문학적 가치가 잘 드러났다고 평가받는다. 그 이유는 연행을 전제로 또는 연행과정에서 다양한 이화(異話)를 생산하거나 장르적 변환을 보이며 대중취향적인 문예물로 자리 잡아 갔기 때문이다. 따라서 판소리, 탈춤, 꼭두각시놀음 등의 서사물의 구비유통이 문자로 재현되어 나타는 개화기의 서사양식은 그 서사구조가 연행 특징을 내재하고 있기 때문에 당시 독자들에게 수용이 가능했던 것이다. 이 장르들은 단순히 독서위주의 문학행위보다는 대중적인 연행을 통해 향유했던 관습 때문에 나타난 현상이다.[6]

---

4) 이에 대해서는 다음과 같은 논의가 이러한 상황을 이해하는데 도움이 된다. 서사문학의 가창, 낭송에 따른 다양한 율감을 얻을 수 있다는 것은 즉, "음의 강약, 고저, 장단 등에 따른 성악의 미감을 느낄 수 있다. 여기에 기악까지 가세하여 입체적인 문예미감을 얻을 수 있다. 또한 창자의 다양한 몸짓은 시청각적 효과까지도 원활히 수행했다. 이러한 흥미소들 때문에 청중들은 문예, 유희적 쾌감까지 얻을 수 있었다"는 복합적인 차원으로 서사물이 향유되었음을 알려준다. 김진영, 『고전소설과 예술』, 박이정, 1999, 235면 참조.

5) 『청구야담』 권4, 한국문화사, 1995, 498면 인용.

6) 이에 대해서는 아래의 논문을 참고로 하였다. 박영주, 「연행문학의 장르 수행방식과

다음의 개화 계몽기 단형 서사가 잡가나 시조, 가사체의 시가(詩歌)를 첨부하고 있다는 사실은 앞에서 예로 든 것처럼 연행의 과정에 포함된 구비전달과정에서 첨가되는 현상의 증거이다.

반넘어 늘거스니 다시 졈든 못ᄒ리라 여보소 뎌 소년아 빅말 나를 웃지 마라 무졍 셰월 덧업스니 넌들 ᄆ양 소년이리 늘거 죽어지면 북망산쳔 도라가셔 령혼은 일진닝풍에 헛디지고 빅골은 구쳔혹혈에 진토가 되리로다 문나니 뎌 어부야 금울을 둘너매고 네 어듸로 향ᄒ는야 만경창희 널은 물에 아압을 홀이너냐 어별을 홀이너냐 그 무어슬 ○라더냐 상면벽히 잠간이라 벽히가 상면되면 어별은 잇슬손가 더긔뎌긔 목동은 둑긔를 둘너네고 네 어듸로 향ᄒ는야 만화쳔봉 깁흔 산에 슈목이 챵쳔ᄒ니 그곳은 미록에 노는 바오 평원광야 널은 들에 슈림이 울밀ᄒ니 그곳은 금죠의 노는 바라 메고 가는 그 독긔로 빌목○ 베지 마라 그 남글 베게 드면 금슈를 어이ᄒ리 보탁나니 소년 어부 목동들아 늬 말을 웃지 말고 명심 불망 ᄒ여쎠라

동ᄌ야 슐 부어라 일빅일비 부일비로 장취불셩 ᄒ여쎠라
취홍을 불승하야 단가 일곡 화답ᄒ니 낙지기즁이 안인가
그듸는 취하엿고 나는 장ᄎ 갈 터이니 후일을 다시 긔약노라.[7]

이러한 특징은 곧 서사구조에도 영향을 주었다. 향유방식은 그대로 수용자들의 관심을 유발하기 위하여 재미있는 형태를 띠어야 했기 때문이다. 결국 서사구조는 나름의 입체적이며, 극적인 특성을 구성한다. 이 같은 사실은 바꾸어 생각해보면, 그 특징 때문에 서사내용이 청중들에게 지속적으로 파급될 수도 있었던 것이다. 이 현상을 '계몽'을 전달하기 위한 지식인들이나 신문을 팔아야 하는 자본가들이 계산에 넣었으리라는

그 특징」, 『구비문학의 연행자와 연행양상』, 박이정, 1999; 김진영, 「판소리계 소설의 희곡적 전개」, 『고전희곡연구』 1집, 2000.
7) 「鄕향老로訪방問문醫의生셩이라」, 『대한매일신보』, 1905.12.21~1906.2.2. 단락구분은 필자의 임의대로 한 것임.

것은 신문에 나타난 서사양식을 통해 확인할 수 있는 사실이다. 이 특징을 잘 보여주는 대표적인 예를 살펴보겠다.

가객의 흥다반ᄒᆞ는 토ᄭᅵ타령은 사롬마다 아는 ㅂㅣ라 비록 허황훈 쇼래로대 이 말을 인연ᄒᆞ야 쇼호 간신의 계교를 일우웟스니 ᄌᆞ고금으로 가신의 뢰물을 밧고 사람의 일을 보아주는 간교훈 쾨가 이갓치 긔묘ᄒᆞ야 족히 후셰의 증계가 될 만ᄒᆞ기로 좌에 긔지하노라

위의 예문처럼 유희성(遊戱性)이 내재된 서사전달 방식은 개화기 서사양식에서 발견되는데, 그것은 이전의 서사양식을 수용했던 관습의 연장이며 의사소통방식이다. "토ᄭᅵ타령=허황훈 쇼래=이 말(이야기)"이라는 이 서사의 구도는 '토ᄭᅵ타령'이라는 전통극의 유희성에 의존한 서사전달의 중요한 작동원리를 보여주는 예이다. 이 글에서 말하는 '놀이'즉 유희성의 의미는 지금의 연극에 대비해 볼 때 당대인들이 지녔던 인식을 보여주는 개념이다. 이에 대해서는 근대극 이후 형성된 연극의 개념과 갈래에 대한 선입견을 배제하고 근대 이전과 이후, 그리고 탈근대의 연극을 통틀어 인식할 수 있는 연극의 개념과 갈래를 규정하려는 이론작업을 참고할 수 있다8). 이 연구에 의하면, 한국 연극은 악(樂), 희(戱), 극(劇)의 갈래로 나누어 살펴볼 수 있는 것으로 이것은 풀어 말하면, 각각 노래, 놀이, 이야기가 중심이 되어 발전한 것이다.

그 가운데 '놀이'로서의 희(戱)의 개념은 신문이라는 매체가 공동의 담론 공간의 역할을 할 때 받아들인 주요한 공간개념이 된 것이다. 따라서 이 시기 단형 서사들이 언로수단으로 사용하기도 했던 공론장의 소통기구로 사용되었던 탈춤과 판소리의 놀이구조는 신문을 통해 다른 방식으로 재현된 것이라 할 수 있다. 그렇다면, 이 단형의 서사들이 연극으로서

---

8) 사진실, 「한국연극사 시대구분을 위한 이론적 모색」, 『한국음악사학보』 24집, 한국음악사학회, 2000.

의 '놀이=유희성'을 어떻게 이용하여 재현하고 있는지에 대해 살펴보기 전에 이러한 논의가 가능한 문화적 배경을 먼저 살펴보겠다.

2) '유희(遊戱)'를 기반으로 한 서사양식의 구조적 특징

최초의 실내극장이라 할 협률사가 등장하였어도 당시 사람들에게 인식되고 수행되었던 극은 희곡을 기반으로 한 근대적 의미의 '연극'이 아니라 놀이였다. 오히려 당시의 극이 배척당하고 개량되어야 할 것임에도 불구하고 그들이 향유했던 극은 '놀이'였음이 도처의 기록들에서 발견된다.

> 협률이라 ㅎ는쫏슨 풍악을 굿초어 노리ㅎ는 회샤라 홈이니 맛체 청인의 창시와 ㄱ흔 거시라 외국에도 이런 노리가 만히 잇느니 외국에셔 ㅎ는 본의는 종ㅊ 말ㅎ려니와 이 회샤에서는 통히 팔로에 광ㄷ l와 탈군과 소리군 츔군 합이 팔십여명이 호집에서 슉식ㅎ고 논다는디 집은 벽돌반 양제로 짓고 그 안헤 구경ㅎ는 좌쳐를 삼등에 분ㅎ야 삼등쟈리에 일원이오 즁등에는 칠십젼이오 하등은 오십젼 가량이라 미일 하오 여셧시에 시작ㅎ야 밤 열흔시에 굿친다ㅎ며 ㅎ는 노름인즉 가진 풍악을 가초고 혹 츈향이와 리도령도 놀니고 쌍줄도 타며 탈츔도 취고 무동피도 잇스며 기 외에 쏘 무슴 픠가 더 잇는지는 ㅈ셰치 안으나 대기 이상 몃가지로만 말ㅎ야도 풍악긔계와 가무의 련슉홈과 의복과 물건 차린 거시 별로 보잘 거슨 업스니 과히 초초치 아니ㅎ며 츈향이 노리에 이르러는 어사츌도 ㅎ는 거동과 남녀 맛나 노는 형상 일판을 다각각 제복식을 차려 놀며 남원 일읍이 흡샤히 온 듯 알더라 ㅎ며 망측 기괴흔 츔도 만혼 즁 무동을 세층으로 타는 거시 쏘흔 쟝관이라 ㅎ더라.[9]

이렇게 당시 사람들이 경험하고 있는 연극은 '놀이(遊戱)'라는 것을 알 수 있다. 그리고 그것은 광대, 탈군, 소리군, 춤군들을 중심으로 벌어지는

---

9) 〈협률샤 구경〉, 『제국신문』, 1902.12.16. 강조는 인용자.

가무백희(歌舞百戲)로 이루어진 것이었다. 여기에서 연극은 풍악을 갖추고 판소리를 즐기며, 쌍줄타기 탈춤, 무동패 등의 놀이로 구성되고 있다. 그리고 이미 봉산탈춤 등이 도시적인 연희의 성격을 지니며 다른 탈춤과 달리 무대를 갖추고 공연을 했다는 것을 이 기록에서도 확인 할 수 있다. 실내극장 등장 이전의 관객들의 연극 향유방식은 집단적인 '놀이'를 담보로 한 것으로, 그것의 사회적인 기능은 새로운 연극을 요구하는 시대에도 여전히 대중들과 소통하기에 유효한 방식이었다. 즉 서사양식의 심미적인 차원에서 수용된 현상이라기보다는 서사물의 극적인 향유 방식이 지니고 있는 언론 매체적 기능이 적극 차용되어 신문에 나타난 것이다. 극장이라는 새로운 공간을 통해 당대인들은 새로운 연극을 접하기를 원했던 것에 비해 당시 단형 서사 안에는 오히려 관습적으로 소통되던 극양식이 새로운 메세지를 전달하는 구조적인 원리로 사용되고 있다.

옛 스긔 중에 유명ᄒ 스젹과 올코 착한사롬에 조흔 일을 쏘바다가 남녀로소로 ᄒ여금 옛글에셔 보던 일을 눈으로 친히 보는 듯시 뒤하야 츄앙ᄒ는 마음이 주연히 싱기게 ᄒ며 시로라도 조흔 니아기(이야기)를 지어 그 니아기가 한란을 차리되 음란방탕ᄒ 일은 엄금ᄒ는 바─ 어늘 우리나라에 탈판과 츈향가 등류는 극히 희참ᄒ 말이라 차라리 몃가지 노리(놀이)는 곳치면 나흘 듯 ᄒ도다.10)

이 글은 앞에서 지적한 개화기 서사의 향유방식이 당시 연극으로서의 놀이(유희)를 기반으로 하고 있음을 보여주는 예다. 이 글의 내용은 유희 그 자체에 대한 향유보다는 점차 다양하고 계몽적인 내용과 새로운 서사양식을 수용할 수 있기를 원하고 있다. 이러한 시대적 욕망이 신문이라는 매체와 만나 '몃가지 노리'를 고쳐 새로운 '조흔 니아기'를 전달함으로써 새로운 양식으로 재현되고 있다. 따라서 이 몇 가지 '노리(놀이)'라는 상황을 이용하여 신문의 서사양식이 구성되는 것이다. 이 글에 나

---

10) 『제국신문』, 위의 글 참조. 강조는 인용자.

타나는 '놀이'의 특성은 연행(演行)이라는 개념과 관련이 있다. 이는 서사양식의 향유방식을 잘 드러내는 개념이기도 하다. 다음의 예는 그러한 개념의 실체를 알려주는 예이다.

농한기나 저녁에 사랑방에 모여 주로 영웅군담소설의 다양한 인생역정에 큰 관심을 보이며, 오락적 분위기 속에서 행해졌다. 여성층의 낭송자는 부녀자가 중심이 되었지만, 언문해독 능력이 있는 소년, 소녀가 재미있게 읽기도 했다. 동네사람들이 모일 수 있는 곳이라면, 그곳이 바로 연행현장이 되는 것이다. 이곳에서 연행자가 독본을 가지고 낭송하여, 고전소설의 유통이 단지 가정에서만 머무는 것이 아니라, 마을 단위로 확대, 전파되었던 것이다.[11]

여기에 나타난 연행은 연극 공연 방식을 통해 서사양식이 유포되고, 소통되는 원리를 단적으로 보여주는 기록이다. 이러한 문화적 관행이 이어지던 시기인 개화기 서사양식에는 그러한 연극 체험공간이 문자로 기록되어 재현됨으로써 공동의 체험을 통한 의사소통이 익숙했던 대중들에게 메시지를 전달하는 수단이 된다. 즉 대중에게 익숙한 서사전달방법인 극적 전달을 통해 정보와 계몽을 위한 글쓰기를 시도한 것이다. 이것은 서사를 접하는 방식이 내밀한 소통에 의존하기보다는 집단적인 언로(言路)수단인 '놀이'에 의한 재현방식에 익숙했던 독자(수용자)의 성격 때문이다.[12] 이러한 배경으로 단형 서사에는 마치 이야기꾼이 전해주는 이야기를 즐기는 것과 같은 유희적 공간이 단형 서사에 내재되어 재현된다. 다음의 한문단편의 이야기 상황은 그러한 관행이 기록된 글이어서 이 논의의 상징적 예가 된다.

그때 한 종실이 연로하고 네 아들이 있었는데, 물건을 사고 팔기로 큰 부자가 되었지만, 천성이 인색하여 추호도 남주기를 싫어할 뿐더러, 여러 아들에게

---

11) 김진영, 『고전소설과 예술』, 박이정, 1999.
12) 이상란, 『희곡과 연극의 담론』, 연극과인간, 2003.

조차 분재를 않고 있었다. 더러 친한 것이 권하면, "내게도 생각이 있노라"고 대답하고 밍기적밍기적 천연 세월하여 차마 나누어 주지 못하였다. 하루는 그가 오믈음을 불러 이야기를 시켰다. 오믈음이 마음 속에 한 꾀를 내어 古談을 지어서 했다. (…중략…) 그 종실 노인이 듣고 보니 은연중 자기를 두고 한 이야기가 아닌가. 조롱하는 뜻이 들어 있지만, 말인즉은 이치에 타당하였다. 즉석에서 깨닫기는 바가 있어 오 믈음에게 상을 후하게 주어 보냈다. 그 이튿날 아침에 드디어 여러 자식 앞으로 분재하고 이가 친구에게도 보화를 흩어주었다[13]

이 장면은 구연하는 재담꾼의 이야기를 듣고 감화 받아 변화한 구두쇠 부자의 이야기이다. 이 이야기는 구연이라는 극적 장치 덕에 구두쇠가 별다른 반감을 지니지 않고 그의 이야기를 받아들였으며, 나아가 감정의 변화와 행동의 변화까지 보였다는 기록이다. 즉, 익숙한 극적 장치인 '유희'를 통해 영향력 있는 의사소통이 가능했음을 상징적으로 보여준다. 이 이야기를 구조적으로 살피면, 재담꾼인 오믈음이 古談으로 전달한 '이야기 속의 이야기는' 비유적으로 전달하는 내용이 들어 있다. '오믈음'이라는 이름으로 등장하는 재담꾼은 이 기록물에 의해 화자로 재현되었고 이를 시사적으로 전달하는 서술자는 기록자(편집자)이다. 익숙하고 재미있는 방식으로 구연되는 이야기가 의도된 풍자나 비판을 담고 있어도 수용자가 별다른 반감을 갖지 않으며, 그것을 즐기고 행동의 변화까지도 초래한다는 사실은 결국, 개화기 신문이 수행하려 했던 '계몽'을 전달하는 좋은 본보기가 된 것이다.

이렇게 수용자와의 무리 없는 소통을 위해 서사양식은 관용적이며, 놀이적 특질을 지니고 있는 시가를 포함한다.

인력거를 쓸고 가며 주탄가 노리호니 그 노리에 호얏스되·산첩첩 슈중중이라 산이 놉파 만장이니 그 산을 넘쓰호면 스다리를 노을만 못호도다 만일에 스다리도 놋치 안코 한거름도 것지 안코 다만 산이 놉다 자탄 호면 명일이 금일이

13) 이우성 · 임형택 역편, 『이조한문단편집』 상, 일조각, 1982, 189~190면.

오 명년이 금연이라 하월하일에 그 산을 넘어간다 긔필ᄒ가 산첩첩 슈즁즁이
라 물이 깁퍼 쳔쳑이니 그 물을 건너랴면 비를 쥰비홈만 못ᄒ도다 만일에 비도
쥰비치 안코 ᄉ공도 부으지 안코 다만 물이 깁다 ᄌ탄ᄒ면 하월ᄒ일에 그 물을
건너간단 질언ᄒ가 아마도 그 산 그 물을 넘고 건너ᄌ ᄒ면 ᄉ다리와 션쳑을
쥰비코져 미리미리 경영홈이 뎨일 상칙이라 이도져도 아이ᄒ고 무졍세월 허송
ᄒ면 그 산 그 물이 졀노졀노 평디 되기 바랄손가 슬프고 슬프도다 우리나라
형편됨과 우리동포 젼졍됨은 산첩첩 슈즁즁에 우심타 ᄒ리로다 바라고 바라니
졍부듸관 유지인ᄉ 할슈 업다 ᄌ탄말고 ᄉ다리와 션쳑들을 어쇼 밧지 쥰비ᄒ오
우리는 무지 ᄒ등의 인류라 일너 무엇 (……)[14]

위 예문은 노래(시가)를 부르며 놀이 공간을 상징적으로 드러냄으로써
인용문에 나타난 것처럼 계몽적인 내용 전달을 포함하기도 한다. 이러한
서사양식이 주는 인상은, 메시지의 강한 전달성보다도 그 공간 안에서
소통하는 사회적인 특징이었다. 즉, 이 시기 매체적 글쓰기는 연극적인
의미의 '놀이'를 담보로 하여 수용자와 소통하는 특성을 지닌다.

3. 극적 체험의 시각화

1) 서사양식에 내재된 연극성으로서의 유희(遊戲)

전통적으로 서사양식(이야기)을 향유하는 연행 방식이 내재된 개화기
서사양식은 연극이라는 매체를 이용한 특성을 보여준다. 이 사실은 개화
기 서사물이 연극성의 자질을 포함하고 있는 형태로 존재한 것을 보여
준다.

---

14) 〈거부오해(車夫誤解)〉, 『대한매일신보』, 1906.2.20~3.7. 강조는 인용자.

구체적으로 살펴보면, 서사양식 안에 문자로 기록되어 있는 것은 구조적으로 다음과 같은 부분들을 포함하고 있다. 즉, 서사를 전달하였으며, 독자들은 심정적으로 연극적 특성을 공유하고 있었다. 그리고 신문의 필진들은 이 소통구조를 통해 교훈을 주거나 시사적인 사건, 정보 전달을 위해 글을 쓴다. 이렇게 연극적인 상황을 담보로 하여 서사를 전개하고 있는 글쓰기는 당시 이야기 전달자로 존재했던 강담사나 서사를 전달하던 연행자의 존재가 시각적으로 재현되는 것을 통해 확인할 수 있다. 당시의 집단적 연희문화 안에서 언론매체로서의 역할을 해왔던 이 시기 연극으로서의 '놀이'는 새로운 가치관을 펴는 좋은 소통기구로 활용되었다. 다음은 그 예로 어떠한 방식으로 연극으로서의 놀이를 담보로 한 서사전개가 가능했는지 그 구성방식을 보여준다.

> 가객의 흥다반흐는 토끼타령은 사름마다 아는 비라 비록 허황흔 쇼래로대 이 말을 인연흐야 쏘흔 간신의 계교를 일우웟스니 ᄌ고금으로 가신의 뢰물을 밧고 사람의 일을 보아주는 간교흔 꾀가 이갓치 긔묘흐야 쪽히 후셰의 증계가 될 만흐기로 좌에 긔지하노라

> 천여년 젼에 빅졔국이 강셩흐야 신라국 대야셩을 쳐 쎼앗고 인민을 살해홈민 신라국이 그 긔셰를 당홀 수 업셔셔 그 졍승 김츈츄를 고구려국으로 보니여 구원병을 쳥홀 시 길을 써나 더미현 고을에 니르니 그 골을 사름 츠스지는 본디 지각이 만코 일을 아는 사름이라.

> (…중략…) 푸른 뫼 삼빅필노 고구려국 왕의 총이흐는 신하 션도희를 주고 노힘을 쳥흔디 션도희가 굴ᄋ대 그더가 능히 쟈뤼와 토끼의 말을 듯지 못하엿ᄂ냐 '녯젹에 동히 룡왕의 쫄이 복통병이 잇기로 의원을 쳥흐야 무른 즉 의원의 말이 "토끼간을 엇으면 곳치리라" 하나 슈중에는 토끼가 업ᄂ지라. 룡왕이 심히 근심흐더니 흔 쟈뤼가 륙디로 나와셔 토끼를 보고 말흐되 "바다가온더 흔 셤이 잇스니 그 곳은 쳥결흔 시암과 결빅흔 돌이며 무셩흔 숩풀과 아름다온 실과가 만코 쏘 칩지도 안코 덥지도 안코 산양개와 미가 능히 침범치 못흔즉 네

가 만일 그곳에 가면 잘 살고 아모 근심이 업스리라."15)

　이 서사에서 가객으로 재현된 이야기꾼은 이 글의 전체 화자로 이야기를 이끌어가고 있다. 이러한 가객의 모습은 이 이야기가 다소 허황하긴 하지만 누구나 아는 것으로 판소리의 연행방식인 타령으로 이야기를 진행하고 있음을 본문에서 그대로 재현해 보여주고 있다. 이러한 이야기 전달의 구조는 개화기 서사양식에서 편집자의 목소리와 섞여 나타나고 있다. 그리고 주된 서사는 강담사나 재담꾼이 구연하는 서사내용으로 재현된다. 신문기록자들은 여기에 서사전개의 원리를 '타령'으로 명명하여 독자들을 관습적인 연희상황으로 끌어들이고 있다. 이제 독자들은 관중으로서, 청자로서 직접 체험했던 것을 문자로 기록된 상상의 공간에서 '타령'이 존재하고 있다는 심리적인 약속 아래 향유하기에 이른다. 이렇게 서사전달의 주요 향유방식으로 내재되어 있는 극(劇)으로서의 '놀이(遊戲)'는 개화계몽기에 신문이라는 공론 장에서 서사전달의 원리로 소통장치가 된다. 따라서 놀이(遊戲)상황을 포함한 이야기 전달은 연극성을 보여주는 기록물이며, 극을 향유하는 방식이 문자를 통해 시각적인 것으로 바뀌게 되었음을 보여주는 현상이다16).
　그러한 대표적인 예로, 유희공간을 제시해주며 서사를 진행하는 다음의 글을 살펴보겠다.

---

15) 〈론셜〉, 『제국신문』, 1900.3.30. 강조는 인용자.
16) 연극사적으로도 이 시기에는 재현에 대한 관심이 있었음을 많은 기록에서 발견한다. 단편소설의 시각적 이미지를 부각시킨 묘사기법들이 등장한다거나, 사진과 영화라는 새로운 매체에 대한 관심이 신문 속의 광고들 속에 등장하는 것은 이 시기의 변화를 보여주는 예이다. 사진실의 다음과 같은 지적은 그러한 상호연관 속의 패러다임을 읽은 예이다. "당시까지도 놀이적인 속성이 강했던 20세기 초 연극계의 동향은 노래, 놀이, 이야기의 속성 가운데 점차 이야기의 속성에 많은 관심의 초점이 맞추어져 있었다. 당대 연극 담당층은 연극이란 '서사의 화출畵出'이란 인식을 보이고 있었다. '화출'이란 활화活畵, 즉 살아 움직이는 그림처럼 연출한다는 의미"라는 지적은 따라서 이 시기 서사양식을 통해 내재되어 있는 한국연극의 특성을 가늠하는 것이 가능한 지점을 보여준다. 사진실, 『공연문화의 전통－樂, 戲, 劇』, 태학사, 2002.

① 홀 수 업다 ᄒ즉 고구려국 왕이 대로ᄒ야 잡아 가두는 지라. 김츈츄가 디미현 고을에서 가져온 푸른 뵈 삼빅필노 고구려국 왕의 총이ᄒ는 신하 선도히를 주고 노힘을 청ᄒᄃᆡ 선도히가 굴ᄋᄃᆡ 그ᄃᆡ가 능히 쟈르와 토끼의 말을 듯지 못하엿나냐

녯젹에 동히 룡왕의 ᄯᅩᆯ이 복통병이 잇기로 의원을 **청ᄒ야** 무른 즉 의원의 말이 "토끼간을 엇으면 곳치리라" 하나 **슈즁**에는 토끼가 업는지라. 룡왕이 심히 근심ᄒ더니 ᄒᆫ 쟈르가 륙디로 나와셔 **토끼**를 보고 말ᄒ되 "바다가온ᄃᆡ ᄒᆫ 섬이 잇스니 그 곳은 **청결**ᄒᆫ 시암과 결빅ᄒᆫ 돌이며 무셩ᄒᆫ 숩풀과 아름다온 실과가 만코 ᄯᅩ 칩지도 안코 덥지도 안코 산양개와 미가 능히 침범치 못ᄒᆫ즉 네가 만일 그곳에 가면 잘 살고 아모 근심이 업스리라"ᄒ고 인ᄒ야 토끼를 둘쳐 업고 바다에 ᄯᅥ셔 슈로 이삼리를 가다가

② (토끼 타령) ᄒ엿다 ᄒ거늘 김츈츄가 그 말을 듯고 곳 그 ᄯᅳᆺ을 ᄭᅢ다르셔 고구려국 왕의게 글을 올녀 굴ᄋᄃᆡ

마현과 죽령 두 ᄯᅡ흔 본대 다 귀국 ᄯᅡ히라 신이 본국에 도라 가는 날이면 우리 님군끠 청ᄒ야 그 두 ᄯᅡ흘 대왕끠 밧치리다. 쳔텬 빅일이 잇거던 엇지 대왕의 명을 밧들지 아니 ᄒ릿가

고구려국 왕이 김츈츄의 글을 밧어 보고 곳 직물을 만히 주고 후디ᄒ야 돌녀 보내니 김츈츄가 고구려국 디경에 나아 와셔 젼숑ᄒ는 쟈 다려 닐너 굴ᄋᄃᆡ

③ 신라와 고구려는 본리 원슈보듯 ᄒ는 나라흐로 이갓흔 곤욕을 당ᄒ고 분을 발ᄒ야 군ᄉ를 기르고 병긔를 련단ᄒ야 고구려국을 치고 토디를 통합ᄒ엿슨즉 고구려의 사직 종묘가 망ᄒᆫ 일은 비록 신라국 군신의 동심 합력ᄒ야 치고 원슈를 갑흔 후에 현뎌히 보겟시나 그 실상 망ᄒᆯ 긔미는 간신 선도히가 고구려국을 망케 ᄒᆫ 거시오 신라국이 쳐 멸ᄒᆫ 거슨 아니라고 홀만 ᄒ도다 간신이 직물을 탐ᄒ고 나라는 도라보지 아니ᄒᆷ이 고금에 이갓흐니 엇지 ᄉᆞᆷ히지 아니 ᄒ리오 (기록자―편집자 주)[17]

이 글은 이야기 밖의 서술자와 이야기 안에서의 서술자를 이중으로

---

17) ( ) 표기는 논의상의 필요로 필자가 구성한 것이며, 강조는 인용자.

지니고 있다. 먼저 ①은 연행자(이야기꾼)인 간신 '선도희'가 재현하는 부분으로 우리가 익히 잘 알고 있는 토끼전의 내용이다(진한글씨로 표시된 부분). 즉, 이것은 연희되는 보이는 부분이라 할 수 있다. 이 단형 서사의 내화 속에는 선도희가 강담사(이야기꾼)와 같은 역할을 하는 실체로 나타나고 있다. 그리고 ②는 김춘추와 관련한 역사적 사실을 전달하는 이야기꾼이 서술자로서 자신의 존재를 드러내고 있다. 즉 이야기의 주제를 함축적으로 전달하는 서술자로서의 이야기꾼의 존재가 드러나기도 한다. 마지막으로 이 단형 서사 외화의 서술자인 ③은 이 이야기의 진행전체를 기록하는 편집자가 시세를 비판하기 위해 덧붙인 대목이다. 즉 이 단형 서사물의 서두에 편집자가 덧붙였 듯이 ' ᄌ고금으로 가신의 뢰물을 밧고 사람의 일을 보아주는 간교흔 꾀가 이갓치 긔묘흐야 족히 후셰의 증계가 될 만흐기로 좌에 긔지'한 것이다. 그런데 기록자는 계몽을 위한 기획 아래 사람들에게 익숙한 이야기를 전달하며 알레고리적으로 의미를 전달하는 방법을 택하고 있다. 그리고 그의 시선(시각)은 내화 속의 선도희의 것과 중첩되어 의미를 드러낸다.

결국 이 글을 구조적으로 나누어 살펴보면, ①과 ②는 이글에서 말했듯이 당대 가객들이 다반사로 연행하는 이야기인 '토끼타령' 연희(극)의 일부이며 ③은 이를 이용하여 계몽적인 의도로 당대를 비판한 편집자의 목소리가 나타난 것이다. 따라서 ①과 ②를 통해 재현되고 있는 극적 공간의 유희성을 기반으로 대중에게 효과적으로 담론을 전달하는 것이 이때의 신문의 전략이었다. 이 예문에 나타나듯 이전의 서사물 향유방식은 신문이라는 장(場)으로 들어오면서 새로운 유통구조와 독자(讀者)라는 수용자의 상을 만들기에 이른다.

이상에서 살펴본 대로 개화기 신문을 통해 나타난 서사양식이 기대고 있는 것은 문자로 기록되지 않았지만, 공동체의 관습에서 나온 연극 경험방식이었다. 연극으로서의 '놀이'에 의존하여 공간이 구성되고 서사가 전개되는 것이다. 즉, 비공식적 의사소통(놀이)방식을 이용하여 계몽을 전달한다. 구체적으로 당시의 연극을 구성하는 놀이로서 판소리나 탈춤의 이야기 구조와 이야기 전달방식을 수용하여 재현한 것이다. 이것은 이 시기에 신문으로 대표되는 공론 장이 비공식적 소통방법을 사용하여 계층과의 통합적인 소통방법을 꾀했다는 사회적 기여를 의미한다. 앞서 분석한 '가객의 흥다반흐는 토끼타령'의 ①과 ②처럼 연행이라는 이야기 향유방식을 문자로 재현한 서사물의 메타적 글쓰기 방식은, 따라서 서사의 내용뿐만 아니라 그 내용을 전달하는 양식까지도 보여주었다. 특히 등장인물의 대화가 서사내용의 중심을 이루는 희곡의 의사소통구조와 같은 공간에 서술적 자아가 개입함으로써 연극 자체를 해석하고 성찰하는 공간을 확보하게 되는데, 이러한 기능은 ③처럼 편집자적 화자가 이용하고 있다. 이상에서 살펴본 ①과 ②는 개화기 서사양식 안에 내재된 연극의 특징을 살펴볼 수 있는 부분이다. 그러나 개화계몽기 단형 서사 안에 드러난 극적자질은 서사구조 안에 내재된 형태로 남아 있다. 이러한 서사양식과는 다르게 서술자와 이야기꾼의 역할이 등장인물에게로 맡겨지고, 극적 공간이 강조된 희곡의 구조를 지닌 서사양식이 있어, 다음 장에서 살펴보려 한다.

2) 단형 서사의 유희(遊戲)적 재현물—「滑稽 絶纓新話」[18]

이야기를 통해 우회적으로 계몽을 전달하던 신문에서 이러한 연희자와 연행자의 기능은 서술자 곧 이야기를 이끌어가는 화자로 내재화 되

---

[18] 이 글의 제목에 대해서는 다음과 같은 "갓끈을 자르는 골계스러운 이야기"로 풍자적인 의미로 해석되기도 한다. 즉, 갓은 조선시대 양반들의 신분을 상징하는 전유물로 권위를 상징하는 것이다. 그런데 그것을 자르는 이야기라 함은 당시 신분계급사회의 각종 비리와 모순을 청산하고 새로운 사회로 지향하려는 욕망이 담긴 알레고리이다. 白痴生, 『대한민보』, 1909.10.14~11.23.

었다. 이러한 단형 서사의 화자는 개별적인 인물들로 설정된다. 어디에 사는 모모 씨, 모 아무개가 겪었던 이야기를 대신 전달해 주겠다는 화자의 등장이 그 증거이다. 혹은 이중으로 내화의 이야기 속에서 이야기를 진행해 가는 또 다른 인물들로 구성된다. 이러한 인물들의 이야기는 좀더 실감나게 극적으로 진행되는 쪽으로 유형이 변화하는데, 극적인 상황을 드러내는 데 기여하는 대화를 중심으로 한 서사의 재현이 이에 해당한다. 사회의 변화와 맞물려 이해할 수 있는 이 문제는 결국 한일합방 이후 혹은 신문지법이 공포된 이후에 서사방식이 다른 양상을 띠는 이유와 만나는 지점이며, 또한 그것은 새로운 양식이 구조화되는 의미를 지니기도 한다. 따라서 이시기 서사양식은 다각도로 살펴볼 필요가 있다. 시대의 억압은 계몽과 현실비판의 성격이 강한 논설과 정론적인 목소리를 숨어들게 만든다. 그리하여 생생하고 오락적으로 보이는 대화구조 속에는 그러한 정론적인 이야기가 담고 있는 계몽성 보다는 숨어서 수군거리게 하는 당시대인들의 욕망을 담는 구조로 변화한다. 그것은 다르게 말하면, 우화적인 이야기들이나 비정상적인 인물들의 우스개 소리를 통해 혹은 일상의 공간을 극적으로 압축하여 보여주기에 가장 적합한 방식의 글쓰기를 택한 것이라고 할 수 있다.

이러한 사회적 구조는 극적인 장치를 필요로 하게 된 것이며, 이시기 대중들에게 가장 익숙한 극적 장치는 바로 유희(遊戲)인 것이다. 앞에서 살펴보았듯이 '놀이'로 인식하고 경험하는 유희(遊戲)를 담보로 하여 사회 문제를 담론화 하는 방식들이 사용된 것이다. 이렇게 극적인 장치를 차용하여 담론화 하는 대표적인 예인 〈골계 절영신화〉를 통해 구체적으로 당시의 연극으로 인식되던 놀이, 유희(遊戲)의 실재에 대해 살펴보겠다.

당시 이 서사양식은 소설이라는 표제를 달고 나온 것이다. 그러나 그 서사가 담고 있는 공간의 성격과 서사의 구조원리는 탈춤을 그대로 재현한다. 이 글에 이르면 연행자로서 이야기꾼의 흔적인 서술자의 모습은 보이지 않고 오로지 연극적인 재현에만 의존하고 있다. 〈골계 절영신화〉

는 앞서 살펴본 전통적인 놀이(遊戲)를 기반으로 하는 탈춤의 주요인물이 시대적 맥락에 의해 변주되어 사회적 풍자를 하는 비판적 골계물이다. 이 글은 소설(小說) 〈골계 절영신화〉 라는 표제로 개화기 『대한민보』에 연재되었다. 이 글은 장에 가는 양반 '샌님'과 서울 가는 상놈 '덤벙이'가 만나 주고받는 대화로 시작된다. 한 달 동안 연재된 이 글은 마치 각 마당을 중심으로 하는 에피소드 식 구성처럼 세태를 비판하는 내용이 두 인물의 대화 안에서 조금씩 바뀌면서 진행되고 있다.

> 샌님 엇의 갑시오
> 오 너 덤벙이냐 장에 좀 간다
> 량반이 되셔셔 댁 사랑에셔 공자왈 맹자왈 글이나 읽지 장에를 가시다뇨
> 이에 별소리를 다흔 량반은 장에 못 가니
> 장에는 무엇흐러 가심닛가 썩 사잡스러 가심닛가
> 량반이 말지 못흐야 장에는 가기로 썩이야 볼성 사오납게 사 먹으랴
> 예 그러면 슐츄넘 가심니다 그려
> 웅 슐잔은 너의 갓흔 아해들이 사쥬면 부득이 흐야 먹을 터이지
> 상덕이 잇지 흐덕이 잇슴닛가 샌님이 져의갓흔 상놈을 더러 사 쥬십시오
> 어허 이놈 맹낭흐다 량반다려 슐 사달나고 너 슐 사쥴 돈이 잇스면 흥성 한 가지라도 더 해 가지고 가겟다.[19]

여기에 등장하는 '샌님'과 '덤벙이'는 이미 잘 알려진 전형적 인물이다.[20] 이들에 대한 사전지식과 각 에피소드로 구성된 풍자구조는 거의 고정된 구조패턴을 지니고 있다. 즉, 일반적으로 구전의 방법을 통해 연희자가 문자화된 텍스트이기보다는 이미 잘 알려진 이야기를 구절구절

---

19) 『대한민보』, 1909.10.14(1회).
20) 비슷한 시기 다른 신문 서사양식에 등장하는 인물들 역시 전형적이며, 익숙한 인물들로 형상화되어 있다. 예를 들면, "점쟁이인 소경, 망건장수 앉은뱅이, 무식한 인력거꾼" 등이 소경과 앉은뱅이의 문답, 향객담화 등에 등장하고 있는데, 이들은 모두 덤벙이와 같이 보잘것없는 신분이나 현실을 비판적으로 보는 인물들로 형상화되고 있다.

외울 수 있는 익숙한 이야기가 드러난 것이다. 전통극의 특징인 놀이 공간의 연극성은 연희자들을 중심으로 매 공연상황과 관객의 성격, 공간에 따라 익숙한 상황들이 끊임없이 변화된 내용으로 공연하는 것이다. 그러한 '순간성'과 '개방성'이 우리 전통극 향유방식의 중요한 특징이었다. 이러한 전통극의 개방적인 특징인 놀이(遊戱)성은 「골계 절영신화」에 잘 재현되어 있다.

이 글은 청중(독자)들의 연극 향유관습에 기대어 익숙한 서사내용이 신문에 기록된다. 단편적으로 기록된 언급들을 통해 개화기의 시대상을 풍자적으로 보여주고 있다. 계몽의 기획자로서 白痴生은 자신이 속해 있는 그룹의 이데올로기와 사회상을 나타내는 도구로 활용한다. 이 글에서 양반과 속물적인 인물의 재현을 통해 나타난 사회현실 비판의 맥락은 탈놀이(춤)[21]가 지니고 있는 관습적인 구비연행양식의 메커니즘이 기록의 세계에 반영된 것이다. 그리고 이것은 개화기 변화하는 현실을 비판하는 부분에서 절묘하게 이용되었다.

북촌 ○ 판셔 ○참판 ○승지 ○관찰이 무엇으로 그러케 되엿슴닛가 북묘에서 흔텬동디[22] ᄒ던 진령군의 아달 오래비 손자 노릇을 ᄒ고 그 모양으로 슈가 낫고 ○대신 ○협판 ○국장 ○군슈는 무엇으로 그러케 되엿슴닛가 삼쳔동 유소문호 슈련의 아달 오라비 손자 노릇을 ᄒ고 그 모양으로 슈가 낫스니 샌님게셔도 그 따위 하나를 차자 보시고 아달이 되던지 오라비가 되던지 창피ᄒ 것 생각말고 눈 호 번 끔쩍ᄒ십시오그려

이애 큰 일 날 혼슐도 ᄒ다 너 대흔민보라ᄒ는 신문못보앗늬

웨요 대흔민보에 무슨 말이 잇기에 그리ᄒ심닛가

신문이라 ᄒᄂ 것은 사면명탐을 느러노아 션악간 남의 말을 일슈 잘 내는 것이라더라마는 압다 대흔민보 무셥더라 까댁 흔번만 잘못ᄒ면 일호 사정업시

---

21) 이 글에서는 당시대인들이 탈춤을 탈놀이로 본 기록에 나타난 개념을 받아들여 두 의미 모두 병기한다. 필자 주.

22) 흔천동지(掀天動地) : 천지를 뒤흔들 만하게 큰 소리가 난다는 뜻으로, 세력을 떨침을 일컫는 말이다.

사뭇 두들기는 통에 근일에 소위 대관중에 아첨ᄒᆞ고 탐오ᄒᆞᆫ 갓들이 모죠리 박살 안이 당ᄒᆞᆫ 쟈가 업다ᄂᆞᆫ대 잣칫 잘못ᄒᆞ다가 나도 그 공명ᄒᆞ게.23)

전통적인 연희방식은 개화기의 변화하는 사회를 바라보며 혼란스러운 세태를 비판하는 도구로 사용된다. 전통적인 연희가 마을의 공터나 시장의 마당에서 벌어지던 것이 '샌님'의 "대ᄒᆞᆫ민보 무섭더라 싸댁 ᄒᆞᆫ번만 잘못ᄒᆞ면 일호 사졍업시 사뭇 두들기는 통에 근일에 소위 대관중에 아첨ᄒᆞ고 탐오ᄒᆞᆫ 갓들이 모죠리 박살 안이 당ᄒᆞᆫ 쟈가 업다ᄂᆞᆫ대"이라는 대사에 상징적으로 드러나듯이 이시기에는 신문의 공간으로 대치된다. 개화기 서사양식들이 연희방식을 적극 활용하고 있음은 앞에서 구조적으로 살펴본 바대로 이며, 비판의 양상이 극적 관습을 빌어 표현하는 면모를 보인다. 그런데, 이 「골계 절영신화」는 그러한 공간의 변화가 이야기꾼이 시각화되어 나타난 서술자의 매개 없이 그대로 재현되는 특징을 가진 글이다.

탈춤놀이 공간을 서술자의 개입 없이 재현했다는 의미에서 특징적인 「골계 절영신화」는 같은 시기 서사양식 가운데에서도 유독 대화 장으로만 구성되었다. 만남과 헤어짐의 구도, 인물의 형상화, 사건의 전개 등이 대화 속에 용해되어 있다. 이렇게 기록물의 구체적 서술자도 존재하지 않고 단지 두 인물의 대화를 중심으로 진행되고 있다. 두 인물의 대화는 주로 '덤벙이'에게 무게중심이 쏠려 있으며 양반은 탈춤에서처럼 조롱받을 만한 인물로 그려져 있다. 주로 잇속이 빠르고 세상 돌아가는 것에 눈 밝은 덤벙이의 입을 빌려 냉소적인 현실비판이 가해지고 있다. 즉 다른 서사양식에서 계몽이나 현실비판의 의지를 드러내는 기록자와 편집자로서의 위치를 지닌 서술자의 모습이 이젠 서사 안에 있는 인물의 목소리로 내재화 되는 현상을 보인다. 이는 같은 시기 다른 서사양식과 비교하여 보았을 때 대비적으로 드러나는 특징이다. 그러나 이러한 인물의

23) 『대한민보』, 1909.11.23(마지막 회).

구도는 우리 탈놀이(탈춤)에서는 익숙한 방식으로 형상화되던 것이었다.24) 「골계 절영신화」는 무엇보다 두 인물의 대화를 보여줌으로써 당시 사회현상을 비판하려는 의도를 지니고 있다.

두 인물의 대화의 방식을 살펴보면 이야기를 전달하는 데 그치는 것이 아니라, 재현이 가능한 서사방식을 구연하고 있는데, 그것은 대화를 통해 인물을 형상화하거나 이야기를 전달하는 연극 대본으로서의 희곡적 형상화 방식을 취하고 있다.

> 양자만 주면 무엇ᄒᆞ늬 네게 무슨 곡긔잇슬야 네 말드러라 북촌 언의 대감은 안성골 생원님 아달로 십여세가 되도록 가갸 뒷다리 한자 못배오고 날마다 뒤동산에 올나가 등걸 파오기로 생애를 삼는대 얼골의 눈물 코물 흘은 자리가 줄줄이 잇고 모가지가 솟건25) 이마돌26) 죤장치게 되고27) 북두갈고리 갓혼 두손은 감아귀가 사촌계 모자고 홀만치 츄ᄒᆞ더니
>
> 그래셔요
>
> 별안간에 생슈가 쌔쌋아지듯 ᄒᆞ노라고 ○○대감이 아달이 업셔 항렬만 취ᄒᆞ야 양자를 하다가 광통다리에서 연계튀ᄒᆞ듯 쟈두지족을 멀것케 씻기고 비단의 복을 철 갓초아 입혀가며 독션생을 안치고 글을 가라쳐 셔샤통경은 반반이홀만치 되엿눈대 지금판에 종이잇늬 문동이라도 셰력만 됴흐면 못홀 청환업시 다ᄒᆞ눈터이라고 자식을 과거를 식인다 당상을 식인다 불만 삼십여셰에 직품이 아경까지 형셰가 갑부가 되엿구나
>
> 그것 보십시오 좀 좃슴닛가 양자보내눈 것이 달은 바라눈 것이오닛가 그러케 잘되눈 자미 보자고 보내지오

---

24) 탈춤과 꼭두각시놀음 같은 전통극은 정해진 작가 없이 익명의 수많은 작가군과 행위자 그리고 그를 둘러싼 관객이 함께 호흡을 하여 형성된 존재이다. 그 안에 수많은 담론들이 쌓여 있고, 때로는 상충되는 담론들이 함께 공존하기도 한다. 따라서 '덤벙이'와 '샌님'의 목소리는 개화기 당대인들의 욕망을 담고 있는 것으로 보인다.

25) 『대한민보』, 1909. 솥을 건.

26) 아궁이 위 앞에 가로 걸쳐 놓는 돌.

27) 솥을 걸어 놓은 아궁이의 이맛돌보다도 더욱 시커멓고 흉한 몰골로 변함을 일컫는 관용구.

이처럼 「골계 절영신화」는 개화기 세태를 비판하는 것에 초점이 맞추어져 있기는 하지만, 그 안에서 두 인물의 대화가 주는 긴장감과 언어유희는 당대인들이 즐기던 연극인 놀이(遊戱)의 소통방식을 잘 보여주고 있다. 이 글의 풍자구조는 자기 비하, 언어유희, 속담, 격언 등을 원용하여 이루어지고 있으며, 이는 전통적인 구비연행에 즐겨 이용되는 연극 형상화 방식이다.[28] 또한 다음은 언어유희를 통한 연극으로서의 '놀이'의 면모를 보여주는 부분이다.

> 대관절 홍성은 무슨 홍성이오닛가 말삼이나 흐시오
> 너 부정흐지나 안이흐냐
> 부정은 제가 부정해요 엇저녁에 어린 놈이 품 속에서 똥을 싸셔 우래통을 훨신 벗고 목욕을 멀졍히 흐고 새옷까지 입엇는디요 이것 봅시오 째 한졈 잇나
> 안이다 목욕은 고만 두고 셰슈를 보름이나 안이흐야 째가 소상반죽 눈박이듯 어룽더룽흐야도 관계업다
> 그러면 무슨 부정 말삼이오닛가
> 부졍이 썩 여러 가지다 너 드러보랴나냐 눈으로 본 부졍 입으로 먹은 부졍 귀로 드른 부졍 손으로 만진 부졍 발로 간 부졍 너 다 몰오나냐
> 예 알겟슴니다 그러면 샌님 겻해 섯기도 황송흡니다 눈으로는 오날 아참에 이웃집 어린 아해 똥싸는 것을 보고 입으로는 앗가 술집에서 똥싸고 잇던 쇠천엽회를 먹엇고 귀로난 엇져녁에 머슴놈 넉은 것이 체흐야 셜사흐는 소리를 드럿고 손으로는 그것게 쇠두엄을 쳣고 발로는 지금 갯동을 밟앗슴니다
> 너는 똥으로 두루말이를 흐얏나냐 웬 똥이 그리 만흐냐 그것은 다 부졍될 것 업다 눈으로 송장을 보앗거나 귀로 부음을 드럿거나 입으로 비린 것을 먹엇거나 손으로 살생을 흐얏거나 발로 상문에를 갓거나 이런 것이 부졍이란 말이다
> 예 그러면 아모 일 업슴니다 졔가 샌님 말삼흐신 그런 부졍은 보고 듯고 먹고 만지고 밟은 지가 스무아흐래 올시다[29]

---

28) 재미있는 말장난은 이밖에도 이 극에서 자주 등장한다. 예를 들면, 다음과 같은 것이다. "졔 리약이가 흐도 길죽스름흐닛가 오래 서 계신 게 황송해셔 그리흡니다 / 황송이고 누렁소고 잔소리는 고만두고⋯⋯."
29) 『대한민보』, 1909.10.15(2회).

이 장면은 장에 가다 '샌님'이 '덤벙이'를 만나 어디를 가느냐고 묻자 산달이 가까운 제수씨와 새로 태어날 아기에게 '부정'이 탈까 걱정하는 대목이다. 그래서 그에게 먼저 부정한 곳에 다녀왔거나 한 적이 없느냐고 확인한 뒤에 이야기를 시작하는 이 극의 도입부분이다. 보통 탈춤에서 지니고 있는 벽사의식이 남아 드러난 부분으로 이해할 수 있는 부분이다. 그런데 이 부분에서도 '샌님'과 '덤벙이'는 마치 말장난을 하듯 의사소통이 원활하게 이루어지지 못한다. 그러나 이를 보는 입장에 있는 수용자들은 맛깔스런 재미를 느끼는 대목이다. 이렇게 한 극의 공연텍스트를 완전히 이해하고 즐긴다는 것은 그 기본적인 서사구조를 공유함을 전제로, 그 공연이 행해지는 장소와 관객의 성격에 따라 달라지는 극적 상황을 즐기는 것이다. 따라서 「골계 절영신화」는 당대 연극을 향유했던 방식이 시각적으로 체험되는 것을 보여준 작품이다. 위에서 예시한 언어유희 부분은 관습적으로 공유했던 극적 재미를 보여주는 예이다. 또한 연극적 유희성은 사회비판적 골계미를 드러내는 부분에서 재미를 더한다.

> 져거번 독립관 연셜 구경을 갓더니 아모씨아모씨가 차례로 나아와 연셜ㅎ는 것 그르니 그네들이 손곱아 가는 변사라고 합듸다마는 나도 그만치는 ㅎ랴면 ㅎ겟습듸다
> 연셜은 흠부루 ㅎ는쥴 아나랴 나는 대동날 공포홀 말을 두어마듸 일으랴도 발뒤굼치가 절도 쓰고 가슴이 울넝울넝하야 목소리가 절노 덜덜 쎌니더라
> 그는 해보지 못ㅎ얏스니닛가 알 슈 업니다마는 남ㅎ는 것을 드러보닛가 별 슈 엇의 잇셔오 목뎍이니 쥰뎍이니 자연젹이니 텬연덕이니 구톄뎍이니 츄샹덕이니 애국뎍이니 자션덕이니 말 몃 마듸를 ㅎ자면 덕자 두루말이를 합듸다
> 너는 정신도 좃타 나는 덕자인지 셔자인지 긔억못녀라 이 애 연셜 리약이는 고만 두어라 누가 그것 듯쟈나냐 네 운동하란는 사건이나 마쟈 리약이 ㅎ여라

「골계 절영신화」는 이 같은 맥락에서 오랫동안 사회비판 혹은 사회를

체험하는 중요한 의사소통 기구의 역할을 했던 탈놀이 공간이 신문지면에 시각적으로 나타난 것으로, 놀이를 체험하는 방식이 변화한 것을 단적으로 보여준 예라 할 수 있다. 따라서 「골계 절영신화」는 연극으로서의 '놀이'가 신문이라는 새로운 매체와 만나 관중이 아닌 독자로 연극을 경험하는 방식이 변화하였음을 보여주었다.

4. 맺음말

한말 개화계몽기의 문화적, 사회적 특징은 매체적인 차원의 글쓰기에 잘 나타난다. 이 시기의 글쓰기는 보다 일상적 의미로 독자나 청자에게 수용되고자 하는 의사소통의 욕망을 드러냈다. 그것은 불특정 다수의 독자를 수신자로 하여, 신문을 통한 지식이나 정보의 전달마저도 일상적인 경험이나 잘 알려진 이야기들을 매개로 하여 전달하려 했다. 이는 신문이라는 매체가 수용자와 낯설지 않은 범위 내에서 소통 하려 했기 때문이다. 결과적으로 개화기 서사양식이 보여주는 서사전개 방식은 문자기록에 의존하지 않던 구전의 메카니즘을 이용한 서사전달방법을 차용한다. 따라서 연극을 통해 향유했던 서사양식의 관습을 염두에 둔 신문의 소통전략으로, 개화기 서사양식은 연극적인 의미의 '놀이(遊戲)'공간을 기반으로 재현된다. 구체적으로 서사양식에서 연극적인 '놀이'공간은 서사를 전달하던 매개자로서의 이야기꾼이 서술자 혹은 편집자로 재현되는 현상으로 나타났다. 따라서 이 시기 독자들의 연극 경험은 관습적인 향유방식에 기대어 있는 것이라고 말할 수 있다. 이렇게 신문에 나타난 서사양식을 통한 연극의 시각적 경험은, '놀이'의 관습에 의한 시청각적 기억을 기반으로 했을 때 가능했던 것이다.

본문에서 살펴본, 연극으로서의 놀이를 토대로 하여, 이 시기 서사양식이 지닌 특징을 정리해 보면 다음과 같다. 첫째, 이 시기 서사양식은 문자로 이야기의 내용을 전달하고자 하는 '진술상황' 하에 있는 소설적 특징과 말로써 내용을 자주 표출하고자 하는 '연행상황'을 내재 하고 있다. 이러한 특징에서 극 대본으로서의 속성이 포착되지만, 아직 이 시기의 글쓰기들이 분화된 장르인식을 갖고 있는 문학적인 것이 아니라는 데 희곡의 전사라고 쉽게 단정지을 수 없는 이유가 있다. 그러나 관습적인 연행상황을 기반으로 삼고 있는 서사양식의 특성을 고려한다면, 그것은 곧 의식적 글쓰기로서의 희곡이 받아들여야 할 서사구조가 될 것이다. 둘째, 본문에서 살펴본 〈골계 절영신화〉를 통해 개방적인 특성을 지니고 있는 연극으로서의 '놀이(遊戱)'가 시대에 매우 유연하게 대응했음을 발견했다. 그러했기에 극적 공간이 신문으로 바뀌었음에도 불구하고 그것이 현장감 있게 재현되고 있었던 것이다. 그리고 독자들은 유희공간을 기반으로 한 서사양식을 신문에서 읽는 방식으로 극을 체험하기에 이른 것이다.

놀이(遊戱)라는 개방적 극 구성원리는 우리의 전통극이 가진 의사소통기관의 역할을 보여준 예다. 이것은 연극이 가진 중요한 역할 가운데 하나이기도 하다. 개화기 계몽주의자들이 개량의 대상으로 설정해 놓고 비판으로 일축했던 당시 연극으로서의 놀이의 실체는 서사양식을 통해 다른 지점을 보여준다. '놀이'라는 개방적 양식을 기반으로 한 서사전개의 구조적 원리가 오히려 비판적인 사회소통 기구의 역할을 했다는 사실이다. 따라서 이 시기 이러한 특징은 연극이 갖고 있는 의사소통기구로서의 역할을 충분히 발휘하고 있는 것을 보여준 예였다. 이 글은 연극이 적극적으로 사회의 의사소통 역할을 한 예를 개화기 서사양식을 통해 살펴 본 것이다. 차후 완결된 의미의 연극보다는 한국연극의 연극원리를 잘 보여준 연극성으로서의 '놀이(遊戱)'의 의미를 체계화 하는 일을 진행할 것이다. 또한 「골계 절영신화」는 전통극이 재생산되고 시대적 상황에 따라 변주된 구체적인 예가 되므로, 이 텍스트의 연극성을 논의하는 연구가 함께 진행할 것이다. 이는 한국연극의 개방적 특성으로 본 '놀이(遊戱)'라는 주제를 보완하는 작업이 될 것이다.

근대계몽기 단형 서사물의 희곡적 글쓰기 연구

'논설적 극' 양식의 대두를 중심으로

김 향

1. 연구 목적과 연구사 검토

본 논문은 근대계몽기 신문에 실린 단형 서사물에서의 희곡적 글쓰기 양상을 살피는 것을 목적으로 한다. 한국에서 서양의 '드라마(drama)' 개념으로서의 '희곡(戲曲)'이 언급된 것은 안확의 「조선(朝鮮)의 문학(文學)」(1915)[1])에서가 처음이며 정교하게 근대적인 희곡 개념에 대한 논의가 이루어진 것[2])은 1920년 현철이 발표한 「희곡(戲曲)의 개요(槪要)」[3])에서라고 볼 수 있다. 후설하겠지만, 본 논문의 연구 대상인 단형 서사물이 쓰여지던 구한말에서 1910년대에는 희곡에 대한 개념 형성이 형성된 상태가 아

---

1) 안확, 「朝鮮의 文學」, 『學之光』 6호, 1915, 65~66면.
2) 박노현, 「한국 근대희곡 개념의 발생」, 동국대 석사논문, 2002, 82면.
3) 현철, 「戲曲의 槪要」, 『開闢』, 1920.11~1921.2.

니었다고 할 수 있다. 그런데 근대적 희곡 개념이 미확정[4]적이었다는 견해에는 동의하지만, 1900년대 신문 매체에 실린 단형 서사물에는 '문'에서 '문학'으로 전환되는 시기에 '문'에서 볼 수 없었던 그리고 '드라마'의 역어로서의 근대적인 '희곡' 개념이 형성되기 이전의 "자생적인" 극 양식이 존재한다고 여겨진다.

선행 연구에서는 희곡에 대한 개념을 연구할 때에 1910년대에 공연된 연극, 즉 '각색'의 대상이 되었던 신소설 대본을 대상으로 하면서 자료의 미비로 어려움을 겪고 있다고 할 수 있다. 그런데 대화체, 토론체로 이루어진 단형 서사물을 살펴보면 한국 고전희곡의 요소가 드러나고 있고 여기에 전통 가무극이 대화극으로 변천했다는 논의[5]를 고려하여 논한다면, 근대 전환기만의 독특한 극적 글쓰기에 대해 체계화할 수 있음을 알 수 있는 것이다. 특히 「골계 절영신화」[6]에서 산대놀이의 '취발이'와 '양반'이 등장인물로 등장하여 개화에 대해 논하는 것을 보면 더욱 그러하다. 그러나 한국 최초의 희곡이라 할 수 있는 「병자삼인」[7] 이후 1920년대 희곡에서는 한국 전통적인 극 양식보다는 드라마의 역어로서의 희곡 개념이 영향을 끼치고 있기에 한국 고전희곡과 근대적인 희곡을 연결선상에 놓는 것은 아직은 조심스러운 일이다. 따라서 본 논문에서는 근대적인 희곡 개념을 논하기 위한 것이라기보다는, '문'에서 '문학'이 형성되는 전환기에 근대적인 신소설 형성의 토대가 되었다고 논의되고 있는 단형 서사물에 희곡적인 글쓰기 양식 역시 잠재되어 있다는 것을 논하기 위한 것이라는 사실을 전제해야 할 듯하다. 기왕의 논의에서처럼 몇몇 단형 서사물을 '소설이다 희곡이다'라는 장르로 규정하기 위한 것이라기보다는 문학적인 글쓰기 양식 중 희곡적 글쓰기로 논할 수 있는

---

4) 박노현, 앞의 논문, 59~69면.
5) 박진태, 『한국 고전희곡의 역사』, 민속원, 2002, 30면.
6) 백치생, 「골계 절영신화」, 『대한민보』, 1909.10.14~11.23.
7) 조중환, 「병자삼인」, 『매일신보』, 1912.11.17~25.

것을 살펴봄으로써, 근대전환기 희곡적 글쓰기의 다양한 스펙트럼을 살펴보는 것이 본 논문의 목적인 것이다.

본격적인 논의에 앞서 단형 서사물의 양식적 특징에 대한 선행 연구서의 논의를 자세히 살펴보면 다음과 같다.

근대계몽기 신문에 실린 단형 서사물은 수백편8)에 이르지만 그 실체를 드러내기 전에는 1905~1910년 사이 『大韓每日申報』에 실린 「향곡담화」(1905.10.19, 10.31, 11.1, 11.7), 「소경과 안즘방이 문답」(1905.11.17~11.19, 11.21~11.26, 11.28~11.30, 12.1~12.2, 12.6~12.10, 12.12~12.13), 「鄕향老로訪방問문의生싱이라」(1905.12.21~12.24, 12.28~12.30, 1906.1.4~1.6, 1.9, 1.11~1.14, 1.16~1.21, 1.23, 1.30~1.31, 2.1~2.2), 「車거夫부誤오解해」(1906.2.20, 2.22~2.25, 2.27~2.28, 3.1, 3.4, 3.6~3.7), 「時시事사問문答답」(1906.3.8~3.11, 3.13~3.18, 3.20~3.25, 3.27~3.31, 4.7~4.8, 4.10~4.12) 등만이 주된 연구대상이 되면서 소설인지, 희곡 장르인지가 쟁점사항이었다.

이재선은 "「거부오해」, 「소경과-」에서는 민속극 구성을 보이지만 소설의 서술성과 기술의 양성을 살피기 위해 소설적 측면에서 살피겠다"9)고 논의를 전개하다가 10년 후에는 "서술자의 존재 가치가 희박하고 서사적 사건의 경과가 결여되어 있기 때문에 소설보다는 희극(戲劇)의 한 형태로 보는 게 타당하다"10)고 결론 내린다. 송민호는 "작품들이 소설 구성의 요소를 갖추었다고 보기에는 불충분하지만 대화를 통한 서술성이 있기에 소설 범주에 넣을 수 있겠다"11)고 논했다. 김상선 역시 '이것을 소설로 본다면 서술적인 묘사가 거의 없는 형편이요, 또 이것을 희곡으로 간주한다면 너무나 단순한 형식이 된다"면서, 장르 규정에 난색을 표한다. 그러면서 『대한매일신보』 소재 단형 서사물들 중 「거부오해」는

---

8) 김영민·구장률·이유미 편, 『근대계몽기 단형 서사문학 자료전집』 상·하, 소명출판, 2003.
9) 이재선, 『한국 개화기소설 연구』, 일조각, 1972, 64면.
10) 이재선, 『한국문학의 해석』, 새문사, 1981, 38면.
11) 송민호, 『한국 개화기소설의 사적연구』, 일지사, 1986, 180면.

"소설"이라는 표기가 있으니 소설로 보고 「소경과―」는 아무 표기도 없으니 희곡으로 다루겠다'12)는 빈약한 논거를 제시하고 있기도 하다. 이에 비해 김원중은 단형 서사물을 '동양적 개념의 희곡에서 acting을 중심으로 하는 서구적 개념의 희곡으로 이행하는 과정에서 과도기적 형태로 나타난 신희곡'13)으로 본다. 권순종은 단형 서사물을 '대화체 문학'이라는 잠정적 명칭으로 사용하겠다고 하면서 '레제드라마적인 성격을 지녔다'고 논한다. 또한 "이 작품들이 신문독자를 고려하면서 소설보다는 극적인 방법을 취하고 있으며 이로 인해 희곡양식의 실험에 기여한 것이다"14)라고 논한다.

위의 선행 연구자들은 단형 서사물을 소설 또는 희곡으로 규정하면서도 공통적으로 '과도기적인 형태'의 장르임을 전제하고 있음을 알 수 있다. '과도기적인 형태'이지만 개별 작품들 중 대화로 논설을 전개하는 작품들이 많기에, 단형 서사물은 '개화기 토론체 문학'으로 연구되기도 했다. 토론, 대화 양식을 대상으로 하는 연구서에서는 연구대상이 한글로 된 서사물뿐만 아니라 한문체 서사물과 단행본으로 간행된 토론체 신소설에까지 그 범위가 확대되었다. 근대계몽기에 쓰여진 작품들이 국한문체·한글체 등 과도기적인 문체를 보이고 내용 역시 계몽적인 것을 내세우면서도 전통적인 요소가 남아 있기에, 이 시기에 형성된 서사물의 실체를 밝히기 위해 조선시대 문화와의 영향 관계 외래문화와의 영향 관계를 논하며 연구되어졌음을 알 수 있다.

선행 논문들15) 중 김주현과 이강엽의 논의가 설득력을 지니는데, 김주현은 단형 서사물의 대화 양식이 전대의 문답 형식 몽유록에 영향을 받

---

12) 김상선, 『한국근대희곡론』, 집문당, 1985, 9~10면.
13) 김원중, 『한국근대희곡문학연구』, 정음사, 1986, 22면.
14) 권순종, 『한국희곡의 지속과 변화』, 중문, 1991, 106~107면.
15) 김주현, 「개화기 토론체 양식 연구」, 서울대 석사논문, 1989; 김원규, 「개화기 토론체의 담론 연구」, 부산대 석사논문, 1994; 이강엽, 『토의문학의 전통과 우리 소설』, 태학사, 1997; 김찬기, 「근대계몽기 전(傳)에 관한 연구」, 고려대 박사논문, 2003.

으면서도 동시에 근대 문화의 하나인 연설회와 토론회라는 외국문화 영향을 받았다고 논한다. 김주현은 단형 서사물을 사회적 언술체[16]라 명명하는데, 이는 기존의 장르 중심의 논의에서 벗어나 개별 작품들이 당시 사회현실과 밀접한 연관을 지니면서 생성된 대화체 양식이라는 의미에서의 논의이다. 그리고 결론에서는 작품에서 드러나는 극적 상황을 부각시키면서 김원중 논의의 맥을 잇는 듯 '희곡발생의 전초역을 담당한 문학'이라 논한다.[17] 이강엽은 김주현의 논의에서와 같이 연설회, 토론회라는 외국문화의 영향을 강조하고 대화체 신소설에서의 극적 상황에 대해 언급하지만 장르는 토론체 소설로 본다. 극적 특징을 지니고 소설의 발달을 부추긴 단형 대화물[18]이라 논하고 있는 것이다. 김주현과 이강엽은 대화체 서사물에 대해 비슷한 논의를 전개하면서도 결론은 매우 다르게 도출하고 있음을 알 수 있다.

그러나 선행 연구자들이 근대계몽기 서사물을 '과도기적인 것'으로 논하는 것에는 서구 중심의 소설, 희곡 개념이 판단 기준으로 작용하고 있어 결국엔 이 시기 작품들을 미성숙하고 모자란 양식으로 다루는 것이라 여겨진다. 이러한 연구 흐름 속에서 김영민의 단형 서사물 연구는 이 작품들이 실린 신문이라는 매체의 특성과 필자들을 살피면서 '서사적논설', '논설적서사'라는 개념틀을 정립하는 성과[19]를 보인다. 김영민은 단형 서사물을 한말의 정치적·문화적 상황을 반영하는 당시대적 문학 양식[20]으로 정의한다. 그가 논하는 '서사적논설'은 전통적인 서사 장르의 글쓰기를 바탕으로 문명 개화 시대의 정신과 신문이라는 근대적 매체에 맞춘 표현법[21]이다. '서사적논설'은 외형상 편집자의 목소리가 숨어 버

---

16) 김주현, 위의 논문, 10면.
17) 김주현, 위의 논문, 66면.
18) 이강엽, 앞의 책, 309~311면.
19) 김영민, 『한국 근대소설사』, 솔, 1997.
20) 김영민, 위의 책, 48면.
21) 김영민, 위의 책, 44면.

린 독립된 서사 양식이라 할 수 있는 '논설적서사'22)로 변모된다. 또한 '서사적논설'과 '논설적서사'의 양식적 특징은 ① 서술체, ② 문답체, ③ 토론체 유형23)으로 나눌 수 있다. 김영민은 단형 서사물이 압축과 상징, 우화와 비유적 수법을 통해 그 당시의 현실을 담아낸 신소설(근대 소설)이라24) 논하면서 단형 서사물의 가치를 새롭게 밝혀내고 있는 것이다. 이 논의는 정선태·한기형25) 등의 연구자들과 후학들에게 이견(異見) 속에서도 이어지고 있는 논의들이 되었다.

이와 같은 선행 연구 검토를 통해 우리는 근대계몽기 단형 서사물에 관한 논의가 소설 또는 희곡에 대한 장르 규정의 문제에서 단형 서사물 자체의 문학적 가치에 대한 논의로 발전했음을 알 수 있다. 수백 편의 단형 서사물을 소설, 또는 희곡으로 분류하기보다는 근대계몽기라는 특수한 시대적 상황 속에서 신문이라는 매체를 통해 당 시대를 반영하고 계몽을 추구하는 다양한 글쓰기 양식을 담지한 문학양식으로 이해할 수 있는 것이다. 따라서 토론체, 문답체 양식을 띤 단형 서사물에는 '서사적 논설', '논설적서사'라는 특징 외에 근대적인 희곡 양식과는 다른 근대계몽기 특유의 희곡적 글쓰기도 특정한 양식으로 이론화 할 수 있다고 볼 수 있다.

본 논문에서는 김원중이 '신희곡'이라 논하고 김주현이 '사회적 언술체'라고 명명하기도 했던 특징들을 '논설적 극' 양식이라 분류하고 근대 전환기의 한 양식으로 논하고자 한다. 이를 통해 단형 서사물에는 근대적인 소설의 특징과 더불어 희곡적 글쓰기 또한 배태하고 있음을 살펴

---

22) 김영민, 위의 책, 52면.
23) 김영민, 「근대계몽기 단형 서사문학 자료 연구」, 『근대계몽기 단형 서사문학 자료전집』 하, 소명출판, 2003, 397~405면.
24) 김영민, 「동서양 근대 소설의 발생과 그 특질 비교 연구」, 『현대문학의 연구』 21호, 한국문학연구학회, 2003, 464면.
25) 정선태, 『개화기 신문논설의 서사 수용 양상』, 소명출판, 1999; 한기형, 『한국 근대소설사의 시각』, 소명출판, 1999.

보고자 한다. 2장에서 '논설적 극' 양식의 이론적 토대가 될 수 있는 근대계몽기 특유의 희곡적 글쓰기를 논한 후 3장에서는 「공동회에 디흔 문답」26)을, 4장에서는 「병인간친회록(病人懇親會錄)」27)을 대상으로 개별 작품 분석을 할 것이다.

2. 희곡적 글쓰기–'논설적 극' 양식

'희곡(戲曲)'이라는 말은 중국어 사전을 보면 '가무(歌舞)로써 고사(故事)를 표연(表演)하는 것'으로 정의 내려 있지만 한국에서는 '문학의 한 형식으로서, 상연(上演)을 목적으로 쓴 연극의 각본(脚本)'으로 정의하고 있다. 그리고 서양어인 'theatre'와 'drama'는 '어떤 일정한 장소에서 (배우가) 어떤 것을 행동으로 보여주고 (청관중들이) 그것을 지켜보는 것'이란 뜻을 공통으로 지니고 있다. 여기서 'theatre'와 'drama'는 한국어로는 각각 '연극'과 '희곡'으로 번역해서 쓰이지만 서구와 달리 '연극'과 '희곡'이라는 용어가 서로 분명하게 구분되어 사용되고 있다. 한국에서 '연극'이라는 용어는 대본 / 희곡을 무대에서 상연하는 것을 말하고, '희곡'이란 용어는 그 연극 상연의 대본을 가리키는 용어로 분리하여 사용하고 있는 것이다.28)

그런데 안확의 「조선(朝鮮)의 문학(文學)」(1915) 이전에는 '희곡'이라는 용어를 사용한 자료를 찾아 볼 수가 없다. 주로 '연희(演戲)'라는 용어29)

---

26) 『獨立新聞』, 1898.12.28(김영민 외편, 『근대계몽기 단형 서사문학 자료전집』 상, 137 ~139면).

27) 『大韓民報』, 1909.8.19~10.12(권영민, 『서사양식과 담론의 근대성』, 서울대 출판부, 1999, 436~462면).

28) 김익두, 『연극개론』, 한국문화사, 2003, 18~19면 참조.

가 많이 사용되었고 『대한매일신보(大韓每日申報)』 1906년 3월 8일자, 1908년 6월 23일자, 7월 10일자, 7월 12일자에서, 『황성신문(皇城新聞)』 1908년 7월 10일자 등의 기사에서 '연극(演劇)', '연극장(演劇場)'30)이라는 말이 사용되었음을 알 수 있다. 1901년에 "극담(劇談)"31)이라는 용어가 사용된 것을 발견할 수 있는데 이는 '관극평'에 가까운 의미로 쓰인 것으로 추측된다. 그리고 「은세계」 공연에 관한 광고문 등에서 "연극 신소설", "신연극", "소설연극"32)이라는 정리되지 않은 용어들을 접할 수 있고 「금수회의록」을 "연극적(인) 소설"33)이라 광고하는 것 등을 볼 수 있다. 근대계몽기에는 희곡 용어에 대한 기록은 없고 "연극적"인 것에 대한 인식이 있었으나 이 '연극'이라는 용어도 '소설'과 혼용되어 사용되고 있음을 알 수 있다. 1907~8년 사이에 원각사에서 공연되기 위해 쓰여진 한문 희곡 「잡극(雜劇) 심청왕후전(沈青王后傳)」(呂圭亨 각색)34)이 남아 있긴 하지만 여기서의 "잡극(雜劇)"이 희곡 개념으로 쓰였을 지는 의문이다. 상연하기에는 불가능한 한문으로 쓴 것으로 보아 희곡에 대한 개념을 지닌 글쓰기

---

29) "協律社 演戲는 外 各國에도 亦有호 者나", 『大韓每日申報』, 1906.3.16.

30) "…… 藝妓를 招選하며 倡優를 募集하야 所謂 春香歌 華容道打令을 百船 演劇으로 玩戲를 못호야 (…중략…) 世界各國에 角力戲이니 習舞會이니 演劇場이니 輕術業이니 活動寫眞이니 ……", 『大韓每日申報』, 1906.3.8; "조선부인회 조선연극회", 『大韓每日申報』, 1908.6.23; "技藝와 特別호 演劇이 多有호얏다더라", 『皇城新聞』, 1908.7.2; "[演劇準備] 金相天 朴晶東 李人稙 三氏가 西門니 官人俱樂部의 演劇場을 設施홀 次로 現今 準備中이라더라", 『大韓每日申報』, 1908.7.10; "演劇이 人心風俗에 有益호 者인가", 『大韓每日申報』, 1908.7.12.

31) 「論說-三老劇談」, 『皇城新聞』, 1901.7.25; 「논설-衆老人의 觀蛙劇談」, 『황성신문』, 1907.6.15.

32) "연극 신소설"(광고-연극 신소설 은세계 이인직 저 정가 삼십원」, 『大韓每日申報』, 1908.12.16, 안광희, 재인용); "대한신문사장(場) 이본인직 씨가 아국연극을 개량호기 위호야 신연극을 夜珠峴 전 협률사에 창설호고 再昨日붓터 개장호얏는디 은세계라 題호 소설로 창부를 교육호야 이개월 후에는 該 新演劇을 設行호다는디 ……"(「소설연극」, 『皇城新聞』, 1908.7.28).

33) "소설은 新体文壇의 연극적 소설로 空前絕後의 一大 금수회의를 開催하고 ……." (「광고-골계소설 금수회의록」, 『大韓每日申報』, 1908.3.5)

34) 『朝鮮學報』 13輯, 1959.12(정하영, 「'雜劇 沈青王后傳' 考」, 『동방학지』 36·37합본, 연세대 동방학연구소, 1983, 510~511면 참조).

였다고 볼 수는 없기 때문이다.

이처럼 근대계몽기에는 희곡 개념이 없었기에, 단형 서사물의 희곡적 글쓰기를 살피는 데 있어서도 '상연을 전제로 하는 완결된 희곡'을 판단 기준으로 삼을 수는 없다고 여겨진다. 이러한 기준으로 보면 단형 서사물에서 희곡적인 글쓰기를 보이는 작품들은 '희곡으로 보기엔 미숙한 작품'이라는 선행 연구의 논의를 반복하는 것이 될 것이다. 근대계몽기 단형 서사물에서는 야외무대나 협률사 등 극장에서 공연되기도 했던 한국 전통극의 영향을 많이 받았음을 작품을 통해 확인할 수 있고 이와 더불어 「금수회의록」을 '연극적'이라고 인식한 것에서 알 수 있듯이 근대계몽기에 성행하던 연설회, 토론회 문화와 우의적인 요소 또한 연극적인 형상화로 인식되고 있음을 발견할 수 있는 것이다. 따라서 단형 서사물에서는 한국 전통극적인 요소와 근대계몽기의 연설, 토론 문화가 반영된 독특한 극적 특징을 보이는 작품들에서 '논설적 극' 양식을 추출하고 논의를 전개하고자 한다.

1) 연설 · 토론회장 행위(action)의 재현─가상의 무대 공간과 등장인물, 관객

선행 연구자들 중 김영민과 김주현 · 이강엽은 단형 서사물에서 '논설적 극' 양식을 추출하는 데 중요한 단서를 제공하고 있다. 김영민은 단형 서사물의 가치를 새롭게 밝혀내면서 신소설(근대 소설)로의 행보를 논의했지만, 논설에 서사를 활용하는 전략에서 발생하는 것이 은폐라기보다는 '은유'라고 주장하는 지점[35]에서 '논설적 극' 양식 또한 논할 수 있다. 즉 편집자(작가)의 목소리를 드러내지 않고 은유적으로 자신의 주장을 이야기하는 것은 극적 글쓰기에서 작가가 등장인물을 내세워 객관적인 이

---

35) 김영민, 『한국 근대소설사』, 48면.

야기 상황을 제시하면서 자기 자신이 아닌 타인에게 말하는[36] 극적 의사소통 구조 방식과 일치하는 지점인 것이다.

또한 이강엽은 신문 사설이 아닌 「ᄌ유종」을 논의 대상으로 삼고 있긴 하지만 근대계몽기의 서사물들이 '모처(某處)'라는 가상의 공간에서 '토론장'이라는 구체적인 공간 설정으로 변화되는 것, 허구의식이 강화된 것을 논하고 있다. 여기서 '그럴듯함'이 높아진 것[37]으로 논의하는 것은 희곡(연극)적 가정법으로 설명할 수 있는 요소이다. '지금 극장에 있음'을 인식하고 현실적인 또 다른 세계에 옮겨와 있음[38]을 체험하게 하는 극적 글쓰기를 논할 수 있는 것이다. 그리고 '그럴 듯함'은 시·공간 상의 '가능한 세계'[39]의 구축을 보여주는 것이며 가설적이지만 실제적인, 허구적인 극적 세계를 '지금—여기'서 진행 중인 것으로 보여주는 것[40]이라 할 수 있다. '논설적 극' 양식 또한 계몽적인 내용이기에 대중(관객)에게 보여주기 위한 글쓰기, 보여줄 대상을 염두에 둔 글쓰기라는 중요한 특징 또한 지니고 있는 것이다.

극적 상황을 제시하는 무대 지시에 대한 논의,[41] 등·퇴장과 시·공간 지시 서술[42] 역시 대사와 지문으로 이루어지는 극적인 양식에 대한 것이라 할 수 있다.

선행 연구서에서 드러나는 위의 몇 가지 특징은 결국 연설회와 토론회장의 행위(action)를 작품에서 재현(모방)하는 것으로, 단형 서사물에서의 토론체가 연설장, 토론장 문화에 큰 영향을 받았다는 것을 논증하는 것이다. 그리고 이러한 토론체 내용은 전대의 몽유록이나 문답 형식에서

36) Anne Ubersfeld, 신현숙 역, 『연극기호학』, 문학과지성사, 1988, 26면.
37) 이강엽, 앞의 책, 308면.
38) Patrice Pavis, 신현숙·윤학로 역, 『연극학 사전』, 현대미학사, 1999, 300면.
39) Keir Elam, 이기한·이재명 역, 『연극과 희곡의 기호학』, 1998, 120면.
40) Keir Elam, 이기한·이재명 역, 위의 책, 132~133면.
41) 김주현, 앞의 논문, 50면.
42) 김영민, 『한국 근대소설사』, 76면.

현실비판이나 시대사회의 개조, 변화를 적시하는 적극적인 표현방식과 그 맥을 같이하는 것이다.[43] 필자들이 이렇게 토론장을 재현할 수 있는 것은 당시 한말에서 벌어진 각종 정치집회, 대중 토론, 연설회 등의 공간을 경험했기 때문이라고 볼 수 있다.

이와 같은 토론문화가 재현될 수 있었던 역사적인 배경을 살펴보면 다음과 같다.

19세기 후반 한국은 많은 외국 세력이 밀려 들어와 각국의 이권 침탈 장이 되었다. 이에 맞서 당시 지식인들은 근대화 운동과 반제국주의 투쟁을 전개하면서 동학혁명·갑신정변·의병전쟁과 같은 무력투쟁을 벌이면서 한편으로 독립협회·만민공동회·대한자강회·신민회·기호흥학회·대한흥학회 등의 지식인 단체들을 중심으로 연설회, 토론회 활동을 벌였던 것이다. 이들의 토론회는 1897년 8월 29일부터 다음해 12월 30일까지 무려 15개월 가량 34회에 걸쳐 진행[44]되었다.

토론회의 방식은 논제를 중심으로 그 시비를 둘러싸고 두 조로 나누어 토론한 다음에 회원대중이 자유로이 토론에 참가하는 것이었다. 논제를 정하고 좌강(左講), 부좌강(副左講) 각각 1인(人)과 우강(右講), 부우강(副右講) 각각 1인(人)을 결정하여 좌우강(左右講)의 주장에 따라서 자유로이 토론하며 회원은 시간을 5분간으로 제한했다.[45]

이러한 토론회 장면은 배우와 관객이 있는 일종의 공연장을 연상한다. 좌강, 부좌강, 우강, 부우강이라는 토론을 맡은 인물들이 있으며 이들을 지켜보고 함께 토론에 참여하는 관객인 회원대중이 존재하기 때문이다.

만민공동회가 만들어지기 전 독립협회가 토론회에서 논의한 내용은 주로 당대 사회의 시급한 과제들이었다. 즉 독립협회는 토론회를 통해 사회의 전반적인 개혁을 주장하였다. 독립협회의 토론회는 대성황을 이

---

43) 김주현, 앞의 논문, 14면.
44) 김주현, 위의 논문, 6~7면.
45) 강재언, 『한국근대사연구』, 한울, 1987, 219면; 김주현, 위의 논문, 7면에서 재인용.

루어 하나의 사회운동을 형성하기에 이른다. 그러자 이에 당황한 정부와 수구파 세력은 보부상 단체 황국협회를 결성하여 이들의 활동을 방해하고 급기야는 무력으로 해산시켜 버렸다. 독립협회가 해산되자, 곧이어 만민공동회가 결성되었다.[46]

　만민공동회의 조직에는 독립협회의 토론회에서 체득한 의사진행방법과 연설법이 귀중한 무기가 되었다.[47] 만민공동회는 대중집회, 가두연설을 통해 계속 자주민권, 자강운동을 폈다. 또한 연설회는 이후 보안회 · 대한자강회 · 신민회 등에도 계승되었다.

　이처럼 시간과 장소가 정해진 상태에서 좌강, 우강이 토론을 통해 갈등하고 긴장감이 형성되는 형식은 소설과 다른 극에서 드러나는 특징이며 이를 바라보는 관중은 시선이 고정되면서 계몽을 의도하는 토론장 문화에 의해 훈육의 대상[48]이 된다. 1907, 1908년에 협률사 · 광무대 · 단성사 · 연흥사 · 원각사 · 장안사 등으로 본격화된 실내무대, 프로시니엄 무대가 만들어지기 전 1890년대 토론장(연설장)은 시 · 공간을 한정하면서 관중의 시선을 고정시키고 재배치시키는 가상적인 무대 공간과 등장인물, 관객 형성의 토대가 되었다고 볼 수 있겠다.

2) 계몽의 공간 형성 방식―산대놀이의 구조[山臺構造]

　단형 서사물은 대체로 길이가 짧고[49] 조금 긴 글은 연재하는 형식으로 전개되면서 아리스토텔레스가 『시학』에서 논하고 있는 '논리적 연결, 유기적 통일을 구축하는 극적 구조'보다는 '논리적 전후관계가 희박한

---

46) 김주현, 위의 논문, 8면.
47) 강재언, 앞의 책, 220면(김주현, 위의 논문, 9면에서 재인용).
48) 박노현, 「극장의 탄생」, 『한국극예술연구』 19집, 2004, 32면.
49) 김영민, 「동서양 근대 소설의 발생과 그 특질 비교 연구」, 449~452면 참조.

에피소드 중심의 서사 구조'50)를 지닌 것으로 여겨진다.

아리스토텔레스는 비극이 '극적 구조'를 지녔기에 서사시에서 드러나는 '서사 구조'보다 뛰어난 것으로 여기고 있다.51) 그리고 이러한 견해는 현대의 연구자들에게도 이어져 '극적 구조'가 잘 갖추어진 작품을 온전한 작품이라 여기는 것으로 이어져 왔다고 할 수 있다. 그러나 아리스토텔레스는 '극적 구조'가 우월하다고 주장하면서도 '서사적인 구조'가 지니고 있는 장점에 대해 언급하기도 했다. 즉 '논리 전후 관계는 희박하나 다수의 플롯으로 다채로운 액션을 서술할 수 있고 여러 가지 사건이 동시에 다루어질 수 있으며 다양한 이야기들로 숭고한(장엄한) 효과를 발휘할 수 있다'52)고 논하기도 한 것이다. 이러한 논의는 후대의 연구자들에게 '서사 구조'를 하나의 온전한 구조로 체계화하는 데 큰 영향을 주었다.

근대계몽기의 단형 서사물은 아리스토텔레스가 논하고 있는 '서사 구조'를 지녔다고 볼 수 있는 것이며 따라서 단지 허약한 구조를 지녔다기 보다는 다양한 계몽적인 이야기를 만들어가는 열린 구조를 지닌 것이라 할 수 있겠다. 그런데 연재되는 단형 서사물에서의 '서사 구조'를 좀더 면밀히 살펴보면 한국 전통극의 에피소드식 구조, 산대놀이에서의 구조(山臺構造)가 구체적으로 드러나고 있음을 알 수 있다. 「봉산탈춤」・「양주별산대놀이」・「꼭두각시 놀음」 등 산대놀이의 구조는 예를 들면 '제1과장 상좌춤', '제2과장 옴중과 상좌', '제7과장 샌님', '제8과장 신할아비와 미얄할미'처럼 '막' 단위를 중심으로 하는 것이 아닌 '장' 단위를 중심으로 한다. 서로 상관이 없는 듯한 이야기들이 양식화 된 등장인물과 몸짓

50) 김용수, 「몽타주와 연극적 전통」, 『영화에서의 몽타주 이론』, 열화당, 1999, 243면.

51) Aristotle, *Aristotle's Theory of Poetry and Fine Art : With a Critical Text and Translation of the Poetics, trans.*, S. H. Bucher, 4th ed. New York : Dover Publications, Inc., 1951, p.111; Aristotle, 천병희 역, 『시학』, 문예출판사, 1996, 149~153면; 이상섭, 『아리스토텔레스의 「시학」 연구』, 문학과지성사, 2003, 136~138면.

52) Aristotle, *Aristotle's Theory of Poetry and Fine Art : With a Critical Text and Translation of the Poetics*, p.93; Aristotle, 천병희 역, 『시학』, 133면; 이상섭, 『아리스토텔레스의 「시학」 연구』, 119~120면.

으로 전개되는데 각 장은 인과관계로 연결되는 것이 아니라 연상적이고 비약적으로 전개된다. 이두현은 이러한 산대의 구조에 대해 "독자성을 지닌 거리(과장)의 집합체로서 옴니버스 스타일"[53]이라고 표현하고 있고 조동일과 이종대는 '독립적인 과장들로 이루어진 것이 브레히트의 서사극과 통하는 구조'[54]라고 논하고 있기도 하다. 「금수회의록」이나 「ᄌ유종」의 구조 역시 동물들이나 인물들이 인과적으로 등장하기보다는 시간적 순서의 흐름에 따라 자연스럽게 등장해[55] 현실에 대해 개탄하고 계몽적인 이야기를 하는 산대구조로 볼 수도 있는 것이다. 물론 전통극에서의 산대구조는 계몽적인 성격을 지녔다고 볼 수 없다. 그런데 토론조의 단형 서사물에서는 산대구조에서와 같은 '독자적인 이야기들이 연속되는' 구조를 보여주는데 그 내용은 계몽적인 것이라 할 수 있는 것이다. 당시 조선인들에게 고전극의 구조는 매우 자연스러운 것이었으며 이러한 문화가 단형 서사물에 가미된 것이라 볼 수 있는 것이다. 그리고 단형 서사물의 이러한 익숙한 구조는 '논설적 극' 양식의 특징의 하나라 볼 수 있겠다.

한국 전통극의 구조는 하나의 과장 안에서 티격태격 말싸움, 몸싸움 놀이[56]를 한다고 할 수 있다. 서양의 '서사 구조'가 장면 간의 충돌에서 발생하는 미학적인 측면을 다루는 것[57]과는 달리 단형 서사물에서는 극에서 발생하는 갈등과 긴장감을 논쟁을 통해 재현하는 방식을 보여준다고 할 수 있겠다. 단형 서사물은 한국 고전극에서 드러나는 산대구조에 영향을 받고 계몽적인 내용으로 토론하며 이야기 공간을 형성했다고 볼 수 있다.

---

53) 이두현, 『한국가면극』, 문공부문화재관리국, 1969, 209면.
54) 조동일, 『탈춤의 역사와 원리』, 홍성사, 1979, 209면; 이종대, 「열린 연극, 서사극과 봉산탈춤」, 『東岳語文論集』 26, 1991, 276~277면.
55) 김영민, 「동서양 근대 소설의 발생과 그 특질 비교 연구」, 454면 참조.
56) 전경욱, 『한국가면극 그 역사와 원리』, 열화당, 1998, 260~270면 참조.
57) 김용수, 「몽타주와 연극적 전통」, 247~248면.

3) 대사극을 통한 말놀이

한국 전통극도 산대에 따라 상이한 특징을 지니는데 〈양주별산대놀이〉는 〈봉산탈춤〉에 비해 대화 형식과 재담이 강해진다. 〈봉산탈춤〉은 언어매체(노래 · 독백)를 춤과 결합시킨 데 비해, 〈양주별산대놀이〉는 언어매체(노래 · 대화)를 주로 놀이와 결합시킴으로써, 〈봉산탈춤〉은 운문적 · 응축적 · 정서적인 가무극 형태가 되고, 〈양주별산대놀이〉는 산문적 · 전개적 · 논리적인 대사극 형태[58]가 된다. 그리고 근대계몽기 단형 서사물은 〈양주별산대놀이〉의 산문적 · 전개적 · 논리적인 대사극 형태의 영향을 받았다고 볼 수 있겠다.

단형 서사물인 「골계 절영신화」에는 '샌님(양반) 과장'에서의 샌님과 말뚝이가 등장인물로 설정되어 있고 '양자들이기' 내용이 삽입되어 말 주고받는 놀이를 하면서 계몽적인 이야기를 전하고 있다. 단형 서사물에서 이렇게 전통극의 등장인물들을 직접 등장시키는 경우는 드물다고 볼 수 있다. 그런데 「골계 절영신화」에서 차용한 '샌님놀이'의 양반의 모습이 단형 서사물들에서 자주 등장하는 '병신(병인)'의 모습인 것에는 주목할 필요가 있다. 양반의 모습은 쌍언청이(대부분의 가면극), 째기(서흥탈춤, 한 다리 한 팔을 잘 못 쓰는 반신불수의 병신), 삐뚜루미탈〈통영오광대〉의 얼굴이 삐뚤어진 모습), 홍백가〈통영오광대〉의 얼굴의 반쪽은 홍색이고 반쪽은 흰색), 손님탈〈통영오광대〉의 곰보양반), 흑탈〈통영오광대〉의 검은색의 탈), 조리중〈통영오광대〉의 방정맞은 모습인데, 보살첩에게서 난 양반) 등 한결같이 병신 모습을 하고 있다.[59]

단형 서사물에서 동물들을 통한 우의적인 이야기 전개와 더불어 병신을 등장시키는 것은 전통극의 기괴하면서도 웃음을 주는 탈, 병신짓거리의 놀이적인 측면에 영향을 받은 것이라고 볼 수 있겠다. 「금수회의록」「병인간친회록」에서의 동물들과 병인들은 동물보다 못한, 육체적인 불구

---

58) 박진태, 앞의 책, 41면.
59) 전경욱, 앞의 책, 288면.

보다 못한 행동을 하는 정상인들을 질책하고 계몽한다. 이런 작품들은 대화라기보다는 등장인물들이 연설하고 퇴장하는 형식이지만 이들이 가상적인 공간에서 동물의 모습, 병신의 모습으로 일종의 가면을 쓰고 말하는 놀이를 하는 형식으로 진행되는 것이라 볼 수 있는 것이다.

'논설적 극' 양식의 특징으로 논한 위의 세 가지 논거는 단형 서사물을 신문이라는 매체를 통해 독자와 소통하면서 현실을 반영하는 근대 전환기적 서사 양식이었다는 전제하에 이루어진 것이다. 이러한 특징들은 주로 「금수회의록」·「ᄌ유종」 등의 신소설과 「공동회에 디호 문답」·「골계 절영신화」·「병인간친회록」·「금수재판」 등의 단형 서사물에서 추출했다. 다음 장에서 「공동회에 디한 문답」과 「병인간친회록」을 연구 대상으로 삼은 이유는 전자는 토론장을 잘 재현하고 있고 후자는 토론 회의장이 작품의 공간적 배경인데다가 산대적인 구조를 지니고 있고 또 병신들의 등장과 행위로 인해 놀이성이 부각되고 있어서, 단형 서사물들 중 '논설적 극' 양식을 잘 드러내고 있는 작품들로 여겨졌기 때문이다.

3. 「공동회에 대한 문답」—토론장의 재현을 통한 근대적 시·공간 의식 표출

「공동회에 디흔 문답」은 공동회에 다녀와서 공동회에서 오갔던 내용들을 전형적인 문답체 형식으로 기록한 것이다.

> 어졔 밤에 본샤 탐보원이 셔촌 흔 친구의 집에 갓더니 못춤 유지각흔 四五인
> 이 안져셔 공동회 일졀노 슈작이 란만흔 것을 듯고 그 죵요흔 것을 뽑아셔 좌
> 에 긔지흐노라.
>
> —『독립신문』, 1898.12.28.[60]

"탐보원"이 살폈다는 것에서 드러나듯이 언제, 어디서, 누가, 무엇을, 어떻게 라는 기사 쓸 때의 원칙이 그대로 지켜지고 있음을 알 수 있다. 그런데 서두에서의 이러한 내용은 지문이라는 희곡적 글쓰기를 보여주고 있는 것이라 할 수 있다. 기사쓰기의 형식을 지녔지만 이 서사물에는 시간적 배경과 공간적 배경, 등장인물이 각각 "어제 밤"에 "셔촌 흔 친구의 집"에서 "유지각흔 四五인이 안져서 슈작했다"고 설정됨으로써 그 당시의 토론장 광경을 상상적인 극적 공간에서 벌어지는 일로 볼 수 있고, 단형 서사물은 그 극적 상황을 재현한 글쓰기라 볼 수 있겠다.

(문) 이번 공동회에 무슴 뒤가 잇는 줄 알앗더니 헛치고 본즉 뒤가 아모 것도 업스니 엇지 붓그럽지 아니호요

(답) 이는 대한 사롬이 평싱 타국에 의지호는 모옴을 명치 못홈이라 몃十 년 이리로 혹 쳥국 혹 일본 혹 아라샤 등국에 의지호야 샤계를 도모호거나 국소를 경령훈 사롬들이 잇섯스나 공동회는 본릐 목적이 우흐로는
황상 폐하의 셩덕만 의지호고 아릐로는 인민의 공론을 힘입어셔 다만 허(혀)와 붓만 가지고 발은 의론을 쥬쟝호야 민국에 리익을 보고자홈이라 그 밋는 것도 민심이요 뒤 밧쳐 주는 것도 민심이라 엇지 달니 밋을 것이 잇스며 달은 뒤가 잇스리요

(문) 그러호면 공동회를 다시 시쟉하는 것이 엇더호요

(답) 셔양말에 죠흔 일도 너머 호면 멸미 난다 호엿스니 지금 공동회를 다지(시)호면 민심이 지리히 넉여셔 도로혀 괴롭게 알기가 쉬으니 민심만 밋고 호는 회를 엇지 민심을 억이여 호리요 홈을며
황상 폐하의 죠칙이 나리샤 공동회의 츙의 목격은 통쵹호시고 물너가라 호셧스니 엇지 쏘 쥬져호야
셩책을 밧들지 아니호리요

(문) 그러호면 졍부에셔 무슴 일을 호야
셩칙을 밧들지 아니호야 인민을 괴롭게 호여도 다시는 만민이 말도 못하랴[61]

---

60) 김영민·구장률·이유미 편, 『근대계몽기 단형 서사문학 자료전집』 하, 소명출판, 2003, 137면.

나라의 앞일을 걱정하는 선각자들은 (만민)공동회를 다시 열어야 한다고 생각하지만 왕이 원하지 않기에 그 뜻을 거스를 수 없다는 고민을 토로하고 있다. 그러면서도 정부에서 할 수 있는 일이 없다고 생각하는 이들은 괴로워한다. 이 단형 서사물은 공동회 개최의 목적은 '민심과 정부가 합심하여 나라의 어려운 일을 함께 타개해 나가는 것이라며 만민공동회를 다시 열건 말건 정부가 바른 일을 할 수 있도록 질책하는 것이 자신들의 할 일'이라고 말하고 끝을 맺는다.

그런데 이들이 다시 만민공동회를 열든 어떠한 방법을 통해서라도 외세 침탈의 위기에 놓인 나라를 구해야 한다고 논하는 것은 실제 선각자들의 애국의 정감을 보여주고 있는 것이다. 따라서 이 작품은 허구적인 이야기라기보다는 실제 1890년대 말 자주민권, 자강운동을 위한 토론회를 하던 곳의 한 장면이 그대로 서술된 것이라 여겨진다.

실제로 독립협회에 의해 일반화된 토론, 연설회는 거의 모든 단체로 확산되어 하나의 사회적 운동을 형성하였다. 그리고 회의, 연설이 보편화되면서 토론, 연설의 입문서들이 출간되기에 이른다. 그러면서 지식인들은 토론, 연설회와 같은 선상에 놓인 것이 언론매체를 통해서도 계몽운동을 펼치는데, 지식인들은 신문을 발간하여 언론을 통한 계몽운동을 전개하였던 것이다. 이들 신문은 대중전달의 수단으로서 민중의 계몽과 반외세, 자주적 근대화 운동을 펼쳤다. 당시 신문은 효과적이고 조직적인 민중세력이 형성되지 못한 시기에 여론형성과 민중을 규합, 동원할 수 있는 중심기관이었던 것이다.[62] 그리고 각 단체나 학회들도 그들의 기관지를 통해서 신문물, 신사상을 전파하고 사회계몽에 나섰다.

「공동회에 디흔 문답」은 바로 토론회 기간에 기관지인 『독립신문』에 1898년 12월 28일에 실린 글임을 알 수 있다.

이 글에는 토론장이라는 공간이 정해져 있지만 시간 또한 정해져 있

---

61) 김영민·구장률·이유미 편, 위의 책, 138면.
62) 정진석, 『한국언론사연구』, 일조각, 1983, 2면(김주현, 앞의 논문, 9면에서 재인용).

으며 토론자라는 등장인물도 존재한다. 단형 서사물에는 (문)-(답)으로
만 쓰여 있지만, 당시 토론은 좌-우강이 한 문제에 대해 자유로이 토론
하되 5분이라는 시간이 정해져 있는 것이다. 여기에 이를 지켜보는 관중
이 존재한다는 것은 이 작품에 특정한 시·공간이 설정되어 있는 것을
전제한다. 등장인물들이나 관객은 폐쇄된 공간 인식을 체험하게 되는 것
이며 이는 옥내 공간, 프로시니엄 무대에 대한 체득과도 유사한 경험이
라고 할 수 있다. 토론장에서 숫자로 인식되는 시계적인 근대적 시간과
좌-우, 크기와 높이, 깊이 계산으로 텅빈 공간을 확보할 수 있는 근대적
공간63)은 「공동회에 디흔 문답」에 근대적인 시·공간 인식이 내재되어
있다는 것을 드러내는 것이다.

「공동회에 디흔 문답」은 문답 형식으로 가상적인 시·공간을 설정하
고 토론하는 행위(action)를 재현한 '논설적 극' 양식을 띤 글쓰기를 보여
주고 있으며 그 안에는 근대적인 시·공간 인식이 내재되어 있음을 알
수 있다.

4. 「병인간친회록」—산대놀이의 구조로 드러나는 행위와 토론놀이를 통한 계몽

「병인간친회록(病人懇親會錄)」 역시 토론회 장면을 재현하는 것인데 각
각의 이야기는 서로 다른 불구자들이 한 사람씩 연설을 하는 방식으로
구성되어 있다. 이들이 토론을 하는 장소와 시간은 매우 구체적이다. 극
이 끝나는 시점에서 회장은 "이 다음 회일과 집회홀 쳐소를 아죠 뎡ᄒᄂᆫ
것이 가홀 줄 아ᄂᆫ고로 지금 동의를 ᄒᆞ겟습니다. 이 다음 총회 일자는

---

63) 이진경, 『근대적 시·공간의 탄생』, 푸른숲, 1997, 93~99면 참조.

래 토요일로 처소는 오날 개회훈 훈련원으로 뎡훈기로 동의훈오"라는 대사를 통해 '토요일', '훈련원'이라는 시간, 장소를 구체화하고 있는 것이다.

「병인간친회록」의 이야기 구성을 살펴보면 다음과 같다.

① 몸이 불구인 사람들이 모여 동병상련의 의를 나누기 위해 간친회를 만들 계획을 세운다. ② '병인간친회취지서'를 작성해서 각처로 발송하여 사람들이 모인다. ③ 간친회를 개회하기에 앞서 '쳥명관 아모씨'를 임시 회장으로 선출한다. ④ '규칙제정위원' 두 사람을 뽑기로 하자 '반벙어리'와 '체머리장이'가 추천된다. ⑤ 이때 한 회원이 '반벙어리'는 말을 잘 못한다는 이유로, '체머리장이'는 머리를 흔든다는 이유로 반대한다. ⑥ 또 다른 회원이 이들의 불구는 문제가 되지 않는다며 가부 묻기를 추진한다. ⑦ 회원들의 동의에 따라 '반벙어리'와 '체머리장이'가 '규칙제정위원'으로 선출된다. ⑧ 이때 반벙어리와 체머리장이가 자신들은 임무를 감당치 못할 거라며 구두청원을 하지만, 회원들에 의해 거부당하고 이들이 규칙제정위원으로 결정된다. ⑨ 한 회원이 간친의 의미로 그 동안 불구자로 살아오는 과정에서의 원통한 회포를 푸는 토론을 하자고 제안하고 이것이 통과된다. ⑩ 이후 절름발이, ⑪ 눈 하나 못보는 사람, ⑫ 언청이, ⑬ 곰팔배, ⑭ 안진방이, ⑮ 난장이, ⑯ 귀먹어리, ⑰ 배부장이, ⑱ 혹부리, ⑲ 장님, 그 다음에 대머리, 무턱이, 륙손이, 륙발이, ⑳ 안팟 꼽사등이 순으로 자신이 살아오면서 불구이기 때문에 겪은 아픔, 덕본 일, 정상인이 저지르는 악행을 폭로하는 이야기를 한다. 그리고 마지막에는 한 회원이 학교를 세워 교육에 힘쓰자는 의견이 있은 후 만세를 부르고 폐회한다.

병신 등장인물들의 행위는 회장에게 의견을 낼 때, 연단으로 오를 때 드러난다.

㉮ "엇던 회원이 회장을 부르며 니러셔더니 ……"
㉯ "그 소리가 뚝 긋치자 맛참 엇더케 그리 등대롤 훈엿던지 회장 훈번을 크

게 불으며 엇더흔 회원이 한편 억개를 방아질흐듯 올오내리고 볼기짝으 너른 세상에 져 호올로 잇는 듯이 해해 내둘으며 언단 우로 가셔더니 회즁을 향흐야 경녜 훈번을 뭇뎍 흐고……"

㉰ "쏘 훈 편에셔 회장 불으는 소리가 년이어 나더니 한 사람이 언단 우에 가 셔슬잇게 올나셔며 이 편으로 고개를 돌녀 이 편을 보고 뎌 편으로 고개를 돌녀 뎌 편을 보며 놉흔 음셩으로 나는 눈 하나 못보는 사람이오 ……"

㉱ "쏘 엇던 회원이 회장을 소리롤 질너 불으고 한 편 구석에 끌로 파고 박은 듯이 안져셔

회장 본인은 안진방이오 언단에를 거러 올나가는 재죠가 업스니 이 자리에 그대로 안져셔 말삼을 스겟스니 특별히 허락흐야 쥬실는지요"

이처럼 회원들은 일어서고 앉거나, 연단 위에 올라서거나, 고개를 이리 돌리고 저리 돌리는 행위, 붙박이처럼 그 자리에 앉아서 이야기하는 행위 등 자신의 불구 정도에 따라 회장과 대화를 나누며 연설을 하는 행위를 보여주고 있다.

이들의 행위는 각기 다른 불구 정도에 따라 다양하게 나타나며 이러한 행위는 산대놀이에서의 양식화된 배우들의 모습과 유사한 점이 있음을 알 수 있다. 한국 전통극에서의 인물들은 개별적인 성격화를 보인다기보다는 양식화된 탈, 춤, 그리고 몸짓, 노래, 대사를 통해 극적 행위를 하기 때문이다. 「병인간친회록」에서도 각기 다른 병인들이 등·퇴장하면서 연설하는 행위를 통한 개별 인물들의 형상화를 추구하고 있다고 볼 수 있다.

실제로 병인들이 무대 위에서 행동을 한다면 그들의 어색하고 바보스러운 행위가 웃음을 자아냈을 것이라 상상할 수 있다. 이들은 피해의식으로 눈물을 짜내며 세상을 원망하기보다는 이러한 불구 상태에서도 정상인들 못지 않은 삶을 잘 살아가고 있으며 오히려 정상인들이 악행을 저지른다는 것을 폭로하고 있기 때문이다. 각기 다른 병신 페르소나는 동물들 가면처럼 작용하고 이들의 각기 다른 극행동과 더불어 끊이지 않는 재담은 허구적인 연설회장 무대에서의 토론놀이를 경험할 수 있게 한다.

5. 결론

이상과 같이 본 논문에서는 근대계몽기 단형 서사물에서 드러나는 '논설적 극' 양식에 대해 논하였다. 그 동안 단형 서사물에 대한 연구는 소설이냐, 희곡이냐는 장르규정을 중심으로 논의가 전개되다가 김영민의 논의를 전후로 근대계몽기 단형 서사물 자체의 문학적 가치에 대한 논의로 변모되었음을 알 수 있었다. 그런 과정에서 이 작품들은 신문이라는 매체를 통해 독자와 소통하면서 현실을 반영하는 근대 전환기적 서사 양식이라는 것으로 인식되었다. 본 논문에서는 김영민이 이론화한 '서사적논설', '논설적서사'와 구별되는 단형 서사물의 희곡적인 글쓰기를 '논설적극' 양식으로의 이름짓고 체계화했다.

논설적 극 양식의 특징으로는 첫째, 연설·토론회장 행위(action)를 재현하는 가상의 무대 공간과 등장인물을 설정하고 관객 또한 인식하고 있다는 점, 둘째, 서사적인 구조를 통한 계몽의 방식으로 한국 전통극 구조인 산대놀이에서와 같은 구조(山臺構造)를 지녔다는 점, 셋째, 산대놀이 대사극에서의 말놀이를 통한 계몽을 추구한다는 점이다. 이러한 특징을 바탕으로 다수의 단형 서사물들 중 「공동회에 디흔 문답」과 「병인간친회록」을 구체적으로 연구했다. 전자는 근대계몽기 당시의 토론회를 재현하고 있었는데 이를 통해 작품이 근대적인 시·공간 의식을 내재하고 있음을 알 수 있었다. 「병인간친회록」은 22개의 장면으로 나눌 수 있었는데 각각의 장면이 이어지면서 산대놀이에서의 구조를 이루고 있었다. 이 작품에서는 병인들이 자신의 불구 정도에 따라 각양각색의 극행위를 하고 있었고 이들의 불구는 일종의 가면 역할을 하면서 정상인들의 정신적 불구에 대한 비판 담론을 형성하였다.

본 논문에서 체계화를 시도한 '논설적 극' 양식은 몇 백 개가 넘는 모든 단형 서사물을 대상으로 하지는 않았기에 다른 단형 서사물들을 통해서 '논설적 극' 양식의 특징이 추가될 수 있을 거라 기대해 본다. 그리고 본 논문에서 단형 서사물의 주된 모티브의 하나가 '병인(병신)'임을 밝혔는데 이후 다른 단형 서사물들과 신소설에서 드러나는 '병인(병신)' 모티브를 연구하여 「병자삼인」과 같은 근대적인 희곡과의 연관성 또한 밝혀보고자 한다.

이처럼 본 논문을 통해 단형 서사물에는 신소설뿐만 아니라 희곡적 글쓰기 양식 또한 배태하고 있음을 알 수 있었다.

참고문헌

1. 자료

『경향신문』『관보』『그리스도신문』『기독신보』『대한매일신보』『대한민보』『대한협회회보』『대한흥학보』『독립신문』『만세보』『매일신문』『朴殷植全書』中『신학세계』『제국신문』『조선(대한)크리스토인회보』『죠션크리스도인회보』『한국개화기학술총서』『협성회규칙』『협성회회보』『황성신문』

Official Minutes of The Korea Mission of The Methodist Episcopal Church 1893~1905.

『배재백년사』, 학교법인배재학당, 1989.

錦頰山人,「東國巨傑 崔都統」,『大韓毎日申報』, 1909.12.10.

_____,「水軍第一偉人 李舜臣」,『大韓毎日申報』, 1908.8.18.

기독교대백과사전편찬위원회,『기독교대백과사전』, 기독교문사, 1984(1995).

김영민·구장률·이유미 편,『근대계몽기 단형 서사문학 자료전집』상·하, 소명출판, 2003.

朴殷植,「泉蓋蘇文傳」,『朴殷植全書』中, 檀國大學校 出版部, 1975.

_____,『瑞士建國誌』序, 大韓毎日申報社, 1907.

申采浩,「乙支文德」, 廣學書舖, 1908, 5.2

안광희 편,『한국 근대연극사 자료집 1』, 도서출판 역락, 2001.

역사위원회,『한국 감리교 인물사전』, 기독교 대한감리회, 2002.

유길준, 채훈 역,『西遊見聞』, 명문당, 2003.

유민영 편,『근대 한국공연예술사 자료집 1』, 단국대 출판부, 1984.

한국학문헌연구소 편,『구한말 일제침략 사료총서』, 아세아문화사, 1984.

2. 외서(역서)

Alastair Fowler, *Kinds of Literature*, Havard University Press, 1982.

Aristotle, *Aristotle's Theory of Poetry and Fine Art : With a Critical Text and Translation of the*

Poetics, trans., S. H. Bucher, 4th ed. New York : Dover Publications, Inc., 1951.

Aristotle, 천병희 역, 『시학』, 문예출판사, 1996.

Charls. E. May 편, 최상규 역, 『단편소설의 이론』, 정음사, 1983.

Ian Reid, 김종운 역, 『단편소설』, 서울대 출판부, 1979.

Jeremy Hawthorn, _Studying The Novel_, Oxford University Press, 2001.

Paul Hernadi, _Beyond Genre_, Cornell University Press, 1972.

강유위, 이성애 역, 『대동서』, 민음사, 1991.

龜井秀雄, 『明治文學史』, 岩波書店, 2000.

魯迅, 조관희 역주, 『중국소설사략』, 살림, 1998.

루사오펑, 조미원 외역, 『역사에서 허구로』, 길, 2001.

마샬 맥루한, 박정규 역, 『미디어의 이해』, 커뮤니케이션북스, 2002.

마에다 아이, 유은경·이원희 역, 『일본 근대독자의 성립』, 이룸, 2003.

本田康雄, 『新聞小說の誕生』, 平凡社, 1998.

소련 콤 아카데미문학부 편, 신승엽 역, 『소설의 본질과 역사』, 예문, 1988.

앨릭스 켈리니코스, 박형신·박선권 역, 『이론과 서사』, 일신사, 2000.

野口武彦, 『小說』, 三省堂, 1996.

월터 J. 옹, 이기우·임명진 역, 『구술문화와 문자문화』, 문예출판사, 1995.

이효덕, 박성관 역, 『표상 공간의 근대』, 소명출판, 2002.

陳平原, 이종민 역, 『중국소설서사학』, 살림, 1994.

피터 게이, 『계몽주의의 기원』, 민음사, 1998.

3. 논문

강명관, 「한문폐지론과 애국계몽기의 국·한문논쟁」, 『한국한문학연구』 8집, 한국한문학연구회, 1985.

강병조, 「신소설과 개화담론의 대응양상 연구」, 서울대 석사논문, 1999.

구모룡, 「한국 근대문학과 미적 근대성의 관련양상」, 『한국 근대문학의 형성과 발전』(국제어문학회 편), 보고사, 2004.

구장률, 「『제국신문』의 '서사적논설' 연구」, 『현대문학의 연구』 22, 한국문학연구학회, 2004.

권영민, 「개화 계몽시대 서사양식의 장르 분화」, 『한국문화』 16, 서울대 한국문화 연구소, 1996.

金均泰, 「『高麗史』列傳의 文學性과 限界」, 『선청어문』 16·17합집, 서울대학 국 어교육과, 1988.

_____, 「조선후기 인물전의 야담취향성 고찰」, 『한국한문학연구』 12집, 한국한 문학회, 1989.

김기란, 「근대 한국문학에서 희곡장르 인식 연구」, 『연세학술논집』 35집, 연세대 학 대학원총학생회, 2002.

김동면, 「협성회 활동에 관한 고찰」, 『한국학보』 Vol.7, No.4, 1981.

김동식, 「개화기 문학 개념에 관하여」, 『한국 근대문학의 형성과 발전』, 국제어문 학회 편, 보고사, 2004.

김동식, 「연애와 근대성」, 『민족문학사연구』 18호, 2001.

김보경, 「한말 천주교의 민족운동론 소고－경향신문(1906~1910) 논설분석을 중심 으로」, 숙명여대 역사교육과, 1990.

김성일, 「한국의 신문판매촉진책 연구－경향신문 사례를 중심으로」, 연세대 경영 학과, 1969.

김소은, 「한국 근대 연극과 희곡의 형성과정 및 배경 연구」, 숙명여대 박사논문, 2002.

김승태, 「한말 일제침략기 일제와 선교사의 관계에 대한 연구(1894~1910)」, 『한국 기독교와 역사』 6, 한국기독교 역사연구소, 1997.

김영민, 「근대계몽기 단형 서사문학 자료 연구」, 『현대소설연구』 17호, 2002.12.

_____, 「동서양 근대소설의 발생과 그 특질 비교 연구－'소설(novel)과 小說(소설 / 쇼셜)'의 거리」, 『현대문학의 연구』 21, 한국문학연구학회, 2003.

_____, 「한국 근대소설 발생 과정 연구」, 『국어국문학』 127, 국어국문학회, 2000.

김주현, 「개화기 토론체 양식 연구」, 서울대 석사논문, 1989.

_____, 「비판과 풍자의 개화기 토론체 소설 연구－「절영신화」 「향객담화」에 대 하여」, 『문학사상』, 1988.7.

김중하, 「개화기 단형소설 연구」, 『부산대학 인문논총』 20, 1981.

김진영, 「판소리계 소설의 희곡적 전개」, 『고전 희곡연구』 1집, 고전희곡학회, 2000.

김찬기, 「근대계몽기 전(傳)에 관한 연구」, 고려대 박사논문, 2003.

김춘식, 「장르의 소멸과 근대적 장르인식」, 『한국문학연구』 21, 1999.

김항구, 「대한협회(1907~1910) 연구」, 단국대 박사논문, 1992.

김현숙, 「20세기 초 한국 서사문학의 두 가지 양식」, 『상허학보』 8집, 상허학회, 2002.

김현실, 「근대 단편소설의 전통계승에 관한 일고찰—현부형(賢婦型) 치부담(致富談)을 중심으로」, 『이화어문논집』 11집, 이화여대 한국어문학연구소, 1990.

김현주, 「식민지 시대와 '문명'·'문화'의 이념」, 『민족문학사연구』 20호, 2002.

류대영, 「기독교와 선교사에 대한 고종의 태도와 정책」, 『한국 기독교와 역사』 13, 한국기독교 역사연구소, 2000.

_____, 「한말 미국의 대한 정책과 선교사업」, 『한국 기독교와 역사』 9, 한국기독교역사연구소, 1998.

류준필, 「'문명', ·'문화' 관념의 형성과 '국문학'의 발생」, 『민족문학사연구』 제18호, 2001.

박노현, 「극장(劇場)의 탄생」, 『한국극예술연구』 19집, 2004.

_____, 「한국 근대 희곡 개념의 발생」, 동국대 석사논문, 2002.

박영주, 「연행문학의 장르 수행방식과 그 특징」, 『구비문학의 연행자와 연행양상』, 박이정, 1999.

박헌호, 「한국 근대단편소설 형성의 기반과 양상」, 『대동문화연구』 33, 1999.

_____, 「한국 근대소설사의 단편양식의 위상」, 『민족문학사연구』 18호, 2000.

朴熙秉, 「한국문학에 있어 〈傳〉과 소설의 관계양상」, 『韓國漢文學硏究』 第12輯, 韓國漢文學學會, 1989.

사진실, 「한국연극사 시대구분을 위한 이론적 모색」, 『한국음악사학보』 24집, 한국음악사학회, 2000.

서정민, 「근대 아시아에서의 선교사 문제」, 『한국 기독교와 역사』 5, 한국기독교역사연구소, 1996.

설성경 · 김현양, 「19세기 말~20세기 초 『帝國新聞』의 〈론셜〉 연구」, 『연민학지』 8, 2000.

소요한, 「아펜젤러(H. G. Appenzeller) 선교활동의 변화에 대한 연구」, 연세대 석사논문, 2003.

손정수, 「개화기 서사의 장르적 성격」, 『상허학보』 10집, 2003.

송유재, 「광무년대 경향신문연구」, 이화여대 신문방송학과, 1968.

송재일, 「개화 / 신파시대 희곡의 골계성 고찰」, 『공주전문대학 논문집』 19호, 1992.

신지영, 「『대한민보』 연재소설의 담론적 특징과 수사학적 배치」, 연세대 석사논문, 2003.

양문규, 「이인직 소설의 문체에 관한 연구」, 『한국 근대소설사 연구』, 국학자료원, 1994.

양세라, 「개화기 서사양식에 내재된 연극적 유희성(遊戲性) 연구 (1)」, 『현대문학의 연구』 22호, 한국문학연구학회, 2004.

옥성득, 「초기 한국 북감리교의 선교 신학과 정책」, 『한국 기독교와 역사』 11, 한국기독교역사연구소, 1999.

원재연, 「17~19세기 실학자의 서양인식 검토」, 『한국사론』 38집, 1997.

윤병조, 「개화기 한국 기독교 출판문화 사업이 일반사회에 미친 영향에 관한 연구」, 연세대 석사논문, 1998.

이덕주, 「초기 내한 선교사들의 신앙과 신학」, 『학술대회 자료집』, 한국기독교 역사연구소, 1997.

이만열, 「맥클레이 목사와 한국선교」, 『기독교 사상』 1984년 7월.

_____, 「아펜젤러의 초기 선교활동과 '한국 감리교회'의 설립」, 『한국 기독교와 역사』 8, 한국기독교 역사연구소, 1998.

_____, 「한말 구미 제국의 대한 선교정책에 관한 연구」, 『동방학지』 84, 연세대 국학연구원, 1994.

이유미, 「근대계몽기 '단편소설'의 위상」, 『현대문학의 연구』 22, 한국문학연구학회, 2004.

이정순, 「한국 근대희곡의 형성과정 연구」, 부산대 석사논문, 1999.

이종대, 「열린 연극, 서사극과 봉산탈춤」, 『동악어문론집』 26, 1991.

이태훈, 「한말—일제초기 대한협회 주도층의 국가인식과 자본주의 근대화론」, 연세대 석사논문, 1999.

이현종, 「구한말 정치·사회·학회·회사·언론단체조직자료」, 『아세아학보』 2, 1966.

이혜경, 「『만세보』와 『대한민보』에 관한 고찰」, 이화여대 석사논문, 1971.

임형택, 「실학파문학과 한문단편」, 『한국문학사의 시각』, 창작과비평사, 1984.

_____, 「한문단편 형성 과정에서의 강담사(講談師)」, 『창작과비평』, 1978년 가을.

전고호행, 「이인직 연구」, 고려대 박사논문, 2000.

전광용, 「이인직 연구」, 『논문집』 6, 서울대, 1957.

정여울, 「20세기 몽유양식의 담론적 특성 연구」, 서울대 석사논문, 2002.

정하영, 「〈雜劇 沈靑王后傳〉 考」, 『동방학지』 36 · 37합본, 연세대 동방학연구소, 1983.

조남현, 「개화기소설의 생성과 전개」, 『소설과 사상』, 고려원, 1995년 봄.

_____, 「한국 근대소설 형성 과정과 작가의 초상」, 『현대 한국문학 100년』, 민음사, 1999.

조동일, 『탈춤의 역사와 원리』, 홍성사, 1979.

조연현, 「'신소설' 형성과정고」, 『현대문학』, 1966.4.

조정훈, 「대한제국시대의 가톨릭의 교육운동 : 1906~1910년 경향신문 논설을 중심으로」, 광주가톨릭대 역사신학과, 1998.

趙泰英, 「『高麗史』列傳의 人物形像과 敍述樣相」, 서울대 박사논문, 1991, 132면.

채 백, 「한국 근대신문 형성과정에 있어서 일본의 역할에 관한 연구」, 서울대 박사논문, 1990.

최기영, 「대한제국시기 신문의 일연구」, 서강대 사학과, 1989.

한기형, 「동아시아 담론과 민족주의」, 『민족문학사연구』 17호, 2000.

홍종선, 「개화기시대 문장의 문체 연구」, 『국어국문학』 제117권, 국어국문학회, 1996.

황명숙, 「대한제국말기 천주교의 교육 · 실업진흥론—경향신문 논조를 중심으로」, 이화여대 한국학과, 1985.

황호덕, 「한국 근대형성기의 문장 배치와 국문 담론—타자 · 교통 · 번역 · 에크리튀르, 근대 네이션과 그 표상들」, 성균관대 박사논문, 2002.

4. 단행본

고미숙, 『한국의 근대성, 그 기원을 찾아서』, 책세상, 2001.

국사편찬위원회, 『주한일본공사관기록』, 1994.

권보드래, 『한국 근대소설의 기원』, 소명출판, 2000.

권순종, 『한국 희곡의 지속과 변화』, 중문, 1991.

권영민, 『서사양식과 담론의 근대성』, 서울대 출판부, 1999.

금장태, 『조선 후기 유교와 서학』, 서울대 출판부, 2003.

김복순, 『1910년대 한국문학과 근대성』, 소명출판, 1999.

김상선, 『한국근대희곡론』, 집문당, 1985.

김영민, 『한국 근대소설사』, 솔, 1997.

김용덕, 『한국전기문학론』, 민족문화사, 1987.

김용수, 『영화에서의 몽타주 이론』, 열화당, 1996.

_____, 『한국 연극 해석의 새로운 지평』, 서강대 출판부, 1999.

김용직, 『한국 근대 시사』, 학연사, 1996.

김원중, 『중국 문학이론의 세계』, 을유문화사, 2000.

_____, 『한국 근대 희곡문학 연구』, 정음사, 1986.

김윤규, 『개화기 단형 서사문학의 이해』, 국학자료원, 2000.

김윤식 · 김현, 『한국문학사』, 민음사, 1973.

김윤식 · 정호웅, 『한국소설사』, 예하, 1993.

김익두, 『연극개론』, 한국문화사, 2003.

김인환, 『비평의 원리』, 나남출판사, 1994.

김재용 · 이상경 · 오성호 · 하정일, 『한국근대민족문학사』, 한길사, 1993.

김재철, 『조선연극사』, 민속원, 1933.

김재환, 『한국 동물우화소설 연구』, 집문당, 1994.

김진영, 『고전소설과 예술』, 박이정, 1999.

김찬기, 『한국 근대소설의 형성과 전(傳)』, 소명출판, 2004.

김현실, 『한국 근대 단편소설론』, 공동체, 1991.

김흥규, 『한국 고전문학과 비평의 성찰』, 고려대 출판부, 2002.

류대영, 『초기 미국 선교사 연구』, 한국기독교 역사연구소, 2003.

민족문학사연구소 편역, 『근대계몽기의 학술 · 문예사상』, 소명출판, 2000.

박완식 편역, 『한문 문체의 이해』, 전주대 출판부, 2001.

박진태, 『한국고전희곡의 역사』, 민속원, 2002.

백낙준,『한국개신교사』, 연세대 출판부, 1973.

사진실,『공연문화의 전통 樂·戲·劇』, 태학사, 2002.

설성경·김교봉,『근대전환기 소설 연구』, 국학자료원, 1991.

송민호,『한국 개화기소설의 사적 연구』, 일지사, 1975.

신용하,『독립협회연구』, 일조각, 1976.

신춘자,『개화기소설연구』, 인문당, 1990.

심경호,『한문산문의 미학』, 고려대 출판부, 1998.

양문규,『한국 근대소설사 연구』, 국학자료원, 1994.

연세대학 국학연구원 편,『연세실학강좌』, 혜안, 2003.

오태석·서연호 대담,『오태석의 연극; 실험과 도전의 40년』, 연극과인간, 2002.

유민영,『한국 근대극장 변천사』, 태학사, 1998.

_____,『한국근대연극사』, 단국대 출판부, 1996.

유협·최신호 역,『문심조룡』, 현암사, 1975.

윤선자,『일제의 종교정책과 천주교회』, 경인문화사, 2001.

윤춘병,『한국기독교 신문·잡지 백년사』, 대한기독교 출판사, 1984.

윤치호,『윤치호일기』, 국사편찬위원회, 1987.

이가원,『조선문학사』, 태학사, 1997.

이강엽,『토의문학의 전통과 우리 소설』, 태학사, 1997.

이경우,『한국야담의 문학성 연구』, 국학자료원, 1997.

이기문,『개화기의 국문연구』, 일조각, 1970.

이두현,『한국가면극』, 문공부문화재관리국, 1969.

_____,『韓國의 假面劇』, 일지사, 1979.

이만열 편,『아펜젤러』, 연세대 출판부, 1985.

_____ 편,『한국기독교와 민족의식』, 지식산업사, 2000.

_____,『한국기독교 문화운동사』, 대한기독교 출판부, 1987.

이보경,『문과 노벨의 결혼』, 문학과지성사, 2002.

이상란,『희곡과 연극의 담론』, 연극과인간, 2003.

이상섭,『아리스토텔레스의「시학」연구』, 문학과지성사, 2003.

이승만,『이화장 소장 우남 이승만 문서』, 중앙일보사, 1998.

이우성·임형택,『이조한문단편집』상·중·하, 일조각, 1978.

이원형, 『조선서학사 연구』, 일지사, 1986.

이재선, 『한국 개화기소설 연구』, 일조각, 1972.

_____, 『한국 단편소설 연구』, 일조각, 1975.

_____, 『한국문학의 해석』, 새문사, 1981.

이진경, 『근대적 시·공간의 탄생』, 푸른숲, 1997.

이해창, 『한국신문사연구』, 성문각, 1977.

임　화, 임규찬·한진일 편, 「개설 신문학사」, 『新文學史』, 한길사, 1993.

임형택, 『한국문학사의 논리와 체계』, 창작과비평사, 2002.

전경욱, 『한국가면극 그 역사와 원리』, 열화당, 1998.

전광용, 『신소설 연구』, 새문사, 1986.

정선태, 『개화기 신문 논설의 서사 수용 양상』, 소명출판, 1999.

_____, 『심연을 탐사하는 고래의 눈』, 소명출판, 2003.

정진배, 『중국 현대문학과 현대성 이데올로기』, 문학과지성사, 2001.

정진석, 『한국언론사』, 나남, 1992.

정출헌, 『고전소설사의 구도와 시각』, 소명출판, 1999.

조항래 편저, 『1900년대의 애국계몽운동 연구』, 아세아문화사, 1993.

조현범, 『문명과 야만』, 책세상, 2002.

주종연, 『한국소설의 형성』, 집문당, 1987.

진필상, 『한문문체론』, 이회, 1995.

채백 편역, 『세계 언론사』, 한나래, 1996.

천정환, 『근대의 책읽기-독자의 탄생과 한국의 근대문학』, 푸른역사, 2003.

최　준, 『신보판 한국신문사』, 일조각, 1990.

_____, 『한국신문사』, 일조각, 1960.

최기영, 『대한제국시기 신문연구』, 일조각, 1991.

최원식, 『한국 근대소설사론』, 창작사, 1986.

_____, 『한국 계몽주의 문학사론』, 소명출판, 2002.

최유찬, 『한국문학의 관계론적 이해』, 실천문학사, 1998.

최재서, 『문학과 지성』, 인문사, 1938.

한국사상사연구회, 『조선유학의 개념들』, 예문서원, 2002.

한기형, 『한국 근대소설사의 시각』, 소명출판, 1999.

한원영, 『한국개화기 신문연재소설 연구』, 일지사, 1990.

_____, 『한국신문 한 세기』, 푸른사상, 2001.

황정현, 『신소설연구』, 집문당, 1997.